Der Duft der Kaffeeblüte

ANA VELOSO

Der Duft der Kaffeeblüte

ROMAN

Weltbild

Besuchen Sie uns im Internet:
www.weltbild.de

Genehmigte Lizenzausgabe für Verlagsgruppe Weltbild GmbH,
Steinerne Furt, 86167 Augsburg

Ein Unternehmen der Droemerschen Verlagsanstalt
Th. Knaur Nachf. GmbH & Co. KG, München
Umschlaggestaltung: Atelier Seidel, Teising
Umschlagmotiv: Plainpicture, Hamburg (© plainpicture / wildcard);
Masterfile, Düsseldorf (© masterfile / WireImageStock)
Gesamtherstellung: Bagel Roto-Offset GmbH, Schleinitz
Printed in the EU
ISBN 978-3-8289-8739-5

2010 2009 2008 2007
Die letzte Jahreszahl gibt die aktuelle Lizenzausgabe an.

Buch I

1884–1886

I

Kaffee, fand Vitória da Silva, war das wunderbarste Gewächs der Welt. Sie stand am geöffneten Fenster ihres Schlafzimmers und blickte über die Felder. Bis zum Horizont erstreckten sich die Hügel der Fazenda, und über alle zogen sich die sanft geschwungenen Reihen des »grünen Goldes«, das über Nacht die Farbe gewechselt hatte: Die Knospen hatten sich, kaum dass die Regenfälle der vergangenen Wochen aufgehört hatten, geöffnet. Die Sträucher waren nun mit weißen, filigranen Blüten durchsetzt, und von Weitem wirkte die Landschaft, als sei sie mit einer feinen Schicht Puderzucker bestäubt worden.

»Ob es wohl so aussieht, wenn es geschneit hat?«, fragte sich Vitória nicht zum ersten Mal. Sie hatte noch nie in ihrem Leben Schnee gesehen. »Ganz bestimmt aber«, dachte sie, »riecht Schnee nicht so gut.« Tief sog sie die Luft ein, in der, ganz schwach, der zarte Duft der Kaffeeblüten lag, der dem von Jasmin so stark ähnelte. Gleich nach dem Frühstück wollte Vitória hinausgehen und ein paar Zweige abschneiden, eine Gewohnheit, die niemand in ihrer Familie nachvollziehen konnte. »Warum stellst du nicht lieber ein paar hübsche Blumen in die Vase?«, pflegte ihr Vater zu fragen. Kaffee betrachtete er als reine Nutzpflanze, nicht als Zierde.

Aber Vitória blieb dabei. Sie liebte die Zweige, wenn sie wie jetzt, Mitte September, in voller Blüte standen und ihr feines Aroma das Haus durchströmte. Sie liebte sie auch, wenn die ersten Früchte heranreiften und die noch grünen Kirschen unter den weißen Blüten hervorblitzten. Sie liebte sie, wenn die Kaffeekirschen zur vollen Reife gelangt waren, wenn sie prall und rot und schwer inmitten der grünen Blätter hingen. Am liebsten aber waren ihr jene Zweige, an denen sowohl Blüten als auch Früchte unterschiedlichen Reifegrades hingen und an denen sich die Jahreszeiten aufzuheben schienen.

Gab es irgendeine andere Pflanze, die ähnlich vielseitig war? Die kapriziös wie eine Rose und dabei Gewinn bringend wie keine andere war? Deren Innerstes, die Kaffeebohne, von so unscheinbarem Äußeren und zugleich von so erlesenem Geschmack sein konnte?

Bei diesem Gedanken fiel Vitória das Frühstück ein, zu dem ihre Anwesenheit erwartet wurde. Bedauernd schloss sie das Fenster. Zu gerne hätte sie sich noch länger an dem Aroma und dem Anblick der Kaffeefelder berauscht. Doch schon jetzt, am frühen Morgen, lag die Hitze bleiern über der Landschaft. Später würde sie jede Bewegung zur Qual werden lassen. Je länger Vitória Fenster und Vorhänge geöffnet ließ, desto schneller würde die sengende Sonne die sorgsam bewahrte Kühle aus dem Raum vertreiben.

»Sinhá Vitória, beeilen Sie sich! Alle warten schon auf Sie.« Das Hausmädchen stand plötzlich im Türrahmen und trug wie immer eine Miene zur Schau, in der sich ihre eingebildete Wichtigkeit spiegelte.

Vitória zuckte zusammen. »Miranda, warum musst du dich immer so anschleichen? Kannst du dich nicht ein Mal wie ein zivilisierter Mensch benehmen? Zuerst musst du anklopfen und auf eine Antwort warten, bevor du die Tür öffnest, das habe ich dir doch schon so oft erklärt.«

Aber was erwartete sie auch? Miranda stand erst seit kurzem in ihren Diensten, ein törichtes Ding ohne Manieren, das ihr Vater dem Fazendeiro Sobral aus reiner Gutmütigkeit abgekauft hatte – natürlich inoffiziell, denn die Einfuhr von Sklaven war schon seit 1850 verboten und der inländische Handel streng reglementiert. Öffentliche Auktionen von frisch eingetroffenen Afrikanern gab es seit mehr als dreißig Jahren nicht mehr. Wer weitere Hilfskräfte benötigte, musste sich auf die Fruchtbarkeit der bereits vorhandenen Sklaven verlassen oder sich auf dem Schwarzmarkt umsehen. Und je mehr der Nachschub an Sklaven versiegte, desto besser musste man sich um die kümmern, die man hatte. Ein Fazendeiro, ein Gutsherr, überlegte es sich heute genauer als vor dreißig Jahren, ob er einen aufsässigen Sklaven auspeitschen ließ. Kranke oder hungrige Arbeitskräfte konnte sich niemand mehr leisten. Am wenigsten Vitórias Vater, Eduardo da Silva, der eine der größten Fazendas im Paraíba-Tal sowie mehr als dreihundert Sklaven sein Eigen nannte. Er hatte zu viele Neider, als dass er sich Gesetzwidrigkeiten oder auch nur Verstöße gegen die herrschende Moral, und dazu gehörten auch Misshandlungen von Schwarzen, hätte leisten können. Und er hatte eine Frau, die es mit ihrer christlichen Nächstenliebe sehr genau nahm. Nun saßen beide im Speisesaal und warteten auf ihre Tochter, die ausnahmsweise die Letzte war, weil sie sich von der Kaffeeblüte zum Träumen hatte hinreißen lassen.

»Sag meinen Eltern, dass ich schon unterwegs bin.«

»Sehr wohl, Sinhá Vitória.« Miranda knickste ungelenk, drehte sich um und schlug hinter sich die Tür zu.

»Himmel!« Ungehalten zog Vitória die Brokat-Vorhänge zu, warf sich ihren mit echten Brüsseler Spitzen besetzten Morgenmantel über und blickte in den Spiegel auf ihrem Frisiertisch. Mit geübtem Griff flocht sie ihr Haar zu einem Zopf, der ihr fast bis zur Taille reichte, um diesen dann zu einem sittsamen Knoten im Nacken zu drehen. Dann schlüpfte sie in ihre Hausschuhe und machte sich auf den Weg zum Speisezimmer.

Alma und Eduardo da Silva erwarteten sie mit vorwurfsvollen Blicken.

»Vitória, mein Kind.« Mit belegter Stimme begrüßte Dona Alma ihre Tochter. Vitória ging zu ihr und drückte ihr einen Kuss auf die Stirn.

»Mamãe, wie geht es Ihnen heute Morgen?«

»Unverändert, Liebes. Aber nun lass uns beten, damit dein Vater endlich essen kann. Er hat es eilig, wie du weißt.«

»Papai, es tut mir …«

»Scht! Später.«

Dona Alma hatte die Hände bereits gefaltet und murmelte ein kurzes Morgengebet. Mit den dunklen Ringen unter den Augen, den knotigen, rheumatischen Fingern und dem streng zurückgebundenen Haar, das bereits von zahlreichen grauen Strähnen durchzogen war, sah sie aus wie eine Greisin. Dabei war Alma da Silva erst 42 Jahre alt, ein Alter, in dem diverse andere Damen der Gesellschaft immerhin noch tanzten und den Ehemännern ihrer Freundinnen schöne Augen machten. Und so peinlich deren Auftritte auch sein mochten – manchmal wünschte sich Vitória, ihre Mutter sei ebenfalls so lebenslustig und ein bisschen weniger märtyrerhaft.

»Amen«, beendete Eduardo da Silva ungeduldig das Gebet, kaum dass seine Frau den letzten Vers aufgesagt hatte.

»So, liebe Vita, jetzt darfst du dich entschuldigen, wenn es das ist, was du vorhin sagen wolltest.« Ihr Vater biss herzhaft in seine *torrada*, auf die er einen ungehörigen Berg von Frischkäse und Guavengelee getürmt hatte. Aber sowohl seine Frau als auch seine Tochter sahen es ihm nach. Eduardo da Silva stand jeden Tag um vier Uhr in der Früh auf, arbeitete zwei Stunden an seinem Schreibtisch, um sich schließlich bei Sonnenaufgang seinen anderen Pflichten als Fazendeiro zu widmen. Er inspizierte die Ställe und die *senzalas*, die Sklavenunterkünfte, ritt über die Felder und begutachtete die Kaffeesträucher, gab dem Vorarbeiter Anweisungen für den Tag und hatte immer noch ein freundliches Wort für den Schmied oder die Melkerin übrig. Gegen acht Uhr kam er zurück zum Herrenhaus, um gemeinsam mit seiner Frau und seiner Tochter zu frühstücken – ein Ritual, das ihm heilig war. Kein Wunder, dass er dann ausgehungert war und zuweilen gegen die Tischsitten verstieß.

Jetzt wischte er sich die Krümel aus seinem Vollbart, der ähnlich eindrucksvoll war wie der des Kaisers.

»Papai, entschuldigen Sie. Ich hatte tatsächlich ganz vergessen, dass Sie heute nach Vassouras müssen. Aber haben Sie nicht gesehen: Der Kaffee blüht. Ist es nicht herrlich?«

»Ja, ja, die Ernte verspricht wirklich gut zu werden. Ich hoffe nur, dass Senhor Afonso heute Morgen nicht dasselbe gedacht hat und wieder einen Rückzieher macht.«

»Das wird er nicht, Papai. Keine noch so reiche Ernte kann ihn mehr retten. Diesmal wird er verkaufen.«

»Dein Wort in Gottes Ohr, Vita. Aber bei Afonso weiß man nie. Der Mann ist verrückt und unberechenbar. Würdest du mir bitte die Brioches reichen?«
Der Korb mit dem Gebäck stand direkt vor Dona Alma, die ihrer Tochter zuvorkommen wollte. Doch als sie danach griff, hielt sie mitten in der Bewegung inne und verzog das Gesicht vor Schmerz.
»Mamãe? Ist es wieder schlimmer geworden?«
»Die Schmerzen sind einfach grauenhaft. Aber macht euch um mich keine Gedanken, ich werde nach Doutor Vieira schicken. Sein Schmerzmittel hat beim letzten Anfall Wunder gewirkt. Wirst du Félix heute entbehren können?«, fragte sie ihren Mann.
Félix war auf Boavista der Junge für alles. Er war vierzehn Jahre alt, hoch gewachsen und von kräftiger Statur. Doch bei der Ernte konnte er nicht eingesetzt werden: Er war stumm, und den Hänseleien der Feldsklaven konnte er nur mit seinen Fäusten begegnen. Nach ein paar Wochen auf den Feldern, von denen Félix allabendlich mit schlimmen Blessuren zurückgekehrt war, hatte Vitórias Vater beschlossen, den Jungen ins Haus zu holen. Es wurde immer jemand gebraucht, der Botengänge erledigen oder mit anpacken konnte. Reissäcke, Schweinehälften, Weinfässer – irgendetwas war immer zu schleppen. Inzwischen hatte der Junge gelernt, die Sitten seiner Herrschaft zu imitieren, und man konnte ihn sogar mit weniger groben Aufgaben betrauen.
»Und das heute!«, lamentierte Dona Alma. »Wo ihr euch doch um so viele andere Dinge kümmern müsst.«
Vitória blickte ihre Mutter fragend an. Viele andere Dinge? Natürlich, sie hatte immer viel zu tun. Seit ihre Mutter durch die Krankheit so geschwächt war, hatte Vitória die Führung des Haushaltes übernommen. Aber was lag heute an, was über ihre normalen Pflichten hinausging?
»Ach Liebes, habe ich es dir noch nicht gesagt? Pedro hat sich für heute Abend angekündigt, und er bringt ein paar Freunde mit. Unter anderem einen Neffen des Kaisers. Sorge also bitte dafür, dass es den hohen Gästen an nichts mangelt.«
Vitória runzelte die Stirn. Ob ihre Mutter ihr den Besuch absicht-

lich erst so spät ankündigte? Nein, Dona Alma mochte kränklich und wehleidig sein, aber sie war noch immer eine aufopferungsvolle Mutter, die ihrer Tochter niemals bewusst schaden würde. Andererseits war es in jüngster Zeit häufiger vorgekommen, dass Vitória immer als Letzte davon erfuhr, wenn etwas Außergewöhnliches anlag – und dabei war sie doch diejenige, an der dann die Arbeit hängen blieb.

Und pflegeleicht war dieser Besuch ganz sicher nicht. Hohe Gäste, dass sie nicht lachte! So, wie sie ihren Bruder Pedro kannte, würde er mit einer lärmenden Horde schlecht erzogener Burschen hier einfallen. Sie würden die erlesenen Speisen in Windeseile vertilgen, ohne auch nur ein Wort des Lobes darüber zu verlieren. Sie würden teuren Burgunder herunterstürzen, als handele es sich um Wasser, und der Salon würde nach ihrem Gelage noch tagelang nach Zigarrenqualm riechen.

Am liebsten würde sie den jungen Männern, welcher Herkunft sie auch sein mochten, einen schlichten Eintopf mit *carne seca*, sonnengetrocknetem Rindfleisch, vorsetzen, den diese, da war Vitória ganz sicher, mit größerem Appetit verspeisen würden als die feinsten Delikatessen. Sei's drum. Sie war es ihrer Familie und den Gästen schuldig, standesgemäß aufzutischen. Immerhin wäre Boavista heute Abend die größte Fazenda weit und breit – wenn alles gut ging und Senhor Afonso nicht wieder in letzter Sekunde kniff.

Diesmal standen die Chancen gut, dass das Geschäft glatt laufen würde. Vor drei Jahren hatte eine Rekordernte Afonso Soares knapp vor dem Ruin gerettet, in den er die Fazenda mit seiner Spielsucht getrieben hatte. Jetzt aber würde ihm auch die ergiebigste Kaffee-Ernte nicht mehr helfen: Afonso hatte, so jedenfalls munkelte man, bei einem Spiel in der Hauptstadt fast sein gesamtes Vermögen verloren. Wenn er wenigstens das Herrenhaus behalten und seiner Familie ein Minimum an Komfort sichern wollte, dann musste er sich jetzt von den Ländereien trennen, die an Boavista grenzten.

»Ich muss aufbrechen. Vita, sobald Félix zurückkommt, könntest du mit ihm in den Weinkeller gehen und ihm erklären, wo er was findet und wie er mit den Flaschen umzugehen hat. Ich denke, dieser Verantwortung ist er inzwischen gewachsen. Und dann könntet ihr auch gleich den 1874er Laffite mit heraufbringen – heute Abend haben wir sicher einen Grund zum Anstoßen.« Eduardo da Silva zwinkerte seiner Tochter zu, verabschiedete sich zärtlich von seiner Frau und verließ energischen Schrittes den Raum.

Einen Augenblick lang herrschte bedrücktes Schweigen am Tisch, wie so oft, wenn sich Mutter und Tochter plötzlich ganz allein miteinander beschäftigen mussten. Oft war das nicht der Fall, auf Boavista war ein ständiges Kommen und Gehen an der Tagesordnung. Der Arzt sah regelmäßig nach seiner einträglichsten Patientin; der Pfarrer tauchte mehrmals in der Woche auf, um sich an Senhor Eduardos Wein gütlich zu tun; der eine oder andere Nachbar schaute gelegentlich herein, wenn er die Fazenda passierte, auf dem Weg zu Geschäften in der Hauptstadt Rio de Janeiro oder auch nur in Vassouras, der nächstgelegenen Stadt; Lourenço, der Dekorateur, und Mademoiselle Madeleine, die Hutmacherin, machten den Damen öfter als nötig ihre Aufwartung; und natürlich war Pedro hin und wieder zu Hause. Irgendjemand war also immer in der Nähe, und unbequeme Stille zwischen Dona Alma und Vitória konnte gar nicht erst entstehen.

»Mamãe«, wandte sich schließlich Vitória an ihre Mutter, »seit wann wissen Sie von Pedros Besuch?«

»Ach Liebes, es ist unverzeihlich von mir, dass ich dir erst heute Bescheid sage. Als mich der Brief erreichte, das war vor etwa drei Tagen, ging mir so viel anderes im Kopf herum, dass ich darüber ganz vergessen habe, dich zu informieren.«

»Schon gut. Wie viele Leute bringt er denn mit?«

»Wahrscheinlich drei. Stell dir vor, einer davon ist João Henrique de Barros, und wenn ich mich nicht sehr täusche, heißt so der Schwiegersohn der Cousine von Prinzessin Isabel!«

»Mamãe, Ihre profunde Kenntnis des kaiserlichen Stammbaums in allen Ehren – aber was hat das schon zu bedeuten? Erstens ist João Henrique de Barros kein ganz seltener Name. Zweitens

könnte der Mann, sollte er wirklich der Schwiegersohn von Dona Isabels Cousine sein, ja auch ein gewöhnlicher Straßendieb sein.«
»Kind!«
Sie hatten diese Diskussion schon oft geführt, und nie kamen sie zu einem Ergebnis. Dona Alma war davon überzeugt, dass die richtige Abstammung mehr wert war als alle Tugend und alles Geld dieser Welt. Warum sie jemals die Frau von Eduardo da Silva geworden war, hatte Vitória bis heute nicht verstanden. Als die beiden heirateten, war Eduardo da Silva nichts weiter gewesen als ein Bauer – der über genügend Köpfchen und Weitsicht verfügte, nach Brasilien auszuwandern und sich auf den Kaffeeanbau zu spezialisieren.
Sein Fleiß sowie die weltweit steigende Nachfrage nach dem »grünen Gold« machten Eduardo da Silva innerhalb kurzer Zeit zu einem reichen Mann – aber nur einem Zufall verdankte er seine Erhebung in den Adelsstand. Nachdem er einem unbedeutenden Mitglied der Kaiserfamilie nach dessen Reitunfall zu Hilfe geeilt war und ihm dadurch das Leben gerettet hatte, wurde er von Dom Pedro II. dafür mit dem Titel eines Barons belohnt. Aus Eduardo da Silva, einem portugiesischen Einwanderer, der sich aus kleinsten Verhältnissen zum Herrn von Boavista emporgearbeitet hatte, wurde der Barão de Itapuca. Und Dona Alma, einzige Tochter verarmter Landadliger aus Portugal, war endlich von der Schmach befreit, unter ihrem Niveau geheiratet zu haben.
»Haben Sie sich schon Gedanken über das Menü gemacht? Ich meine, wenn die Herren so bedeutend sind, müssen wir sie ja tüchtig beeindrucken. Was gar nicht so leicht werden dürfte, denn von der Trüffelterrine und dem italienischen Schinken ist nichts mehr übrig.«
»Nun ja … dir und Luiza wird schon etwas einfallen«, erwiderte Dona Alma ausweichend. Luiza war die Köchin, die schon seit Urzeiten im Haushalt der Familie arbeitete und die sich dank ihrer Erfahrung durch nichts aus der Ruhe bringen ließ. »Begleitest du mich nun bitte auf mein Zimmer, ich muss ein wenig ruhen.«
Typisch, dachte Vitória. Sie reichte ihrer Mutter den Arm und

führte sie zum Treppenabsatz. Kaum lagen außergewöhnliche Umstände vor, kaum waren etwas mehr Erfindungsreichtum und Aktivität gefragt, fiel es Dona Alma ein, unpässlich zu werden. Wie ungerecht das war! Sie, Vitória, musste mit ihren siebzehn Jahren all die Verantwortung für den reibungslosen Ablauf des Alltags im Haus tragen, und wie dankte ihre Mutter es ihr? Durch eine Leidensmiene, die ihrem Gegenüber jedwede Kritik im Halse stecken bleiben ließ.

Vitória beschloss, dem Wunsch ihrer Mutter, sie hinaufzubegleiten, diesmal nicht nachzukommen. Zu viel war zu erledigen, als dass sie überhaupt die Zeit für die mühselige Prozedur gehabt hätte. Ihre Mutter musste auf dem Weg in ihr Zimmer gestützt werden, und wenn sie erst einmal in ihrem Lehnstuhl saß, verlangte es sie nach einer Decke, ihrem Gebetbuch, ihrer Stickarbeit oder, was Vitória heute um jeden Preis vermeiden musste, nach einem Gespräch über die Krankheit, durch die der Herrgott sie ihrer Meinung nach Demut lehren wollte.

»Miranda, komm her und hilf Dona Alma auf ihr Zimmer!«

»Sehr wohl, Sinhá Vitória.« Das Mädchen, das an der Tür zum Speisesaal darauf gewartet hatte, dass sich die Familie vom Tisch erhob, damit sie abräumen konnte, rannte herbei.

»Gemessenen Schrittes, Miranda. Im Haus wird nicht gelaufen – es ist ein Ort der Ruhe und Behaglichkeit, und so soll es auch bleiben.« Vitória sah das Mädchen scharf an. »Und sobald du Dona Alma mit allem versorgt hast, was sie braucht, kommst du wieder her. So schnell du kannst – aber gemessenen Schrittes, verstanden?«

»Jawohl, Sinhá.«

Dona Alma schwieg und warf ihrer Tochter einen skeptischen Blick zu. Sie schien zu ahnen, dass die kleine Zurechtweisung wohl eher eine Demonstration hausfraulicher Kompetenz sein sollte. Mit einem leisen Stöhnen ergriff sie Mirandas Arm, raffte mit der anderen Hand ihren schwarzen Taftrock und quälte sich die Treppe hinauf.

»Mamãe, erholen Sie sich gut. Ich werde später nach Ihnen sehen«, rief Vitória ihr nach. Nun hatte sie doch wieder ein schlechtes Gewissen.

Sie ging zum Fenster, um erneut einen Blick auf die weiße Pracht zu werfen, die in der Morgensonne glitzerte. Was für ein Spektakel! Allein dafür lohnte es sich, fernab des Hofes zu leben und in Rio de Janeiro als Landpomeranze verschrien zu sein.

Heute würde sie, trotz aller Arbeit, die auf sie wartete, einen kleinen Spaziergang auf die Kaffeefelder unternehmen. Ein paar hübsche Zweige wären genau das Richtige für die festlich gedeckte Tafel, die weißen Blüten würden perfekt mit der damastenen Tischwäsche und dem feinen Porzellan aus Limoges harmonieren. Ja, und sie würde die Zweige so geschickt in der venezianischen Kristallvase arrangieren, dass niemand auf die Idee käme, es könne sich *nicht* um eine äußerst kostbare botanische Rarität handeln.

Aber zunächst die unangenehmeren Aufgaben. Sie musste dringend mit der Köchin reden und mit ihr die Vorräte inspizieren. Luiza hatte schon seit vielen Jahren die Oberaufsicht über die Küche, und sie würde wissen, was bis heute Abend machbar war und was nicht.

Vitória schloss die Gardinen des Speisezimmers, um auch hier ein Eindringen der heißen Luft so gut wie möglich zu verhindern. Bis heute Abend wurde der Raum nicht mehr gebraucht. Zu Mittag aßen die da Silvas fast nie gemeinsam. Eduardo da Silva kehrte, da er tagsüber meist unterwegs war, in einer Schänke ein oder aß zusammen mit den Vorarbeitern, die am Rande der Felder eine primitive Kochstelle errichtet hatten. Alma da Silva litt unter chronischem Appetitmangel und verzichtete auf ein Mittagessen. Und Vitória langte schon beim Frühstück so zu, dass sie nie vor dem Nachmittag Hunger verspürte – und wenn doch, dann ließ sie sich auf der Veranda einen leichten Imbiss oder Obst servieren.

Auf dem Weg zur Küche fiel Vitórias Blick auf die Vitrine, in deren Scheibe sie sich spiegelte. Himmel, sie war ja noch im Morgenrock! Schnell lief sie auf ihr Zimmer, zog sich ein dünnes, aber robustes Kattunkleid sowie feste Schuhe an. Ein Korsett trug sie bei

dieser Hitze nicht, und solange sie außer den Dienstboten niemand sah, konnte ja auch keiner Anstoß daran nehmen.
Vitória schloss leise die Tür hinter sich. Sie wollte nicht, dass ihre Mutter sie zu sich hereinrief. Aus ihrem Zimmer, das auf der anderen Seite des Flurs lag, drang gedämpftes Gemurmel. Dona Alma schien Miranda länger in Beschlag zu nehmen als nötig. Fast hatte Vitória Mitleid mit dem Dienstmädchen, das wahrscheinlich endlose Reden über das Elend dieser Welt im Allgemeinen und die Abscheulichkeit dieses gottverlassenen Winkels im Besonderen über sich ergehen lassen musste. Obwohl Brasilien schon vor mehr als sechzig Jahren seine Unabhängigkeit erklärt hatte, betrachtete Dona Alma das Land weiterhin als portugiesische Kolonie. Sie klagte unaufhörlich über die unmenschlichen Lebensbedingungen, das feuchtwarme Klima und die wilde Bevölkerung, der es offensichtlich an sittlicher Reife fehlte. Wie sonst war es zu erklären, dass sich hier die Rassen gemischt hatten, dass es neben Weißen und Schwarzen und Indios auch alle möglichen Subjekte undefinierbarer Hautfarbe gab? Und zwar immer mehr davon?
Vitória schlich sich nach unten. Als sie in der Halle angelangt war, rief sie nach Miranda. Ihre Mutter würde an einem anderen Tag weiterlamentieren können, heute wurden alle Hände gebraucht.
Miranda schlug die Tür von Dona Almas Zimmer zu und kam die Treppe herunter.
»So, du nichtsnutziges Ding. Genug geplaudert. Wenn du den Tisch abgeräumt hast, wirst du das Silber polieren und jeden Gegenstand im Salon fein säuberlich abstauben. Aber dass du mir nicht wieder etwas kaputtmachst!«
Dann stapfte Vitória in ihren derben Schuhen zur Küche.
»Sinhazinha, in welchem Aufzug läufst du herum?« Die Köchin blickte von der Schüssel auf, in der sie gerade Teig knetete, und musterte Vitória kritisch. Als einzige Haussklavin duzte sie die Tochter des Hauses, und ebenfalls als Einzige nannte sie sie »Sinhazinha«. Vitória gefiel diese zärtliche Verkleinerungsform von »Sinhá«, welche wiederum die vereinfachte Variante der Schwarzen für »Senhora« oder »Senhorita« war. Als einzige Sklavin nahm

sich Luiza außerdem die Freiheit, ihre Meinung offen zu äußern. Die anderen Sklaven verehrten sie wie eine Heilige. Sie waren davon überzeugt, dass Luiza magische Kräfte besaß. Manchmal war sogar Vitória geneigt, sich dieser Überzeugung anzuschließen, auch wenn sie jeden Aberglauben und vor allem die sonderbaren Zauberkulte der Sklaven für ausgemachten Unsinn hielt. Luiza war eine hagere Frau unbestimmten Alters. Vitória schätzte sie auf etwa fünfzig Jahre, aber die Anekdoten, die Luiza in ihren seltenen geschwätzigen Momenten zum Besten gab, ließen auf ein sehr viel höheres Alter schließen. Warum Luiza beharrlich ihr wahres Alter verschwieg, war Vitória schleierhaft. Ob Luiza glaubte, damit ihre Attraktivität steigern zu können? Lächerlich. Die Köchin war dürr, alt und von tiefschwarzer Farbe, und genau deshalb, fand Vitória, hatte sie auch nicht das Recht, am Aussehen ihrer Sinhazinha herumzumäkeln.

»Luiza, was schert dich mein Aufzug?«

»Kindchen, du verrohst. Du siehst aus wie eine Bäuerin, in diesen grässlichen Schuhen und dem abgetragenen Kleid. Noch dazu ungeschnürt. Wenn dich Senhor Eduardo so sehen könnte ...«

»Aber Papai sieht mich so nicht. Punkt. Und heute Abend, wenn die Gäste kommen, wirst du mich nicht mehr wiedererkennen.«

»Welche Gäste?«

»Pedro kommt, und er bringt drei Freunde mit.«

»Das wurde aber auch Zeit, dass er sich mal wieder zu Hause blicken lässt«, grummelte Luiza. Ihr mürrischer Ton täuschte Vitória nicht. Sie wusste, dass die Köchin ganz vernarrt in Pedro war und dass sie sich über sein Kommen freute.

»Wer weiß, was er wieder angestellt hat. Oder was treibt ihn mitten in der Woche heim?« Dabei versenkte Luiza ihre dürren, aber kräftigen Arme wieder in dem Teig.

»Das habe ich mich auch schon gefragt. Aber da er Freunde mitbringt, Männer von Stand, könnte der Anlass ja ausnahmsweise mal erfreulicher Natur sein. Auf jeden Fall müssen wir uns etwas einfallen lassen, schließlich wird auch Papai heute Abend einen Grund zum Feiern haben.«

Die Köchin machte ein nachdenkliches Gesicht, knetete aber unbeirrt und mit vollem Körpereinsatz weiter.
»*Assado de porco*«, sagte Luiza plötzlich. Ihr Ton duldete keine Widerrede. »Pedro liebt meinen Schweinebraten. Und die anderen Herren werden ihn auch mögen – junge Männer brauchen etwas Richtiges zu essen. Dazu können wir Dauphinkartoffeln reichen, obwohl ausgebackene Maniokwurzeln meiner Meinung nach viel besser dazu passen. Aber Dona Alma wird etwas dagegen haben.«
»Papperlapapp! Maniok ist genau das Richtige.« Vitória liebte die goldgelb gebackenen Scheiben der Wurzel, die außen knusprig und innen mehlig waren und einen süßlichen Geschmack hatten. Eine Eigenschaft aber schätzte sie an Maniok besonders: Es war eine ganz und gar uneuropäische Speise. In allem eiferte die gehobene Gesellschaft Brasiliens dem Alten Kontinent nach, ohne freilich je denselben Grad an Raffinesse zu erlangen, und Vitória war dieser Unsitte längst überdrüssig.
Luiza hob eine Augenbraue. »Kindchen, Kindchen ...« Sie schien Vitórias Beweggründe immer zu durchschauen. »Du willst nur Maniok, weil Dona Alma ihn nicht will.«
»Und wenn schon. Du hast ja selbst gesagt, dass Maniok zum Braten viel besser passen würde. Und da Mamãe es vorzieht, sich aus den Vorbereitungen herauszuhalten, bestimme ich. Es bleibt also dabei.«
Luiza konnte sich ein Grinsen nicht verkneifen. Das Kind war ganz nach seinem Vater geraten, jedenfalls dem Temperament und dem Charakter nach. Rein äußerlich dagegen ähnelte sie mehr der Mutter, mit ihrer grazilen Gestalt, dem durchscheinenden Weiß ihrer Haut und dem gelockten schwarzen Haar. Anders als Dona Alma aber hatte Vitória hellblaue Augen. Umrahmt von herrlichen langen, schwarzen Wimpern, strahlten Vitórias Augen in einer Farbe, die der des Himmels an einem klaren Junimorgen ähnelte, wenn keine Wolke und kein Dunst die Sicht trübten. Eine Schönheit war sie, ihre Sinhazinha, mit diesen unglaublich hellen Augen, deren einziger Makel es war, dass aus ihnen mehr Verstand sprach, als es sich für ein junges Mädchen ziemte.

»Was starrst du mich so an?«

Luiza senkte den Blick und schien sich wieder voll und ganz auf ihren Teig zu konzentrieren.

»Na schön, ich merke schon, du hast heute wieder einen deiner mundfaulen Tage. Bitte sehr, Gnädigste, dann behalte eben deine unaussprechlichen Gedanken für dich.« Vitória machte auf dem Absatz kehrt. An der Tür drehte sie sich noch einmal zu Luiza um. »Falls irgendetwas sein sollte, du findest mich in der Wäschekammer.«

Als Nächstes musste Vitória prüfen, wie es um Tisch- und Bettwäsche bestellt war. Zwar wurde alles regelmäßig gewaschen und gestärkt, doch aufgrund der tropischen Hitze und der hohen Luftfeuchtigkeit bildeten sich die Stockflecken manchmal so schnell, dass die Wäsche nicht so duftig und rein war, wie man es in einem Haus wie dem ihren erwarten durfte. Mit großer Wahrscheinlichkeit würden die Freunde ihres Bruders die Nacht hier auf Boavista verbringen, denn das nächste Hotel befand sich in Vassouras, und einen zweistündigen Ritt konnte man des Nachts keinem Gast zumuten, ganz zu schweigen von einer Kutschfahrt. Die Wege waren nach dem Regen noch immer schlammig und schwer passierbar, zudem lauerten zahlreiche Gefahren in Form von giftigen Spinnen oder gesetzlosem Gesindel. Außerdem gebot es die Gastfreundschaft, den Herren ein Zimmer für die Nacht anzubieten. Platz genug war ja im Haus.

Mit sechs Schlafzimmern und zwei Bädern in der oberen Etage war das Herrenhaus für die Familie da Silva eigentlich viel zu groß. Als ihr Vater das Haus gebaut hatte, war er von einem Kindersegen ausgegangen, der sich nicht erfüllt hatte. Dona Alma hatte zwar sieben Kinder geboren, von denen drei aber noch als Säuglinge gestorben waren. Ein weiteres Kind wurde im Alter von elf Jahren von der Cholera dahingerafft, die 1873 gewütet hatte, und ihr älterer Bruder erlag dem Wundstarrkrampf, nachdem er sich an einem rostigen Zaun verletzt hatte. Nur sie selber und Pedro waren übrig, und Pedro kam nur noch sporadisch nach Hause.

Vitória nahm das größte Tischtuch aus dem Schrank und schlug es

auseinander. Es duftete ganz schwach nach Lavendel. Wenn sie zu siebt waren, dann sollte in jedem Fall die große Tafel gedeckt werden. Die Decke schien ihr in Ordnung zu sein. Und die dazu passenden Servietten mit der aufwändigen Lochstickerei? Vitória untersuchte sie penibel auf Flecken, Gilb und Löcher hin, konnte aber nichts entdecken. Umso besser. Vorsichtig faltete sie Tischtuch und Servietten wieder zusammen, legte sie beiseite und schloss die Türen des alten Kirschbaumschrankes, der, genau wie die Wäsche, zur Aussteuer ihrer Mutter gehört hatte.
Gerade als Vitória die Wäschekammer verlassen wollte, fiel ihr Blick auf das Ballkleid, das in der Ecke neben der Tür an einem Bügel hing. Nach dem Fest bei den Gonzagas war das Kleid zur Schneiderin gebracht worden, die einige Ausbesserungen daran vornehmen musste. So ausgelassen hatte Vitória getanzt, dass nicht nur der untere Saum an einigen Stellen aufgegangen war, sondern sich sogar der Rüschenbesatz am Ärmel gelöst hatte. Gott sei Dank war es niemandem außer ihr – und ihrer Mutter natürlich – aufgefallen, denn die anderen Gäste waren in ähnlich beschwingter Stimmung wie sie selbst gewesen.
Was für ein Fest! Rogério, ihr glühendster Verehrer, hatte sie so wild herumgewirbelt, dass ihr ganz schwindelig davon geworden war. Um der Wahrheit die Ehre zu geben: Es mochte auch der Champagner daran schuld gewesen sein, den Edmundo, dieser Langweiler, ihr nach jedem Tanz zu reichen sich beeilt hatte. »Vita«, hatte er gesagt und sie bewusst bei dem Namen genannt, mit dem sie nur von ihren engsten Freunden angesprochen wurde, »Vita, du wirkst ganz erschöpft. Nimm noch ein Glas, der Champagner wird dir gut tun.« Wenn er auf ein nettes Geplänkel mit ihr gehofft hatte, dann war er noch dümmer, als er aussah. Wer mochte sich schon mit Edmundo unterhalten, wenn die eigens aus Rio angereiste Kapelle so mitreißende Walzer, Polkas und Mazurkas spielte? Edmundo hätte sie ja zum Tanz auffordern können, statt sie immer nur mit seinem Hundeblick zu verfolgen. Aber wenn ihm der Tanz nicht lag …
Jetzt hing das wunderschöne Kleid da wie neu, frisch gewaschen

und gebügelt. Die Waschfrau musste es erst kürzlich zurückgebracht haben. Dennoch ärgerte es Vitória, dass man ihr nicht Bescheid gesagt hatte. Was, wenn sie es hier nicht zufällig entdeckt hätte? Ein solches Stück lässt man doch nicht einfach in einer Ecke der Wäschekammer hängen! Sie nahm den Bügel vom Haken und hielt sich die Robe vor. Was für ein Traum von einem Kleid! Die hellblaue Seide harmonierte perfekt mit der Farbe ihrer Augen und unterstrich aufs Eleganteste ihre schneeweiße Haut. Die winzigen weißen Rosenknospen, mit denen der lange Rock besetzt war, wirkten irgendwie unschuldig und bildeten einen faszinierenden Kontrast zu dem sehr offenherzigen Dekolletee.
Vitória drückte das Kleid eng an ihre Taille und blickte an sich herab. Die derben Schuhe, die unten herausschauten, brachten sie zum Lachen, hielten sie aber nicht davon ab, ein paar Walzerschritte zu vollführen und sich dabei zu drehen. Leise summte sie die Melodie des Wiener Walzers, zu dem sie durch den Saal geschwebt war, und hätte Rogério sie nicht so fest gehalten – vielleicht ein bisschen zu fest? –, wäre sie sicher in Ohnmacht gefallen. Wie würde sie nur die Zeit bis zum nächsten großen Fest überstehen? Drei endlose Wochen! Aber dafür versprach die Hochzeit von Rubem Araújo und Isabel Souza wenigstens, ein herausragendes Ereignis zu werden. Mehr als zweihundert Gäste waren eingeladen, und die Souzas würden sich nicht lumpen lassen, zumal sie froh sein konnten, eine so gute Partie für ihre farblose Tochter gefunden zu haben. Endlich mal wieder eine Gelegenheit, sich richtig herauszuputzen! Dieses Kleid würde Vitória dann selbstverständlich nicht tragen können, schließlich wären die Gäste dieselben wie bei dem Fest der Gonzagas. Aber vielleicht das kirschrote? Es war ein äußerst auffälliges Stück von ausgesuchter Eleganz, und es brachte Vitórias weiße Haut und ihr schwarzes Haar vorzüglich zur Geltung.
Abrupt wurde Vitória aus diesen Überlegungen gerissen. Miranda stolperte in die Kammer.
»Sinhá Vitória, da ist Besuch für Sie. Ich habe mich aber nicht getraut, ihn hereinzubitten.«

O je, hoffentlich war es niemand Wichtiges! Miranda hatte zwar strikte Anweisung, niemanden ins Haus zu lassen, den sie nicht kannte, aber es konnte sich ja durchaus um jemanden handeln, dem das Mädchen in den drei Monaten, die sie nun auf Boavista war, noch nicht begegnet war. Der Bankier Veloso womöglich, oder die Witwe Almeida.

Doch an der Tür stand ein Mann, den auch Vitória nie zuvor gesehen hatte. Seine Stiefel waren schlammverkrustet, und seine Kleidung, die ihn als jemanden einfacher Herkunft auswies, war ähnlich verschmutzt. Er schien einen langen Ritt hinter sich zu haben. Den ledernen Hut hatte er abgenommen, ein Abdruck auf seiner Stirn bewies, dass er ihn viele Stunden lang getragen haben musste. Sein schulterlanges Haar war im Nacken zusammengebunden, doch einige Strähnen hatten sich gelöst. Sie hingen ihm ins Gesicht und verliehen ihm einen verwegenen Eindruck. Um seine Hüften hatte er einen Gürtel geschlungen, in dem ein großer Revolver steckte.

Eine höchst sonderbare Erscheinung. Der Kleidung nach mochte er ein Gaúcho sein, ein Bauer aus dem Süden des Landes. Nach seinem blauschwarzen Haar und seinen leicht schräg gestellten Augen zu urteilen, konnte er ebenso gut ein *caboclo*, ein Indiomischling, sein, wie sie dieser Tage so zahlreich durch die Gegend irrten, auf der Suche nach Lohnarbeit. Seine Haltung dagegen war weder die eines schlichten Bauern noch die eines Caboclos. Er hielt den Kopf hoch erhoben und sah Vitória mit einem Blick an, der alles andere als unterwürfig war und der ihr einen kalten Schauer über den Rücken jagte. Ob er etwa ein Verbrecher war? Wer lief schon am helllichten Tag mit einem Revolver herum? Vitórias Atem beschleunigte sich unmerklich. Sie war allein auf sich gestellt, von ihrer bettlägerigen Mutter oder der tollpatschigen Miranda konnte sie keine Hilfe erwarten. Luiza war in der Küche im hinteren Teil des Hauses, wo sie von einem Überfall nichts mitbekommen würde, und Félix war wahrscheinlich schon längst unterwegs nach Vassouras.

»Guter Mann, Sie haben sich in der Tür vertan. Der Dienstboten-

und Lieferanteneingang befindet sich an der Rückseite des Hauses – wie eigentlich bei allen Anwesen in diesem Land. Und was immer Sie uns verkaufen wollen: Wir brauchen es nicht.« Noch bevor der Mann überhaupt ein Wort äußern konnte, schlug ihm Vitória die Tür vor der Nase zu. Im selben Augenblick ärgerte sie sich über ihre übertriebene Reaktion. Jetzt fing sie schon an, Gespenster zu sehen, also wirklich! Ein Räuber – sie hatte einfach zu viel Fantasie. Wahrscheinlich war der Mann ein Händler, der ihnen Scheren, Feldgerät oder Saatgut einer neuen Maiszüchtung verkaufen wollte. Durch das Seitenfenster beobachtete sie ihn dabei, wie er sich mit perfekter Grazie auf sein Pferd schwang und aus dem Hof ritt.

Das Pferd sah ähnlich mitgenommen aus wie der Mann selber, war aber offensichtlich von edlerem Geblüt als er. Merkwürdig, dachte Vitória, ein so prachtvolles Tier im Besitz einer solchen Gestalt. Die Menge an Taschen, Rollen und Säcken, mit denen das Tier beladen war, ließ darauf schließen, dass der Mann tatsächlich Handel mit irgendetwas trieb. Und wenn dem so sein sollte, dann, so sagte sich Vitória, war ihre Reaktion vielleicht doch ganz richtig gewesen. Wo sollte das hinführen, wenn sich schon irgendwelche erbärmlichen Bittsteller erdreisteten, an der Vordertür zu läuten. Demnächst wollten sie womöglich noch in den weichen Sesseln der Halle Platz nehmen und einen Kaffee serviert bekommen!

Auf Boavista wurde niemand abgewiesen. Jeder Händler durfte seine Ware feilbieten, jeder Notleidende bekam einen Teller Suppe, jeder durchreisende Soldat konnte seinen und seines Pferdes Durst hier löschen. Aber sie alle hatten sich am Hintereingang zu melden, wo sie von Miranda oder Félix oder einem anderen Haussklaven in Empfang genommen wurden. Nur wer ganz offensichtlich die Familie da Silva besuchen wollte, in privaten oder in geschäftlichen Angelegenheiten, war befugt, an der Vordertür zu schellen.

Vitória schüttelte den Kopf. Noch immer voller Unglauben über die Frechheit des Mannes ging sie ins Esszimmer. Miranda polierte ein Silbermesser – gerade mal das zweite, denn vor ihr auf

dem Tisch blitzte erst ein weiteres Messer, während der Rest des Bestecks noch matt und grau auf einem unordentlichen Haufen daneben lag.
»Geh doch mal zur Hintertür und hör dir an, was dieser komische Kauz von uns will. Aber weise ihn in jedem Fall ab. Er scheint mir nicht ganz lautere Absichten zu haben.«
»Sehr wohl, Sinhá.« Miranda ließ das Messer, das sie noch in der Hand hielt, laut auf den Palisandertisch poltern und eilte davon.
Wenig später kam sie zurück. »Da war niemand, Sinhá Vitória.«
Sehr mysteriös. Wie auch immer. Vitória wollte sich nicht länger den Kopf über den Mann zerbrechen.
Miranda stand unentschlossen vor ihrer Herrin und wartete auf deren Reaktion.
»Was stehst du da und hältst Maulaffen feil? Setz dich wieder hin und polier das Silber. Und tu mir den Gefallen und versuche dabei, nicht den schönen Tisch von Dona Almas Großmutter zu ramponieren, ja?«
Miranda setzte sich. Gedankenversunken schob auch Vitória einen Stuhl zurück, um sich am Tisch niederzulassen. Durch einen Spalt in den Gardinen schien ein einzelner Sonnenstrahl, in dem die Staubkörnchen flogen und der genau auf den Perserteppich vor dem Büfett gerichtet war. Vitórias abwesender Blick wanderte hinauf und blieb an dem Gemälde hängen, das über dem Büfett hing. Alma und Eduardo da Silva im Salon ihrer neu erbauten Fazenda Boavista, anno 1862. Ihre Mutter in einem roséfarbenen Kleid mit ausladender Krinoline, wie sie damals modern waren – unvorstellbar, dass Dona Alma einmal eine solche Schönheit gewesen war. Und ihr Vater sah zwar furchtbar streng auf dem Gemälde aus, doch das war wahrscheinlich auf den Geschmack der Zeit und des Künstlers zurückzuführen. Jedenfalls war Eduardo ein wirklich gut aussehender Mann gewesen, und sein damals nur von einem Schnauzer geschmücktes Gesicht drückte Stolz und Intelligenz gleichermaßen aus.
Ein lautes Klirren riss Vitória aus diesem kurzen Moment der Le-

thargie. Miranda hatte ein fertig poliertes Messer auf die anderen fallen lassen und sah sie ängstlich an.
Vitória schimpfte diesmal nicht mit Miranda, sie war es für heute leid. Irgendwann würde das Mädchen sich schon so benehmen, wie sie es von ihr erwartete. Wortlos stand Vitória auf und ging. Genug des Müßiggangs! Sie hatte keine Zeit zu verlieren, wenn sie alles schaffen wollte, was heute anlag. Ein Sklave war angeblich sehr krank. Wenn Félix mit dem Arzt aus Vassouras kam, musste sie gemeinsam mit dem Doktor nach dem jungen Schwarzen sehen. Es konnte sich schließlich auch, was gelegentlich vorkam, um einen Simulanten handeln, der sich entweder nur vor der Arbeit drückte oder aber hoffte, von den anderen Sklaven isoliert zu werden, um die Flucht zu wagen.
Weiterhin musste Vitória der Beschwerde des Vorarbeiters nachgehen, der den Aufseher beschuldigte, Lebensmittel zu stehlen, die den Sklaven zugeteilt worden waren. Ein schwerer Vorwurf – sollte Vitória den Eindruck haben, dass an der Geschichte etwas Wahres sein sollte, würde ihr Vater eingreifen müssen. Im schlimmsten Fall musste Seu Franco entlassen werden, worüber Vitória nicht besonders unglücklich wäre. Der Mann war unausstehlich. Anschließend wollte sie nach ihrer Stute sehen, die mit einem entzündeten Huf im Stall stand und die gemeinsamen Ausritte ebenso zu vermissen schien wie Vitória.
Nach ihrer Mittagsruhe – und auf die würde sie keineswegs verzichten, denn der Abend versprach lang zu werden – hatte sie einiges am Schreibtisch zu erledigen. Sie musste diverse Rechnungen und Lieferantenlisten überprüfen, eine Aufgabe, die ihr Vater ihr übertragen hatte, als er ihr frappierendes Zahlenverständnis entdeckte. Außerdem würde sie es sich nicht nehmen lassen, die Zeitung zu lesen, in der sie mit Spannung die Kurse für Kaffee verfolgte, der seit kurzem an der Börse von Rio de Janeiro gehandelt wurde.
Aber zuallererst, bevor die Hitze unerträglich wurde, wollte sie hinaus auf die Kaffeefelder. Vitória band sich eine grobe Schürze um, setzte einen alten Strohhut auf, nahm ihren Korb und ein

Messer und verließ das Haus. Ihr Weg führte durch einen kleinen Kräutergarten, den sie neben dem Herrenhaus angelegt hatte. Hinter dem Holzgatter, das von Sonne und Regen schon ganz ausgebleicht und rissig war, wand sich ein schmaler Pfad hinaus zu den Feldern. Den größten Teil ihres Landes nahmen die Kaffeepflanzungen in Anspruch, doch auch Getreide, Mais, Gemüse und Früchte wurden hier angebaut. Immerhin waren an die dreihundert Sklaven zu ernähren, des Weiteren rund fünfzig Rinder, zwanzig Pferde, hundert Schweine und fast zweihundert Hühner. Als Vitória nach dem kurzen Fußweg das erste Feld mit Kaffeepflanzen erreichte, standen ihr Schweißperlen auf der Oberlippe. Die Sonne brannte bereits erbarmungslos von dem wolkenlosen Himmel herab, dabei mochte es vielleicht gerade zehn Uhr sein. Nicht der kleinste Windhauch ging. Im Laufe des Tages, schätzte Vitória, würde das Thermometer sicher auf über fünfunddreißig Grad klettern. Und das noch vor Frühlingsanfang! Sie musste sich beeilen, wenn sie nicht schweißgebadet zum Haus zurückkehren wollte. Sie griff nach einem Strauch und schnitt behutsam ein paar besonders schöne Zweige ab. Genauso verfuhr sie an drei weiteren Sträuchern, bis ihr Korb gefüllt war. Dann rückte sie ihren Strohhut wieder gerade und trat ihren Rückweg an. Wie erfrischend wäre jetzt ein Bad im Paraíba! Aber sofort schob Vitória diese Idee wieder beiseite. Heute war sicher nicht der Tag, den sie beim Plantschen im Fluss vertrödeln konnte. Außerdem führte der Paraíba nach dem schweren Regen viel mehr Wasser als üblich. Der Fluss, der sich sonst träge durch die Landschaft schlängelte, war zu einem reißenden und tückischen Strom angeschwollen, in dem man besser nicht schwamm. Dabei wirkte er von Weitem so harmlos, wie er in der Sonne schillerte und sich wie ein helles Seidenband in das Grün der Hügel schmiegte. Er lag ungefähr fünfhundert Meter entfernt von der Stelle, an der Vitória stand. Nur schemenhaft nahm sie das Glitzern des Wassers wahr. Mit Vitórias Sehkraft stand es nicht zum Besten, doch mit der Brille, die ihr ihr Vater von einer Reise nach Frankreich mitgebracht hatte, konnte sie sich partout nicht anfreunden. Und die mächtigen Bäume, die das Ufer säumten, und den Lehmweg, der am Fluss entlang nach Vassouras führte, kannte sie gut genug, um sie auch so auszumachen. Aber irgendetwas störte den vertrauten Anblick. Hatte sich da etwa ein Rind auf den Weg verirrt? Vitória kniff die Augen zusammen und konzentrierte sich auf den dunklen Fleck. Er bewegte sich nicht. Ein Reiter? Doch nicht etwa der üble Geselle, der vorhin an der Tür gewesen war? Schnell raffte Vitória ihren Rock und lief zurück zum Haus. Als sie das Gatter zum Kräutergarten erreichte, drehte sie sich noch einmal um. Der Fleck war verschwunden.

II

Für die *comissionistas*, die Kaffee-Zwischenhändler, war der September eine Zeit, in der nicht allzu viel zu tun war. Größere Lieferungen von den Fazendas im Süden Rio de Janeiros waren erst wieder in einigen Monaten zu erwarten. Zwar konnten die *cafeeiros*, die Kaffeesträucher, das ganze Jahr über Früchte tragen, doch am ertragreichsten waren sie im Herbst. So fand die Haupternte üblicherweise im Mai statt, der zugleich der trockenste Monat der Provinz war. War er es nicht, fiel wider Erwarten und wider alle klimatische Wahrscheinlichkeit Regen, konnte eine ganze Ernte vernichtet werden.

Die frisch gepflückten Kirschen wurden in langen Bahnen in den Innenhöfen der Fazendas zum Trocknen ausgelegt und von den Sklaven regelmäßig mit großen Rechen gewendet, sodass jede Kirsche ihren Anteil an Sonne bekam. Diese Periode der Kaffeegewinnung war die heikelste. Wurden die Kirschen zu lang getrocknet, verloren die darin verborgenen Kaffeebohnen ihr Aroma. Setzte man sie der Sonne zu kurz aus oder fiel Regen auf die säuberlich aufgeschichteten Bahnen der schon beinahe fertig getrockneten Kirschen, verfaulten die Bohnen in ihrem Innern.

Doch auch nach dem Trocknen, wenn die Früchte von der *pulpa*, der roten Schale und dem Fruchtfleisch, befreit waren und der Doppelkern – die zwei Bohnen, die jede Kaffeekirsche enthielt – daraus gelöst war, konnte das kostbare Gut noch Schaden nehmen. Eine einzige »Stinkebohne« in einem Sack Kaffee machte alle anderen Bohnen dieses Sacks ungenießbar. Die Sortierung der Bohnen wurde daher ausschließlich von Sklaven vorgenommen, die genügend Erfahrung besaßen, solche Stinkebohnen ausfindig zu machen. Meist handelte es sich um Bohnen aus Kirschen, die überreif geerntet worden waren, und man erkannte sie an ihrer verschrumpelten Form und ihrer schwärzlichen Farbe.

Pedro da Silva wusste über all diese Dinge genauestens Bescheid,

und er war in der Lage, auf einen Blick die Qualität einer Kaffeelieferung zu beurteilen. Für den *comissionista* Fernando Ferreira war Pedro ein Glücksgriff gewesen. Anfangs hatte er den Vorschlag von Eduardo da Silva, dessen Sohn bei sich in die Lehre zu nehmen, für einen schlechten Scherz gehalten. Was sollte er mit dem verwöhnten Sohn eines reichen Fazendeiros anfangen? Er würde mit seinen gestelzten Manieren und seiner vornehmen Kleidung doch nur Missgunst unter den anderen Angestellten schüren. Und würde sich ein junger Mann, der immerhin schon dreiundzwanzig Jahre alt war, überhaupt noch gelehrig zeigen? Aber Eduardo da Silva zerstreute die Bedenken seines *comissionistas* schnell, indem er sich mit dem üblichen Lohn einverstanden erklärte und auch sonst keine Sonderbehandlung seines Sohnes wünschte. Als Pedro seine Stelle dann antrat, misstrauisch beäugt von Fernando Ferreira und jedem seiner fünf Angestellten, wusste er innerhalb von einer Woche alle für sich einzunehmen. Er war klug, fleißig, bescheiden und legte nicht eine der Allüren an den Tag, die man von anderen reichen Söhnen kannte. Stets war er freundlich, und nicht einmal in der drückenden Hitze, die in den Sommermonaten die Arbeit im Schreibraum zur Hölle werden ließ und die an den Nerven der Menschen zerrte, kamen ihm seine Gelassenheit und Fröhlichkeit abhanden.
Für Pedro da Silva war die Arbeit bei Fernando Ferreira eine willkommene Gelegenheit, der erstickenden Langeweile der Provinz zu entkommen. Rio de Janeiro! Für ein Leben in dieser pulsierenden Metropole, in der es an Zerstreuungen nicht mangelte, würde er noch die stumpfsinnigste Arbeit annehmen. Und was blieb ihm schon anderes übrig? Für die Medizin zeigte er keinerlei Begabung, nach einem Semester hatte er das Studium aufgegeben. Die Juristerei, das hatten zwei weitere verschwendete Semester ergeben, war ihm zu theoretisch. Den ganzen Tag über Büchern brüten, das lag ihm nicht. Also besann er sich auf das, wovon er dank Eduardo da Silvas Erziehung am meisten verstand: Kaffee.
Wenn Pedro jemals geglaubt hatte, seiner Bestimmung als Nachfolger seines Vaters entgehen zu können, so verflüchtigten sich

seine Hoffnungen jetzt zusehends. Seine Lehre bei Ferreira, der sich ein Ausbildungsjahr bei einem großen Exporteur anschließen sollte, machte ihm gar nicht so wenig Spaß, wie er anfangs befürchtet hatte. Das Begutachten der Lieferungen sowie das Feilschen mit den Fazendeiros einerseits und Exporteuren andererseits gingen ihm mit großer Leichtigkeit von der Hand. Von allen Mitarbeitern Ferreiras war Pedro außerdem der geschickteste in der Rekrutierung brauchbarer Hilfskräfte zum Entladen der Waggons. Nur eine Minderheit der freien Schwarzen, die man an jeder Straßenecke als Lastenträger anheuern konnte, war tüchtig genug für diese Aufgabe, und Pedros Auge war nach jahrelangem Umgang mit den Sklaven auf Boavista geschult. Alte, schwache oder verkrüppelte Männer konnte man nicht brauchen. Ein Sack, der zu Boden fiel, konnte aufplatzen oder gar in einer Pfütze brackigen Wassers landen.

Die Geschäftsräume lagen in der Rua do Rosário, einer Straße, die die *comissionistas* fast allein für sich beanspruchten. Das Gebäude stammte aus der Kolonialzeit und war mit blau-weißen *azulejos* gekachelt. »Fernando Ferreira & Cia.« stand in schnörkeligen, schwarz umrandeten Goldlettern auf der Glasscheibe des zur Straße hin gelegenen Ladenraums. Der Duft frisch gerösteten Kaffees waberte das ganze Jahr hindurch über der Straße, denn die Exporteure wünschten immer eine Proberöstung und anschließende Verkostung, um die Güte der Ware richtig beurteilen zu können. Auch darin war Pedro ein Meister. Für wichtige Kunden ließ er es sich nicht nehmen, ein paar Bohnen selber zu rösten, zu mahlen und aufzubrühen – schließlich hing der Geschmack des Kaffees von der gekonnten Ausführung jedes einzelnen Schrittes dieser Prozedur ab. Pedro war es auch, der die angeschlagenen Tassen, in denen Ferreira den Exporteuren den Kaffee servierte, durch feine Porzellantässchen mit Goldrand ersetzte. Zunächst hatte ihm diese Maßnahme die Missbilligung Ferreiras eingetragen, der sich in all seinen Vorurteilen gegenüber der ausschweifenden Lebensart der Kaffeebarone bestätigt sah. Doch schließlich hatte der Erfolg Pedro Recht gegeben: Aus den zarten Tassen schmeckte der Kaffee einfach besser, und die kultiviertere Form der Darreichung trug nicht unwesentlich dazu bei, dass ein besserer Preis erzielt wurde.

Auch Pedros Äußeres mochte einen Anteil daran haben. Mit seinen großen braunen Augen wirkte er viel unschuldiger, als er in Wirklichkeit war. Die Kunden fühlten sich bei ihm nie bedrängt oder übervorteilt, wie sie es von anderen *comissionistas* gewohnt waren. Im Gegenteil: Nach einem Abschluss mit Pedro waren sie immer der Überzeugung, ein fantastisches Geschäft gemacht zu haben. Pedros samtene Stimme, seine Freundlichkeit und seine naiv wirkende Art täuschten fast jeden darüber hinweg, dass der junge da Silva ein scharfer Rechner war.

Fernando Ferreira erkannte schnell das verkäuferische Talent seines Schützlings. Nach zehn Monaten harter Arbeit hatte Pedro seinen Chef so von sich eingenommen, dass der ihm, ganz gegen seine Gewohnheit, einen kurzen Urlaub genehmigte. Bei Leuten wie Pedro da Silva schadete es sicher nicht, glaubte Ferreira, wenn man sie bei Laune hielt. Zwar ließ der Junge durch nichts in seinem Verhalten darauf schließen, dass er sich für etwas Besseres hielt, doch das lenkte Ferreira keinen Augenblick von der Tatsache ab, dass er der einzige männliche Erbe von Eduardo da Silva war. Eines Tages wäre Pedro der Herr auf Boavista.

Pedro freute sich auf die freien Tage, die vor ihm lagen. Er hatte ein paar Freunde nach Boavista eingeladen, im Anschluss würden sie weiter in die Provinz São Paulo reisen und die Familie seines Freundes Aaron Nogueira besuchen. Aaron war ein ehemaliger Kommilitone, der im Gegensatz zu Pedro eine außerordentliche Begabung für die Jurisprudenz zeigte und soeben seine Prüfungen mit Bravour abgelegt hatte. Als Jude entsprach Aaron wahrscheinlich nicht gerade dem Umgang, den sich Dona Alma für ihren Sohn in Rio erhoffte, dabei konnte sich Pedro keinen humorvolleren und klügeren Freund als Aaron wünschen. João Henrique de Barros dagegen würde seiner Mutter gefallen. Er hatte den Freund, ebenfalls ein ehemaliger Studienkollege, in seinem Brief namentlich angekündigt und wusste, dass Dona Alma ihn würde einordnen können. Das mochte sie besänftigen, denn der Dritte, den er eingeladen hatte, war jemand, den weder sie noch sein Vater mögen würden: León Castro war ein über die Grenzen Rios hinaus bekannter Journalist, der sich vor allem durch seine vehemente Forderung nach Abschaffung der Sklaverei einen Namen gemacht hatte. Pedro und Aaron hatten den Mann, der ein paar Jahre älter war als sie, bei einer Soiree in São Cristóvão kennen gelernt und bewunderten ihn für seine modernen Ideen, seine rhetorische Gewandtheit sowie seinen absoluten Mangel an Respekt vor jeglicher Autorität. León war in ihren Augen ein Held – auch wenn sie nicht alle seine Auffassungen teilten.

Umso erstaunter war Pedro, dass León seine Einladung, mit ihnen nach Boavista zu reisen, angenommen hatte. Dabei war sie ihm nur beiläufig herausgerutscht, als sie sich eine hitzige Debatte über die Lebensbedingungen der Sklaven lieferten. »Du scheinst noch nie eine Fazenda gesehen zu haben, auf der gut genährte und zufriedene Schwarze leben. Ehrlich, León, komm doch mit uns nach Boavista, dann wirst du deine Meinung ändern. Unsere Sklaven jedenfalls haben es deutlich besser als all die Freien, die auf den Straßen Rios ihr erbärmliches Dasein fristen.«

Mittlerweile war Pedro ein bisschen bang zumute. Seine Mutter schimpfte ihn ohnehin schon einen unverbesserlichen Liberalen, aber wenn er nun einen Juden und einen Sklavereigegner mitbrachte, dann würde sie ihn wahrscheinlich für einen Anarchisten halten und seinen Vater beknien, ihn wieder zurück nach Boavista zu holen. Was für eine schreckliche Vorstellung! Pedro verabscheute den eintönigen Alltag in der Provinz, wenngleich er seine Familie, das Anwesen, die Ritte durch die Natur, das Bad im Paraíba und die frische Luft vermisste. Aber was war das schon im Vergleich zu der aufregenden, lauten, turbulenten, wilden Stadt? Im Vale do Paraíba war die Gesellschaft strikt in zwei Klassen unterteilt: Fazendeiros und Sklaven. Einzig in den kleineren Städten der Provinz, in Valença, Vassouras oder Conservatória, fand man normale Bürger, deren Berufe sich aber vor allem an den Bedürfnissen der Fazendeiros ausrichteten. Es gab Lehrer, Musiker,

Ärzte, Krämer, Handwerker, Schneider, Anwälte, Bankiers, Apotheker, Buchhändler und natürlich Soldaten und Beamte des Kaisers. Das Leben floss gemächlich dahin, ohne große Höhen und Tiefen. Es wurde bestimmt von den katholischen Feiertagen und von den Jahreszeiten, und genau wie sie wiederholte es sich in zermürbender Regelmäßigkeit. Alles war so vorhersehbar! Jeden April das Fest bei Teixeiras, jeden Mai die Ernte, jeden Oktober die Totenmesse für seinen Großvater, den er nicht einmal gekannt hatte, jeden Januar die Reise in die erfrischende Kühle der Berge von Petrópolis.

Rio dagegen brodelte. Nie wusste man, was der nächste Tag brachte. Jederzeit konnte man Menschen begegnen, die von faszinierenden Abenteuern zu berichten wussten. Beinahe täglich lief ein Schiff aus Nordamerika oder Europa ein, das neben erschöpften Matrosen immer auch Hasardeure, Huren und wertvolle Handelsgüter mitbrachte. In Rio traf man auf Missionare, die sich in die Urwälder des Nordens wagen wollten, auf englische Adlige, die sich in der Neuen Welt vor ihren Gläubigern in Sicherheit brachten, auf französische Intellektuelle, die hier einen fruchtbaren Boden für ihr fortschrittliches Gedankengut sahen. Immer öfter erreichten auch Schiffe den Hafen, die überquollen vor elenden Gestalten, russischen Juden, die vor Pogromen flüchteten, und deutschen und italienischen Bauern, die mit ihren Großfamilien und dem Mut der Verzweifelten im dünn besiedelten Süden des Landes ein neues Leben beginnen wollten.

Sosehr Pedro mit den Ankömmlingen litt, um eines beneidete er sie: den ersten Blick auf Rio de Janeiro. Die Kulisse, die dramatischer kaum sein konnte, war schon von Reisenden früherer Zeiten immer mit euphorischen Worten beschrieben worden. Die unzähligen Buchten, von weißen Stränden gesäumt, beschrieben abenteuerliche Kurven. Ihre Spitzen schienen sich am Horizont zu berühren, sodass sie auf den ersten Blick wie ein undurchdringliches Labyrinth wirkten, wie ein riesiges Flussdelta, in dem sich hunderte von Inseln befanden. Tatsächlich hatten die Portugiesen, als eine Expedition unter Gaspar de Lemos in der fast kreisrunden

Guanabara-Bucht einlief, geglaubt, es handele sich um die Mündung eines Flusses – und weil man den 1. Januar 1502 schrieb, tauften sie den Landeplatz »Rio de Janeiro«, Januar-Fluss.
Die Granitfelsen, die sich mächtig über der Küste emporhoben und bizarre Formen bildeten, wurden umrahmt von dichtem Urwald, dessen sattes Grün sich zwischen Stränden und Bergen ausbreitete. Ein so atemberaubendes Panorama wog die Strapazen der Reise allemal auf. Doch sobald man Rio aus der Nähe kennen lernte, verlor man den Blick für die Großartigkeit der Landschaft. Andere Eindrücke überwogen. Der Lärm, die schwüle Hitze, die Mücken, der Unrat, der Gestank und das Gewimmel auf den Straßen ließen verklärte Blicke auf die Berge oder das tosende Meer nicht mehr zu.
Jetzt war Pedro froh, diesem Moloch, in dem er sich so mühelos zurechtfand, für eine Weile zu entkommen. Er stand am Bahnhof, wo jeden Augenblick seine Freunde eintreffen mussten. Fasziniert beobachtete er das geschäftige Treiben um sich herum. Der Zug, der täglich zwischen Vassouras und Rio de Janeiro verkehrte, wurde mit allen luxuriösen Gütern beladen, welche die reichen Fazendeiros und deren Familien brauchten. Meist handelte es sich dabei um importierte Waren: Pomaden, Parfüms, Lippenrot, Porzellan, Kristall, Möbel, Bücher und Journale, Spitzenbordüren, Hutfedern, Musikinstrumente, Wein, Spirituosen. Aber auch große Mengen an Weizenmehl wurden verladen, denn weißes Brot galt in Brasilien, das keinen Weizen anbaute, als besondere Delikatesse.
»Hier steckst du also! Ich suche dich schon seit einer halben Stunde. Aber in diesem infernalischen Durcheinander ist ja kein Durchkommen.« Aaron Nogueira erreichte schweißgebadet seinen Freund. »Dieser Bahnhof ist eine Zumutung. Die Lastenträger sehen weder nach rechts noch nach links, sie sind völlig rücksichtslos! Und einen Burschen, der die Koffer trägt, findet man weit und breit nicht!« Erschöpft stellte Aaron sein Gepäck ab. Am Ärmel seines Rocks klaffte ein Riss, den er wütend untersuchte. Seine roten Locken standen wirr ab.

Pedro musste schmunzeln. »Weißt du, du siehst aus wie ein Wahnsinniger.«
»Ja, und glaub mir, ich bin wirklich kurz davor, dem Irrsinn zu verfallen.«
In diesem Moment traf auch João Henrique de Barros ein, in tadelloser Aufmachung und mit arroganter Miene.
Aaron staunte. »Wie gelingt es dir nur immer, dich unbeschadet durch dieses Gesindel zu drängen?«
João Henrique klopfte sich vielsagend mit seiner kleinen Reitgerte auf die Innenseite der Hand. »Das richtige Auftreten, mein Freund.«
Pedro sah auf seine Taschenuhr und mahnte zum Aufbruch.
Wenige Minuten, nachdem die drei Freunde ihr Abteil gefunden und sich darin eingerichtet hatten, stieß die Dampflok ihr schrilles Signal aus. Mit einem Ruck fuhr der Zug an. Aaron, der am Fenster stand und nun, aus sicherer Distanz, verzückt das bunte Wirrwarr auf dem Bahnhof betrachtete, geriet aus dem Gleichgewicht und wäre beinahe hingefallen. João Henrique sah ihn aus den Augenwinkeln abfällig an, während Pedro lachte.
Als der Zug die Stadtgrenzen passiert hatte, zog João Henrique eine Flasche Cognac sowie drei Gläser aus seiner Ledertasche. »Wir wollen uns doch die Zeit so angenehm wie möglich gestalten, nicht wahr?«
»Also bitte, João Henrique, findest du es nicht ein bisschen zu früh, um schon dem Alkohol zuzusprechen?«
»Aaron, was bist du für ein garstiger Spielverderber.« João Henrique goss zwei Gläser ein, reichte eines davon Pedro und stieß dann mit ihm an. »Auf die Tugend unseres lieben Aaron!«
Pedro fand insgeheim, dass Aaron Recht hatte – es war zu früh, um zu trinken. Doch er gefiel sich in der Rolle des Lebemannes, dem kein sinnlicher Genuss fremd war und der unbeschwert dem Müßiggang frönte. Und überhaupt: Wozu war man jung?
»Auf Boavista!«, erwiderte er. An João Henriques Sticheleien würde er sich bestimmt nicht beteiligen.
»Auf Boavista!« Aaron prostete den anderen beiden mit einer

Feldflasche zu, die er aus einer seiner schäbigen Taschen gezogen hatte.
João Henrique zog in gespielter Anerkennung die Brauen hoch. »Der Rabbi deines Schtetls wäre stolz auf dich.«
»Das wäre er. Ganz im Gegensatz zu deinem Padre, dem sicher schon übel wird, sobald du den Beichtstuhl betrittst.«
»Glaubst du etwa, ich würde den guten alten Padre Matias mit einem detaillierten Bericht über all meine Ausschweifungen beglücken? Nein, darauf wird er lange warten können ...«
»João Henrique, Aaron, könnt ihr euch nicht ein anderes Mal streiten? Ich habe es wirklich satt. Ich weiß gar nicht, wieso ich euch beide zusammen mitnehme.«
Tatsächlich versuchte Pedro in Rio, die beiden nicht allzu oft zusammenzubringen. Sie waren wie Hund und Katze, wie Feuer und Wasser. Ständig beharkten sie sich, und noch die geringfügigste Sache gab ihnen Anlass zu einem giftigen Schlagabtausch. Einmal hatten die beiden so verbissen über ein Buch debattiert, dass sie sich beinahe geprügelt hätten. Pedro hatte sie des Hauses verwiesen. Sollten sie ihren Streit doch woanders fortsetzen. In seinem Haus, genauer in der Stadtresidenz seines Vaters, die er während der Dauer seiner Lehre in Rio bewohnte, sollten sie sich gefälligst benehmen.
Dennoch ließ es sich manchmal nicht vermeiden, dass die beiden aufeinander trafen. Sie waren nun einmal seine beiden besten Freunde. Jeder von ihnen hatte Eigenschaften, die Pedro schätzte. Aaron war ein brillanter Kopf. Er sprühte vor Witz, konnte aber so ernsthaft, fleißig und diszipliniert sein, dass er bei anderen jungen Leuten als Streber verrufen war. Seiner Ungeschicklichkeit hatte er es zu verdanken, dass er wie ein zerstreuter Gelehrter wirkte, was er beileibe nicht war. Gelehrt ja, zerstreut niemals. Dazu kam sein Unvermögen, sich gut zu kleiden. Weder hatte Aaron das Geld dafür, noch sah er die Notwendigkeit einer tadellosen Garderobe ein. Pedro hatte versucht, ihm zu erklären, dass Aaron als frisch gebackener Advokat besser gekleidet sein müsse, und sei es nur, um die Klienten von seinem Können zu überzeugen. Die

Leute ließen sich eben von Äußerlichkeiten blenden, und dieser Tatsache musste sich Aaron stellen. So überzeugend seine Fähigkeiten auch sein mochten – mit dem richtigen Auftritt erreichte man manchmal mehr.
Aarons nachlässige Kleidung gab João Henrique immer wieder Anlass, auf ihm herumzuhacken. João Henrique selber war stets wie aus dem Ei gepellt. Pedro hatte ihn noch nie in einer Situation erlebt, in der irgendeine Kleinigkeit seines Aufzugs unpassend gewesen wäre. Bei offiziellen Anlässen wirkte João Henrique überaus seriös, im Theater gab er ein Bild der unangestrengten Eleganz ab, in der Kirche gelang es ihm, dass er trotz seiner modischen Aufmachung wie der Inbegriff der Bescheidenheit und Uneitelkeit aussah. Nicht einmal bei ihren nächtlichen Streifzügen wirkte er je mitgenommen. Pedro hatte João Henrique zwar nie bei der Ausübung seines Berufs gesehen, konnte sich aber genau vorstellen, dass er den Patienten dank seines untadeligen Äußeren wie ein Ausbund an medizinischer Kompetenz erscheinen musste – und damit womöglich sogar den Heilungsprozess beschleunigte. Doch es war nicht João Henriques Stilgefühl, das Pedro am meisten bewunderte. Vielmehr schätzte er an ihm die unerschütterliche Selbstsicherheit. Ob Honoratioren, Professoren oder gefeierte Opernsänger, ob am Kartentisch oder bei Prüfungen – niemand und nichts brachte João Henriques Selbstbeherrschung ins Wanken. Einzig Aaron konnte ihn mit einer beiläufigen Bemerkung zur Weißglut treiben.
Wenn er mit João Henrique unterwegs war, färbte diese Souveränität auch auf Pedro ab. In João Henriques Gegenwart fühlte er sich stark und unangreifbar. Nicht dass Pedro ein Schwächling gewesen wäre. Aber Hemmungen, wie sie ihn in Etablissements von zweifelhaftem Ruf überfielen, oder Unsicherheiten, die er im Gespräch mit hohen Würdenträgern hatte, waren wie weggeblasen, wenn João Henrique bei ihm war. Er gab ihm das Gefühl, erwachsen zu sein. Genau das war einer der Gründe, warum er ihn nach Boavista eingeladen hatte. João Henrique würde es ihm leichter machen, seinem Vater als Mann gegenüberzutreten und nicht als

Junge. Dank seines Namens würde João Henrique außerdem Dona Almas Sorgen zerstreuen können, die sie angesichts seiner anderen Gäste unweigerlich überfallen würden. Das war es allemal wert, dafür ein paar Tage lang die Kabbeleien zwischen seinen beiden Freunden zu ertragen.

Langsam zog die Landschaft an den drei jungen Männern vorbei. João Henrique hatte sich eine Zigarre angesteckt und las, gemütlich in die roten Samtpolster gelehnt, eine Zeitung. Pedro saß in Fahrtrichtung am Fenster, ihm gegenüber saß Aaron. Beide sahen aus dem Fenster, nachdenklich und angespannt der eine, aufgeregt und voller Vorfreude der andere.

Halb nackte braune Kinder liefen neben dem Zug her und winkten. In den Vororten Rios bestimmten kläffende Hunde, zerfallene Hütten, magere Schweine im Dreck, verhärmte Frauen mit Babys auf dem Rücken das Bild. Doch allmählich wurde dieses deprimierende Szenario abgelöst von der unverdorbenen Natur des Hinterlandes. Je weiter sich der Zug durch die Berge quälte, desto üppiger und undurchdringlicher wurde das Grün. Aus dem Schotter unter den Schienen sprossen zarte Gräser, am Rand der Gleise wuchsen wilde Orchideen. Hier und da erspähte Pedro einen Tukan im Wald. Er sah hektisch flatternde Kolibris und riesige, leuchtend blaue Schmetterlinge, er sah Äffchen, die sich an Bananenstauden zu schaffen machten, und einmal erhaschte er einen Blick auf eine *Urutu*, die sich um den mächtigen Stamm eines Mahagonibaumes gewickelt hatte. Oder war es nur seine Einbildung, die ihm einen Streich spielte? Allen Berichten der Forscher zum Trotz, die aus Brasilien täglich Aufsehen erregende Funde neuer Tiere, Pflanzen und Krankheiten meldeten, hatte Pedro erst selten Schlangen gesehen. Aber gut, dies hier war Urwald, und der hatte mit dem gezähmten, gerodeten, beackerten Land des Vale do Paraíba nicht mehr viel gemein.

João Henrique unterbrach die Stille mit einem kurzen, harten Lachen. »Wisst ihr, was León im ›Jornal do Commércio‹ schreibt? Das ist ja unfassbar! Ich lese es euch vor:

Mit einem ungewöhnlichen Ansinnen erschien am gestrigen Mittwoch, dem 21. September 1884, ein gewisser Carlos Azevedo in der Prefeitura von São Paulo: Er, der uneheliche und alleinige Sohn des jüngst verstorbenen Fazendeiros Luiz Inácio Azevedo, wolle einer Sklavin, die er von seinem Vater geerbt habe, die Freiheit schenken und dies in den Stadtregistern eintragen lassen. Der Name der Sklavin sei Maria das Dores. Sie sei seine Mutter.
Sie staunen, verehrte Leser? Sie wollen nicht glauben, dass in unserer fortschrittlichen Zeit, in unserem aufstrebenden Land ein Mann seine Mutter erben kann? Glauben Sie es. Und schämen Sie sich mit mir unserer schändlichen Gesetzgebung. Solange die skrupellosen Sklavenhalter sich ungestraft an den farbigen Frauen vergehen dürfen und solange Menschen als Dinge angesehen werden, die vom Vater an den Sohn weitergereicht werden, so lange darf Brasilien keinen Anspruch auf ›Zivilisation‹ erheben.
In diesem Fall hatte die Sklavin das Glück, dass ihr Herr den unehelichen Sohn anerkannt hatte und Letzterer ihr die Freiheit schenkte. Ebenso gut hätte er sie verkaufen können – und wäre damit ganz im Rahmen unserer Gesetze geblieben. Ich frage Sie: Was ist das für ein Land, in dem ein Mann seine eigene Mutter verkaufen darf? Für mich lässt das nur einen Schluss zu: Die Sklaverei muss abgeschafft werden!«

Aaron und Pedro lachten.
»Ha«, amüsierte sich Aaron, »da hat seine Fantasie wohl wieder Kapriolen geschlagen.«
»Wo nimmt er nur immer diese sagenhaften Geschichten her?«, wunderte sich Pedro. »So etwas kann man sich doch unmöglich ausdenken. Und er nennt ja sogar Namen, dieses ganze Rührstück muss demnach belegbar sein.«
»Wir sehen ihn ja bald«, warf João Henrique ein, »dann kann er uns über die Hintergründe aufklären.« Damit widmete er sich wieder seiner Zeitung.
Pedro und Aaron unterhielten sich währenddessen. Das Wetter, die Politik, die Gesundheit der Prinzessin Isabel, die Kaffeepreise, die Qualität von Zigarren der Marke »Brasil Imperial«, die Situa-

tion der Schwarzen in Rio, die neueste Mode, im Meer baden zu gehen, und der Gesichtsausdruck des Schaffners lenkten ihre Aufmerksamkeit von der Landschaft ab. Als sie endlich wieder bewusst wahrnahmen, wo sie sich befanden, staunte Aaron.

»Meine Güte, sind das alles Kaffeepflanzen?«

»Ja.« Pedro war selber so hingerissen von dem Anblick, dass er einsilbig wurde.

»Es sieht herrlich aus.«

Dann fielen beide in Schweigen, während sie die vorüberziehende Landschaft in sich aufnahmen.

Ab und zu sahen sie in der Entfernung eine Fazenda, wuchtige Gebäude meist, die weiß in der Sonne strahlten und nichts von der Eleganz hatten, die sich im Innern der Herrenhäuser entfaltete.

»Das da hinten ist die Fazenda der Sobrals.« Pedro deutete mit dem Finger in Richtung Süden. »Ich weiß nicht, ob du es von hier erkennen kannst, aber die *casa grande*, das Herrenhaus, hat einen Säulenvorbau. Stell dir nur vor, Säulen! Wie in Nordamerika!«

»Was ist denn daran falsch?«, fragte Aaron.

»Also ehrlich, Aaron, manchmal könnte man glauben, du wärest erst gestern immigriert und nicht schon vor elf Jahren! Es ist gar nichts falsch daran. Aber in Brasilien hält man sich eher an die traditionell portugiesische Bauweise, und da haben Säulen vor einem Gutshaus nichts verloren. Spielkram, verstehst du? Wir halten uns lieber an das Strenge, Schmucklose. Ein Haus wie das der Sobrals ist einfach zu protzig. Es ist nicht keusch genug.«

Aaron musste kichern.

»Natürlich«, fuhr Pedro fort, »beneiden ihn alle um dieses herrschaftliche Säulenportal. Es würde nur nie jemand zugeben.«

»Und wie sieht euer Haus aus?«, wollte Aaron wissen.

»Mach dir selber ein Bild – in knapp zwei Stunden sind wir da. Aber gut, so viel vorweg: Es sieht nach rechtschaffener Arbeit und nach sehr katholischen Bewohnern aus. Von außen jedenfalls. Abgesehen von ein paar klitzekleinen Details, die dann doch die Eitelkeit und den Hochmut unserer Familie verraten: die Palmen-

allee, der Springbrunnen vor dem Haus, die Keramikzapfen am Treppensims, die Schnitzarbeit an den Fensterläden ...«
»Schon gut, schon gut. Verrat noch nicht alles. Ich gedulde mich.«
Als der Zug die ersten Häuser Vassouras' passierte, legte auch João Henrique die Zeitung beiseite und sah aus dem Fenster. Sie fuhren an bescheidenen Holzhäusern mit kleinen Gemüsebeeten vorbei, an den Werkstätten von Tischlern, Schlossern und Schmieden, dann an der Rückseite zweigeschossiger Steinhäuser, in deren Hinterhöfen Wäsche trocknete. Alles in allem machte Vassouras den Eindruck einer sauberen, freundlichen Kleinstadt. Am Bahnhof jedoch änderte sich das Bild. Es unterschied sich nicht viel von dem des Bahnhofs in Rio. Am Bahnsteig tummelten sich Lasten- und Gepäckträger, Zeitungsjungen, Schuhputzer und unzählige Menschen in feiner Aufmachung, die jemanden abholen wollten.
Pedros Herz klopfte schneller. Er stand am geöffneten Fenster und hoffte, ein bekanntes Gesicht zu entdecken. Schließlich sah er José, den Kutscher von Boavista.
»José! Hier!«
Der alte Schwarze winkte. Er drängelte sich, zusammen mit einem Gepäckträger, durch das Gewühl am Bahnsteig und lief neben dem bremsenden Zug entlang, bis er auf Pedros Höhe war.
»Nhonhô!«, rief er, und sein faltiges Gesicht verzog sich zu einem Lächeln, das eine Reihe perfekter weißer Zähne freilegte.
João Henrique sah Pedro ungläubig an. »Nhonhô!? Mein Gott, für wie alt hält er dich?«
»Was heißt denn ›Nhonhô‹?«, wollte Aaron wissen.
»Es ist eine Verballhornung von ›Senhor‹ beziehungsweise von ›Sinhô‹«, erklärte Pedro. »Die Sklaven nennen so die jungen Herren.«
»Die Herren unter fünf Jahren«, ergänzte João Henrique.
»Ach, lass doch. José hat mich immer schon Nhonhô genannt, und ich glaube, das werde ich ihm jetzt nicht mehr abgewöhnen können.«
Sie reichten José einen Teil ihrer Sachen durchs Fenster. Die grö-

ßeren Gepäckstücke nahmen sie selbst und schoben sich damit durch den engen Gang des Zuges.
Draußen klopfte Pedro dem alten Sklaven jovial auf die Schulter. »Na, mein Alter, du siehst gut aus. Was macht deine Gicht?«
»Nicht so schlimm, Nhonhô. So der Herrgott will, werde ich noch viele Jahre die Kutsche lenken können. Kommen Sie, der Wagen steht direkt vor dem Bahnhof.«
Und da stand er. Der dunkelgrüne Lack glänzte in der Nachmittagssonne, das Lederverdeck war aufgeklappt. Auf der Tür prangte das Wappen des Barão de Itapuca, das einen Kaffeestrauch zeigte, der unter einem Felsbogen hervorwuchs. In der Eingeborenensprache hieß Felsbogen »itapuca«, und obwohl es sich nur um eine unscheinbare Formation an der vom Fluss markierten Grenze der Ländereien handelte, war ebendieser Felsbogen dem Kaiser eine willkommene Gelegenheit gewesen, für den jungen Baron einen Namen aus dem Tupí-Guaraní zu entlehnen.
José drückte dem Jungen, der die Kutsche während seiner Abwesenheit bewacht hatte, einen Vintém in die Hand. Dann belud er den Wagen, Pedro und Aaron halfen ihm dabei. João Henrique stand daneben und rührte keinen Finger. Endlich war alles untergebracht. Die drei Freunde nahmen in der Kutsche Platz, José hievte sich auf den Bock und fuhr an.
Erst jetzt, als der Sklave saß und seine Hose ein Stück heraufrutschte, konnte man sehen, dass er keine Schuhe trug. Niemand wunderte sich über den Anblick des ergrauten Schwarzen in seiner Livree, unter dessen goldbetresster Hose die schwieligen, rissigen Füße hervorlugten. Selbst Aaron kannte den Grund dafür: Sklaven durften keine Schuhe tragen. Es war eines der Haupterkennungsmerkmale von Sklaven, das sie von freien Schwarzen unterschied. Der Verkauf von Schuhen war streng reglementiert. Entflohene Sklaven, denen es irgendwie gelang, Schuhe zu ergattern, waren vor ihren Häschern so gut wie sicher.
Bei Feldsklaven, die einfache Kleidung aus grobem Leinen trugen, war die Barfüßigkeit nicht weiter verwunderlich. Doch bei Haussklaven, die manchmal die abgelegten Kleider ihrer Herrschaft

trugen und darin sehr distinguiert aussahen, wirkten die bloßen Füße ganz und gar unpassend.
Die Kutsche rumpelte über die gepflasterten Straßen von Vassouras. João Henrique und Aaron waren beeindruckt von dem gepflegten Stadtbild. Die Häuser waren weiß, rosa, himmelblau oder hellgrün gestrichen. Am südlichen Ende des Hauptplatzes, der Praça Barão de Campo Belo, erhob sich die Kirche Nossa Senhora da Conceição, zu der rund zehn marmorne Stufen hinaufführten. An der Westseite des Platzes lag das imposante Rathaus, gegenüber davon befanden sich die Bibliothek und die Polizeiwache. Der Platz war umstanden von Palmen und Mandelbäumen, in deren Schatten Holzbänke den Flaneuren Gelegenheit boten, sich auszuruhen. Man sah schwarze *amas* mit weißen Kindern, Gruppen schwarz gekleideter Witwen, die streng die jungen Leute musterten, die vorbeispazierten, und Senhores mit geschäftiger Miene, die es eilig zu haben schienen.
»Wie hübsch das ist!«, rief Aaron.
»Ja, nicht wahr?« Pedros Augen nahmen einen wehmütigen Ausdruck an. Wie konnte er nur vergessen, wie beschaulich und friedlich es hier war? Warum nur hatte er dieses Idyll freiwillig gegen den Moloch Rio eingetauscht? Als in diesem Moment ein Herr auf der Straße seinen Hut hob und Pedro mit einer leichten Verbeugung grüßte, fiel es ihm wieder ein. Rubem Leite, der Notar, hatte ihn sofort erkannt. Und alle anderen Wichtigtuer würden ihn ebenfalls sofort erkennen. Sie würden ihm schmeicheln, ihn belästigen, ihn um ein Darlehen bitten oder ihn von unsinnigen geschäftlichen Transaktionen zu überzeugen versuchen. Ihn, den jungen Herrn von Boavista, der in ihren Augen doch nur ein verwöhnter Nhonhô war. Ihn, dessen erste Gehversuche sie miterlebt hatten, an dessen Geheul sie sich erinnerten, als er einmal seine *ama* verloren hatte, und dessen Jugendsünden ihnen noch heute Anlass zur Belustigung gaben.
Sie glaubten Pedro da Silva zu kennen, doch er war ein anderer geworden. In der Anonymität der Großstadt konnte er niemanden mit seinem Namen beeindrucken, da galt es, mit anderen Qualitä-

ten zu glänzen. Hier in der Provinz würde so schnell niemand Notiz von seinen Talenten nehmen. Für die Bewohner des Vale wäre er für immer der Sohn von Eduardo da Silva, ein verzogenes Söhnchen. Was für eine Bürde war doch diese kollektive Erinnerung! Wahrscheinlich würde ihn die Witwe Fonseca für den Rest seines Lebens erstaunt ansehen und feststellen, wie groß er doch geworden sei. Und wahrscheinlich wäre sein alter Lehrer ähnlich überrascht, dass sein kleiner Pedro, der als Kind einen extremen Widerwillen gegen die schöngeistigen Fächer gezeigt hatte, heute freiwillig ins Theater ging oder ein Buch zur Hand nahm.

Die Kutsche verließ die Stadtgrenzen. Die Pflasterstraße wurde durch einen Lehmweg abgelöst, das Gefährt rollte nun etwas leiser hinter den beiden Pferden her. Die Sonne stand schon tief am Himmel. Über den Feldern summte und surrte es, doch Pedro, João Henrique und Aaron blieben dank des Fahrtwindes von Mücken, *marimbondos* und anderen Insekten verschont. Es duftete schwach nach Kaffeeblüten. Die Kutsche fuhr an einer Gruppe von Sklaven vorbei, die sich auf dem Rückweg von den Feldern befand. Sie trugen Körbe auf dem Kopf und sangen.

»Die tragen ja gar keine Ketten an den Füßen«, wunderte sich Aaron.

»Natürlich nicht. Mit wunden Knöcheln können sie nicht arbeiten.«

»Aber ich dachte …«

»Ja«, unterbrach ihn Pedro, »du hast zu viele von Leóns Schmähartikeln gelesen. Die Sklaven werden hier gut behandelt. Die wenigsten von ihnen würden fliehen – sie kennen doch die Freiheit gar nicht, und sie wüssten auch nichts damit anzufangen.«

»Warum ist dann die Zeitung voll von Annoncen, in denen entlaufene Schwarze gesucht werden?«

»Es leben allein in der Provinz Rio de Janeiro hunderttausende von Sklaven. Wenn davon zehn am Tag weglaufen, ist das nur ein verschwindend geringer Anteil. Samstags stehen dann vielleicht fünfzig Suchanzeigen in der Zeitung – das sieht nach viel aus, ist es aber nicht.«

Aaron schien mit dieser Rechnung nicht einverstanden zu sein, ließ das Thema aber fallen.
»Weißt du«, meldete sich João Henrique zu Wort, »wie viele von den entlaufenen Negern man ausfindig macht?«
»Nein«, antwortete Pedro. »Ich schätze, nicht viele. Die Beschreibungen treffen auf zu viele von ihnen zu. Ich meine, wenn in der Anzeige steht: ›von mittelgroßer Statur, etwa dreißig Jahre alt, hört auf den Namen José‹, dann stehen die Chancen wohl eher schlecht, den Mann zu finden. Anders ist es, wenn der Flüchtling besondere Kennzeichen hat, auffällige Narben, Missbildungen oder Ähnliches. Ich denke, dass diese Leute schnell gefunden werden.«
»Mir tun sie Leid«, sagte Aaron. »Wenn jemand so viel riskiert, so viele Entbehrungen auf sich nimmt und bewusst eine halbwegs erträgliche Gegenwart gegen eine nicht eben rosige Zukunft eintauscht, dann muss ihm doch sehr an seiner Freiheit gelegen sein. Und wenn sie mutig und schlau genug sind, zu entwischen, dann bringen diese Leute ja schon die wichtigsten Eigenschaften mit, die man als freier Mensch braucht – und haben sich ihre Freiheit verdient.«
»Du nun wieder!« João Henrique sah Aaron an wie ein Kind, das eine ganz einfache Sache auch nach hundertmaligem Erklären noch nicht verstanden hat. »Die Neger sind nicht wie wir. Du hast sie doch gesehen, in Rio. Kaum sind sie frei, nutzen sie diese Freiheit, um zu trinken, zu raufen, zu lügen. Sie lassen ihre Hütten verdrecken, ihre vielen Kinder nackt herumlaufen, ihre Frauen als Huren arbeiten. Sie sind wirklich nicht besser als Tiere.«
Pedro hoffte, dass der alte Kutscher von ihrem Gespräch nicht allzu viel mitbekam. Zwar gab er João teilweise Recht, doch er wusste auch, dass viele der Sklaven brave und gläubige Menschen waren, die mit dem Pack in der Stadt nicht zu vergleichen waren und die empört gewesen wären, hätte man sie mit ihnen in einen Topf geworfen, wie João Henrique es tat.
Endlich erreichten sie die Auffahrt von Boavista. Das schmiedeeiserne Tor mit dem Wappen der Familie stand in Erwartung ihrer

Ankunft offen. Dahinter erstreckte sich eine schnurgerade Allee, die von hohen, schlanken *palmeiras imperiais*, Königspalmen, gesäumt war und die genau auf das Herrenhaus zuführte. Aus dieser Perspektive sah man nur die Vorderfront der *casa grande*, ein zweigeschossiges, sehr breites Haus. Es war weiß getüncht, hatte ein rotes Ziegeldach und blau lackierte Fensterläden. In der Mitte befand sich eine hohe Haustür, zu der fünf Stufen hinaufführten. Rechts und links davon waren jeweils sieben große Sprossenfenster, und ebenfalls zu beiden Seiten der Haustür standen zwei Holzbänke, die in demselben Blau lackiert waren wie die Läden. Vollkommen symmetrisch und auf den ersten Blick sehr wuchtig und schlicht, wirkte das Gebäude beinahe klösterlich. Doch dieser Eindruck verflüchtigte sich bei näherem Hinsehen. Ein Springbrunnen plätscherte fröhlich vor sich hin, die blau glasierten Keramikzapfen zu beiden Seiten der Treppe und die Glyzinien, die die Haustür umrankten, nahmen dem Haus seine strenge Ausstrahlung. Hinter den Fenstern sah man wolkige Stores, und unterhalb des Daches verlief eine fein ziselierte, hölzerne Zierleiste, wie man sie oft an Puppenstuben findet und die sich an dieser groben Architektur viel zu verspielt ausnahm.
Pedro hätte jedes Detail der *casa grande* und aller anderen Gebäude von Boavista aus dem Gedächtnis aufzeichnen können. Hier war er aufgewachsen, jede Einzelheit war ihm vertraut. Doch jetzt, nach beinahe einjähriger Abwesenheit und mit Gästen, die nie zuvor hier gewesen waren, sah er das Haus mit ganz anderen Augen. Mit den Augen seiner Freunde. Er bemerkte plötzlich, wie weibisch die Dachleiste an dem ansonsten so maskulinen Gebäude wirkte. Er sah, dass die Fußmatte, in die das Wappen des Visconde hineingewebt war, geradezu angeberisch wirkte. Er sah aber auch, dass das Haus, fünfundzwanzig Jahre nach seiner Erbauung, in bestem Zustand war und Würde ausstrahlte. Pedro war hin- und hergerissen zwischen Besitzerstolz und dem Gefühl, für alles, auch für Dinge, die jenseits seines Einflussbereichs lagen, verantwortlich zu sein.
Während João Henrique und Aaron sich nach der beschwerlichen Reise noch dehnten und streckten, wurde Pedro von einer sonder-

baren Hektik ergriffen. Zusammen mit dem Kutscher lud er das Gepäck ab und redete dabei unaufhörlich.

»Die Hitze ist nicht normal für die Jahreszeit, aber wartet nur ab, bis wir drinnen sind, dort wird es schön kühl sein. Tut mir Leid, dass die Fahrt so lange gedauert hat, aber da kann man nichts machen. Wenn nach dem Regen Viehherden über die Wege getrieben werden, ist Matsch nicht zu vermeiden. Tja, und da spritzt natürlich auch immer ein bisschen Dreck hoch, aber macht euch keine Gedanken, hier auf dem Land kennt man das. Das Mädchen wird euer Gepäck und eure Kleider sofort von dem gröbsten Schmutz befreien. Na, und? Was sagt ihr zu dem Haus? Ihr werdet Augen machen, wenn ihr erst den Rest gesehen habt – das hier ist nur ein Viertel des ganzen Komplexes.«

In diesem Augenblick öffnete sich die Haustür. Dahinter erschien Vitória. Pedro fand, dass sie sich zu sehr herausgeputzt hatte, und setzte bereits zu einer weiteren Entschuldigung an. Doch er hielt inne, als er Aarons Miene sah. Sein Freund war wie versteinert. Er hatte soeben das schönste Mädchen der Welt gesehen.

III

Pedro!« Vitória flog ihrem Bruder in die Arme. »Lass dich anschauen, Pedrinho, Bruderherz! Himmel, wie erwachsen du aussiehst!«

»Und du erst, Vita. Du wirst von Tag zu Tag schöner.« Er bewunderte seine Schwester, die, in einer ganz und gar uncharakteristischen Anwandlung von Koketterie, vor ihm eine Pirouette drehte. Es lag sicher an der Aufregung.

»Gefällt dir mein Kleid, ja? Ich wollte dir ja vor deinen Freunden keine Schande machen.«

»Was plapperst du für einen Unsinn, Vita? Du würdest selbst in Lumpen noch aussehen wie eine Königin. So, aber nun lerne erst einmal unsere Gäste kennen. Das hier ist mein Studienkollege João Henrique de Barros, der vielversprechendste Mediziner unter unserer tropischen Sonne.«

Der Mann ergriff die Hand, die Vitória ihm darbot, und hauchte mit einer eleganten Verbeugung einen Kuss darauf.

»Meine Verehrung, Senhorita Vitória. Ihr Bruder hat uns schon viel von Ihnen erzählt. Nur Ihre atemberaubende Schönheit vergaß er zu erwähnen.« Vitória schätzte ihn auf Mitte zwanzig, ein klein wenig älter als ihren Bruder. João Henrique de Barros trug einen Backenbart und war äußerst modisch gekleidet. Ein Schmeichler und Geck. Vitória fand ihn auf Anhieb unsympathisch. Seine Stimme hatte einen quengelnden Unterton, und obwohl er nicht als hässlich zu bezeichnen war, gefiel Vitória auch sein Aussehen nicht. Er hatte eine leicht fliehende Stirn, und seine kleinen Augen lagen in tiefen, faltigen Höhlen. Dieser grässliche Engländer, Charles Darwin, schien vielleicht doch Recht zu haben mit seiner schockierenden Theorie. João Henrique de Barros jedenfalls stammte definitiv vom Affen ab.

»Und das hier«, fuhr Pedro fort und schob dabei einen kleinen Rothaarigen nach vorn, »ist Aaron Nogueira, der just seinen Ma-

gister der Jurisprudenz erwarb. Ein Winkeladvokat also, aber einer der ganz listigen Sorte.«
»Senhorita!« Aaron Nogueira gab Vitória einen Handkuss. Vor Aufregung brachte er kein weiteres Wort heraus. Tausend Dinge hätte er sagen mögen, unzählige Komplimente und Artigkeiten schwirrten in seinem Kopf herum – doch im entscheidenden Augenblick fiel ihm nichts Passenderes als Schweigen ein.
»Was ist los mit dir, Aaron? Hat es dir die Sprache verschlagen?« Und zu Vitória gewandt erklärte Pedro: »Vor Gericht ist er nicht so schüchtern. Im Gegenteil, da kann er reden, dass einem davon ganz schwindlig wird.«
Auf Aaron Nogueiras Gesicht legte sich ein schiefes Lächeln, das seine Grübchen betonte und ihm einen schelmischen Ausdruck verlieh. Er hatte sich langsam wieder in der Gewalt. »Eben drum. Ihr könnt doch nicht ernsthaft wollen, dass die bezaubernde Dame einen Schwindelanfall erleidet!«
Vitória mochte den Mann. »Da seien Sie ganz beruhigt. Ich pflege Männer nicht mit Ohnmachten aus der Fassung zu bringen, sondern mit meiner Geistesgegenwart.«
»Wie erfrischend – eine Sinhazinha, die denken kann!«, warf João Henrique ein.
»Fast so erfrischend wie ein Arzt, der ehrlich ist«, erwiderte Vitória ungerührt. »Oder«, sagte sie zu Aaron, »wie ein Advokat, der schüchtern ist.« Sie lächelte ihn dabei freundlich an, und Aaron war hingerissen.
Pedro schien das alles nichts anzugehen. Munter plauderte er weiter: »Tja, und unseren Helden der Unterdrückten und Geknechteten müsstest du ja schon kennen gelernt haben. Er wollte vor uns hier eintreffen. Wo steckt er überhaupt?«
»Wer?« Vitória sah ihren Bruder entgeistert an.
»Na, León Castro.«
»Hier ist kein León Castro angekommen.«
»Das gibt's doch nicht. Er ist einen Tag vor uns abgereist. Ob er sich verirrt hat?«
»Bevor wir diese Frage klären: Kommt erst mal herein und nehmt

eine Erfrischung. Dann«, und damit wandte sich Vitória an Aaron Nogueira und João Henrique de Barros, »werde ich Ihnen Ihre Zimmer zeigen. Félix wird Ihr Gepäck hinauftragen. Nehmen Sie sich zum Umziehen so viel Zeit, wie Sie möchten – gegessen wird erst, sobald Sie dazu bereit sind.«

Die drei Männer stellten ihre Taschen in der Halle ab und folgten Vitória zur Veranda. Pedro nahm Platz in dem Schaukelstuhl, João Henrique de Barros und Aaron Nogueira setzten sich nebeneinander auf die Holzbank, auf die Vitória die bestickten Samtkissen aus dem Salon gelegt hatte. Sie selber rückte sich einen Korbstuhl heran. Kaum dass alle saßen, kam Miranda mit einem riesigen Tablett und brachte Kaffee, Limonade, salziges Gebäck sowie Konfekt. Vitória half ihr, Tassen, Gläser und Schalen auf dem Tisch zu verteilen. Die Sonne stand tief am Himmel und tauchte alles in ein warmes Licht. Aaron konnte die Augen kaum von Vitória abwenden. In ihrem Haar, das sie zur Feier des Tages aufwändig hochgesteckt hatte, tanzten kleine goldene Funken, und ihre Haut reflektierte das Sonnenlicht in einem zarten Pfirsichton. Was für ein hinreißendes Wesen!

Während sie den beiden Freunden ihres Bruders den Kaffee aus einer silbernen Kanne eingoss, entschuldigte sie sich für die Abwesenheit der Eltern. »Unsere Mutter wird uns erst zum Diner Gesellschaft leisten, sie fühlt sich ein wenig unwohl. Und unser Vater wurde kurz vor Ihrer Ankunft zu den Ställen gerufen, es gibt wohl Probleme mit einer fohlenden Stute.«

»Ach ja, die Freuden des Landlebens«, kommentierte João Henrique mit leicht angewidertem Gesicht.

»Sie sprechen aus Erfahrung?«, fragte Vitória.

»Allmächtiger, nein! Ich bin in Rio de Janeiro geboren und aufgewachsen, ein waschechter Carioca also. Der Stadt mangelt es zwar an Kultur, wie ich nach meinen Aufenthalten in Lissabon und Paris feststellen musste, aber sie ist doch deutlich zivilisierter als die Provinz.«

Was für ein Aufschneider. Die Hauptstadt als zivilisiert zu bezeichnen, war der reine Hohn. Es mochte dort noch so viele Paläste,

Theater, Universitäten, Bibliotheken, Hospitäler, Kaffeehäuser und große Handelsniederlassungen geben – Vitória würde eine Stadt, in der selbst der Kaiser praktisch neben einer Kloake lebte und deren Gestank atmete, niemals für etwas Besseres halten als einen übel riechenden Sumpf. Zwar wurden die Straßen längst mit Gaslampen beleuchtet, zwar gab es eine direkte Bahnverbindung nach Vassouras, doch eine funktionierende Kanalisation gab es in Rio de Janeiro nur in den sehr gehobenen Stadtteilen. In vielen Vierteln wurden die Abwässer noch in großen Fässern gesammelt und dann ins Meer gekippt. Oder man wartete einfach auf den nächsten größeren Regen, der die schmalen Gassen wie ein Wasserfall durchspülte und allen Unrat mit sich riss. Hier auf Boavista mochte man weniger kulturellen oder intellektuellen Impulsen ausgesetzt sein, aber Vitórias Vater hatte wenigstens für ein funktionierendes Abwassersystem gesorgt.

»Nun«, warf Aaron Nogueira ein, »ich denke, dass Boavista und der wunderbare Empfang, den uns Senhorita Vitória hier bereitet, das Gegenteil beweisen. Ich jedenfalls finde das alles hier«, und damit machte er mit seinem Arm eine ausholende Geste, »grandios. Und viel zivilisierter, als ich es vermutet hätte. Unser lieber Pedro führt sich nämlich zuweilen auf, als käme er direkt aus dem Urwald.« Er zwinkerte Pedro zu.

»Habt ihr nichts anderes zu tun, als euch über mich lustig zu machen? Denkt lieber an León. Ich mag mir gar nicht vorstellen, was ihm alles passiert sein könnte.«

»Dem passiert so schnell nichts Böses. Wahrscheinlich hat er unterwegs in einem Gasthof mehr Wein getrunken, als ihm gut tut, und schläft jetzt seinen Rausch aus. Womöglich mit einer dunkelhäutigen Schönheit an seiner Seite ...«, befand João Henrique mit einem anzüglichen Grinsen.

»João Henrique! Reiß dich zusammen – solche Dinge sind nicht für die Ohren meiner Schwester bestimmt.«

Vitórias Empörung hielt sich in Grenzen. Sie wusste, dass viele weiße Männer, auch solche von vornehmer Herkunft, den Sklavinnen nachstellten, und sie wusste um die Konsequenzen. Auch auf

Boavista gab es einige Mulatten, über deren Väter nur hinter vorgehaltener Hand spekuliert wurde. Ihr Vater und ihr Bruder waren über jeden Verdacht erhaben, aber dem Sklavenaufseher Pereira oder dem Viehtreiber Viana war alles zuzutrauen.

In diesem Augenblick erschien Miranda.

»Sinhá, da ist jemand an der Hintertür, der Sie zu sprechen wünscht.«

»Nanu«, wunderte sich Vitória.

Um diese Uhrzeit war das ungewöhnlich. Die Sonne ging bereits unter, in einer halben Stunde wäre es stockduster. Jeder wusste, wie schnell die Nacht hereinbrach, und jeder, vom vornehmsten Reisenden bis zum niedrigsten Herumtreiber, hätte sich längst ein Quartier gesucht. Es musste sich um einen Notfall handeln.

Vitória bewegte sich hastig durch den langen Flur, der zu den Wirtschaftsräumen und dem Hintereingang führte. Ihre weißen Seidenstiefelchen, die vorwitzig unter dem apfelgrünen Moirékleid hervorlugten, klackerten stakkatoartig auf dem Mosaikboden. Von wegen »gemessenen Schrittes«! Wenn schon einmal Besuch aus der Stadt da war, eine willkommene Abwechslung im gemächlichen Trott des Lebens auf einer Fazenda, dann wollte sie sich keine Sekunde von den Gesprächen entgehen lassen. Und weder Dona Alma noch Miranda sahen ja, wie schnell sie durch den Flur lief.

Verärgert riss Vitória die Tür auf, die nur leicht angelehnt war. Es verschlug ihr die Sprache. Der Besucher war eindeutig derselbe Mann, der heute Morgen schon einmal da gewesen war. Und doch war er es nicht. Der Mann, der jetzt in gespieltem Erstaunen eine Augenbraue hochgezogen hatte und sie mit unverhohlener Bewunderung musterte, trug Abendkleidung. Er war so elegant wie einer jener Herren, die Vitória von den Illustrationen aus europäischen Magazinen kannte. Dabei wirkte er keineswegs verkleidet, im Gegenteil. Er trug den dunkelgrauen Gehrock aus feinstem Tuch mit perfekter Nonchalance. Aus der Reverstasche lugte ein rotes Seidentuch mit Monogramm. Kein Stäubchen war auf seinen schwarzen Lackschuhen zu sehen, und nicht ein einziges Haar verirrte sich aus dem pomadisierten Haar, das er entgegen jeder Mode lang trug und mit einem schwarzen Samtband zurückgebunden hatte.

Mit übertriebener Höflichkeit lüftete er seinen Zylinder und verbeugte sich tief vor Vitória. »Senhorita Vitória, ich weiß, dass Sie nichts kaufen. Aber bestimmt nehmen Sie ein Geschenk von einem Freund Ihres Bruders an?« Er reichte ihr ein kleines Päckchen, auf dem eine himmelblaue Schleife thronte.

León Castro! Vitória war zutiefst beschämt. Sie nahm das Geschenk entgegen und hoffte, dass er das Zittern ihrer Hände nicht bemerken würde. Vergeblich.

»Aber Sinhazinha, wertes Fräulein! Vergebt mir meine Aufdringlichkeit. Mein Name ist León Castro, und nichts liegt mir ferner, als Sie zu ängstigen.«

Vitória zwang sich zur Contenance, doch die üblichen Höflichkeitsfloskeln wollten ihr nicht über die Lippen kommen.

»Sie ängstigen mich nicht, Sie beleidigen mich!«

Dieser Unmensch hatte die Stirn, in voller Abendgarderobe am Lieferanteneingang zu klopfen – einzig und allein, um sie zu demütigen! War es nicht schlimm genug, dass sie ihn heute Morgen abgewiesen hatte? Musste er sie durch diese unwürdige Komödie auch noch bloßstellen?

»Folgen Sie mir einfach.« Sie ließ ihn eintreten und knallte die Tür hinter ihm zu. Sie wollte ihm vorangehen, doch dazu musste sie zunächst an ihm vorbeikommen. León Castro aber stand wie angewurzelt in der Mitte des Flurs und schien nicht die Absicht zu haben, beiseite zu treten. Als sie sich seitlich an ihm vorbeischob, bedachte er sie mit einem spöttischen Grinsen. Was für ein dreister Widerling! Dennoch konnte sie in dem kurzen Moment dieser unangemessenen körperlichen Nähe nicht umhin, sein würzigholziges Parfüm zu bewundern.

Dann war es geschafft, und Vitória eilte forschen Schrittes durch die Halle. Sie legte das Geschenk im Vorbeigehen achtlos auf der Konsole ab. Sie drehte sich nicht ein einziges Mal nach Castro um, doch hörte sie an seinen Schritten, dass er dicht hinter ihr war.

Vitória fühlte sich auf beunruhigende Weise beobachtet. Endlich erreichten sie die Veranda.
»León! Meine Güte, bist du im Dienste deiner Zeitung jetzt schon im Wirtschaftstrakt auf der Suche nach einer heißen Geschichte?« Pedro war aufgesprungen und klopfte seinem Freund jovial auf den Rücken.
»Ganz recht. Und deine entzückende Schwester war so freundlich, mir bei dieser Recherche behilflich zu sein.«
Pedro sah Vitória fragend an. »Was soll das heißen?«
Vitória blieb ihm eine Antwort schuldig. Sie war vor Wut und vor Scham tiefrot angelaufen. Auch das noch – der Kerl war ein Schreiberling! Wahrscheinlich würde er diese kleine Episode zu einer Glosse verarbeiten, die alle Sinhazinhas im Umland von Rio als schlecht erzogene und hochnäsige Dorftrampel dastehen ließe.
In der Zwischenzeit hatte sich João Henrique erhoben, um den Freund zu begrüßen. Als schließlich auch Aaron aufstand, bewegte er sich dabei so ungeschickt, dass er ein Glas umstieß. Die ganze Limonade ergoss sich auf seine Hose, und während die anderen noch lauthals über dieses Missgeschick lamentierten, sah Aaron auffordernd zu Vitória. Sie begriff sofort. Sie nahm Aaron bei der Hand und zog ihn mit sich. »Kommen Sie, wir müssen den Fleck schnell mit Seife und warmem Wasser reinigen.«
In der Halle blieben sie stehen. »Hat León Sie absichtlich in Verlegenheit gebracht?« Aaron schmunzelte. »Das macht er gern. Ist uns anderen auch schon so ergangen.«
Vitória war verblüfft angesichts Aarons guter Beobachtungsgabe. Und sie hatte sich eingebildet, dass ihre Miene nichts von ihrem Gemütszustand verriet.
»Wissen Sie, er war heute Morgen schon hier. Da er gefährlich aussah und obendrein verwahrlost, habe ich ihm keine Gelegenheit gegeben, sich überhaupt vorzustellen. Ich habe ihn brüsk abgewiesen. Himmel, was für eine Blamage!«
Aaron lachte. »Ach was. Das ist sein ältester Trick, und João Henrique ist auch schon darauf hereingefallen. Also beruhigen Sie sich wieder. Und wegen meiner Hose brauchen Sie sich erst recht keine

Gedanken zu machen. Sie muss eh dringend gesäubert werden. Am besten gehe ich jetzt gleich auf mein Zimmer und ziehe mich um.«

Vitória rief Félix und wies ihn an, Aaron sein Zimmer zu zeigen und das Gepäck hinaufzubringen. Dann straffte sie die Schultern, wappnete sich seelisch für die nächste Begegnung mit dem Schreiberling und drückte Aaron ein freundschaftliches Küsschen auf die Wange. »Danke.«

Sie ahnte nicht, was sie damit anrichtete. Aaron war, nachdem Félix seine Taschen ausgepackt und seine Hose zum Waschen sowie seinen Rock zum Nähen mitgenommen hatte, wie in Trance aufs Bett gefallen. Die Augen starr zur Decke gerichtet, hing er einem Tagtraum nach, den Vitória soeben in ihm geweckt hatte. Genau so eine Frau wollte er, keinen Deut anders sollte sie sein. Mit ihrer makellosen, weißen Haut, dem schwarzen Haar und der zierlichen Figur sah sie aus wie eine Märchengestalt. Ihre Augen waren von einem erschütternden Blau, und ihr Profil mit der hohen Stirn und der geraden Nase war das aristokratischste, das er bisher gesehen hatte. Diese Schönheit fand ihre Entsprechung offenbar in ihrem Geist, der offen, wach und frei zu sein schien. Ach nein, er durfte sich diesen Traum nicht gestatten, er musste sie sich schleunigst aus dem Kopf schlagen! Sie war katholisch, ihre Eltern würden sie niemals einem Juden anvertrauen. Und er war Ruth versprochen, einer netten jungen Frau, die er schon seit Jahren kannte. Sie war die Tochter des Advokaten Schwarcz, eines Nachbarn seiner Eltern in São Paulo, und eines Tages sollte er in dessen Kanzlei einsteigen. Aber Ruth war so unscheinbar! Ganz bestimmt würde sie eine perfekte Ehefrau sein, aber nie würde sie seine Gefühle so in Aufruhr versetzen, wie ein einziger Blick auf Vitória es tat.

Schluss damit! Vitória hätte ja auch ein Wort mitzureden, und es war mehr als unwahrscheinlich, dass sie sich für ihn interessieren würde. Ihn, einen praktisch mittellosen Bürger, der nichts weiter besaß als einen schlauen Kopf und große Ambitionen. Er wusste, dass er es in Brasilien zu etwas bringen konnte. Seine Eltern hatten viele Entbehrungen auf sich genommen, um ihm ein Studium an der besten Rechtsfakultät des Landes zu finanzieren. Er war ihnen dankbar dafür, so dankbar, dass er sich jederzeit ihrem Willen beugen würde. Wenn sie darauf bestanden, dass er Ruth zur Frau nahm, dann musste er das akzeptieren, so schwer es ihm auch fiel. Schön, aber das würde ihn nicht davon abhalten, sich an Vitórias prickelnder Präsenz zu erfreuen.

Aaron wusch sich, bändigte seine wilden Locken, zog sich seinen besten Anzug an und begab sich nach unten. Im Treppenhaus blieb er immer wieder stehen, um sich die Gemälde anzusehen, die dicht an dicht dort hingen. Da waren holländische Stillleben, französische und deutsche Winterlandschaften, Bilder von portugiesischen Seeschlachten und zahlreiche Porträts der Familie da Silva. Pedro erkannte er sofort wieder, wie er da als kleiner Junge ernst auf einem Sessel saß, der viel zu groß war. Auch Vitória war gut getroffen – sie sah auf dem Gemälde, das sie als etwa 12-Jährige zeigte, schon fast genauso hübsch aus wie heute. Dann widmete er sich den anderen Porträts. Den Messingschildern entnahm er, dass es sich um die Eltern handelte. Eduardo da Silva hatte in seiner Staatsmontur, die überreich mit Epauletten, Schärpen und Orden verziert war, etwas Furchteinflößendes an sich. Das Bild zeigte ihn als einen gut aussehenden Mann, und Aaron war gespannt, ob die Wirklichkeit hielt, was das Porträt versprach. Direkt daneben hing ein Gemälde von Dona Alma. Sie war von einer ätherischen Schönheit, doch ihr Blick wirkte stählern, und ihre Lippen waren einen Hauch zu dünn, um ihr den Ausdruck von Sanftmut zu verleihen, der bei den Porträtmalern jener Zeit so beliebt war. Aaron fragte sich, warum keine Bilder von den Ahnen dort hingen, wie es bei den Familien mit klangvollen Namen üblich war. Das würde er Pedro fragen, wenn sie einmal unter vier Augen wären.

Als er die Veranda erreichte, verabschiedeten sich João Henrique und Pedro gerade, um sich frisch zu machen. León hatte auf der Bank Platz genommen und nippte genießerisch an einem Glas Champagner.

»Wir sind inzwischen zum Aperitif übergegangen. Nehmen Sie

auch ein Glas?«, fragte Vitória, während sie ihm bereits eines einschenkte.
»Nur, wenn auch Sie mit anstoßen.«
»Selbstverständlich.«
Aaron und Vitória lächelten sich an und hoben die Gläser. León schienen sie nicht wahrzunehmen – bis auch er sein halb leeres Glas hob und sagte: »Auf die schönste Sinhazinha Brasiliens!«
»Ja«, stimmte ihm Aaron zu, »auf die schönste Sinhazinha des Landes.«
»Und auf die ... bemerkenswertesten Gäste, die Pedro je mit nach Hause gebracht hat!« Vitória nickte León und Aaron zu. So geschmeichelt sie sich auch fühlte – sie konnte nicht umhin, einen ironischen Unterton aus Leóns Stimme herauszuhören. Ihre Aufregung hatte sich noch immer nicht gelegt. Während Aaron auf seinem Zimmer war, hatte sie den Herren hier unten Gesellschaft leisten und erzählen müssen, wie es zu dem Missverständnis zwischen León Castro und ihr gekommen war. Pedro und João Henrique hatten sich vor Lachen die Bäuche gehalten, und sie fühlte sich endgültig der Lächerlichkeit preisgegeben. Sie trank ihr Glas fast in einem Zug leer.
»Haben Sie sich das bei den Sklaven abgeguckt?«, fragte León, sichtlich amüsiert über Vitórias Nervosität.
»Nein, das habe ich mir bei den Freunden meines Bruders abgeguckt.« Und sehr förmlich fügte sie hinzu: »Den Sklaven auf Boavista ist der Genuss von Alkohol nicht gestattet, außer an Festtagen.«
»Natürlich nicht«, erwiderte León in der salbungsvollen Art eines zugeknöpften Amtmannes.
Vitória beschloss, die Frechheiten Castros einfach zu ignorieren. Sie wandte sich Aaron zu.
»Erzählen Sie von der Reise, Aaron. Ich darf Sie doch Aaron nennen, oder?«
»Aber ja, Vitória.«
»Vita. Meine besten Freunde nennen mich alle Vita.«
»Gut, Vita.« Aaron erzählte, was sie während der Zugfahrt gese-

hen und worüber sie sich unterhalten hatten. Plötzlich fiel ihm auch wieder der Artikel ein, den João Henrique vorgelesen hatte. »João Henrique hat uns außerdem an der Lektüre des ›Jornal do Commércio‹ beteiligt und uns einen sehr spannenden Beitrag vorgelesen – dessen Autor nun höchstpersönlich vor uns sitzt.« Er sah León an. »Habt ihr vorhin schon darüber gesprochen?«

»Nein, und wir sollten es auch jetzt nicht tun.«

»Du hast Recht. Wir sollten warten, bis Pedro und João Henrique wieder hier sind. Es wird sie interessieren, wo du diese Geschichte herhast.«

Vitória wusste nicht, worum es ging, aber sie würde auf keinen Fall nachfragen. Das würde Castro nur wieder eine neue Gelegenheit verschaffen, sie bloßzustellen. Sie zwang sich zu einem nichts sagenden Geplauder, und Aaron und León spielten ihr zuliebe mit. Auch ihnen war daran gelegen, die unterschwellig angespannte Atmosphäre aufzulockern und vorerst kein heikles Thema anzuschneiden.

Gleichzeitig mit Pedro und João Henrique traf auch Eduardo da Silva auf der Veranda ein. Die Gäste wurden vorgestellt, man tauschte Höflichkeiten aus. Dann zog die Gruppe ins Esszimmer um. Der Tisch war wie für ein Festbankett gedeckt, und die Männer überhäuften Vitória mit Komplimenten für diese Augenweide.

»Und was für herrliche Blumen Sie haben! Dass man in der Provinz so etwas findet ...«

»Aber ja, lieber Senhor de Barros, und zwar nur hier. In Rio werden Sie lange danach suchen können.«

»Wie heißen diese wundervollen Pflanzen denn?«, wollte João Henrique wissen.

Alle anderen warfen einander verschwörerische Blicke zu, überließen es aber Vitória, João Henrique aufzuklären.

»Kaffee.«

»Kaffee?«

»Ganz recht. Sie müssten eigentlich ein paar tausend der Pflanzen schon aus dem Zug gesehen haben.«

João Henrique brach in schallendes Gelächter aus. »Das ist gut. Das ist wirklich gut. Mir war neu, dass Kaffee als Zierstrauch gilt.«
»Tut er auch nicht«, mischte sich Eduardo da Silva ein. »Jeder abgeschnittene Zweig geht zu Lasten der Ernte.«
»Aber Papai, bei zwölftausend *arrobas* Kaffee, die Sie alljährlich produzieren, fällt das doch nun wirklich nicht ins Gewicht.«
»Demnächst fast sechzehntausend.«
»Soll das heißen …? Pai, es hat geklappt!« Vitória fiel ihrem Vater um den Hals.
Pedro sah die beiden fragend an.
»Ich habe heute den Vertrag mit Senhor Afonso unter Dach und Fach gebracht. Wir haben sein Land – und damit die größte Fazenda des Vale do Paraíba.«
»Das ist fantastisch, Vater! Herzlichen Glückwunsch! Lasst uns darauf anstoßen!« Pedro klingelte nach Félix, der eine weitere Flasche Champagner aus dem Keller holen sollte. Es war nicht nötig, Pedros Freunden die Hintergründe zu erklären. Sie hatten auch so begriffen, dass es sich um den Erwerb weiteren Landes handelte, auf das die Familie da Silva offenbar erpicht gewesen war.
Vitória schickte Miranda nach oben, um Dona Alma dazuzubitten. Wenig später kam ihre Mutter die Treppe herabgerauscht, als habe sie nie auch nur die geringsten Beschwerden gehabt. Sie trug ein graues Seidenkleid und darunter, ganz gegen ihre Gewohnheit, einen roséfarbenen Spitzenkragen. Es stand ihr gut, hob es doch die Blässe ihrer Haut und ihre schlanke Taille vorteilhaft hervor. Die kleine Gesellschaft hatte noch immer hinter den Stühlen im Esszimmer gestanden, doch nachdem Dona Alma eingetroffen und ein Toast auf das gute Geschäft des Vaters sowie die Gastfreundschaft der da Silvas ausgesprochen war, nahmen alle ihre Plätze ein. An den Kopfenden saßen Vitórias Eltern, an einer Längsseite des Tisches saß Vita zwischen Aaron und João Henrique, an der anderen Pedro neben León. Im Türrahmen warteten Miranda und Félix auf ihren Einsatz. Vitória nickte ihnen zu. Es konnte aufgetragen werden.
Dona Alma ließ es sich nicht nehmen, ein kurzes Gebet zu spre-

chen, während bereits die Vorspeise vor ihnen dampfte, ein schaumiges Süppchen aus Spargelspitzen und Flusskrebsen. Luiza konnte wirklich zaubern! Wo hatte sie den Spargel her, von dem heute Morgen noch keine Rede gewesen war? Ob Pedro ihn aus Rio mitgebracht und unbemerkt in die Küche geschmuggelt hatte? Sie sah ihren Bruder an und wusste, dass sie ins Schwarze getroffen hatte. Sein bedeutungsschwangeres Lächeln verriet ihn.
Während des Essens unterhielt sich Dona Alma angeregt mit João Henrique, der zu ihrer Linken saß, und Eduardo da Silva beantwortete geduldig die Fragen über die Fazenda, die Kaffeeproduktion und die Sklaven, die León ihm stellte. Niemand außer Vitória merkte, mit wie wenig Appetit Aaron seine Suppe löffelte und dass er die Krebse auf dem Boden der Schale liegen ließ. Sie verkniff sich einen Kommentar. Doch als der Hauptgang aufgetragen wurde, sah Aaron sie betreten an.
»Der Braten sieht wunderbar aus. Aber bitte verzeihen Sie mir, wenn ich nichts davon esse.«
Vitória begriff noch immer nicht. Was war falsch damit? Luiza hatte den Braten mit Dörrpflaumen und Maronen gefüllt, lauter importierten Delikatessen, und er sah ebenso köstlich aus, wie er duftete.
Pedro räusperte sich. »Sein Glaube verbietet es ihm, Schweinefleisch zu essen. Es ist mein Fehler, ich hätte es dir rechtzeitig sagen sollen.«
Vitória ging ein Licht auf. Um Gottes willen, was für eine unmögliche Situation! Schon als sie Aarons Namen hörte, hätte sie darauf kommen und gleich etwas unternehmen können.
»Machen Sie sich um meinetwegen keine Gedanken, liebe Vita. Ich werde auch von den Beilagen satt.«
»Aber nein! Ich werde mal sehen, was sich so kurzfristig noch machen lässt. Essen Sie Huhn und Rindfleisch?«
Aaron nickte, und Vitória sprang von ihrem Stuhl auf, um in die Küche zu gehen. Aaron wollte sie davon abbringen, aber sie war schon unterwegs. Es war ihm sichtlich peinlich, dass er mit seinen Essgewohnheiten nun im Mittelpunkt der Runde stand. Prompt

wurde er von Dona Alma mit Fragen über seine Herkunft und seine Religion bombardiert, und je mehr er erzählte, desto mehr, so schien es ihm jedenfalls, verdüsterte sich ihr Blick.
Pedro hatte denselben Eindruck. In diesem Augenblick schämte er sich seiner Mutter, die mit ihren bornierten Ansichten so gar nicht in das ausgehende Jahrhundert und in dieses aufgeschlossene Land passen wollte.
»Ist es nicht wunderbar, in einem Land zu leben, in dem so viele Nationalitäten, Religionen, Kulturen und Hautfarben zu einem einzigen Volk verschmelzen? Diese Vielfalt gibt es wohl nur in Brasilien!«
Dona Alma schien seine Meinung nicht zu teilen, enthielt sich aber eines Kommentars.
»In den Vereinigten Staaten von Amerika gibt es das auch«, widersprach León.
»Waren Sie schon einmal dort?«, fragte Eduardo.
»O ja, viele Male.« Dann erzählte León ausführlich von seinen Besuchen in Washington, von seinen Begegnungen mit Politikern und von der derzeitigen Situation der Schwarzen, die schon seit zwanzig Jahren nicht mehr in Sklaverei lebten. Er skizzierte die Gesetzgebung und die Maßnahmen, die zur Eingliederung der Schwarzen in die Gesellschaft ergriffen worden waren.
Vitória kam zurück und bat Aaron leise um ein paar Minuten Geduld. Sie wollte León in seinem Diskurs nicht stören, der seine Zuhörer ganz offensichtlich fesselte. Und sie selber fühlte sich ebenfalls sofort in seinen Bann geschlagen. Er war ein guter Redner. Was er erzählte, klang vernünftig, aber nicht moralisierend, es war spannend, kam dabei aber ohne jede Melodramatik aus, und es war vergnüglich, ohne billige Pointen zu bemühen. Mit seiner sonoren Stimme sprach León in genau der richtigen Lautstärke und in perfektem Tempo. Mit den Händen gestikulierte er sparsam, aber umso effektiver. Er sprach über die noch immer gestörte Beziehung zwischen Nord- und Südstaatlern, über die aberwitzigen Entgleisungen mancher Diplomaten, die er in Washington kennen gelernt hatte, und über seine kurze Begegnung mit dem Präsiden-

ten Chester Arthur, der, genau wie die meisten anderen Amerikaner, die sonderliche Angewohnheit hatte, den Kaffee auch nachmittags und abends mit Milch zu trinken. Er erzählte von den großen Industrien, die dem Nordosten Wohlstand, aber auch triste Landschaften bescherten, und von der Rückständigkeit des Südens, der weiterhin auf arbeitsintensive Landwirtschaft setzte und sich damit, ohne Sklaven, schwer tat. Er berichtete von Schwarzen, die sich als Handwerker oder Bauern eine bescheidene Existenz in der Freiheit aufgebaut hatten, aber auch von Übergriffen weißer Rassisten auf die Schwarzensiedlungen.
In den Pausen, die León zwischen den Sätzen machte, hörte man nur das Geklapper von Besteck. Alle genossen das Essen, und auch Aaron, dem man inzwischen eine gebratene Hähnchenkeule gebracht hatte, aß mit großem Appetit. Nur León hatte seinen Teller so gut wie gar nicht angerührt.
»Aber bitte, Senhor Castro, essen Sie, bevor der Braten kalt wird«, forderte Dona Alma ihn auf.
»Bitte verzeihen Sie, ich habe in Erinnerungen geschwelgt und dabei gegen alle Regeln des Anstands verstoßen – Sie müssen sich zu Tode langweilen.« Er nahm einen Bissen. »Köstlich. Absolut delikat.« Er nickte Dona Alma anerkennend zu, die ihrerseits das Lob huldvoll entgegennahm.
»Ich fand Ihren Bericht äußerst kurzweilig«, rutschte es Vitória heraus. Das stimmte zwar, aber sie hätte es niemals gesagt, wenn sie nicht so wütend auf ihre Mutter gewesen wäre.
León sah sie mit einem aufreizenden Lächeln an, sagte aber nichts.
»Ja, es war sehr unterhaltsam«, sagte auch Aaron. »Nachher musst du uns noch ausführlicher von deinen Erlebnissen in den Vereinigten Staaten berichten. Und davon, ob dort jemals Fälle bekannt wurden, in denen Leute ihre eigene Mutter verkauft haben …«
Pedro und João Henrique verschluckten sich beinahe an ihrem Essen, Dona Alma und ihr Mann sahen sich pikiert an. Vitória wunderte sich.
»Was …«, setzte sie zu einer Frage an, doch João Henrique hatte sich wieder gefangen und erklärte: »León hat in einem Artikel, der

heute in der Zeitung erschien, den Fall eines Mannes geschildert, des Bastards eines Fazendeiros und einer Negerin, der den väterlichen Besitz erbte – und damit auch seine Mutter. Er schenkte der Frau die Freiheit, aber unser guter León hier fand den ganzen Vorgang noch nicht abstoßend genug. Er musste sich auch noch ausmalen, dass der Mann seine Mutter hätte verkaufen können.«
»Wo stand das? Im ›Jornal do Commércio‹?«
Pedro nickte bejahend. Vom unterdrückten Lachen hatte er Tränen in den Augen.
Vitória ärgerte sich, dass sie nur die Wirtschaftsseiten intensiv las, den Rest der Zeitung aber immer lustlos überflog. Diesen Artikel hatte sie definitiv übersehen.
»Es ist die Wahrheit, die traurige Wahrheit«, sagte León. »Wussten Sie das nicht, Senhorita Vitória? In Brasilien erlaubt das Gesetz den Verkauf der eigenen Verwandten. Der Fall, den ich in besagtem Artikel geschildert habe, hat sich genau so zugetragen. Ich habe natürlich die Namen geändert, zum Schutz der beteiligten Akteure.«
»Das ist billig, León, ehrlich. Gestattet es dir der Chefredakteur der Zeitung, dir jede Gruselmär auszudenken und dann zu behaupten, sie sei wahr, du habest nur die Namen geändert?«, warf João Henrique ein.
»Natürlich gestattet er es. Mehr als das: Er ist froh über jede wahre außergewöhnliche Geschichte, und bei skandalträchtigen Vorkommnissen ist die Namensänderung einfach Usus.«
»Gib zu, dass dir deine Fantasie einen Großteil dieser ›wahren‹ Geschichten eingibt«, sagte Pedro.
»Aber nein. Überlegt doch mal. Sicher gibt es in eurer Nachbarschaft auch einige Bastarde, Abkömmlinge des Gutsherrn. Man spricht nicht darüber, doch jeder kennt mindestens einen solchen Fall. Wenn nun der Sohn eines Tages die Fazenda übernimmt und Sklaven verkauft, kann es doch durchaus passieren, dass er damit auch seine eigenen Halbgeschwister verkauft.«
»Die Bastarde kann man doch nicht allen Ernstes als Halbgeschwister bezeichnen!«, empörte sich Dona Alma.

»Nein?«
Vitória sah León nachdenklich an. Sie hatte sich über solche Dinge noch nie den Kopf zerbrochen, denn auf Boavista liefen ganz sicher keine »Halbgeschwister« von ihr herum. Aber je mehr sie darüber nachdachte, desto mehr musste sie León zustimmen. In den Adern dieser Bastarde floss immerhin zur Hälfte das Blut des Vaters.
»Nein«, antwortete Eduardo anstelle seiner Frau, »aber wir sollten dieses unappetitliche Thema bei Tisch nicht weiter verfolgen.«
Dem wagte sich niemand zu widersetzen. Um die Konversation wieder anzukurbeln, fragte Dona Alma ihren Tischnachbarn João Henrique nach den neuesten Entwicklungen bei Hof, über die er ihr in allen Einzelheiten zu berichten wusste. João Henrique imponierte Pedro mit seiner glaubwürdigen und lebensnahen Schilderung, die er sich, da er zur kaiserlichen Familie so gut wie keinen Kontakt hatte, spontan ausdenken musste. Dona Alma wiederum gab ihre Begegnung mit dem Kaiser zum Besten, die zwar fünfzehn Jahre zurücklag, offenbar aber bis heute das einschneidendste Erlebnis ihres Lebens gewesen war. Vitória und Pedro sahen sich vielsagend an: Sie hatten diese Anekdote schon so oft gehört, und jedes Mal fügte ihre Mutter ein neues Detail hinzu, bis es für den unvoreingenommenen Zuhörer den Anschein haben musste, als sei sie eine enge Vertraute des Monarchen. Und tatsächlich wirkte João Henrique, der für diese Art von Geschichten ein dankbares Publikum war, sehr interessiert und gebührend beeindruckt. Dona Alma war glücklich.
Vitória wandte sich nach ein paar Minuten gelangweilt ab, um Aaron nach seinem Beruf zu befragen, während León mit Eduardo über die Bodenschätze Brasiliens fachsimpelte. Nachdem sie endlich auch das Dessert gegessen hatten, waren alle froh, als sich Eduardo und Dona Alma verabschiedeten.
»Wir werden keinen Kaffee mehr nehmen. Aber ihr jungen Leute könnt euch ja noch ein wenig im Salon weiter unterhalten. Sicher gibt es vieles zu erzählen. Ach übrigens, Pedro, ich habe auf mei-

nem Sekretär eine Kiste mit hervorragenden Zigarren – biete deinen Gästen doch davon an.«
Im Salon goss Vitória den besten Weinbrand in fünf Cognacschwenker, während ihr Bruder, João Henrique und Aaron sich auf das Ritual des Zigarreanzündens konzentrierten. León stopfte sich eine Pfeife.
»Und das haben Sie sich wohl bei den Sklaven abgeschaut?«, fragte sie ihn spöttisch, als sie ihm sein Glas gab.
»Nein, ich habe in England gelernt, die Pfeife zu schätzen.«
»León«, mischte sich João Henrique ein, »egal, was du tust, du trittst hier immer wieder in ein neues Fettnäpfchen. Wusstest du nicht, dass nur Sklaven Pfeife rauchen? Für einen Herrn gehört es sich nicht. Es ist niedrig.«
»Es mag niedrig sein, aber es ist ein großer Genuss. Hast du denn jemals eine Pfeife geraucht?«
»Natürlich nicht. Genauso wenig wie ich je den Boden gefegt, ein Hemd gewaschen oder einen gesottenen Hahnenkamm gegessen hätte. Das sind Dinge, die in unserer Welt nichts verloren haben.«
»In deiner vielleicht nicht. In meiner Welt bilde ich mir selber ein Urteil darüber, was gut für mich ist und was nicht. Vielleicht sollte ich demnächst auch einmal gesottenen Hahnenkamm kosten.«
Der Pfeifenqualm duftete gut, viel besser als der Zigarrenrauch. Die Luft im Salon war zum Zerschneiden dick, und Vitória war von der ungewohnten Menge an Alkohol, den sie heute Abend genossen hatte, ein bisschen wacklig auf den Beinen. Sie ließ sich in den Polstersessel fallen und bat Aaron, das Fenster zu öffnen. Er sprang sofort auf, um ihr die Bitte zu erfüllen. Unter den Qualm mischte sich nun die feuchte Abendluft, die erdig roch und in der das süße Aroma der Kaffeeblüten lag. León warf Vitória Blicke zu, und auch wenn sie sie nicht zu deuten wusste, fühlte sie sich in diesem Augenblick unwiderstehlich.
Aber João Henrique, Aaron und Pedro zerstörten den Zauber des Moments, indem sie wieder über die Sklavenfrage palaverten. Himmel, wie langweilig Männer doch sein konnten!
Aaron glaubte ihr einen Gefallen zu tun, als er eine Frage an sie

richtete, die ihren Sachverstand voraussetzte. »Wer wird das dazugewonnene Land bearbeiten? Haben Sie überhaupt genügend Arbeitskräfte?«

Vitória gefiel es, dass sie ernst genommen wurde. Aber ausgerechnet jetzt hätte sie lieber über andere Themen gesprochen, sinnlichere Themen. Musik, Literatur, Theater, Juwelen oder Blumen – alles wäre ihr in dieser Stimmung lieber gewesen als die Erörterung ökonomischer Fragen. Doch als sie sich aufrichtete und zu einer knappen Antwort ansetzte, ging es mit ihr durch.

»Wenn unsere dreihundert Sklaven ihre Produktivität um fünfundzwanzig Prozent steigern, und das ist durchaus realistisch, dann würden wir nur weitere sechzig Mann benötigen, die ein ähnliches Pensum schaffen.«

Vita sah verstohlen zu León. Er hörte ihr aufmerksam zu. Sie fuhr fort: »Langfristig ist sicher der Erwerb von neuen Sklaven unumgänglich. Aber gute Arbeitskräfte sind heute nicht mehr leicht zu bekommen, deshalb denke ich, dass wir in diesem Jahr noch auf freie Erntehelfer zurückgreifen müssen. Für uns ist das viel weniger lukrativ, aber immer noch besser, als Teile der Felder gar nicht abzuernten.«

»Wie viel …«, unterbrach João Henrique sie, aber sie hatte die Frage vorausgesehen und unterbrach nun ihrerseits João Henrique.

»Mit vier *arrobas* beziehungsweise einem Sack Kaffee erzielen wir etwa zwanzigtausend Reis. Der Arbeiter bekommt für jeden Korb, den er erntet, etwa zehn Vinténs, also zweihundert Reis. Zehn bis fünfzehn Körbe ergeben, nach dem Entkernen der Kirschen und dem Waschen und Trocknen der Bohnen, einen Sack Kaffee – sofern der Pflücker keine grünen oder schwarzen Kirschen geerntet hat. Dann muss man noch die Kosten für Lagerung, Transport und so weiter abziehen. Alles in allem verdienen wir an einem Sack Kaffee, der von Lohnarbeitern geerntet wurde, rund fünftausend Reis. Wenn unsere Sklaven ernten, bleibt uns nach Abzug aller Kosten für Unterbringung und Verpflegung mehr als doppelt so viel. Dazu kommt, dass die Sklaven nicht so viel stehlen wie die freien Erntehelfer. Da haben wir einen Schwund von beinahe fünf

Prozent. Trotz unserer Wachsamkeit schaffen es diese Halunken, immer einen Teil der Ernte für sich abzuzwacken und auf undurchsichtigen Wegen loszuschlagen.«

»Das entspräche ja einem Schaden von …«

»Ja, lieber Senhor Castro, von zwei Contos de Reis. Für diese Summe könnte man schon ein paar schöne Pferde kaufen oder mehrere kostbare Musikinstrumente.«

»Apropos Musik«, meldete sich Pedro zu Wort, »morgen kann euch Vita sicher eine Kostprobe ihres Könnens am Piano geben.«

»Aber nicht, dass sie uns damit genauso einschüchtert wie mit dieser Kostprobe ihrer Rechenkünste«, scherzte João Henrique. Außer ihm fand es niemand komisch.

Dennoch hatte Vitória die Botschaft verstanden, und so verabschiedete sie sich bald von ihrem Bruder und seinen Freunden.

Es war schon weit nach Mitternacht, und Vitória fiel erschöpft ins Bett. Ihr Körper war matt, aber ihr Geist noch hellwach. Ihr gingen tausend Dinge durch den Kopf, ein wirres Kaleidoskop kleiner Impressionen, die sie tagsüber gar nicht in dieser Schärfe wahrgenommen hatte. Der Riss in Aarons Ärmel, die Schweigsamkeit Pedros, der hinterlistige Blick des Aufsehers Franco Pereira, Luiza, die sich nach getanem Tagewerk mit ihrer Pfeife auf die Stufen des Hintereingangs gesetzt hatte, der Kratzer auf dem Klavier, das Mitbringsel Leóns, das sie nicht einmal geöffnet hatte. Doch ihr letzter Gedanke vor dem Einschlafen war, dass sie den Laffite gar nicht getrunken hatten.

IV

Florença, die Fazenda der Familie Soares, lag etwa einen einstündigen Ritt von Boavista entfernt. Viel zu lange schon hatte Vitória einen Besuch bei ihrer Freundin Eufrásia vor sich hergeschoben. Aber jetzt, vier Wochen, nachdem Eduardo da Silva seinem Nachbarn das Land abgekauft hatte, das ihn zum mächtigsten Fazendeiro des Vale und Afonso Soares endgültig zum Gespött der Leute machte, musste sie Eufrásia einfach sehen. Mit wem wollte sie sonst über den Brief reden, den sie vor einigen Tagen erhalten hatte? Mit ihrer Mutter etwa? Oder den Dienstboten? Nein, für Gespräche über romantische Angelegenheiten brauchte man eine Freundin gleichen Alters.

Vitória ritt die Palmenallee entlang, die zum Herrenhaus von Florença führte. Ihre Gedanken kreisten permanent um den Brief, und so bemerkte sie nicht die kleinen Anzeichen des Verfalls, der hier bereits Einzug gehalten hatte. Die *palmeiras imperiais* wirkten ungepflegt, große, welke Blätter, die dringend hätten abgeschnitten werden müssen, hingen traurig an ihnen herab. Weder die abbröckelnde Farbe der Haustür noch die gespenstische Stille, die über dem Anwesen lag, nahm Vitória zur Kenntnis. Sie läutete an der verrosteten Glocke, die neben der Tür hing. Nichts. Sie läutete erneut, und endlich tat sich etwas im Haus. Vitória sah, wie eine Gardine in der oberen Etage beiseite gezogen wurde.

»Hier ist Vita«, rief sie nach oben.

Ein paar Minuten später öffnete Eufrásia die Tür. Sie trug noch ihren Morgenmantel, ihre Augen sahen verweint aus. Ihr Haar war strähnig.

»Um Gottes willen, Eufrásia, was ist passiert? Ist jemand gestorben?«

»So könnte man es auch nennen.« Eufrásia klang verbittert. »Komm rein.«

»Warum öffnest denn du die Tür? Wo ist Maria da Conceição?«

Maria da Conceição war das Hausmädchen der Soares, eine tüchtige Mulattin mittleren Alters, die so lange auf Florença gearbeitet hatte, wie Vitórias Erinnerung zurückreichte, und praktisch zur Familie gehörte.

»Maria wurde verkauft. Genau wie alle anderen Sklaven. Und unser Land, das Vieh, das Sommerhaus in Petrópolis, das Silber und das Gemälde von Delacroix ebenfalls. Nur das Wohnhaus ist uns geblieben, außerdem das Nötigste an Möbeln. Ach, Vita, es ist schrecklich!« Eufrásia brach in Tränen aus.

Vitória nahm ihre Freundin in die Arme. »Warum hast du dich nicht bei mir gemeldet? Wir hätten euch helfen können.«

Eufrásia löste sich aus der Umarmung. »Ihr? Ihr seid doch schuld an der ganzen Misere!«

Vitória bemerkte zu spät, was für einen Fauxpas sie begangen hatte. In der Tat, für Eufrásia musste es den Anschein haben, als sei die Familie da Silva Urheberin dieses Unglücks. Natürlich war das Unsinn, schließlich wäre es ohne die Spielsucht von Eufrásias Vater gar nicht erst so weit gekommen. Aber sie hütete sich, das zu sagen. Später, wenn Eufrásia sich abgeregt haben würde, war immer noch genug Zeit dafür. Stattdessen sah sie ihre Freundin ernst an.

»Eufrásia, ich denke, wenn du dich ein wenig zurechtmachen würdest, sähe die Welt schon viel freundlicher aus. Am besten gehst du hoch auf dein Zimmer, ziehst dich an, kämmst dir die Haare und wäschst dein Gesicht. Derweil werde ich uns einen Kaffee kochen. Dann reden wir weiter. Einverstanden?«

Eufrásia nickte und ging davon. Auf dem Treppenabsatz hielt sie kurz an, drehte sich zu Vitória um und warf ihr ein gezwungenes Lächeln zu.

In der Küche fand Vitória auf Anhieb, was sie brauchte. Im Herd brannte noch Glut, sodass der Kaffee schnell gebrüht war. Irgendjemand schien sich also um die Küche zu kümmern. Es sah hier relativ aufgeräumt aus, und Vitória konnte sich nicht vorstellen, dass Eufrásia, ihre Eltern oder ihre beiden jüngeren Brüder überhaupt in der Lage waren, eine solche Ordnung zu halten, ein Feuer zu schüren oder Wasser zum Spülen zu erhitzen.

Im Salon fand Vitória Tassen. Sie deckte provisorisch einen kleinen Tisch und setzte sich. Auf den rosé-weiß gestreiften Tapeten waren dort, wo einst Bilder gehangen hatten, hellere Flächen zu erkennen, deren Konturen von dunkelgrauen Linien umgeben waren. Einzig eine Fotografie in einem ovalen Kirschholzrahmen hing noch an der Wand. Die Familie Soares in besseren Tagen: Der Vater steht aufrecht hinter der im Ohrensessel sitzenden Dona Isabel, die Kinder, zur Zeit der Aufnahme zwischen sieben und elf Jahre alt, haben sich in Festtagskleidung neben der Mutter auf den Armlehnen des Sessels drapiert. Was für ein süßes Kind Eufrásia gewesen war! Vitória wandte den Blick von der Fotografie ab und sah sich weiter im Salon um. Der Holzfußboden war an den Stellen, an denen früher der Aubusson-Teppich gelegen hatte, dunkler und weniger abgenutzt als dort, wo das Holz der Sonne und der Belastung von Schuhen ausgesetzt gewesen war. Die Glasvitrine war noch da, aber die edlen Stücke, die Figurinen aus Meißen, die Charpentier-Becher, die Tabatière aus Sèvres, der böhmische Pokal oder die Doccia-Kanne, die einmal der ganze Stolz von Dona Isabel gewesen waren, fehlten. Nur an der feinen Staubschicht, die sich um die nicht mehr vorhandenen Exponate abgesetzt hatte, sah man, wie viele der Gläser, Karaffen, Deckelvasen, Schälchen und Figuren fehlten.
Von oben hörte Vitória Stimmen, kurz darauf kam Eufrásia die Treppe herunter.
»Meine Mutter weigert sich, dich zu begrüßen.«
Insgeheim war Vitória froh darüber, denn sie konnte Dona Isabel nicht ausstehen. Gleichzeitig war sie empört. Was konnte sie denn dafür, dass Afonso Soares ein solcher Versager war? Hätte ihr Vater das Land nicht gekauft, wäre sicher ein anderer Interessent aufgetreten.
»Reg dich nicht darüber auf«, riet Eufrásia ihr. »Es liegt weniger an dir als vielmehr daran, dass sie schrecklich aussieht. Sie ist in den vergangenen Monaten um mindestens zehn Jahre gealtert.«
»Wo ist der Rest der Familie?«
»Mein Vater ist in Rio, wo er sich wahrscheinlich hemmungsloser

denn je seinen Lastern hingibt. Jetzt hat er ja nichts mehr zu verlieren. Jorge und Lucas sind im Colégio. Die Gebühr ist Gott sei Dank für ein Jahr im Voraus bezahlt, sodass sie dort mindestens bis Weihnachten bleiben können. Jorge hat glänzende Zeugnisse, er wird wahrscheinlich ein Stipendium bekommen. Und Lucas, der wird wohl abgehen müssen. Vielleicht nimmt man ihn bei der Militärakademie auf, er ist schon sechzehn.«

»Und was wird aus dir? Du kannst dich doch nicht hier verkriechen und auf bessere Zeiten warten?«

»Nein?« Eufrásia lachte trocken auf. »Was soll ich denn deiner Meinung nach tun? Auf Bälle gehen und die Scharen von Verehrern in meinen alten Kleidern verzaubern? Allen die Schau stehlen mit einer unmöglichen Frisur, weil keine Zofe mehr da ist, die mir die Haare anständig aufstecken kann? Mich den gehässigen Fragen nach meiner Familie aussetzen?«

»Warum nicht?« Obwohl sie einander ihr Leben lang kannten, war Vitória immer wieder überrascht, wie sehr sich Eufrásia an Äußerlichkeiten aufhielt und wie sehr ihr am Urteil anderer Menschen lag. Ein aufwändiges Kleid liebte sie nicht um der Schneiderkunst oder um des kostbaren Materials willen, sondern nur um dessen Wirkung auf ihre Umwelt. Schöne Verse konnte sie nie wegen ihrer selbst würdigen, sondern nur, wenn sie sich dafür eigneten, sie in der Öffentlichkeit zu rezitieren und damit Eindruck zu schinden. Als Eufrásia neun Jahre alt war, hatte ihr ein halbwüchsiger Sklavenjunge, der ganz vernarrt in sie war, eine wunderschöne Holzfigur geschnitzt, ein Täubchenpaar, das auf einem Zweig saß. Die Arbeit war mit größter Sorgfalt ausgeführt und von unerhörter Finesse. Der Junge war ein begnadeter Künstler. Aber Eufrásia hatte das Geschenk achtlos in die Ecke geworfen – was sollte sie mit einem Stück Holz anfangen?

Jetzt, nachdem sie Eufrásia längere Zeit nicht gesehen hatte, fiel Vitória diese Oberflächlichkeit unangenehmer denn je auf. Die Umstände taten ein Übriges, um diesen Charakterzug ihrer Freundin verschärft zum Vorschein zu bringen. Warum sorgte sie sich nicht mehr um den Geisteszustand ihres Vaters, die Nöte ihrer

Brüder, die Angst ihrer Mutter, die Schmach ihrer Sklaven? Die wahren Gefühle ihrer Nächsten schienen ihr gleichgültig zu sein, einzig deren äußerer Ausdruck bedrückte sie: Die Mutter sah alt aus, der Vater trank und spielte, die Brüder würden vielleicht nicht weiter die namhafte Schule besuchen können, die Sklaven waren fort – was würden ihre Freunde und Bekannten dazu sagen? Ob Maria da Conceição, die den Soares aufopferungsvoll gedient hatte und ihnen in tiefer Zuneigung verbunden war, den Verlust ihres Zuhauses und die Demütigung ihres Verkaufs verwinden würde, war Eufrásia egal.

Andererseits hatte diese Wesensart in diesem Fall auch ein Gutes: Eufrásia war leicht aufzumuntern. Es bedurfte nicht mehr als der Aussicht auf ein hübsches neues Accessoire, um sie aus dem Sumpf des Selbstmitleids zu befreien, in den sie selbst sich manövriert hatte. Oder der Aussicht auf einen Ehemann. Schließlich war das alles, worauf Eufrásias Erziehung abgezielt hatte: sie zu einer repräsentativen Gattin zu machen. Eufrásia hatte keine besonderen Talente, aber sie hatte Geschmack, tanzte gut und konnte, wenn wichtigere Gäste als Vitória zu bewirten waren, eine formvollendete Gastgeberin sein. Und obwohl Vitória wusste, dass zu viele Komplimente ihrer Freundin zu Kopf stiegen, hielt sie es diesmal ausnahmsweise für angebracht, ihr ein paar Nettigkeiten zu sagen.

»Sieh es doch mal so: Du bist bildhübsch, du bist tadelloser Abstammung, und du bringst auch sonst alle Voraussetzungen mit, um eine wunderbare Ehefrau zu werden.«

»Nur keine Mitgift.«

»Ich bin überzeugt, dass Arnaldo dich auch ohne Mitgift heiraten würde. Er ist besessen von dir.«

»Das war er vielleicht einmal. Und außerdem … ist er so entsetzlich öde!«

»Himmel, Eufrásia! Öder als dein jetziges Leben kann er kaum sein. Stell dir nur einmal vor, was du für herrliche Kleider tragen, was für großartige Empfänge du geben könntest. Lucas könnte dank Arnaldos Geld weiter zur Schule gehen, und du hättest die Mittel, um Florença wieder zu dem zu machen, was es immer war.«

Eufrásia lächelte zaghaft. Die Idee schien ihr zu gefallen. Warum war sie noch nicht selber darauf gekommen? »Aber wird Arnaldo mich noch mögen, wenn ich ihm in abgetragenen Kleidern gegenübertrete?«

»Er wird es gar nicht bemerken. Dein Schrank ist voller Kleider, die du nur einmal getragen hast und denen überhaupt nichts fehlt. Es sei denn, ihr hättet auch eure Garderobe verkauft, aber das bezweifle ich sehr.«

»Nein, unsere Kleider haben wir noch. Aber Vitória, ich bitte dich, die Kleider aus dem letzten Jahr kann ich doch jetzt nicht mehr tragen! Und wenn mich Florinda in dem hellgelben Seidenkleid sieht, das ich bei deinem Geburtstagsfest getragen habe und das mein einziges Kleid ist, das der aktuellen Mode entspricht, wird sie sich das Maul über mich zerreißen!«

»Na und? Lass sie doch. Sie tut das nur, weil sie neidisch auf deine honigblonden Haare und auf dein sommersprossiges Näschen ist. Mit einem Zinken wie dem ihren nützen ihr die extravagantesten Kleider der Welt nichts. Die Hauptsache ist doch, dass du Arnaldo gefällst, und das wirst du. Wenn du vor dem nächsten Fest bei uns vorbeikommst, machen wir uns gemeinsam schön. Miranda wird dir bei der Frisur helfen.«

»Ach, Vita! Du hast ja Recht. Du hast immer Recht. Ich wünschte, ich hätte deine Vernunft und dein Selbstvertrauen. Wie dumm ich war! Warum habe ich nicht schon viel eher mit dir gesprochen?«

»Das frage ich mich allerdings auch.«

»Andererseits – du hättest ja auch mal hier vorbeikommen können.«

Vitória entging der vorwurfsvolle Ton nicht. »Hm. Ich hatte viel zu tun.« Seit wir die neuen Ländereien besitzen, hätte sie beinahe hinzugefügt, verkniff es sich aber in letzter Sekunde. Dass es so schlimm um die Familie stand, hätte sich Vitória nicht träumen lassen, aber sie hatte befürchtet, dass die veränderten Umstände sich auf ihre Freundschaft mit Eufrásia auswirken könnten. Jetzt erwiesen sich ihre Ängste als unbegründet. Es hatte nur einiger op-

timistischer Worte bedurft, um Eufrásia aus ihrem Schmollwinkel hervorzulocken. Kaum hatte sie ihre Freundin auf andere Gedanken gebracht, war sie wieder ganz die Alte: ein 17-jähriges Mädchen, das sich am liebsten mit Kleidern, Frisuren, Verehrern und Bällen beschäftigte.
»Warum«, fiel Vitória plötzlich ein, »hat dir eigentlich Arnaldo nicht mal einen Besuch abgestattet? Er war doch früher kaum von hier wegzudenken?«
»Das hat er. Aber ich habe so getan, als sei ich nicht zu Hause. Ich habe mich furchtbar für das geschämt, was unserer Familie widerfahren ist. Er kam drei Mal vorbei, aber seit ein paar Wochen hat er sich nicht mehr blicken lassen.«
»Hat er denn keine Notiz oder irgendetwas hinterlassen?«
»Doch. Er bat mich um eine Nachricht – aber ich habe mich nicht gemeldet. Wahrscheinlich will er jetzt gar nichts mehr von mir wissen.«
»Papperlapapp. Wahrscheinlich ist er jetzt erst recht in Liebe entbrannt. Er denkt, du würdest ihn zurückweisen – und je rarer du dich machst, desto mehr verzehrt er sich nach dir.«
Eufrásia lächelte zweideutig, als habe sie in Wahrheit von vornherein nach dieser Devise gehandelt.
Inzwischen hatten sie den Kaffee ausgetrunken. Vitória bot an, eine weitere Kanne zu kochen.
»Aber warum denn, das kann doch Sílvia machen!«
»Ach, Sílvia habt ihr noch?«
»Ja, sie hätte uns wegen ihres Buckels nichts eingebracht, also konnten wir sie ebenso gut behalten. Sie kümmert sich um das Allernotwendigste. Sie kocht, wäscht, putzt – nichts davon macht sie wirklich gut, aber immer noch besser als wir. Sie ist jetzt oben bei Mamãe. Ich klingle nach ihr.«
»Nein, lass nur. Ich wollte etwas mit dir besprechen, das unter uns bleiben soll, und Sílvia ist, wenn ich mich recht entsinne, ein ziemlich schwatzhaftes Ding. Den Kaffee kann ich uns kochen.«
Eufrásia könnte es selbstverständlich ebenfalls tun, dachte Vitória. So schwer war es ja nun wirklich nicht, Wasser in einem Kessel

zum Kochen zu bringen. Aber für niedere Verrichtungen im Haushalt war sich ihre Freundin wohl einfach zu fein.
Als Vitória aus der Küche zurückkehrte, richtete sich Eufrásia in ihrem Sessel auf. »Vita, nun spann mich nicht so auf die Folter. Erzähl schon – hat Rogério dir endlich einen Antrag gemacht?«
Rogério! Den hatte Vitória schon fast vergessen. »Nein, aber jetzt, wo du es sagst: Er hätte mir wirklich schon längst einen machen sollen. Den ich natürlich abgelehnt hätte.«
Die beiden brachen in Lachen aus. »Weil ich«, fuhr Vitória fort, »jemand anderen kennen gelernt habe.«
In knappen Sätzen erzählte sie ihrer Freundin von Pedros Besuch, von seinen Gästen, von León. Ihre Stimme war ruhig, und weder ihre Körperhaltung noch ihre Mimik verrieten etwas von dem Aufruhr, der in ihrem Herzen herrschte. Entlarvende Details ließ sie in ihrem Resümee unter den Tisch fallen. Mit keiner Silbe erwähnte Vitória die Komplimente, die León ihr zugeflüstert hatte, kaum dass sie ein paar Minuten unter vier Augen waren; die begehrlichen Blicke, mit denen er sie bedacht hatte, als sie im engen Reitdress auf ihrem Pferd saß; die Atemlosigkeit, die sie befiel, sobald León einen Raum betrat; oder die Röte, die ihre Wangen überzog, als León wie zufällig ihren Arm gestreift hatte. Sein unverschämtes Grinsen, seine makellosen Zähne, seine dunklen, schrägen Augen mit den dichten Wimpern – all das verschwieg sie Eufrásia. Mit gespielter Überlegenheit hielt sie sich, als die Freundin wissen wollte, wie dieser ominöse Fremde aussah, an die Tatsachen. Wie sollte sie auch den Zauber beschreiben, der von seinem Lachen ausging, wenn sich seine hohlen Wangen in Falten legten? Wie die Faszination seines Blickes, der feurig und zugleich melancholisch war und in dem Vitória auf immer hätte versinken mögen? Wie den Charme seines markanten Kinns, auf dem abends immer ein bläulicher Schimmer zu sehen war? Nie und nimmer würde sie in Worte fassen können, was sie empfand, wenn er mit seinen großen, gut geformten Händen gestikulierte und sich seine Muskeln unter dem dünnen Batisthemd spannten. Und wie sollte sie den Schauer formulieren, der über

sie kam, wenn sie seinen geschmeidigen Körper aus den Augenwinkeln bewunderte, seine breiten Schultern und die schmalen Hüften? Kein Gramm Fett war an ihm. Er bewegte sich mit der Anmut und der trägen Lässigkeit einer Katze, doch als er bei der Abreise den schweren Koffer Joãos auf die Kutsche gehievt hatte, offenbarte sich die geballte Kraft, die unter seiner bronzefarbenen Haut steckte.

Stattdessen beschrieb sie ihn als »durchschnittlich groß, dunkelhaarig, bartlos«. Und so war es ja auch.

»Aber Vita, was findest du denn um Gottes willen an dem Mann? Er hat einen schlecht bezahlten Beruf, sieht nicht besonders gut aus und hat zu allem Überfluss auch noch absolut verwerfliche politische Ansichten!«

»Ich weiß auch nicht. Er hat … das gewisse Etwas.«

»Meine Güte, Vita! Du kannst jeden haben. Wirf dich bloß nicht einem dahergelaufenen Kerl an den Hals, nur weil er eine irgendwie mysteriöse Aura hat. Nach allem, was du mir erzählt hast, scheint er mir nichts weiter zu sein als ein Hochstapler.«

»Ich habe nicht vor, mich irgendjemandem an den Hals zu werfen. Mit dem Heiraten habe ich es ohnehin nicht eilig. Glaubst du, ich wollte die Abhängigkeit von meinem Vater gegen die von einem Ehemann eintauschen? Nein, ich will, sobald ich einundzwanzig bin, selber bestimmen, was mit mir und vor allem mit meinem Geld passiert. Aber das schließt ja nicht aus, dass ich ein wenig flirte, oder?«

»Vita, das wird ja immer haarsträubender! Du kannst doch nicht einfach mit jemandem schäkern, der nicht ein potenzieller Heiratskandidat wäre.«

»Natürlich kann ich. Versteh doch, Eufrásia, es ist nur ein Spiel. Es steckt nichts dahinter, es macht einfach nur Spaß.« Das entsprach nicht ganz der Wahrheit. In Vitórias Augen steckte durchaus etwas dahinter, aber niemals würde sie zugeben, dass sie drauf und dran war, sich in jemanden zu verlieben, den sie kaum kannte.

»Er hat mir geschrieben. Hier.« Vitória zog den Brief aus ihrem bestickten Beutelchen und reichte ihn Eufrásia. Es wäre ihr unangenehm gewesen, ihn vorzulesen, ganz so, als entehrte sie ihn mit ihrer Stimme, als beraube sie ihn damit all seiner hypnotisierenden Wirkung.

Eufrásia nahm den Brief an sich und begann, laut vorzulesen.

»*Meine liebe Vita.*«

»Eufrásia, nein!«, rief Vitória aus. »Bitte lies ihn für dich.«

Die Freundin zog die Stirn kraus und las.

Meine liebe Vita, hoch verehrte Sinhazinha,
Sie haben mir und den anderen Freunden Ihres Bruders unvergessliche Tage auf Boavista bereitet. Gestatten Sie mir, nun auch Ihnen ein wenig wohlverdiente Abwechslung zu verschaffen und Sie in die Hauptstadt einzuladen: Am 25. Oktober ist die Premiere eines Theaterstückes, in dem die göttliche Marquez die Hauptrolle spielt und von dem schon jetzt die ganze Stadt spricht. Ich habe zwei Logenplätze ergattert – und kann mir keine charmantere Begleitung als Sie vorstellen. Werden Sie es einrichten können?
In vermessener Erwartung Ihrer Zusage und in genussvoller Unterwerfung
Ihr Sklave León

Eufrásia zog die Mundwinkel abfällig nach unten. »Was soll das sein? Wenn dieser läppische Wisch, der noch dazu vor Frechheit strotzt, Teil eures ›spaßigen‹ Spiels ist, dann musst du den Verstand verloren haben. Und wieso nennt er dich Sinhazinha und sich selber deinen Sklaven? Kein normaler Mensch stellt sich auf eine Stufe mit den Negern.«

Vitória erzählte ihrer Freundin von dem anfänglichen Missverständnis, wie León sie immer wieder damit aufgezogen hatte und wie sie schließlich, um nicht als humorlos zu gelten, sein Spiel mitgespielt hatte – ohne es wirklich komisch zu finden. Ja, gestand sie Eufrásia, er lege eine gewisse Impertinenz an den Tag. Aber sie verschwieg ihr, wie anregend sie seine Art fand, die sich so sehr von den manierierten Umgangsformen der jungen Fazendeiros unterschied. León brachte es fertig, ihr die größten Unverschämtheiten

mit einer derartigen Liebenswürdigkeit an den Kopf zu werfen, dass sie immer erst zu spät begriff, was er eigentlich gesagt hatte, und darauf nicht angemessen reagieren konnte. Die halbe Zeit war sie damit beschäftigt gewesen, an Antworten herumzukauen, die sie ihm hätte geben können. Und was ihr im Nachhinein alles eingefallen war! Es wäre so leicht gewesen, ihn aus der Ruhe zu bringen. Doch sosehr sie sich auch vorgenommen hatte, ihm bei der nächsten Gelegenheit mit einer schlagfertigen Antwort zu begegnen, nie war es ihr gelungen. Immer war er ihr einen Schritt voraus gewesen. In Diskussionen mit León war ausnahmsweise sie, so schien es Vitória, immer die Unterlegene. Sie, die kein Streitgespräch scheute und die alle, die ihr nahe standen, mit ihrer Rhetorik in Grund und Boden reden konnte! In Leóns Gegenwart ließ ihr scharfer Verstand sie im Stich, außer Gefecht gesetzt von dem Klang seiner schönen Baritonstimme und seinen glühenden Blicken. Wie schaffte er es nur so mühelos, sie aus der Fassung zu bringen? Wieso fühlte sie sich wie ein dummes Mädchen, wenn er mit ihr sprach, aber wie eine verführerische Frau, wenn er sie ansah?
»Weißt du, Eufrásia, seine Ausstrahlung lässt sich kaum beschreiben. Du müsstest ihn sehen, dann wüsstest du sofort, was ich meine. Und vielleicht hast du schon bald die Gelegenheit dazu.«
»Was soll das heißen? Kommt er etwa wieder?«
»Nein, es heißt, dass ich seine Einladung annehmen werde. Aber ich muss mir einen guten Vorwand einfallen lassen, um von Boavista zu verschwinden. Allein, wohlgemerkt. Ich fürchte, dass mein Vater eine Theaterpremiere als Grund nicht gelten lässt.«
»Und da hast du an mich gedacht.« Wenn es darum ging, die Eltern zu hintergehen, war Eufrásias Auffassungsgabe wirklich unschlagbar, das musste Vitória ihr lassen.
»Ich könnte Papai erzählen, dass du in familiären Angelegenheiten dringend nach Rio reisen musst und mich gebeten hast, dich zu begleiten. Das würde er mir sofort abnehmen. Weiterhin könnte ich ihm sagen, dass Maria da Conceição und Luiz uns begleiten – er weiß ja nicht, dass sie nicht mehr bei euch sind. Und wir zwei hätten Gelegenheit, uns ein paar nette Tage in Rio zu machen. Wir

müssten zwar Pedro einweihen, schließlich müssen wir irgendwo wohnen, aber ich denke, dass mein Bruder uns decken würde. Für diese Art von Spaß ist er immer zu haben. Deiner Mutter erzählen wir die umgekehrte Variante, dass ich dringend nach Rio müsste und dich als Begleitung mitnehmen wollte.«

Eufrásia überlegte kurz, dann nickte sie.

»Also gut. Aber nur unter einer Bedingung: Dein León besorgt auch mir eine Karte fürs Theater.«

»Eine seiner leichtesten Übungen, davon bin ich überzeugt.«

»Und noch etwas: Ich möchte zur Premiere gern dein rotes Kleid tragen. Sílvia kann es ein wenig umarbeiten, damit es nicht gar so hausbacken wirkt.«

Vitória schluckte. Aber gut, wenn das der Preis dafür war, dass sie León wiedersehen durfte, wollte sie ihn bereitwillig zahlen. Dennoch ärgerte sie Eufrásias Forderung. Mit welchem Recht nahm sie sich heraus, auch noch Bedingungen zu stellen, wo es doch sie, Vitória, war, die Eufrásia zu dieser willkommenen Ablenkung verhalf? Auch der kleine Seitenhieb nagte an ihr. Ihr rotes Ballkleid war doch nicht hausbacken! Und an Eufrásia sähe es nicht halb so gut aus wie an ihr selber.

»Von mir aus. Aber mach die Änderungen hinterher wieder rückgängig, sonst fällt es meiner Mutter auf.«

Die nächsten Stunden verbrachten die Mädchen damit, sich ihre Reise in den schönsten Farben auszumalen. In der berühmten *sorveteria* »da Francesco« wollten sie ein Eis essen, in der *confeitaria* »Hernandez« nach Herzenslust Schokoladentörtchen und andere süße Leckereien naschen, und in den eleganten Boutiquen der Rua do Ouvidor würden sie die Auslagen betrachten und sich neue Ideen für ihre eigene Garderobe holen. Schirme, Hüte, Handschuhe, Tücher, Taschen, Spitzenkragen und Strümpfe – was war zurzeit modern, was trugen die Damen in der Großstadt?

Die Vorfreude brachte sie einander wieder näher. Vitória dachte an die alten Zeiten zurück, als sie beide noch unzertrennlich gewesen waren. Es hatte kein Geheimnis gegeben, das sie der Freundin nicht anvertraut hätte. Stundenlang konnten sie die

Köpfe zusammenstecken und sich über das dümmliche Gesicht eines Jungen amüsieren, den sie aufgezogen hatten, oder darüber, wie sie ihre Eltern hinters Licht geführt hatten. Nie wurden sie es müde, sich über ihre Brüder zu beklagen, über die Schwächen ihrer Lehrer herzuziehen oder sich Streiche auszudenken, die sie den Haussklaven spielen konnten. Wenn eine bei der anderen übernachtet hatte, was unzählige Male der Fall war, hatten sie sich unter der Bettdecke nächtelang Dinge von sich erzählt, die die andere längst wusste – und doch waren sie es nie leid geworden, alles immer und immer wieder durchzugehen. Sie waren wie Schwestern gewesen, bis ... Ja, bis wann eigentlich? Vitória wusste nicht, wann die Vertrautheit zwischen ihr und Eufrásia nachgelassen hatte. Einen konkreten Auslöser hatte es nicht gegeben. Ganz schleichend hatte sich zwischen ihnen eine Grenze gebildet, die es nicht zu übertreten galt. Plötzlich hatten sie einander nicht mehr jeden Gedanken mitgeteilt, und intime Geständnisse wurden fortan nur mehr dem Tagebuch anvertraut, nicht mehr der Freundin. Dennoch blieben sie Komplizinnen, bis die Rivalität zwischen ihren Vätern ihrer Freundschaft einen neuerlichen Stoß versetzte.
Aber heute kam es beiden vor, als seien sie wieder dreizehn Jahre alt und von den Unbilden des Lebens völlig unberührt. Genüsslich schmiedeten sie Pläne für ihre Reise. Den Kaiserpalast mit den neuen Anbauten wollten sie sehen, natürlich, ebenso den erweiterten *Jardim Botánico*, in dem eine ganze Reihe seltener und kostbarer Bäume und Blumen angepflanzt worden war. Und den *Jóquei Clube* – keineswegs würden sie auf den Besuch eines Pferderennens verzichten. Aber auch die Anleger am Hafen und die Stadtviertel, in die sie in Begleitung ihrer Eltern nicht einen Fuß hätten setzen dürfen, wollten sie gerne einmal in Augenschein nehmen. Ihre Brüder hatten sich viel zu oft mit zweideutigen Bemerkungen wichtig gemacht, endlich wollten sie nun selber sehen, was es mit der Rua da Candelária auf sich hatte. Und einen Ausflug zum Strand von Copacabana wollten sie machen. Neuerdings gingen die Leute dort ins Wasser, weil es als gesundheitsfördernd galt.

Männer und Frauen gemeinsam – und zwar in Badekleidung, die mehr zeigte, als sie verbarg!

»Eufrásia, ich fürchte, das werden wir alles gar nicht schaffen. Länger als drei Tage können wir nicht wegbleiben.«

»Du hast Recht. Aber ist es nicht herrlich, sich das alles auszumalen?«

Das fand Vitória auch. Davor jedoch waren noch viele andere, praktischere Dinge zu regeln. Vitória musste Pedro von ihrem bevorstehenden Besuch in Kenntnis setzen, und sie musste León eine Antwort schicken. Sie mussten Fahrkarten für den Zug besorgen, und vor allem mussten sie ihre Eltern von der absoluten Notwendigkeit dieser Reise überzeugen.

Es war bereits Nachmittag, als Vitória und Eufrásia sich gemeinsam an einen Entwurf für den Brief an León setzten.

»León«, schrieb Vitória, die von der Vorfreude auf die Reise ganz aufgekratzt war, *»trotz deiner Aufsässigkeit will ich dir deine Bitte gewähren.«*

»Duzt ihr euch etwa?«

»Nein, aber ich sollte mich zumindest an die Spielregeln halten, oder? Und in dem Spiel bin ich die Sinhazinha, er ist der Untergebene.«

»Schon, aber ich finde, das Du geht zu weit.«

Sie diskutierten ausgiebig über diesen Punkt, bis Vitória sich durchgesetzt hatte. Sie blieb beim Du, das ihr eine Vertraulichkeit erlaubte, die unter anderen Umständen undenkbar gewesen wäre.

Du hast diese Großmütigkeit meinerseits allein der Intervention meiner teuren Freundin Eufrásia zu verdanken, die mich von der Notwendigkeit überzeugte, dieser Uraufführung beizuwohnen. Sie selbst wünscht ebenfalls zur Premiere zu kommen, besorge ihr also bitte noch eine Karte.

»Vita, das geht nicht! Du kannst ihm doch nicht ernsthaft in diesem Ton schreiben wollen.« Eine neuerliche Debatte begann, wieder hatte Vitória die besseren Argumente.

»Weißt du, Eufrásia, streng genommen ist dieser Brief noch viel zu milde. Würdest du etwa ›bitte‹ sagen, wenn du einem Sklaven etwas aufträgst?«

»Na ja, streng genommen hättest du erst gar keine Korrespondenz mit einem Sklaven. Oder kennst du einen, der lesen und schreiben kann?«

Das, fuhr es Vitória durch den Kopf, war allerdings wahr. Ob sie sich konsequenterweise in dem Brief überhaupt nicht auf dieses Spielchen mit León einlassen sollte? Ach was, dafür war es viel zu spannend. Sie schrieb weiter:

Denke außerdem daran, uns eine Droschke zum Bahnhof zu schicken. Wir treffen am Nachmittag des xx. Oktober in Rio ein.

Zu Hause, sobald sie die Genehmigung ihrer Eltern und die genauen Reisedaten hätte, würde sie den Brief ins Reine schreiben und das korrekte Datum eintragen.

Grüße an Nhonhô und die Herren João Henrique de Barros und Aaron Nogueira. Und dass du sie nicht wieder mit frechen Bemerkungen ärgerst!

Mit Schwung setzte Vitória unter das Blatt mit den Tintenklecksen, durchgestrichenen Wörtern und dem unleserlichen Gekritzel ihren ganzen pompösen Namen:

Vitória Catarina Elisabete da Silva e Moraes.

Ja, das war gut. So würde sie unterzeichnen, und mit Hilfe einer vernünftigen Feder bekäme ihre Unterschrift noch viel mehr Elan.

»Ich glaube nicht, dass du den Brief jemals abschicken wirst. Zu Hause werden dich Zweifel überfallen, und nachher schreibst du ihm nur ein paar banale Zeilen.«

»Natürlich schicke ich ihn ab, es war doch schließlich auch meine Idee, ihn so und nicht anders zu schreiben. Aber bitte, wenn du mir nicht glaubst: Lass ihn uns direkt hier ins Reine schreiben und gleich abschicken.«

Eufrásia rannte sofort auf ihr Zimmer und holte aus ihrem Louis-XV.-Sekretär, den sie irgendwie vor den Gläubigern hatte retten können, einen Bogen hellblauen Büttenpapiers, einen Umschlag, Tinte und Feder. Sogar eine Briefmarke fand sie noch. Sie musste sich beeilen – bevor es sich Vita womöglich anders überlegte. Das war ein Abenteuer nach ihrem Geschmack! Meine Güte, wenn sie diesen Brief wirklich so schrieb und abschickte …

Zurück im Salon beobachtete sie Vitória. Sie kaute auf ihrer Unterlippe, während sie versuchte, ihrer Handschrift etwas beiläufig Erwachsenes zu geben. Doch der erste Versuch scheiterte. Sie zerriss das Papier und warf es wütend auf den Boden.

»Eufrásia, ich kann's nicht! Meine Schrift sieht aus wie die eines braven Kindes, das Schönschreiben übt. Hast du noch mehr Briefbögen?«

»Ja, aber vielleicht übst du erst einmal auf einem einfachen weißen Blatt, bevor du mir mein letztes Papier ruinierst.«

Sie übte. Nach dem vierten Anlauf war Vitória mit dem Ergebnis einigermaßen zufrieden.

»Was hältst du davon? Das sieht doch irgendwie damenhaft aus, ohne zu verschnörkelt zu sein. Lässig, aber nicht nachlässig.«

Nachdem der Brief geschrieben und das Datum willkürlich eingesetzt war, steckte Vitória ihn in einen Umschlag, den sie in derselben, mühsam einstudierten Schrift adressierte. Eufrásia erhitzte Siegellack, ließ einen Klecks davon auf die Rückseite des Umschlags fallen und drückte Vitórias Siegelring mit dem Wappen des Barão de Itapuca hinein. Dann klebte sie die Marke auf den Umschlag und legte den Brief auf die Anrichte.

»Ich werde ihn abschicken. Es ist ohnehin allerhöchste Zeit, dass ich mal hier herauskomme. Morgen fahre ich mit Sílvia nach Valença, dort kann ich ihn aufgeben.«

»Ja, und auf dem Weg dorthin kannst du ja in Boavista vorbeischauen und Dona Alma die tieftraurige Geschichte auftischen, die dich zu einer Reise nach Rio zwingt.«

»Aber vorher musst du mit meiner Mutter reden. Am besten noch heute – wo du schon hier bist.«

Vitória graute es bei der Vorstellung, Dona Isabel gegenübertreten zu müssen. Sie war schon unerträglich, wenn es ihr gut ging. Wie wäre es erst, wenn sie sich schlecht fühlte? Aber sie würde kaum darum herumkommen, wollte sie sich nicht die Gelegenheit entgehen lassen, mit León auszugehen.

»Kannst du sie schonend darauf vorbereiten, dass ich mit ihr sprechen möchte?«

»Aber ja. Warte einen Augenblick, ich rede mit ihr, und dann rufe ich dich.« Eufrásia ging hinauf. Wenig später kam Sílvia herunter. Offenbar hatte Eufrásia die Sklavin aus dem Zimmer geschickt. Auf dem Arm trug Sílvia ein Kleid, das Vitória bekannt vorkam. Wahrscheinlich hatte Dona Isabel es ihrer Sklavin geschenkt.

»Sinhá Vitória, wie schön, dass Sie mal wieder zu Besuch sind!«

»Ja, Sílvia, ich finde es auch schön. Auch wenn die Umstände nicht gerade Anlass zur Freude geben ...«

»Jesus Maria, wem sagen Sie das? Sinhá Dona Isabel ist ganz krank vor Sorge, Sinhá Eufrásia ist vor Kummer kaum wiederzuerkennen, und die Herren, tja, die sieht man hier kaum noch. Was für ein schreckliches Unglück!«

Sílvias schadenfroher Gesichtsausdruck strafte ihre Worte Lügen. Sie sah nicht so aus, als nähme sie sich die Lage allzu sehr zu Herzen. Zwar musste sie jetzt mehr tun als zuvor, schließlich war sie alles an Personal, was den Soares geblieben war. Doch zugleich schien ihr das Mehr an Verantwortung – und an Bedeutung – gut zu gefallen. Ausgerechnet sie, die Bucklige, war nicht verkauft worden. Sie war sogar zur Zofe von Dona Isabel aufgestiegen! Zu einer Zofe, die auch kochen, nähen und putzen musste, aber doch zu einer echten Zofe, die Zugang zum Zimmer der Herrin und zu allen persönlichen Angelegenheiten der Familie hatte.

Vitória war unangenehm berührt von Sílvias Mienenspiel.

»Und wie furchtbar es hier aussieht! Du solltest dich wirklich mehr um den Haushalt und weniger um Dona Isabels Garderobe kümmern, für die sie zurzeit ohnehin wenig Verwendung hat.«

Sílvia fuhr zusammen. »Aber Sinhá, ich weiß nicht, wo mir der Kopf steht vor lauter Arbeit. Und Dona Isabel nimmt mich den ganzen Tag in Beschlag – ich denke, dass ihr seelischer Beistand jetzt wichtiger ist als polierte Möbel.«

»Ja, das ist er ganz sicher. Aber davon versteht Padre Paulo immer noch mehr als du. Ich sehe ihn morgen, dann schicke ich ihn euch vorbei. Und du wirst ja bestimmt auch die eine oder andere Sünde zu beichten haben, nicht wahr?«

Sílvia schluckte, verkniff sich aber eine Antwort. Mit einem angedeuteten Knicks entließ sie sich so schnell sie konnte aus Vitórias strenger Musterung. Vitória wunderte sich. Eufrásia war doch nicht auf den Mund gefallen. Und sie hatte immer eine etwas herrische Ader gehabt. Warum ließ sie sich jetzt von einer Sklavin auf der Nase herumtanzen? Darüber musste sie, bevor sie wieder nach Boavista ritt, noch mit Eufrásia reden.

»Vita, komm hoch!«, hörte sie da die Stimme ihrer Freundin.

Als Vitória die Treppe heraufkam, raunte ihr Eufrásia, die sich über das Geländer gelehnt hatte, zu: »Mach es kurz. Sie ist nicht gerade bester Laune.«

Aber das Gespräch mit Dona Isabel gestaltete sich besser als erwartet. Vitória zeigte sich von ihrer freundlichsten Seite, ohne sich ihr Mitleid und ihren Schrecken über die Veränderungen in Dona Isabels Gesicht allzu deutlich anmerken zu lassen. Dona Isabel schenkte ihrer Geschichte Glauben und erlaubte Eufrásia, mit nach Rio zu reisen. Die erste Hürde war genommen.

Als Vitória sich verabschiedete, erteilte sie Eufrásia noch allerlei Ratschläge, wie sie mit Sílvia umzugehen habe und was sie tun müsse, um sich selbst und ihre Mutter wieder auf andere Gedanken zu bringen. »Jätet einfach mal selber Unkraut in eurem Gemüsebeet. Dann fühlt ihr euch wieder lebendig.« Eufrásia hatte sie nur verständnislos angeschaut. Die Verwunderung in ihrem Blick war auch dann noch nicht verschwunden, als Vitória sich, überhaupt nicht damenhaft, auf ihr Pferd schwang und im Galopp davonritt.

Hinter ihr wirbelte Staub auf. Seit Wochen war kein Regen gefallen. Vitória nahm einen Umweg, der sie durch ein Wäldchen führte und bei dem sie ein Stück am Fluss entlangreiten konnte. Sie brauchte Luft und Bewegung, um die erdrückende Stimmung auf Florença, die auch von ihr Besitz zu ergreifen drohte, abzuschütteln. Und sie brauchte Zeit für sich, um über den Brief an León nachdenken zu können. Hatte sie übertrieben? Würde er sie nicht für eine alberne Gans halten? Fieberte er ihrem Treffen so entgegen wie sie? Oder war sie für ihn nur eine von vielen Begleiterinnen, die in Frage gekommen wären? Wie sollte sie sich jemals

Klarheit verschaffen, wenn sie nicht selbst nach Rio fuhr? Ihren Bruder konnte sie ja schlecht fragen. Pedro würde sich über ihre Gefühle lustig machen, außerdem würde es ihm wahrscheinlich gar nicht passen, dass seine kleine Schwester sich mit einem Mann wie León einließ.

Und angenommen, die Reise verlief nach Plan: Was würden sie nach der Theaterpremiere unternehmen? Ob León sie und Eufrásia brav zu Hause absetzte? Oder würde er ihr vorschlagen, noch ein spätes Souper zu nehmen? Sollte sie annehmen? Wie würde sie Eufrásia loswerden? Den Umgang mit den Söhnen der Fazendeiros, mit den Rogérios und Arnaldos und Edmundos des Vale, war Vitória gewohnt, Verabredungen mit ihnen hatten sie noch nie nervös gemacht. Aber bei der Aussicht auf das Treffen mit León kribbelte es sie von Kopf bis Fuß. Was für ein himmlisches Gefühl! Würde sie es doch nur länger auskosten können.

An einer Biegung des Flusses hielt Vitória an. Inzwischen war ihr von dem Ritt warm geworden. Sie stieg ab, rollte eine Decke aus und breitete sie auf dem Teil der Wiese aus, der wie eine Halbinsel vom Fluss umspült wurde. Darauf wollte sie sich ein paar Minuten ausruhen und in Ruhe ihren Gedanken nachhängen – nach Boavista mit all den Aufgaben, die ihrer harrten, käme sie schon noch früh genug. Sie legte sich auf die Decke, verschränkte die Arme hinter dem Nacken und blickte in den Himmel, auf dem der Wind eine Hand voll Federwolken vor sich hertrieb. Die Brise wehte ihr eine Haarsträhne ins Gesicht, aber Vitória war so gedankenverloren, dass sie das leichte Kitzeln auf ihrer Haut gar nicht wahrnahm. Ein dicker Käfer schwirrte mit lautem Brummen um sie herum, aber es störte sie nicht. Nichts störte sie. Die Welt war schön. Sie würde León treffen.

Zwei Stunden später wachte Vitória auf. Ihr war kalt. Es dämmerte bereits. Himmel, wie hatte sie nur einschlafen können! Ihre Eltern machten sich bestimmt schon Sorgen. Und das zu Recht. Es war schon ungehörig genug, allein so lange Ausritte zu unternehmen. Man musste sich nicht noch irgendwelchen Strolchen auf dem Präsentierteller darbieten – hingestreckt auf einer Wolldecke.

Hoffentlich hatte niemand sie dort gesehen. Schnell packte sie ihre Sachen zusammen und ritt weiter. Wenn sie dem Pferd tüchtig die Sporen gab, konnte sie es noch im Tageslicht schaffen.
Als sie zu Hause ankam, war sie verschwitzt, aus ihrem Zopf hatten sich wirre Strähnen gelöst, und ihr Kleid sah aus, als habe sie die ganze Woche darin verbracht. Sie gab dem Stallknecht ihr Pferd, quittierte seine und die neugierigen Blicke der anderen Sklaven, die sich um diese Zeit noch auf dem Hof herumtrieben, mit patzigen Zurechtweisungen und ging dann ins Haus, wo alle schon in heller Aufregung waren.
Ihr Vater war im Begriff, seinen Ledermantel überzuziehen. »Vita! Ich war gerade so weit, mich auf die Suche nach dir zu begeben. Was fällt dir ein, so spät zurückzukommen?«
»Papaizinho, seien Sie mir nicht böse. Ich war bei Eufrásia, und wir haben uns festgeredet. Wir hatten uns so vieles zu erzählen. Und darüber haben wir ganz die Zeit vergessen.«
»Mein Gott, Vita! Du bist doch kein Kind mehr. Denkst du nur an dich selbst? Was glaubst du wohl, wie deine Mutter sich jetzt fühlt? Seit einer Stunde liegt sie im Bett und weint. Nur gut, dass sie dich so nicht sehen kann. Bevor du zu ihr gehst und dich entschuldigst, solltest du dich besser ein wenig frisch machen.«
»Jawohl, Papai.« Vitória sah betreten auf den Boden.
»Und gibt es denn im Haus dieses Schufts niemanden, der einen Gast darauf hinweisen kann, wie spät es ist? Oder haben sie keine Uhren mehr auf Florença?«
»Nein, Papai. Ich meine, doch.«
»Was denn nun?«
»Nein, es gibt keine Uhren mehr im Haus. Um Florença ist es ziemlich schlimm bestellt, alle Wertsachen scheinen sie verkauft zu haben. Aber man hat mir natürlich gesagt, dass ich bald aufbrechen müsse. Ich habe es nur ignoriert, bis ich sah, dass die Sonne schon unterging. Da bin ich sofort losgeritten wie der Teufel.«
»Und diese Ausdrucksweise solltest du dir auch abgewöhnen. Ehrlich, Vita, ich habe den Eindruck, du verwilderst hier.«
»Tut mir Leid. So, ich gehe dann mal schnell zu Mamãe.« Bevor

ihr Vater ihr weitere Fragen stellen konnte, bei deren Beantwortung sich Vitória womöglich verraten hätte, wollte sie ihm lieber aus dem Weg gehen.

Aber die Unterredung mit ihrer Mutter war noch schwieriger. Sie sah Vitória an, als habe diese alle Todsünden auf einmal begangen. Dona Alma schien zu glauben, dass Vitórias Tugend heute irreparablen Schaden genommen hätte. Mit einer für sie ganz ungewöhnlichen Offenheit redete sie ihrer Tochter, die sich ihr immer mehr entfremdete und über deren Gefühlsleben sie so gut wie nichts wusste, ins Gewissen. So wie das Mädchen aussah, konnte es einfach nur von einem Treffen mit einem Verehrer zurückgekommen sein.

»Glaub mir, Vitória, die meisten Männer sind wie Tiere. Sie nutzen deine romantische Stimmung aus, um … unaussprechliche Dinge zu tun. Du musst deinen Verehrern die kalte Schulter zeigen. Du darfst sie nie glauben lassen, dass sie mit ihren Annäherungsversuchen auch nur den Hauch einer Chance hätten. Und wenn sie dich unsittlich berühren wollen … dann …«

»Aber Mãe, was unterstellen Sie mir? Ich war nur bei Eufrásia. Meine Verehrer habe ich seit Wochen nicht gesehen. Es scheint eher so zu sein, dass sie mir die kalte Schulter zeigen.«

»Sei froh.« Nachdenklich sah sie ihre Tochter an. Vitória war jetzt siebzehn, ein schwieriges Alter. Vor ihren Augen hatte sie sich zu einer bildhübschen jungen Frau entwickelt, doch erst jetzt nahm Dona Alma bewusst wahr, dass Vitória kein Kind mehr war. Wie konnte sie sie nur vor dem Schicksal bewahren, das sie selber ereilt hatte – und so viele andere unwissende Frauen? Aber noch deutlicher als gerade eben konnte sie kaum werden, und auf gar keinen Fall würde sie ihren eigenen Fall als abschreckendes Beispiel heranziehen. Dabei hatte sie noch Glück im Unglück gehabt. Als sie Eduardo heiraten musste, war ihr das als das Ende ihres Lebens erschienen. Sie war damals so alt gewesen, wie ihre Tochter es jetzt war. Heute fand Dona Alma, dass sie es mit ihrem Mann kaum besser hätte treffen können. Eduardo hatte ihr in Brasilien eine Zukunft geschaffen. Er trug sie auf Händen, er hatte ein Vermögen gemacht und schließlich sogar noch den Titel eines Barons verliehen bekommen.

»Also dann, Mamãe. Ich muss mich vor dem Abendessen noch um allerlei kümmern. Essen Sie mit Papai und mir?«

»Ja, ich werde in einer halben Stunde herunterkommen.«

»Gut. Dann bis nachher. Und … machen Sie sich keine unnötigen Gedanken. Meine Unschuld ist nicht in Gefahr.« Damit verließ sie den Raum, froh, den wissenden Blicken ihrer Mutter zu entkommen.

V

Es regnete. Seit Tagen schon rieselte es beständig von einem hellgrauen Himmel herab, in dünnen Fäden, die mit bloßem Auge kaum sichtbar waren, die aber in ihrer Beharrlichkeit alles durchnässten. Die Feuchtigkeit drang durch alle Ritzen und Poren. Zudem war es für die Jahreszeit entschieden zu kühl. Es war eine Strafe. Ohne die wärmende Kraft der Sonne wurde nichts richtig trocken. Kleidung, Teppiche und sogar Betten waren immerzu klamm, denn in den Schlafzimmern gab es keine Öfen oder Kamine. Um sich aufzuwärmen, hielt sich Vitória stundenlang in der Küche auf, dem einzigen Ort auf Boavista, der richtig warm und trocken war. Luiza freute sich über ihre Gesellschaft, aber die anderen Küchensklaven fühlten sich unwohl unter den Blicken der Sinhazinha. Sie ließ ihren ganzen Unmut an ihnen aus, obwohl sie ganz sicher nicht die Ursache ihrer schlechten Stimmung waren.

Vitória wusste, dass sie den Leuten gegenüber ungerecht war, doch es kümmerte sie nicht. Sie selber wurde schließlich auch nicht gerecht behandelt. Warum sollte es den Sklaven besser ergehen als ihr? Sie war ja ebenfalls eine Gefangene, vom Vater zu Hausarrest verdammt und von der Mutter schikaniert. Dazu dieser entsetzliche Regen, der ihr aufs Gemüt schlug. An Spaziergänge oder Ausritte war bei dem Wetter gar nicht zu denken, selbst wenn sie sich von Boavista hätte entfernen dürfen. Doch nachdem Eduardo da Silva ihren Plan durchschaut und ihr die Reise nach Rio verboten hatte, musste sie nun das Haus hüten. Vier Wochen lang keine Ausflüge, keine Feste, keine Nachbarschaftsbesuche! Vitória durfte sich nur bis auf Sichtweite vom Haus entfernen, etwa um im Kräutergarten oder in den *senzalas* nach dem Rechten zu sehen. Zwei Wochen ihrer Strafe hatte sie bereits abgebüßt, aber die verbleibenden vierzehn Tage erschienen ihr wie eine Ewigkeit. Die Zeit verging von Tag zu Tag langsamer, und das furchtbare Wetter vermochte Vitórias trübe Laune nicht gerade zu heben.

Den Kontakt zur Außenwelt hielt sie durch Zeitungslektüre. Immer wenn sie einen Artikel von León entdeckte, schlug ihr Herz ein bisschen schneller. Und als sie die Kritik des Stücks las, zu dem León sie eingeladen hatte, hätte sie vor Wut schreien mögen. Es war zu einem handfesten Eklat gekommen, als die göttliche Marquez mitten in der Darbietung innegehalten hatte, um einen prominenten Bewunderer, der im Publikum mit seinen Rufen für Unruhe sorgte, des Saals zu verweisen. Das musste ein herrliches Durcheinander gewesen sein – und sie, Vitória, hatte es verpasst!
Als beinahe ebenso schlimm empfand sie es, dass ihr sogar der lokale Klatsch verwehrt blieb. Zwar gab Vitória nicht viel auf Gerede, aber Spaß machte es ihr dennoch, über die hölzernen Annäherungsversuche der jungen Männer oder die Garderobe der Frauen zu lästern. Zu gern hätte sie miterlebt, wie sich Isabel Souza als frischgebackene Ehefrau von Rubem Araújo aufführte, der als einer der notorischsten Herzensbrecher der Region bekannt war. Und wie sehr bedauerte sie, nicht mit Rogério zu tanzen! Sogar das Gestammel von Edmundo fehlte ihr, die giftigen Blicke der Witwe Almeida, die Heimlichtuerei der jüngeren Mädchen, das angeberische Gehabe von Eufrásia, die, das hatten ihr die Eltern erzählt, sich bereitwillig den Hof von Arnaldo machen ließ. Das war aber auch schon alles, was Dona Alma und Senhor Eduardo zu erzählen bereit waren.
»Wie haben Sie denn meine Abwesenheit erklärt? Doch nicht etwa mit einer Lüge?«, fragte Vitória ihre Eltern mit ironischem Unterton, aber ihr Vater konterte geschickt.
»Nein, liebe Vita, wir waren ganz ehrlich und haben erzählt, dass du krank seist. Und das ist ja auch so, nicht wahr? Du leidest an einem schlimmen Mangel an Respekt und Wahrheitsliebe sowie an fehlgeleitetem Tatendrang. Da das alles ansteckend ist, haben wir deinen Freunden und Bekannten von Besuchen abgeraten.«
»Oh, wie fürsorglich von Ihnen. Und welche Medizin halten Sie zur Heilung für angemessen?«
»Da weder Hausarrest noch Arbeit bisher viel bewirkt haben,

könnte eine Beichte helfen – Padre Paulo hat uns erzählt, dass du dein Gewissen schon länger nicht mehr bei ihm erleichtert hast.«

»Pai, ich beichte jeden Sonntag. Ich frage mich, was in Gottes Namen der Mann von mir hören will. So viele Sünden kann ich in meiner Haft schließlich nicht begehen. Und überhaupt: Wieso erzählt er euch vom Inhalt meiner Beichten? Das ist doch unerhört!«

Insgeheim gab Eduardo da Silva seiner Tochter Recht. Andererseits war er froh, dank Padre Paulo über sämtliche größeren und kleineren Vergehen der Leute auf Boavista unterrichtet zu sein. Der Pfarrer kam jeden Sonntag, um in der hauseigenen Kapelle eine Messe für die Familie, die weißen Angestellten und die Haussklaven zu lesen. Die Feldarbeiter sammelten sich außerhalb der Kapelle zur Andacht. Vor der Messe nahm Padre Paulo jedem, der dies wünschte, sowie jedem, der an der Kommunion teilzunehmen gedachte, die Beichte ab. Vitória ließ sich jedes Mal verzeihliche Missetaten einfallen, um den Geistlichen zufriedenzustellen, kleine Unhöflichkeiten etwa oder Momente der Eitelkeit und des Stolzes. Vielleicht sollte sie sich diesmal einfach alles von der Seele reden, auch auf die Gefahr hin, dass der Pfarrer es ihrem Vater brühwarm weitererzählen würde. Ja, das wäre sogar der ideale Weg, ihre Eltern all das wissen zu lassen, was sie ihnen niemals von Angesicht zu Angesicht hätte sagen können. Gleich übermorgen, am Sonntag, würde sie dem Padre alles beichten, was sie beschäftigte. Und zwar schonungslos. Vitória sah im Geiste schon Padre Paulos besorgtes Gesicht vor sich. Es erfüllte sie mit Genugtuung. Den Gedanken, dass sie sich damit einer weiteren Sünde schuldig machte, verdrängte sie ebenso schnell, wie er aufgeblitzt war.

Die Kapelle war, anders als in den meisten anderen Fazendas der Region, in einem separaten Gebäude untergebracht, das neben der *casa grande* lag. Von außen wirkte sie wie eines der vielen kleineren Nutzgebäude, die, keiner bestimmten Anordnung folgend, um die Fazenda herum errichtet worden waren und die hufeisenartige Grundform durchbrachen. Im Laufe der Zeit hatte man so versucht, der wachsenden Größe von Fazenda und Personal gerecht zu werden, aber trotz aller Anbauten und Nebengebäude herrschte immer Platzmangel. Die Kapelle hob sich auf den ersten Blick durch nichts von den anderen Häusern dieses wild wuchernden Konglomerats ab. Sie war weiß gestrichen und hatte blau lackierte Türen und Fenster, die in perfekter Symmetrie übereinander angeordnet waren wie bei einem zweigeschossigen Gebäude. Ihre Grundfläche betrug kaum mehr als fünfzig Quadratmeter, aber sobald man sie betrat, hatte man den Eindruck, in einer richtigen Kirche zu stehen. Sie bestand aus nur einem einzigen großen Raum, der die Höhe von zwei Etagen einnahm. Jeder, der die Kapelle zum ersten Mal aufsuchte, war sprachlos angesichts der Pracht, die sich in ihrem Innern entfaltete und die das von außen so schlichte Gebäude nicht erwarten ließ. Der Altar war mit barocken Schnitzereien versehen, die, genau wie die Schmuckelemente an den Wänden, vergoldet waren. Opulente Kandelaber, kostbare Heiligenfiguren in den Nischen, ein Kronleuchter, der einem königlichen Ballsaal Ehre gemacht hätte, und kunstvolle Deckenmalereien – die Ausstattung der Kapelle war einer Kathedrale würdig.

An den Seiten befand sich, gleich vor den oberen Fenstern, ein Balkon, dessen weiß lackiertes Geländer ebenfalls mit vergoldeten Schnitzereien verziert war. Unterhalb dieses Balkons lag der Beichtstuhl, in dessen Innerem man auf jeden Schmuck verzichtet hatte, wohl in der Annahme, dass dies die Erinnerung an die Sünden begünstigte.

»Padre, ich habe gesündigt.« Vitória kniete auf der harten Holzbank, die Ellbogen stützte sie auf dem Bord unterhalb des Fensterchens ab, hinter dem der Pfarrer saß. Ihre Hände hatte sie instinktiv vor dem Gesicht verschränkt, obwohl sie wusste, dass ihr an diesem Ort keinerlei Anonymität zugestanden wurde. Streng genommen hätten Vitória und Padre Paulo sich auch im hell beleuchteten Salon zusammensetzen und sich unter vier Augen über Vitórias Sorgen unterhalten können. Doch der Anschein musste aufrechterhalten werden. Und vielleicht war das auch gar nicht so verkehrt. Vitória bezweifelte, dass sie den Mut zu einer echten Beichte aufgebracht hätte, wenn sie dem Pfarrer dabei direkt in die Augen hätte sehen müssen. Im Dämmerlicht des kargen Beichtstuhls fiel es leichter, sich auf das Wesentliche zu konzentrieren. Dennoch zögerte Vitória. Der Anfang war immer am schwierigsten.

Ihr Beichtvater räusperte sich, um Vitória daran zu erinnern, warum sie hier war.

Sie schluckte kurz, dann sagte sie in einer Stimme, die ihr selber fremd war: »Es fällt mir immer schwerer, Vater und Mutter zu ehren.«

»Ein Verstoß gegen das fünfte Gebot ist schlimm.« Trotz seines Flüsterns konnte Vitória die Enttäuschung aus der Stimme des Geistlichen heraushören.

»Ich weiß. Aber warum gibt es kein Gebot, das die Eltern dazu anhält, ihre Kinder zu ehren?«

Nachdem der Anfang gemacht war, fiel ihr das Sprechen leichter. »Wie soll ich eine Mutter lieben, die mich hintergeht? Sie hat einfach ein Geschenk, von dem sie wusste, dass es für mich war, an sich genommen. Als ich es einforderte, hat sie es verbrannt und mir gesagt, dass es mir nur schaden würde. Es war ein kleiner Gedichtband, den mir ein Verehrer mitgebracht hatte.«

»Dona Alma wird wissen, was gut für dich ist. Wahrscheinlich hat sie gut daran getan, das Buch zu vernichten.«

Vitória zuckte zusammen. Dass der Pfarrer den Namen ihrer Mutter ausgesprochen hatte, empfand sie als einen Verstoß gegen die ungeschriebenen Gesetze des Beichtstuhls, die sie selber ja erst wenige Minuten zuvor in Frage gestellt hatte. Konnte Padre Paulo nicht einfach so tun, als handele es sich um eine anonyme Beichte? Aber gut. Sie riss sich zusammen und fuhr fort.

»Ja, und mein Vater weiß noch besser, was gut für mich ist.« In Vitórias Stimme lag beißender Sarkasmus. »Und vor allem: Was gut für ihn selber ist. Eine kurze Reise nach Rio, auf die ich mich sehr gefreut hatte, hat er mir verboten, weil er glaubt, ich sei zu Hause unabkömmlich. Es stimmt schon, meine Mutter ist kränklich, und ich kümmere mich um die Haushaltsführung ebenso wie um die

Buchführung meines Vaters. Trotzdem wäre meine Abwesenheit für ein paar Tage gar kein Problem gewesen. Aber das wissen Sie ja ohnehin schon alles.«

»Du musst die Pflichten, die deine Eltern dir auftragen, freudig übernehmen.«

Vitória stöhnte innerlich auf. Wie konnte ein Geistlicher, der doch auch die Nöte jüngerer Menschen kennen sollte, so wenig Einfühlungsvermögen besitzen? Sie begann zu schwitzen, obwohl es in der Kapelle kühl war. Der Beichtstuhl erschien ihr auf einmal wie ein Gefängnis. Er roch schwach nach Holzpolitur und Weihrauch. Auch hatte sie den Eindruck, in Padre Paulos Atem eine Alkoholfahne ausmachen zu können.

»Aber hat mein Vater denn nicht auch die Pflicht, mir einen Ehemann zu suchen? Er kann mich doch nicht ewig daheim behalten, nur weil ich so tüchtig bin.«

»Vorsicht, Kind. Du machst dich des Hochmuts schuldig.«

»Verzeihung, Padre.«

»Erzähl weiter: Was hat denn die Suche nach einem Ehemann mit dieser Reise zu tun, die du nicht machen durftest?«

Zum Glück sah der Padre nicht, wie sich Vitórias Wangen mit einem glühenden Rot überzogen. Aber gut, sie wollte ehrlich sein, denn ihre Beichte machte ja nur Sinn, wenn sie all ihre Geheimnisse offen legte.

»Padre Paulo, ich bitte Sie! Als ob Sie das nicht genau wüssten. Wahrscheinlich hat es sich schon im ganzen Vale herumgesprochen, dass ich zu diesem demütigenden Hausarrest verdonnert wurde, weil ich in Rio einen Mann treffen wollte. Er hatte mich zu einer Theaterpremiere eingeladen.«

»Wusste Senhor Eduardo, weshalb du nach Rio wolltest?«

»Nein, ich ... ich habe ihn belogen. Meine Eltern sollten nichts von diesem Verehrer wissen. Er ist, nun ja, also in ihren Augen ist er keine standesgemäße Partie.«

»Er hat also nicht um deine Hand angehalten?«

»Natürlich nicht. Wir kennen uns ja kaum.«

»Trotzdem wolltest du ihn heimlich treffen.«

»Ja.«
»Ihr seid euch also noch nicht … näher gekommen?«
»Nein. Leider nicht. Aber ich habe davon geträumt.«
Vitória hörte, wie der Padre scharf die Luft einsog. »Unreine Gedanken zu haben, ist genauso schlimm, wie sie auszuführen.«
»Nun ja, Padre, hätte ich nach Rio reisen dürfen, wäre wahrscheinlich gar nichts passiert, was Sie als schlimm empfinden. Doch gerade dadurch, dass mir die Reise verboten wurde, drehen sich meine ›unreinen‹ Gedanken nur noch um diesen Mann.«
»Vita, du musst ihn dir aus dem Kopf schlagen. Es ist León Castro, nicht wahr? Ich habe ihn erlebt. Bei einer Rede, die er vor ein paar Wochen in Conservatória hielt, habe ich sein wahres Gesicht gesehen. Er vertritt Überzeugungen, die du nicht teilen kannst, er treibt sich mit losen Frauenzimmern herum, er macht sich mit den Negern gemein. Deine Eltern wollen nur dein Bestes, glaub mir.«
»Ich glaube nicht, dass Sie oder meine Eltern wissen, was das Beste für mich ist. Außerdem glaube ich, dass mein Vater León Castro sogar ganz sympathisch findet. Seine Strafe bezieht sich ausschließlich auf die Lügen, deren er mich überführt hat, was ihm übrigens genau einen Tag nach dieser Veranstaltung in Conservatória gelang. Ich war ebenfalls dort. Und falls es Sie beruhigt: León wollte mir anschließend seine Aufwartung machen – und ich habe mich verleugnen lassen.«
»Das war klug, mein Kind.«
»Nein, es war die größte Dummheit meines Lebens. Ich hatte mich so nach ihm gesehnt. Und dann taucht er endlich auf, und ich lasse mich von meiner Eifersucht dazu hinreißen, ihn abzuweisen.«
Vitória erinnerte sich lebhaft an den Tag. León Castro war, nur eine Woche vor ihrem geplanten Treffen in Rio, im Rahmen einer Vortragsreise nach Conservatória gekommen, ein Städtchen, das nordwestlich von Vassouras lag. Auf dem Hauptplatz war eine Tribüne errichtet worden, auf der verschiedene Politiker ihre Meinung zur Abolition, zur Abschaffung der Sklaverei, kundtaten. Als León an das Rednerpult trat, entstand im Publikum ein kleiner Tu-

mult: Seine Anhänger jubelten und applaudierten, seine Gegner buhten ihn aus. Es kam zu einem Handgemenge, bei dem, das hatte Vitória deutlich gesehen, sogar der stets korrekte Senhor Leite seinen Nachbarn wutentbrannt am Kragen griff und anschrie. Die Polizei musste für Ordnung sorgen, bevor León, dank seiner Artikel im »Jornal do Commércio« einer der bekanntesten Sklavereigegner des Landes, sich der Aufmerksamkeit des Publikums sicher sein durfte. Vitória konnte sich des Eindrucks nicht erwehren, dass León auffallend oft zu ihr hinübersah, dabei konnte er sie gar nicht erkannt haben. Sie stand im Schatten am äußeren Rand des Platzes und trug einen Hut mit Schleier sowie, ausnahmsweise, ihre Brille. Eufrásia war mit ihr zu der Veranstaltung gekommen – sie wollte sich nicht die Gelegenheit entgehen lassen, den Schwarm ihrer Freundin kennen zu lernen. Als León seine Rede beendet hatte, zog Eufrásia aufgeregt am Ärmel von Vitórias Samtjacke: »Komm, Vita, lass uns nach vorn gehen. Du musst ihn mir unbedingt vorstellen. Mein Gott, man kann gar nicht glauben, dass jemand, der so fantastisch aussieht, so unmögliche Ansichten vertritt!«

Aber Vitória blieb, wo sie war. Eine bildschöne Mulattin, kaum älter als sie selber, war zu León geeilt und hatte ihm ein Glas Wasser gereicht. Sie war gut gekleidet und trug Schuhe. Er nahm ihr das Glas ab, ergriff ihre Hand und riss triumphierend ihren Arm hoch. Erneut brandete Applaus auf, vereinzelt hörte man missbilligende Pfiffe. León und das Mädchen verharrten eine Weile in ihrer Siegerpose, bevor sie das Podest verließen. León gab der Mulattin den Vortritt, indem er ihr eine Hand auf den Rücken legte und sie sacht nach vorn schob, ganz so, wie ein Kavalier sich gegenüber einer Dame verhalten würde. Vitória drehte sich bei dem Anblick der Magen um. Erst sehr viel später kam sie darauf, dass es sich bei dieser Geste auch um politisches Kalkül gehandelt haben konnte, um eine Demonstration seiner Anerkennung der Rechte der Schwarzen. Doch auf dem Platz in Conservatória hatte sie nur einen Gedanken: Er zog diese *mulata* ihr vor – und besaß die Unverfrorenheit, seine Mätresse in aller Öffentlichkeit zu präsentieren!

Als León am späten Nachmittag auf Boavista eintraf, wie er es zuvor in einem Brief angekündigt hatte, war er allein. Vitória beobachtete ihn aus ihrem Schlafzimmerfenster. Sie hatte Miranda aufgetragen, ihm zu erklären, dass die Sinhazinha wegen eines tragischen Unfalls in der Nachbarschaft nicht zu Hause sei. Als er Miranda fragte, wo sich denn dieser Unfall ereignet habe, verhaspelte sich das Mädchen. León hinterließ eine Nachricht, ritt davon und zog wie zum Gruß seinen Hut, ohne sich auch nur ein einziges Mal umzudrehen. Er wusste, dass er beobachtet wurde.

Vitória lief so schnell sie konnte nach unten und las die Notiz: *Vita, Sie wollen mich doch nicht etwa vorschnell aus der Sklaverei entlassen? León.* Sie zerriss den Zettel und warf die Schnipsel wütend auf den Boden der Halle. Was für ein dummes Spiel! Schluss damit, ein für alle Mal. Vitória hatte keine Lust mehr, sich von León mit seinem sonderbaren Humor ärgern zu lassen.

Am nächsten Tag bereute sie ihre Reaktion zutiefst. Ihr Vater hatte am Rand des arg dezimierten Grundstücks der Soares ein Rind gehört, das im Todeskampf brüllte, und war, was er unter anderen Umständen nie getan hätte, zur Fazenda Florença geritten. Im Gespräch mit Dona Isabel hatte sich dann schnell herausgestellt, dass die Töchter mit ihrer geplanten Reise nach Rio ganz andere Ziele verfolgten als die, die sie ihren Eltern genannt hatten. Zurück auf Boavista hatte Senhor Eduardo seinem Zorn Luft gemacht und Vitória strenger bestraft als je zuvor in ihrem Leben.

Padre Paulo holte Vitória zurück in die Gegenwart.

»Ich habe den Eindruck, dass du mehr in dem Mann siehst als er in dir. Es ist nicht mehr als jugendliche Schwärmerei, du wirst ihn bald vergessen. Viel bedenklicher scheinen mir dein Stolz, deine Eitelkeit und dein mangelnder Respekt vor deinen Eltern zu sein. Auch mit der Wahrheit nimmst du es nicht so genau.«

Vitória unterbrach ihn.

»Padre Paulo, so ehrlich wie heute war ich Ihnen gegenüber noch nie. Ich gehe davon aus, dass ich mich auf Ihre Verschwiegenheit verlassen kann.«

»Vita! Was sind das für ungeheuerliche Worte! Du weißt, dass das Beichtgeheimnis heilig ist.«
»Natürlich, Padre, natürlich. Entschuldigen Sie bitte.«
»Zur Buße für deine Sünden sollst du in den verbleibenden Tagen deines Hausarrests jeden Abend in der Kapelle zu unserem Herrgott beten. Zwei Dutzend Vaterunser und zwei Dutzend Ave Maria – und bleibe in Gedanken beim Inhalt dieser Gebete, gestatte dir keine Träumereien. Nächsten Sonntag wirst du mir berichten, welche weiteren Anstrengungen du unternommen hast, um diesen Mann zu vergessen.«
Der Padre sprach die abschließenden Worte der Segnung und entließ Vitória aus der Beichte. Sie schob den schweren, samtenen Vorhang beiseite. Das Sonnenlicht, das durch die oberen Fenster in die Kapelle fiel, blendete sie. Als sich ihre Augen an die Helligkeit gewöhnt hatten, sah sie Dona Alma, die auf der gepolsterten Bank ganz in der Nähe des Beichtstuhls saß. Vitória glaubte nicht, dass sie oder der Padre in der vergangenen halben Stunde anders als flüsternd gesprochen hatten, aber beschwören konnte sie es nicht. Was Dona Alma wohl alles gehört hatte? Aber gut: Dann hatte sie es eben gehört. Sie warf ihrer Mutter einen bitterbösen Blick zu und zischte: »Wer suchet, der findet.« Dona Alma blickte verständnislos. Also übersetzte Vitória, schon im Fortgehen, ihre Anmerkung: »Wer lauschet, der höret.« Sie raffte ihre Röcke und lief nach draußen.
Vor dem Grab ihrer alten *ama* fand sie sich wieder. Der Friedhof lag gleich neben der Kapelle. Nur Familienmitglieder sowie Sklaven, die quasi zur Familie gehörten, wurden hier beigesetzt. Viele Gräber waren es noch nicht, denn Vitórias Vorfahren waren alle in Portugal gestorben und begraben. Das Familiengrab, ein marmornes Mausoleum, trug die Namen ihrer fünf toten Geschwister. Etwas abseits davon lagen die schlichten Gräber von rund zehn Sklaven, von denen Vitória nur zwei gut genug gekannt hatte, um ihren Verlust betrauern zu können: den Viehhirten João, der ihrem Vater vor vielen Jahren das Leben gerettet hatte, sowie ihre *ama* Alzira, die ihr Amme, Kindermädchen und Spielgenossin gewesen war –

und mehr Mutter, als Dona Alma es jemals war. Alzira war vor einem Jahr gestorben, und Vitória bezweifelte, dass sie jemals wieder eine Sklavin haben würden, die so klug, so warmherzig und zugleich streng war. Vor Alzira hatten alle auf Boavista Respekt gehabt, einschließlich ihrer Eltern. Kein Geheimnis ließ sich vor ihrem scharfen Blick verbergen, aber auch keines war irgendwo sonst so sicher wie bei ihr. Alzira hätte sie verstanden, sie hätte ihr Trost und Rat spenden können. Ohne Alziras ausgleichendes Temperament, ohne ihre weisen Entscheidungen war die kleine Welt von Boavista irgendwie aus den Fugen geraten.

Am Abend desselben Tages ließ sich Vitória beim Abendessen entschuldigen: Sie habe entsetzliche Kopfschmerzen und nicht den geringsten Appetit. In Wahrheit fehlte ihr nichts, sah man einmal davon ab, dass sie Angst vor einer neuerlichen Standpauke ihres Vaters hatte. Bestimmt hatte Dona Alma ihm von Vitórias Frechheit erzählt, die Vitória im Nachhinein aus tiefstem Herzen bedauerte. Sie war zu weit gegangen, als sie ihre Mutter des Lauschens bezichtigte. Noch dazu musste sie fürchten, dass Padre Paulo inzwischen jede Silbe ihres Gesprächs weitererzählt hatte, sodass ihr Vater genügend weitere Gründe hatte, ihr den Kopf zu waschen.

Vitória setzte sich an ihren Sekretär. Vor ihr lagen die beiden Briefe, die sie mittlerweile von León erhalten hatte. Der erste, den sie auch Eufrásia gezeigt hatte, war vom vielen Auseinander- und Zusammenfalten bereits speckig, und an den Faltkanten war das Papier schon so weich, beinahe samtig geworden, dass Vitória fürchtete, er werde sich bald auflösen. In dem zweiten, sehr kurzen Brief hatte León sie davon in Kenntnis gesetzt, dass er nach seiner Rede in Conservatória einen Abstecher nach Boavista plane. Was für eine dürftige Korrespondenz! Und doch reichte sie Vitória, um sich wieder und wieder damit zu beschäftigen, jedes Wort neu zu interpretieren, immer andere Bedeutungen herauszulesen. Sie war wütend auf sich, weil sie die Notiz, die er hinterlassen hatte, als sie sich von Miranda hatte verleugnen lassen, nicht mehr besaß. Wer weiß, welche geheimen Botschaften sie da noch hätte herauslesen können?

Noch intensiver aber beschäftigte Vitória die Post, die sie nicht erhalten hatte. Nachdem sie León geschrieben hatte, dass sie nicht nach Rio kommen würde, hatte sie nichts mehr von ihm gehört. War das darauf zurückzuführen, dass sie ihre Absage bewusst unterkühlt formuliert hatte? Dass sie mit keiner Silbe ihren beschämenden Hausarrest erwähnt und ihn über die Gründe ihres Fernbleibens im Unklaren gelassen hatte? Oder war seine Antwort in die falschen Hände gelangt? Wenn die Eltern ihr schon Besuch verweigerten, würden sie womöglich auch ihre Post abfangen.

Plötzlich hörte Vitória, dass man nach ihr rief. Sie verstaute die beiden Blätter schnell in einer Schublade ihres Sekretärs und ging zur Tür, um zu horchen, was im Haus vor sich ging. Niemals würde Dona Alma gestatten, dass laut nach irgendwem gerufen wurde, wenn nicht besondere Umstände vorlagen.

»Vita!« Ihr Vater riss die Tür auf und schrak zurück, als Vitória direkt vor ihm stand.

»Herrgott, Kind, was stehst du hier herum? Warum antwortest du nicht?«

»Ich fühle mich unwohl. Ich kann keinen Bissen herunterbringen.«

»Wer redet hier vom Essen? Félix ist verschwunden. Hast du eine Ahnung, wo er stecken könnte?«

»Bestimmt nicht hier in meinem Zimmer.«

»Verschone mich mit deinen unverschämten Bemerkungen. Komm mit in den Salon und hör dir an, was José zu berichten hat. Vielleicht hast du ja eine Idee, wo der Junge sein könnte.«

Der Kutscher stand mit gesenktem Kopf mitten im Raum und war den Tränen nahe.

»Ich habe ihn beim Apotheker abgesetzt. Er sollte die Arznei für Dona Alma holen und danach in der Musikhandlung Ihre Noten besorgen. Ich bin währenddessen zum Bahnhof gefahren, um das Paket aus Rio abzuholen, das mit den Stoffen und Bändern, die Sie bestellt hatten. Der Junge sollte dann zum Bahnhof kommen, wo ich mit der Kutsche wartete. Aber er kam nicht. Ich habe zwei geschlagene Stunden gewartet, dann bin ich durch die ganze Stadt gefahren und habe alle Leute nach Félix gefragt, doch niemand hatte ihn gesehen. O Gott ...«

»Nun reg dich nicht auf«, versuchte Vitória den Alten zu beruhigen. »Wahrscheinlich taucht er jeden Augenblick hier auf, mit einem frechen Grinsen und einem plausiblen Grund für seine Verspätung. Er wird dich vielleicht am Bahnhof nicht gefunden haben, vielleicht kam er auch erst, als du schon fort warst. Womöglich ist er jetzt zu Fuß auf dem Weg hierher, und das geschähe ihm ja nur recht.«

Vitória war nicht halb so zuversichtlich, wie sie klang. Auch sie fand Félix' Verschwinden Besorgnis erregend. So etwas war noch nie vorgekommen, der Junge hatte sich bisher durch große Zuverlässigkeit ausgezeichnet. Und wenn er sich wirklich in einer Notlage befinden sollte, wenn er das Opfer eines Raubs oder eines Unfalls geworden war, würde er Schwierigkeiten haben, sich mitzuteilen. Gleich morgen Früh musste jemand mit José in die Stadt fahren und weitere Nachforschungen anstellen. Am besten sie selbst – dies war nun wirklich eine Ausnahmesituation, in der ihr Vater unmöglich auf ihrem Hausarrest bestehen konnte.

Während sich dank dieser Aussicht in Vitória neue Lebensgeister regten, sackte José immer mehr in sich zusammen.

»Vita, denk nach. Vielleicht hat er noch einen anderen Auftrag für dich erledigt?«, warf Eduardo ein.

»Hm. Außer den Noten und den Stoffen war nichts zu besorgen. Vielleicht ist er noch bei der Konditorei vorbeigegangen. Dona Evelina hat den Jungen in ihr Herz geschlossen und verwöhnt ihn jedes Mal mit Pralinen und anderen Leckereien. Aber das würde sein Verschwinden ja auch nicht erklären.«

»Sinhá Vitória, ich habe bei Dona Evelina nachgefragt. Dort hat er sich nicht blicken lassen«, erklärte José.

»Er muss geflohen sein«, meldete sich nun erstmals Dona Alma zu Wort, die bisher nur schweigend auf dem Sofa gesessen und zugehört hatte.

»Das kann ich mir beim besten Willen nicht vorstellen, Mãe. Und welche Chance hätte er schon? Er mag ja schlau sein, aber er ist auch stumm. Damit würde man ihn sofort entlarven.«

»Viel können wir jetzt ohnehin nicht machen. Ich schlage vor, dass wir bis morgen Früh abwarten. Wenn Félix bis dahin nicht wieder aufgetaucht ist, werden wir mit einer groß angelegten Suche beginnen. Du, José, meldest dich gleich um sieben hier im Haus.« Mit einem Kopfnicken entließ Eduardo den Kutscher.

José schlich sich davon, wie gebeugt unter der Last der Schuld, die er einzig bei sich suchte. Insgeheim teilte er Dona Almas Verdacht, der Junge könne die Flucht gewagt haben, doch er würde mit niemandem darüber reden, bevor er sich ganz sicher war. In der Kammer, die er gemeinsam mit Félix bewohnte, würde er den Beweis finden. Denn eine Sache gab es, die Félix wie seinen Augapfel hütete. Wenn dieser Gegenstand nicht mehr dort lag, wo Félix ihn versteckte, dann, das wusste José, war er geflohen.

Zögernd öffnete José die knarrende Tür zu seiner und Félix' Kammer. Er stellte die Öllampe auf dem kleinen wackligen Tisch ab, schob von innen den Holzriegel vor die Tür und schloss die Fensterläden. Dann setzte er sich auf sein Bett, ein schlichtes Eisengestell, auf dem eine Strohmatte lag. Es widerstrebte ihm zutiefst, sich an Félix' Versteck zu schaffen zu machen. Der Junge hielt diesen Ort für geheim, aber José, der mit zunehmendem Alter immer mehr unter Schlaflosigkeit litt, hatte den Jungen schon oft dabei beobachtet, wie er seine Schätze in dem Hohlraum, der sich zwischen den Trägerbalken und dem Ziegeldach befand, versteckte. Viel Platz war dort nicht, doch für Félix' kleine Kostbarkeiten reichte es. Er verstaute dort ein paar Münzen, die ihm bei seinen Botengängen gelegentlich zugesteckt wurden, außerdem einen skurril geformten Stein, den er einmal gefunden hatte, sowie den Reißzahn eines Pumas, den er bei einer Wette gewonnen hatte. Und er bewahrte dort ein kleines Lederbeutelchen auf, in dem sich ein goldenes Medaillon befand. Dieses Schmuckstück war seine einzige Erinnerung an seine Mutter, die bei seiner Geburt gestorben war. Sie hatte es von seinem Vater erhalten, dessen Identität Félix nie klären konnte. Doch allein der Sachwert des Medaillons war so hoch, dass es sich um einen höher gestellten Herrn gehandelt haben musste. Luiza hatte es für ihn verwahrt, bis er zwölf Jahre alt wurde. »Hier, Jungchen, das gehörte deiner Mutter. Du bist jetzt alt genug, selber drauf aufzupassen.«

Ehrfürchtig hatte Félix das Schmuckstück genommen und es untersucht. José hatte ihm dann gezeigt, wie man das Medaillon öffnete. Als der Deckel hochsprang, zuckte Félix kurz zurück. Als dann sein erster Schreck verflogen war, betrachtete er das Medaillon genauer. Im Innern war auf jeder Seite eine kleine, ovale Fotografie. Doch im Laufe der Jahre waren die Bilder fleckig geworden. Es war kaum mehr etwas zu erkennen gewesen, außer dass es sich um einen Mann, in Galauniform und mit einem ungewöhnlich geformten Säbel, sowie eine dunkelhäutige Frau gehandelt haben musste. Seine Eltern.

José erhob sich ächzend von seinem Bett. Er musste einfach nachsehen, Félix' Verschwinden würde ihm sonst keine Ruhe lassen. Er stieg auf das Bett des Jungen und streckte sich, um an das Versteck zu kommen. Nach einer Weile ertastete er ein Kästchen. Er holte es hervor und setzte sich, um sich dessen Inhalt zu widmen. Der Stein war noch da, aber der Zahn, die Münzen und das Medaillon waren weg. José, der sich nicht mehr daran erinnern konnte, wann er das letzte Mal geweint hatte, bekam feuchte Augen.

VI

Der Boden war trocken und hart. Aus dem festgetrampelten Lehm ragten unzählige Steine, deren spitze Kanten sich bei jedem Schritt in die Fußsohlen bohrten. Nach zweitägigem Marsch auf dem schmalen Weg waren Félix' Füße so wund, dass er seine Jacke zerreißen und die Stofffetzen als notdürftigen Verband benutzen musste, um weitergehen zu können. Beinahe sehnte er sich wieder zurück nach der Sumpflandschaft, die sie zuvor durchquert hatten und die für die Füße weniger belastend gewesen war. Aber nein: Der Sumpf hatte andere Höllenqualen mit sich gebracht, die er nie wieder erleben wollte. Wie schnell man doch vergaß, wenn andere Übel sich in den Vordergrund drängten. Fünf Tage waren sie jetzt unterwegs. Alle Knochen taten Félix weh, und von der intensiven Sonne, an die seine hellbraune Haut nicht mehr gewöhnt war, pellte sich seine Nase. Seine Lippen waren rissig. Eine zusätzliche Qual bedeuteten die vielen juckenden Stiche – für die Insekten waren die schwitzenden Körper ein Festmahl.

Noch schlechter als Félix erging es den Frauen, die ihre Säuglinge und Kinder schleppen mussten, und den Alten, die nicht mehr so gut auf den Beinen waren. Aber das waren nicht viele. Der Großteil der insgesamt dreißig Personen, die den Zug bildeten, war jung und stark. Und ob Alt oder Jung, Mann oder Frau, ein Wesenszug einte sie alle: Sie wollten der Sklaverei entkommen – um jeden Preis. Wenn sie dafür tagelang durch unwegsames Gelände marschieren und körperliche Schmerzen hinnehmen mussten, wenn sie dafür den Rest ihres Lebens in Angst vor der Entdeckung leben sollten: Sie wollten es auf sich nehmen.

Félix war, als er den berühmten Abolitionisten León Castro mit unmissverständlichen Gebärden um Hilfe bei der Flucht gebeten hatte, überzeugt gewesen, dass er alles würde ertragen können, wenn es nur der Erlangung seiner Freiheit diente. Jetzt, nach den erschöpfenden Fußmärschen durch das Hinterland der Provinz

Rio de Janeiro und vier unerträglichen Nächten, die er, dicht gedrängt mit den anderen Schwarzen, auf dem staubigen Boden von Scheunen oder gar unter freiem Himmel verbracht hatte, war er sich dessen nicht mehr so sicher. Warum hatte er den Komfort seiner kleinen Kammer, die er sich mit dem Kutscher José teilte, aufgegeben? Wieso hatte er die Privilegien, die er auf Boavista genoss, zu Gunsten dieser Reise in die Ungewissheit einfach weggeworfen? Schon jetzt fehlten ihm sein Freund Betinho, der so virtuos die Flöte spielte, und die mütterliche Fürsorge von Mariana. Er vermisste die Geräuschkulisse der Fazenda, auf der er geboren war, die lauten Rufe Pereiras im Hof, das Wiehern der Pferde, die von Gesang begleitete Rückkehr der Sklaven von den Feldern, die vulgären Wutausbrüche der alten Zélia, die bis in die *casa grande* hineinschallten. Hier, tags wie nachts, unterwegs oder während der Rasten, war nie mehr als gedämpftes Murmeln zu hören, keine Musik, kein lauter Ton. Die Stille der Angst.
Sogar das Geschrei der Babys wurde leiser, auch ihnen schien allmählich die Kraft auszugehen. Alle waren von den Strapazen des Marschs und von der einseitigen Kost geschwächt. Seit seiner Flucht hatte Félix nichts anderes gegessen als trockene Maisfladen, die die Frauen bei der Rast buken. Von dem Gürteltier, das drei Burschen im Wald erlegt hatten, war für ihn nicht viel abgefallen, und die Früchte der Bäume waren ihnen unbekannt, sodass niemand wagte, davon zu kosten. Voller Wehmut machte sich Félix bewusst, dass die Essensreste der Herrschaft, die Luiza ihm in der Küche aufwärmte, wahrscheinlich besser als alles gewesen waren, wovon er sich in Zukunft ernähren würde. Allein bei dem Gedanken an die Pasteten, Suppen und Braten lief ihm das Wasser im Mund zusammen.
Keiner von Félix' Weggefährten hatte jemals etwas anderes gegessen als das, was auf den Fazendas angebaut wurde. Keiner von ihnen hatte jemals in Freiheit gelebt, keiner hatte je Entscheidungen treffen oder in der Wildnis um sein Überleben kämpfen müssen. Der Einzige, der den widrigen Umständen hätte gewachsen sein

können, war ihr Anführer Zé. Der pockennarbige schwarze Hüne war León Castros Mittelsmann und hatte die Aufgabe, den armseligen Zug von Vassouras nach Caxambú zu bringen, von wo aus sie ein anderer Führer weiter nach Três Corações, dem Ziel ihres Marschs, geleiten würde. Doch auch Zé waren die Pflanzen des Waldes nicht geheuer. »Das da«, dabei zeigte er auf eine runde Frucht mit stacheliger Schale, »könnt ihr essen, behauptet der *dono*. Aber wenn's nach mir geht, esst ihr es lieber nicht, sonst lasst ihr noch euer Gedärm auf der Strecke zurück.« Er brach in dröhnendes Gelächter aus.

Keiner aß die sonderbare Frucht. Auch in allem anderen hielten sie sich an die Ratschläge von Zé, die ihm, dachte Félix insgeheim, nicht von seiner Erfahrung in der Freiheit, sondern von seiner Beschränktheit diktiert wurden. Schließlich war auch Zé nur ein ehemaliger Sklave, dem man eine gewisse Unsicherheit anmerkte, ganz gleich, wie massig und imposant er auch daherkommen mochte. Zé verhinderte, dass sie sich wuschen, weil er Reinlichkeit für ein Zeichen von Verweichlichung hielt, wie sie nur Weißen zu Eigen war. Er verbot ihnen, Fische zu fangen, weil die Flüsse, an deren Ufer ihr Weg sie regelmäßig entlangführte, angeblich alle aus heimtückischen Strömungen bestanden. Außerdem hielt Zé sie allabendlich an, in Ermangelung eines Opferhuhns wenigstens eine Feder vor sich in die Erde zu stecken und ihm dabei geheimnisvolle Beschwörungsformeln nachzusprechen. Es war eine der wenigen Gelegenheiten, bei denen Félix seine Stummheit für einen echten Vorteil hielt.

Zés Rituale waren Félix fremd. Die geheimen Zusammenkünfte auf Boavista, bei denen afrikanischen Gottheiten gehuldigt wurde und bei denen er trotz seiner Jugend geduldet wurde, weil er stumm war, hatten ganz anders ausgesehen und anderen Gesetzen gehorcht. Aber es wunderte ihn nicht. Die Sklaven waren aus vielen Ländern Afrikas nach Brasilien verschleppt worden, und im Laufe der Generationen konnten sich die verschiedenen Kulte auf jede nur erdenkliche Weise weiterentwickeln. Wer weiß, vielleicht hatte Zé seine Zeremonie ja auch noch mit indianischen Riten und

Formeln angereichert. Immerhin lag Esperança, das Ziel ihrer Reise, mitten in Guaraní-Gebiet.
Die meisten seiner Reisegenossen jedoch waren froh über die mystischen Formeln, die Zé aufsagte. Jede Hilfe war ihnen willkommen, selbst wenn sie von Indio-Gottheiten kam. Und wo sonst sollten die Götter wohnen, wenn nicht hier, in den steilen Hängen der Serra da Mantiqueira, die von Grün überwuchert waren und in denen es von der Gegenwart unheimlicher Geschöpfe nur so zu wimmeln schien? Selbst Félix mit seiner pragmatischen Art meinte den Hauch einer irgendwie überirdischen Existenz zu spüren, doch er erbat bei dem Gott der Weißen Beistand. Im Geiste sprach er so viele Ave Maria und Vaterunser wie nie zuvor in seinem Leben. Und das mit Erfolg: Als sie eines Tages von einer Patrouille des Kaisers angehalten und nach ihrem Ziel befragt wurden, hatten seine stillen Gebete bestimmt dazu beigetragen, die Soldaten von der Ordnungsmäßigkeit ihrer Reise zu überzeugen.
»Alles Sklaven des Senhor Azevedo«, erklärte Zé ihnen und zog einen offiziell wirkenden Schrieb aus der Tasche. Darin stand, dass Senhor Azevedo, Herr der Fazenda Santa Maria und als berühmter Veteran des Paraguay-Krieges auch ein guter Freund des Kaisers, diese Sklaven, die er alle namentlich benannte, seiner Tochter und seinem Schwiegersohn überließ, die auf ihrer Fazenda in Minas Gerais dringend weiterer Hilfskräfte bedurften.
Die Soldaten wirkten skeptisch, untersuchten das Dokument, fragten Zé nach Details, sprachen sogar einige der Sklaven an, wohl in der Hoffnung, diese würden die wahren Umstände ihrer Reise verraten. Es gab zu viele entflohene Sklaven, und die Belohnung für ihre Ergreifung war ansehnlich. Doch auch nach ihrer halbstündigen Vernehmung hatten die Soldaten nichts zu Tage fördern können, das Zés Version widersprochen hätte, und ließen von ihnen ab. Félix bekreuzigte sich.

Am elften Tag erreichten sie Esperança. Auf den ersten Blick machte die Fazenda ihrem Namen, »Hoffnung«, wenig Ehre. Die *casa grande* war viel kleiner, als Félix es von den Herrenhäusern im Vale do Paraíba gewohnt war. Es gab weder eine Allee mit Königspalmen, noch sah man irgendein anderes Anzeichen für Reichtum. Auf diesem elenden Hof sollten sie bleiben? Die *senzalas* wirkten schäbig, im Hof wucherte Unkraut. Ein klappriges Pferdefuhrwerk stand vor dem Aufgang zum Herrenhaus und vervollständigte den Eindruck von Armut. Einzig Lulu, ihr Führer auf dem zweiten Teil der Strecke, freute sich, als sie ankamen. Herzlich umarmte er einen alten Mulatten, der gar nicht in die Umgebung zu gehören schien.

»Das«, sagte Lulu, »ist Gregório. Er wird euch alles zeigen und erklären. Er ist so eine Art Aufseher. Denn auch wenn ihr ab sofort keine Sklaven mehr seid, so müsst ihr euch doch an gewisse Regeln halten. Tut also besser, was er sagt.«

Gregório wandte sich an die Neuankömmlinge. »Willkommen auf Esperança. Ich sehe euch die Enttäuschung an, aber glaubt mir: Sobald ihr geschlafen und gegessen habt, gefällt es euch hier schon viel besser. Und wenn ihr den ersten Lohn in Händen habt, werdet ihr euer Heimweh ganz schnell vergessen. Wir sind hier rund einhundertfünfzig Leute, alles ehemalige Sklaven. Jeder Einzelne von uns kann nachvollziehen, wie ihr euch jetzt fühlt. Aber kein Einziger von uns hat seine Entscheidung je bedauert.«

Der weißhaarige Mann betrachtete aufmerksam die Gesichter der Neuen. Sein Blick blieb an Félix hängen, der seinerseits den Alten fixierte. Was für eine komische Gestalt, in diesem abgetragenen roten Überrock und mit den ausgetretenen Schuhen, die einmal Lackschuhe gewesen sein mussten!

»Du da, was glotzt du?«

Félix fühlte sich ertappt. Er hob fragend die Schultern und deutete mit eine Geste an, dass er nicht sprechen konnte.

»Du musst der Kerl von Boavista sein. Stimmt's?«

Félix nickte.

»Aber außer einer Stimme fehlt dir nichts, oder?«

Félix schüttelte den Kopf. Er tippte sich erst an die Stirn, dann zeigte er auf seinen Bizeps.

»Aha, du hältst dich also für schlau und stark. Das ist gut, solche Leute brauchen wir. Wie alt bist du?«
Wenn Félix jetzt wahrheitsgemäß mit vierzehn antwortete, dann kostete ihn das vermutlich bares Geld. Er hatte gehört, dass nicht Leistung allein Grundlage für den Lohn war, sondern auch das Alter. Er zeigte dem Alten erst zehn, dann sechs Finger. Das würde man ihm abnehmen.
»Was wir hier nicht gebrauchen können, sind Lügner.« Gregório sah Félix durchdringend an und wandte sich dann an alle. »Ihr musstet lügen, um es hierher zu schaffen. Ihr müsst weiterhin lügen, um eure Freiheit nicht zu gefährden. Aber wagt es nicht, hier auf Esperança die Unwahrheit zu sagen. Und mir gegenüber müsst ihr besonders ehrlich sein. Ich weiß mehr über euch, als ihr denkt. Ich kenne euch besser, als ihr euch selbst kennt. Wenn ihr euch auch nur den Ansatz einer Lüge herausnehmt, werdet ihr es schwer hier haben. Hat das jeder verstanden?«
Alle nickten.
»Aber jetzt könnt ihr euch erst einmal ausruhen. Margarida zeigt den Frauen ihr Quartier, die Männer folgen Carlos.«
Während sie dem Mann nachtrotteten, trat ein anderer Junge an Félix heran und fragte ihn leise, wie alt er wirklich sei. Félix zeigte ihm vierzehn Finger.
»Du bist erst vierzehn? Jesses! Ich habe dich unterwegs beobachtet. Du bist ganz schön groß. Und mutig.«
Félix sah den Jungen unglücklich an. Sein Mut hatte ihn in dem Augenblick verlassen, als Gregório ihn beim Lügen ertappte. Er würde weniger verdienen als andere, obwohl er sicher genauso gut arbeitete, und er würde Schikanen ausgesetzt sein, weil viele Männer lieber auf Jüngeren herumhackten statt auf ihresgleichen. Mit vierzehn galt man noch als halbes Kind, mit sechzehn als Mann.
Ihre Unterkünfte waren äußerst primitiv. Ein großes, eingeschossiges Nutzgebäude war mit einfachen Trennwänden aus Holz in rund zwei Dutzend Kammern aufgeteilt worden. In jeder davon hausten drei bis vier Männer. Der Boden war mit Stroh ausgelegt, als Schlafstatt dienten Kaffeesäcke, die mit Stroh gefüllt waren.

Carlos wies Félix und dem anderen Jungen, Lauro, die kleinste Kammer zu.
»Hier wohnt ihr, zusammen mit Guga und Matias. Die beiden sind ungefähr in eurem Alter. In ein bis zwei Stunden kommen sie zurück von den Feldern, dann werden sie euch erklären, wie hier alles läuft.«
Dann reichte Carlos jedem der beiden Jungen einen Beutel, der mit Lebensmitteln gefüllt war. »Das müsste für heute reichen.«
Félix öffnete den Beutel. Brot, ein Stück Käse, ein paar Orangen und Bananen waren darin, außerdem Reis und Bohnen sowie eine Scheibe Speck. Aber ohne Kochgeschirr würden sie nichts kochen können. Er nahm das Brot und den Käse und schlang beides hastig hinunter. Lauro tat es ihm nach.
»Hier gefällt's mir. Speck! Und eine Kammer zu viert – auf Santa Clara gab es das nicht.«
Félix beneidete ihn. Er selber fand sowohl die Essensration als auch die Unterbringung unsäglich. Aber daran würde er sich wohl gewöhnen müssen. In der Gruppe, mit der er hierher gekommen war, war er der einzige Haussklave gewesen. Aber er würde sich hüten, das irgendjemandem zu erzählen, denn sonst würden die anderen über ihn herfallen wie die Wölfe. Die Rivalität zwischen Haus- und Feldsklaven war groß, und Félix nahm an, dass auch die Freiheit nichts daran änderte.
Sofort nach seinem frugalen Mahl überfiel ihn bleierne Müdigkeit. Er rückte drei Säcke so zusammen, dass er bequem darauf liegen konnte, und schlief auf der Stelle ein. Zwei Stunden später wurde er unsanft geweckt.
»He, du liegst in meinem Bett!«, beschwerte sich ein korpulenter Mulatte, den Félix für wenig älter hielt, als er selber war. Félix blinzelte ihn an, gähnte und rührte sich nicht vom Fleck. Er war so zerschlagen, dass er das Gefühl hatte, nie wieder aufstehen zu können. Doch als der Junge ihn in die Seite trat, rappelte Félix sich auf.
»Tu das nie wieder, verstanden? Das da«, und dabei deutete er auf eine Ecke, in der ein wenig Stroh aufgehäuft war, »ist dein Platz.«
Lauro war ebenfalls geweckt und seines Bettes verwiesen worden.

»Ihr wollt alle Säcke für euch behalten, und wir sollen auf diesem kümmerlichen Rest schmutzigen Strohs liegen? Nicht mit mir.« Damit griff sich Lauro einen Kaffeesack und zog ihn hinüber in die Ecke, die man ihm zugewiesen hatte.

»Das ist hier so üblich. Wir haben die älteren Rechte«, antwortete der Dicke, zu dem sich inzwischen ein weiterer Junge gesellt hatte, ein tiefschwarzer, sehniger Bursche, dessen Aussehen etwas Wildes hatte und der so wirkte, als ließe er nicht mit sich spaßen. Félix verzog sich in die ihm zugewiesene Ecke, aber Lauro hatte sich mit der Ungerechtigkeit noch nicht abgefunden. Er zeterte und beschimpfte die beiden, bis der Dicke ihn wegschubste und sich einfach die Säcke nahm. Félix wusste, dass die Situation eskalieren würde, und verharrte reglos in seiner Ecke. Gleich am ersten Tag eine Schlägerei, das wäre kein gutes Omen. Doch als Lauro immer lauter wurde und schließlich dem Dicken einen Stoß versetzte, fielen die beiden Burschen über ihn her. Der Dicke hielt Lauro fest, der Sehnige schlug ihn brutal in die Magengrube und ins Gesicht und trat ihm zwischen die Beine. Lauro stöhnte vor Schmerzen. Das war zu viel für Félix. Er hätte gern um Hilfe gerufen oder die beiden Kerle angeschrien, aber beides wäre ohnehin nutzlos gewesen. Die anderen Männer in dem Gebäude schien es nicht zu interessieren, was in den einzelnen Kammern geschah, obwohl sie durch die nach oben offenen Trennwände jedes Geräusch gehört haben dürften. Also musste Félix selber eingreifen. Er sprang blitzschnell auf, und noch bevor der Dicke seinen Kumpan warnen konnte, bohrte er seine Finger in die Augenhöhlen des Dünnen. Das Blatt wendete sich schnell zu Gunsten Félix' und Lauros. Der Dünne war ausgeschaltet – er krümmte sich und hielt die Hände auf seinen Augen. Den Dicken hatten sie zu zweit windelweich geprügelt. Lauro grinste Félix an. Sein linkes Auge war so dick geschwollen, dass er kaum dadurch sehen konnte, aber das schien seiner Freude keinen Abbruch zu tun. »Komm, nehmen wir uns, was uns zusteht.«

In den darauf folgenden Tagen und Wochen waren die Besitzverhältnisse für die Kaffeesäcke in der Kammer zwar geregelt, doch es

lag immerzu Streit in der Luft. Guga, der Dicke, und Matias, der Dünne, provozierten die Neuen, wo sie nur konnten. Sie stahlen ihre Lebensmittelrationen, boykottierten ihre Arbeit und verbreiteten hässliche Unwahrheiten über sie. Hilfe durften Félix und Lauro von niemandem erwarten. Es war, wie Carlos gesagt hatte: Sie waren zwar keine Sklaven mehr, aber deshalb noch lange keine Herren. Auf Esperança würden sie lernen, für sich selber zu denken und zu handeln, damit sie für die Zeit danach gewappnet waren. Kein Schwarzer blieb länger als ein Jahr hier. Dann wurde er, mit falschen Papieren, Schuhen, ein wenig Bildung und etwas Geld ausgestattet, in die echte Freiheit entlassen. Gregório hatte ihnen gleich zu Anfang ihres Aufenthaltes klargemacht, dass nur einer unter tausend das Zeug dazu hatte, in der Welt da draußen ein menschenwürdiges Dasein zu fristen. »Ihr glaubt, wenn ihr ein bisschen Geld verdient habt, könnt ihr nach Rio de Janeiro gehen und dort ein lustiges Leben führen. Aber ihr braucht mehr als das. Die meisten von euch landen in der Gosse. Ihr müsst euch als Arbeiter allerunterster Stufe verdingen, müsst viel mehr schuften als auf den Fazendas, wo ihr herkommt, und die paar Vinténs, die ihr am Tag verdient, gebt ihr dann für Hurerei und Schnaps aus. Das ist die traurige Wahrheit. Dabei hat jeder von euch die Chance, es besser zu machen. Wir lehren euch hier, wie. Wer sich das zu Herzen nimmt, was wir ihm beibringen, kann es durchaus zu einem eigenen kleinen Handwerksbetrieb bringen oder Gewinn bringend Handel treiben.«
Félix wusste, dass weder Guga noch Matias es schaffen würden. Auch bei Lauro war er sich sicher, dass ihm sein Temperament im Weg stehen würde. Und er selber? Wegen seiner Stummheit besaß er nicht gerade die idealen Voraussetzungen, um allen Widrigkeiten des Lebens gewachsen zu sein. Andererseits verdankte er vielleicht gerade diesem Gebrechen seine phänomenale Auffassungsgabe. Bei dem Unterricht, den sie auf Esperança jeden Tag erhielten, hatte er die Leute, die mit ihm hier eingetroffen waren, schnell hinter sich gelassen. Keiner von ihnen war so begierig darauf wie er, Lesen und Schreiben zu lernen. Endlich würden ihm mehr und

feinere Ausdrucksmittel zur Verfügung stehen als Mimik und Gestik! Auch das Rechnen fiel ihm leicht, und so war er innerhalb kürzester Zeit zum Liebling von Dona Doralice, der Lehrerin, geworden.
Sie war um die fünfzig Jahre alt und noch immer eine Schönheit. Auch sie war einmal eine Sklavin gewesen, vor vielen Jahren, doch über die genauen Umstände ihrer Befreiung schwieg sie sich aus. Sie sprach mit einem leichten spanischen Akzent und hatte unverkennbar indianische Züge. Man vermutete, dass sie aus einer Grenzregion nahe Uruguay, Paraguay oder Argentinien stammte. Félix betete Dona Doralice an, was ebenfalls dazu beitrug, dass er, anders als die meisten anderen Menschen hier, die Unterrichtsstunden förmlich herbeisehnte. Während Lauro über den Mangel an Freizeit klagte, denn immerhin mussten sie jeweils vor und nach der achtstündigen Arbeit zwei Stunden lang die Schulbank drücken, hätte Félix liebend gern noch mehr Unterricht gehabt.
Um die Gunst der Lehrerin konkurrierte nur noch ein Mädchen, das Fernanda hieß und etwa sechzehn Jahre alt war. Félix konnte Fernanda nicht ausstehen. Sie war hochnäsig und besserwisserisch, und sie ließ sich mit keinem der Jungen und Männer von Esperança ein, obwohl sie viele Verehrer hatte. Félix verstand nicht, was sie an dem Mädchen fanden. Fernanda hatte zwar ein hübsches Gesicht, war aber für seinen Geschmack viel zu klein und zu pummelig. Sie hatte einen riesigen Busen, den sie immer unter weiten Blusen versteckte und der Félix irgendwie bedrohlich erschien. Aber ebendieser Busen war es, der an vielen Abenden, wenn sich im Männerhaus die einzelnen Grüppchen um ihre Kochstellen versammelten, zum Gegenstand der zotigsten Witze wurde. Wenn Félix sich gelangweilt oder angewidert von diesen Gesprächen abwendete, machten die Männer noch derbere Späße – auf seine Kosten.
»Nimm's nicht tragisch, Jungchen«, tröstete ihn manchmal der alte Ronaldo, »bald wirst auch du Gefallen an solchen Reden finden.«
Zusammen mit einem anderen älteren Mann beratschlagte sich

Ronaldo, wie man Félix in die Geheimnisse der Liebe zwischen Mann und Frau einführen könne. Man beschloss, mit Lili einen Sonderpreis auszuhandeln. Lili war gerissen und geschäftstüchtig wie keine andere auf Esperança, und mit ihrem wohlgeformten Körper verdiente sie sich nebenher ein hübsches Sümmchen. Der *dono* und Gregório taten so, als hätten sie keine Ahnung von dem, was Lili trieb, aber sie wussten es genauso gut wie jeder andere auf der Fazenda, denn Lili machte keinen Hehl daraus, was sie mit dem Ersparten anfangen würde. »Eines Tages besitze ich das schönste und größte Bordell in ganz Brasilien«, verkündete sie gern. Jeder glaubte es ihr.

Tatsächlich verlangte Lili für ihre Dienste an Félix einen äußerst geringen Preis. Sie hielt es für eine gute Investition. Wenn der Junge erst einmal Geschmack an der Sache gefunden hatte, würde er immer wiederkommen wollen. Und dann musste er den vollen Preis bezahlen. Außerdem gefiel er ihr. Der Junge hatte bereits den Körper eines Mannes, wenngleich er noch ein wenig schlaksig war. Sein Gesicht aber war noch nicht entstellt durch Verbitterung, Elend, Hoffnungslosigkeit. Es lag darin der Ausdruck von jugendlichem Optimismus, gemischt mit kindlichem Trotz. Dazu seine samtweiche, hellbraune Haut, grünliche Augen, eine gerade Nase und vergleichsweise schmale Lippen, die besser zu einem Weißen gepasst hätten: Das gefiel Lili allemal besser als die rohen Kerle, die sie sonst aufsuchten.

Félix war weniger begeistert von dem Plan, wusste aber keinen Ausweg. Inzwischen hatte sich herumgesprochen, dass Lili ihn zum Mann machen sollte, und man neckte ihn mit obszönen Gesten oder zweideutigen Sprüchen. Je mehr gut gemeinte Ratschläge man ihm erteilte, je mehr Details er über den weiblichen Körper erfuhr, desto mehr fürchtete er das nahende Treffen mit Lili. Seine offensichtliche Verschämtheit forderte nur noch mehr Unflätigkeiten seitens der Männer heraus. Félix hatte keine Wahl: Er musste sich mit Lili einlassen.

Als endlich der Tag gekommen war, wollte Félix sich unauffällig zu der Hütte schleichen, in der Lili ihrem Gewerbe nachging.

Doch das Johlen der Männer begleitete ihn, sodass selbst die Frauen von dem Unterfangen Wind bekamen. Fernanda, die im Hof vor dem Frauenhaus saß und auf einer Tafel Schreiben übte, bedachte ihn mit einem Blick, in dem sowohl Abscheu als auch Mitleid lagen. Ausgerechnet heute musste sie dort sitzen! Vor ihr war Félix sein Abenteuer peinlicher als vor jedem anderen Menschen, ausgenommen vielleicht Dona Doralice. Aber er hielt den Kopf hoch erhoben und ließ sich von seinen inneren Qualen nichts anmerken.

»Félix, der Glückliche«, empfing ihn Lili. »Du bist wahrhaftig ein Glückspilz, Junge. Ist dir das klar?«

Félix schüttelte verneinend den Kopf.

»Freust du dich nicht? Du hast doch bestimmt schon körperliche Begierde gespürt, oder? Und dir selber Erleichterung verschafft? Aber glaub mir, eine Frau kann dir viel mehr Freude schenken als deine Faust.«

Félix wand sich vor Scham. Was ging es diese Person an, was er des Nachts unter der Decke tat? Lili trat näher an ihn heran. Er roch ihren schalen Atem und sah die großen Poren auf ihrer Nase. Er fand sie abstoßend. Doch was sie dann mit ihm machte, ließ ihn alles um sich herum vergessen. Lilis verschlagenes Gesicht, die Gerätschaften, die in dem Schuppen standen, und das rissige Holz des Schemels, auf dem er saß – nichts davon nahm er mehr wahr, als Lili ihn mit ihren Händen, ihrem Mund und ihrem Körper beglückte. Genauso wenig merkte er, dass vor einem Astloch ein paar Burschen standen und sich abwechselnd an dem Schauspiel ergötzten. Als Lili sich auf ihn setzte und sich immer schneller auf und ab bewegte, entrang sich seiner Kehle ein krächzender Laut, der ihn selber erschreckte.

Die nächsten Tage waren ein einziger Spießrutenlauf für Félix. Jeder auf der Fazenda schien von seinem Besuch bei Lili zu wissen. Die jungen Mädchen kicherten, wenn er vorbeikam, und die Jungen, die noch nicht alt genug für Lilis Lektionen waren, bestaunten ihn. Die älteren Männer bedachten ihn mit Sprüchen, die wohl lobend gemeint, Félix aber peinlich waren. »Was dem Jungen an

Stimme fehlt, hat er in der Hose«, sagte einer, und Félix fragte sich, woher er das wissen wollte. Ob Lili alle Details ihrer Begegnung weitererzählt hatte? Lauro quetschte ihn nach Einzelheiten aus, doch mit Gebärden ließ sich das Ganze nur unvollkommen wiedergeben. »Ach«, sagte Lauro, »am besten gehe ich selber auch einmal zu Lili. Dann weiß ich ja Bescheid. Aber sie will fünfhundert Reis! So viel Geld muss man erst mal haben. Für mich würden die Alten keinen Vintém herausrücken.«

Der Mangel an Privatsphäre bedrückte Félix. Auf Boavista hatte sich immer ein Weg gefunden, unbemerkt von den anderen ein Schläfchen am Flussufer zu halten oder einige Lebensmittel aus der Küche zu stibitzen. Hier dagegen war jede Sekunde seines Lebens öffentlich. Beim Unterricht, auf den Feldern, in der Kammer, nie war er allein. Zudem durfte er sich nur auf dem Gelände der Fazenda frei bewegen, während größere Ausflüge, etwa ins nahe gelegene Dorf Três Corações, strikt verboten waren. Die Versuchung, sich dort in eine Schänke zu setzen und sich zu betrinken, war für viele einfach zu groß – und damit die Gefahr, sich der gelungenen Flucht zu brüsten. Einzig die Leute, die schon länger hier waren, durften Dona Doralice oder Gregório ab und zu ins Dorf begleiten, wenn diese dort irgendwelche Besorgungen zu erledigen hatten. Und je mehr er sich eingeengt und beobachtet fühlte, je weniger er allein sein durfte, desto einsamer wurde Félix. Er hatte Heimweh.

Umso aufgeregter war er, als eines Tages León Castro nach Esperança kam. Ein Freund seiner Herrschaften! Er würde ihm erzählen können, wie es um Boavista stand, wie die Familie da Silva seine Flucht aufgenommen hatte, was die anderen Sklaven so machten. Doch León nahm den Jungen, der auf dem Hof seine Ankunft beobachtete und freudig winkte, zunächst gar nicht zur Kenntnis. Er schwang sich mit einem Satz von seinem Pferd und hatte es eilig, ins Haus zu kommen. Er nahm immer zwei Stufen der Treppe auf einmal, und als er vor der Haustür der *casa grande* angelangt war, zog er ungeduldig die Glocke. Dona Doralice öffnete ihm, dann fielen sich beide in die Arme. Félix wunderte sich über die Nähe

zwischen den beiden. Welcher Weiße würde schon in aller Öffentlichkeit eine Farbige so herzlich an sich drücken?
Erst am nächsten Tag hatte Félix Gelegenheit, Neuigkeiten von León zu erfahren. León hatte ihn zu sich gerufen. Er saß am Schreibtisch des *dono*, den Félix zwar nie zu Gesicht bekommen hatte, der aber trotzdem allgegenwärtig war. Oswaldo Drummond, Schwiegersohn des mächtigen Senhor Azevedo, und seine Frau Beatrice waren die Besitzer dieser Fazenda, lebten aber auf einem anderen Gut viele Meilen landeinwärts. Doch das gab León noch lange nicht das Recht, sich an Senhor Oswaldos Schreibtisch zu setzen. Félix wunderte sich über diese Respektlosigkeit, ließ sich aber nichts anmerken.
»Setz dich«, forderte León ihn auf. »Ich höre, du hast dich gut hier eingelebt.«
Félix nickte.
»Wie lange bist du nun schon hier? Zwei, drei Monate?«
Fast vier, gab Félix ihm zu verstehen.
»Wie viel ist dreizehn mal fünfundvierzig?«
Félix dachte einen Augenblick nach und zeigte ihm erst fünf, dann acht, dann wieder fünf Finger.
»Sehr gut. Und wie schreibt sich dein Name?« León reichte ihm ein Blatt Papier und einen Stift.
Félix Silva, schrieb Félix in krakeligen Lettern auf den Zettel. Dann fügte er hinzu: »Wie geht es auf Boavista?«
León staunte. »Das ist fantastisch, Junge. So schnell hat bisher noch kaum jemand Schreiben gelernt. Tja, um deine Frage zu beantworten: Ich war selber schon länger nicht mehr dort, höre aber von Pedro, dass es allen gut geht. Hast du Heimweh?«
Félix kniff die Lippen zusammen. Er wollte nicht, dass man ihn für sentimental hielt. Doch schließlich nickte er.
»Das ist normal. Aber das wird sich geben. Wenn du erst einmal die echte Freiheit gekostet hast, dann wirst du sie nie wieder aufgeben wollen.« Er hielt einen Moment inne und betrachtete Félix nachdenklich. »Du bist jung genug, um die Freiheit zu lernen. Weißt du, viele der älteren Leute kommen damit nicht zurecht. Sie

haben in jahrzehntelanger Knechtschaft verlernt, für sich selber Verantwortung zu übernehmen. Es ist nicht leicht, aber dir wird es gelingen.«

Félix war stolz, dass ein Mann wie León Castro ihm so viel zutraute.

»Hast du dir schon Gedanken darüber gemacht, welchen Beruf du ergreifen willst?«, fragte ihn León.

Ja, das hatte er. Aber er war zu keinem vernünftigen Ergebnis gelangt. Er konnte ein Handwerk erlernen, Schmied oder Tischler werden, denn er hatte einen kräftigen Körper und geschickte Hände. Aber viel mehr reizte ihn ein Beruf, bei dem er sein neu erworbenes Wissen einsetzen konnte. Der Unterricht im Lesen, Schreiben und Rechnen hatte ihn auf den Geschmack gebracht, hatte ihm ganz neue Perspektiven eröffnet. Aber wäre es nicht vermessen, diesen Wunsch zu äußern?

Félix zuckte mit den Schultern.

»Du solltest es dir aber recht bald überlegen, Junge. Nur dann können wir dir hier das entsprechende Rüstzeug mitgeben. Könntest du dir vorstellen, in einem Kontor zu arbeiten?«

Félix nickte begeistert.

»Ich habe einen Freund in Rio, der ein großes Handelshaus leitet und der einen wie dich gut gebrauchen könnte. Einen, der rechnen kann, zuverlässig ist und verschwiegen.«

Félix runzelte die Augenbrauen. Wenn man Stummheit mit Verschwiegenheit gleichsetzte, bitte sehr. Er fand diesen Gedanken absurd, schließlich konnte er ebenso indiskret sein wie jeder andere.

»Sieh mich nicht so skeptisch an, Félix. Ich spiele keineswegs auf deine Stummheit an. Wenn ich Verschwiegenheit sage, meine ich Verschwiegenheit. Und ich weiß, dass du ein Geheimnis bewahren kannst.«

León fixierte den Jungen mit einem Blick, der Félix Angst einjagte.

»Wenn dieser Freund von mir dich einstellen soll, wirst du noch viel lernen müssen. Ich pflege meinen Freunden keine Arbeitskräfte zu empfehlen, die nicht absolut vertrauenswürdig sind oder

den Anforderungen nicht entsprechen. Wenn du dir vorstellen kannst, den Rest deines Lebens über Zahlenkolonnen in einem stickigen, dunklen Schreibraum zu verbringen, dann würden wir dir hier auf Esperança in den nächsten Monaten intensiveren Unterricht geben. Du musst es nur sagen.«
Félix kratzte sich unentschlossen am Kopf. Die Aussicht auf ein Leben in einem düsteren Kontorraum war, wenn es dort so zuging, wie León es beschrieben hatte, nicht gerade rosig. Andererseits würde er, falls er sich jetzt für diesen Beruf entschied, weniger Zeit mit der tumben Arbeit auf den Feldern und mehr mit dem Unterricht bei Dona Doralice verbringen. Das gab den Ausschlag. Er hob den Daumen als Zeichen seiner Zustimmung und grinste übers ganze Gesicht.
»Eines noch, Félix. Mein Freund mag keine Leute, die ihr hart verdientes Geld bei Dirnen lassen.«
Félix wollte am liebsten im Boden versinken. Sogar León hatte davon erfahren! Er griff über den Tisch, um sich den Zettel und den Stift zu nehmen. Er schrieb: »Ich musste.«
León lachte. »Ja, ich weiß. Die alten Kerle haben sogar für dich gesammelt. Darauf kannst du dir wirklich etwas einbilden – das würden sie bei niemandem sonst tun. Du scheinst so eine Art Maskottchen für sie zu sein. Aber tu es nie wieder. Nicht, weil ich es verwerflich finden würde. Aber bei den Huren kannst du dir schlimme Krankheiten holen.«
Félix nickte ernst. Er hatte ohnehin nicht die Absicht, Lili erneut aufzusuchen.
»Dann wäre ja alles geklärt. Ich werde dafür sorgen, dass Dona Doralice dir ab sofort jeden Tag fünf Stunden Unterricht gibt. Enttäusche sie nicht. Streng dich an. Du musst in kurzer Zeit alles aufholen, wofür andere Leute jahrelang in die Schule gegangen sind. Aber ich weiß, dass du das Zeug dazu hast.« León stand auf und gab Félix die Hand. Die Unterredung war beendet.

Die nächsten Monate waren die Hölle für Félix. Er war nicht länger das Maskottchen der anderen Männer, sondern im Gegenteil das bevorzugte Ziel ihrer Bösartigkeiten. Sie unterstellten ihm Faulheit, weil er nicht so lange wie sie schuften musste. In Wahrheit arbeitete er viel mehr als sie, nächtelang brütete er über seiner Tafel und den Büchern, die Dona Doralice ihm geliehen hatte. Sie warfen ihm Arroganz vor, weil er sich, in ihren Augen, für klüger hielt als sie. Sie verspotteten und drangsalierten ihn, wann immer sich ihnen die Gelegenheit dazu bot. Wäre Lauro nicht gewesen, hätte man Félix die Bücher gestohlen und ihn noch mehr gedemütigt. Zwar hielt auch Lauro nicht viel von dieser Sonderbehandlung seines Freundes, aber tief in seinem Innern war er davon überzeugt, dass Félix sich ihrer würdig erweisen würde. Er schwankte zwischen Neid und Bewunderung, was er vor den anderen Männern niemals zugegeben hätte.

Im Unterricht war es nicht viel besser. Als Félix noch mit den anderen gemeinsam unterrichtet wurde, war ihm alles leicht gefallen. Doch jetzt hatte Dona Doralice das Tempo und das Pensum so stark heraufgesetzt, dass Félix schier daran verzweifelte. Außer ihm hatte man auch Fernanda dazu auserkoren, diese Extra-Stunden zu bekommen, und ihr erging es nicht viel besser als ihm. Doch anstatt sich zusammenzuraufen, gemeinsam zu lernen und dadurch die Schinderei erträglicher zu machen, waren Fernanda und Félix erbitterte Konkurrenten. Sie zeigte sich im Schreiben gelehriger als er und gab die Geschwindigkeit vor, in der die Grammatiklektionen abgehalten wurden. Félix kam kaum hinterher. Er wiederum war im Rechnen besser als sie und sorgte dafür, dass Fernanda nächtelang büffeln musste, um mit ihm Schritt zu halten. Am meisten Spaß machte beiden der Unterricht in Sachkunde. Was sie da von fernen Ländern, heimischen Pflanzen und Tieren, großen Entdeckern und Seefahrern, historischen Schlachten und aktuellen politischen Geschehnissen erfuhren, eröffnete ihnen neue Horizonte – und machte ihnen erst das ganze Ausmaß ihrer Unwissenheit bewusst.

»Wissen ist Macht«, brachte Dona Doralice ihnen bei. »Deshalb verweigern euch die Weißen Bildung. Wer lesen kann und sich mit

der Lektüre von Zeitungen oder Büchern auf dem Laufenden hält, könnte auf Ideen kommen, die ihnen nicht passen.«
»Aber sie hätten auch Vorteile dadurch«, schrieb Félix auf seine Tafel. »Sie könnten Sklaven in der Verwaltung einsetzen.«
Fernanda sah ihn an, als sei er nicht ganz bei Trost. »Warum sollten sie einen wie dich in der Verwaltung einsetzen? Damit du ihre Bücher siehst und weißt, was für Gewinne sie erzielen?«
»Warum nicht? Es ist ja kein Geheimnis, dass sie reich sind.«
»Sie fürchten«, antwortete Fernanda, »einer von uns könnte schlau genug sein, sie übers Ohr zu hauen.« Sie zwinkerte Félix komplizenhaft zu. Er lächelte zurück. Es war das erste Mal, dass sich zwischen ihnen so etwas wie freundschaftliches Einverständnis zeigte. Sie beide, das mussten sie sich gegenseitig bei aller Rivalität zugestehen, wären schlau genug, die Weißen mit ihren eigenen Waffen zu schlagen. Ob sie es auch tun würden, stand auf einem anderen Blatt.
Dona Doralice war stolz auf ihre Schützlinge. Anfangs hatte sie die Konkurrenz zwischen ihnen gefördert, weil die beiden dadurch schneller vorankamen. Wie aber sollte sie ihnen jetzt beibringen, dass die Schwarzen unter allen Umständen zusammenhalten mussten, ganz gleich, welchen Geschlechts oder Alters sie waren, und dass man gemeinsam stärker war als allein? Félix gab vor, Fernanda nicht ernst zu nehmen, weil sie ein Mädchen war, und Fernanda gab Félix das Gefühl, ein dummer Junge zu sein, der um vieles unreifer war als sie.
»Ihr seid klüger als die anderen«, sagte Dona Doralice eines Tages mit strenger Miene. »Aber ihr seid dumm genug, euch gegenseitig das Leben schwer zu machen. Als sei es nicht schon schwer genug – gerade für euch. Ich weiß, dass die anderen euch schneiden, dass ihr kaum Freunde hier habt. Der einzige Mensch, der euch aus dieser Einsamkeit befreien könnte, sitzt euch tagtäglich gegenüber.«
Félix und Fernanda sahen betreten auf das Pult vor sich und taten so, als fesselten die eingeritzten Initialen und Symbole ihre Aufmerksamkeit. Schließlich gab sich Fernanda einen Ruck. Sie blickte auf und straffte ihre Schultern.

»Dona Doralice, Ihre Einschätzung in allen Ehren, aber was glauben Sie, was die anderen erst sagen würden, wenn wir enger miteinander befreundet wären? Sie würden uns für ein Paar halten und uns permanent damit aufziehen. Und ehrlich gesagt: Ich will nicht, dass man mir einen so schlechten Geschmack unterstellt, dass ich ausgerechnet etwas mit diesem *Kind* anfange.«

»Dieses *Kind*, liebe Fernanda, ist zurzeit der einzige Mensch auf dieser Fazenda, der dir das Wasser reichen kann. Ich weiß, dass du deiner Freundin Lídia nachtrauerst, und ich weiß, dass dir kein Junge oder Mann die Freundschaft mit einem anderen Mädchen ersetzen kann. Aber Lídia ist nun einmal nicht mehr hier, und eines solltest du bereits gelernt haben: Wenn du schon die Umstände nicht ändern kannst, dann mach wenigstens das Beste daraus.«

»Das Beste wäre, ich müsste diesen blöden Jungen nicht mehr jeden Tag ertragen!«

Dona Doralice sah Fernanda wütend an. »Das kannst du haben. Die nächsten zwei Wochen bist du vom Unterricht befreit. Du wirst im Waschhaus Gelegenheit haben, über deine Unverschämtheit nachzudenken.«

Fernanda setzte zu einer Antwort an, überlegte es sich dann aber anders. Sie nahm ihre Sachen, stand so ruckartig auf, dass ihr Stuhl umkippte, und rauschte aus dem Raum. Zurück blieb eine Stille, in der Félix und Dona Doralice sich betreten und schuldbewusst anschauten.

Félix hatte Mitleid mit Fernanda. Er sah sie mit den anderen Frauen vor dem Waschhaus, wo sie Wäsche auswrangen und zum Trocknen aufhängten. Er sah Fernandas rissige Hände, die an diese Arbeit und an die Natron-Seifenlauge nicht gewöhnt waren. Er ahnte, wie sie leiden musste, nicht nur, weil sie gehänselt wurde, sondern auch, weil sie nun den Unterricht verpasste und er einen Vorsprung haben würde, den sie kaum noch aufholen konnte. Er sah sie manchmal vor dem Frauenhaus, wie sie verbissen über einem Buch saß und dabei verstohlen gähnte. Nach einer Woche musste sich Félix eingestehen, dass er sie vermisste. Der Unterricht machte ohne die Konkurrentin nicht mehr halb so viel Spaß.

Außerdem fand er ihre Bestrafung zu hart, schließlich hatte Fernanda nichts weiter verbrochen, als die Wahrheit zu sagen. Ihm dagegen hatte es an Mut gemangelt, seine Meinung zu äußern, die der von Fernanda gar nicht unähnlich war.

Er nahm all seinen Mut zusammen und ging zum Waschhaus.

»Geh mir aus dem Weg, du Kröte!«, fuhr ihn Fernanda an, als er auf sie zukam.

Félix gab ihr zu verstehen, dass er ihr helfen wollte. Das Auswringen der Wäsche wäre leichter, wenn er mit anpackte.

»Du ergötzt dich doch nur an meiner Lage!« Sie schob ihn unwirsch beiseite.

Aber Félix insistierte so lange und mit einem solchen Hundeblick, dass Fernanda schließlich lachen musste. »Also schön, wenn du dich unbedingt dafür verspotten lassen willst, dass du Frauenarbeit machst. Hier, den kannst du mir hinters Haus tragen.« Damit zeigte sie auf einen riesigen Bottich, in dem fertig gewaschene Sachen lagen. Auf der Südseite des Gebäudetraktes war es weniger staubig, dort wurde die Wäsche aufgehängt. Auch dabei half Félix ihr, denn aufgrund seiner Größe fiel es ihm leichter, die großen Stücke an der hoch gespannten Leine festzuklemmen.

Von diesem Tag an waren Félix und Fernanda unzertrennlich. Zwar zankten sie weiterhin häufig, und im Unterricht versuchten sie noch immer einander auszustechen, aber sie lernten gemeinsam und verbrachten so viel Zeit miteinander, wie sie erübrigen konnten. Obwohl man ihnen eingeschärft hatte, möglichst gar nicht mehr an ihr früheres Leben in der Sklaverei zu denken, geschweige denn davon zu erzählen, saßen Félix und Fernanda oft zusammen im Schatten eines Jambeiro-Baumes und gaben sich Erinnerungen hin. Das Heimweh wurde erträglicher, wenn man es mit jemandem teilen konnte, der ähnliche Erfahrungen gemacht hatte. Dass sie eines Tages ebenso wehmütig auf ihr jetziges Leben auf Esperança zurückblicken würden, kam ihnen nicht in den Sinn.

VII

Dona Alma starrte trübsinnig aus dem Fenster. Es war seit fast fünf Jahren die erste Reise, die sie unternahm. Sie hatte sich mehr darauf gefreut, als sie vor ihrem Mann oder ihrer Tochter zuzugeben bereit war, aber jetzt, da sie ihrem Ziel unaufhaltsam näher kamen, überfiel Dona Alma eine vage Melancholie. Solange sie auf Boavista war, wo alles seinen gewohnten Gang ging, hielten die monotonen Verrichtungen des Alltags sie davon ab, allzu genau über ihr Leben nachzudenken. Sie hatte sich in ihr Schicksal gefügt, das weit weniger glanzvoll war, als es von außen den Anschein haben mochte. Herrin einer großen Kaffee-Fazenda zu sein bedeutete vor allem: viel Arbeit und noch mehr Ärger. Obwohl Vitória zahlreiche ihrer Aufgaben übernommen hatte, beschäftigte sich Dona Alma noch immer deutlich mehr mit den schnöden Problemen des täglichen Lebens, als es für eine wirklich feine Senhora ziemlich war. Die Qualität des Bodens, störrische Sklaven oder krankes Vieh – das waren die Themen, welche die Gespräche und Gedanken der Familie beherrschten. Über Poesie, Kunst oder Musik, über teure Kleider oder pikante Details höfischer Intrigen wurde bei den da Silvas kaum geredet. Nur sehr selten, wenn hoher Besuch kam oder wenn ein großes Fest gegeben wurde, spielte Dona Alma die Rolle der weltgewandten Dame, als die sie sich längst nicht mehr fühlte.
Irgendwann im Lauf der vergangenen fünfundzwanzig Jahre hatte sie sich von einer Aristokratin in eine Bäuerin verwandelt. Sie hatte ihre Jugend verloren, ihre Leichtigkeit, ihre unbekümmerte Überzeugung, dass sie zu Höherem berufen war. Und es war ganz schleichend passiert. Erst diese Reise führte Dona Alma wieder vor Augen, wie sehr sie sich verändert hatte. Früher hatte sie sich bei ähnlichen Gelegenheiten wie eine Königin gefühlt, die sich dazu herablässt, die selbst gewählte Abgeschiedenheit ihres Schlosses zu verlassen, um von ihrem Volk bejubelt zu werden. Heute kam sie sich eher vor wie die verstoßene Königinmutter, die zu lange in

einer Turmkammer eingesperrt gewesen war und verlernt hatte, im Licht der Öffentlichkeit zu stehen. Dona Alma hatte Angst.
Vitória wunderte sich über das traurige Gesicht ihrer Mutter, wagte aber nicht, nach der Ursache zu fragen. Und sie wollte sich schon gar nicht davon den Spaß verderben lassen. Wochenlang hatte sie die mustergültige Tochter gemimt, hatte sich in die Arbeit gestürzt, an ihrem Klavierspiel gefeilt und Padre Paulo jede noch so kleine Verfehlung gebeichtet – bis ihre Eltern ein Einsehen gehabt hatten: Jetzt, kurz vor Weihnachten, durfte sie für ein paar Tage nach Rio fahren, um dort Geschenke zu kaufen. Sie hatte all ihre Überzeugungskraft aufbringen müssen, um ihre Mutter zum Mitkommen zu bewegen. Nicht dass Vitória auf die Gesellschaft von Dona Alma so großen Wert gelegt hätte. Aber ohne deren Begleitung hätte sie überhaupt nicht reisen dürfen.
In dem Gewimmel am Bahnsteig hätten sie Pedro beinahe übersehen.
»Mãe, Vita! Hier bin ich!« Pedro hüpfte hoch und winkte mit seinem Hut. Sie verloren ihn wieder aus den Augen, aber er sprang unbeirrt weiter hoch und rief dabei laut ihre Namen. Dona Alma fand, dass ihr Sohn einen Narren aus sich machte, und war froh, als sie einander endlich begrüßen konnten.
»Wie gut Sie aussehen, Mãe. Und Vita, du bist tatsächlich noch hübscher geworden!«
»Ja, ja, ja«, sagte Dona Alma ungehalten, »aber jetzt bring uns schnell fort von diesem grässlichen Ort.«
Vitória hatte es nicht so eilig, den Bahnhof zu verlassen. Die Menschenmengen, das Gedränge und die bewundernden Blicke der Männer gefielen ihr. Es war alles so herrlich städtisch.
Auf dem Vorplatz nahmen sie eine Mietdroschke. Der Kutscher war unhöflich, und Vitória hatte den Verdacht, dass er absichtlich über jede Unebenheit fuhr, um seine Fahrgäste durcheinanderzuschütteln. Aber sogar das mochte sie. Städter waren nun einmal frecher als Landbewohner, das gehörte irgendwie dazu. Sie holperten nach São Cristóvão, überholten dabei zahlreiche Busse – Wagen, die etwa fünfzehn Personen Platz boten und von zwei Pferden gezogen wur-

den –, fuhren vorbei an imposanten öffentlichen Gebäuden sowie elegant gekleideten Menschen, die alle in Eile zu sein schienen. Vitória sog jedes Detail, das sie aus dem Fenster beobachtete, in sich auf. Die hektische Betriebsamkeit steckte sie an. Sie fühlte sich wach, lebendig und unternehmungslustig wie lange nicht mehr.

Das Haus in São Cristóvão lag in einer engen, gepflasterten Sackgasse. Wie die Nachbarhäuser war es relativ schmal und drei Stockwerke hoch. Es war in einem zarten Gelb gestrichen, und vor den hohen Flügeltüren der oberen Etagen waren schmiedeeiserne Balkone angebracht. Das Haus wirkte sehr gepflegt und hätte ebenso gut in einem gehobenen Wohnviertel von Florenz, Nizza oder Lissabon stehen können. Einzig die zwei Schwarzen, die in frisch gestärkten Schürzen und Hauben zur Begrüßung der Familie an die Tür geeilt waren, gaben einen Hinweis darauf, dass man sich nicht in Europa befand.

»Maria do Céu, bist du das? Himmel, wie du dich verändert hast!«

Maria do Céu knickste höflich. »Ja, Sinhazinha. Sie sehen aber auch ganz anders aus, als ich Sie in Erinnerung habe.«

Beide mussten lachen. Dona Alma verstand nicht, was daran so komisch sein sollte, und Maria do Céus Mutter, Maura, schämte sich für die anmaßende Art ihrer Tochter. Vor zwei Jahren waren sie und Maria do Céu gemeinsam nach São Cristóvão geschickt worden, um in dem Stadthaus der Familie da Silva nach dem Rechten zu sehen. Maria do Céu war gerade dreizehn Jahre alt gewesen, und inzwischen war aus dem plumpen Kind mit den zu langen Armen und Beinen ein hübsches junges Mädchen geworden. Und eine Person, der es gegenüber der Herrschaft an Unterwürfigkeit mangelte. In dem Haus in São Cristóvão waren sie die meiste Zeit allein, und den jungen Herrn kümmerte die Erziehung seines Personals herzlich wenig, solange es der Arbeit korrekt nachging.

»Herzlich willkommen, Sinhá Dona Alma.« Maura knickste ebenfalls. »Kommen Sie schnell herein, drinnen ist es schön kühl.«

Dona Alma trat als Erste ein, gefolgt von Vitória, Pedro und den beiden Sklavinnen.

»Um Gottes willen, Pedro, was ist denn hier passiert?«, rief Dona Alma aus, als sie in das Wohnzimmer kamen. Vitória verstand nicht recht, was ihre Mutter meinte. Sie war zwar lange nicht mehr hier gewesen, doch der Raum wirkte auf sie wie eh und je. Er trug eindeutig die Handschrift ihrer Eltern, mit seinen hellgrün und beige gestreiften Tapeten, den schweren Samtvorhängen, den protzigen Möbeln im Stil der 1850er und den dicken Orientteppichen. Vitória folgte dem Blick ihrer Mutter und bemerkte schließlich auch, was sich geändert hatte. An den Wänden hingen drei neue Gemälde.
»Dieser Künstler heißt van Gogh, er ist Holländer«, erklärte Pedro und zeigte dabei auf ein düsteres Bild, auf dem ein Mann am Webstuhl zu sehen war. »Dieser hier«, und dabei deutete er auf ein Bild von zwei Frauen am Bügeltisch, »heißt Edgar Degas. Und dieses schöne Bild einer Brücke ist von Paul Cézanne. Ich habe alle drei bei meiner Europareise im vorletzten Jahr in einer kleinen Galerie in Paris entdeckt. Sie waren sehr günstig. Ich finde die Bilder wunderbar.«
»Jeder Vintém, den du für dieses Geschmiere ausgegeben hast, ist verschwendetes Geld«, empörte sich Dona Alma. »Tu mir den Gefallen und hänge die Bilder ab, solange wir in Rio sind. Ich finde, dass weder Weber noch Büglerinnen etwas in unserem Salon verloren haben.«
Darin musste Vitória ihrer Mutter Recht geben. Dennoch faszinierten sie die Gemälde. Sie nahm sich vor, sie bei anderer Gelegenheit ausgiebig zu betrachten.
Nach einer kleinen Erfrischung gingen sie auf ihre Zimmer, um nach der anstrengenden Reise ein Nickerchen zu halten. Aber Vitória fand beim besten Willen keine Ruhe. Sie war viel zu aufgeregt. Sie hatte sich für die paar Tage so viel vorgenommen, dass sie keine Zeit mit Schlafen verschwenden wollte. Das konnte sie schließlich auch auf Boavista tun. Sie wusch sich, zog sich um und ging wieder nach unten. Sie wollte die Gelegenheit nutzen, mit ihrem Bruder unter vier Augen zu reden.
Pedro war gerade dabei, die Bilder abzuhängen.

»Ach, Vita, du bist wirklich nicht zu beneiden. Ich glaube, ich könnte Mamãe nicht jeden Tag ertragen.«
»Nein, einfach ist das nicht. Aber in diesem Fall fand ich ihre Reaktion verständlich. Die Gemälde wirken in einem Raum wie diesem einfach fehl am Platz.«
»Wenn ich könnte, würde ich hier ohnehin alles anders einrichten. Der ganze alte Plunder schlägt mir aufs Gemüt. Ich zeige dir nachher einmal mein Zimmer, den einzigen Raum im Haus, den ich nach meinen Vorstellungen möbliert habe. Ich glaube, es wird dir gefallen.«
»Ja, aber vorher musst du mir erzählen, was sich alles getan hat, seit wir uns zuletzt gesehen haben. Himmel, das ist schon wieder mehr als ein Vierteljahr her! Was machen deine Freunde, Aaron, João Henrique und León? Und lerne ich diesmal endlich die berühmte Joana kennen, von der du in deinem Brief – dem einzigen, du solltest dich schämen! – so geschwärmt hast?« Vitória hoffte, dass sie ihr Interesse an León gut genug getarnt hatte, indem sie nur beiläufig nach ihm fragte. Aber Pedro ließ sich nicht so leicht täuschen.
»Vita, ich weiß genau, was du wissen willst. Du glaubst doch nicht etwa, dein Hausarrest sei mir verborgen geblieben? Den Rest habe ich mir zusammengereimt. Also du zuerst: Was geht da vor zwischen dir und Aaron?«
Vitória stutzte. Dann schüttete sie sich vor Lachen aus, bis ihr Tränen in den Augenwinkeln standen. »Nichts, Pedrinho, überhaupt nichts. Wie kommst du denn darauf?«
»Seit unserem Besuch auf Boavista löchert mich Aaron mit Fragen nach dir. Keine Kleinigkeit ist ihm zu banal, er giert nach dem geringsten Informationshappen. Ich glaube, er kennt inzwischen jeden Aspekt deines Lebens.«
»Aber das mit den aufgeblasenen Fröschen hast du ihm nicht verraten, oder?«
»Selbstverständlich habe ich das. Er weiß, was du für ein garstiges Kind warst, und er weiß, was du jetzt für eine unausstehliche Sinhazinha bist.«

»Pedro, wie konntest du nur!«
»Bitte, Vita, ich hatte keine andere Wahl. Aaron ist derartig in Liebe zu dir entbrannt, dass er mich förmlich verfolgt und keine Ruhe gibt, bis er mir wieder irgendeine Anekdote abgerungen hat.«
»Der Arme.«
»Ja, der Arme. Ich kann mir gut vorstellen, dass du seine Liebe nicht erwiderst. Du findest ja mehr Gefallen an Männern vom Schlage eines Edmundo Leite Corrêia oder eines Rogério Vieira de Souto. Reichen Fazendeiros mit gutem, katholischem Stammbaum.«
»Und wenn schon?« Vitória ließ ihn gern in dem Glauben. Sie war vor allem erleichtert, dass Pedro von ihren wahren Gefühlen nichts ahnte. »Aber erzähl mir doch lieber von deiner Joana. Werden wir sie kennen lernen?«
»Ja, ich habe für morgen Abend Theaterkarten besorgt. Joana wird uns begleiten, dann kannst du sie ausgiebig begutachten. Ah, da fällt mir ein, ich habe ja eine Fotografie von ihr.« Pedro ging in das Arbeitszimmer, das neben dem Salon lag, und kam mit einem kleinen Bilderrahmen zurück. »Das ist sie.«
Vitória staunte. Sie hatte sich eine mondänere Frau vorgestellt, und eine schönere.
Dass ihr Bruder sich eine so langweilige Braut suchen würde, hätte sie nicht erwartet.
»Sie wirkt sehr … gebildet.«
»Ach, Vita, du bist köstlich! Ich sehe dir an, was du denkst. Aber warte nur ab, bis du sie kennen lernst. Ich glaube, sie wird dir gefallen. Sie ist nämlich tatsächlich sehr gebildet, und sie hat Witz. Außerdem sieht sie hinreißend aus, wenn sie lacht. Auf diesem Bild ist sie sehr schlecht getroffen.«
Die nächste Stunde verging rasend schnell. Vitória und Pedro tauschten sämtliche Neuigkeiten über gemeinsame Bekannte und Freunde aus, bis Dona Alma zu ihnen stieß und sie zu dritt den nächsten Tag planten.

Vitória und ihre Mutter begannen mit einem Bummel durch die Rua do Ouvidor. Pedro musste arbeiten und würde sie zum Mittagessen im Hotel de France treffen. Aber sie vermissten ihn nicht – beim Einkaufen war männliche Gesellschaft meistens eher störend. Dona Alma war in selten ausgelassener Laune, und sie genoss das Stöbern in den eleganten Geschäften ebenso wie Vitória.
»Mamãe, sehen Sie nur! Ist das nicht ein großartiger Hut? Und wie gut er zu meinem roten Kleid passen würde! Was denken Sie?« Vitória setzte das fantasievolle Gebilde schräg auf ihren Kopf und drehte sich damit vor dem Spiegel.
»Er steht dir ausgezeichnet.« Dona Alma wandte sich zur Verkäuferin. »Wir nehmen den Hut.«
Sich selber gönnte sie zwei extravagante Kämme, die mit Schmetterlingen aus funkelnden Glasperlen verziert waren. Vitória ließ sich ihr Erstaunen nicht anmerken. Was war plötzlich in ihre Mutter gefahren?
Sie zogen weiter, von der Rua do Ouvidor zum Largo do Paço, zur Rua da Misericórdia, zum Largo da Carioca, durch sündhaft teure Einkaufsstraßen und verschmutzte Gassen, vorbei an unerwartet stillen Plätzen und am ohrenbetäubenden Geschrei schwarzer Händler in den Geschäftsstraßen. Sie kauften Zigarren, Manschettenknöpfe und einen ausgefallenen Schirm mit Silberknauf für Senhor Eduardo, eine Kristallkaraffe mit passenden Sherrygläsern für Pedro, einen Tabakbeutel und eine Pfeife für Luiza, einen Spitzenkragen für Miranda und ein Kissen für José.
Vitória hätte noch stundenlang weiterlaufen mögen, aber Dona Alma brauchte eine Pause. Also setzten sie sich in die *Confeitaria* »Hernandes«, bestellten Eclairs und Tee und unterhielten sich wie die besten Freundinnen über die Eindrücke, die sie unterwegs gesammelt hatten. Die Hochstimmung ihrer Mutter führte nicht nur dazu, dass sie permanent über irgendwelche albernen Beobachtungen kichern mussten, sondern auch zum Bestellen von Likör. Es war halb zwölf.
»Mamãe, was ist mit Ihnen? Sie kommen mir ganz verändert vor.«
»Was soll schon sein, Kind? Ich amüsiere mich.«

Sie tranken den Likör aus und verließen leicht beschwipst das Café. Draußen schlug ihnen die glühende Sonne entgegen.
»Ich fürchte, dass ich weder die Kraft noch den Appetit habe, mit dir und Pedro zu Mittag zu essen. Ich nehme eine Droschke nach Hause, setze dich bei Pedros Geschäft ab, und du gehst mit ihm allein essen. Anschließend kommst du ebenfalls heim. Du willst sicher auch ein Schläfchen halten, damit du heute Abend frisch und munter bist.«
»Ja, Mãe, aber ich werde Ihre Gesellschaft vermissen. Unser Streifzug hat wirklich Spaß gemacht.«
»Wir können das ja morgen wiederholen, in einem anderen Stadtteil. Vielleicht ziehen wir dann durch Glória.«
»Das wäre wunderbar.« Vitória meinte es so. Selten hatte sie sich mit ihrer Mutter so wohl gefühlt wie an diesem Tag, und sie wollte nur zu gern diese harmonische Stimmung auskosten.

Vor dem Haus des *comissionistas* Ferreira sprang Vitória mit einem Satz aus der Kutsche. Sie winkte ihrer Mutter nach, bis diese um die Ecke fuhr. Dann sah sie durch die Schaufensterscheibe von Ferreiras Geschäft. Mit einer Hand schirmte sie dabei die Augen ab, um im Halbdunkel des Ladens überhaupt etwas erkennen zu können. Er war leer, auch am Empfangstresen stand niemand. Bis zu ihrer Verabredung mit Pedro hatte sie noch mindestens eine Stunde Zeit. Zeit, die sie sinnvoller nutzen konnte als mit dem Warten auf ihren Bruder oder dem Geplauder mit einem seiner Kollegen. Denn sobald sie den Laden beträte und die Klingel über der Tür auslöste, würde unweigerlich jemand herbeieilen und sich ihr widmen müssen. Allzu oft bekam man hier keine echte Sinhazinha zu Gesicht, und die Tochter von Eduardo da Silva verdiente besondere Aufmerksamkeit. Sie hätte noch Glück, wenn es nicht sogar Senhor Fernando höchstpersönlich war, der sich für ihre Unterhaltung zuständig fühlte. Vitória konnte seine liebedienerische Art nicht leiden, und sein Hängebackengesicht deprimierte sie.
Sie schaute sich nach allen Seiten um. Nein, niemand hatte von ihr Notiz genommen. Schnell ging sie weiter, um an der nächsten

Kreuzung links abzubiegen. Ziellos lief sie die Straße entlang, zwar von der Hitze und dem Likör leicht benommen, doch in einem Hochgefühl, wie sie es schon lange nicht mehr gespürt hatte. Niemand kannte sie, niemand interessierte sich für sie. Die Leute schlenderten an ihr vorbei, als gehöre sie dazu. Sie hielten sie, Vitória Catarina Elisabete da Silva e Moraes, für eine Carioca! Natürlich, nur Mädchen aus der Provinz bummelten in Begleitung ihrer Mütter oder ihrer alten schwarzen *amas* durch die Stadt. Moderne Städterinnen erregten kein Aufsehen mehr, wenn sie allein unterwegs waren.

Vitória hatte nur wenig Geld dabei. Im Vale do Paraíba kannte man sie, dort brauchte sie in keinem Geschäft bar zu zahlen. Und hier hätten immer andere für sie bezahlen sollen, ihre Mutter oder ihr Bruder. An größere Einkäufe war also nicht zu denken. Aber das machte nichts. Vitória begnügte sich mit dem Ansehen der Auslagen. In einem Schuhgeschäft probierte sie ein Paar Stiefel an, die an ihren zierlichen Füßen vorzüglich zur Geltung kamen, die sie sich aber nicht leisten konnte. In einer französischen Parfümerie bewunderte sie die riesige Auswahl an feinen Seifen. Sie ließ sich mit verschiedenen Duftwässerchen besprühen, beschied den Verkäufer aber schließlich bedauernd mit der Ausrede, dass sie nicht in der Lage sei, sich für ein bestimmtes Parfüm zu entscheiden. An einem Straßenstand hätte Vitória beinahe ein duftendes, in Öl ausgebackenes Teigröllchen gekauft, besann sich aber des anstehenden Essens mit Pedro und verzichtete.

Schließlich zog es sie in eine Buchhandlung, deren Sortiment sie begeisterte. Der Laden war größer als die *Livraria Universal* in Vassouras und das Geschäft der Schwestern Lobos in Valença zusammen! Es gab hier alle Arten von Bildbänden, Fachliteratur für sämtliche akademischen Gebiete, italienische Poesie, deutsche Romane, französische Dramen, portugiesische Geschichtsbücher, englische Politikbücher, amerikanische Novellen – kurz, alles, was das bibliophile Herz begehrte. Nicht dass Vitória eine große Leserin gewesen wäre, dafür fehlte ihr auf Boavista oft die Muße. Aber die überwältigende Auswahl, der Duft des Papiers, die imposante

Fülle des zwischen Buchdeckeln gesammelten Wissens beeindruckten sie. Sie blätterte in den Seiten einiger Bände, die auf einem Tisch in der Mitte des Verkaufsraums ausgelegt waren, als ein Verkäufer auf sie zukam.
»Suchen Sie etwas Bestimmtes?«
»Oh, ich ... nein, nichts Bestimmtes.«
Da der Verkäufer keine Anstalten machte, sich zu entfernen, fügte sie hinzu: »Vielleicht einen aktuellen Roman.«
»Eher ein Werk des französischen Naturalismus oder vielleicht etwas Romantischeres?«
Vitória hatte keine Ahnung, was sie sich unter französischem Naturalismus vorzustellen hatte, aber so, wie der Buchhändler es sagte, klang es irgendwie anstößig. Andererseits: Was machte es schon, wenn sie hier, wo niemand sie kannte, nach einem anrüchigen Buch verlangte?
»Mir liegt mehr an dem Naturalistischen.«
Der Verkäufer bat sie, ihm zu einem Regal zu folgen, das gleich am Eingang stand. So schlimm konnte der Naturalismus also nicht sein, dachte Vitória, die wirklich verwerflichen Elaborate verstecken sie normalerweise lieber in der hintersten Ecke.
Er reichte ihr ein Buch mit dem Titel »Germinal« von Emile Zola.
»Dieser Titel ist praktisch noch druckfrisch. Es gilt als Zolas Meisterwerk und sorgt derzeit in Europa für Furore.«
Da Vitória der Name des Autors bekannt vorkam, beschloss sie, das Buch zu nehmen. Im Vale würde sie ein so unerhörtes Buch, eines, das »in Europa für Furore sorgt«, wahrscheinlich erst in ein paar Jahren zu Gesicht bekommen. Vitórias Blick glitt über die anderen Titel in dem Regal. Der Händler beobachtete sie und erklärte schließlich: »Hier haben wir die sozialkritischen Autoren. Marx, Mill, Castro und so weiter.«
Vitórias Herz setzte einen Schlag aus. »Castro?«
»Ja, León Castros abolitionistische Theorien. Seine Gedichtbände führen wir in einer anderen Abteilung.«
»Ach, ich wusste gar nicht, dass León Castro auch Poet ist. Wo, sagten Sie, finde ich seine Lyrik?«

Auf dem stumpfen Parkettboden der Buchhandlung machten Vitórias Absätze ein Geräusch, das in der Stille des so zeitentrückt wirkenden Ladens viel zu laut war. Vor einem Regal, das bis zur vier Meter hohen Decke reichte, blieb der Verkäufer stehen. Er rieb sich nachdenklich das Kinn und starrte mit zusammengekniffenen Augen nach oben, bis er das Fach ausgemacht hatte, in dem die Bücher von Castro waren. Dann zog er sich eine auf Rollen gleitende Leiter heran und kletterte hinauf. Mit zwei dünnen Bänden unter dem Arm kam er nach ein paar Sekunden wieder heruntergeklettert.

»›Dein Aug' ist mein Himmel‹ ist sein jüngstes Werk«, erklärte der Verkäufer. »Bekannter ist allerdings ›Über dem Mond‹.«

Vitória hätte gern beide genommen. Aber nachdem sie im Kopf ihre spärlichen Finanzen überschlagen hatte, stellte sie fest, dass ihr Bargeld außer für den Zola nur für einen der beiden Gedichtbände reichen würde. Sie wusste sofort, für welchen von beiden.

Als sie den Laden verließ, nahmen ihr die Mittagssonne und die stickige Luft fast den Atem. Mit ihrem sorgfältig eingeschlagenen Päckchen unter dem Arm machte sie sich auf den Weg zum Hotel de France, das nicht weit entfernt lag.

Pedro saß bereits an einem Tisch und winkte ihr, als sie hereinkam.

»Wo hast du denn Mamãe gelassen?«

»Oh, sie war von unserem Bummel ganz erschlagen und ist schon zurück nach São Cristóvão gefahren.«

»Und sie hat dich einfach so allein in der Stadt zurückgelassen?«

»Pedro, jetzt benimm dich bloß nicht wie ein altertümlicher Senhor.« Vitória erklärte ihrem Bruder, wie es dazu gekommen war und wie sie die Zeit verbracht hatte.

»Und weißt du, es war herrlich! Nach Herzenslaune durch die Straßen laufen zu können, ohne Rücksicht auf das Tempo, die Befindlichkeiten oder die Vorlieben anderer nehmen zu müssen, ist einfach grandios. Ich denke, dass ich meine kleine Erkundungstour nach unserem Essen fortsetzen werde.«

»Vergiss es. Die Geschäfte schließen jetzt und machen erst um vier wieder auf. Kein anständiger Mensch treibt sich jetzt freiwillig draußen herum.«

»Na gut, dann mische ich mich eben unter die unanständigen. Wird kaum jemand merken.« Vitória lachte, als sie das pikierte Gesicht ihres Bruders sah.

»Nein, Pedrinho, keine Bange. Ich fahre brav nach Hause und halte meinen Schönheitsschlaf. In Wahrheit bin ich nämlich auch ein bisschen erschöpft.« In Wahrheit wollte sie natürlich nichts anderes, als sofort in dem Gedichtband lesen, den sie vorhin erstanden hatte, aber das würde sie niemandem, nicht einmal ihrem heiß geliebten Bruder, verraten.

»Was hast du denn Schönes gekauft?«, fragte der und zeigte auf das Päckchen, das vor Vitória auf dem Tisch lag.

»Ach, nur zwei Romane. Liebesgeschichten, nichts Besonderes. Frauenbücher, weißt du.«

Pedro sah Vitória forschend an, hakte aber nicht weiter nach. Dass seine Schwester ein Interesse an seichter Literatur hatte, war ihm neu.

Während des Essens sprachen sie über Pedros Arbeit und über die Neuigkeiten auf Boavista. Besonders nachdenklich stimmte beide, dass man Félix noch immer nicht aufgespürt hatte.

»Ich weiß nicht, Pedro, ich kann mir nicht vorstellen, dass ein stummer 14-Jähriger, noch dazu einer, der eine solche Vorzugsbehandlung erfahren hat, einfach so flieht. Und noch viel weniger kann ich mir vorstellen, dass er dann nicht erwischt wird.«

»Ja, das ist allerdings sehr sonderbar. Die schlauesten Männer wurden schon wieder eingefangen, und ausgerechnet dieser grüne Junge soll es schaffen?«

»Glaubst du nicht auch, dass in Wahrheit etwas ganz anderes dahintersteckt? Ich fürchte, er ist tot. Vielleicht ist er in den Fluss gefallen, vielleicht wurde seine Leiche auch verscharrt, was weiß ich. Aber jemand wie er kann doch nicht mir nichts, dir nichts von der Bildfläche verschwinden. Und die Wahrscheinlichkeit, ihn nach all dieser Zeit wieder aufzuspüren, sinkt von Tag zu Tag.«

»Wenn er noch lebt, wenn ihm wirklich die Flucht gelungen ist,

dann wird er hoffen, dass wir ihn niemals lebend in die Finger kriegen. Er weiß, was mit erwischten Flüchtlingen passiert.«
»Die Vorstellung ist grauenhaft. Lass uns von etwas anderem reden.«
Doch das Bild eines ausgepeitschten und zu Tode geängstigten Jungen nistete sich in ihrem Kopf ein. Während des Essens, während der Rückfahrt nach São Cristóvão und sogar noch, als sie ›Dein Aug' ist mein Himmel‹ aufschlug, verharrte es dort, blass nur und dennoch intensiv genug, um ihrer guten Laune einen Dämpfer zu verpassen. Erst als Vitória in einen unruhigen Schlaf fiel, wurde das Bild von den grellen Farben ihres Traums verdrängt.

Sie wachte auf, als die Sonne tief am Himmel stand. Es musste schon nach fünf sein. Warum nur hatte niemand sie geweckt? Vitória warf sich einen Hausmantel über und zog an dem Seil, das über ihrem Bett angebracht war und das die Klingel in der Küche auslösen würde. Wenig später kam Maria do Céu. Vitória bat das Mädchen, ihr einen Kaffee aufs Zimmer zu bringen.
»Was ist mit meinem Kleid? Ist es schon gebügelt? Und der neue Hut – Dona Alma hatte ihn dabei, bring ihn mir bitte auch herauf.«
»Das Kleid hängt gebügelt in Ihrem Schrank, Sinhá Vitória, und den Hut habe ich ebenfalls schon in den Schrank gelegt.«
»Du bist ein Schatz, Maria. Kannst du mir nachher auch mit der Frisur helfen, oder sollte ich mich da lieber den erfahrenen Händen deiner Mutter anvertrauen?«
»Ich mache Ihnen gern die Frisur. Mamãe steckt sowieso Dona Alma das Haar auf und wird es zeitlich wohl nicht mehr schaffen, sich auch um Sie zu kümmern.«
Als Maria do Céu mit dem Kaffee kam, saß Vitória bereits am Frisiertisch und kämpfte sich mit der Bürste durch ihr langes, dickes Haar.
Maria nahm ihr die Bürste ab und fuhr mit der Prozedur fort.
»Erzähl doch mal, mit welchen Leuten mein Bruder so verkehrt, wen er hier zu Besuch hat.«

»Ach, eigentlich immer dieselben. Joana da Torre ist oft da, manchmal in Begleitung ihres Bruders, Carlos da Torre. Sie wissen schon, der verrückte Flieger. Außerdem ist João Henrique de Barros regelmäßig hier, Aaron Nogueira natürlich, manchmal Floriano de Melo, ein Kollege Ihres Bruders. Ab und zu kommen auch León Castro und seine *viúva-negra*.«

»Die ›Schwarze Witwe‹? Wer ist das?«

»Sie haben noch nie von ihr gehört? Sie ist Senhor Castros, ähm, Begleiterin. Jeder nennt sie *viúva-negra*, nicht wegen ihrer Hautfarbe, die für eine Mulattin ziemlich hell ist, sondern weil sie sich ausschließlich schwarz kleidet. Ich weiß nicht, ob sie wirklich eine Witwe ist.«

»Aber sie hat eindeutig etwas von einer giftigen Spinne, oder?« Vitória war die spitze Bemerkung spontan herausgerutscht, doch unmittelbar danach hätte sie sich dafür ohrfeigen können. Maria do Céu unterbrach das Bürsten für einen Augenblick und sah sie fragend im Spiegel an.

»Kennen Sie sie?«

»Aber nein, woher denn.«

»Sie hat wirklich etwas von einer giftigen Spinne. Aber das merkt man erst, wenn man sie etwas näher kennen gelernt hat. Auf den ersten Blick ist sie bezaubernd, äußerst charmant – und sie sieht umwerfend aus.«

»Aha. Aber das ist ja völlig irrelevant. Erzähl mir lieber von Joana.«

»Sie ist eine wahre Dame. Sie ist klug, warmherzig, gerecht und großzügig. Sie ist die beste Frau, die Ihr Bruder hätte finden können.«

»Wie sieht sie aus? Ich habe nur eine Fotografie von ihr gesehen, die anscheinend nicht sehr vorteilhaft ist.«

»Nein, das Bild, das unten auf dem Schreibtisch steht, wird ihr wirklich nicht gerecht. Sie ist natürlich nicht so eine Schönheit wie Sie, aber sie hat ebenmäßige Züge, eine Alabasterhaut und warme Augen. Ich glaube, sie wird Ihnen gefallen.«

Mittlerweile war Vitórias Haar glänzend und geschmeidig. Maria

do Céu hob die schwere Pracht und ließ die Strähnen langsam durch ihre Finger gleiten.
»Wie möchten Sie Ihr Haar heute Abend tragen?«
»Wenn du es dir zutraust, dann steck sie mir doch zu einem ganz extravaganten Knoten auf. Ich will die mit Abstand ausgefallenste Frisur in ganz Rio haben. Es muss natürlich zu dem Hut passen.«
Das Mädchen dachte kurz nach, dann teilte sie Vitórias Haar kurz oberhalb des Nackens in zahllose Strähnen, von denen sie die Hälfte flocht. Maria do Céu erklärte ihr Vorhaben mit keiner Silbe. Nachdem sie eine Lockenschere geholt hatte, drehte sie die übrigen Strähnen zu großen Korkenzieherlocken auf. Vitória betrachtete sich im Spiegel und fand, dass sie furchtbar aussah. Aber sie wollte abwarten, was Maria do Céu sich ausgedacht hatte – das Mädchen war schließlich pfiffig und kannte sich anscheinend mit der Mode in Rio aus. Vitória schloss die Augen und ließ sich das Gepiekse und Geziepe auf ihrem Kopf gefallen. Ihre Gedanken kreisten um all das, was Maria do Céu ihr erzählt hatte, insbesondere um die *viúva-negra*, die »Schwarze Witwe«. Es musste sich um dieselbe Frau handeln, die Vitória bei Leóns Auftritt in Conservatória gesehen hatte. Also war Vitórias erster Eindruck gar nicht so falsch gewesen – sie schien mehr zu sein als irgendeine Mitstreiterin für die Abschaffung der Sklaverei. War sie Leóns Mätresse? Oder gar seine Verlobte? Aber wie hatte er dann die Unverfrorenheit besitzen können, ihr, Vitória, den Hof zu machen? Oder hatte sie sich das nur eingebildet?
»So, fertig.« Maria do Céu riss sie aus ihren Gedanken.
Vitória öffnete die Augen und staunte. Maria do Céu hielt einen weiteren Spiegel, sodass Vitória sich von allen Seiten bewundern konnte. Das Resultat war verblüffend. Das Mädchen hatte die geflochtenen Zöpfe zu einem riesigen Knoten am Hinterkopf gedreht, aus dem einzelne gelockte Strähnen hervorlugten. Die Frisur war verspielt, ohne kindisch zu wirken. Sie war klassisch elegant und dennoch nicht streng. Die Lockensträhnen, die Vitórias Gesicht einrahmten, verliehen ihr einen sanften Ausdruck.

»Du kannst zaubern, Maria do Céu! Komm, hol schnell den Hut, damit ich sehen kann, wie er sich auf diesem Kunstwerk macht.«
Er sah sensationell aus. Sie rückte ihn unentschieden mal nach rechts, mal nach links, bis sie ihn wieder abnahm.
»Bringen wir erst einmal den unangenehmeren Teil der Prozedur hinter uns. Und bitte so fest du kannst. Ich will nämlich auch die mit Abstand schlankste Taille in ganz Rio haben.«
Maria do Céu schnürte das Korsett so eng, dass Vitória kaum noch Luft bekam. Dann half sie ihr in den Unterrock und schließlich in das kirschrote Seidenkleid.
»Sie sehen hinreißend aus, Sinhá. Alle Männer werden sich augenblicklich in Sie verlieben.«
»Himmel, bloß das nicht! Es würde mir reichen, wenn es einer täte.«
»Ach …«
»Nichts ›ach‹, ich habe nur so dahergeredet.«
Vitória tupfte ein wenig Puder aufs Gesicht. Auf andere Kosmetika verzichtete sie: Das Kleid war Farbe genug. Würde sie dazu noch Lippenrot auftragen, bestünde die Gefahr, dass sie ordinär aussähe. Schließlich setzte sie den Hut auf, steckte ihn mit zwei Klemmen fest und kontrollierte ihre Erscheinung ein letztes Mal im Spiegel. Sie war sehr zufrieden mit dem Ergebnis.

Vitória rauschte die Treppe hinunter und freute sich auf die Gesichter ihrer Mutter und ihres Bruders, wenn sie sie in diesem Aufzug sehen würden. Doch als Vitória unten ankam, war sie diejenige, die große Augen machte. Dona Alma war nicht wiederzuerkennen. Ihr Haar war mit den beiden neuen Kämmchen zu einem eleganten, weichen Knoten hochgesteckt. Die blau und gold schimmernden Perlen der Kämme harmonierten perfekt mit ihrem taubenblauen Seidenkleid mit den Goldlitzen. Dona Alma hatte sogar ein wenig Lippenpomade und Wangenrot aufgetragen. Um den Hals trug sie eine dezente goldene Kette. Die Veränderung war unglaublich. Die vorzeitig gealterte, stets ein wenig verbittert aussehende Senhora war zu einer Frau aufgeblüht, die so

verführerisch wirkte, dass sie auch als lebensfrohe, aber durchaus vornehme Pariserin durchgegangen wäre.
»Mãe, Sie sehen fantastisch aus!«
»Und du erst, Vita! Ich finde allerdings, dass etwas fehlt. Maura«, wandte sie sich an die Sklavin, die etwas abseits stand, »hol doch mal meine Rubine von oben.«
Als Maura mit dem Schmuck wiederkam, bewunderten sich Dona Alma und Vitória noch immer gegenseitig. Maura reichte Dona Alma das Collier, das diese ihrer Tochter anlegte. »Was für ein Glück, dass ich die Rubine überhaupt mitgenommen habe. Sie passen hervorragend zu deinem Kleid. Hier, die Ohrringe klemmst du besser selber fest.«
Vitória war von der Verwandlung ihrer Mutter noch irritierter als von ihrem eigenen Bild im Spiegel über der Anrichte, das eine erwachsenere Version ihrer selbst zeigte. Dass Dona Alma aus freien Stücken ihren Schmuck verlieh, war bisher noch nie vorgekommen. Und dass sie Vitória mit Vita ansprach, war schon seit Jahren nicht mehr passiert. Wenn das der Einfluss der Stadtluft war, dann musste sie unbedingt öfter mit ihrer Mutter nach Rio fahren.
Das Rumpeln von Kutschenrädern auf der Auffahrt lenkte Vitória und Dona Alma von der gegenseitigen Musterung ab. Pedro hatte Joana, die nicht weit entfernt wohnte, abgeholt, damit sich die Damen bereits hier beschnuppern konnten und nicht erst auf der Fahrt oder im Theater.
Pedro und Joana hätten Geschwister sein können. Beide hatten den hellen, olivfarbenen Teint der portugiesischen Oberklasse, beide waren von eher zierlicher Statur, hatten dafür aber umso größere Nasen – bei Pedro sah sie männlich aus, bei Joana sorgte der Höcker auf dem Nasenrücken für einen herben Zug. Beide hatten außerdem braune Rehaugen, die von dichten, dunklen Wimpern umkränzt waren und die immer ein wenig scheu dreinblickten, auch wenn dies offensichtlich gar nicht ihrem Naturell entsprach. Denn Joana griff, kaum dass sie durch die Tür kam, beherzt nach der Hand ihrer zukünftigen Schwiegermutter.
»Dona Alma. Ich freue mich so sehr, Sie endlich kennen zu lernen.

Ich bin die arme Seele, die Ihrem Sohn verfallen ist.« Joanas Stimme war tiefer, als es ihre zarte Statur vermuten ließ.
»Joana. Pedro hat uns viel von Ihnen geschrieben. Ich bin entzückt.«
»Ganz meinerseits. Und Sie sind Vita, stimmt's?« Sie griff nach Vitórias Hand und drückte sie so fest, wie es sonst nur Männer taten.
»Joana, wie schön, Ihre Bekanntschaft zu machen.«
Pedro stand während der Begrüßungszeremonie mit hängenden Armen daneben und sagte kein Wort.
»Was ist mit dir, Sohn, biete deiner Verlobten etwas zu trinken an. Ein paar Minuten Zeit haben wir ja noch, bevor wir aufbrechen müssen.«
»Pedro weiß, was ich nehme, nicht wahr, *querido?*«
»Natürlich, Joana, meine Liebe. Nur Champagner.« Er drehte sich fragend zu Vitória und seiner Mutter. »Für euch auch, nehme ich an?«
Maura brachte Gläser und eine eisgekühlte Flasche, die Pedro mit geschicktem Griff öffnete. Vitória beobachtete Joana verstohlen. Sie war trotz ihrer burschikosen Art, ihrer tiefen Stimme und ihrer nicht eben zierlichen Nase durch und durch fraulich. Sie hatte einen hübschen, sinnlichen Mund, sehr weibliche Formen und bewegte sich anmutig. Die offizielle Verlobungsfeier war erst im März, doch Vitória betrachtete Joana schon jetzt als ihre Schwägerin. Sie und Pedro waren heftig ineinander verliebt, das sah jedes Kind, und Vitória war froh über die Wahl ihres Bruders. Sie hatte das Schlimmste befürchtet, als sie gehört hatte, dass Joana die Tochter eines Bürokraten in der Stadtverwaltung war, eines Portugiesen adliger Abstammung. Verarmter Adel bildete sich immer am meisten ein auf seine Herkunft und seine Titel. Aber Joana war keine der typischen Beamtentöchter, die ihren Namen vor sich hertragen wie andere ihre Orden oder ihre Juwelen. Sie machte einen äußerst vernünftigen Eindruck.
»Pedro, was ist denn mit den schönen Gemälden passiert? Warum hängen dort plötzlich wieder die scheußlichen alten Schinken?«, fragte Joana.

»Oh, sie erregten den Anstoß meiner Mutter. Sie hängen jetzt oben in meinem Schlafzimmer.« Schnell wechselte er das Thema. »Im Theater werden übrigens João Henrique de Barros und sein Vater zu uns stoßen. João Henrique muss sich ein bisschen um den armen Mann kümmern – er leidet seit dem Tod seiner Frau an gebrochenem Herzen.«
»Wie entsetzlich«, sagte Joana, »João Henrique allein ist schon unerträglich. Zusammen mit dem sauertöpfischen Alten ist das ja ein schönes Duo, das uns da heute Abend erwartet.«
Vitória musste lachen, aber Dona Alma fand die Bemerkung nicht komisch. »Also, ich finde den jungen Senhor de Barros außerordentlich unterhaltsam.«
Joana biss sich auf die Lippen und blickte in geheuchelter Betretenheit zu Boden. Sie verkniff sich jede Widerrede.
»Wie gut«, rettete Vitória die Situation, »dann können Sie sich ja um die beiden einsamen Herren kümmern, Mamãe.«
»Mit Vergnügen«, zwitscherte Dona Alma und meinte es auch.

Im Foyer des Theaters herrschte aufgeregtes Gedränge. Vitória fragte sich, wie es den Kellnern gelang, ihre Tabletts mit Champagnergläsern durch die Menge zu balancieren, ohne dass auch nur ein Tropfen überschwappte. Von dem dichten Zigarrenqualm brannten ihre Augen. Vater und Sohn de Barros waren noch nicht aufgetaucht, und in wenigen Minuten würde der Gong erklingen, der sie zum Aufsuchen ihrer Plätze aufforderte. Der Geräuschpegel war so hoch, dass Vitória und Joana die Köpfe ganz dicht zusammenstecken mussten, um sich zu verstehen. Auf unbeteiligte Betrachter mussten sie wirken wie zwei alte Freundinnen, die sich Geheimnisse anvertrauten. Pedro unterhielt sich derweil mit seiner Mutter, die von der Hitze, vom Champagner oder von der Aufregung einen ganz roten Kopf bekommen hatte. Vitória wunderte sich darüber, ihre Mutter hatte nie, nicht einmal im Hochsommer oder nach größerer körperlicher Anstrengung, eine andere Gesichtsfarbe als ihre kränkliche Blässe. Dona Almas Blick war starr auf einen Punkt gerichtet, der irgendwo hinter ihrer kleinen Gruppe lag. Vitória drehte sich um und sah, wen ihre Mutter fixierte. Es war der ältere Herr an João Henriques Seite, der ebenfalls mit weit aufgerissenen Augen zu Dona Alma hinsah.

Die beiden Männer kämpften sich durch die Menge.

»Dona Alma, meine Liebe, Sie sehen fabelhaft aus. Mein Gott, wie lange ist das her, zwanzig Jahre? Sie sind um keinen Tag gealtert.« Er umarmte sie und gab ihr zwei Küsschen auf die Wangen.

»Fast fünfundzwanzig Jahre, Senhor Manuel. Ist das nicht unglaublich? Sie sehen aber auch noch genauso aus wie früher.«

»Tja, anscheinend müssen wir die zwei nicht mehr miteinander bekannt machen«, sagte João Henrique zu Pedro. Joana begrüßte er nur mit einem angedeuteten Kopfnicken, dann wandte er sich Vitória zu.

»Seien Sie gegrüßt, schöne Senhorita. Welch Glanz in unserer bescheidenen Stadt! Sie sehen großartig aus, und, wenn ich mir die Bemerkung erlauben darf, die Überraschung steht Ihnen ausgezeichnet. Sie wussten offenbar auch nicht, dass sich unsere Eltern so gut kennen?«

»Nein, das war mir neu. Allerdings kenne ich selber Ihren verehrten Herrn Vater noch nicht. Vielleicht würden Sie uns einander vorstellen?«

Manuel de Barros, ein großer, sehr attraktiver Mann in den Fünfzigern, gab Vitória einen formvollendeten Handkuss.

»Ganz die schöne Maman«, sagte er in affektiertem Tonfall. Weiter kam er glücklicherweise nicht, denn in diesem Moment ertönte der Gong. Vom Strom der in den Saal eilenden Menschen wurden sie vorangetragen. Erst an der Treppe, die zu ihrer Loge hinaufführte, ließ das Geschiebe nach. Sie begaben sich auf ihre Plätze und beobachteten das Treiben im Parkett. Vitória mühte sich mit dem Champagnerkelch in der Hand damit ab, Programmheft, Opernglas und Abendtäschchen auf ihrem Schoß zu arrangieren. Immerhin musste sie nicht, anders als die Leute im Parkett, ständig aufstehen, um andere Zuschauer auf dem Weg zu ihren Plätzen in der Mitte der Reihe durchzulassen.

»Sieh nur, da unten ist auch Júlio«, raunte Pedro seinem Freund zu.
»Mein Gott, und wie immer in unmöglicher Garderobe. Seine Kritik an der Kleiderordnung ist genauso fadenscheinig wie sein Anzug. In Wahrheit hat er wahrscheinlich nur nichts Besseres zum Anziehen«, sagte João Henrique.
Vitória, die heute Abend aus Eitelkeit auf ihre Brille verzichtet hatte, konnte den Mann, um den es ging, nur undeutlich erkennen. Sie nahm das Opernglas und betrachtete ihn genauer. Ja, wirklich, seine Kleidung war hart an der Grenze zum Zulässigen. Aber er war nicht der Einzige. Vitória erspähte noch andere Leute, die sich nicht die Mühe gemacht hatten, sich dem Anlass entsprechend herauszuputzen, und die in Straßenkleidung hierher gekommen waren.
»Ist das jetzt so üblich in Rio«, fragte sie, »dass man in Sack und Asche ins Theater geht?«
»Bei manchen Leuten ist es reiner Snobismus«, antwortete João Henrique, »sie wollen damit zeigen, wie alltäglich der Besuch kultureller Veranstaltungen für sie ist. Bei anderen, wie Júlio, handelt es sich angeblich um eine politische Aussage, nach dem Motto: Ein Theater muss allen Bevölkerungsschichten zugänglich sein, auch jenen, die sich keine teuren Kleider leisten können.«
»Ich bezweifle, dass es die Kleiderordnung ist, die die Armen davon abhält, ins Theater zu gehen«, sagte Vitória, während sie weiter das Opernglas vor ihre Augen hielt und das Publikum studierte.
Dann wurden die Gaslampen heruntergedreht. Im Zuschauerraum wurde es sofort still, abgesehen von dem einen oder anderen Huster. In dem Augenblick, in dem der schwere blaue Samtvorhang sich hob, sah Vitória zwei Schatten über den Gang links vom Parkett huschen. Zu-spät-Gekommene. Sie setzten sich auf die beiden Plätze am äußersten Rand ihrer Reihe und lösten dabei das ungehaltene »Scht!« ihrer Sitznachbarn aus.
Das Stück selber enttäuschte Vitória. Sie hatte Molière gelesen und sich dabei deutlich besser amüsiert als bei dieser Aufführung. Die Schauspieler wirkten lustlos, und der Hauptdarsteller, der be-

rühmte Orlando Alencar, ließ den Argan aussehen wie jemanden, der die eingebildete Krankheit lange hinter sich hat und nun bereits von der Leichenstarre befallen ist. Vitória war kurz davor, einzuschlafen.
Als endlich der zweite Akt überstanden war und alle Lampen im Saal wieder hell brannten, brauchte sie ein paar Sekunden, um sich von ihrer Benommenheit zu befreien. Pedro stellte sich an den Balkon und winkte jemandem im Parkett zu. Vitória sah schläfrig zu der Person hinunter – und war mit einem Schlag hellwach. Selbst ohne Brille konnte sie erkennen, dass es sich um León Castro handelte. Die Frau an seiner Seite, ganz in Schwarz und der einzige dunkelhäutige Mensch weit und breit, ließ keinen Zweifel daran.

»Vita, die Methoden, mit denen Sie Ihre Sklaven malträtieren, werden in ihrer Grausamkeit immer subtiler. Herzschlag durch Überraschung – was für eine perfide Art der Folter.«
Zum Glück hatten weder Dona Alma, die mit Manuel de Barros schäkerte, noch Pedro, der auf der Suche nach einem Kellner durchs Foyer irrte, etwas von dieser sonderbaren Begrüßung mitbekommen. Die anderen jungen Leute, Joana, João Henrique und die Schwarze Witwe, die um sie herum standen, beobachteten die beiden schweigend – und mit verwirrten Gesichtern.
»Nun, mein lieber León, in diesem Punkt stehen Sie mir in nichts nach. Herzschlag nach ungebührlicher Begrüßung – was für eine perfide Art, die Herrschaft zum Teufel zu schicken.«
León lachte. »Sie sind herrlich, Vita. Hatten Sie darauf gehofft, dass ich, wie wahrscheinlich alle anderen hier anwesenden Herren, Ihr Aussehen mit läppischen Worten lobe, die Ihrer Schönheit niemals gerecht werden könnten? Nein, für einen solchen Langweiler haben Sie mich nicht gehalten, nicht wahr?«
»Nein. Aber auch nicht für so unhöflich, dass Sie mir nicht einmal Ihre, äh, aparte Begleiterin vorstellen.«
»Dona Cordélia dos Santos – Senhorita Vitória da Silva.«
Die beiden Frauen nickten einander zu. Vitória konnte sich nicht

dazu überwinden, der Mulattin die Hand zu geben. Dona Cordélia! Wie anmaßend musste man sein, um sich mit dieser Hautfarbe, und noch dazu als so junger Mensch, mit Dona ansprechen zu lassen!

»Verzeihen Sie meine Neugier, Cordélia«, wandte sich Vitória an sie, »wie kommt es, dass Sie Trauer tragen, aber trotzdem ins Theater gehen?«

»Wissen Sie, Vitória«, antwortete die Mulattin und verzichtete nun ihrerseits bewusst auf ein höfliches »Sinhá« oder »Senhorita« vor Vitórias Namen, »ich betrauere keinen bestimmten Menschen. Ich trage Schwarz, um dem Schmerz Ausdruck zu verleihen, der meinem Volk, meiner Rasse in diesem Land zugefügt wurde und wird.«

Vitória verschluckte sich fast an ihrem Champagner, den ihr Pedro mittlerweile in die Hand gedrückt und an dem sie genippt hatte.

»Ach so. Und Ihr Mann leidet allein zu Hause?«

Vitória wusste, dass dieser Punkt an sie ging. Cordélia hatte keinen Mann, jedenfalls keinen Ehemann, und damit auch nicht das Recht, sich mit »Dona« ansprechen zu lassen.

»Keineswegs. Mein Mann«, und dabei warf sie León verliebte Blicke zu, »ist äußerst umtriebig in dem Bestreben, diesen Schmerz zu lindern.«

Touché. Diese Frau, diese *mulata*, war wirklich ein Biest – und offensichtlich schlagfertiger, als Vitória es ihr zugetraut hätte. Zu allem Überfluss war sie auch schön. Sie war groß und schlank, hatte eine samtige, hellbraune Haut und ein Gesicht, das, abgesehen von der Farbe, einer Weißen hätte gehören können. Die Nase war schmal und gerade, die Lippen eben so schmal, dass sie nicht negroid aussahen, aber voll genug, um sinnlich zu wirken. Cordélias Wimpern waren, anders als bei den meisten Schwarzen, nicht zu Halbkreisen gebogen, sondern waren lang und sanft gerundet. Ihr Haar, das nicht die typische Krause hatte, trug sie kurz, als wolle sie damit ihre Solidarität mit den Feldsklavinnen bekunden.

Die Spannung, die in der Luft lag, schien León zu amüsieren. Er hatte einen Mundwinkel zu einem schiefen Lächeln nach oben verzogen.
»Vita, wieso haben wir alle hier nichts von Ihrem Besuch erfahren? Und wo haben Sie Ihren Verehrer Aaron Nogueira gelassen?«
»Aaron«, erklärte Pedro, der sich inzwischen zu ihnen gesellt hatte, »ist nicht in der Stadt. Er bedauert es zutiefst, dass er meine Schwester verpasst. Andererseits ist er klug genug, um zu wissen, dass eine neuerliche Begegnung ihm nicht gut bekäme – er hat sich gerade wieder in den Griff bekommen.«
Aarons Schwärmerei für Vitória hatte anscheinend schon die Runde gemacht. Vitória war das peinlich.
»Und da ich dich ja seit ein paar Wochen nicht mehr zu Gesicht bekommen habe«, fuhr Pedro zu León gewandt fort, »konnte ich dir auch nichts von meinem Familienbesuch erzählen. Hätte ich es dir etwa schreiben sollen?«
León sah Vitória mit durchdringendem Blick an. Nein, nicht ihr Bruder, sie selbst hätte es ihm schreiben sollen. Und das hätte sie auch getan, wenn sie die Möglichkeit gehabt hätte, unbemerkt einen Brief zur Post bringen zu lassen. Aber das konnte sie ihm hier nicht mitteilen, nicht ohne gleichzeitig ihren beschämenden Hausarrest zu erwähnen. Und das würde sie niemals tun, solange diese impertinente Cordélia dabei war.
»Wie lange bleiben Sie in Rio?«, fragte León Vitória.
»Nur drei Tage. Meine Mutter und ich machen ein paar Weihnachtseinkäufe. Übermorgen fahren wir schon wieder zurück.«
In Leóns Augen lag die unausgesprochene Frage, ob sie sich würden sehen können. Jedenfalls interpretierte Vitória so seinen funkelnden Blick, der unverwandt auf sie gerichtet war und der ihr die Knie weich werden ließ.
»Haben Sie eigentlich schon die Kaviartoasts probiert, die es hier gibt? Nein? Na, dann wird es aber Zeit, sie sind vorzüglich.« León ging zum Tresen hinüber, an dem Erfrischungen angeboten wurden.
Vitória fragte sich, was dieser abrupte Themenwechsel zu bedeu-

ten hatte. Sie sah León nach, der sich mit federndem Gang geschickt durch die Menge bewegte.
Vitória hörte nicht, was Joana zu Cordélia sagte, genauso wenig, wie sie dem Gespräch von Pedro und João Henrique Beachtung schenkte. Dona Alma und Senhor Manuel waren noch immer miteinander beschäftigt, und die glänzenden Augen ihrer Mutter hätten Vitória zu denken gegeben, wenn sie sie bemerkt hätte. Aber das hatte sie nicht.
Sie stand ganz still, das Gesicht noch immer in Richtung Bar gedreht. Erst als León wieder auf sie zukam, ließ die vorübergehende Betäubung nach. Vitória bemerkte, dass Cordélia sie anstarrte.
»Sie werden sich an ihm verbrennen«, raunte die Mulattin ihr zu. Als León wieder zu ihnen stieß, warf sie ihm ein strahlendes Lächeln zu.
»Der Kellner kommt gleich mit unserem Imbiss«, sagte er. »Allerdings werde ich leider nicht mehr in dessen Genuss kommen. Ich muss noch ein paar Leute begrüßen. Unter anderem den Herrn dort drüben. Er ist der Abgeordnete Fabiano Almeida Roza. Kommst du, Cordélia?«
Vitória fühlte sich vor den Kopf gestoßen. Was sollte das?
»Vita, Sie ahnen nicht, wie sehr ich es bedaure, dass unser zufälliges Treffen so kurz sein musste.« Er verbeugte sich und nahm ihre Hand, um sie zu küssen. Dabei ließ er unauffällig ein kleines Stück Papier in ihre Handinnenfläche gleiten.
Den dritten Akt des Stückes und den Rest des Abends erlebte Vitória wie betäubt. Obwohl sie sich fest vorgenommen hatte, jede Sekunde ihres Rio-Aufenthaltes auszukosten und keine Sekunde mehr als nötig allein auf ihrem Zimmer zu verbringen, fieberte sie jetzt dem Zeitpunkt entgegen, da sie endlich ungestört sein konnte. Als sie sich zeitig verabschiedete, machten sich Dona Alma, Joana und Pedro ernsthafte Sorgen um sie.

VIII

Morgen, 14 Uhr, vor dem Palacete da Graça.
Mehr stand nicht auf dem Zettel. León hatte diesen Satz mit Bleistift auf die Rückseite eines Quittungsformulars gekritzelt, aber Vitória war, als habe sie nie einen schöneren Brief erhalten. Sie lag im Bett und las die Notiz immer und immer wieder. Sie konnte sich gar nicht satt daran sehen. Es war bereits zehn Uhr am Morgen, doch Vitória hatte nicht die geringste Lust, ihr Zimmer zu verlassen. Es war der einzige Ort, an dem sie in Ruhe ihren Gedanken nachhängen, sich das bevorstehende Treffen in den schönsten Farben ausmalen und den letzten Abend Revue passieren lassen konnte.
Deshalb also die Kaviartoasts, die sie in der Eile gar nicht mehr hatten genießen können – kurz nachdem der Kellner gekommen war, hatte der Gong zum dritten Akt geläutet. Deshalb also die vermeintlich wichtige Begrüßung des Abgeordneten – León hatte nur nach einer Möglichkeit gesucht, ihr die Hand geben und den Zettel zustecken zu können. Vitória sah auf einmal Leóns Blicke, jedes seiner Worte, jede seiner Bewegungen in einem ganz neuen Licht.
»Vita, Schatz, bist du ganz sicher, dass du mich nicht zum *Jóquei Clube* begleiten willst?« Dona Alma war ins Zimmer gekommen, nachdem sie nur kurz angeklopft und Vitórias Antwort nicht abgewartet hatte.
Vitória ließ ihre Hand mit dem Zettel schnell unter die Bettdecke gleiten. Hoffentlich hatte ihre Mutter nichts gesehen.
»Nein, Mãe, so gern ich auch würde, es geht einfach nicht. Ich habe das Gefühl, dass mir der Schädel platzt. Ich denke, ich habe gestern Abend ein Glas zu viel getrunken.«
Dona Alma sah Vitória aufmerksam an. Unwohl sah ihre Tochter nicht aus, ganz im Gegenteil.
Ihre Haut hatte einen rosigen Teint, ihre Augen sprühten vor Unternehmungslust. Sie leuchteten im hereinfallenden Sonnen-

licht noch blauer als gewöhnlich. Dennoch sagte Dona Alma nichts. Es war ihr selber nicht ganz unrecht, wenn sie allein mit Senhor Manuel zum Pferderennen ging. Sie hatten sich viel zu erzählen.
»Also dann, gute Besserung, mein Kind.« Dona Alma drückte Vitória ein Küsschen auf die Wange und ging.

Morgen, 14 Uhr, vor dem Palacete da Graça.
León hatte Zeitpunkt und Ort des Treffens klug gewählt, und das trotz des Trubels im Theater und obwohl er nicht viel Zeit zum Nachdenken gehabt hatte. Noch ein Zug an ihm, der Vitória gefiel: Er war ein schneller Denker. Um zwei Uhr mittags, das wusste León, hielten die Damen der gehobenen Gesellschaft ihre Mittagsruhe, sodass Vitória die Möglichkeit haben würde, sich unbemerkt der Obhut ihrer Mutter zu entziehen, wenn auch nur für kurze Zeit. Und der »Palacete da Graça«, das einstige Stadtpalais einer italienischen Familie, das nun eine Bibliothek beherbergte, lag nur fünf Minuten zu Fuß von ihrem Haus in der Rua Nova da Bela Vista entfernt, gleich neben dem einstigen Palast der Marquesa de Santos. Vitória brauchte nur den Wunsch zu äußern, sich ein wenig Bewegung an der frischen Luft verschaffen zu wollen. Niemand würde Verdacht schöpfen. Und wenn irgendein Nachbar sie mit León sehen würde, konnte sie immer noch behaupten, sie habe ihn zufällig vor der Bibliothek getroffen.
Noch vier Stunden! Das war entschieden zu viel Zeit, um sie nur damit zuzubringen, sich hübsch zu machen. Vitória griff nach dem Gedichtband, in dem sie erst ein paar Seiten gelesen hatte. Aber die Verse drangen nicht in ihr Bewusstsein vor, sei es aus Mangel an Konzentration, sei es aufgrund der schlechten Qualität der Gedichte.
Kein Wunder, dass der Verkäufer den Band aus dem hintersten Winkel des Ladens hatte hervorkramen müssen. León mochte ein guter Journalist sein, ein großer Redner und charismatischer Kämpfer für die Abolition, aber ein Poet war an ihm bestimmt nicht verloren gegangen. Vitória blätterte lustlos in dem Buch, bis

sie schließlich wieder an dem Gedicht hängen blieb, das ihr schon am Vorabend kalte Schauer über den Rücken gejagt hatte.

Dein Aug' ist mein Himmel,
so blau und so rein.
Gab Spor'n meinem Schimmel,
Dir nahe zu sein.

Trog mich die lichte Farbe,
die mir so viel versprach?
Du lachtest. Ich darbe,
schalt Narr mich hernach.

Ich verlor mein Gesicht:
Ich schenkte dir alles,
Du ließ't mich im Stich.

Mein Weg ist noch weit.
Ich bin nur dein Sklave
und weiß: Es kommt meine Zeit.

Natürlich hatte León dieses Gedicht geschrieben, lange bevor sie sich überhaupt je begegnet waren. Aber es kam Vitória vor, als habe er allein sie darin verewigen wollen. Sie liebte es. Vielleicht liebte sie es sogar deshalb so sehr, weil es so schlecht war. Die Tatsache, dass sich irgendwo hinter der kühlen Fassade Leóns ein Mann verbarg, der seinen Gefühlen auf diese Weise Ausdruck verleihen wollte, rührte Vitória. Und dass er als Poet versagte, wo ihm doch sonst in allem, was er tat, Erfolg vergönnt zu sein schien, machte ihn menschlicher.

»Sinhá Vitória, ich bringe Ihr Frühstück«, meldete sich Maria do Céu an der Tür.

»Ja, komm her. Stell das Tablett einfach auf dem Frisiertisch ab, ich versuche später, etwas zu essen.«

»Kann ich sonst noch etwas für Sie tun?«

»Nein, vielen Dank. Ich werde noch ein bisschen schlafen, dann geht es mir bestimmt nachher besser.«
Vitória stieg der Duft von Kaffee, gerösteten *torradas* und frisch aufgeschnittener Mango in die Nase. Himmel, sie war dabei zu verhungern! Aber wenn sie sich jetzt gierig über das Frühstück hermachte, würde ihr niemand mehr ihr Unwohlsein abnehmen, zu dessen Symptomen schließlich auch Appetitlosigkeit zählte. Ach, was machte es schon? Außer dem Personal würde ja niemand bemerken, wie groß ihr Hunger wirklich gewesen war. Vitória stand auf, schob Lampe und Buch auf ihrem Nachttischchen beiseite und stellte das Tablett darauf. Dann setzte sie sich wieder ins Bett und genoss ihr Frühstück. Sie vertilgte es bis auf den letzten Krümel und war kurz davor, nach Maria do Céu zu klingeln, um sich noch mehr Leckereien bringen zu lassen. Sie verkniff es sich unter Aufbringung all ihrer Willenskraft.
Die nächste halbe Stunde verbrachte sie damit, in dem Gedichtband herumzublättern und sich darüber zu wundern, wie León dieses Geschreibsel jemals hatte veröffentlichen können. Unter einem Mangel an Selbstbewusstsein litt er offenbar nicht. Darin zumindest glich er den meisten anderen Männern, die Vitória kannte. Sie bewunderte und verachtete sie zugleich dafür, dass sie sich noch der kleinsten ihrer Gaben brüsteten, während Frauen ihre eigenen Fähigkeiten immer viel zu gering einschätzten.
Schließlich war Vitória es leid, weiter faul im Bett zu liegen. Sie hatte viel zu viel Energie, um so untätig zu sein. Ruhelos ging sie durchs Zimmer, öffnete die Vorhänge und das Fenster. Draußen war es mörderisch heiß und feucht. Wie ein Film legte sich die klebrige Luft auf ihre Haut, und Vitória begann unter dem hauchfeinen Nachthemd zu schwitzen. Sie würde zu dem Treffen mit León ihr dünnstes Kleid anziehen müssen, das leider nicht ihr schönstes war. Und sie würde ihr Haar so stramm wie möglich nach hinten binden müssen, damit die von der Feuchtigkeit hervorgerufene Krause sie nicht aussehen ließ wie ein ungekämmtes Sklavenmädchen.
Als sie unter ihrem Fenster Senhor Manuel vorfahren sah, schloss

Vitória schnell wieder das Fenster und zog die Gardinen vor. Sie beobachtete, wie Dona Alma beschwingt das Haus verließ, mit ihrem Kavalier die Droschke bestieg und wie sich das Gefährt ruckelnd in Bewegung setzte. Als es außer Sichtweite war, zog Vitória ungeduldig an der Glocke. Sie war noch immer hungrig. Und es war ihr völlig egal, was Maria do Céu oder Maura davon hielten.
Gegen ein Uhr erfasste Vitória eine starke Nervosität. Sie bestäubte sich von Kopf bis Fuß mit Talkumpuder, um in der Mittagshitze nicht zu zerfließen. Vielleicht war Leóns Idee, sich um diese Zeit zu treffen, doch nicht so glücklich gewesen? Dann zog sie sich an. Sie ärgerte sich darüber, dass sie sich nicht von Maria do Céu hatte helfen lassen, denn nach der Ankleideprozedur lief ihr der Schweiß in kleinen Rinnsalen zwischen den Brüsten und unter den Armen herab. Was für ein unmenschliches Klima!
Um kurz vor zwei verließ Vitória ihr Zimmer. In der Halle begegnete sie Maria do Céu.
»Sinhá, wie schön, dass Sie sich wieder besser fühlen.«
Vitória entging nicht die sanfte Ironie in ihrer Stimme.
»O ja, kaum dass Dona Alma das Haus verlassen hatte, setzte eine wundersame Besserung ein. Und jetzt habe ich das dringende Bedürfnis, mir die Beine zu vertreten. Ich bin in spätestens einer Stunde wieder da. Aber das bleibt unter uns, nicht wahr?«
»Natürlich. Hier«, sagte das Mädchen, als Vitória im Begriff war, das Haus zu verlassen. »Sie haben Ihren Sonnenschirm vergessen.«

Auf der Straße war keine Menschenseele. Erst auf dem kleinen Platz vor dem Palacete waren wieder Anzeichen städtischen Lebens zu erkennen. Eine alte Bahiana in weißem Reifrock und mit weißem Turban stand im Schatten eines Mandelbaums und bot Süßwaren feil, obwohl ihr um diese Uhrzeit bestimmt niemand etwas abkaufen würde. Zwei schwarze Jungen jagten hinter einem hechelnden Hund her, dem die Zunge aus der Schnauze hing und der ein Halsband trug, das mehr wert war als die Kleidung, die die beiden auf dem Leib trugen. Wahrscheinlich hatten die Sklavenjungen die Mittagsruhe ihrer Besitzer genutzt, um sich mit dem Hund davonzustehlen und einfach nur zu spielen. Außerdem schlich ein Mann über den Platz, dem das Haar schweißnass am Kopf klebte und der aussah, als würde er gleich in Ohnmacht fallen. Ein Geschäftsmann vielleicht, den eine dringende Angelegenheit gezwungen hatte, sich der Gluthitze auszusetzen.

León war nirgends zu sehen. Vitória schlenderte zum Palacete da Graça, blieb in dem überdachten Eingang stehen und studierte einen Aushang, der dort angebracht war. Es gab wenig, was sie im Augenblick weniger interessiert hätte als dieser Aufruf zu weihnachtlicher Wohltätigkeit. Aber was sollte sie anderes tun, um ihrer Warterei den Anschein eines Zwecks zu verleihen? Als sie den Text bereits auswendig konnte, begann sie sich zu ärgern. Wie konnte León sie hierher bestellen und dann nicht erscheinen? Was für eine Zumutung! Sie würde ihm noch zwei Minuten geben, dann wollte sie zurückgehen. Da sie keine Uhr bei sich trug, war sie nicht ganz sicher, wie lange sie schon wartete. Aber die Zeit erschien ihr endlos.

Als sie das Gefühl hatte, dass die zwei Minuten um waren, ging Vitória denselben Weg, den sie gekommen war, zurück. Die Bahiana döste auf ihrem Hocker hinter dem Tisch vor sich hin und nahm Vitória nicht zur Kenntnis, aber die beiden Jungen sahen ihr neugierig nach. Eine Sinhazinha, die bei vierzig Grad im Schatten spazieren ging, war ein seltener Anblick. Noch erstaunter beobachteten die Jungen, wie Vitória ihren Schritt beschleunigte. Sie hatte es plötzlich eilig. Einen halben Tag in Rio hatte sie diesem Treffen geopfert, nur um dann stehen gelassen zu werden. Wollte sie von ihrem Besuch in der Stadt noch profitieren, hatte sie keine Zeit mehr zu verlieren.

In der Rua Bonita raste ihr eine offene Droschke entgegen. Der Kutscher fuhr so rücksichtslos, dass er Vitória, die auf dem Trottoir ging, beinahe gestreift hätte. Vitória lag ein Fluch auf den Lippen. Aber als sie sah, wer in der Droschke saß, blieben ihr die Worte im Hals stecken. León hatte sie auch entdeckt. Er rief dem Kutscher etwas zu, dann hielt das Gefährt mit viel Getöse mitten

auf der Straße an. Vitória ging ein paar Schritte darauf zu. Den Sonnenschirm hielt sie dabei so dicht wie möglich über dem Kopf. Mit ein wenig Glück würde niemand sie erkennen.
»Vita, steigen Sie ein.« León reichte ihr die Hand und half ihr in die Droschke. »Verzeihen Sie meine Verspätung.«
Er sah blendend aus. Er trug eine schwarze Hose und ein weißes Hemd, dessen obere Knöpfe geöffnet waren und das den Ansatz seiner muskulösen Brust entblößte. Seine gebräunte Haut schimmerte matt. Er war bestimmt der einzige Mensch in Rio de Janeiro, dem zurzeit nicht der Schweiß in Strömen herunterrann. Ohne Krawatte, Hut und Rock wirkte er wie ein Senhor, der eben noch auf einer luftigen Veranda gesessen hatte, und nicht wie ein Mann, der seine Arbeit, in der Zeitungsredaktion oder wo auch immer, unterbrochen hatte.
»Ich schlage vor, wir fahren ein wenig am Wasser entlang. Der Fahrtwind und die Meeresbrise werden Ihnen Kühlung verschaffen.«
»Begrüßen Sie Ihre Bekanntschaften immer mit einer unhöflichen Bemerkung über ihr Aussehen? Wenn Sie pünktlich beim Palacete erschienen wären, müssten Sie jetzt nicht den Anblick einer vollkommen zerschmolzenen Frau ertragen.«
»Und ich hatte gehofft, dass ich es bin, der Sie dahinschmelzen lässt.«
»Während ich Sie offenbar kalt lasse.«
León warf den Kopf nach hinten und lachte. »Das würde Ihnen nicht passen, oder? Sie sind es gewohnt, allen Männern den Kopf zu verdrehen. Aber keine Bange, Vita. Bei mir ist es Ihnen ebenfalls gelungen.«
Sie erwiderte darauf nichts. Sie saß schweigend neben León und genoss den Fahrtwind, der zwar heiß war, dafür aber schnell ihre Kleidung, ihr Haar und ihre Haut getrocknet hatte. Sie fuhren am Hafen entlang, und selbst hier war es um diese Tageszeit seltsam still. Ein paar Arbeiter und Packer saßen auf der Erde im Schatten der Fracht, die sie auf den *paquetes*, den Dampfschiffen, die für die Atlantiküberquerung nur noch achtundzwanzig Tage brauchten,

zu verstauen hatten. Die Luft roch faulig, nach brackigem Wasser und verwesendem Fisch.
Als sie den Strand von Flamengo erreichten, duftete es wieder nach Salz, Sand und Sommer. Hinter der Bucht von Botafogo sahen sie die beiden Hügel des Zuckerhutes aufragen. Vitória sog das Bild in sich auf. León beobachtete sie von der Seite.
»Ein herrlicher Anblick, nicht wahr?«
»Ja.« Sie drehte sich zu ihm hin. »Sagen Sie, León, aus welchem Grund haben Sie dieses Treffen so heimlich organisiert?«
»Ich glaubte, es sei Ihnen so lieber.«
»Diese Heimlichtuerei gibt dem Ganzen den Anstrich eines amourösen Stelldicheins.«
»Ist es das nicht?«
Vitória hörte ihr Herz hämmern. Doch sie zwang sich zur Ruhe. »Sie hätten den üblichen Weg wählen und Dona Alma um einen Besuch bei mir oder um einen gemeinsamen Ausflug bitten können.«
»Damit sie mir die Bitte abschlägt und Sie womöglich wieder eingesperrt werden?«
Er wusste es! Er wusste von ihrem idiotischen Hausarrest.
»Oh, ich …«
»Sie brauchen mir nichts zu erklären. Ich weiß, was passiert ist, und ich ahne auch, wie. Ich nehme an, dass Sie mir deshalb nicht Ihr Kommen ankündigen konnten.«
Vitória nickte.
»Aber ich habe davon erfahren. Nicht von Pedro, sondern von Aaron, der mir die Ohren vollgeheult hat, dass er Sie verpassen würde.«
»Also war unsere Begegnung im Theater kein Zufall?«
»Ganz und gar nicht.« León strahlte sie mit seinen makellosen Zähnen an. »Aber die Überraschung ist mir gelungen, nicht wahr?«
»Allerdings. Besonders geschickt waren Sie in der Auswahl Ihrer Begleiterin. Sie ließ Ihr Spielchen noch glaubwürdiger erscheinen.«

»Cordélia? Sie ist nur eine Art Assistentin. Sie …«
»Verschonen Sie mich«, unterbrach ihn Vitória, »die Details Ihrer ›Zusammenarbeit‹ interessieren mich nicht.«
»Sinhazinha, höre ich da etwa eine Spur von Eifersucht heraus?«
»Keineswegs. Ich schätze, Sie verwechseln Eifersucht mit Anstand.«
León schnaubte. »Ha, das ist wirklich gut! Vita, seien Sie so nett und spielen Sie mir hier nicht das wohlerzogene, sittenstrenge Dummchen vom Lande vor. Ich durchschaue Sie.«
»Tun Sie das wirklich? Ich kann mir nicht vorstellen, dass jemand, der so wenig dichterisches Feingefühl hat, im Umgang mit seinen Mitmenschen mehr Einfühlungsvermögen an den Tag legt.« Das war gemein, und Vitória wusste es. Er hatte ihr keinen wirklichen Anlass geliefert, er hatte sie nur ein wenig geneckt. Und sie holte gleich derartig aus. Sie schämte sich.
»Ah, Sie haben es endlich gelesen. Nichts lag mir ferner, als Sie mit meinen dilettantischen Poemen zu langweilen, glauben Sie mir. Aber die Parallelen zwischen einem der Gedichte und unserer Begegnung waren wirklich zu bemerkenswert, als dass ich Ihnen das Bändchen hätte vorenthalten können.«
»Dein Aug' ist mein Himmel.«
»Genau.«
»Es ist ein trauriges Gedicht. Es wäre schade, wenn Sie unsere Freundschaft in diesem Licht betrachteten.«
»Halten Sie uns denn für Freunde?«
»Aber ja, natürlich. Als Pedros Freund sind Sie auch mir einer.«
»Warum nur werde ich das Gefühl nicht los, dass Sie sich pausenlos über mich lustig machen?«
»Ich finde, das Gegenteil ist der Fall. Sie haben offensichtlich Spaß daran, mich immerzu zu ärgern.«
León zog eine kleine Taschenuhr aus der Hosentasche.
»Ich mache Ihnen einen Vorschlag. Wir sind bereits seit einer halben Stunde unterwegs und sollten demnächst wieder umkehren, damit Ihr Fortsein nicht auffällt. Was halten Sie davon, wenn wir

wenigstens die Rückfahrt dazu nutzten, uns vernünftig miteinander zu unterhalten?«
Vitória verzog schmollend den Mund. »Ich versuche das bereits seit geraumer Zeit. Sie sind doch derjenige, der nicht einmal weiß, wie man Vernunft buchstabiert.«
Sie sah ihn aufmüpfig an, er erwiderte ihren Blick mit arroganter Miene. Plötzlich geriet eines der Räder in ein Loch in der gepflasterten Straße. Die Droschke machte einen heftigen Satz, bei dem Vitória und León beinahe von ihren Sitzen abhoben.
»Hoppla!«, entfuhr es Vitória. Sie sah León an, dann brachen beide in befreiendes Gelächter aus.

Den Rest der Fahrt verbrachten sie damit, sich alles Mögliche voneinander zu erzählen. Vitória berichtete León von ihrem Alltag auf Boavista, von der weisen Luiza und dem geschwätzigen Padre, von Eufrásias »Wiederauferstehung« und von dem zermürbend langen Hausarrest. Sie gestand ihm, dass sie heimlich zu der Versammlung in Conservatória gegangen war, bei der er als Redner aufgetreten war, und sie vertraute ihm an, welche Sorgen sie sich um Félix machte.
»Erinnern Sie sich an den Jungen? Der Stumme.«
»Ja, er war fast noch ein Kind.«
»Richtig.« Vitória graute es, wenn sie nur daran dachte. Sie verbot sich, das Thema weiter zu vertiefen. »Lassen Sie uns lieber über etwas anderes reden. Erzählen Sie mir von sich, von Ihrer Arbeit, Ihren Freunden.«
»Soll ich mit dem Tiefpunkt der letzten Monate beginnen?« Als Vitória nickte, fuhr er fort: »Es begab sich also, dass ich eine holde Maid besuchen wollte, die in einem abgelegenen Haus in einem abgelegenen Tal wohnt. Das schöne Fräulein hatte mir diesen Besuch gewährt, doch als ich vor der Tür stand, ließ sie sich verleugnen.«
Vitória sah ihn zerknirscht an.
»Ich war … unpässlich. Es tut mir Leid, dass Sie den Weg umsonst gemacht haben. Und jetzt hören Sie schon auf damit. Berichten Sie mir lieber von dem Höhepunkt des Jahres.«

»Das war ein Tag im September. Als ich einen Freund besuchen wollte und mir eine freche Göre von unbeschreiblicher Schönheit die Haustür vor der Nase zuknallte. Ich habe mich auf der Stelle unsterblich in dieses göttliche Geschöpf verliebt.«
Vitória schluckte. War das eine Liebeserklärung? Oder nahm er sie nur wieder auf den Arm?
»Und, erwidert das ›göttliche Geschöpf‹ Ihre Gefühle?«
»Wenn ich das nur wüsste. Das wunderschöne Mädchen ist ein wenig kratzbürstig, und selbst wenn es in Liebe zu mir entbrannt wäre, was ich mir niemals anmaßen würde zu hoffen, würde es mir dies eher durch Missachtung meiner Person als durch Worte der Wertschätzung zeigen.«
»Vielleicht liegt das daran, dass das Mädchen sich der Aufrichtigkeit Ihrer Gefühle nicht sicher ist und sich keine Blöße geben will.«
»Möglich. Dabei bräuchte sie mir nur tief in die Augen zu sehen, um zu erkennen, dass ich ihr auf immer verfallen bin.«
Vitória sah León an, wandte den Blick aber sofort wieder ab. Ihr war unbehaglich zumute bei der Wendung, die ihr Gespräch genommen hatte. Sie konnte sich des Eindrucks nicht erwehren, dass León sie nur foppte.
Schweigend fuhren sie den gleichen Weg wieder zurück, den sie gekommen waren. Diesmal lag das Meer rechts von ihnen. Linker Hand ragte über ihnen die Kirche Nossa Senhora da Glória auf, wenig später passierten sie den imposanten Komplex des Arsenal da Guerra. Der Verkehr wurde dichter, und aufgrund der geringeren Geschwindigkeit ihrer Droschke konnte Vitória nun wieder den Sonnenschirm besser halten. Und sie hielt ihn so niedrig, dass kein Passant ihr Gesicht sehen konnte. Man wusste ja nie. Zwar hatte sie nicht sehr viele Bekannte in Rio, und die Wahrscheinlichkeit, dass diese sich ausgerechnet um diese Zeit hier draußen aufhalten sollten, war sehr gering, aber immerhin fuhren sie jetzt mitten durchs Zentrum der Stadt. Links sahen sie den Paço Imperial, die kaiserliche Stadtresidenz, einen Block weiter lag die hübsche Kirche Nossa Senhora da

Lapa dos Mercadores. In der Guanabara-Bucht vor der Ilha Fiscal schaukelten unzählige Segelschiffe, Paquetes und Fischerboote, Vorboten des eigentlichen Hafens, der noch weiter nördlich lag.
Als sie das Stadtzentrum durchquert hatten, kündigte sich ihnen wieder der Hafen durch seinen Geruch an. Hätte der Gestank ihnen nicht so zugesetzt, hätten sie vielleicht die Schönheit der Szenerie besser wahrgenommen. Denn die Guanabara-Bucht, jener gigantische Naturhafen, der fast vollständig von hügeligem Land umschlossen ist, war gesprenkelt mit Schiffen, die hier ankerten und die Zeugnis ablegten von der immensen Bedeutung der Stadt. Rio de Janeiro war der wichtigste Hafen Südamerikas und die Stadt selber die größte Metropole des Kontinents.
Nach São Cristóvão war es jetzt nicht mehr weit. León zog seine Taschenuhr hervor. »Drei Uhr. Sie werden bestimmt schon vermisst.«
Vitória zuckte mit den Schultern. »Und wenn schon. Ich sage, dass ich in der Bibliothek war.«
»Wann sehe ich Sie wieder?«, fragte León.
»Mein Geburtstag fällt nächstes Jahr genau auf den Karnevalssamstag. Und weil dann auch Pedro und Joana ihre Verlobung bekannt geben, haben wir gleich drei Gründe zum Feiern. Wir werden deshalb auf Boavista ein großes Kostümfest geben. Ich würde mich freuen, wenn Sie auch kämen.«
»Wirklich?«
»Ja, wirklich.«
»Geben Sie mir Brief und Siegel darauf?«
»Nein, das nicht. Eine offizielle Einladung werden Sie wohl eher von Pedro erhalten. Das verstehen Sie doch, oder?«
León antwortete nicht. Er lächelte Vitória nur mit einem seltsam wehmütigen Blick an. Dann beugte er sich zu ihr hinüber, als wolle er ihr etwas ins Ohr flüstern. Sie beugte den Kopf ebenfalls zu ihm hin, um ihn besser hören zu können.
»Meine schöne, feige, stolze, kluge Vita. Ich werde kommen – als

Ihr Sklave. Verlassen Sie sich drauf.« Wie zufällig berührten seine Lippen ihren Hals.
Noch Stunden, nachdem Vitória wieder zu Hause war, glaubte sie, jeder müsse die Stelle an ihrem Hals rot glühen sehen, so sehr brannte der Kuss auf ihrer Haut. Aber das war nichts im Vergleich zu dem lichterlohen Feuer, das in ihrem Herzen brannte.

IX

Wie die Zeit raste! Hatte Vitória zunächst geglaubt, die knapp drei Monate bis zu dem großen Fest seien eine unerträglich lange Zeit, so stellte sie jetzt fest, dass sie wie im Fluge vergangen waren. Die Weihnachtstage hatte die Familie in großer Harmonie verbracht, an Silvester waren sie gemeinsam nach Valença gefahren, um sich das Feuerwerk anzusehen und am Ball im Hotel Lisboa teilzunehmen, wo sie auch übernachteten. Im Januar hatten sie auf die übliche Reise nach Petrópolis verzichtet, um sich den Vorbereitungen für das große Fest widmen zu können. Vitória hatte diese Zeit genossen. Von ihren Freunden und Bekannten war kaum jemand im Vale, fast alle machten Urlaub in den Bergen. Da sich dank der Ferienzeit auch ihr Arbeitspensum verringert hatte, blieb Vitória viel Zeit und Muße, um auszureiten oder schwimmen zu gehen. Dona Alma und Luiza hatten sich zwar verbündet, um ihr diese Stunden in der Natur auszureden – »du wirst noch braun wie ein Mischlingskind!« –, aber Vitória pfiff auf die Meinung der beiden ebenso wie auf ihren zarten Teint. Als einziges Zugeständnis trug sie Hüte mit großer Krempe, die ihr Gesicht schützten, sowie langärmlige Kleider. Außerdem hielt sie sich weitestgehend im Schatten auf und bevorzugte die frühen Morgen- und die späten Nachmittagsstunden für ihre Ausflüge. Tatsächlich hatte sie Anfang Februar, nachdem sie vier Wochen lang das schöne Sommerwetter genossen hatte, nur einen Hauch von Farbe. Genug, um sie frisch und erholt aussehen zu lassen, aber nicht genug, um unfein zu wirken.

Und jetzt war es endlich so weit. Über hundertfünfzig Gäste wurden übermorgen erwartet, Nachbarn und Bekannte aus dem Vale do Paraíba größtenteils, aber auch viele Freunde von Pedro aus Rio und Geschäftsfreunde ihres Vaters aus anderen Teilen des Landes. Einige von ihnen würden hier auf Boavista schlafen, andere hatten sie in den Nachbar-Fazendas sowie in Hotels in Valença oder Vassouras untergebracht. Vitória würde ihr Zimmer mit Joana teilen müssen. Unter anderen Umständen hätte sie das als lästig empfunden, jetzt aber trug es nur zu ihrer aufgeregten Stimmung und der allgemeinen Erregung, die sie erfasst hatte, bei. Sie freute sich darauf, sich gemeinsam mit ihrer zukünftigen Schwägerin zurechtzumachen und sich mit ihr auszutauschen.

Boavista war nicht mehr wiederzuerkennen. Im gesamten Erdgeschoss hatte man die Möbel an die Wände gestellt, um der vielen Gäste Herr zu werden. Die Flügeltüren zwischen Salon und Esszimmer standen weit auf, ebenso die Türen zu dem angrenzenden Arbeitszimmer, das beinahe vollständig ausgeräumt worden war. Insgesamt verfügten sie so über eine Raumflucht von fast einhundert Quadratmetern. Hinter der Veranda war außerdem ein Zelt errichtet worden, zu dem ein ebenfalls mit Zelttuch überdachter Gang führte. Die Gäste, die sich abseits der Tanzfläche und unbehelligt von dem Lärm der Kapelle unterhalten wollten, und das waren erfahrungsgemäß die meisten, würden selbst bei Regen trockenen Fußes zu dem Zelt gelangen, in dem eine Bar sowie ein weiterer Tisch mit Speisen aufgebaut wurden. Einzig einem schweren Gewittersturm wäre das Zelt nicht gewachsen.

Vitória hatte sich eine Kostümierung ausgedacht, die nicht so leicht umzusetzen war, die aber, wenn sie gelang, Furore machen würde. Vitória wollte einen Kaffeestrauch darstellen.

»Was für eine verrückte Idee«, hatte Dona Alma sich anfangs aufgeregt, »warum kannst du dich nicht, wie andere junge Damen auch, als Madame Pompadour verkleiden?«

»Wir werden sehr viele Madame Pompadours hier haben, aber sicherlich nur einen Kaffeestrauch.« Dann erklärte Vitória ihrer Mutter, wie sie sich ihr Kostüm vorstellte, und schließlich hatte Dona Alma ein Einsehen. »Also von mir aus. Das klingt ja immerhin danach, als wolltest du dich nicht gar zu sehr entstellen.«

Nichts lag Vitória ferner. Sie wollte an ihrem Geburtstag nicht nur schön sein, sondern einen überwältigenden Auftritt hinlegen. Und das würde ihr mit ihrem Kostüm auch gelingen. Das Kleid war aus mittelgrüner Seide und im Grunde ganz einfach geschnitten. Aber

es war alles andere als schlicht. Am Rock waren unzählige Blätter aus gestepptem Satin befestigt, zwischen denen kleine weiße Blüten und knallrote Kirschen hervorlugten. Allein die Fertigung der Blüten hatte die Näherin mindestens eine Woche Arbeit gekostet, und für die Kirschen, die aus winzigen seidenen Pompons bestanden, hatte sie eine weitere Woche gebraucht. Durch diese Applikationen erhielt der Rock ein Volumen, das Vitórias schlanke Taille noch mehr hervorhob. Am Mieder des Kleides waren dagegen keine Blätter, Blüten oder Früchte befestigt, denn das hätte aufgetragen und wäre beim Tanzen hinderlich gewesen. Stattdessen war es über und über bestickt. Diese äußerst knifflige Arbeit hatte eine Frau in Valença übernommen, die bekannt war für ihre filigranen Stickereien. Auch die grünen Handschuhe, die Vitória bis über die Ellbogen reichten, waren mit Blüten und Kirschen bestickt. Dona Alma hatte sich einverstanden erklärt, Vitória wieder ihren Rubinschmuck zu leihen, der das Kostüm perfekt ergänzte. Auf dem Kopf würde Vitória einen komplizierten Aufbau aus handgearbeiteten und echten Kaffeezweigen tragen und im Gesicht eine grüne Augenmaske, deren Ränder rot und weiß bestickt waren und an deren Seiten kleine Kaffeezweige herausragten.
Bis auf ihren Kopfschmuck, den sie erst am Tag der Feier bekommen würde, war alles fertig. Vitória hatte ihr Kostüm und die dazugehörigen Accessoires erst einmal zuvor angelegt, um die Wirkung des Gesamtensembles zu prüfen. Sie war in dieser Montur in den Salon getänzelt, in dem sie ihre Eltern vermutete. Außer Dona Alma und Senhor Eduardo war allerdings auch der Rechtsanwalt, Doutor Nunes, anwesend. Alle drei hatten Vitória angestarrt wie eine überirdische Erscheinung, bis schließlich Dona Alma das Schweigen gebrochen hatte: »Man sollte nicht glauben, dass du wirklich schon achtzehn Jahre alt wirst.« Aber ihr Vater lenkte ein: »Vita, das Kostüm ist sagenhaft!« Und Doutor Nunes sagte schließlich: »Unfassbar, was für herrliche Pflanzen auf dieser Fazenda gedeihen.«

Jeden Augenblick mussten Joana und Pedro eintrudeln. Vitória konnte ihre Ankunft kaum erwarten, und vor Aufregung trippelte

sie ungeduldig im Haus herum. Viel tun konnte sie jetzt ohnehin nicht. Alles, was vorzubereiten war, hatte sie für heute erledigt. Im Laufe des Tages würde nur noch das Eis geliefert werden, ein so enormer Eisbrocken aus Nordamerika, dass selbst der lange Schiffstransport nach Brasilien und die Fahrt durch die glühenden Hügel der Provinz seinen Umfang nur geringfügig schmälern würden. Im Keller hatten sie eigens eine Ecke mit Wachstuch ausgelegt, in der das Eis gelagert werden würde – und wenn sie bei dem Fest nicht alles verbrauchten, würde das Eis dort noch mehrere Wochen halten. Wie sehr sie sich auf den Genuss von eisgekühlten Getränken freute, auf den Klang klirrender Eisstücke im Glas und auf den Anblick exquisiter Speisen, die auf geschabtem Eis präsentiert werden sollten! Und wie herrlich wäre es erst, am nächsten Tag ihre wunden Füße und den schweren Kopf – denn mit derartigen Nachwirkungen musste man ja rechnen – mit kleinen Eisstücken kühlen zu können, die auf der sommerheißen Haut sofort schmolzen! Diesen Luxus wollte Vitória mit allen Sinnen auskosten, denn mit weiteren Eislieferungen wäre dann erst wieder im Juli zu rechnen, wenn der Winter in Chile Einzug hielt.
Bei ihrem Rundgang sah Vitória, dass der wacklige Stuhl aus dem Schlafzimmer ihrer Mutter, genau wie alle anderen Sitzgelegenheiten, die im Haus aufzutreiben gewesen waren, in den Salon gebracht worden war. Wenn sich nun der dicke Senhor Alves daraufsetzte? Der Stuhl würde doch unter dieser Last zusammenbrechen!
»Miranda!«
Das Mädchen kam aus dem Nebenraum.
»Ja, Sinhá Vitória?«
»Sorg dafür, dass dieses klapprige Möbel hier weggeschafft wird. Hier, siehst du?«
Vitória ließ sich mit Schwung auf das dunkelrote Samtpolster fallen und juckelte auf dem Stuhl herum, der Besorgnis erregend knackte und knarzte.
»Er ist fast völlig aus dem Leim. Der Stuhl trägt ja schon mich

kaum. Stell dir vor, was passiert, wenn sich Senhor Alves darauf niederlässt.«

Miranda kicherte. »Das geschähe ihm ganz recht.«

»Bitte!« Aber Vitória konnte sich ein Lächeln nicht verkneifen. Ja, das geschähe ihm ganz recht. »Wahrscheinlich wird er sowieso nicht sehr oft sitzen – die meiste Zeit wird er am Büfett verbringen. Trotzdem, der Stuhl muss weg. Sag Humberto Bescheid, er soll ihn mit in die Tischlerei nehmen. Vielleicht schafft er es ja sogar noch, ihn bis übermorgen wieder zu reparieren.«

Miranda nickte und ging. In diesem Augenblick hörte Vitória draußen die Kutsche vorfahren. Sie raffte ihren Rock und lief so schnell sie konnte zur Tür.

Joana wirkte von der Reise etwas mitgenommen, strahlte aber übers ganze Gesicht, als sie Vitória sah. Auch Pedro freute sich, wieder auf Boavista zu sein.

»Joana, Pedro, endlich! Wundert euch nicht darüber, wie es hier aussieht. Wir haben das ganze Haus auf den Kopf gestellt, um für den großen Ansturm gewappnet zu sein«, erklärte Vitória, während sie den beiden vorausging.

Als sie im Salon ankamen, sank Joana auf einen der Stühle, die an der Wand aufgereiht waren, und sah sich mit großen Augen um. »Das ist … umwerfend! Von außen ist Boavista schon beeindruckend, aber es bereitet einen nicht darauf vor, was einen hier drinnen erwartet. Ich hatte mir das Ganze viel rustikaler vorgestellt.«

Ihr Blick glitt über die elegant tapezierten Kassettenwände und den filigran gearbeiteten Stuck zu der prachtvollen Rosette, in deren Mitte ein gigantischer Kronleuchter hing. Dann beugte sie sich nach vorn, um durch die geöffnete Tür in den angrenzenden Raum zu sehen. »Fantastisch!« Joana stand auf, ging nach nebenan ins Esszimmer und staunte auch dort. In den Kassetten der Wände hingen, anders als im Salon, keine isolierten, gerahmten Gemälde, sondern sie waren mit Trompe-l'oeil-Malereien verziert, die idyllische Land- und Jagdszenen in pastelligen Tönen zeigten. Dieser Wandschmuck verlieh dem Raum etwas Verträumtes, Märchenhaftes.

»Normalerweise sieht das alles ganz anders aus«, sagte Vitória. »Warte erst ab, bis du den Raum in seinem eigentlichen Zustand kennen lernst. Jetzt, mit den zusammengerollten Teppichen und den wüst zusammengewürfelten Stühlen und den ungedeckten Tischen, bietet das Ganze ja einen eher trostlosen Anblick.«
»Aber nein, überhaupt nicht.« Joana hatte offensichtlich die Erschöpfung von der Reise bereits vergessen, denn sie drehte sich übermütig im Kreis und ließ ihren Rock dabei hochfliegen. »Ach, Vita, ich kann es gar nicht fassen, dass ich eines Tages die Herrin eines so noblen Hauses sein werde!«
Was?! Hatte sie das richtig verstanden? Vitória starrte Joana mit offenem Mund an. Natürlich, so weit hatte sie noch gar nicht gedacht: Irgendwann wäre Pedro der Herr von Boavista, und seine Frau hätte hier das Sagen. Sie, Vitória, die auf der Fazenda aufgewachsen war, die sich jahrelang um alles gekümmert hatte, die Boavista von ganzem Herzen liebte, würde dann zu einer Randfigur degradiert werden. Als verheiratete Frau wäre sie als Besucherin willkommen, als ledige Schwester und Schwägerin würde man sie hier bestenfalls dulden, wenn sie die Pflege der alten Eltern übernahm.
»Vita, es tut mir Leid. Mir ist das so herausgerutscht. Ich …«
»Schon gut, Joana. Du hast ja Recht. Ich hatte nur noch nie darüber nachgedacht, und der Gedanke ist für mich ebenso neu und unfassbar wie für dich. Aber Boavista ist ja groß genug für uns alle.«
War es das wirklich? Sicher, Platz genug war vorhanden. Und an Arbeit mangelte es ganz gewiss nicht, sodass jeder seine Nische finden konnte.
Aber wollte sie das? Wollte sie Pedro und seiner Frau, so gern sie die beiden auch leiden mochte, die Macht überlassen? Wollte sie sich ihnen unterordnen, so wie sie sich jetzt dem Willen ihres Vaters fügen musste?
»Voilà, ein Glas Limonade!« Pedro riss sie aus ihren trübsinnigen Gedanken.

»Da du uns nichts zu trinken angeboten hast, habe ich mich dieser Pflicht angenommen. Auf uns!«
»Auf uns«, wiederholten Joana und Vitória wie aus einem Mund. Sie lächelten einander an.
»Ich denke, das wird nicht die einzige Übereinstimmung gewesen sein«, sagte Joana und zwinkerte Vitória zu.
Pedro hatte zwar den Eindruck, dass die beiden jungen Frauen über etwas sprachen, das ihn nichts anging, doch er pflichtete seiner Verlobten bei: »Ganz gewiss nicht. Ihr ähnelt euch viel mehr, als ihr ahnt.«
Taten sie das? Und ob das gut so war? Doch bevor Vitória über die tiefere Bedeutung dieser Feststellung nachgrübeln konnte, kam Miranda in den Raum gestürzt.
»Schnell, Sinhá! Das Eis kommt!«

Nach dem Abendessen, bei dem die Familie über weitere Details der Feier diskutiert hatte, gingen Joana und Vitória zeitig auf ihr Zimmer. Sie wollten sich gegenseitig ihre Kostüme vorführen und überprüfen, ob daran noch irgendetwas verbesserungswürdig war.
Joana zog eine endlose Stoffbahn aus goldfarbener Seide aus ihrem Koffer und wickelte sie sich um den Körper.
»Du willst doch nicht als Haremsdame gehen, oder?«, fragte Vitória. »Ich glaube, damit würdest du bei Dona Alma keinen sehr guten Eindruck machen.«
»Nein, warte ab.« Joana legte die Seide um ihren Kopf, dann ging sie zum Frisiertisch. »Hast du etwas Lippenrot?«
»Ja, in dem silbernen Tiegel rechts neben dem Spiegel.«
Als Joana sich wieder umdrehte, erkannte Vitória das Kostüm. Joana hatte sich einen roten Punkt auf die Stirn gemalt, gleich oberhalb der Nase.
»Ihr geht als Maharani und Maharadscha!«
»Du hast es erraten. Wenn ich zu dem Sari die Sandalen und den Goldschmuck trage und mir die Augen schwarz umrande, wirst du mich für eine echte Inderin halten. Und Pedro mit seinem Turban und dem Säbel wirkt erst recht wie ein waschechter Maharadscha.«

»Wunderbar! Wie seid ihr darauf gekommen?«
»Wusstest du nicht, dass meine Familie früher in der Kolonie Goa gelebt hat? Wir haben zu Hause eine ganze Kiste voll mit Kleidung, Zierrat, Schmuck, Musikinstrumenten und Nippes aus Indien. Meine Eltern kommen auch in indischen Verkleidungen.«
Vitória war neugierig auf Joanas Eltern, Pedros zukünftige Schwiegereltern. Sie würden morgen anreisen und ebenfalls auf Boavista übernachten. Noch viel gespannter war sie allerdings auf ein paar andere Gäste. Besser gesagt, auf einen.
»Wen habt ihr denn sonst noch eingeladen, du und Pedro? Kenne ich jemanden davon?«
»Pedros Freunde werden kommen, die kennst du ja bereits. Ich selber habe außer meiner Familie nur zwei ganz enge Freunde eingeladen. Meine älteste Freundin Gabriela sowie meinen Nachbarn Conrado, mit dem ich praktisch zusammen groß geworden bin. Ich bin sicher, dass du beide mögen wirst.«
»Habt ihr auch León Castro eingeladen?«
»Ja, warum?«
»Ach, nur so. Ich lese viel von ihm in der Zeitung, er vertritt ziemlich revolutionäre Ideen.«
Joana schmunzelte. »Du verschweigst mir etwas, oder?«
Vitória drehte Joana den Rücken zu und tat so, als fessele etwas im Kleiderschrank ihr ganzes Interesse. »Nein.«
»Lass nur. Ich habe ja gar kein Recht, so in dich zu dringen. Aber wenn du jemanden brauchst, der dir zuhört und der sehr verschwiegen ist, dann kannst du jederzeit zu mir kommen.«
Mit einem Ruck drehte Vitória sich um und sah Joana in die Augen. »Wird er die Schwarze Witwe mitbringen?«
»Nun ja, zuzutrauen wäre es ihm. Aber nein, ich glaube nicht, dass er das tut. Ich bin mir sicher, dass er seine ungeteilte Aufmerksamkeit dir allein schenken möchte.«
»Wie …?«
»Wie ich darauf komme, liebe Vita? Ich habe euch im Theater beobachtet. Es war wirklich nicht zu übersehen, dass der Mann dir mit Haut und Haaren verfallen ist.«

Himmel! Hatten die anderen das etwa auch bemerkt? Alle, nur sie selber nicht? Und stimmte es überhaupt? Vielleicht war Joanas Fantasie mit ihr durchgegangen, vielleicht gehörte sie zu jenen Frauen, die immer und überall romantische Verwicklungen zu sehen glaubten, selbst dort, wo nicht ein Hauch davon vorhanden war?

Joana schien ihre Gedanken lesen zu können. »Nein, das habe ich mir nicht eingebildet. Und keine Sorge, die anderen waren zu sehr mit sich selbst beschäftigt, als dass sie etwas hätten merken können.«

»Wenn es nur wahr wäre«, flüsterte Vitória, und weder sie selbst noch Joana hatten den geringsten Zweifel daran, dass sich das nicht auf die eventuelle Mitwisserschaft anderer bezog.

Der dicke Senhor Alves und seine nicht minder korpulente Frau kamen als Erste. Sie hatten sich als Hänsel und Gretel verkleidet und sahen mit ihren rot bemalten Bäckchen und mit ihren Zipfelmützen noch alberner aus als in normaler Kleidung. Zumindest, musste Vitória zugeben, hatten sie Mut zur Hässlichkeit, und an guter Laune mangelte es den beiden auch nicht. Wahrscheinlich hatten sie sich schon zu Hause und auf dem Weg hierher jedes Mal vor Lachen ausgeschüttet, wenn sie sich ansahen.

»Hänsel, Gretel, willkommen! Hier müsst ihr nicht länger hungern, ihr habt das Knusperhäuschen gefunden – und die Hexe ist nicht zu Hause!«, empfing Vitória die Gäste.

»Gibt es denn auch ein Tässchen Kaffee, oder hängt alles noch am Strauch?«, fragte Senhor Alves und beäugte die Kirschen an Vitórias Rock.

»Nun tretet doch ein«, drängte Dona Alma, die ebenfalls am Eingang stand, um die Gäste zu begrüßen. Sie hatte sich als Zarin kostümiert und mit dem Hermelin, unter dem sie in der Sommerhitze einzugehen drohte, auch die stolze Haltung einer russischen Herrscherin angenommen. Sie hatte keinen Sinn für die Art von Humor, die die Eheleute Alves an den Tag legten. Wenn es nach ihr gegangen wäre, hätte das Fest unter einem Motto gestanden, das einen jeden Gast dazu zwang, sich fürstlich herauszuputzen.

Ein Schwarzer, der, wie alle anderen Sklaven auch, als Mohr verkleidet worden war – alle trugen rot-grüne Turbane, rote Schnabelschuhe, grüne Pluderhosen und ein rot-grün gestreiftes Wams –, kam mit einem Tablett vorbei, auf dem mit Champagner, Wein, Wasser und Fruchtsäften gefüllte Gläser standen. Die Alves nahmen sich je ein Glas Champagner und prosteten sich sowie ihren Gastgebern zu. Dann entdeckten sie das Büfett, das sie sogleich begutachteten.

»Diese Leute sind schrecklich«, beschwerte sich Dona Alma. »Ich kenne sie seit fast dreißig Jahren, und sie werden von Jahr zu Jahr infantiler.«

»Mãe, es ist Karneval. Lassen Sie sie doch.«

Zum Glück nahmen in diesem Moment Esmeralda und ihr Glöckner, deren wahre Identität Vitória nicht auf Anhieb erkannte, Dona Alma in Beschlag. Und dann kamen, wie auf ein heimlich verabredetes Signal hin, plötzlich alle auf einmal. Eufrásia, als Madame Pompadour verkleidet, mit ihrem Sonnenkönig Arnaldo; Rogério, der als Christopher Columbus eine ausgesprochen gute Figur machte; die Witwe Almeida als älteste und hässlichste Cinderella, die man sich nur denken konnte; Edmundo, der das einzig Schöne an ihm, seinen schlanken Körper, unter einer Mönchskutte verbarg; João Henrique de Barros nebst seinem Vater, die beide als portugiesische Fregattenkapitäne auftraten; Florinda, eine Bekannte aus Schulzeiten, die sich als Johanna von Orléans verkleidet hatte; der Notar Rubem Leite mit seiner Frau, er in Ritterrüstung, sie als Burgfräulein; die Sobrals, die sich und ihre vier halbwüchsigen Kinder, passend zu ihrer Säulenvilla, wie eine Familie aus dem nordamerikanischen Virginia der Dreißigerjahre kostümiert hatten; Pedros Vorgesetzter, der *comissionista* Fernando Ferreira, als hängebackiger Musketier; Rubem Araújo und seine schwangere Frau Isabel, beide als arabische Scheichs gewandet, wohl um von ihrem Zustand abzulenken; der Arzt Doutor Vieira in der einfallsreichen Verkleidung eines Arztes, aber immerhin eines mittelalter-

lichen; Aaron Nogueira, der sich einigermaßen überzeugend als Chinese zurechtgemacht hatte; und Pedros Kollege Floriano de Melo mit seiner Frau Leonor als ärmere, aber zumindest historisch korrekte Ausgabe von Ludwig XV. und Madame Pompadour.
Es war ein riesiges Durcheinander, aber alle waren bester Laune, und die wirre Mischung an Verkleidungen sorgte allenthalben für große Belustigung. Vitória hatte als Kaffeestrauch das mit Abstand aufwändigste und fantasievollste Kostüm, und sie wurde mit Komplimenten überhäuft. In dem allgemeinen Trubel fiel niemandem auf, dass sie allmählich nervös wurde.
Himmel, sie war wirklich eine dumme Gans! Sie hatten für acht Uhr eingeladen, und jetzt war es gerade mal neun. Es fehlten noch diverse Gäste, es gab also keinerlei Grund zur Beunruhigung. Richtig gut würde das Fest sowieso erst später werden, wenn alle gegessen und genügend Alkohol konsumiert hatten, wenn die Alten sich zurückzogen und das Jungvolk endlich hemmungslos tanzen und flirten konnte.
»Vita, du bist ein hinreißender Kaffeestrauch! Aber gib zu, dass ich auch nicht schlecht bin – jedenfalls deutlich eleganter als diese Senhora de Melo.«
»Du siehst hinreißend aus, Eufrásia. Und Arnaldo sieht unwahrscheinlich lebendig aus.«
»Wie, lebendig?«
»Wusstest du nicht, dass der Sonnenkönig, Ludwig XIV., schon lange tot war, als Madame de Pompadour zur königlichen Mätresse wurde? Zu der seines Sohnes …«
»Was spielt das schon für eine Rolle? Hauptsache, wir sehen gut aus, nicht wahr? Apropos: Wer ist dieser Bursche in dem verrückten Kostüm mit den Flügeln? Er ist unglaublich attraktiv.«
»Das ist Carlos, der Bruder meiner Schwägerin in spe. Er ist Ingenieur und macht Flugexperimente. Stell dir das mal vor: Der Mann ist hoch gebildet, glaubt aber trotzdem daran, dass der Mensch eines Tages fliegen kann – in Flugmaschinen.«
»Was für ein Spinner! Tja, wenn ich es mir recht überlege, finde ich ihn gar nicht so aufregend.« Eufrásia nippte an ihrem Glas und

warf Vitória einen durchdringenden Blick zu. »Ich weiß nicht, du bist heute anders als sonst. Sollte heute etwa der Tag sein, an dem Columbus den unbekannten Kontinent betreten wird?«
»Ich weiß nicht, was Columbus plant. Aber die exotischen Pflanzen haben sicher nicht vor, sich ausgerechnet heute von ihm entdecken zu lassen.«
»Na, dann nicht. Aber ich an deiner Stelle würde Rogérios Drängen allmählich nachgeben. Ihr seid doch praktisch schon Mann und Frau, jeder im Vale weiß, dass ihr füreinander bestimmt seid und heiraten werdet. Man braucht euch nur beim Tanzen zuzusehen.«
»Rede nicht so einen Unsinn, Eufrásia. Ich tanze gern mit ihm, ja, aber deswegen muss ich ihn doch nicht gleich heiraten.«
»Weißt du einen besseren? Einen schöneren, klügeren und reicheren Mann, der noch dazu so unsterblich verliebt in dich ist?«
»Vielleicht.«
»Was heißt hier vielleicht? Sag bloß, du denkst immer noch an diesen León?«
»Vielleicht.«
»Oh, Vita! Ich kann nicht glauben, dass du so dumm bist!«
»Glaub, was du willst.«
»Was habt ihr zwei da zu tuscheln? Kommt lieber mit ins Zelt, da geht es hoch her.« Florinda hatte sich von hinten herangepirscht, und Vitória hoffte inständig, dass sie nichts von dem Gespräch gehört hatte. Florinda war die schlimmste Klatschbase der Gegend.
»Kommt schon, sonst verpassen wir noch das Beste«, forderte sie ihre beiden alten Schulfreundinnen auf. »Dort ist ein Sklave aufgetaucht, in schmutziger Arbeitskleidung und mit blanken Füßen, der sich am Champagner gütlich tut. Rogério und Arnaldo haben versucht, ihn hinauszuwerfen, aber er behauptet steif und fest, eingeladen worden zu sein. Vielleicht gibt es gleich eine Schlägerei«, frohlockte Florinda.
Vitória ahnte, wer der Unruhestifter war. Nur León war kaltschnäuzig genug, auf einem Fest, das von Fazendeiros bevölkert war, als Sklave aufzutreten. Aber wie war er überhaupt unbemerkt

in das Zelt gelangt? Konnte er sich nicht, wie alle anderen Gäste auch, an der Tür melden und zuerst die Gastgeber begrüßen?
Als Eufrásia, Florinda und Vitória das Festzelt erreichten, hatte sich der Fall bereits aufgeklärt. Pedro hatte den »Sklaven« als León Castro identifiziert, und Arnaldo, Rogério, Pedro und León standen nun einträchtig beisammen und tranken ein Glas auf das Missverständnis. Rogério fand die Episode urkomisch, er lachte lauthals und klopfte León für den gelungenen Streich auf die Schulter. Arnaldo dagegen, Eufrásias Verlobter, sah konsterniert aus.
»Wie kann man nur auf die dämliche Idee kommen, sich als Sklave zu verkleiden!«, erregte er sich.
»Sonnenkönig, sind wir in Eurem Glanze nicht alle nur Sklaven?«, versuchte Pedro die Diskussion zu beenden. »Ah, da kommt ja auch die Mätresse Eures Sohnes, sie wird Euch zu besänftigen wissen.«
Arnaldo verstand die Anspielung nicht, begriff aber, dass Eufrásia gemeint war. Seine Gesichtszüge entspannten sich.
Die anderen Männer blickten nun ebenfalls in die Richtung, aus der die drei Freundinnen sich näherten. Rogério straffte die Schultern, Pedro nickte ihnen freundlich zu. Nur León änderte nichts an seiner Haltung oder seiner Miene. Erst als Vitória auf ihn zuging und ihm die Hand reichte, ließ er sich zu einem Lächeln herab.
»Senhor Castro, Sie haben wirklich noch schlechtere Manieren als ein Feldsklave. Oder ist das Teil Ihrer Kostümierung?«
»Sinhazinha, ich sehe ein, dass es äußerst unhöflich war, mit den Herren anzustoßen, ohne Sie zuvor begrüßt zu haben. Aber ich konnte mir diesen kleinen Scherz einfach nicht verkneifen. Verzeihen Sie mir?«
Vitória ließ sich eine Sekunde zu viel Zeit mit ihrer Antwort.
»Natürlich verzeiht sie Ihnen. Vita, stellst du uns nun endlich diesen herrlichen Sklaven vor? Wo zum Teufel hast du ihn gekauft?«, drängelte sich Eufrásia zwischen die beiden.
León lachte und gab Eufrásia die Hand. Vitória machte die beiden

miteinander bekannt, dann stellte sie León auch Florinda vor, die die ganze Szene sprachlos verfolgt hatte. Was für ein Bild von einem Mann! Und ihre beiden Freundinnen führten so frivole Gespräche mit ihm!

»Auf diesen Schreck haben wir uns alle eine kleine Stärkung verdient. Kommt mit zum Büfett, solange Senhor Alves noch nicht alles geplündert hat«, forderte Pedro die Gruppe auf.

Auf dem Weg zu dem langen Tisch, auf dem sich die erlesensten Delikatessen türmten, mussten sie sich durch die Menschenmenge schlängeln, sodass die Gruppe zersplitterte. Rogério und Pedro gingen voran, etwas abgeschlagen folgten Arnaldo und Florinda, argwöhnisch beäugt von Eufrásia, die ihren Verlobten ungern allein in der Gesellschaft anderer Frauen ließ. Aber diesmal hatte sie keine andere Wahl, wollte sie nichts von dem verpassen, was zwischen Vita und León vorging. Sie ging unmittelbar hinter den beiden her, konnte aber nicht verstehen, was León sagte, als er sich zu Vitória hinabbeugte.

Vitória hatte keinen Appetit mehr. Seit Tagen schon hatte sie sich auf das Gelage gefreut, sich in den Genuss von Fasan, Wildterrinen, Kalbsragout, Fischsülze und Filetspitzen hineingesteigert, sich den Duft von Steinpilzsuppe, Gemüserisotto, Maispuffern und Maniokpüree ausgemalt und von Himbeersoufflés, Schokoladentorten, Zimtcrêpes und Vanillecreme halluziniert. Und jetzt brach ihr schon beim Anblick der überreich beladenen Tafel der kalte Schweiß aus. Sie würde keinen Bissen herunterbringen, nicht solange León in ihrer Nähe war und ihr Puls derartige Kapriolen schlug.

»Vita, lassen Sie uns von hier verschwinden«, hatte er ihr zugeraunt.

Nichts lieber als das – aber wie? Eufrásia hing an ihnen wie eine Klette, und als Gastgeberin konnte Vitória sich nicht einfach verdrücken. Doch dann tauchte Joana auf und lieferte Vitória und León einen Vorwand, das Zelt zu verlassen. »Deine Mutter sucht dich überall.«

»Ah, die schöne Dona Alma. Vitória, darf ich Sie begleiten, um endlich auch Ihrer Frau Mama guten Tag zu sagen?«, hatte León scheinheilig gefragt.
Und schon waren sie weg, während Eufrásia, von Joana in ein Gespräch über die neueste Frisurenmode verwickelt, ihnen verblüfft hinterhersah.
In dem überdachten Gang zum Haupthaus nahm León Vitórias Hand und bog von dem durch Fackeln markierten Weg ab. Hand in Hand schlichen sie über den Hof, der zu dieser Zeit menschenleer war. Vitória erschien es, als knirschten ihre Schritte auf dem sandigen Grund so laut, dass sie bis ins Haus zu hören waren. Ihr Herz klopfte bis zum Hals. Als sie den Kräutergarten erreichten, war um sie nichts als tiefschwarze Nacht. Der Fackelschein reichte nicht bis hierher, und vor den Mond hatten sich dicke Regenwolken geschoben. Die Luft war schwül und getränkt vom Duft nahenden Regens und üppig grünender Natur.
»Hoffentlich fängt es nicht zu regnen an«, sagte Vitória und kam sich dabei unglaublich dumm vor.
»Wollen Sie wirklich mit mir übers Wetter reden? Ich habe eine bessere Idee.« Damit löste er sich von Vitória und ging zu einem Pflanzkübel. »Ah, gerade noch rechtzeitig.« León zog hinter dem Kübel eine Flasche Champagner hervor und befühlte sie. »Nicht mehr eiskalt, aber genießbar.«
Vitória sah ihm staunend zu. Er hatte an alles gedacht. Er zauberte zwei Gläser hervor, entkorkte die Flasche und schenkte ihnen ein.
»Auf das bezauberndste Gewächs der Welt!«
»Auf den unbezahlbarsten Sklaven der Welt.«
Sie stießen miteinander an und sahen sich tief in die Augen. Keiner von beiden wagte, diesen magischen Moment durch Reden zu zerstören. Vitória wandte den Blick zuerst ab. Sie betrachtete ihr Glas, dann trank sie es in einem Zug aus. León lächelte sie nachsichtig an, sagte aber noch immer kein Wort. Sie hielt ihm das Glas hin, damit er es auffüllen möge. Schweigend kam er ihrer unausgesprochenen Bitte nach, weiter vor sich hin schmunzelnd.
»León …«

Er schüttelte den Kopf, als wundere er sich über das ungezogene Verhalten eines Kindes, das ein Gespräch von Erwachsenen unterbricht, dabei aber durch seine unschuldige Art keinerlei Zorn hervorruft. Er stellte sein Glas auf dem Boden ab, griff mit beiden Händen nach Vitórias Augenmaske und nahm sie ihr behutsam ab. Einige Sekunden schien er wie hypnotisiert von den Augen, die ihn, halb ängstlich, halb herausfordernd, fixierten.

»León …«

»Schsch.« Diesmal hielt er ihr den Zeigefinger vor den Mund, um sie am Weiterreden zu hindern. Dann zog er sie zu sich heran und gab ihr einen Kuss.

Und was für einen! Vitória durchliefen heiße und kalte Schauer bei dem Druck seiner Lippen auf ihren. Sie schloss die Augen und gab sich ganz seiner Umarmung hin, dem festen Griff seiner Hände um ihre Taille und an ihrem Rücken. Wie eine Ertrinkende schlang sie ihre Arme um ihn und wünschte sich, dass dieser Moment ewig währte. Kein Mann hatte sie je zuvor so geküsst, bei keinem hatte sie je dieses Bedürfnis verspürt, sich fallen zu lassen und sich ihm ganz auszuliefern. Vitórias Beine fühlten sich wacklig an, nie zuvor hatte sie sich so schwach gefühlt – und zugleich so stark!

Sie spürte, wie Leóns Hand ihren Hals hinaufwanderte, um mit ihrem Haar zu spielen. Er würde die Frisur ruinieren, aber es war ihr völlig gleich. Ihre Kopfhaut kribbelte unter der Berührung.

Mit einem Ruck löste sich Vitória aus der Umarmung. Sie hatte Schritte gehört.

»Was …?«

Diesmal war sie es, die ihm mit einer Geste bedeutete, zu schweigen. Sie horchte angestrengt, doch es war nichts mehr zu hören.

»Mir war so, als bekämen wir Gesellschaft«, sagte sie leise zu León. »Lassen Sie uns lieber wieder zurückgehen.«

»Wie grausam Sie sind. Gerade wollte ich von Ihren köstlichen Früchten naschen.«

»Oh, aber es ist noch lange keine Erntezeit.«

»Und mir erschien es, als seien sie überreif.«

Zum Glück konnte León in der Dunkelheit nicht sehen, wie Vitória errötete.
»Ich erlaube Ihnen aber, nachher mit mir zu tanzen. Kommen Sie jetzt.«
»Warten Sie.« León hielt Vitória, die bereits gehen wollte, an der Hand zurück. »Ich habe noch ein Geschenk für Sie.« Er griff unter sein grobes Leinenhemd und zog eine Kette hervor, von der er einen Anhänger löste. Er gab ihn Vitória. Sie nahm das Stück wortlos entgegen und versuchte, im Dunkeln zu erkennen, um was es sich handelte.
»Was ist das?«
»Sehen Sie es sich bei Licht an. Ich will Ihr Gesicht sehen, wenn Sie es erkennen.«
»Dann wollen wir uns beeilen. Ich brenne vor Neugier.«
Vitória lief zurück, so leise wie sie gekommen war. León folgte ihr lautlos. Als sie sich dem Haus näherten, hörten sie von dort Beifall aufbranden. O nein, sie hatten die offizielle Bekanntgabe von Pedros Verlobung verpasst!

Zurück auf dem Fest, konnte sie nicht fassen, was sie wenige Minuten zuvor erlebt hatte. Die plötzliche Intimität zwischen ihr und León wollte ihr wie ein Traum erscheinen. Monatelang hatte sie ihn nicht gesehen – und dann kommt er einfach daher und küsst sie, als sei es das Natürlichste der Welt. Und vielleicht war es das auch. Waren sie nicht im Geiste schon lange ein Liebespaar? Wie oft hatte sie sich ausgemalt, wie er sie in seine muskulösen Arme nahm, wie seine kräftigen Hände sanft über ihre Haut strichen, wie sein Blick sie von Kopf bis Fuß liebkoste? Zugegeben, in ihrer Fantasie waren ihre Begegnungen scheuer gewesen, zaghafter. Da hatte es zuvor vieler verstohlener Berührungen und subtiler Andeutungen bedurft, bevor an weitere Vertraulichkeiten überhaupt zu denken war, und vieler kleiner Zeichen der Verliebtheit, bevor ein Kuss in greifbare Nähe rückte.
Nun war es anders gekommen. Aber es machte Vitória nichts aus. Wenn er so um sie geworben hätte, wie sie es sich unter anderen

Umständen erhofft hatte, dann wären sie heute noch nicht über ein flüchtiges Tätscheln der Hand hinaus. Sie sahen sich so selten, und sie hatten so wenig Gelegenheit, allein miteinander zu sein, dass León gut daran getan hatte, sie einfach zu überfallen.
Die Musik, die vielen Menschen in ihren farbenprächtigen Kostümen und das helle Licht holten Vitória zurück in die Realität. Pedro und Joana hatten den Tanz eröffnet, allmählich gesellten sich auch andere Paare zu ihnen. Eduardo und Dona Alma als Zarenpaar boten einen erfreulichen Anblick, und in den Armen ihres Mannes schien Dona Alma auf wundersame Weise von ihrem Gebrechen genesen. Sie tanzte wie eine junge Frau und bewegte sich voller Anmut. Der Zar sah seine Zarin so verzückt an, dass Vitória sich beinahe dafür schämte. Wie konnten ihre Eltern so verliebt tun? Das war für Leute ihres Alters weiß Gott unschicklich.
Sie ging zu einem Grüppchen von Leuten, in dem auch Aaron stand. Der Arme, sie hatte ihn sträflichst vernachlässigt, dabei verfolgte er sie schon den ganzen Abend mit seinen Blicken.
»Aaron, endlich komme ich dazu, mich Ihnen zu widmen! Was gibt es Neues aus dem Reich der Mitte?«
»Aber Vita, wissen Sie denn nicht, dass ich ein Chinese aus Kalifornien bin? Das Geburtsland meiner Ahnen habe ich nie gesehen.«
»Das ist tragisch.«
»Wie steht's, haben Sie Lust auf ein Tänzchen, um mich meine traurige Entwurzelung vergessen zu machen?«
»Liebend gern.«
Aaron konnte sein Glück kaum fassen. Vitória schenkte ihm die Gunst des ersten Tanzes! Er nahm sie bei der Hand und führte sie zur Tanzfläche. Sie gaben ein komisches Paar ab, der Chinese mit seinem langen schwarzen Zopf und der schillernde Kaffeestrauch, doch sie harmonierten gut miteinander. Aaron war nicht gerade der geborene Tänzer, aber er hielt den Takt und führte sie sicher. Vitória sah immer wieder zu ihren Eltern hinüber, die sie umgekehrt nicht wahrnahmen. Mein Gott, gleich würden sie sich womöglich noch küssen!

Als die Kapelle ein neues Lied spielte, kam Rogério auf sie zu. »Sie erlauben?«, sagte er zu Aaron und löste ihn ab.
Ah, was für ein Unterschied! In Rogérios Armen fühlte sie sich leicht wie eine Feder, und er wirbelte sie so temperamentvoll herum, dass sie um sich herum nichts anderes mehr wahrnahm als eine endlose Spur verwischter Farben, die immer schneller an ihr vorbeizog.
»Sind sie nicht ein wunderbares Paar?«, fragte Eufrásia ihren Arnaldo bedeutungsschwanger, in der Hoffnung, er möge sie auch so schwungvoll über den Tanzboden gleiten lassen. Aber der Sonnenkönig war bereits betrunken und konnte sich kaum mehr auf den Beinen halten.
»Ja, wie füreinander geschaffen«, antwortete Florinda statt seiner. Sie stand gleich hinter den beiden und versteckte sich vor den Herren, die auf die Idee kommen könnten, sie zum Tanzen aufzufordern. Nicht, dass es deren allzu viele gewesen wären, wie sie bedauernd feststellte.
Nach diesem Tanz legte Vitória eine Pause ein. Ihr war furchtbar warm, und sie hatte Durst. Wie auf Kommando kam Edmundo herbeigeeilt und brachte ihr ein Glas Champagner.
»Vita, trink einen Schluck. Du siehst ganz erschöpft aus.«
Vitória kicherte. Hatte er bei dem letzten Fest nicht dasselbe gesagt? Und bei dem davor auch? Sie nahm das Glas und trank so gierig, dass sie sich beinahe verschluckte. Himmel, sie musste sich wirklich ein bisschen beherrschen. Sie wollte das Fest noch ein wenig länger genießen, es war schließlich ihr Geburtstag.
»Kommen Sie!«, hörte sie plötzlich León sagen. Wie hatte er sich schon wieder unbemerkt heranschleichen können? Der Mann hatte eindeutig etwas Katzenhaftes. Er nahm ihr das Glas aus der Hand, stellte es auf dem nächstgelegenen Tischchen ab und lächelte sie an. »Ich will mit Ihnen tanzen, solange Sie dazu noch in der Lage sind.«
Edmundo sah den beiden verletzt nach. Doch was er dann beobachtete, versöhnte ihn ein bisschen mit der eben erfahrenen Demütigung. Der Mann tanzte mit Vitória so göttlich, dass Rogé-

rio daneben wie der letzte Stümper wirkte. León hatte Vitória enger an sich herangezogen, als es schicklich war, so eng, dass die beiden im Takt der Musik zu einer Einheit verschmolzen. Nicht einmal ihre Aufmachung, die entgegengesetzter kaum sein konnte, änderte daran etwas. León, barfüßig und in Lumpen, presste Vitória, von Kopf bis Fuß aufs Prächtigste geschmückt, mit solcher Inbrunst an sich, dass es nicht nur ihr den Atem raubte, sondern auch den Zeugen dieses skandalösen Tanzes.

Die älteren Herrschaften waren unangenehm berührt – mit seiner ausgefransten Hose, die ihm nur knapp über die Wade reichte, und dem zerschlissenen Hemd, das zwei Drittel seiner Brust sehen ließ, war der Mann ja halb nackt! Eufrásia dagegen erregte der Anblick dieses Paars – einen Tanz, der eine so animalische Vitalität, eine so unverhüllte Begierde ausstrahlte, hatte sie nie zuvor gesehen. Joana war hingerissen – endlich bekannten sich die beiden öffentlich zu ihren Gefühlen füreinander, wenngleich sie dafür eine recht schonungslose Art gewählt hatten. Und Aaron war schlicht betäubt von der Wucht, mit der er die simple Wahrheit erkannte: Vitória und León waren füreinander bestimmt.

X

Die Feier wurde ein grandioser Erfolg – zumindest für die Gäste. Selbst im Vale, in dem Opulenz und Luxus zu Hause waren, würde dieses Fest allen noch lange in Erinnerung bleiben. Waren Speisen und Getränke, Musik, Unterhaltung, Dekoration und Kostüme schon vom Allerfeinsten gewesen, so war der Gesprächsstoff, den man geboten bekommen hatte, der aufregendste seit langem. Wie oft erlebte man es schon, dass eine Sinhazinha sich vor allen Gästen derartig gehen ließ, noch dazu in den Armen eines Mannes, den kein Kaffeebaron freiwillig in sein Haus lassen würde? Wie oft wurde man Zeuge einer so flammenden Rivalität zweier Männer um die Gunst einer schönen Frau? Rogério Vieira de Souto hätte sich immerhin beinahe mit León Castro geschlagen, wenn der es zugelassen hätte und wenn nicht seine Freunde eingeschritten wären. Herrlich!

Aber andere hatten für nicht minder spannenden Klatsch gesorgt: die Verlobte von Pedro da Silva – was für ein blasses Geschöpf! Dann die Tochter des Pleitiers Soares – sie hatte das Fest mit ihrem Verlobten verlassen, und zwar allein und nicht in Begleitung der Eheleute Pereira, mit denen die beiden zuvor gekommen waren. Für ein anständiges Mädchen war ein solches Verhalten absolut undenkbar! Und erst die Gastgeberin selber, Dona Alma, die mit Senhor de Barros ebenso schamlos geflirtet hatte wie mit ihrem Mann – nun ja, von irgendwem musste es die Tochter ja haben.

»Himmel, solche Kopfschmerzen hatte ich noch nie!«

Vitória lag im Bett und beobachtete Joana dabei, wie sie sich frisierte. Ihre Blicke trafen sich im Spiegel. Joana sah rosig und wach aus, während Vitória verquollene Augen hatte und mit einem Anfall von Übelkeit kämpfte.

»Ich lasse dir von Miranda einen Eisbeutel bringen«, sagte Joana, während sie aufstand und die Gardinen aufzog.

»O Gott, mach sie bloß wieder zu!«
Das grelle Sonnenlicht tat Vitória in den Augen weh. Und es rief ihr die vergangene Nacht wieder in Erinnerung. Nein, viel lieber wollte sie noch liegen bleiben, sich im Schutz des Dämmerlichts noch eine Weile vor dem drücken, was sie unweigerlich erwartete, wenn sie aufstand. Was hatte sie getan?!
»Es nützt dir gar nichts, wenn du dich krank stellst. Du kannst die Ereignisse nicht rückgängig machen – also stell dich den Konsequenzen lieber sofort, dann hast du es hinter dir.«
»Sei so lieb und lass mich noch ein bisschen weiterschlafen, ja?«
Vitória drehte sich um und zog sich das Laken über den Kopf. Sie war nicht in der Stimmung, sich Joanas Ratschläge anzuhören. Erst als sie die Tür zufallen hörte, schob sie das Betttuch wieder von sich. Sie schwitzte, und sie war sich nicht sicher, ob allein die Hitze daran schuld war. Sie wand sich innerlich vor Scham. Ausgerechnet jetzt, wo das Haus voller Leute war, denen man sich von seiner besten Seite zeigen sollte, musste sie sich aufführen wie ein billiges Flittchen. Was sollten Joanas Eltern denken? Und die Esteves, die ebenfalls auf Boavista geschlafen hatten?
Andererseits: Was für ein Tanz! Sie hätte ewig so weitertanzen können, und wenn keine anderen Leute anwesend gewesen wären, hätte sie sich die Kleider vom Leib gerissen und sich León auf der Stelle hingegeben. Sein Gesicht war dem ihren so nah gewesen, dass es für die Umstehenden ausgesehen haben musste, als würden sie sich küssen. Oder hatten sie sich gar geküsst?
Miranda kam mit dem Eisbeutel. Sie grinste Vitória anzüglich an. Doch so krank konnte Vitória gar nicht sein, als dass sie sich das nicht augenblicklich verbeten hätte.
»Was grinst du so, dumme Gans? Und warum bringst du mir nur so wenig Eis? Jetzt lauf schon, ich will einen ganzen Eimer voll davon!«
Als das gehackte Eis kam, nahm Vitória sich einzelne Stücke davon und legte sie sich auf den Hals, rieb damit die Arme ein, ließ sie auf ihren Beinen schmelzen. Dass das Bett dabei nass wurde, war ihr egal, die Wäsche war ohnehin durchgeschwitzt und musste ge-

wechselt werden. Ah, was für ein erfrischendes Gefühl. Allmählich regten sich Vitórias Lebensgeister wieder. Sie klingelte erneut nach Miranda.
»Bring mir Kaffee und Limonade!«
Sie würde dem Mädchen schon zeigen, wie viel sie sich herausnehmen durfte. Und allen anderen würde sie es auch zeigen.

Zwei Stunden später war Vitória für die Begegnung mit anderen Menschen gewappnet. Ihr Kopf brummte zwar noch immer, doch ansonsten fühlte sie sich wieder wie ein Mensch. Sie hatte sich ein besonders hübsches Kleid angezogen, ihr Haar ordentlich zusammengebunden und einen Hauch von Rouge auf ihre bleichen Wangen gelegt. Sie überlegte sogar, ob sie die Brille aufsetzen sollte, die ihr ein keusches Aussehen verlieh, verwarf diese Idee aber wieder. Was machte es schon, sollten doch ruhig alle sehen, warum die Männer ihretwegen den Kopf verloren!
Außerdem befestigte sie den Anhänger, den León ihr geschenkt hatte, an einer Kette. Es war ein kleiner goldener Kaffeezweig, mit Blüten aus weißen Perlen und Kirschen aus winzigen Rubinen. Ein erlesenes Stück, eines, das ihren Geschmack genau traf. Wie gut er sie kannte, obwohl sie doch bisher erst so wenig Zeit miteinander verbracht hatten! Vitória war hingerissen von dem Geschenk, und sie war tief gerührt, dass León, der als Journalist bestimmt nicht sehr reich war, sich so in Unkosten gestürzt hatte. Er hatte ihr Gesicht natürlich nicht sehen können, als sie sich den Anhänger bei Licht besehen hatte – sie war vor ihm im Haus angelangt, hatte das Kleinod bewundert, es schnell in einer Tasche ihres Kleides verschwinden lassen und war dann gleich von anderen Gästen in Beschlag genommen worden.

Im Erdgeschoss war alles still. Aus dem Salon hörte sie nur das Ticken der Standuhr. Sie öffnete die Tür und bemerkte erstaunt, dass das größte Chaos schon beseitigt war. Die Möbel mussten noch an ihren angestammten Platz gerückt werden, sonst aber waren alle Spuren des Festes verschwunden. Kaum zu glauben,

dass sich vor gerade einmal zwölf Stunden hier die Szene abgespielt haben sollte, die ihr Dona Alma wahrscheinlich nie verzeihen würde. Vitória ging weiter zum Esszimmer. Dasselbe Bild. Der Tisch stand sogar wieder dort, wo er hingehörte. Ihre Übernachtungsgäste hatten sicher hier gefrühstückt. Aber wo steckten nur alle?
In der Küche machte sich Luiza mit einem riesigen Messer an einem Schinken zu schaffen.
»Luiza, was ist hier los? Im Haus ist es gespenstisch still, man sollte nicht meinen, dass es hier überhaupt menschliches Leben gibt.«
»Sie sind alle ausgefahren. Senhor Eduardo wollte ihnen seine Ländereien zeigen.«
»Alle? Auch Dona Alma?«
»Ja, auch sie. Sie sah heute wunderbar aus, so gesund wie lange nicht mehr. Von dir kann man das nicht behaupten.«
»Nun, lass dir gesagt sein, dass ich mich ausgezeichneter Gesundheit erfreue, ganz gleich, welche gemeinen Gerüchte du über mich gehört hast.«
»Gerüchte, hm?«
»Ja, allerdings. Sag, was haben sie dir erzählt, die anderen Sklaven?«
»Gar nichts, ich habe alles mit eigenen Augen gesehen. Als du anfingst, mit Senhor Castro so unmöglich zu tanzen, hat Miranda mich schnell geholt, damit ich es selber sehe. Und weißt du, was sie gesagt hat? Dass die Sinhazinha es jeden Augenblick mit dem Mann treiben würde! Jawohl. Und weißt du, was ich gedacht habe, als ich euch sah? Dass du es jeden Augenblick mit dem Mann treibst!«
»Herrgott, Luiza, du bist viel zu alt, um das zu verstehen. Heute tanzt man so, andere haben auch eng getanzt, es ist nichts dabei.«
»Nichts dabei, ts, ts.«
»Schluss damit. Also, haben sie gesagt, wann sie zurückkommen?«
»Spätestens zum Abendessen. Du hast noch ein paar Stunden Zeit, um dich zu schämen.«
»Ich habe nichts dergleichen vor. Ich gehe schwimmen. Pack mir

ein paar Sachen für ein kleines Picknick zusammen, ich bin sicher, dass von gestern Abend noch reichlich übrig ist.«

Mit dem Korb, den Luiza ihr gepackt hatte, schlenderte Vitória zu ihrer Lieblingsbadestelle. Sie lag etwa eine Viertelstunde vom Haus entfernt. Der Paraíba do Sul hatte hier eine kleine Ausbuchtung, die eine Art Teich bildete. Es gab keine starken Strömungen, das Wasser war gerade tief genug, dass man darin schwimmen, aber auch noch stehen konnte. Vitória hatte allerdings nicht vor, stehend darin zu baden – der Boden war mit glitschigem Schlamm und unheimlichen Pflanzen bedeckt, die sie lieber nicht mit den Füßen berührte. Die Badestelle war zu drei Vierteln von Bäumen und Büschen umstanden, die Vitória Schutz vor neugierigen Blicken boten. Es war zwar unwahrscheinlich, dass sich überhaupt irgendjemand hierher verirrte, aber sie fühlte sich behaglicher, wenn man sie nicht schon von Weitem sehen konnte.

Das Schwimmen hatten sie und ihr Bruder von einem Indio gelernt. Nachdem Pedro als kleiner Junge beinahe ertrunken wäre, hatte ihr Vater den einzigen Mann auf Boavista, der schwimmen konnte, dazu abgestellt, seine Kinder in dieser Kunst zu unterweisen. Eduardo war nicht gewillt, ein Kind an diese Wildnis zu verlieren, in der es vor gefährlichen Gewässern nur so wimmelte. Und er hatte auch nicht vor, seine Kinder allein der Obhut der *ama* zu überlassen – er wusste, dass sie sich einen Spaß daraus machten, ihr zu entwischen. Nach zähen Diskussionen mit seiner Frau hatte diese schließlich ihr Einverständnis zu dem Schwimmunterricht gegeben, obwohl sie bis heute fand, dass ein wohlerzogener Mensch nichts in dem nassen Element verloren hatte.

Vitória zog sich bis auf die Unterwäsche aus. Dann sah sie sich nach allen Seiten um, konnte aber außer ein paar grasenden Pferden weit und breit niemanden entdecken, der sie beobachtet hätte. Schnell schlüpfte sie aus ihrem Hemdchen und der knielangen Rüschenunterhose und sprang ins Wasser. Nackt baden war doch ungleich befreiender als das Baden in der lästigen Wäsche, die im Wasser das Schwimmen erschwerte, weil sich unter ihr Luftblasen bildeten, und die an Land am Körper klebte und juckte. Vitória machte ein paar kräftige Züge und spürte, wie eine Zentnerlast von ihr abfiel. Es gab doch nichts, womit man einen Kater besser auskurierte, als einen Sprung ins kalte Wasser! Sie löste ihren Zopf und tauchte nun auch mit dem Kopf unter. Sie genoss es, wie ihr Haar sich beim Auftauchen schwer und glatt auf ihren Rücken legte.

Nach ein paar Minuten stieg Vitória aus dem Wasser. Die Sonne brannte zu stark, und Vitória hatte aus schmerzhafter Erfahrung mit Sonnenbränden an Nase und Schultern gelernt, dass sie sich um diese Tageszeit nicht lange im Fluss aufhalten konnte. Sie rieb sich mit einem Handtuch ab und wickelte es um ihren Körper – erst wenn die Haare trockener wären, würde sie sich anziehen. Dann breitete sie eine Decke auf dem Gras aus, setzte sich darauf und untersuchte den Inhalt des Korbs. Sie kam um vor Hunger! Gestern Abend hatte sie kaum etwas gegessen, und heute hatte sie beim Aufstehen ebenfalls wenig Appetit verspürt. Umso heftiger überfiel sie jetzt ein Heißhunger. Luiza hatte ihr Brot, kalten Braten, zwei Scheiben Paté, ein Stück Käse, Obst und sogar ein Glas mit Kirschgrütze eingepackt, und Vitória machte sich darüber her, als sei es ihr letztes Mahl. Danach überkam sie eine große Mattheit. Sie legte sich mit angewinkelten Beinen auf die Decke, genoss das Spiel von Licht und Schatten, das die Sonne durch die Baumwipfel auf ihr Gesicht zauberte, und verlor den Blick in dem Blätterdach über ihrem Kopf, bis sie einnickte. Im Halbschlaf träumte sie wirres Zeug, unter anderem, dass sie sich für heute Abend mit León verabredet hatte.

Wenig später erwachte sie abrupt vom Stich einer Wespe, die sie sich aus dem Gesicht zu wischen versucht hatte. Vitória sprang auf, ließ das Handtuch fallen, das ihre Blöße bedeckte, und lief ins Wasser. Als sie wieder auftauchte, sah sie sich um. Sie hatte vor Schreck jede Vorsicht fahren lassen – wenn sie nun jemand beobachtet hatte? Aber das schien nicht der Fall zu sein, die Landschaft lag still und friedlich da wie immer. Einzig das Rauschen des Flusses und das Summen von Insekten war zu hören. Vitória betastete die Stelle, an der sie gestochen worden war. Sie schwoll bereits an. Ausgerechnet mitten ins Gesicht, zwei Fingerbreit unter das rechte Auge hatte das Mistvieh sie gestochen! Und das, wo sie nachher ihren Eltern und den Übernachtungsgästen gegenübertreten sollte und anschließend noch ein Rendezvous mit León hatte.

Halt, hatte sie das nicht nur geträumt? Vitória war nicht in der Lage zu unterscheiden, ob sich ein echter Erinnerungsfetzen in ihren abstrusen Traum gemischt hatte oder ob der Traum nur so realistisch gewesen war. Und wenn sie nun wirklich eine Verabredung mit León hatte? In Kürze würde sie schlimmer aussehen als Luiza damals mit ihrem wehen Zahn, den dann der Viehdoktor hatte ziehen müssen, weil der Dentist nicht rechtzeitig kommen konnte. Ihre Wange würde so dick sein, dass León alle Lust, sie anzusehen und sie zu küssen, sofort vergehen würde.

Vitória zog sich an, packte ihre Sachen zusammen und wanderte zurück. Trotz des schmerzenden Stichs fühlte sie sich erfrischt und bereit, allen garstigen Anschuldigungen und vorwurfsvollen Blicken zu trotzen. Vielleicht hatte die Wespe sie gerade zum richtigen Zeitpunkt gestochen, die rot geschwollene Backe würde von allem anderen ablenken.

»Dieses Insekt hat ins Schwarze getroffen, würde ich sagen«, foppte Pedro seine Schwester.

»Ja, und nicht nur das Tier …«, sagte Dona Alma mit biestigem Ton.

Joanas Eltern sahen betreten auf ihre Teller. Es waren freundliche, ruhige Leute, und sie wollten keineswegs Zeugen eines Familienstreits werden. Zwar sollten sie bald selber zur Familie gehören, doch bis sich dieses Gefühl auch im Herzen einstellte, würde es sicher noch eine Weile dauern.

Vitória sagte, nachdem sie ihre Begegnung mit der Wespe in elterntauglicher Version geschildert hatte, nichts mehr. Sie beobachtete die neue Verwandtschaft und glaubte zu erkennen, dass ihr Vater Joanas Eltern mochte, während Dona Alma sie ihren niedrigeren Stand spüren ließ. Joana und Pedro ignorierten die unterschwellige Spannung und turtelten miteinander. Vitória beneidete sie darum. Warum konnte sie nicht auch so offen mit ihrem Herzblatt hier sitzen und verliebte Blicke austauschen oder seine Hand unter dem Tisch streicheln? Warum war sie zu heimlichen Treffen gezwungen, und warum konnte ihr León nicht einfach offiziell den Hof machen? Niemand hätte ihren Tanz obszön gefunden, wenn León ihr Verlobter wäre. Ja, er sollte bei ihren Eltern vorsprechen und um ihre Hand anhalten. Aber er musste es schon von allein tun, sie konnte ihm das schließlich unmöglich selber vorschlagen. So weit würde es nicht kommen, dass sie einen Mann bat, sie zu heiraten!

Nach dem Essen verließ Vitória unter dem Vorwand die Runde, sich hinlegen zu müssen. Das trug ihr böse Blicke von Dona Alma ein, doch man ließ sie gehen. Joana war mittlerweile, nachdem andere Gäste abgereist waren, in ein eigenes Zimmer umquartiert worden, sodass Vitórias Abwesenheit niemandem auffallen würde. Sie hatte beschlossen, sich bei dem Treffpunkt einzufinden, obwohl sie noch immer nicht sicher war, ob sie nicht nur geträumt hatte. Aber was hatte sie zu verlieren? Wenn er nicht kam, dann hätte sie zumindest einen schönen nächtlichen Ausritt gemacht, und das war allemal besser, als mit der Familie eine angestrengt gut gelaunte Konversation aufrechtzuerhalten.

Sie zog sich ein dunkles Kleid und robuste Stiefel an und wartete, bis die Uhr im Salon acht Mal schlug. Dann öffnete sie leise die Tür, sah rechts und links den Gang hinunter und lief, als sie sicher sein konnte, dass niemand hier oben war, zur Hintertreppe. Auf Zehenspitzen schlich sie die Treppe hinab und entschwand lautlos durch die Hintertür. Im Stall sattelte sie selber ihr Pferd und führte es langsam über den Hof. Das war der heikelste Moment des ganzen Unterfangens: Irgendein Sklave trieb sich erfahrungsgemäß immer noch hier herum, obwohl er um diese Uhrzeit längst in der *senzala* sein sollte. Und in der *casa grande* brauchte nur jemand genau jetzt aus dem Fenster zu sehen, um ihren Ausflug zu vereiteln. Aber das geschah nicht. Kein Mensch bemerkte Vitória

und ihre brave Stute Vitesse, die ihrer Herrin trotz der ungewohnten Umstände bereitwillig und geräuschlos folgte. Aber gehört hätte man sie ohnehin nicht: Heftige, heiße Böen rüttelten an Fensterläden und Türen und übertönten alle Laute, die Vitória verraten konnten.
Gleich hinter dem Hauptgelände saß Vitória auf. Sie sah besorgt gen Himmel. Das dräuende Sommergewitter, das ihr Fest gestern noch einmal verschont hatte, würde ganz sicher heute Nacht toben. Vielleicht tat es ihr den Gefallen und brach erst dann los, wenn sie wohlbehalten zurück auf Boavista war. Sie ritt vorsichtig nach Nordwesten und strengte ihre Augen an, um im Mondschein den Weg zu erkennen und die Abzweigung nach Florença nicht zu verpassen, an der sie sich verabredet hatten – immer vorausgesetzt, dass sie sich die Verabredung nicht eingebildet hatte.

Vitória band ihr Pferd am Stamm des Mandelbaums fest. Trotz des aufgehenden Mondes war die Nacht düster. Am Himmel jagten riesige Wolkenberge vorbei. Ein wütender Wind trieb ihr Tränen in die Augen und presste ihr den Rock an die Beine. Der Baum wankte in dem Sturm, das Gras der Wiese legte sich flach auf den Boden. Die Luft roch nach Gewitter. Wo blieb nur León? Zu hören war bei diesem Getöse nichts, es übertönte sogar das aufdringliche Zirpen der Grillen. Immer wieder glaubte Vitória die Silhouette Leóns ausmachen zu können, bis sie erkannte, dass es nur Kaffeesträucher waren, die sich im Wind wiegten.
»Vita.« Gaukelte ihr der Wind nun schon Stimmen vor? Sie drehte sich um – und fand sich in Leóns Armen wieder.
»León!« Vitórias Herz machte einen Satz, doch sie versuchte sich nicht anmerken zu lassen, wie sehr er sie erschreckt hatte.
Er sagte nichts. Er sah sie aus glasigen Augen an, zog sie plötzlich ganz eng zu sich heran und küsste sie. Sanft erst, dann immer fordernder. Seine Lippen schmeckten nach Salz und nach Alkohol. Vitórias Atem beschleunigte sich. Aus der Art, wie er mit ihrer Zunge spielte, an ihren Lippen knabberte und ihren Hals küsste, sprach Gier, fast Verzweiflung. So hatte sie León noch nie erlebt.

Als er in ihr Ohrläppchen biss und ihr dabei mit rauer Stimme Liebesschwüre zuflüsterte, kratzten seine Bartstoppeln an ihrem Hals. Vitórias Körper wurde von einer Woge der Erregung erfasst. Dennoch gelang es ihr, ihn von sich fortzuschieben.

»León, es donnert schon. Wir müssen Schutz suchen. Sofort.«

Sie lief zu Vitesse und band sie los. Sie spürte, wie nervös das Tier war. Als sie aufsitzen wollte, stand León dicht neben ihr und hielt ihr die verschränkten Hände als Steigbügel hin.

»Was zögerst du, Sinhazinha? Dein Sklave in allen Lebenslagen …«

Vitória war nicht nach solchen Späßen zumute, nicht jetzt, da das Gewitter immer näher kam und sie sich zu fürchten begann. Als es blitzte, zuckte sie zusammen. Für den Bruchteil einer Sekunde war alles in ein gespenstisch weißes Licht getaucht, und Leóns Gesicht wirkte wie das eines Geistes. Sie hatten keine Zeit mit Diskussionen zu verlieren. Sie stieg auf seine Hände.

Als sie sicher im Sattel saß, klopfte León seine staubigen Handflächen an seiner Hose ab und schwang sich auf sein Pferd. Sie schlugen die Richtung ein, aus der sie gekommen waren. Boavista lag einen zwanzigminütigen Ritt entfernt. Doch wieder blitzte es, wenige Sekunden später krachte ein Donner, der die Luft zu zerreißen schien. Vitórias Pferd bäumte sich auf, es war kaum noch zu zügeln. León überholte sie und gab ihr per Handzeichen zu verstehen, ihm zu folgen. Er bog in einen kleinen Feldweg ein, der zu einer verfallenen Hütte führte. Vitória wunderte sich, dass León diese Hütte zu kennen schien. Sie selber hatte dort als Kind oft mit Pedro gespielt und war ohnehin mit jedem Fußbreit ihrer Ländereien vertraut, aber woher León sich so gut auskannte, war ihr schleierhaft.

Sie erreichten die Hütte, kurz nachdem der Regen eingesetzt hatte. Vitória war schon lange nicht mehr hier gewesen, sie hatte den Ort größer und schöner in Erinnerung gehabt. In Wahrheit handelte es sich um nicht mehr als einen Unterstand, einen primitiven Verschlag, dessen vier Wände aus groben Holzbrettern zusammengenagelt waren und der ein Dach aus Palmblättern hatte, die einem solchen Sturm kaum standzuhalten vermochten. Es gab keine Fenster, und in der Türöffnung erinnerten nur noch zwei rostige Scharniere daran, dass es einmal eine Tür gegeben hatte. Die Pferde gebärdeten sich wie verrückt und ließen sich nirgends festbinden, sodass León beschloss, sie mit hineinzunehmen. Inzwischen kam das Wasser nicht mehr tropfenweise, sondern in einem einzigen Schwall vom Himmel. León redete den Pferden gut zu, während er eine Decke aus seiner Satteltasche zog und sie Vitória zuwarf. Sie fing sie auf und sah sie ratlos an. Was sollte sie mit einer Decke? Es war unerträglich schwül, die regendurchnässte Kleidung verschaffte ihr immerhin ein wenig an Kühlung.

»Leg sie auf den Boden«, sagte León. »Oder willst du hier stehend abwarten, dass das Unwetter vorüberzieht?«

Trotz ihrer Angst – sie kannte die tödliche Gewalt von Tropengewittern – fand Vitória zu ihrer gewohnten Tatkraft zurück. Mit den Füßen schob sie das wenige Heu zusammen, das auf dem festgestampften Lehmboden lag, und breitete darüber die Decke aus. Sie setzte sich auf das Lager, den Rücken an die Holzwand gelehnt, die Knie eng herangezogen, und beobachtete León, der sein schweißnasses Hemd ausgezogen hatte, um damit die Pferde abzureiben.

»Ich hielt dich immer für einen Haussklaven. Aber anscheinend bist du nur ein Pferdeknecht, dem das Wohl der Tiere mehr am Herzen liegt als das einer Dame.«

León lachte. »Du solltest dich sehen, Sinhazinha. Du kauerst dort wie ein verängstigtes Lumpenkind, und mit deiner dicken Wange siehst du aus, als hättest du Prügel bezogen. Wie eine Dame wirkst du nicht gerade. Aber solange du noch redest wie eine, muss ich mir wohl keine Sorgen um dich machen.« Er zog eine Flasche aus der Satteltasche und kam damit zu ihr. Mit etwas weicherer Stimme sagte er: »Ich habe etwas, was deine Angst vertreibt.« Er ließ sich neben ihr auf der Decke nieder, wischte sich die nassen Haare aus dem Gesicht, ließ den Kopf in den Nacken fallen, richtete den Blick zum Palmdach und atmete tief durch. Dann drehte er das Gesicht zu ihr hin. Auch sie hatte ihm ihr Gesicht zuge-

wandt. Er öffnete die Flasche und gab sie ihr. Vitória nahm sie, roch daran und verzog das Gesicht. »Whiskey!«
»Ja. Nimm einen großen Schluck.«
Sie zögerte kurz, setzte dann die Flasche an und trank in schnellen Zügen mehrere Schlucke. Sie zog scharf die Luft ein. »Himmel, wie das brennt!«
Sie gab ihm die Flasche zurück, aus der er nun ebenfalls ein paar tiefe Schlucke nahm. Wieder sahen sie einander an, dann lachten sie. Die Situation war zu lächerlich. Mitten in einem schweren Gewittersturm saßen sie, derangiert und durchnässt, in einer Hütte und tranken Whiskey direkt aus der Flasche. Vitória konnte gar nicht mehr aufhören zu lachen, alle Anspannung, Furcht und Nervosität lachte sie lauthals heraus, bis ihr Tränen über die Wangen liefen.
»Vita.«
Leóns Ton bremste ihren Lachkrampf.
»Ja?« In der Dunkelheit sah sie sein Gesicht nur schemenhaft, aber sie erkannte den ernsthaften Ausdruck darin.
Er beugte sich zu ihr herüber, legte eine Hand in ihren Nacken und zog ihren Kopf zu sich heran. Sie schloss die Augen. Seine Lippen berührten zärtlich ihre Wangen, mit der Zungenspitze nahm er die Tränen auf, die noch in ihren Augenwinkeln hingen. Er bedeckte ihr ganzes Gesicht mit Küssen, und als sich ihre Münder endlich trafen, atmete Vitória ebenso schwer wie er. Ihre alberne Stimmung war einem prickelnden Schauer gewichen, der von jeder Faser ihres Körpers Besitz ergriffen hatte. Sie öffnete die Lippen und ließ sich ganz auf Leóns Kuss ein. Er saugte an ihren Lippen, umkreiste ihre Zunge mit seiner, und sie tat es ihm nach, antwortete mit dem Spiel ihrer Zunge und ihrer Lippen.
Durch die geschlossenen Augen nahm Vitória wahr, dass ein Blitz die Hütte erhellte. Ihm folgte unmittelbar ein so krachender Donner, dass sie zusammenzuckte und León ansah.
»Das Gewitter ist direkt über uns. Wir werden vom Blitz getroffen werden.«
»Sind wir das nicht längst?« León sah sie aus seinen unergründli-

chen dunklen Augen an. Seine Lider waren nur halb geöffnet, sein Atem ging schwer. Strähnen nassen Haars klebten in seinem Gesicht, und mit seinem nackten Oberkörper sah er aus wie ein Pirat, der gerade eine schwere Seeschlacht siegreich hinter sich gebracht hatte. Der Anblick seines unrasierten, kantigen Kinns, auf dem ein dunkler Schatten lag, erfüllte Vitória mit einer Zärtlichkeit, wie sie sie nie zuvor empfunden hatte. Sie streichelte sein Gesicht. Das kratzende Geräusch der Stoppeln unter ihren Fingern schien ihr schöner als jede Musik zu sein. Ihre Hand wanderte über seinen Hals und seine breiten Schultern hinab zu seiner Brust. Seine Haut war heiß und feucht, darunter fühlte Vitória sein Herz rasen. Seine Brustwarzen verhärteten sich unter dem zarten Druck ihrer Fingerspitzen, und sie hörte León leise aufstöhnen. Bei alldem hatte er ihr zugesehen, die Bewegung ihrer Hand verfolgt. Jetzt sah er ihr in die Augen. In seinem Blick lag Begierde, aber auch ein fragender, flehender Ausdruck, den Vitória nicht recht zu deuten wusste. Dann zog er sie plötzlich eng zu sich heran und begann, die Häkchen am Rücken ihres Kleides zu öffnen.

Er schob das Kleid über ihre Schultern. Er küsste ihren Hals, und wieder löste das Kratzen der Bartstoppeln in Vitória eine wilde Erregung aus. Ihr wurde heiß, sie atmete schneller. León biss sie zärtlich in den Hals, dann wanderte sein Mund weiter hinab, bis zum Ansatz ihrer Brüste. Er zog das Kleid weiter herunter und half ihr dabei, sich aus den Ärmeln zu schälen. Vitória empfand keinerlei Scham für ihre Nacktheit, im Gegenteil, es fühlte sich so an, als sei sie León nie anders gegenübergetreten als mit entblößter Brust. León sog scharf die Luft ein, als er ihren runden, festen Busen sah. Er nahm ihre Brustwarzen in den Mund, und Vitória war es, als spüre sie zum ersten Mal die Lebendigkeit ihres Körpers. Dann bewegte sich Leóns Kopf wieder hoch zu ihrem Gesicht. Er presste seinen Oberkörper an ihren und übte einen sanften Druck aus, dem sie bereitwillig nachgab, bis sie unter ihm lag.

Vitória genoss das Gewicht von Leóns Körper auf ihrem. Seine Hände fuhren fordernd über ihre Brüste, ihre Taille, ihre Hüften. Dort verharrten sie, bis Vitória fühlte, wie er fest ihre Hinterba-

cken griff und sie an sich drückte. Sie spürte seine Erektion, die sie gleichermaßen ängstigte wie mit Neugier erfüllte. Dann schob er ihren Rock hoch und führte seine Hand an der Innenseite ihrer Oberschenkel hinauf. Sie hielt die Luft an, ließ ihn aber gewähren. Ihr Unterleib war heiß und kribblig vor Verlangen.
Er biss in ihr Ohrläppchen, dann flüsterte er heiser: »Bist du dir sicher, dass du das willst?«
Sie antwortete nicht sofort. Natürlich wollte sie! Noch nie hatte sie etwas so sehr gewollt wie seine Liebe, jetzt, hier, mit allen Konsequenzen. Fühlte er das denn nicht?
»Ja«, hauchte sie schließlich mit brüchiger Stimme.
Mit geschickten Händen entkleidete er sie vollständig, dann zog er sich selber aus. Sie betrachtete ihn von Kopf bis Fuß. Ihr Blick verweilte kurz bei seinen Lenden. Wie in Gottes Namen sollte das funktionieren? León, der ihrem Blick gefolgt war, lächelte. »Du brauchst dir keine Gedanken zu machen, Sinhazinha. Die Natur hat alles passend eingerichtet.«
Vitória spürte nicht das Kratzen der Decke, auf der sie lagen, noch hörte sie das Toben des Sturms, der an den Brettern der Hütte zerrte und rüttelte. Sie merkte nicht, dass der Regen durch die Türöffnung ins Innere der Hütte peitschte, und genauso wenig nahm sie das Schnauben der Pferde wahr, die nur wenige Meter von ihrem Lager entfernt standen. Alles um sie herum versank, während León ihren Körper mit seinen Händen und seinem Mund zum Zittern brachte. Er küsste ihre Brustwarzen, liebkoste ihren Bauch, spielte mit ihrem Bauchnabel. Er knabberte an ihren Zehen, streichelte sich ihre Beine hinauf und spreizte schließlich ihre Schenkel, um ihre geheimsten Stellen mit der Zunge zu erkunden und einen pulsierenden Punkt zu stimulieren, von dem sie bisher nicht einmal geahnt hatte, dass er existierte. Vitória bebte vor Verlangen, und in der Mitte ihres Körpers breitete sich eine köstliche Hitze aus. Als sie glaubte, gleich explodieren zu müssen, wanderten Leóns Lippen wieder ihren Oberkörper hinauf. Als sein Gesicht über ihrem war, sahen sie sich direkt in die Augen. León stützte sich mit einer Hand ab, mit der anderen erkundete er ihr

Innerstes, wie um den zu Weg bahnen. Vitória spürte, wie sie zu zerfließen schien. Dann hob er sein Becken und drang in sie ein. Im ersten Augenblick gefiel ihr, wie er langsam in sie glitt, bis sie plötzlich ein stechender Schmerz durchzuckte. Sie kniff die Augen zusammen, öffnete sie aber gleich wieder. León sah sie die ganze Zeit an. Er wusste, dass er ihr wehtat. Er führte seinen Penis tiefer in sie ein, langsam zwar und behutsam, aber trotzdem immer tiefer. Dann schien er sich wieder aus ihr zurückziehen zu wollen, nur um, als er fast schon wieder aus ihr herausglitt, wieder zuzustoßen, fester diesmal. Seine Bewegungen wurden immer schneller, seine Stöße immer härter, und Vitória spürte auf einmal noch etwas anderes als Schmerzen: Lust. Reine, animalische, alles verzehrende Lust. Sie begann sich seinem Rhythmus anzupassen. León keuchte, und seine Ekstase übertrug sich auf Vitória, die sich verzweifelt an seinem Rücken festkrallte und immer schneller atmete.
»Ich liebe dich«, flüsterte er zärtlich, »du ahnst nicht, wie sehr ich dich liebe.« Er stammelte mehrmals mit rauer Stimme ihren Namen. Ihre Beine begannen unkontrollierbar zu zittern. Heiße Wellen durchliefen ihren Körper, bis Vitórias Erregung ihren Höhepunkt erreichte und sich ihre Sinne in einem derartigen Taumel befanden, dass ihr Tränen in die Augen schossen. Doch dann hob León ihre Beine an, sodass ihre Waden auf seinen Schultern lagen, und drang mit einer solchen Gewalt in sie ein, dass es sie zu zerreißen schien. Vitória schrie auf. Im selben Moment entrang sich Leóns Kehle ein lautes Stöhnen. Er zog sich sofort aus ihr zurück und rollte von ihr herunter.
Keuchend und schweißgebadet lagen sie nebeneinander.
»Weißt du noch, was du gesagt hast?«, fragte Vitória.
»Jede Silbe.«
»Stimmt es? Liebst du mich wirklich?«
»Mehr als mein Leben.« León küsste sie innig, und Vitória wusste in diesem Moment, dass nichts von dem, was sie getan hatten, Sünde sein konnte.
Sie lagen eine Weile schweigend nebeneinander und starrten an die Decke, aus der einzelne trockene Palmblätter herabhingen und

durch die es an mehreren Stellen tropfte. Das Grollen des Donners war nur noch von fern zu hören, und auch der Wind wütete nicht mehr ganz so heftig.

»Du wusstest, dass du mir wehtust.«

»Schscht.« León brachte sie mit einem Kuss zum Schweigen. »Ja. Und es tut mir Leid. Komm her.«

Er breitete einen Arm aus, damit Vitória sich in seine Armbeuge schmiegen konnte. Sie lauschten dem Prasseln des Regens, bis sie einschliefen.

Vitória erwachte von den Berührungen Leóns. Sie lag auf der Seite, León schmiegte sich von hinten dicht an sie. Leicht wie eine Feder zeichnete er mit einer Hand ihre Silhouette nach. Er fuhr ihr sanft über ihren Oberschenkel, ihre Hüfte, ihre Taille, den seitlichen Ansatz ihrer Brüste. Er schob ihr Haar beiseite und küsste ihren Nacken. »Meine herrliche Sinhazinha«, murmelte er ihr ins Ohr, und sie gab ihm nur durch ein »hmm« zu verstehen, dass sie wach war. Sie bewegte sich nicht, hielt die Augen geschlossen und war tatsächlich kurz davor, wieder einzuschlafen. Doch León schien andere Pläne für den Rest der Nacht zu haben. »Lass mich dich noch einmal lieben, Vita«, raunte er ihr zu. Ein neuerliches »hmm« nahm er als Erlaubnis. Sie spürte, wie sich seine harte Männlichkeit zwischen ihren Schenkeln regte. Er versuchte doch wohl nicht, sie von hinten zu nehmen? Vitória war sofort hellwach.

»Nein, bitte.« Vitória drehte sich um, damit sie ihm ins Gesicht sehen konnte. Sie fühlte sich wund und geschwollen an, und obwohl sie sich keiner neuen Erfahrung mit León verschließen wollte, konnte sie sich unmöglich vorstellen, sich ihm jetzt noch einmal hinzugeben.

Er nahm das Schmuckstück, das noch immer an Vitórias Hals hing, in die Hand und betrachtete es nachdenklich.

»Es ist wunderschön«, sagte sie.

»Ich hoffe nur, dass ich dir nicht ein weiteres Geschenk hinterlassen habe.«

Vitória verstand nicht, was er damit meinte, fragte aber nicht nach. Seine Stimmung schien auf einmal durch irgendetwas getrübt, und

sie hatte keine Lust, sich ihre eigene Laune davon verderben zu lassen.
An Schlaf war nicht mehr zu denken. Der Morgen dämmerte bereits, und Vitória schrak auf. Himmel, sie musste sofort nach Hause reiten, bevor alle auf Boavista wach waren! Die plötzliche Rückkehr in die Wirklichkeit ließ sie alles um sich herum mit geschärften Sinnen wahrnehmen. Es roch sonderbar in der Hütte. An der gegenüberliegenden Wand lehnte eine Leiter, davor stand allerlei Gerümpel – die Alltäglichkeit dieser Gegenstände schien sie zu verhöhnen. Wie hatte sie in einer solchen Umgebung derart in Verzückung geraten können? León erschien ihr auf einmal seltsam fremd, dafür, dass sie eben noch mit ihm die intimste Handlung begangen hatte, die zwischen Mann und Frau möglich war. Er zog sich an, und es kam Vitória unrecht vor, dass sie ihm dabei zusah. Sie sammelte ihre eigenen Sachen vom Boden auf, klopfte Stroh und Staub ab und kleidete sich ebenfalls an. Aus den Augenwinkeln nahm sie wahr, dass die Decke, auf der sie sich geliebt hatten, mit Blut befleckt war. Es war ihr unsagbar peinlich. Sie band schnell ihre Stute los, führte sie nach draußen, stieg ohne Leóns Hilfe auf und versuchte sich nicht anmerken zu lassen, wie ihr Unterleib schmerzte, als sie im Sattel saß.
»Ich muss jetzt fort.«
»Ja.«
Ja?! Er fand kein Wort der Zuneigung oder des Danks, versuchte nicht, ihr noch einen letzten Kuss zu rauben, fragte nicht, wann sie sich wiedersehen würden, und erwähnte mit keiner Silbe ihre gemeinsame Zukunft – sondern sagte schlicht »Ja«? Als könne er es nicht erwarten, sich ihrer zu entledigen, jetzt, da er bekommen hatte, was er wollte? Das war ungeheuerlich.
Vitória ritt im Galopp davon, ohne sich noch einmal nach León umzusehen.

XI

Zum ersten Mal in ihrem Leben konnte Vitória dem Herbst nichts abgewinnen. Jetzt, im Mai, hielten endlich wieder moderate Temperaturen und trockenere Luft Einzug – eine Zeit, zu der sie normalerweise voller Vorfreude auf den Winter ihre Handschuhe, Schals, Strümpfe und Hüte hervorkramte, modisches Zubehör, für das es sonst zu heiß und zu feucht war. Doch diesmal konnte sie sich nicht dafür begeistern. Vitória war schwanger. Andere Paare versuchten viele Jahre ohne Erfolg, Kinder zu bekommen, und bei ihr musste es gleich in ihrer ersten Liebesnacht passieren. Wie ungerecht das war! Viel wütender aber machte es sie, dass León sich seitdem nicht mehr gemeldet hatte, geschweige denn Anstalten machte, um ihre Hand anzuhalten. Drei Wochen nach ihrer verhängnisvollen Begegnung hatte sie, nachdem ihre Regel ausgeblieben war und sie das Schlimmste befürchtete, ihren ganzen Stolz fahren lassen und ihm einen Brief geschrieben.

León, Geliebter,
du hast mir tatsächlich ein Geschenk hinterlassen, das mich, wäre ich deine Frau, mit großem Glück erfüllen würde. Findest du nicht, dass du dich nun endlich auf immer zu meinem Sklaven machen solltest, bis dass der Tod uns scheidet?
Ich warte, bange, hoffe. Und träume derweil von deinen Küssen.
In Liebe, Vita

Den Brief hatte sie in einen Umschlag gesteckt, der an Pedro in Rio adressiert war, zusammen mit der Bitte, er möge ihn schnellstmöglich an León weiterleiten. Doch auf eine Antwort wartete sie vergeblich. Tage-, wochenlang war sie vor Ungeduld schier vergangen, hatte die Post abgefangen und verzweifelt nach einem Brief von León gesucht. Nichts. Bei jedem Reiter und bei jeder Kutsche, die von fern auf der Straße zu sehen waren, beschleunigte sich ihr Puls, weil sie hoffte, dass León endlich kam und sie aus ihrer Misere erlöste. Ihre Eltern würden angesichts der Umstände in eine Ehe einwilligen müssen, und Sechs-Monats-Babys waren keine Besonderheit. Noch wäre Zeit, alles so zu regeln, dass sie sich und ihre Familie nicht mit Schande bedeckte. Aber León kam nicht.

Ein herrlicher Herbst hielt Einzug – und mit ihm morgendliches Erbrechen, unruhiger Schlaf und unerträgliche Gewissensnöte. Vitória stand vor der schwierigsten Entscheidung ihres Lebens. Sollte sie eine Ehe mit einem anderen eingehen oder sich das unschuldige Kind abtreiben lassen? Beides war undenkbar. Wenn sie Rogérios Antrag annahm und auf eine schnelle Eheschließung drängte, würde er den Grund dafür erfahren müssen, und Vitória bezweifelte, dass er gewillt war, die Vaterschaft für den Bastard zu übernehmen. Und wenn sie nun Edmundo zum Mann nahm? Er würde alles akzeptieren, selbst das Kind eines anderen, wenn er nur dafür Vitória bekam. Aber nein, das konnte sie ihm und vor allem sich selber nicht antun. Dann würde sie noch lieber die Schmach eines unehelichen Kindes ertragen. Die andere Alternative war ebenso scheußlich. Sie wusste, dass die Sklaven Mittel und Wege kannten, um unerwünschte Schwangerschaften abzubrechen. Doch Vitória wusste ebenfalls, dass die Frauen dabei nicht selten starben, sei es, weil das ihnen eingeflößte Gift zu stark dosiert war und sowohl Fötus als auch Mutter umbrachte, sei es, weil sie verbluteten. Und was für ein schrecklicher Gedanke, die Frucht ihrer Liebe zu töten, das kleine, hilflose Geschöpf einfach zu ermorden! Das war wirklich eine Sünde. Vitória stellte sich vor, wie das Kind wäre. Würde es ihre blauen Augen bekommen, dazu seine langen Wimpern? Würde es seine langen Beine erben und ihre störrischen Locken? Würde es ein Mädchen werden, mit ihrem Körper und seiner hellbronzenen Haut? Oder ein Junge, mit seiner athletischen Figur und ihrem hellen Teint? Eines war gewiss: Das Kind würde ihrer beider Intelligenz und Temperament haben, und es wäre bildschön.

Himmel, sie musste sich das verbieten! Sie durfte keine Liebe zu dem Kind nähren, bevor sie entschieden hatte, was als Nächstes passieren würde. Eine dritte Alternative schloss sie von vornherein aus: Sie konnte für längere Zeit verreisen, in der Fremde niederkommen und das Kind zur Adoption freigeben. Aber das bedeutete ebenfalls, dass sie ihre Familie einweihen musste, zumindest Dona Alma, und deren Vorhaltungen auf ewig mit gesenktem Kopf über sich ergehen lassen musste. Ihre Mutter würde sie zu einem klösterlichen Dasein zwingen und sie fortdauernd ihre Sündhaftigkeit spüren lassen. Alles, nur das nicht! Außerdem würde Vitória für den Rest ihres Lebens keine Ruhe mehr haben, sich immerzu fragen, was aus dem Kind geworden war. Oder das Kind würde vielleicht eines Tages selber auf die Idee kommen, Nachforschungen nach seiner leiblichen Mutter anzustellen. Spätestens dann würde alles herauskommen.

Nein, ganz oder gar nicht! Entweder tauchte León doch noch auf – vielleicht hatten sich ihre Briefe gekreuzt, und sobald er ihren in Händen hätte, eilte er sofort zu ihr? – und erlöste sie aus der quälenden Situation, oder sie musste dem ungeborenen Leben ein Ende setzen. Sie würde sich Luiza anvertrauen, die alte Köchin wusste bestimmt Rat.

Zwei Tage später, als Vitória die Post nur noch aus Gewohnheit durchsah und schon gar nicht mehr mit der aufgeregten Unruhe der Vorfreude erfüllt war, kam der lang ersehnte Brief von León. Endlich! Vitória rannte auf ihr Zimmer und riss ihn auf.

Meine geliebte Sinhazinha,
verzeih mir, dass ich dir erst jetzt schreibe. Dringende politische Angelegenheiten haben mich in den vergangenen Wochen derart in Atem gehalten, dass mir alle Zeit und Muße für erfreulichere Dinge fehlten. In Gedanken war ich immer bei dir, jeden Tag, jede Stunde, jede Sekunde meines Lebens! Und daran wird sich auch nichts ändern, wenn ich in Europa bin. Ja, man hat mir dort eine äußerst vorteilhafte Position angeboten, bei der sowohl mein diplomatisches Geschick als auch meine Schreibkunst gefordert sind, und

das Einzige, was meine übergroße Freude an dieser Herausforderung trübt, ist der Gedanke, dich nun achtzehn Monate lang nicht zu sehen. Aber glaub mir, meine schöne Vita, ich werde mit jeder Faser meines Herzens bei dir sein – und wenn ich zurückkehre, auch mit jeder Faser meines Körpers, den nur du in einen Aufruhr versetzen konntest, wie ich es nie zuvor erlebt habe. Ich liebe dich, wie ich nichts und niemanden auf der Welt liebe. Vergiss das nie. Und vergiss auch mich nicht.
León

Vitória konnte es nicht fassen. Sie las den Brief noch einmal, dann lief sie damit in die Küche und warf ihn ins Herdfeuer. Tränen liefen ihr übers Gesicht, aber sie bemerkte sie nicht. Er stahl sich aus der Verantwortung! Dieser Verbrecher, dieser elende, egoistische, triebhafte, versoffene, böse, gemeine, unwürdige Widerling hatte die Stirn, sich einfach aus dem Staub zu machen und sie allein in ihrem Elend zurückzulassen!
Die Küchensklaven bekamen es mit der Angst zu tun, als sie die junge Sinhá beobachteten. Der Teufel musste von ihrem Körper Besitz ergriffen haben, so wie sie sich schüttelte. Luiza scheuchte alle aus der Küche und schloss hinter ihnen die Tür. Sie ging zu Vitória und legte den Arm um sie. Vitória warf sich an die magere Brust der Schwarzen und schluchzte, bis sie kaum noch Luft bekam. Luiza tätschelte ihr den Rücken und murmelte beruhigende Worte, wie sie es auch bei einem hysterischen Säugling mit Schluckauf getan hätte.
»Er lässt mich einfach im Stich! O Gott, Luiza, was soll ich jetzt nur tun?«
»Erst einmal setzt du dich hierher, trinkst eine Schokolade und beruhigst dich. Dann erzählst du mir, was passiert ist.« Aber Luiza ahnte schon länger, welches Problem Vitória Sorge bereitete. Der mangelnde Appetit ihrer Sinhazinha sowie deren blasses Gesicht hatten ihr bereits vor Wochen die Wahrheit offenbart.
Während Luiza die Schokolade zubereitete, saß Vitória am Tisch, vergrub ihr Gesicht in den Händen und wurde von ihrem Wein-

krampf derart geschüttelt, dass das Wasser in dem Glaskrug vor ihr beinahe überschwappte.

»Ich hole dir einen Cognac aus dem Salon«, erklärte Luiza, nachdem sie Vitória die Schokolade hingestellt hatte und sich nun Richtung Tür wandte.

»Bloß nicht! Der Alkohol hat mich bisher immer in Schwierigkeiten gebracht. Ich trinke nichts mehr. Nie wieder rühre ich einen Tropfen an!«

Luiza zuckte mit den Schultern. Sie setzte sich auf einen der Strohstühle neben Vitória und wartete ab, dass diese von allein begänne, ihr ihr Leid zu klagen.

»Ich erwarte ein Kind von León«, sagte Vitória und zog die Nase hoch. In ihrer Stimme lag Trotz, so als sei Luiza der Auslöser für ihr Unglück. »Ich habe es ihm geschrieben, aber anstatt dass er mich heiratet, reist er für längere Zeit nach Übersee. So einfach ist das.« Wieder schluchzte sie laut auf. Luiza reichte ihr ein grobes, verschmutztes Taschentuch.

»Ich will das Kind nicht. Es ekelt mich an, die Brut von diesem verantwortungslosen Lüstling auszutragen. Hilf mir, es wegzumachen.« Spontan hatte Vitória die Entscheidung getroffen, mit der sie sich nun schon so lange herumquälte. Sie fühlte sich erleichtert, jetzt, da sie handeln konnte, ein Ziel hatte. Zugleich war sie zutiefst verstört. Hatte sie gerade wirklich um Hilfe bei einer Abtreibung gebeten?!

»Sinhazinha, bist du dir ganz sicher, dass du das willst?«

Nein, sie war sich überhaupt nicht sicher. Aber was blieb ihr anderes übrig? »Ja«, antwortete sie.

»Ich kann dir helfen. Aber du weißt hoffentlich auch, in welche Gefahr du dich bringst. Es ist ein sehr schwerer Eingriff, und du kannst daran sterben. Mit Sicherheit aber wirst du sehr krank sein, und das lässt sich ja nicht gut verheimlichen. Deine Leute werden Fragen stellen. Dona Alma wird ahnen, was du getan hast. Und schließlich besteht auch noch die Gefahr, dass du nie wieder Kinder bekommen kannst. Willst du das alles auf dich nehmen?«

»Luiza, das klingt fürchterlich. Aber nicht halb so grausam wie das Schicksal, das mich erwartet, wenn ich das Kind bekomme.«

»Wie weit ist die Schwangerschaft schon fortgeschritten?«

»Der dritte Monat.«

»Dann wird es höchste Zeit. Je länger du wartest, desto schwieriger und gefährlicher wird es. Trotzdem: Schlaf lieber noch eine Nacht darüber. Du hast heute diesen Brief bekommen und bist zu aufgewühlt, um einen klaren Gedanken zu fassen. Wenn du morgen immer noch zu deiner Entscheidung stehst, bringe ich dich zu Zélia. Sie weiß, was zu tun ist.«

»Zélia? Aber die Alte ist verrückt!« Zélia war eine zierliche Schwarze, weißhaarig und verhutzelt, die aufgrund ihres Alters nicht länger auf den Feldern arbeitete, sondern die *senzalas* fegte. Jeder auf Boavista hatte Angst vor ihr, weil sie mit ihrer durchdringenden, krächzenden Stimme immer obszöne Dinge aussprach und die Leute mit ihren scharfsinnigen, aber unaussprechlichen Beobachtungen in Bedrängnis brachte. Ihr war durchaus zuzutrauen, dass sie Vitórias Lage über den ganzen Hof brüllte: »Unsere züchtige Sinhazinha ist in Wahrheit eine trächtige Hündin« oder etwas ähnlich Schreckliches.

»Zélia ist nicht verrückt«, sagte Luiza. »Sie ist sogar sehr weise. Und sie ist im Umgang mit Kräutern und Naturmedizin bewandert. Alle haben Angst vor ihr, weil sie eine *mãe de santos* ist, nicht weil sie sich so unmöglich aufführt. Das tut sie übrigens nur, um für den Fall, dass man sie eines Tages bei der Ausübung von Macumba-Ritualen erwischt, gewappnet zu sein. Keiner würde ihr sonderbares Treiben verdächtig finden, sondern es ihrer Verrücktheit zuschreiben.«

»Was ist eine *mãe de santos?*«

»Das ist im Macumba das, was für eine katholische Messe ein Priester ist.«

»Aber … sind denn die Sklaven nicht auch alle katholisch? Wir haben alle taufen lassen und im Sinne Christi erzogen. Wie könnt ihr da noch afrikanische Kulte abhalten?«

»Keine Angst, Vita. Wir alle glauben an den lieben Gott und die heilige Dreifaltigkeit. Aber manchmal glaubt der Vater im Himmel nicht an uns – da muss man dann noch andere Götter zu Hilfe rufen.«

»Luiza!«

»Tu nicht so, Sinhazinha. Du selber glaubst ja ebenfalls nicht daran, dass dir dein Gott jetzt hilft.«

»Nein. Aber ausgerechnet Zélia!«

»Vertrau mir, Kind. Ich würde nie zulassen, dass dir etwas zustößt.«

Vitória kauerte zusammengesackt auf dem primitiven Stuhl. Sie bezweifelte, dass es in Luizas Macht stand zu entscheiden, ob ihr etwas zustieß oder nicht. Sie nippte am Rest ihrer bereits erkalteten Schokolade und fühlte sich erbärmlich. Und ihr wurde schon wieder schlecht.

Tags darauf hatte sich an ihrer Entschlossenheit, dem ganzen Spuk ein blutiges Ende zu setzen, nichts geändert. Wenn sie dabei sterben musste, dann wäre es eben so – alles war besser, als für den Rest des Lebens lebendig begraben zu sein. Sie ging zu Luiza in die Küche und passte einen Moment ab, in dem sie ungestört waren.

»Sag Zélia, dass ich heute Nachmittag, bevor die Feldsklaven zurückkommen, mit ihr reden will. Unter vier Augen. Ich treffe sie bei den *senzalas*, die ich zu inspizieren vorgebe.«

»Oh, aber …«

»Was?«

»Normalerweise empfängt Zélia nur zu Zeiten, die sie bestimmt.«

»Ach, Madame belieben Audienzen zu geben? Nun, diesmal wird sie tun, was ich ihr sage. Immerhin gehört sie mir.« Als habe Zélia nur auf ein Stichwort gewartet, sauste sie vor dem Küchenfenster vorbei und brummelte dabei etwas vor sich hin. Vitória beobachtete sie. Bisher hatte sie die Alte nie einer genaueren Musterung für würdig befunden. Sie war einfach da, gehörte dazu, wie ein Möbelstück, das schon immer in einem Raum stand und dessen

Besonderheit man erst wahrnimmt, wenn es plötzlich fehlt. Zélia war klein und drahtig. Sie hatte ein prominent herausragendes Hinterteil und eine sehr schmale Taille, sodass ihr Körperbau dem einer Ameise nicht unähnlich war. Besonders weiblich wirkte sie dadurch aber nicht. Ihre sehnigen schwarzen Beine hätten auch die eines halbwüchsigen Jungen sein können, und ihre breit getretenen, schwieligen Füße die eines alten männlichen Feldsklaven. Zélias Gesicht war noch weniger ansprechend. Sie hatte die typischen Züge der westafrikanischen Schwarzen, mit sehr dicken Lippen, einer breiten, kurzen Nase und einer runden Gesichtsform. Auf den Wangen trug sie Schmucknarben, die ihr weiß Gott wer zugefügt haben mochte, denn so viel Vitória wusste, war Zélia schon in Brasilien geboren.
Obwohl Zélias Gesicht praktisch ohne Falten war, wirkte es alt. Alt und wissend. Ja, bei genauerem Hinsehen vermochte Vitória in dem Gesicht der Sklavin etwas auszumachen, das sie nie zuvor bemerkt hatte. Es strahlte eine gewisse Würde aus, dazu Intelligenz und Weisheit. Wie konnte sie das nur all die Jahre übersehen haben? Bestimmt wäre sie bei dieser Frau in guten Händen.

Als Vitória ihr dann gegenüberstand, überfielen sie all ihre ursprünglichen Befürchtungen mit doppelter Intensität. Die Alte war verrückt, und sie selber wäre noch viel verrückter, wenn sie sich auf ihre Heilkunst verließe.
»Ah, unsere Sinhazinha hat sich besteigen lassen und nicht an die Folgen gedacht. Wofür haben sie dich so lange auf die Schule geschickt, wenn du die elementarsten Dinge des Lebens nicht weißt?«
»Erstens: Du hast mich noch immer zu siezen, ganz gleich, in welcher Notlage ich mich befinde. Zweitens: Ich habe mich nicht besteigen lassen, weil ich kein Tier bin, sondern ich habe geliebt und mich lieben lassen. Drittens: In der Schule habe ich gelernt, dass man neben dem Allmächtigen keine anderen Götter anbeten soll. Und deshalb ist mir dein Rang innerhalb deines Irrglaubens völlig egal. Für mich bist und bleibst du die alte Zélia, und ich werde dir

nicht mehr Respekt entgegenbringen als vorher. Viertens: Sprich gefälligst etwas leiser – es muss ja nicht jeder auf Boavista mitbekommen, was mich zu dir führt.«

»Du willst dir also das Kind von einer Verrückten wegmachen lassen?«

»Habe ich eine andere Wahl? Luiza sagt, dass du das kannst.«

»Sagt sie das, ja? Tja, also, da bin ich mir nicht so sicher. Es klappt nicht immer. Ich muss dich zuerst untersuchen. Wenn die Götter es wollen, und wenn wir es in einer Vollmondnacht tun, könnte es funktionieren.«

»Wolltest du mich nicht siezen?«

»Nein, du wolltest, dass ich dich sieze. Aber glaub mir, Kind, mit meinen sechsundsechzig Jahren werde ich kein Küken wie dich mit ›Sie‹ ansprechen. Na, ein Küken bist du ja eigentlich auch nicht mehr. Eher eine Legehenne.« Zélia brach in dröhnendes Gelächter aus.

»Und wenn du nicht sofort mit mir redest, wie es sich gehört, dann, das schwöre ich dir, mache ich dich zu Hühnerfutter.«

Zélia hielt sich den Bauch vor Lachen. »Ach, Sinhazinha, du hast Mumm in den Knochen, das muss ich dir lassen. Und der wird dir helfen, wenn wir das Ei herausholen.« Wieder schüttete sie sich aus über den Witz, den sie gemacht hatte. »Das Ei, haha, aber nicht das des Columbus.« Sie bekam sich kaum noch ein vor Lachen.

Vitórias Miene verdüsterte sich. Woher wusste die Alte solche Dinge?

»Ich finde das nicht sehr lustig. Sag mir lieber, wann und wie diese schreckliche Untersuchung vonstatten gehen soll.«

»Je eher, desto besser. Komm heute Abend in meine Kammer. Nach dem Essen. Aber iss und trink nicht so viel, wenn Blase und Darm voll sind, kann ich dich nicht so gut abtasten.«

Himmel, allein die Vorstellung, dass diese furchtbare Person sie berührte, machte Vitória Angst. Aber gut, das würde sie schon überstehen. Dann fiel ihr ein, dass sie gar nicht wusste, wo die Kammer von Zélia war. Wieso wohnte sie nicht in der Gemeinschaftsunterkunft, wo sie hingehörte? Hatten ihr die anderen Skla-

ven freiwillig mehr Platz eingeräumt, weil sie eine *mãe de santos* war?
Teilte sie die Kammer mit jemandem, so wie José seine mit Félix geteilt hatte?
»Wo ist denn deine Kammer?«
»Ich wohne da, wo früher die Ketten und Fußfesseln aufbewahrt wurden, gleich neben dem Geräteschuppen. Dort kommt niemand hin, ohne dass ich es merke. Du bist dort sicher.«

Die Kammer roch noch immer schwach nach Rost und Schmieröl, obwohl auf Geheiß von Dona Alma schon vor Jahren die scheußlichen Zuchthausutensilien abgeschafft und eingeschmolzen worden waren. Überlagert wurde dieser Geruch aber von dem der Kräuter, Rinden und Wurzeln, die Zélia hier hortete.
»Im Mittelalter hätten sie dich als Hexe verbrannt.«
»Das würden sie heute auch noch tun, wenn sie von meinem Treiben wüssten. Leg dich jetzt hin, zieh den Rock hoch und die Unterhose aus.«
Was für eine peinliche Situation! Vitória schämte sich zu Tode, tat aber, wie ihr geheißen. Als sie mit angewinkelten Beinen und entblößtem Unterleib auf der Pritsche der Sklavin lag, schloss sie die Augen. Nicht, dass das an der grostesken Situation etwas geändert hätte. Sie spürte, wie die Alte mit einer Hand auf ihren Bauch drückte, während sie zwei Finger der anderen in sie schob. Wie entsetzlich! Vitória öffnete die Augen und beobachtete Zélia. Die Alte wirkte äußerst konzentriert und zielbewusst – sie schien zu wissen, was sie tat. Doch dann runzelte Zélia die Stirn, als habe sie in Vitórias Leib irgendetwas Bedenkliches entdeckt.
»Was ist? Ist etwas nicht in Ordnung?«
»Still!« Zélia tastete weiter an und in ihr herum, bis sie ihre Finger schließlich wieder herauszog und in einer Waschschüssel reinigte.
»Also was ist jetzt?«
»Du bist ein bisschen eng gebaut, sonst ist alles normal. Die Schwangerschaft ist noch nicht allzu weit fortgeschritten, ich glaube, wir können es wagen.«

»Was bedeutet das? Erklär mir genau, was du tun wirst.«
»In der nächsten Vollmondnacht, das ist in vier Tagen, werde ich die Götter gnädig stimmen. Bis dahin nimmst du täglich dreimal einen Kräutertee zu dir, den ich mische und Luiza gebe, damit sie ihn dir zubereitet. Er wird deine Gebärmutter und den Geburtstrakt auf das vorbereiten, was dann kommt.«
»Lass dir nicht alles aus der Nase ziehen. Was kommt denn dann?«
»Ich werde dir einen Trunk verabreichen, der dich die Schmerzen weniger spüren lässt und der eine abtreibende Wirkung hat. Wenn du Glück hast, geht der Fötus bereits dann ab. Wenn nicht, muss ich zu anderen Maßnahmen greifen.«
»Himmel. Zélia, was für Maßnahmen?!«
»Mit einer Kürette, einem länglichen, scharfen Gegenstand, werde ich die Frucht deines Leibes zerstückeln, bis sie aus dir herausfließt. Das kann sehr schmerzhaft sein.«
Vitória starrte die alte Schwarze ungläubig an. »Du willst mit einem Messer in mir herumfuhrwerken?«
»Nein, will ich nicht. Du willst es.«
»Gibt es denn keine sanftere Methode?« Vitória hatte immer geglaubt, mit der Einnahme bestimmter Tinkturen und ein paar Tagen Bauchweh sei der Fall erledigt. Dass es so viehisch zugehen würde, hatte sie nicht gewusst.
»Es gibt sanftere Methoden. Aber sie führen nur selten zum gewünschten Ergebnis. Du musst das selber entscheiden. Wenn du jetzt Ja zu meinem Weg sagst, kannst du gleich hier die erste Tasse meines Tees trinken.«
»Was ist das für ein Tee?«
»Er besteht hauptsächlich aus Petersilie.«
»Petersilie?« Das wurde ja immer schöner. Man gab ihr ein alltägliches Gewürzkraut und setzte wohl mehr auf die suggestive Kraft des Tees als auf dessen medizinische Wirkung. »Ich esse täglich Petersilie, denn Luiza gibt sie gern auf alle möglichen Gerichte. Trotzdem bin ich schwanger geworden.«
»Ja, in geringen Dosen ist sie unschädlich. In hoher Konzentration wirkt sie abtreibend.«

»Das kann man von Kerbel, Koriander oder Schnittlauch bestimmt auch sagen.«
»Nein, nur von Petersilie.«
»Also von mir aus. Es kann ja nicht schaden, ein paar Tage lang Petersilientee zu trinken.«

Darin allerdings täuschte sich Vitória gewaltig. Der Trunk schmeckte abscheulich und verursachte so brutale Bauchschmerzen, dass sie die nächsten Tage fast ausschließlich auf der Toilette verbrachte, immer in dem Glauben, neben ihrer Gebärmutter auch gleich ihre anderen Innereien zu verlieren. Tatsächlich verlor sie gar nichts, außer ein paar Pfund Gewicht und ihren Appetit auf Petersilie. Nie wieder würde sie das Kraut essen können!
Es blieb ihr also nichts anderes übrig, als in der Vollmondnacht zu Zélias Kammer zu schleichen und die Prozedur über sich ergehen zu lassen. Es würde schon nicht so schlimm werden, die Sklaven hatten ja bekanntlich ein kindisches Vergnügen daran, immer maßlos zu übertreiben. Ihren abergläubischen Ritualen würde Vitória schon gewachsen sein, und dem Eingriff selber erst recht. Sie war jung, gesund und stark.
Vitória zögerte einen Augenblick, als sie an der Tür zu Zélias Kammer stand. Ihr kam ein sonderbarer, süßlicher Geruch entgegen. Der Raum war mit unzähligen Kerzen beleuchtet. Zélia kniete mit geschlossenen Augen vor etwas, das wohl ein Altar sein mochte, bewegte ihren Oberkörper rhythmisch vor und zurück und sagte in einem monotonen Singsang geheimnisvolle Formeln auf. Vitória klopfte an die Tür, die sie längst geöffnet hatte, um Zélia auf sich aufmerksam zu machen. Die Alte reagierte nicht. Vitória trat ein, schloss die Tür hinter sich und setzte sich aufs Bett. Endlich war Zélia fertig mit ihren Gebeten oder was auch immer das gewesen war, was sie beschwörend vor sich hin gesungen hatte.
»Hier, trink das.«
Sie reichte Vitória einen Tonbecher, der bis zum Rand mit einer bräunlichen Flüssigkeit gefüllt war.
Vitória wurde von der unheimlichen Stimmung in dem Raum an-

gesteckt und wagte nicht zu fragen, was in dem Becher war. Sie trank ihn in einem Zug leer. Wenig später drehte sich alles. Die Kerzen, Zélia, die rohen Holzbohlen und die lehmverputzten Wände verschwommen zu einem einzigen Bild, das sich schneller und schneller vor Vitórias Augen bewegte, bis sie sich, schwindlig und wie in einem undurchdringlichen Nebel gefangen, auf das Bett fallen ließ. Im Liegen schien es ihr, als wolle das Karussell sich noch schneller drehen, als würde sie gleich abgeworfen werden und tief, immer tiefer und tiefer fallen.

Vitórias Zustand ähnelte nur insofern einer Ohnmacht, als sie hinterher nicht mehr zu sagen vermochte, was genau passiert war. Den Schmerz hatte sie aus der Tiefe ihrer Betäubtheit wahrgenommen, den körperlichen ebenso wie den seelischen. Als Zélia ihr das Kind entriss, hätte Vitória, wäre sie dazu in der Lage gewesen, laut aufgeschrien, weil ihr der Rausch, in den Zélia sie versetzt hatte, mit einer ungeahnten Deutlichkeit zu erkennen gab, wie falsch das alles war. Himmel, es war so falsch! Wie hatte sie das nur tun können? Sie liebte León doch, und er sie! Waren sie nicht vor Gott Mann und Frau, und war das nicht das Einzige, was zählte? Schließlich beendete eine tiefe Bewusstlosigkeit ihre innere Pein.

Vitória bekam nicht mit, wie Luiza heulend neben ihrem Lager auf die Knie fiel und mit ihrer Schuld haderte. Sie erfuhr nie, wie aufopferungsvoll Zélia sie in dieser Nacht pflegte und wusch, und sie blieb immer im Unklaren darüber, wie sie wieder in ihr eigenes Bett gelangt war. Sie nahm nur schemenhaft wahr, wie Dona Alma an ihrem Krankenlager saß und mit blutunterlaufenen Augen aus der Bibel vorlas. Im Dämmerzustand erkannte sie mal ihren Vater, der schweigend ihre Hand drückte, mal Pedro, der sie unrasiert und mit zerzaustem Haar anstarrte wie einen Geist. Dann hörte sie wie aus weiter Entfernung Joanas tiefe Stimme, die ihr gut zuredete. Einmal glaubte sie Miranda zu sehen, wie sie ihr Nachthemd hochhob und ihre Wäsche wechselte, einmal Luiza, die ihr kleine Schlückchen Rotwein einflößte und sie mit Rinderleber fütterte.

»Das Fieber sinkt. Dem Himmel sei Dank!«, sagte Doutor Vieira.
Dona Alma bekreuzigte sich.
»Wie lange liege ich hier schon?«, flüsterte Vitória.
Dona Alma und der Arzt sahen sich an, als hätte der Leibhaftige zu ihnen gesprochen.
»Vita, Schatz! Du bist wach!«
»Ja. Und ich habe Hunger.«
»Doutor, das Kind hat Hunger! Ist das nicht wunderbar?«
Vitória verstand nicht, was daran wunderbar sein sollte.
Dona Alma zog an der Klingel, wenig später erschien Miranda an der Tür.
»Hol sofort etwas zu essen. Eine Hühnerbrühe, Obst, Weißbrot. Vitória hat Hunger!« Dona Alma war völlig aus dem Häuschen.
»Einen so schlimmen Verlauf des Gelbfiebers habe ich bisher noch nie beobachtet«, sagte jetzt der Doktor, »und noch nie kuriert, wenn ich mir das zu bemerken erlauben darf. Es bedurfte in diesem Fall wirklich all meines medizinischen Könnens, um das Mädchen zu heilen.«
Gelbfieber? Vitórias Verstand begann gerade erst wieder zu arbeiten, aber dass nicht das Gelbfieber sie niedergestreckt hatte, sondern eine ganz andere Krankheit, das war ihr wohl bewusst. Wie hatte der Arzt zu einer solchen Diagnose gelangen können?
»Wie lange bin ich schon krank?«
»Drei Wochen, mein lieber Schatz, drei Wochen haben wir um dich gebangt.«
Dass Dona Alma sie »mein lieber Schatz« genannt hatte, musste mindestens fünfzehn Jahre her sein. Drei Wochen! Vitória betastete instinktiv ihren Bauch. War alles gut gegangen? Wenn nicht, würde sich doch inzwischen sicher eine leichte Wölbung abzeichnen, oder nicht?
»Ja, kein Wunder, dass du Hunger hast, Kind«, interpretierte Dona Alma Vitórias Griff an den Bauch. »Du hast nur flüssige Nahrung zu dir genommen in all dieser Zeit. Und du bist um mindestens zehn Pfund abgemagert. Wir müssen dich jetzt dringend wieder aufpäppeln.«

»Ja, ich schlage vor, dass wir Fräulein Vitória ein wenig von dem Trunk verabreichen, der auch Ihnen, werte Dona Alma, so gut bekommt. Zufälligerweise habe ich ein Fläschchen dabei.«
Der Arzt öffnete besagtes Fläschchen und gab es Vitória. Sie nahm einen Schluck daraus, schüttelte sich und gab es Doutor Vieira zurück. Das Teufelszeug hatte mindestens vierzig Prozent.
»Ich trinke keinen Alkohol.«
Der Doktor sah Vitória konsterniert an und packte die »Medizin« wieder in seine Tasche.
»Kaum wieder unter den Lebenden, schon wieder ein Frechdachs wie eh und je«, versuchte er zu scherzen.
»Ach, halten Sie die Klappe, Doutor«, sagte Dona Alma.
Vitória hätte nie gedacht, dass sich in drei Wochen so viel ändern könnte.

Ein paar Tage später war sie wieder auf den Beinen. Sie erkundete Boavista, als sei sie nie zuvor dort gewesen. Alles erschien ihr anders, neu, aufregend. Dabei hatte sich gar nichts geändert auf der Fazenda. Alles ging seinen gewohnten Gang. Luiza schikanierte die Küchensklaven, Miranda arbeitete noch immer zu langsam, José polierte fleißig die Kutsche, die dessen gar nicht bedurfte, und Zélia pöbelte weiterhin auf dem Hof herum.
Vitória nahm sie beiseite. »Wie hast du das angestellt? Dass der Doktor nichts bemerkt hat?«
»Das war nicht schwer. Er ist ein Dummkopf und Quacksalber. Und ich habe dir Karottenextrakt gegeben, sodass deine Haut gelb wurde. Das hat ihn getäuscht. Um deine Blutungen haben sich Luiza und Miranda gekümmert, der Doktor kam gar nicht auf die Idee, die Ursache deiner Erkrankung so weit unten zu vermuten.«
»Ich … bin dir zu Dank verpflichtet. Hier, nimm das, ich denke, damit bist du angemessen entlohnt.« Dann drehte sich Vitória um und lief schnell zurück ins Haus.
Zélia sah ihr ungläubig nach. Ein so schönes Schmuckstück wie diesen Anhänger in Form eines Kaffeezweigs hatte sie noch nie in der Hand gehalten.

Buch II

1886–1888

XII

Pedro und seine Frau schlenderten händchenhaltend über den Sand. Die Schuhe hatten sie ausgezogen und hielten sie in der jeweils freien Hand. Wie frisch die Luft hier draußen in Copacabana war, und wie gut es tat, den feinen Salzwassernebel einzuatmen, der über dem Strand lag! Das Tosen der Brandung machte einen ungeheuren Lärm, und immer wieder mussten sie besonders großen Wellen, die es weiter auf den trockenen Sand schafften als andere, ausweichen. Jedes Mal, wenn das weiß schäumende Wasser ihre Füße berührte, stieß Joana in gespieltem Entsetzen spitze Schreie aus und warf sich an Pedros Brust. Er lachte und fühlte sich herrlich in der Rolle ihres Beschützers, obwohl er genau wusste, dass Joana nicht mehr Angst vor dem Wasser hatte als er. Aber das gehörte zu ihrem sonntäglichen Ritual, genau wie das anschließende Mittagessen in dem Ausflugslokal, das ein findiger Gastwirt mitten zwischen die lose verstreuten, ärmlichen Fischerhütten gesetzt hatte und das samstags und sonntags immer brechend voll war. Pedro hatte gehört, dass sich einzelne Familien hier bereits Häuser für die Sommerfrische errichten ließen, und wenn das so weiterginge, wäre Copacabana eines Tages ein richtiges, hübsches Dorf. Vielleicht sollte auch er hier ein Grundstück erwerben? Die Preise dürften so niedrig sein, dass er mit dieser Investition nicht viel verkehrt machen konnte.

»Schade, dass man heute nicht baden kann. Ich hatte mich schon richtig daran gewöhnt, meine Haut einmal in der Woche dem Salzwasser auszusetzen. Es bekommt mir gut.«

»Ja«, antwortete Pedro, »mir tut es auch gut. Und es macht Spaß, nicht wahr? Wobei sogar mir, obwohl ich schwimmen kann, die Wucht der Wellen und die starken Strömungen manchmal Angst machen. Eines Tages passiert hier noch ein Unglück. Die Leute sind so sorglos, die meisten sind Nichtschwimmer, und sie gehen viel zu weit ins Wasser.«

»Ach, dass du immer so schwarz sehen musst!« Dabei strubbelte sie Pedros Lockenmähne und küsste ihn auf die Wange. »Wenn ich gewusst hätte, dass du so ein Pessimist bist, hätte ich dich nicht geheiratet.«
»Natürlich hättest du das, denn außer mir wollte dich keiner.«
»Also bitte, ich glaube, da unterliegst du einem schweren Irrtum. Ich habe dir nur nichts von der Schar meiner Verehrer erzählt, weil ich es nicht ertragen kann, dich leiden zu sehen.«
Pedro blieb abrupt stehen und zog Joana zu sich heran. Er nahm sie in seine Arme, küsste sie und drehte sich mit ihr ein paarmal im Kreis, sodass sie hochflog und jauchzte. Wie er sie anbetete, seine kleine, raffinierte Frau mit ihrem weichen, runden Körper und ihrem putzigen Gesicht, zu dem die große Nase gar nicht zu passen schien und das er deswegen nur noch mehr liebte! Wenn sie lachte, so wie jetzt, und er ihre rosa Zunge hinter ihren weißen Zähne aufblitzen sah, dann durchströmte ihn ein so großes Glücksgefühl, dass er förmlich daran zu ersticken glaubte. Manchmal sah er sie an und dachte, was er doch für ein süßes Frauchen hatte – bis sie mit ihrer tiefen Stimme etwas furchtbar Kluges sagte und er sie dafür erst recht vergötterte.
Als er sie wieder abgesetzt hatte, wurde sie ernst. »Weißt du, wenn du mich nicht gewollt hättest, ich hätte keinen anderen genommen. Ich verstehe Vita, ich würde es genauso machen. Entweder den einen Richtigen oder gar keinen.«
Pedro sah ihr streng in die großen, dunklen Augen. »Du darfst sie nicht noch ermutigen, sich weiterhin wie ein störrisches Maultier aufzuführen. Sie weiß doch gar nicht, wer der Richtige für sie ist! Etwa León Castro?«
»Natürlich.«
»Ist er nicht. Außerdem scheinst du zu vergessen, dass er nicht einmal in Brasilien ist.«
»Hast du mir nicht selbst erzählt, dass er bald zurückkommt? Na also. Und glaube mir: Er ist der Richtige. Er liebt sie, und sie liebt ihn. Ich habe noch nie zwei Menschen gesehen, bei denen das offensichtlicher war.«

»Du verwechselst da etwas. Was du gesehen hast, was wir alle gesehen haben, war nicht mehr als unverhohlene körperliche Begierde. Und vielleicht hat Vita das in ihrer Unerfahrenheit mit Liebe verwechselt. Aber ich kann mir beim besten Willen nicht vorstellen, dass zwischen ihr und León mehr ist. Die unsägliche Episode liegt im Übrigen schon fast zwei Jahre zurück, bestimmt hat sie ihn längst vergessen. Und er sie. Selbst wenn dem nicht so sein sollte und du Recht hättest: Auf Dauer würde das nicht gut gehen. Er kann ihr nicht ansatzweise das Leben bieten, das sie gewohnt ist.«
»Vielleicht will sie auch gar kein Leben, wie sie es gewohnt ist. Vielleicht träumt sie davon, in der Stadt zu leben und an der Seite eines einflussreichen Mannes wie León – denn zu dem ist er ja inzwischen geworden – Hof zu halten.«
»Joana, ich halte viel von deiner Menschenkenntnis. Aber diesmal täuschst du dich. Ich kenne Vita ihr Leben lang, und ich weiß, dass sie durch und durch Sinhazinha ist. Ohne Boavista wäre sie wie ein Fisch auf dem Trockenen. Sie würde elendig eingehen.«
»Da wäre ich mir nicht so sicher.«
»Es ist ja auch müßig, darüber zu diskutieren. Wie ich meine Schwester kenne, lässt sie sich in ihre Pläne weder von mir noch von dir hineinreden. Komm, ich habe Hunger.« Er zog Joana mit zu der Uferstraße. Sie mussten rennen, weil der heiße Sand unter ihren Fußsohlen brannte. Sie setzten sich auf ein Mäuerchen, das den Strand von der Straße abgrenzte, klopften ihre Füße ab und zogen ihre Schuhe wieder an. Hand in Hand spazierten sie zu dem Lokal, wo sie einen schönen, schattigen Platz auf der Terrasse bekamen.
Sie bestellten Krebsfleisch, das in der Schale mit Käse überbacken war, dazu ein Bohémia-Bier und beobachteten die anderen Leute, die ebenfalls über den glühenden Sand liefen wie von der Tarantel gestochen, wobei manche Senhora mit gerafften Röcken mehr von ihren weißen Beinen zeigte, als sie es für schicklich halten mochte.
»Stell dir vor, Dona Alma würde so über den Strand rennen.«
Pedro lachte. »Ja, oder Dona Paula.« Sie kicherten bei der Vorstellung, ihre Mütter hier mit bloßen Beinen zu sehen.

»Glaubst du, sie haben überhaupt Beine?«, fragte Joana mit Unschuldsmiene. »Ich glaube, unterhalb der Taille kommt bei ihnen nicht mehr viel.«

»Joana!«

Ach, wie hübsch er sogar noch war, wenn er sich künstlich aufregte! Pedro konnte seine Lippen zusammenkneifen und sie mit altväterlich empörtem Gesicht ansehen, so viel er wollte – nie würde es ihm gelingen, anders als ein schuldbewusster Welpe dreinzuschauen. Das würde sie Pedro niemals sagen, denn er bildete sich gern ein, allein durch sein Aussehen und sein Auftreten anderen Menschen Respekt einzuflößen. Aber das tat er nicht. Er bezauberte alle mit seinem jungenhaften Charme, und wenn die Leute ihn respektierten, so taten sie es wegen seines klugen Kopfes, seines ausgeprägten Gerechtigkeitssinns und seiner besonnenen Art, die in krassem Widerspruch zu seinem Äußeren stand, trotz einzelner weißer Haare, die sich bereits in seinen dunklen Schopf geschlichen hatten, und trotz erster Lachfältchen um die Augen.

Joana griff über den Tisch hinweg nach Pedros Hand und streichelte sie. Durch die Luft warf sie ihm mit halb geschlossenen Lidern einen Kuss zu.

»Ich habe gar keinen Hunger mehr. Lass uns gleich nach Hause fahren …«

Aber in diesem Moment erschien bereits der Kellner und brachte ihr Essen.

Nach der Siesta, während der sie nicht viel Schlaf gefunden hatten, machten sie sich fertig für die Soiree bei den Moreiras. Sie mussten zeitig aufbrechen, weil sie vorher noch Aaron abholen wollten. Er wohnte zur Untermiete bei einer alten Frau in Catete. Sein Zimmer war düster, stickig und feucht und roch nach Schimmel. Sie hatten ihm mehrmals angeboten, zu ihnen nach São Cristóvão zu ziehen, aber Aaron zog es vor, in diesem Loch zu bleiben. Er war ohnehin so gut wie nie zu Hause, und zum Schlafen, sagte er, reiche es ihm allemal.

»Diese Alte ist eine rechte Schlampe, denn sie lässt nicht nur ihr Heim verkommen, sondern geht auch schludrig mit deiner Wäsche um. Du musst umziehen!«, hatte ihm Joana des Öfteren vorgehalten, aber Aaron ließ sich von der fixen Idee, unbedingt seinen geringen Geldmitteln entsprechend zu hausen, nicht abbringen.
»Du bezahlst sie dafür, dass sie deine Kleidung in Ordnung hält, und sieh dir an, wie du herumläufst: fehlende Knöpfe, speckige Kragen, schlecht gestopfte Löcher. Dabei könntest du wirklich sehr apart aussehen, wenn du nur wolltest.«
»Unter dem Talar sieht man nichts davon.«
»Wir sehen es. Uns stehst du schließlich nicht im Talar gegenüber.«
»Aber ihr kennt mich. Ihr liebt mich«, grinste er frech.
Ja, das stimmte. Joana hatte den besten Freund ihres Mannes sofort ins Herz geschlossen, weil er Geist und Witz versprühte, weil er ungeschickt im Alltag und gerissen im Gerichtssaal war, weil er tolerant und mitfühlend war, wenn es um die Belange unschuldig in Not geratener Menschen ging, und hart und kompromisslos, wenn er mit Gier, Korruption oder Dummheit konfrontiert war. Aber sie sah nicht ein, was das mit seiner Garderobe zu tun haben sollte. Sie hatte Pedro schon oft ins Gewissen geredet, damit er seinem Freund zu einem eleganteren Auftritt verhelfen möge, aber der hatte den Plan schulterzuckend weggewischt: »Sinnlos.«
Seit Aarons Familie im letzten Sommer einer Gelbfieberepidemie zum Opfer gefallen war, die in São Paulo tausende dahingerafft hatte, war Aarons Nachlässigkeit noch schlimmer geworden. Konnte man vorher seine Art, sich zu kleiden, noch als studentisch oder bohemienhaft entschuldigen, so zeugte sie jetzt schlichtweg von einem Mangel an Selbstrespekt. Wie bestürzt Joana und Pedro über den Tod von Aarons Verwandten auch waren – nach einem knappen Jahr musste ein junger Mann seiner Trauer allmählich Herr werden und sich wieder dem Leben stellen.
Joana hoffte, dass Aaron sich wenigstens heute so ordentlich angezogen hatte, dass man sich für ihn nicht schämen musste. Die Moreiras waren reiche Kaffee-Exporteure und potenzielle Klienten

für Aaron. Dass sie ihn zu dem Empfang überhaupt eingeladen hatten, verdankte er dem Umstand, dass der Advokat des Hauses kürzlich das Zeitliche gesegnet hatte, woraufhin Pedro in den höchsten Tönen die Fähigkeiten des Mestre Nogueira gepriesen hatte.

Aaron stand bereits vor dem Haus und wartete auf sie. Sein rotes Haar hatte er mit Pomade gebändigt, und ein Zylinder, dem sogar im gelblichen Licht der Gaslampen anzusehen war, dass er schon bessere Tage gesehen hatte, saß schief auf seinem Kopf. Er trug seinen besten Anzug, was nicht viel heißen wollte. Immerhin hatte er seine Schuhe auf Hochglanz poliert und sich eine große, rote Blüte ins Knopfloch gesteckt, die, wie Joana sofort sah, von dem Busch im Vorgarten seines Hauses stammen musste.

»Dona Pia würde dich mit Schimpf und Schande aus dem Haus jagen, wenn sie wüsste, was du ihrem Hibiskus antust.«

»Oh, aber sie weiß es. Sie hängt den ganzen Tag und auch die halbe Nacht an ihrem Fenster – nein, sieh jetzt bloß nicht hin! – und beobachtet alles, was hier vorgeht. Sie duldet es nur, weil sie weiß, mit was für illustren Leuten ich verkehre.«

Als die Kutsche anrollte, sah Joana aus dem Fenster und fand Aarons Schilderung bestätigt. Die alte Frau hatte, um es an ihrem Logenplatz bequemer zu haben, sogar ein Kissen zwischen ihre Arme und den Fensterrahmen geklemmt.

»Was für ein armseliges Leben«, murmelte Joana. »Sich nur mit dem begnügen zu müssen, was andere erleben.«

»Es zwingt sie keiner dazu«, erwiderte Aaron. »Ein Alter aus der Nachbarschaft, ein pensionierter Bahnbeamter, macht ihr sogar den Hof. Aber sie weist ihn ab – er ist ihr nicht gut genug.«

»So wird es Vita eines Tages auch gehen«, sagte Pedro in unheilvollem Ton.

Aaron und Joana sahen sich entsetzt an. »Du willst doch nicht deine hinreißende Schwester mit dieser Warzenhexe vergleichen?«

»Wer weiß, vielleicht war die Warzenhexe einmal ein hübsches

Mädchen, das sich zu fein für alle Verehrer war. Sie hält sich ja offenbar bis heute für eine unwiderstehliche Schönheit, die es sich leisten kann, Interessenten abzuweisen – sie hat noch gar nicht registriert, dass sie alt und hässlich und fett geworden ist.«

»Vita wird in hundert Jahren noch nicht so eklig anzuschauen sein wie Dona Pia!«, erregte sich Aaron.

»Wer weiß?«

»Pedro, hör auf, so zu unken. Du verdirbst mir und Aaron noch die Laune.«

»Ja, erzähl mir lieber etwas über die Moreiras. Ich muss über diese Leute Bescheid wissen, wenn ich mich als ihr zukünftiger Advokat empfehlen will.«

Pedro fasste kurz zusammen, was er wusste, während Aaron aus dem Fenster der fahrenden Kutsche blickte.

»Was gibt es denn da draußen so Spannendes? Hörst du mir überhaupt zu?«

»Natürlich tue ich das. Ich kann mich besser auf deine Schilderung konzentrieren, wenn ich dich dabei nicht ansehe.«

»Du wirst immer sonderlicher, Aaron. In dieser Hinsicht kannst du dich bald mit meiner Schwester messen.«

»Ich wünschte, ich könnte mich mit ihr messen ...«

Pedro seufzte und fuhr schnell mit seinem Resümee der Moreiraschen Verhältnisse fort. Man durfte Aaron in seiner Verblendung nicht noch Vorschub leisten – sonst musste man sich den ganzen Abend seine Lobeshymnen auf Vita anhören. Seit Aaron ganz allein in der Welt stand, hatte er keinen Grund mehr, nach São Paulo zurückzukehren und eine Ehe mit Ruth einzugehen. Das bedeutete aber nicht, dass er sich auf Vita kaprizieren durfte. Pedro mochte es seinem Freund nicht so unverblümt sagen, aber die Wahrheit war, dass Vita ihn abweisen würde und dass auch seine Eltern ihn kaum als Schwiegersohn gutheißen würden. Er selber fand, dass Aaron sowieso eine bessere Frau als Vita verdient hatte, eine, die vielleicht nicht ganz so schön und so klug war, dafür aber auch weniger eigensinnig und rücksichtslos.

Pedro erzählte Aaron alles über die Firma des Gustavo Moreira, was er wusste. Er rasselte Daten und Zahlen herunter, als sei er mit dem Unternehmen aufgewachsen. »Der Mann ist sehr tüchtig. Und er ist schlau. Seine älteste Tochter soll demnächst den Sprössling eines namhaften Kaffeerösters in Deutschland heiraten. Damit würde sich Senhor Gustavo unabhängig von dem enormen Konkurrenzdruck machen – sein größter Kunde wäre sein Schwiegersohn.«

»Hat er noch mehr Kinder?«, wollte Aaron wissen.

»Ja, drei Söhne. Der älteste müsste um die zwanzig sein. Ein Taugenichts, der sich bereits des Öfteren in Schwierigkeiten gebracht hat, weil er trinkt und herumhurt. Der zweite ist etwa siebzehn Jahre alt. Ich kenne ihn kaum, ich bin ihm erst ein- oder zweimal begegnet, hatte aber einen guten Eindruck. So viel ich weiß, absolviert er gerade eine Lehre im väterlichen Unternehmen. Der jüngste dürfte nicht älter als vierzehn sein, zu ihm kann ich dir gar nichts sagen. Warum interessierst du dich für sie?«

»Man kann nie wissen. Vielleicht halte ich es für opportun, der Mutter ein paar Nettigkeiten über ihre Kinder zu sagen. Vielleicht kann ich den Vater von meiner Kompetenz überzeugen, wenn ich, ganz zufällig natürlich, auf meine Erfahrung in der Verteidigung jugendlicher Trunkenbolde hinweise. Wir werden sehen.«

»Wie berechnend du bist, Aaron. So kenne ich dich gar nicht«, meldete sich Joana aus dem dunklen Winkel der Kutsche, in dem sie den beiden Männern bislang schweigend zugehört hatte.

»Ich bin Anwalt. Ein gewisses Maß an Berechnung ist in diesem Beruf unerlässlich. Noch zweckdienlicher ist es allerdings, wenn der Gegner einen unterschätzt – was bisher allen so erging, weil sie sich von meinem nachlässigen Erscheinungsbild haben täuschen lassen und mich für einen schusseligen Luftikus hielten.«

Joana ging ein Licht auf. »Es ist ein Trick, nicht wahr? Deine Kleidung, deine Behausung … all das dient nur dem einen Zweck, alle von deiner Harmlosigkeit zu überzeugen.«

»Nicht ganz. Ich habe tatsächlich nicht viel Geld, sodass ich mir keine schönere Wohnung leisten kann. Und mir liegt auch nicht viel an schönen Kleidern. Aber im Prinzip hast du Recht.«

»Erweist du dir denn damit keinen Bärendienst? Ich meine, bei deinem Auftritt werden dir ja auch deine Klienten nicht unbedingt das größte Vertrauen entgegenbringen, und das Honorar fällt sicher auch geringer aus als bei anderen Advokaten.«
»Noch, Joana, noch. Aber ich habe nicht vor, auch nur einen einzigen Fall zu verlieren. Bald wird sich herumgesprochen haben, was Aaron Nogueira für ein gewitzter Anwalt ist, und dann kommen sie von ganz allein und zahlen mir, was immer ich verlange.«
»Gut, und dann tust du mir den Gefallen und suchst dir eine neue Bleibe. Und schaffst dir eine vernünftige Garderobe an.«
»Und eine vorzeigbare Ehefrau?«
»Ganz recht.«
Pedro atmete resigniert aus. Die beiden hatten es geschafft: Jetzt waren sie wieder beim Thema.

Auf der Soiree kreisten die Gespräche der Herren vorwiegend ums Geldverdienen, die der Frauen ums Geldausgeben. Joana kannte das schon und gewöhnte sich allmählich daran. In der Welt der Geschäftsleute, mit denen Pedro bei seiner Arbeit zu tun hatte, empfand man es offenbar als ganz normal, über Geld zu reden. Sie selber hatte sich anfangs schwer damit getan, in ihrem Elternhaus galt das Thema bis heute als unanständig. Hier aber erzählten die Damen ungeniert, wie viel sie für einen Hut bezahlt hatten. Sie brüsteten sich damit, wie weit sie den Preis des Kurzwarenhändlers heruntergedrückt hatten und wie sie um jeden Vintém Nachlass beim Lebensmitteleinkauf feilschten. Sie betrachteten das Ganze mehr als sportliche Herausforderung, denn Geiz oder auch nur Sparsamkeit konnte man keiner der Frauen nachsagen. Ihre Häuser waren aufs Opulenteste eingerichtet, ihre Garderoben von ausgesuchter Qualität. Sie tischten ihren Gästen die teuersten Speisen auf und leisteten sich fürstliche Kutschen. Dennoch gaben sie, wenn man ihnen Glauben schenken durfte, kaum jemals Geld aus, weil sie natürlich viel größeres Verhandlungsgeschick besaßen als ihre Männer.
Joana war keine Frau, die sich leicht einschüchtern oder beeindrucken ließ, aber ganz unberührt ließen diese Gespräche sie nicht.

Verprasste sie selber etwa unnötig das Geld ihres Mannes, weil sie für ihr Kleid doppelt so viel bezahlt hatte wie Dona Rosa für ihres, das dreimal aufwändiger war? Lief sie Gefahr, die Realität – und die realen Preise – aus den Augen zu verlieren, weil das Vermögen der da Silvas sie leichtsinnig werden ließ? Aber nein, das konnte nicht sein, schließlich hatte Dona Alma sie noch bei ihrem letzten Besuch beiseite genommen und ihr gesagt, sie solle nicht gar so sparsam sein, Pedro habe das Recht auf ein elegantes Zuhause und eine schöne Frau. Wie man es machte, machte man es falsch!

Sie gesellte sich zu einer Gruppe von jüngeren Frauen, von denen sie nur eine kannte, Dona Flora, die Frau eines französischstämmigen Hoteliers, die sie sogleich unter ihre Fittiche nahm.

»Darf ich vorstellen, Joana da Silva – Fernanda Campos, Eufrásia de Guimarães, Vania Jobim, Loreta Witherford.«

Joana nickte allen Damen reihum zu und versuchte, sich die Namen einzuprägen.

»Senhora Loreta, sehr angenehm. Darf ich fragen, ob Sie Engländerin sind oder Amerikanerin?«

»Mein Mann ist Engländer, ich selber werde immer Brasilianerin bleiben. Und sagen Sie, Senhora Joana, sind Sie vielleicht verwandt mit dem Baron Eduardo da Silva?«

»Er ist mein Schwiegervater.«

»Wie aufregend«, warf eine andere Dame ein, deren mittelbraunes Haar wie ein zerrupftes Vogelnest auf ihrem kleinen Kopf thronte. »Stimmt es, was man sich über den sagenhaften Reichtum dieser Kaffeebauern erzählt?«

»Bitte, Fernanda, was stellst du nur für indiskrete Fragen!«, sagte Loreta.

Doch Joana hatte bereits zu einer Antwort angesetzt. »Aber ja, alles, was man sich in Rio de Janeiro über diese Bauerntölpel erzählt, stimmt. Sie sind laut, haben keine geschliffenen Manieren, essen aber von goldenen Tellern und geben Unsummen für Kleidung aus, die sie nicht mit Anstand zu tragen wissen. Sie brauchen sich nur meinen Mann anzusehen«, dabei zeigte sie in Pedros Richtung, »er ist das beste Beispiel dafür.«

Alle Damen sahen hinüber zu Pedro da Silva, der in seinem maßgeschneiderten Gehrock eine tadellose Figur machte.
Dona Fernanda errötete, die anderen beiden, die bisher noch gar nichts gesagt hatten, blickten betreten zu Boden. Nur Loreta lächelte. »Und wie man hört, nehmen diese schrecklichen Leute nie ein Blatt vor den Mund.«
»Genau so ist es«, antwortete Joana, ebenfalls lächelnd. Sie fand Loreta Witherford ausgesprochen sympathisch.
»Kommen Sie, Senhora Joana, ich stelle Sie ein paar anderen Personen vor, deren Bekanntschaft Sie interessieren dürfte.« Als sie sich von ihrem Grüppchen entfernt hatten, beugte sie ihren Kopf ganz nah an Joanas Ohr: »Bin ich froh, dass Sie mir einen Vorwand geliefert haben, mich von diesen dummen Puten zu entfernen!«
»Ja, und ich bin froh, dass Sie mich aus ihrer Gesellschaft befreit haben. Ach, und bitte nennen Sie mich doch Joana.«
»Gerne, wenn Sie mich Loreta nennen.«
Den beiden jungen Frauen erschien es, als kennten sie sich schon viel länger, ja, als seien sie gute, alte Freundinnen. Sie unterhielten sich angeregt und ohne jede Verstellung über die Berufe ihrer Männer, ihre eigenen Pflichten und Sorgen, ihre bevorzugte Freizeitgestaltung, über moderne Kunst und über die wachsenden Gefahren auf den Straßen der Stadt. Sie entdeckten dabei so viele Parallelen, dass sie, jede für sich, zu der Überzeugung gelangten, dies könne der Beginn einer echten Freundschaft sein, wenn man den Kontakt nur sorgfältig pflegte und es langsam angehen ließ.
Joana lernte Loretas Mann kennen, Charles Witherford, der gerne anzügliche Anekdoten erzählte, deren Pointen aber dank seines starken Akzents kaum irgendjemand verstand. Wahrscheinlich wunderte er sich über dieses humorlose Volk, das nie über seine Witze lachte. Nach seinen weichen, weißen Händen zu urteilen, mochte er etwa in Pedros Alter sein, wirkte aber mit seinem schütteren blonden Haar und dem immerzu geröteten Gesicht viel älter. Er war Geschäftsführer der Niederlassung der British Meat Company in Rio.
»Dann führen Ihre Geschäfte Sie bestimmt oft in den Süden des

Landes, in die Pampas und die Grenzregionen?«, erkundigte sich Joana in fließendem Englisch. »Die Landschaft soll zauberhaft sein.«

»Senhora Joana, was für eine Freude! Wo haben Sie so gut Englisch gelernt?«

»Ich bin in der Kolonie Goa geboren, und wir sind viel durch Indien gereist. Das geht nur mit guten Kenntnissen Ihrer Sprache – und ich hatte ein Kindermädchen aus Yorkshire.«

»Wunderbar! Aber um auf Ihre Frage zurückzukommen: Ja, der Süden Brasiliens ist sehr schön. Wenn es nach mir ginge, würden wir uns dort niederlassen, meiner Frau und den beiden Kleinen bekäme das Klima bestimmt auch besser als das Leben in diesem barbarischen Dampfkessel.«

»Also, ich liebe diesen Dampfkessel! Es ist die Hauptstadt, und wenn überhaupt irgendwo in Südamerika etwas Aufregendes passiert, dann hier. Im Süden würden wir uns zu Tode langweilen – außerdem ist es nicht gerade ungefährlich dort. An den Grenzen zu Uruguay, Paraguay und Argentinien schwelen trotz des Friedensabkommens noch immer Ressentiments, und ich traue diesen *Spaniern* nicht über den Weg.« Loreta zog ein grimmiges Gesicht.

»Na, ihr *Portugiesen* seid aber auch nicht ohne …«, wandte Charles Witherford ein.

Zu dritt diskutierten sie lebhaft über die Außenpolitik Brasiliens, in einem Sprachengemisch, dem wohl keiner außer ihnen folgen konnte. Als Charles Witherford lautstark seine Begeisterung über die wirtschaftlichen Anreize äußerte, die sein Gastland englischen Handelsunternehmen gewährte, und das wieder auf Englisch, das mit portugiesischen Brocken durchsetzt war, erregten sie die Aufmerksamkeit der umstehenden Gäste.

Gustavo Moreira, der Herr des Hauses, trat zu ihnen. »Ich merke, Sie unterhalten sich blendend. Dennoch muss ich Ihnen«, dabei nickte er den Damen entschuldigend zu, »Senhor Witherford kurz entführen.«

Joana und Loreta nahmen es ihm nicht wirklich übel. »Es ist ja ganz nett, gelegentlich über Politik zu plaudern. Aber die Männer ereifern sich immer so schnell dabei – und dann arten die Gespräche immer zu Debatten aus, denen ich kaum noch folgen kann. Geht es Ihnen auch so, liebe Joana?«

»Manchmal. Meistens genieße ich diese Debatten, nicht wegen ihrer Inhalte, sondern weil die Herren sich so herrlich aufregen. Ich beobachte sie gern dabei – und lerne viel über das Wesen der Männer.«

»Ach, ich glaube, man kann sie studieren, so viel man will, wir werden nie dahinterkommen, wie sie denken. Oder können Sie von sich behaupten, Ihren Mann ganz und gar zu durchschauen?«

Joana lachte. »Nein. Aber wenn er mir nichts mehr lieferte, worüber ich staunen könnte, würde ich ihn auch nicht mehr so lieben.«

»Ja, der Reiz an den Männern besteht genau darin, dass man nicht immer begreift, was in ihren Köpfen vorgeht.«

Joana konnte nicht glauben, dass sie mit einer Frau, die sie seit gerade einer Stunde kannte, so persönliche Dinge besprach. Sie genoss die Unterhaltung, wollte aber den Austausch weiterer privater Angelegenheiten vermeiden. Noch. Irgendwann wären sie einander vielleicht so vertraut, dass intime Gespräche ihnen ganz natürlich erschienen, aber noch war es entschieden zu früh dafür.

»So, jetzt sollte ich Ihnen vielleicht auch meinen Mann vorstellen.« Sie gingen zu der Gruppe, in der neben Pedro auch Aaron sowie zwei ältere Herren standen, die wie Regierungsbeamte aussahen. Nachdem sich alle miteinander bekannt gemacht hatten, fachsimpelten Loreta und Pedro über die Preiserhöhung der Atlantikfähren und deren Folgen für die Kostenpolitik von Kaffee und Fleisch in Europa. Joana wandte sich Aaron zu – die beiden Alten hatten angesichts der weiblichen Gesellschaft und der unausweichlichen Wendung, die das Gespräch ihrer Meinung nach nehmen würde, das Weite gesucht.

»Also, du Spitzenadvokat, hast du neue Klienten akquirieren können?«

»Leiser, Joana, man hört dich ja im ganzen Salon. Ja, es sieht ganz gut aus. Bedarf an Anwälten herrscht jedenfalls zur Genüge, ich muss nur noch ein paar Leute davon überzeugen, dass ich genau ihr Mann bin.«

Aarons Haar hatte inzwischen die Überhand über die Pomade gewonnen, es ragte wirr zu Berge. Er hatte einen Manschettenknopf verloren, und ein Schnürsenkel hatte sich geöffnet.

»Du scheinst dich ziemlich ins Zeug gelegt zu haben.« Joana zuckte ironisch mit den Mundwinkeln. »Wenn ich dich nicht kennen und achten würde, müsste ich glauben, dass mir ein unfähiger Trottel gegenübersteht.«

»Aber ich bin ein unfähiger Trottel! Ich bin unfähig, so gelackt aufzutreten wie etwa dieser hirnlose Senhor Campos dort drüben, und ich bin ein Trottel, weil ich mir deswegen immer wieder ein schlechtes Gewissen von dir einreden lasse.«

»Ach, Aaron, du bist unverbesserlich. Komm, ich stelle dir einen Mann vor, der dir vielleicht nützlich sein kann. Er leitet die BMC in Rio, und ich habe das Gefühl, dass ihr gut miteinander auskommt. Eines habt ihr jedenfalls gemeinsam: Ihr habt beide einen Rotweinfleck auf dem Hemd.«

Aaron Nogueira und Charles Witherford verstanden sich auf Anhieb blendend, und Joana zog sich diskret zurück. Wenn die zwei über eine geschäftliche Beziehung reden sollten, war ihre Anwesenheit überflüssig. Aber sie beobachtete die beiden Männer, die etwas abseits standen, dem Alkohol ein wenig zu sorglos zusprachen und dabei eine lebhafte Diskussion führten, die regelmäßig von dem wiehernden Gelächter des Senhor Witherford und dem hellen Gegacker Aarons unterbrochen wurde.

Joana war stolz auf sich. Nichts liebte sie mehr, als Menschen zusammenzuführen, sei es in beruflichen Angelegenheiten, sei es in Herzensdingen. Als besonderen Erfolg betrachtete sie ihre Mission aber nur dann, wenn die Beteiligten ihre Intervention gar nicht zur Kenntnis nahmen – sie wollte ja nicht als Kuppelmutter gelten! –, sondern im Nachhinein glaubten, ein glücklicher Zufall habe sie zusammengebracht. Wenn Aaron und Charles weiter so viel tranken, würden auch sie morgen vergessen haben, dass Joana sie einander bewusst vorgestellt hatte.

Schwieriger war es, Aaron mit einer Frau zusammenzubringen, die zu ihm passte. Er war blind für alle Annäherungsversuche, die gar nicht mal so selten waren. Zwar war er kein Ausbund an Schönheit, aber seine freche Art und sein verschmitztes Gesicht kamen bei den Frauen gut an. Warum musste er sich unbedingt Vita in den Kopf setzen, eine der wenigen Frauen, die für ihn absolut unerreichbar waren? Sie würde er niemals bekommen, zudem hatte Joana für ihre Schwägerin andere Pläne. Ein Geniestreich war damals das »zufällige Zusammentreffen« der beiden im Theater gewesen. Sie hatte es gewusst! Allein aufgrund Pedros Erzählungen über den Hausarrest seiner ihr damals noch unbekannten Schwester hatte sie geahnt, dass sich zwischen Vita und León eine zarte Liebelei anbahnte, und alle darauf folgenden Ereignisse hatten ja gezeigt, wie sehr sie sich auf ihren Instinkt verlassen konnte. Der einzige Wermutstropfen war nur, dass sie niemandem, nicht einmal Pedro, von ihren geschickten Manipulationen erzählen konnte. Es funktionierte nur, wenn keiner außer ihr davon wusste. Weihte man andere Personen ein, die weniger gut schauspielern konnten als sie selber, gefährdeten diese mit ihren neugierigen Blicken und Fragen das ganze Unterfangen. Was für ein schweres Los, immer im Hintergrund wirken zu müssen! Aber andererseits: Was für eine Befriedigung, wenn ihre Pläne sich erfüllten! Joana seufzte.
»Joana, was ist mit Ihnen? Langweilen Sie sich?« Loreta hatte sich neben sie gestellt, ohne dass sie etwas davon bemerkt hatte.
Joana schrak aus ihren Gedanken hoch. »Aber nein, nein, überhaupt nicht. Ich habe nur über etwas nachgedacht, entschuldigen Sie bitte.«
»Haben Sie Lust, mit mir auf den Balkon zu kommen? Die Nacht ist sternenklar, und man hat von hier einen sagenhaften Blick auf die Berge.«
Die beiden jungen Frauen schlenderten durch den Salon, nach links und rechts nickend, grüßend, lächelnd, Höflichkeiten verteilend. Es dauerte eine weitere Viertelstunde, bis sie endlich den vom Zigarrenqualm vernebelten Raum verlassen konnten und sich

auf einem großen Balkon wiederfanden, auf dem sie ein junges Paar beim Austausch von Küssen störten. Sie lehnten sich an die Brüstung und sogen den Anblick der bizarren Gipfel in sich auf.

»Was für ein Panorama!«, begeisterte sich Loreta.

»Ja, es ist spektakulär. Andererseits wäre der Blick aufs Meer auch nicht zu verachten. Wenn mir dieses Haus gehörte, würde ich an der Ostseite einen weiteren Balkon anbringen lassen.«

»Was für eine verrückte Idee! Was gibt es denn da zu sehen, außer Wasser?«

»Wellen, die sich im Gleichklang mit der Ewigkeit am Strand brechen; den Widerschein des Mondes auf der gekräuselten Oberfläche; einen Horizont, so weit wie die Unendlichkeit; die Sonne, die am Morgen den Himmel violett färbt; Schiffe, die abfahren, und solche, die ankommen, alle beladen mit der schweren Fracht der Hoffnung.« Joana hielt inne. Plötzlich schämte sie sich dieses ungewollten Einblicks in ihre melancholische Ader.

Loreta sagte nichts, sondern starrte auf die zerklüfteten Gipfel im Westen, über denen voll und hell der Mond stand.

»Sollen wir wieder hineingehen? Ich habe Durst.« In dem hoffnungslosen Versuch, von der peinlichen Offenlegung ihrer Gefühlswelt abzulenken, nahm Joana ihre neue Freundin beim Arm und zog sie mit sich in den Salon.

Aaron, Charles und Pedro standen beisammen, die Krawatten ebenso gelöst wie die Zungen. Offensichtlich hatten alle drei zu tief ins Glas geschaut.

»… dann müssen Sie ihn mir unbedingt vorstellen!«, polterte Charles.

»Natürlich, mit allergrößtem Vergnügen.«

»Wen denn, Schatz?«, mischte sich Loreta ein, indem sie sich bei ihrem Mann unterhakte.

»Stell dir vor, der junge Senhor da Silva ist ein Freund von León Castro. Wer hätte das gedacht, he? Und unsereiner, naiv wie wir Ausländer sind, denkt, dass Fazendeiros und Abolitionisten sich bis aufs Blut bekämpfen!«

»Viele tun das auch. Aber unter zivilisierten Leuten zählen doch andere Eigenschaften – und ich versichere Ihnen, dass León Castro alles hat, was man sich von einem guten Freund nur wünschen kann.«

»Sie sind mir einer! An Ihrer Stelle hätte ich Angst, dass er klammheimlich den Sklaven zur Flucht verhelfen könnte.«

Charles Witherford grunzte vor Vergnügen und lief hochrot an. Das war ein Gesprächsstoff nach seinem Geschmack. Er liebte Geschichten, mit denen er seinen Landsleuten im Geschäft seine profunden Kenntnisse der Absurditäten des brasilianischen Alltags beweisen konnte. Obwohl er, wie alle Engländer in Rio, permanent über die haltlosen Zustände, das furchtbare Klima und die Faulheit der Brasilianer meckerte, war in der Firma eine Art Konkurrenzkampf darüber ausgebrochen, wer sich in diesem Land am besten durchschlug, wer die brasilianische Volksseele am genauesten durchschaute und wer den besten Zugang zum inneren Kreis der gehobenen einheimischen Gesellschaft hatte. Mit dieser Geschichte würde Charles Witherford niemand so schnell seinen Rang als echter Brasilienkenner ablaufen – ein Sklavenhaltersohn und ein berühmter Sklavereigegner als Freunde, nicht zu fassen!

»Ich denke, wir verabschieden uns jetzt. Ich kann vor Müdigkeit kaum noch aufrecht stehen.« Loreta streichelte ihrem Mann die Wange. »Und dir, mein Lieber, geht es, glaube ich, ähnlich.«

Nachdem Höflichkeiten und das Versprechen ausgetauscht waren, dass man sich unbedingt wiedersehen müsse, löste sich die Gruppe auf.

Joana, Pedro und Aaron verließen das Haus der Moreiras kurz nach den Witherfords. Während sie darauf warteten, dass ihre Kutsche vorfuhr, löste Pedro seine Krawatte und öffnete den obersten Hemdknopf. »Ist es wirklich so heiß, oder hat dieser Witherford mit seinem roten Kopf und seinem nervtötenden Gewische mit dem Schweißtuch mich nur angesteckt? Nun ja, immerhin war er ganz amüsant, nicht wahr?«

»Ja, und nicht halb so dumm, wie er sich stellte«, befand Aaron.

»Seine Frau war auch sehr nett. Wieso sind wir diesen Leuten nie vorher begegnet?«
Doch bevor Pedro Joana antworten konnte, lenkte ein Schwarzer seine Aufmerksamkeit ab. Er ging näher an ihnen vorbei, als es um diese nachtschlafene Zeit hätte sein müssen. Es war ja außer ihnen niemand auf der Straße, sodass nicht der geringste Grund bestand, weniger Abstand zu halten, als es der Anstand gebot. Pedro vermutete, dass es sich um einen Dieb handelte. Einen dummen Dieb, denn was hätte er gegen drei Personen schon ausrichten können? Als der Schwarze ganz in ihrer Nähe war, zog er mit Inbrunst allen Schleim aus seinem Rachen hoch und rotzte ihnen vor die Füße.
»He, was fällt dir ein?!«, rief Pedro.
Der Schwarze grinste ihn unverschämt an. »Ich spucke, wann und wohin ich will. Ich bin bald genauso frei wie ihr. Hier wird sich nämlich ganz schön viel ändern. León Castro ist demnächst wieder im Land – und der wird euch feinen Herrschaften schon zeigen, wo es langgeht!«

XIII

Félix stand am Pier und versuchte hüpfend, einen Blick auf die Passagiere zu erhaschen. An ein Durchkommen war nicht zu denken, und seine Trillerpfeife würde er nur im äußersten Notfall einsetzen. Fernanda hatte mal wieder Recht gehabt: Es war ein blödsinniges Unterfangen, León abholen zu wollen, ohne den genauen Ankunftstermin zu kennen. León hatte geschrieben, er wolle spätestens im Dezember wieder daheim sein, und Félix hatte daraus geschlossen, dass er eher früher als später eintreffen würde. Als Alleinreisendem war es ihm fast jederzeit möglich, auch ein früheres Schiff zu nehmen als jenes, für das er eine Passage gebucht hatte, denn Gäste, die wegen einer Krankheit oder anderer unvorhergesehener Vorfälle die Reise nicht antreten konnten, gab es immer.

Und selbst wenn León auf diesem Schiff war: Er rechnete ja nicht mit einem Abholer. Er würde es so schnell wie möglich verlassen und eine der Droschken nehmen, die direkt am Anleger bereitstanden. Und er, Félix, wäre völlig umsonst hergekommen und hätte überflüssigerweise riskiert, mal wieder von Seu Nelson zusammengestaucht zu werden. Trotzdem sprang Félix unbeirrt weiter hoch, um über die Köpfe der anderen Wartenden hinweg etwas zu sehen. Da! War das nicht das unverkennbare glatte Haar seines Herrn? Félix hüpfte weiter auf und ab und zog sich wüste Verwünschungen von den Umstehenden zu. Ja, da war er! Es half alles nichts: Félix musste die Pfeife benutzen.

León stand inmitten einer Schar anderer Passagiere, die sich am Ausgang drängten, als er ein schrilles Pfeifen hörte. Er beugte sich über die Reling und hielt in der Menschenmenge, die unten die Ankömmlinge erwartete, instinktiv Ausschau nach Félix. Er selber hatte dem Jungen damals die Trillerpfeife geschenkt, damit er besser auf sich aufmerksam machen konnte, und er würde das Geräusch wahrscheinlich auf immer mit Félix assoziieren. Aber nein,

niemand wusste den genauen Termin seiner Rückkehr, wie dumm von ihm anzunehmen, Félix könne ihn abholen wollen.
Ein schwarzer Mann, der eine blonde Perücke trug und sich aufführte wie ein tollwütiger Hund, erregte seine Aufmerksamkeit. Er winkte eindeutig in seine Richtung. Mein Gott, in Rio sind die Leute jetzt schon genauso übernervös wie in Paris, dachte León. Der Verrückte, der in seiner unmittelbaren Umgebung mittlerweile einen kleinen Tumult verursacht hatte, fesselte seine Aufmerksamkeit. Und dann erkannte er ihn. Er winkte zurück und war froh, dass es sicher noch eine Weile dauern würde, bis er unten angelangt war und Félix direkt gegenüberstand. So würde der Junge ihm seine Überraschung nicht ansehen. Aber was hieß hier »der Junge« – aus Félix war in den anderthalb Jahren seiner Abwesenheit ein junger Mann geworden. Er war in die Höhe geschossen und hatte den Ausdruck kindlicher Unschuld, der früher so charakteristisch für sein Gesicht gewesen war, eingebüßt. Hätte León ihn nicht so gut gekannt, hätte er sich vor ihm gefürchtet. Er wirkte wie einer der vielen Raufbolde, die die Stadt unsicher machten: schwarz, groß, stark, frei – aber meist betrunken und voller Aggressionen. Und diese alberne Perücke! León wusste, dass das zu einer Art Mode unter den Schwarzen geworden war. Sie empfanden helles und glattes Haar als besonders schönen Schmuck, und eine Perücke galt als Prestigeobjekt. Aber in Wahrheit demütigten sie sich durch diesen vergeblichen Versuch, sich weißen Schönheitsidealen zu unterwerfen, noch mehr. León empfand Abscheu und Mitleid. Und er hatte Gewissensbisse: Er hatte seine Leute viel zu lange allein gelassen.

Félix strahlte übers ganze Gesicht, als er endlich León gegenüberstand. Umarmen konnte er ihn ja schlecht, genauso wenig konnte er ihm sagen, wie sehr er sich freute. Aber das war auch nicht nötig. León sah es in seinen Augen.
»Wie schön, dass du mich abholen kommst. Aber tu mir einen Gefallen und nimm dieses grauenhafte Ding von deinem Kopf. Es steht dir nicht halb so gut wie dein echtes Haar. Und wahrschein-

lich schwitzt du so sehr darunter, dass dein Verstand Schaden nehmen könnte.«
Félix verstand nicht recht, was an der Perücke falsch sein sollte. Er hatte sie speziell zu diesem Anlass aufgesetzt und wollte damit doch nur demonstrieren, wie erwachsen und erfolgreich er in der Zwischenzeit geworden war. León sollte stolz auf ihn sein, anstatt ihn zurechtzuweisen. Aber er nahm sie ab.
»Ach, es ist herrlich, wieder festen Boden unter den Füßen zu haben. Und wieder diese brutale Hitze zu spüren. Als wir in Southampton ablegten, waren es dort neunzehn Grad unter null. Kannst du dir das vorstellen, Félix? Es war so krachend kalt, dass Eisschollen durch den Hafen trieben. So unerbittlich kalt, dass einem die Spucke im Mund gefror, wenn man ihn zu lange aufließ.«
Nein, das konnte sich Félix nicht vorstellen. In dem härtesten Winter, den er je erlebt hatte, waren die Temperaturen auf knapp zehn Grad gesunken – zehn Grad über null, versteht sich. Er hatte erbärmlich gefroren und sich einen schlimmen Husten zugezogen, den er erst Wochen später auskuriert hatte. Eine noch größere Kälte konnte und wollte er sich gar nicht vorstellen, und ihm war unbegreiflich, warum die reichen Weißen andauernd in Länder reisten, die ein so unwirtliches Klima hatten. In England, Frankreich, den Vereinigten Staaten, selbst in Portugal kamen, so hieß es, im Winter keine Tropfen vom Himmel, wenn es regnete, sondern kleine Eisklümpchen. Schnee. Er hatte die Fotografie einer verschneiten Landschaft gesehen, aber auf ihn hatte sie ihren Reiz verfehlt. Félix erinnerte sie nur daran, wie taub seine Füße gewesen waren, nachdem er in eine Pfütze getreten war und dann den ganzen Tag in den nassen Schuhen am Schreibtisch gesessen hatte, unter sich den kalten, gefliesten Boden des Souterrain-Kontors. Nein, Schnee fand er nicht romantisch oder schön, er fand ihn höchst beängstigend. In der Hölle, das würde ihm kein Mensch ausreden können, schmorte niemand in einer teuflischen Glut, in der Hölle mussten die Sünder frieren.
León zog ein Tuch aus der Hosentasche und wischte sich die

Schweißperlen von der Stirn. Während der zweiten Hälfte der Überfahrt, als sie die Kanarischen Inseln passiert und dann den Atlantik überquert hatten, hatte die Sonne zwar schon heiß vom Himmel gebrannt, doch dank des Fahrtwindes war die Hitze nicht so zu spüren gewesen. Hier, im Hafen von Rio de Janeiro, regte sich kein Lüftchen. Es waren mindestens achtunddreißig Grad, und nach anderthalb Jahren in London und Paris war er solche mörderischen Temperaturen nicht mehr gewohnt.
Ebenso wenig war er auf den Anblick gefasst gewesen, den die Stadt bot. Bei der Einfahrt in die Guanabara-Bucht hatte ihn die atemberaubende Schönheit der natürlichen Kulisse schier überwältigt. Jetzt staunte er über das Spektakel am Hafen. War das früher auch schon so ein wüstes Durcheinander gewesen, eine so infernalische, himmlische Explosion der Farben, Geräusche und Gerüche? War der Himmel früher auch schon von einem so tiefen Blau gewesen, hatten die Palmen an der Promenade vor seiner Abreise auch schon so viele Kokosnüsse getragen, und waren die Menschen damals auch schon so bunt gekleidet gewesen, dass sie aussahen wie Papageien? Wie herrlich das alles war! Und wie sehr er es vermisst hatte! Erst jetzt spürte León, dass er durch und durch Südamerikaner war, dass er für die grauen englischen Winter nicht geschaffen war, ganz gleich, wie schön auch die Abende bei Brandy und Pfeife am Kamin sein mochten. Gegen dies hier kam das alles nicht an. Endlich daheim!
Félix und León schoben sich durch die Menge, vorbei an einem Stand, an dem Mangos, Papayas, Ananas und Bananen verkauft wurden.
»Félix, hast du Geld bei dir? Ich habe nicht einen Vintém dabei, ich muss erst wechseln.«
Félix kramte in seiner Hosentasche und förderte eine Einhundert-Reis-Münze zu Tage, die er León gab.
León sah sich das Geldstück genau an. »An unsere Währung muss ich mich auch erst wieder gewöhnen. Mit unserer schönen Sprache habe ich mich Gott sei Dank auf dem Schiff schon wieder vertraut machen können.« Er gab die Münze dem Obstverkäufer und nahm

sich eine Mango aus dem Korb, die er genießerisch auf ihre Reife hin prüfte.
Als er weitergehen wollte, rief ihm der Verkäufer nach: »Sie können noch acht weitere Früchte für Ihr Geld bekommen.«
»Na gut, packen Sie mir von jeder Sorte ein paar ein.«
Félix nahm die Früchte entgegen und legte sie auf eine der Reisetaschen, die er León abgenommen hatte. Er wunderte sich über seinen Herrn. War so etwas möglich? Konnte man die eigene Sprache vergessen? Konnte man den Umgang mit dem eigenen Geld verlernen? Und was in drei Teufels Namen fand er an einer ordinären Mango so faszinierend? Die Dinger wuchsen schließlich überall, mancherorts so zahlreich, dass niemand sie ernten mochte, sondern sie auf die Erde fielen, wo sie verrotteten und die Wege rutschig machten.
León seinerseits wunderte sich über die niedrigen Preise. In England hätte er für fünf Vinténs ganze zwei Äpfel bekommen. Er holte ein Sixpencestück aus der Tasche und gab es Félix.
»Hier, das ist für dich. Es ist umgerechnet fünfhundert Reis wert, vielleicht hast du ja eines Tages Verwendung dafür. Wenn nicht, wechsle ich es dir.«
Félix wusste, dass er die Münze niemals brauchen würde, denn eine Reise nach England war das Letzte, was er sich wünschte. Aber er würde sie trotzdem behalten – eine so exotische Münze hatte einen Platz in seiner kleinen Kiste verdient, die derjenigen, die er vor seiner Flucht besessen hatte, aufs Haar glich. Auch die neue Zigarrenkiste hütete er wie einen großen Schatz, und er füllte sie mit allerlei Krimskrams, der ihm der Aufbewahrung würdig erschien. Félix wusste, dass er eigentlich schon zu alt für solche Kindereien war. Aber es musste ja niemand davon erfahren.
Sie ergatterten mit viel Glück und unter Félix' ganzem Einsatz eine Droschke. Als sie das Hafengebiet in südlicher Richtung verließen, war León froh, dass Félix nicht sprechen konnte. Er genoss es, schweigend den Anblick der Stadt in sich aufzunehmen. So vieles hatte sich verändert! An der Rua da Misericórdia wurde ein riesiger Palast errichtet, die Rua do Ouvidor war neu gepflastert wor-

den, an der Praça Tiradentes hatte ein neues Theater eröffnet, und an der Strandpromenade von Glória waren Palmen angepflanzt worden. Wenn sich Rio weiter in diesem Tempo entwickelte, würde es bald London und Paris an Größe Konkurrenz machen können.

Die Kutsche ruckelte in gemächlichem Tempo über die Straßen.

»He, Kutscher, schlafen Sie ein?«

Der Kutscher sah León verständnislos an. Er fuhr doch so schnell wie alle anderen auch.

Félix warf León ebenfalls einen ratlosen Blick zu.

León merkte, dass seine Hast hier fehl am Platz war.

»Weißt du, Félix, in Europa muss alles viel schneller gehen als hier. Alle sind immer in Eile. Ich muss mich erst wieder daran gewöhnen, dass die Uhren in Brasilien anders ticken.«

Dennoch bat León den Kutscher, schneller zu fahren. Er wollte nach Hause. Er hatte das dringende Bedürfnis, sich zu waschen, sich umzuziehen und endlich wieder aktiv zu werden. Während der achtundzwanzigtägigen Überfahrt hatte er ein wenig geschrieben, war aber ansonsten zur Untätigkeit verdammt gewesen. Und es gab reichlich Arbeit für ihn.

In England hatte sein missionarischer Eifer für die Abschaffung der Sklaverei Früchte getragen. Die Elite, die sich ihrer Menschenfreundlichkeit und Barmherzigkeit rühmte, hatte ihn mit offenen Armen empfangen, ihm mit glühender Begeisterung gelauscht, ihn gefördert und mit Geldmitteln zur Fortsetzung seines Kampfes ausgestattet. Als Korrespondent des »Jornal do Commércio« war er gekommen, als gefeierter Held einer geheiligten Sache war er gegangen. Aber auch als zutiefst verunsicherter Mann. Denn was León Castro in England gesehen hatte, war schlimmer als die Zustände, die in seiner Heimat herrschten: Minen, in denen verlauste und abgemagerte Kinder schufteten, deren Gesichter unter der dicken schwarzen Staubschicht so alt wirkten wie die Welt selbst; Webereien, in denen ganze Familien sich die Finger wund arbeiteten, ohne je genügend für ein bescheidenes

Leben in Würde zu verdienen; Druckereien, Stahlgießereien oder Sägewerke, in denen ein Großteil der Arbeiter mit stumpfen Augen und verstümmelten Gliedmaßen einer tumben Beschäftigung an Maschinen nachging, deren ununterbrochene Funktionstüchtigkeit über das Wohl der Arbeiter gestellt wurde; Mädchen, kaum älter als zwölf, und welke Weiber, die sich halb nackt auf den Straßen Londons feilboten, der nasskalten Luft nur mit Hilfe von Schnaps trotzend. Die Engländer übten Druck auf Brasilien aus, damit es die schändliche Sklaverei abschaffte – und versklavten ihr eigenes Volk. Was für eine ekelhafte Heuchelei! León hatte sich jedoch über seine inneren Zweifel hinweggesetzt und weiter, wenn auch voller Unmut, die Reichen und Mächtigen davon überzeugt, dass sie ihren Druck auf Brasilien verschärfen mussten. Eine Wirtschaftsmacht wie England konnte durch ein paar billige Sanktionen mehr erreichen als drei Millionen Schwarze, denen man das Denken und das selbstverantwortliche Handeln aberzogen hatte.
In Frankreich war die Empörung der Oberschicht über ein Land, in dem noch die Sklaverei herrschte, nicht sehr ausgeprägt. Ausgerechnet hier, in der Wiege des modernen abendländischen Verständnisses von Menschen- und Bürgerrechten, interessierte man sich wenig für das ferne Brasilien und noch viel weniger für die Schwarzen. Wofür man hier echte Leidenschaft aufbrachte, das waren die leiblichen Genüsse. Spitzenköche wurden wie Götter verehrt, ihre Lokale mit mehr Verzückung besucht als eine Messe. Zugegeben, auch León geriet angesichts der Köstlichkeiten, die Köche wie der legendäre Escoffier oder Philéas Gilbert zuzubereiten wussten, ins Schwelgen, auch er konnte einer getrüffelten Gänseleber, zu der ein schwerer Château d'Yquem gereicht wurde, nicht widerstehen. Doch er vergaß nie, wo er seine Prioritäten zu setzen hatte.
Die Pariser konnte er, das hatte er bereits nach kurzer Zeit begriffen, nur mit ihren eigenen Mitteln schlagen. Wann immer er mit Leuten zusammentraf, in Kaffeehäusern oder in deren Wohnungen, hatte er ihnen in den lebhaftesten Farben die Qualen geschildert, die der Kaffeepflücker oder der Zuckerrohrschneider auszu-

stehen hatte, damit die Europäer sich in ihren gemütlichen Salons dem zweifelhaften Genuss dieser Importgüter hingeben konnten. All das hatte nicht viel genützt. Stattdessen war ihm durch seine feurigen Reden die Aufmerksamkeit der Damen zuteil geworden, die ihn, den exotischen und überaus attraktiven Mann aus diesem wilden Land, gern ihrer Kollektion an Liebhabern einverleibt hätten. Manch einer gelang es sogar, wenngleich León immer schon nach kurzer Zeit die Lust an der jeweiligen Dame verlor.

Fast dreißig Jahre hatte er alt werden müssen, um zu erfahren, was Liebe bedeutete. Mit Haut und Haar war er Vita verfallen. Keiner anderen Frau gelang es, ihn so zu verwirren, ihn so zu verhexen, wie dieses Zauberwesen in der fernen Heimat. Sicher, in Europa gab es Schönheiten, die ebenfalls rabenschwarzes Haar und helle Augen hatten, die wohlgeformte Körper und samtweiche, schneeweiße Haut besaßen, die mit Kussmündern und rosigen Wangen lockten. Aber was waren diese Versuchungen wert, wenn hinter der hübschen Fassade kein Funken Verstand, kein bisschen Mut oder auch nur der geringste Stolz saßen? Wie hatte er jemals Frauen begehren können, die weniger arrogant waren und weniger Schneid besaßen als Vita?

Was würde dieses Mädchen eines Tages für eine Frau sein! Er sah sie schon vor sich, wenn jugendliche Verunsicherung dem Selbstverständnis einer erwachsenen Frau gewichen wäre, wenn kindliche Rebellion von kühler Logik abgelöst worden wäre und verschämtes Turteln von heißer Begierde. Allein beim Gedanken an Vitas Haaransatz, der in der Mitte der Stirn spitz zulief, und an den kleinen Leberfleck, der ihr Kinn zierte, wurde León von schmerzhafter Sehnsucht erfüllt. Und die Erinnerung an die beiden Grübchen über ihren strammen Pobacken, an den erstaunten und zugleich entrückten Ausdruck ihres Gesichts sowie an das schmatzende Geräusch, mit dem sich ihre schweißglänzende, heiße Haut von seiner gelöst hatte, jagte León heiße Schauer der Wollust über den ganzen Körper. Gott, seine Sinhazinha war für die Liebe geschaffen – und er würde sie ihr geben.

Dass sie nicht einen einzigen seiner zahlreichen Briefe beantwortet hatte, schmälerte seine Liebe nicht im Geringsten – und beunruhigte ihn auch nicht sonderlich. Er wusste, dass sie ihm böse war, weil er so unvermittelt diese Reise angetreten hatte. Er wusste aber auch, dass sie, wäre er geblieben, ihn früher oder später in die Reihe ihrer Verehrer eingegliedert hätte, die einzig dem Zweck dienten, ihr zu huldigen – nur um ihn, wenn ihre Eitelkeit befriedigt war, auszumustern. Wenn ihre Verbindung Bestand haben sollte, wenn er sich ihre Nähe dauerhaft sichern wollte, dann musste er sich paradoxerweise zunächst von ihr entfernen. Und ging es ihm selbst nicht genauso?

Die Zeit seiner Abwesenheit würde ihnen beide zugute kommen. Sie würde reifen, sie wäre erwachsener, klüger und sinnlicher. Unterdessen setzte er alles daran, auch vor den Augen der konservativen Gesellschaft als ihr Mann bestehen zu können. Und es war ihm gelungen: Sein Name war in Europa berühmt geworden – und erst dadurch auch in Brasilien zum Synonym für eine Sache geworden, die sich immer mehr Konservative auf ihre Fahnen geschrieben hatten. Es hatte sich einmal mehr bewahrheitet, dass der Prophet im eigenen Lande nichts galt, bevor man in der Ferne seine Vorzüge entdeckte.

Princesa Isabel höchstpersönlich, die Tochter des Monarchen, die während dessen Auslandsreisen die Amtsgeschäfte übernahm, hatte León Castro gebeten, heimzukommen. War er früher ein Paradiesvogel gewesen, den man als Bereicherung einer Feier betrachtete, dem man aber auf keinen Fall die Tochter anvertrauen würde, so war er dank dieser Auszeichnung, die mit einem Wechsel des geistigen Klimas in Brasilien einherging, zu einem Mann geworden, dessen Freundschaft man sich gern rühmte. Seit sogar schon einzelne Fazendeiros für die Abschaffung der Sklaverei eintraten, weil sie sich dieses Beweises für Brasiliens hoffnungslose Rückständigkeit schämten – und weil inzwischen so viele billige Arbeitskräfte aus Europa zu haben waren –, sah man in León Castro nur noch jene herausragenden Eigenschaften, die man sich für ein modernes Land erhoffte: Mut, Intelligenz, Energie, Fortschrittlichkeit.

Die Droschke hielt vor dem vierstöckigen Haus in Flamengo, in dem León das ganze Parterre bewohnte. Für seine Bedürfnisse reichten die sechs Zimmer allemal, und für ihn und die beiden Angestellten lohnte es sich kaum, ein eigenes Haus zu beziehen.

»Senhor León! Willkommen daheim!«

»Bia, Carlos!« León war gerührt über die Freude, die seine Dienstboten an den Tag legten. »Ach, es ist schön, wieder hier zu sein.«

»Hat der Junge also doch Recht behalten! Félix ist seit Tagen zum Pier gegangen, weil er davon überzeugt war, Sie würden schon mit einem früheren Schiff eintreffen. Was für ein Glück, dass der Junge so einen guten Instinkt hat!«

»Ganz erstaunlich«, sagte León und wunderte sich, wie Félix ihn so durchschaut haben konnte. »So, und jetzt lasst mich herein, damit ich endlich die Dusche nehmen kann, von der ich seit einer Ewigkeit träume.«

Hinter dem Haus lagen ein Hof und ein kleiner Garten, die seiner alleinigen Nutzung vorbehalten waren. Es gab dort außerdem eine primitive Dusche, bei der man das Wasser mit einem Hebel heraufpumpen musste. Es gehörte zu Leóns größten Vergnügen, an heißen Tagen dort draußen, inmitten des Duftes von Jasmin und vom dichten Blätterdach eines Mandelbaums vor den neugierigen Blicken der Bewohner der oberen Etagen geschützt, das lauwarme Wasser über seine Haut rinnen zu lassen. León warf seinen Morgenrock auf ein Fenstersims, nahm ein Stück Seife und stellte sich erwartungsvoll unter den Duschkopf. Carlos pumpte, jeden Augenblick musste das Wasser kommen. Die ersten Tropfen, von der Sonne aufgeheizt, waren die schönsten!

León nahm sich ausgiebig Zeit für seine Körperpflege, die auf dem ungezieferverseuchten Schiff zu kurz gekommen war. Er pfiff die Melodie der Marseillaise vor sich hin, schäumte sich von Kopf bis Fuß ein und stand dann lange reglos und mit geschlossenen Augen unter dem Wasserstrahl. Der Schaum war längst abgespült, und Carlos wunderte sich, was sein Herr nur an dieser Duscherei finden mochte. Wer stellte sich schon länger als nötig unter laufendes

Wasser? Ganz abgesehen davon, dass ihm allmählich der Arm lahm wurde vom Pumpen.
León hätte Stunden unter der Dusche verbringen können. Erst als er Carlos sah, dem schon der Schweiß von der Stirn rann, zwang er sich, seine Wäsche zu beenden. Er schlang sich ein Handtuch um die Hüften, ging tropfend ins Haus und erschreckte mit seinem unschicklichen Anblick Bia, der er im Flur über den Weg lief. Sie hatte ihm bereits frische Kleider auf dem Bett zurechtgelegt. Er zog sich eine Hose an, kämmte sein nasses Haar nach hinten und stellte sich mit nacktem Oberkörper vor den Spiegel. Er schäumte sich mit dem Rasierpinsel die Hälfte des Gesichts ein und rasierte sich gründlich. Anschließend benetzte er Gesicht und Körper mit Kölnisch Wasser, zog ein dünnes Hemd an und begab sich erfrischt und gut gelaunt ins Esszimmer. Er wusste, dass ihm, ohne dass er es eigens angeordnet hatte, dort ein leichtes Mahl serviert werden würde.
Allerdings auch ein sehr frugales. Es gab Hühnersuppe, Brot, Käse, ein wenig Obst.
»Senhor León, wir hatten nicht ernsthaft damit gerechnet, dass Sie schon heute zurückkehren würden. Wir haben deshalb nur das Nötigste im Haus.«
»Lass nur, Bia, das reicht für mich. Mir schmeckt's.« León grübelte einen Augenblick und fuhr fort: »Sag mal, ihr habt doch bestimmt auch Bohneneintopf gekocht. Gib mir davon einen Teller.«
Bia war sprachlos. Natürlich hatten sie schwarze Bohnen da, sie und Carlos aßen sie jeden Tag. Aber dass ein vornehmer Senhor – und das war León Castro in ihren Augen, auch wenn er ihr Lohn bezahlte und sie nicht behandelte wie eine Sklavin – dieses simple Gericht essen wollte, war ihr noch nie untergekommen. Aber gut, wenn er es so wünschte … Sie ging in die Küche, fischte in dem großen Topf nach den paar Fleisch- und Speckstücken, mit denen der Eintopf angereichert war, und brachte ihm den Teller. Dann beobachtete sie von der Tür aus, wie ihr Herr die *feijoada* mit größtem Genuss verschlang.
»So etwas Feines haben sie in Europa nicht, Bia.«

Die Schwarze war sich ganz sicher, dass ihr Herr sie auf den Arm nehmen wollte, und verzog ihr Gesicht ihm zuliebe zu einer Grimasse, die ihre Belustigung ausdrücken sollte, tatsächlich aber ihre große Besorgnis widerspiegelte. León interpretierte ihre Mimik richtig.
»Keine Sorge, Bia, ich bin nicht verrückt geworden. Ich bin höchstens verrückt vor Freude, dass ich wieder hier bin.«

Félix war zwischenzeitlich zurück zum Kontor gegangen, das er gelernt hatte zu verabscheuen. Er war der einzige Schwarze, der dort arbeitete, und seine Stummheit gab den anderen noch mehr Anlass, ihn zur Zielscheibe ihrer Bosheiten zu machen. Den ganzen Tag in dem düsteren Schreibraum zu verbringen, auf Gedeih und Verderb den gemeinen Launen seiner Kollegen und seines Vorgesetzten ausgesetzt, das war wirklich kein Zuckerschlecken. Umso mehr musste er darauf achten, sich keine Unbotmäßigkeiten oder Verfehlungen zu leisten. Er hatte in den letzten Wochen seine Mittagspause ausfallen lassen, um stattdessen am Nachmittag, wenn normalerweise die Schiffe aus Europa einliefen, am Hafen Ausschau nach León zu halten. Heute, endlich, war León an Bord gewesen, und Félix' Freude kannte keine Grenzen. Erst als er wieder im Kontor ankam, erhielt seine gute Stimmung einen beträchtlichen Dämpfer.
»Wo hast du so lange gesteckt, du Faulpelz? Glaubst du, du kannst dir solche Freiheiten herausnehmen, weil du dank der Protektion des ehrenwerten León Castro hier gelandet bist?« Seu Nelson geriet in Rage. »Meinst du vielleicht, dein Gebrechen würde unser Mitleid erregen? Denkst du, du könntest, weil du anders aussiehst, dich auch anders benehmen? Oder glaubst du sogar, nur weil der Patrão dich einmal gelobt hat, könntest du dir hier irgendwelche Mätzchen erlauben?« Nelson Garcías Stimme wurde immer lauter und schriller. »Denkst du das, du nichtsnutziger Neger?!«
Die anderen Angestellten heuchelten extreme Konzentration auf die Papiere, die vor ihnen lagen, feixten aber und ließen sich kein Wort entgehen. Endlich! Dieser aufgeblasene Wicht hatte es nicht

besser verdient. Seit er hier im Kontor des Tabakhändlers Bosi arbeitete, war ihr Leben nicht mehr dasselbe wie vorher. Der Junge war ehrgeizig, fleißig und klug. Er arbeitete für sein bescheidenes Gehalt doppelt so viel wie die anderen, und obwohl der Chefbuchhalter, Seu Nelson, die Verdienste des Jungen so gut wie möglich vor Jorge Bosi verheimlichte, war der Patrão auf Félix aufmerksam geworden. Seitdem hatten sie alle ihr Arbeitspensum drastisch erhöhen müssen, es war auf einmal vorbei mit den unzähligen Kaffeepausen in der *Confeitaria* »Hernandes« nebenan und mit den nachlässig gehandhabten Dienstzeiten.
Félix sah schuldbewusst zu Boden und schüttelte den Kopf. Was für dumme Fragen Seu Nelson stellte! Wie konnte nur irgendjemand glauben, er fühle sich als etwas Besseres, wenn ihm doch Tag für Tag unter die Nase gerieben wurde, dass er der letzte Dreck war.
»Du wirst heute Abend länger hier bleiben, verstanden?«
Félix nickte.
»Du wirst den Schreibraum fegen, die Spucknäpfe leeren und endlich einmal Arbeiten verrichten, zu denen du geboren wurdest.«
Félix erlaubte sich aufzusehen.
»Und wenn du mich noch länger mit deinem aufmüpfigen Blick anstarrst, dann kannst du diese Arbeiten in den nächsten Monaten ebenfalls tun!«
Félix unterdrückte mit Mühe Tränen des Zorns. Warum ließen sie ihn nicht einfach in Ruhe? Warum konnte er nicht still seiner Arbeit nachgehen, die an sich schon eine Strafe war? Warum schien es ihm jedermann zu verübeln, dass er gut schreiben und rechnen konnte? Die Weißen duldeten es nicht, wenn ein Schwarzer bewies, dass er ein Gehirn hatte, während die anderen Schwarzen ihm die vermeintlich vornehme Arbeit missgönnten. Permanent zogen ihn seine Nachbarn in Quintino, einem Hüttendorf im Nordwesten der Stadt, damit auf, dass er verweichlichte, dass seine Muskeln bereits abschlafften, dass seine Füße nicht mehr zum Barfußgehen zu gebrauchen waren und dass er in den Kleidern eines Kontorangestellten aussah wie eine Witzfigur. Nichts davon war

wahr, aber es verletzte ihn. Wäre Fernanda nicht gewesen, die ebenfalls in seinem *morro*, dem Armenviertel am Berghang, lebte und die mit ähnlichen Vorurteilen zu kämpfen hatte, hätte Félix sich längst gefügt und das getan, was alle von ihm erwarteten. Er hätte eine Arbeit angenommen, die viel Schweiß und wenig Grips kostete, er hätte sich allabendlich betrunken und so vielen Frauen wie möglich Kinder gemacht.

Gott sei Dank war nun León wieder da. Das Durchhalten fiele Félix leichter, wenn es außer Fernanda noch jemand honorierte. Nur ein Wort der Anerkennung oder des Lobes von León würde all die Qualen und Demütigungen wettmachen. Und wer weiß, vielleicht hatte sein Idol ja sogar eine Möglichkeit, ihn in einer anderen Firma unterzubringen, irgendwo, wo er in Frieden gelassen wurde, wo er vielleicht nicht der einzige Schwarze war und wo man ihn nach seinen Leistungen bewertete. Es gab schließlich noch andere Männer, denen es ähnlich gehen musste wie ihm: uneheliche Mischlinge von blassbrauner bis mittelbrauner Haut, die von den weißen Vätern als Söhne anerkannt worden waren und die ein gewisses Maß an Bildung genossen hatten; Alte, die sich nach der Einführung eines umstrittenen Gesetzes, wonach allen Sklaven nach Vollendung des sechzigsten Lebensjahres die Freiheit geschenkt werden sollte, ein kleines Geschäft aufgebaut hatten; Schwarze, die in katholischen Waisenhäusern mit den Grundrechenarten und dem Alphabet vertraut gemacht worden waren; oder auch solche wie ihn selber, denen es aus eigener Kraft und mit ein wenig Glück gelungen war, in der Freiheit zu bestehen. Aber wo steckten sie nur? Félix wusste, dass es Poeten, Händler, Musiker, Beamte, Zugführer, Bankangestellte und Journalisten afrikanischer Abstammung gab – aber er kannte nicht einen davon.

Er fühlte sich mutterseelenallein auf der Welt, einsamer noch, als er es auf Esperança je gewesen war. Jesus, wie hatte er sich nur von dort wegwünschen können? Erst jetzt war ihm klar, was er trotz aller Entbehrungen und Anfeindungen für eine schöne Zeit auf der Flüchtlingsfazenda verbracht hatte, eine Zeit, die unbelastet war von den ökonomischen Zwängen, die ihn Rio von seiner hässlichsten Seite erleben ließen, die unbeschwert war von dem täglichen Kampf ums Überleben und in der er sich noch als etwas Besonderes hatte fühlen dürfen.

Esperança, als deren Eigentümer die Azevedos auftraten, weil León sie dafür fürstlich honorierte, hatte beträchtlichen Gewinn abgeworfen. Auch die Fazenda in Südbrasilien, die León von seinem Vater geerbt hatte und deren Leitung er einem Verwalter übertragen hatte, florierte. León war, mit gerade einmal neunundzwanzig Jahren, reich. Während seines Europaaufenthaltes hatte er außerdem genügend Ruhm erlangt, um für seine Zeitungsartikel mindestens das Doppelte dessen einzustreichen, was man ihm vorher bezahlt hatte, und als Schützling der Prinzessin Isabel würde er keinen Mangel an Aufträgen haben.
Er war endlich in der Position, sich aus seiner Abhängigkeit vom »Jornal do Commércio« zu befreien und für andere Blätter schreiben zu können. Der Chefredakteur hatte Leóns diesbezüglichen Wunsch immer energisch zurückgewiesen, aber jetzt würde er es nolens volens hinnehmen müssen, wollte er seine berühmte Edelfeder nicht vollends verlieren. Von der »Gazeta Mercantil«, dem »Jornal do Brasil« und der »Folha de São Paulo« lagen León bereits Anfragen vor. Aber darüber wollte er nicht jetzt entscheiden. Viel wichtiger war im Augenblick, dass er sich Gedanken über seine Vorgehensweise in einer ganz anderen Sache machte.
Auf seinem Schreibtisch herrschte ein unbeschreibliches Chaos, nachdem er sich stundenlang durch die Papiere gequält hatte. Doch es kümmerte León nicht. Er streckte sich zufrieden in seinem Drehstuhl und fuhr sich mit den Händen durchs Haar. Ja, er wusste noch nicht genau, wie er es anstellen sollte, aber dass es geschehen würde, stand fest. Diesmal würde er endlich das tun, was ihm seine Lage vor rund zwei Jahren noch nicht erlaubt hatte: Er würde um Vitória da Silvas Hand anhalten.

XIV

Eduardo da Silva liebte seine Tochter abgöttisch. Er war kein Mann, der seine Gefühle gut zeigen konnte, aber er war sich sicher, dass Vitória die kleinen Zeichen seiner innigen Zuneigung richtig zu deuten vermochte. Der rassige Wallach, den er ihr zu Weihnachten geschenkt hatte; die Marmorwanne, für die eines der vielen Schlafzimmer auf Boavista eigens in ein elegantes Badezimmer umgebaut worden war, das Vitória ganz allein zur Verfügung stand; das kostbare Diadem aus Brillanten, das sie letztes Jahr zum Geburtstag bekommen hatte – all das bewies doch, dass er ihr keine Bitte abschlagen konnte.

Und jetzt das.

Unmöglich konnte er diesem Wunsch nachkommen. Eine Vorauszahlung auf ihren zu erwartenden Erbteil – welche halbwegs normale junge Frau hatte solche Ideen? Und dieses Gerede von einem Mittelsmann, der für Vitória, die ja noch gar nicht geschäftsfähig war, das Geld anlegen würde – wie kam das Kind nur auf so abstruse Gedanken? Warum sollte er ihr Geld geben, das sie wiederum einem Fremden anvertrauen würde? Das allein bewies doch nur zu deutlich, wie unausgegoren die ganze Idee war.

»Vitória, das ist ganz und gar inakzeptabel. Dein Vater und ich werden, so der Herrgott will, noch viele Jahre leben. Willst du uns etwa ins Grab reden mit deinen unmöglichen Vorstellungen?«, hatte Dona Alma eingewandt, und Eduardo musste seiner Frau zustimmen. Eines Tages, wenn Pedro Boavista übernehmen würde, hätte Vita ein Recht auf die Hälfte des Wertes der Fazenda, und Pedro würde seine Schwester auszahlen müssen. Aber solange er, Eduardo da Silva, noch der Herr auf Boavista war, würde er Ländereien, Sklaven und Vieh zusammenhalten und Gewinn bringend damit arbeiten.

»Dann geben Sie mir ein zinsloses Darlehen auf meine Mitgift«, hatte Vitória gebettelt.

»Deine Mitgift wirst du bekommen, wenn du heiratest. Dann hast du einen Ehemann, der sich um das Geld kümmern kann«, hatte Eduardo erklärt.
»Aber Pai, ich werde nicht heiraten, das habe ich doch schon tausendmal gesagt.«
»Und wenn du es hunderttausendmal sagst – mit deinen neunzehn Jahren bist du nicht in der Lage, solche Entscheidungen zu treffen. Du wirst es dir sicher wieder anders überlegen, sobald der Richtige auftaucht. Junge Mädchen sind wankelmütig, und das ist auch einer der Gründe, warum ich dir so viel Geld nicht anvertrauen kann.«
»Das ist nicht der Grund. Sie fürchten, ich könnte Recht haben. Sie haben Angst, der Realität ins Auge zu blicken. Die Abschaffung der Sklaverei ist nicht mehr fern, ganz gleich, was wir alle davon halten mögen. Und dann gnade uns Gott: Die Sklaven werden alles stehen und liegen lassen, niemand wird unsere Ernte einholen können, Boavista wird vor dem Ruin stehen. Ich möchte doch bloß das größte Unheil abwenden, im Interesse von uns allen.«
»Kind, wie kannst du dir nur solche Reden anmaßen?«, fuhr Dona Alma sie an. »Traust du dem Urteil deines Vaters weniger als deinem? Stellst du deine Ansichten über seine?«
»In dieser einen Sache: Ja. Ich bin fest davon überzeugt, dass die Abolition nur noch eine Frage von Monaten ist. Brasilien ist das letzte Land der Erde, in dem die Sklaverei rechtens ist, und ein Herrscher wie Dom Pedro, der allem Fortschritt so zugetan ist, kann solche Zustände nicht länger dulden.«
»Bitte, Vita, jetzt versuche dich nicht auch noch als Politikerin. Du weißt, dass Brasilien nicht mit anderen Ländern vergleichbar ist. Als Christenmensch und als moderner Herrscher mag Dom Pedro die Sklaverei verabscheuen. Aber in unserem Land geht es nun einmal nicht ohne. Wir haben kaum Industrien, wir leben vom Anbau landwirtschaftlicher Erzeugnisse. Wer sonst soll denn Zucker, Kakao oder Kaffee ernten, wenn nicht die Neger?«
»Aber Pai, ich selber will die Sklaven ja nicht in die Freiheit entlassen. Ich will nur vorsorgen für den Tag, an dem jemand anders dies

tut. Und glauben Sie mir: Dieser Tag naht schneller, als es uns lieb sein kann.«

»Hättest du Rogérios Antrag angenommen, wärst du jetzt Herrin auf Santa Clara und könntest schalten und walten, wie du wolltest. Aber solange du unter unserem Dach wohnst, erwarten wir von dir, dass du dich benimmst wie eine anständige Tochter«, ereiferte sich Dona Alma.

»Hätte ich Rogérios Antrag angenommen, hätte er meine Mitgift an sich gerissen und sie schnurstracks verjubelt. Ich hätte auf Santa Clara nicht das Geringste zu sagen, denn mein Mann und meine Schwiegermutter würden mich zu einem Leben am Stickbrett und im Beichtstuhl verdonnern. Bitte, Mãe, stellen Sie sich nur einmal vor, Sie hätten Dona Edmunda zur Schwiegermutter gehabt! Was für ein Albtraum!«

»Nicht so ein Albtraum wie der, eine alte Jungfer zu werden.«

»Oder der, eine mittellose alte Jungfer zu werden ... Aber um zum eigentlichen Thema zurückzukommen: Rogério, diesem Charmeur, der einen Goldfranken nicht von einem Vintém unterscheiden kann, hätten Sie meine Mitgift anvertraut. Mir, Ihrer Tochter, der Sie eine gute Ausbildung haben angedeihen lassen und die Sie Mut und selbstständiges Denken gelehrt haben, trauen Sie den Umgang mit dem Geld nicht zu? Das empfinde ich als beleidigend.«

Eduardo sah seine Tochter nachdenklich an. Im Grunde hatte sie Recht. Sie hatten Vita dieselbe Bildung vermittelt wie Pedro. Als Kinder hatten beide Privatlehrer gehabt, sie waren gemeinsam in Mathematik, Literatur, Französisch, Portugiesisch und Religion unterrichtet worden. Später war Vitória auf die beste Mädchenschule in Valença geschickt worden, um darüber hinaus auch die Fertigkeiten zu perfektionieren, die bei einer höheren Tochter erwartet wurden: das Klavierspiel, Gesang, verschiedenste Handarbeiten. Auch ausreichende Kenntnisse der schönen Künste, der Geschichte und der Philosophie wurden den Schülerinnen im »Colégio Santa Gertrude« vermittelt, damit sie später bei jeder Konversation damit glänzen konnten. Zudem hatte ihm seine

Tochter in den vergangenen drei Jahren bei der Leitung von Boavista zur Seite gestanden, und er wusste so gut wie niemand sonst, dass Vitória klug, geschäftstüchtig und umsichtig war. In ihren Händen wäre Boavista wahrscheinlich sogar noch besser aufgehoben als in denen seines Sohnes.
Aber Vitória war nun einmal kein Mann, weiß Gott nicht. Sie war das hübscheste Mädchen der Provinz Rio de Janeiro, und eines Tages wäre sie eine wunderschöne Ehefrau und Mutter. Ach, wie sehr er sich Enkelkinder wünschte! Wenn er jetzt Vitórias Drängen nachgäbe und ihr ein Darlehen auszahlte, dann würde sie sich womöglich nie einen Mann suchen – die, die Dona Alma und er selber ihr gesucht hatten, verschmähte sie ja alle. Und in der Tat: Irgendwann wäre sie eine alte Jungfer, verspottet und verlacht im ganzen Vale. Vitória war doch gar nicht in der Lage, sich die Konsequenzen ihrer Starrsinnigkeit vorzustellen. Nein, das Kind musste unter die Haube! Und dann würde ihr all das zugute kommen, was sie gelernt hatte.
Seine Frau schien denselben Gedanken gehabt zu haben. »Vitória, Schatz, wir trauen dir durchaus den Umgang mit Geld zu. Nur nicht den mit dem Geld deines Vaters. Dafür ist immer noch er zuständig. Wenn du heiratest, wirst du mehr Einfluss haben, du wirst dein Vermögen und das deines Mannes mehren können. Dazu haben wir dich erzogen, und ein kluger Mann wird immer auch eine kluge Ehefrau zu schätzen wissen und auf ihr Urteil hören. Noch mehr schätzen die Männer allerdings Schönheit und Jugend bei einer Frau. Du wirst in drei Monaten zwanzig Jahre alt, und wenn du nicht bald heiratest, machst du dich – und uns – zum Gespött der Leute.«
»Zum Gespött der Leute mache ich mich als Dona Vitória Leite Corrêia oder als Senhora Vieira de Souto. Ganz ehrlich, Mãe: Könnten Sie sich Edmundo oder Rogério als Ihren Ehemann vorstellen?«
»Ich brauche mir das nicht vorzustellen, ich habe schließlich einen Mann. Und Rogério hast du ja nun abgewiesen, er wird kaum ein zweites Mal um deine Hand anhalten. Edmundo, nun, er ist ein

wenig schüchtern, aber bestimmt ein wunderbarer Ehemann. Er kommt aus einer sehr guten Familie, er wird eines Tages sehr reich sein, und er würde alles für dich tun. Da er ein wenig verträumt zu sein scheint, hättest du als seine Frau mehr als genug Gelegenheit, dein geschäftliches Talent unter Beweis zu stellen. Er wäre perfekt für dich.«

»Er hat immer angetrocknete Spucke in den Mundwinkeln kleben.«

Eduardo da Silva musste gegen seinen Willen lachen. Dona Alma warf ihm einen bösen Blick zu, aber Vitória fühlte sich ermutigt, weitere Argumente gegen Edmundo vorzubringen.

»Er vergisst immer, sich die Schuppen von seinen Schultern zu wischen.« Sie sah zu ihrem Vater, der mit Müh und Not einen Lachkrampf unterdrückte. »Er sieht mir nie in die Augen, wenn er mit mir spricht. Er hat einen schlaffen Händedruck. Und er tanzt so schlecht, dass ich nach jedem Ball die Tanzschuhe wegwerfen muss, weil er so oft darauf steht. Er ist indiskutabel. Eher würde ich noch Joaquim Fagundes nehmen.«

»Werd jetzt nicht frech.« Dona Alma verlor allmählich die Geduld.

»Nichts liegt mir ferner, Mãe. Es ist mein voller Ernst. Als Mann ist Joaquim jedenfalls attraktiver als Edmundo, wenn er auch sonst nicht viel taugen mag.« Das war stark untertrieben. Joaquim Fagundes galt als Herumtreiber, Trinker und Spieler. Das väterliche Erbe hatte er zum Fenster hinausgeworfen, und er tat nichts, um selber Geld zu verdienen. Dafür sah er gut aus und war ein begnadeter Tänzer. Allzu oft kam Vitória allerdings nicht in den Genuss, sich in seinen starken Armen zu drehen und sich von ihm herumwirbeln zu lassen: Joaquim wurde kaum noch eingeladen. Jedenfalls nicht von respektablen Leuten.

»Was heißt hier schon ›als Mann‹? Ein Mann wird nicht dadurch zum Mann, dass er gut aussieht oder dass er tanzen kann. Ein echter Mann zeichnet sich durch Charakterfestigkeit und Ehrbarkeit aus, und an beidem mangelt es Senhor Fagundes.«

»Schon gut, ich will ihn ja auch gar nicht heiraten. Ich will überhaupt niemanden heiraten. Ich weiß gar nicht, wie wir nun wieder auf dieses leidige Thema zu sprechen gekommen sind. Ich wollte doch nur etwas Geld, das ich selber anlegen kann. Die Gewinne möchte ich ja nicht einmal für mich behalten. Sie sollen uns nur ein Leben erlauben, wie wir es gewohnt sind, auch in schlechteren Zeiten.«

Dona Alma erhob sich ächzend von ihrem Stuhl. In den vergangenen zwei Jahren hatte ihr gesundheitlicher Zustand sich zusehends verschlechtert. Dreimal pro Woche kam der Doktor nach Boavista, um nach ihr zu sehen und um ihr die einzige Medizin zu geben, die ihr vorübergehend Linderung verschaffte. Eduardo da Silva hatte mit dem Gedanken gespielt, seiner Frau eine Pflegerin zur Seite zu stellen, die sich rund um die Uhr um sie kümmern konnte, doch davon wollte Dona Alma nichts wissen. »Aber nein, Eduardo, ich bin doch noch keine Greisin«, hatte sie sich gesträubt. Rein äußerlich wirkte sie allerdings wie eine. Ihr Haar war inzwischen fast weiß, ihre Haut war pergamentartig und von gräulicher Farbe, ihre Hände waren knochig, immer eiskalt und schienen schon bei einem normalen Händedruck zu zerbrechen.

»Diese Diskussion ermüdet mich. Ich denke, ich ziehe mich eine Weile zurück und versuche ein wenig Ruhe zu finden.« Dona Alma ging langsam in Richtung Treppe. Eine Hand legte sie in ihr Kreuz, wie um die enorme Kraftanstrengung zu demonstrieren, die sie das Gehen kostete.

»Miranda, komm her und begleite Dona Alma auf ihr Zimmer«, rief Vitória das Mädchen.

Miranda war inzwischen Vitórias rechte Hand im Haushalt. Sie hatte zwar lange gebraucht, um bestimmte Dinge zu lernen, doch allmählich zahlte sich Vitórias Geduld in der Einarbeitung der Sklavin aus. Miranda hatte ein einnehmendes Äußeres, bewegte sich flink und unauffällig, und sie verrichtete die meisten Aufgaben, ohne dass man sie extra daran erinnern musste. Zwar überschlug sie sich nicht gerade vor Fleiß, und auch mit ihrer Intelligenz war es nicht weit her, doch Vitória hatte das sichere Gefühl, dass Miranda auf dem besten Weg war, eine zuverlässige, brauchbare Kraft zu werden.

Als Dona Alma den Raum verlassen hatte, sah Vitória ihren Vater durchdringend an.

»Pai, ich bitte Sie so gut wie nie um etwas. Aber bitte tun Sie mir diesen einen Gefallen. Es braucht ja keine Vorauszahlung zu sein, nicht einmal ein Darlehen. Vielleicht stellen Sie mir einfach ein wenig ›Spielgeld‹ zur Verfügung, mit dem ich meine Pläne realisieren kann – der Erlös würde selbstverständlich Ihnen gehören. Und nach Durchsicht unserer diesjährigen Buchhaltung weiß ich, dass wir flüssig genug sind, dass Sie mir … sagen wir zweihunderttausend Reis für dieses Spiel zur Verfügung stellen könnten.«

Vitória hielt die Luft an. Wenn ihr Vater sich nur erweichen ließe! Sie könnte mit einer solchen Summe ein Vermögen machen, wenn sie sie in chilenische Staatsanleihen oder in Aktien der englischen Fleischverarbeitungsbetriebe anlegte. Es würde ihn nichts kosten, er würde nicht einmal merken, dass dieses Kapital vorübergehend von Boavista abgezogen war. Vitória kannte die Geschäfte der Fazenda gut genug, um zu wissen, dass ein fantastisches Jahr hinter ihnen lag und dass größere Investitionen, etwa der Erwerb weiterer Ländereien, nicht anstanden.

Eduardo da Silva grübelte. Daran, wie er sein Kinn auf die Hand stützte und mit dem Zeigefinger die Barthaare kräuselte, konnte Vitória erkennen, dass er ernsthaft über ihren Vorschlag nachdachte. Gleich würde er sich am Ohrläppchen zupfen.

»Vita, ich bin mir ganz sicher, dass du ein gutes Händchen für Geld hast. Ich bin ebenfalls der Überzeugung, dass du nicht aus persönlicher Gier handelst, sondern aus redlichen Gründen. Aber ich kann nicht. Ich kann dir kein Geld geben, egal ob leihweise oder geschenkt oder als ›Spielgeld‹, wie du es nennst. Es ziemt sich nun einmal nicht für eine Sinhazinha, dass sie sich so enthusiastisch mit Geld beschäftigt. Eine verheiratete Senhora, ja, die darf das, aber ein lediges Mädchen untersteht noch immer seinen Eltern.« Senhor Eduardo zupfte sich am Ohrläppchen und räusperte sich. »Ich verstehe, dass du enttäuscht bist. Aber ich kann es nun einmal nicht zulassen – deine Mutter würde kein Wort mehr mit mir sprechen.«

Vitória war wütend. »Das ist es also? Sie haben Angst vor Mamães Reaktion? Nun, vielleicht halten Sie sich einmal vor Augen, dass ich es war, die in den vergangenen Jahren die Rolle der Senhora in diesem Haus gespielt hat, während Dona Alma geruhte zu simulieren.«

»Vita!«

»Jawohl. Und vielleicht spreche ich ja auch kein Wort mehr mit Ihnen, weil ich das Gefühl nicht loswerde, dass meine Stimme in diesem Haus ohnehin kein Gewicht hat. Ich bin nur eine dumme Sinhazinha, nicht wahr? Also, in Wahrheit, Papaizinho, ist es so, dass mich Ihre Geschäfte und auch die Haushaltsführung schon lange überfordern. Ich sollte jetzt vielleicht ein wenig ruhen, ich fühle mich plötzlich ganz schwach.« Vitória stand auf und rannte in ihr Zimmer.

Sie warf sich auf ihr Bett und stieß einen trockenen Schluchzer aus. Aber Tränen wollten keine kommen. Nicht einmal heulen konnte sie wie andere Mädchen, hemmungslos ins Kissen weinen, erbarmungswürdig schluchzen und dabei klingen, als drohte ein Erstickungsanfall. Vitória schlug mit der geballten Faust aufs Kopfkissen. Sie würden ja sehen, was sie davon hatten! Die Abschaffung der Sklaverei, das war Vitória klar, würde den Kaffeebaronen mit einem Schlag den Garaus machen. Sie hatte alle Zeitungen verschlungen, mit Nachbarn, Händlern und Handwerkern gesprochen, und immer hatte sie zwischen den Zeilen dasselbe gelesen, was sie bereits jetzt im forscheren Verhalten der Schwarzen spürte: Bald wären die Sklaven frei. Wenn die Ernte ausschließlich von Lohnarbeitern eingeholt werden musste, würde für sie, die Familie da Silva, kein Gewinn mehr abfallen. Die Fazenda verlöre von einem Tag auf den anderen ihren Wert. Ihr luxuriöses Leben würden sie dann aufgeben müssen, und um sich ein Minimum an Lebensqualität zu bewahren, würden sie alle Wertgegenstände veräußern müssen. Die alten Meister, das kostbare Porzellan, die venezianischen Lüster, die chinesischen und persischen Teppiche – es sähe auf Boavista dann bald so aus wie auf Florença, bevor Eufrásia Arnaldo geheiratet hatte. Wobei es auf Florença dann ebenfalls wieder so aussähe, desgleichen auf allen anderen Fazendas im Vale. Ihnen allen drohte dasselbe Schicksal.

Warum nur glaubte ihr niemand? Waren denn alle blind? Sie, Vitória, wollte doch nichts weiter, als das Schlimmste abzuwenden. Noch waren sie reich, noch hatten sie die Gelegenheit, ihr Geld so zu investieren, dass es auch nach der Abolition noch schöne Gewinne abwerfen würde. Musste sie, um ihre Familie zu retten, tatsächlich Edmundo heiraten? Nein, das war es nicht wert. Lieber wollte sie für den Rest ihres Lebens in Lumpen gehen und in einer Hütte hausen, als diesen unerträglichen Versager zu ehelichen. Himmel, ihre Eltern konnten doch unmöglich einen solchen Schwiegersohn wollen? Oder gar Enkel, die dessen Züge trugen, die dessen Schwächen hatten, die dessen Dummheit erbten? Niemals!

Nun gut, dann würde sie eben tatenlos zusehen, wie sich ihr Vater ruinierte, wie er die Familie ins Unglück riss, nur weil er so vor Dona Alma kuschte. Bitte sehr. Diejenige, die darunter am meisten leiden würde, war schließlich Dona Alma selber. Vitória erwischte sich bei der boshaften Vorstellung, wie ihre Mutter, ohne Hilfe von Personal, ohne die teure »Medizin« und ohne jeden Komfort in einem bescheidenen Häuschen vor sich hin siechte – sie hätte es nicht besser verdient.

Plötzlich hatte Vitória eine Idee. Wenn sie Teile ihres Schmucks versetzte, könnte sie ein Grundkapital aufbauen, mit dem es sich arbeiten ließ. Kein Mensch würde merken, ob sie noch im Besitz ihres Diadems, ihrer Smaragdbrosche oder ihrer Perlenkette war – die Juwelen waren viel zu kostbar und zu protzig, als dass sie sie bei einem normalen Fest hätte tragen können. Und prunkvolle Feiern standen in den kommenden Monaten keine an. Vitória überschlug im Kopf, wie viel Geld sie für den Schmuck bekommen würde. Einige Hunderttausend Reis ganz sicher. Wenn sie damit Aktien der British Meat Company kaufte und wenn diese dann rapide anstiegen, wie Vitória es erwartete, könnte sie den Betrag in kurzer Zeit verdoppeln. Die BMC hatte im ganzen Süden des Landes, in der Pampa, wo riesige Rinderherden gehalten wurden, Fabriken errichtet, die Fleischkonserven herstellten, und anscheinend war der Appetit der Europäer auf Corned Beef unersättlich. Ein Geschäft mit Zukunft, glaubte Vitória, denn in der Alten Welt verschluckten die modernen Industrien immer mehr landwirtschaftliche Nutzfläche.

Sie stand auf, wusch sich das Gesicht, obwohl sie nicht eine einzige Träne vergossen hatte, und setzte sich an ihren Sekretär. Sie nahm ein Blatt Papier und einen Bleistift zur Hand und notierte eine Zahl. Dreihunderttausend Reis. Wenn die Aktie im nächsten Jahr um zwanzig Prozent stieg, dann hätte sie sechshunderttausend Reis verdient. Zu wenig, um dann schon ihren Schmuck auszulösen – und zu wenig, um damit ernsthaft zu arbeiten. Bei einem Anstieg von vierzig Prozent wären es einhundertzwanzigtausend Reis. Schon besser. Aber ob vierzig Prozent realistisch waren? Und wenn sie ihren Schmuck nun nicht sofort zurückholte? Mit einhundertzwanzigtausend Reis könnte sie weiter investieren, das Geld vermehren, und wenn sie dabei klug vorging, würde sie, mit Zins und Zinseszins, bald sehr reich sein. Vitória verbrachte mindestens eine weitere Stunde an ihrem Schreibtisch, rechnete mit verschiedenen Grundsummen, spielte verschiedene Prozentsätze durch, schrieb Zahlenkolonne um Zahlenkolonne und erfreute sich an den Ergebnissen. Das war fast so schön wie Geld zählen!

Aber noch ein weiteres Problem war zu lösen: Wie sollte sie ihre Juwelen versetzen, ohne dass ihre Eltern Wind davon bekamen? In Vassouras und Valença war sie zu bekannt, und nach Rio käme sie so bald nicht. Vielleicht sollte sie einen Mittelsmann damit beauftragen? Nur wen? Einen Schwarzen konnte man mit dieser heiklen Aufgabe nicht betrauen, jeder Pfandleiher würde glauben, dass der den Schmuck gestohlen hätte. Und von Vitórias Freunden war keiner vertrauenswürdig genug. Die jungen Männer, mit denen sie Umgang pflegte, würden das ganze Unterfangen als Unsinn abtun, als Hirngespinst einer hysterischen, weil unverheirateten Sinhazinha. Vitória konnte sich genau vorstellen, wie sie Edmundo um den Gefallen bat und der nichts Besseres zu tun wusste, als direkt zu ihrem Vater zu gehen und sie zu verpetzen. Sie musste Edmundo allerdings nicht den Zweck ihrer Geldbeschaffung verraten. Wenn sie ihm nun unter Tränen erzählte, sie sei in ernsthafte Schwierigkeiten geraten? Aber nein, dann würde er ja glauben, sie sei schwanger, und das würde alles noch viel peinlicher machen. Eufrásia konnte sie genauso wenig darum bitten. Man kannte sie in den größeren Orten des Vale und würde sich wahrscheinlich diskret mit ihrem Mann in Verbindung setzen, um diesen über das ungebührliche Benehmen seiner jungen Frau zu informieren. Andererseits: Was machte das schon? Eufrásia war eine verheiratete Frau, die ihren Arnaldo gut im Griff hatte. Ihr würde schon eine plausible Erklärung einfallen. Abgebrüht genug war sie jedenfalls, und wenn sie schon nicht den Sinn der Geldbeschaffung würde nachvollziehen können, so würde sie doch wenigstens nicht versuchen, Vitória den Plan auszureden. Ja, so würde sie es anstellen.

»Du bist von allen guten Geistern verlassen!«, rief Eufrásia. »Deine verrückten Ideen haben mir bisher nichts als Schwierigkeiten gebracht. Und dir auch. Was soll dieser Unsinn?« Sie war so abrupt von ihrem Stuhl aufgesprungen, dass dieser umzukippen drohte.

»Leise, Eufrásia, dich hört man ja im ganzen Haus.«

Die beiden jungen Frauen waren im Salon von Boavista. Die Türen hatte Vitória geschlossen, sodass die heiße Luft in dem Raum stand und sie zu ersticken drohte. Aber lieber verzichtete sie auf Durchzug, als dass sie es riskierte, von einem der Sklaven belauscht zu werden.

»Versteh doch«, sprach sie mit gedämpfter Stimme weiter, »ich brauche Geld, um es in Aktien anzulegen. Eines Tages werdet ihr mir alle dankbar dafür sein.«

»Bitte, Vita, du überschätzt dich maßlos. Hast du dir schon einmal überlegt, was passiert, wenn die Aktien fallen? Dann hast du gar nichts mehr. Im Übrigen verstehe ich nicht, warum du nicht einfach abwartest. Wenn der Fall eintreten sollte, den du heraufbeschwörst, wenn wirklich die Sklaverei abgeschafft wird und wir deiner Meinung nach alle ruiniert sind, was ich sehr stark anzweifle, dann kannst du den Schmuck doch noch immer verkaufen. Warum jetzt?«

»Erstens: Weil jetzt die Zeit günstig ist für Börsengeschäfte. Zweitens: Wenn die Fazendeiros plötzlich verarmen und alle ihre Luxusgüter auf den Markt werfen, wird deren Wert sinken. Man wird uns für unsere Gemälde, Juwelen und Möbel nur noch einen Bruchteil dessen zahlen, was sie wert sind – weil man um unsere Geldnot weiß. Und wer soll die ganzen Sachen kaufen? Die befreiten Sklaven vielleicht? Heute aber kann ich für meinen Schmuck eine hübsche Summe erzielen.«

Eufrásia stand vor Vitória und fingerte nervös an der Kamee herum, die sie am Hals trug. Schweigend drehte sie sich um und ging langsam zum Fenster. Sie schob den Vorhang ein wenig zur Seite und sah auf den Hof. An der frisch polierten grünen Kutsche war José gerade damit beschäftigt, das lederne Verdeck einzufetten. Ein Dutzend Feldsklavinnen mit Körben auf dem Kopf machte sich auf den Weg zu den Feldern. Ein junger Bursche goss die Pflanzen in den Kübeln vor dem Haus, während ein Mädchen die Treppe fegte. Es wackelte dabei mehr als nötig mit seinem prächtigen Hinterteil, sodass der weite Leinenrock hin- und herschwang. Wahrscheinlich hatte das Mädchen ein Auge auf den Burschen geworfen.

Eine gepflegte Fazenda, gut genährte Sklaven in sauberen Kleidern, geschäftiges Treiben – wie selbstverständlich war das alles wirklich? Eufrásia wusste selbst am besten, wie schnell diese vermeintliche Normalität aufgehoben sein konnte. Die schreckliche Zeit vor ihrer Hochzeit, als sie auf Florença darben mussten, hatte sie gelehrt, auch den profansten Alltäglichkeiten mehr Bedeutung beizumessen. Viel schlimmer als der Verlust ihres Porzellans war damals die Grabesstille gewesen, die sich über Florença gelegt hatte, weil keine Sklaven mehr da waren.

Was, wenn Vitória mit ihren furchtbaren Prophezeiungen Recht hatte? Würden auf sie alle dann wieder solche Zeiten zukommen, wie sie, Eufrásia, sie bereits erlebt hatte? Bloß das nicht!

»Vita, ich muss dir ganz ehrlich sagen, dass ich deine Ideen für Humbug halte. Aber da ich nun einmal deine beste Freundin bin, werde ich dir diesen Gefallen ja wohl tun müssen. Ich finde allerdings, dass du mir dafür etwas schuldig bist, denn ich gehe ja selber ein großes Risiko ein.«

»Fünf Prozent?«, fragte Vitória in bissigem Ton. Sie hatte gleich verstanden, dass Eufrásia sich nicht etwa umgekehrt einen Gefallen ausbedungen hatte, sondern dass sie Geld wollte.

»Zehn.«

»Du bist unverschämt.«

»Ach, und wie nennst du das, was du von mir willst? Ist das etwa keine Unverschämtheit? Stell dir nur vor, der Pfandleiher kommt auf die Idee, allen zu erzählen, dass ich meinen Schmuck versetze. Was würde das für ein Licht auf Arnaldo und mich werfen?«

»Sieben Prozent und keinen Vintém mehr.«

Nachdem die beiden Freundinnen handelseinig geworden waren und Vitórias Ärger über Eufrásias Gier verflogen war, unterhielten sie sich über ein Thema, das noch viel weniger für die Ohren Dona Almas oder der Sklaven geeignet war: die Freuden und Pflichten des Ehelebens. Eufrásia sprach alle Dinge aus, die ihren Müttern als unaussprechlich galten, und Vitória heuchelte Unwissenheit. Nie hatte sie Eufrásia von ihrer Nacht mit León erzählt, geschweige denn von deren Folgen. Dieses Geheimnis teilte sie allein mit Luiza, Zélia und Miranda. Eufrásia glaubte noch immer an Vitórias Jungfräulichkeit, und in der Absicht, ihre Freundin in Verlegenheit zu bringen, erzählte sie ihr jedes intime Detail ihrer ehelichen Pflichterfüllung. Vitória gab Überraschung oder Entsetzen vor, je nachdem, welche Reaktion Eufrásia sich erhoffte. Sie versuchte, an den richtigen Stellen zu erröten und an anderen verschämt die Hand vor den Mund zu legen und zu hüsteln. Sie hatten Gespräche dieser Art schon öfter geführt, denn Eufrásia genoss es,

mit ihrem neuen Status als Ehefrau vor Vitória aufzutrumpfen. Diesmal aber erschien es Vitória, als sei Eufrásias anfängliche Begeisterung für dieses Thema stark abgeflaut.
»Ihr seid noch keine zwei Jahre miteinander verheiratet. Fängt Arnaldo schon an, dich zu langweilen?«
»O nein, keineswegs. Wir führen eine äußerst harmonische Ehe. Es ist nur so, dass ich langsam zu der Überzeugung gelange, dass diese paar Minuten unserer, ähm, Begegnungen die ganze Aufregung nicht wert sind. Ich verstehe überhaupt nicht, warum alle so ein Geschrei um die fleischliche Begierde machen.«
»Vorhin hast du aber noch ganz anders geklungen.«
»Ja, weil ich es mit deinen Augen betrachtet habe. Ich habe mich daran erinnert, wie spannend ich das Ganze anfangs fand. Es war alles so neu und irgendwie verrucht. Aber inzwischen kenne ich das ja schon, und es ist immer dasselbe. Es ist ein ziemlich banaler Akt. Der Mann legt sich auf dich, keucht und zappelt ein bisschen, entleert sich in dir und fertig. Dann dreht er sich um und schnarcht. Für die Frau ist es weder besonders schön noch besonders schlimm. Es ist öde.«
»Vielleicht macht ihr etwas falsch?«
»Unsinn. Wir machen alles richtig. Es gibt ja nur eine Möglichkeit, es zu machen.«
Vitória dachte an die einzige Liebesnacht ihres Lebens, die nun schon so lange zurücklag, ihr aber unvergesslich geblieben war. Allein in dieser einen Nacht hatte sie erfahren, dass es mehr als eine Möglichkeit der körperlichen Befriedigung gab, und in Leóns leidenschaftlichen Küssen und Berührungen hatte die Verheißung unzähliger weiterer Möglichkeiten gelegen.
»Aber irgendetwas müsst ihr trotzdem falsch machen, denn sonst wärst du doch schon längst in anderen Umständen …«
Eufrásia kniff die Lippen zusammen. »Jetzt fang du nicht auch damit an! Dona Iolanda piesackt mich beinahe täglich damit. Wenn sie nicht bald einen Enkel bekommt, sagt sie, will sie mich zu einem Arzt schicken und mich auf meine Fruchtbarkeit hin untersuchen lassen.«

»Und was, wenn er feststellt, dass du keine Kinder bekommen kannst?«
»Das wird er nicht feststellen. Ich bin völlig gesund. Bei Luciana Telles hat es auch drei Jahre gedauert, bis das erste Kind kam – und dann kamen direkt hintereinander noch fünf davon!«
»Himmel, wie die Karnickel!«
»Vita!«, rief Eufrásia aus, lachte aber mit.

Zwei Wochen nach ihrer Unterhaltung musste Vitória wieder an diese Worte denken. Ein Kurier hatte an der Hintertür geklingelt und ein Päckchen für sie abgeliefert. Darin befanden sich ihre Juwelen sowie ein Brief von Eufrásia.

Liebe Vita,
unsere kleine Transaktion kommt wohl nicht zu Stande. Ich habe sämtliche Pfandleiher im Vale aufgesucht, doch keiner wollte mir mehr als fünfzigtausend Reis für den Schmuck geben. Diese Wucherer und Betrüger! Da du mir aufgetragen hattest, die Juwelen nicht unter zweihunderttausend Reis loszuschlagen, muss ich sie dir nun leider wieder zurückschicken. Ich wäre ja persönlich vorbeigekommen, doch andere Umstände zwingen mich, zu Hause zu bleiben und mich zu schonen: Ja, Vita, es hat endlich geklappt! Stell dir vor, ich werde endlich Mutter! Und du sollst natürlich die Patentante meines Sohnes werden. Komm mich doch bald einmal besuchen, damit wir uns über geeignete Namen Gedanken machen können. Bis dahin schicke ich dir viele Küsse. Deine Eufrásia

Vitória gelang es nicht, aufrichtige Freude für die lang ersehnte Schwangerschaft ihrer Freundin zu empfinden. Zu sehr ärgerte sie sich darüber, dass man ihren Schmuck nicht mit einer angemessenen Summe beleihen wollte und dass ihre Pläne mit einem Schlag zunichte gemacht worden waren. Adieu Börse, adieu Aktienvermögen! Und adieu Zukunft. Was vor ihr lag, erschien ihr düster und beängstigend. Sie würden verarmen. Arnaldo und Eufrásia würden verarmen. Sie alle, die Kaffeebarone des Vale do Paraíba,

würden vor dem Nichts stehen. Eufrásia würde ein Kind nach dem anderen in die Welt setzen und die Brut kaum ernähren können. Sie selber würde dahinwelken, ohne Mann und kinderlos, und die plärrende Kinderschar von Eufrásia beaufsichtigen dürfen. Vitória sah es ganz deutlich vor sich. Sie selbst, in ihrem letzten anständigen Kleid, das schon von Motten zerfressen war, wie sie mit ihren rauen Händen und schwarz umrandeten Fingernägeln die Gemüsebeete umgrub, um für die hungernden Kinder eine letzte Kartoffel aufzutreiben. Eufrásia, die mit tiefen Falten und dicker Taille ein Gör an ihre schlaffe Brust hielt, deren Milchstrom allmählich versiegte. Dona Alma, die mehr tot als lebendig in dem säuerlichen Geruch ihres ungelüfteten Zimmer vor sich hin jammerte, und Eduardo, der verhärmt und verbittert an seinem staubigen Sekretär saß, vor sich eine alte Zeitung mit den Aktienkursen, die seinem Schicksal eine andere Richtung hätten geben können.
Schluss damit! Vitória zerriss den Brief, trug ihren Schmuck hinauf in ihr Zimmer und versuchte, die düsteren Visionen abzuschütteln. So weit durfte, so weit würde es nicht kommen! Sie musste nachdenken. Ganz sicher gab es eine Lösung. Und sie, Vitória da Silva, würde sie finden.

XV

Der Tag versprach nichts Gutes.

Er hatte damit begonnen, dass Vitória mit pochenden Kopfschmerzen aufgewacht war und beim Blick aus dem Fenster feststellen musste, dass ihr für heute geplanter Ausritt ins Wasser fallen würde. Es regnete in Strömen. Wenig später hatte sie durch das geschlossene Fenster Zélias durchdringendes Gezeter auf dem Hof gehört und sich die Ohren zugehalten. Sie konnte diese Alte nicht mehr ertragen, weder ihren Anblick noch ihre schreckliche Stimme.

Dann war auch noch, einen Steinwurf von Boavista entfernt, die Kutsche im Schlamm stecken geblieben, mit der José einen Besucher vom Bahnhof abholen sollte. Ein paar Sklaven mussten ihre übliche Arbeit unterbrechen, um das Gefährt wieder gangbar zu machen. Der Besucher, ein Geschäftsfreund ihres Vaters, würde mit großer Verspätung abgeholt werden. Vitória fand, es war an der Zeit, dem alten Kutscher einen jungen Mann zur Seite zu stellen, den er anlernte und der in solchen Situationen anpacken konnte. Erst jetzt wurde ihr bewusst, wie alt und schwach der treue Sklave geworden war. Vielleicht wäre der junge Rui ein geeigneter Gehilfe.

Die anderen Sklaven riefen ihn »Bolo«, Kuchen, weil er etwas mit der Hilfsköchin hatte, die ihm immerzu Leckereien zusteckte. Vielleicht hatten sie ihm den Spitznamen auch verpasst, weil er rund und schwarz war wie eine Schokoladentorte. Gleichwie – er war jung, stark und immer freundlich, ideal also für diesen Posten. Vitória nahm sich vor, möglichst bald mit José und Bolo zu reden.

Vitória wäre am liebsten mit einem Buch und einer Schale Kekse im Bett geblieben. Aber ausgerechnet heute hatten sich neben dem Geschäftsmann aus Rio auch die Pereiras angekündigt, die neu in der Gegend waren und allen wichtigen Leuten Höflichkeitsbesuche abstatteten, um sich bekannt zu machen. Vielleicht bliebe die

Kutsche der Pereiras ja auch stecken? Vitória wünschte es ihnen aus ganzer Seele. Eufrásia hatte ihr berichtet, dass die Leute entsetzliche Langweiler waren.
Außerdem wollte der Dekorateur vorbeikommen und ihnen eine Auswahl an Tapeten- und Stoffmustern mitbringen. Vitória hatte beschlossen, dass die *casa grande* dringend einer Verjüngungskur bedurfte. Frischere Farben, lebhafte Muster, freundliche Blumenbordüren, helle Möbelbezüge – damit würde man in dem Haus wieder atmen können. Aber wenn sie jetzt nach draußen sah, war ihr gar nicht nach einer neuen Dekoration zumute. Die bordeauxroten und flaschengrünen Samtbezüge und -vorhänge, die sie so verabscheute, passten sowohl zu dem Wetter als auch zu ihrer trüben Stimmung. Allein der Gedanke an ein Sofa mit Chintzbezug, auf dem pastellige Blütenmotive prangten, verstärkte ihre Kopfschmerzen noch. Sie würde den Dekorateur einfach wieder fortschicken.

Vitória hatte sich, ihrer Gemütsverfassung entsprechend, ein anthrazitfarbenes Kleid angezogen, in dem sie aussah wie eine graue Maus. Es genügte eben noch den Mindestanforderungen an eine Garderobe, in der eine Sinhazinha vor Gästen erscheinen konnte. Sie hatte ihr Haar zu einem schlichten Knoten aufgesteckt, der bereits jetzt, dank der hohen Luftfeuchtigkeit, aussah wie ein verfilztes Wollknäuel. Auch die Härchen an den Schläfen kräuselten sich, obwohl Vitória sie straff mit Kämmen festgesteckt hatte. Sie trug weder Schmuck noch sonstige Accessoires. Dafür hatte sie die Brille aufgesetzt – sie hatte die Beobachtung gemacht, dass eine Ursache ihrer häufigen Kopfschmerzen in ihrer Kurzsichtigkeit lag. Ha, die Pereiras und alle anderen Störenfriede würden einen schönen Eindruck von der berühmten Vitória da Silva haben: Sie würden sie für eine altjüngferliche Gouvernante halten. Aber es war ihr gleich. Lieber wurde sie dieses dumpfe Pochen los, als dass sie für irgendwelche Fremden hübsch aussah.
Von draußen hörte sie aufgeregte Stimmen. Himmel, was war denn nun schon wieder passiert? Sie erhob sich schwerfällig von

dem Stuhl, auf dem sie antriebslos gesessen und gehofft hatte, dass ihr Kopf Ruhe gab. Im Hof standen zwei Kutschen, um die sich mehrere Sklaven geschart hatten. Eine davon war ihre, die andere war Vitória unbekannt. Wegen der verschlossenen Verdecke sowie der neugierigen Schwarzen, die ihr die Sicht verstellten, erkannte sie nicht gleich, wer die Passagiere waren. Ach, Miranda würde sie ihr schon melden. Vitória sank wieder auf den Stuhl und stützte ihren Kopf auf die Hände. Die zwei Minuten Schonfrist, bis die Ankömmlinge ihre Regenmäntel abgelegt hatten, würde sie voll ausschöpfen.

»Sinhá Vitória, es sind Besucher gekommen.« Miranda verschränkte die Hände hinter dem Rücken und hielt den Kopf gesenkt.

»Wer ist es? Haben sie keine Namen genannt?«

Miranda zuckte mit den Schultern und sah zu Boden.

Was für eine blöde Gans! Was war nur in das Mädchen gefahren, dass es sich fast schon wieder so einfältig wie zu Beginn seiner Dienstzeit gab? Dass Besuch gekommen war, hatte sie schließlich selbst schon registriert.

Vitória gab sich einen Ruck und ging zur Eingangshalle. Zwei Männer warteten dort auf sie. Einer davon schien so in die Betrachtung eines Gemäldes vertieft, dass er ihr Kommen nicht bemerkt hatte. Sie sah ihn sich gar nicht genauer an, denn schon kam der andere auf sie zu, lächelte sie breit an und zerquetschte ihr beinahe die Hand.

»Sie müssen Senhorita Vitória sein, sehr erfreut. Ich bin Getúlio Amado. Ihr Vater erwartet mich.«

»Herzlich willkommen, Senhor Amado. Ja, wir haben mit Ihnen gerechnet – allerdings noch nicht so schnell, denn unserem Kutscher war ein kleines Missgeschick passiert, sodass er nicht rechtzeitig am Bahnhof sein konnte.«

»Halb so schlimm. Ich hatte das Glück, im Zug die Bekanntschaft eines Herrn zu machen, der in dieselbe Richtung wollte und der mich in seiner Kutsche mitgenommen hat. Unterwegs ist uns Ihr Wagen entgegengekommen. Darf ich vorstellen«, sagte er und

zeigte dabei auf seinen Begleiter, der sich langsam umdrehte, »Senhor León Castro.«
Vitória fiel vor Schreck fast um. Aber sie sammelte sich schnell. »León, wie freundlich von Ihnen, unseren Gast hierher zu begleiten.«
»Es war mir ein großes Vergnügen.«
»Ja, das kann ich mir vorstellen. Sie sind ja für Überraschungen dieser Art bekannt.«
Vitória bat beide Herren in den Salon und entschuldigte sich, um ihren Vater zu rufen. Vor dem Spiegel in der Halle blieb sie stehen, nahm die Brille ab und richtete ihr Haar mit den Fingern. Dieser Unmensch! Wenn sie nicht genau gewusst hätte, dass José wirklich im Schlamm stecken geblieben war, hätte sie geglaubt, dass León das alles inszeniert hatte, nur um sie zu ärgern.
Nachdem sie ihren Vater im Kaffeelager aufgestöbert und er sich zu den Gästen gesellt hatte, lief Vitória auf ihr Zimmer, um zu sehen, was sich an ihrem unmöglichen Aufzug noch retten ließe. Umziehen konnte sie sich ja schlecht, das wäre aufgefallen, aber wenigstens konnte sie ihr Haar kämmen, etwas Schmuck anlegen und ein wenig Rouge auftragen. Sie legte ein hauchzartes, hellblaues Chiffontuch um ihre Schultern, um von der Tristesse ihres grauen Kleides abzulenken. Ja, so würde es gehen. Sie tupfte sich einige Tropfen Rosenessenz hinter die Ohren und auf den Hals und ging, als es sich nicht länger hinauszögern ließ, wieder nach unten. Ihr Kopfweh hatte sie vollkommen vergessen.
Die drei Männer tranken Portwein und schienen sich glänzend zu unterhalten. Offenbar war Senhor Getúlio noch immer bei seiner Schilderung der unglaublichen Häufung von Zufällen, die ihm nicht nur die Bekanntschaft des berühmten Herrn Castro beschert hatten, sondern auch eine halsbrecherische Fahrt durch die aufgeweichte Erde des Vale. In diesem Tempo, das schwor er beim Grab seiner Mutter und bei allen Heiligen, war er noch nie durch metertiefe Pfützen und über abgeknickte Äste geholpert.
In der nächsten halben Stunde war Getúlio Amado der Einzige, der sprach. Sein Redefluss war kaum zu stoppen, und Vitória er-

fuhr mehr über das Leben des Mannes, als sie jemals hätte wissen wollen. Als die Standuhr zwölf schlug, wurde er endlich von ihrem Vater unterbrochen.
»Wir sollten uns jetzt unseren Geschäften widmen. Wenn wir uns beeilen, haben wir das Wichtigste noch vor dem Mittagessen geregelt. Wenn Sie erlauben.« Er erhob sich und wandte sich León zu. »Sie bleiben doch bestimmt ebenfalls zum Essen, Senhor Castro? Vita, ich kann Senhor Castro bis dahin deiner Obhut überlassen, nicht wahr?«
Was hätte sie in dieser Situation tun können? Es blieb ihr nichts anderes übrig, als gute Miene zum bösen Spiel zu machen.
»Aber ja, Pai.«
Die Tür schloss sich hinter den beiden Männern. Plötzlich war der Raum erfüllt von bleierner Stille. Vitória sah León an, der sein Glas schwenkte und fasziniert die Bewegung des Portweins verfolgte. Sie wagte nicht, zuerst zu sprechen. Sie zupfte sich am Ohrläppchen und hüstelte. Er sah auf.
»Bist du nervös, Sinhazinha?«
»Warum sollte ich das sein?«
»Ich weiß nicht. Vielleicht macht meine Gegenwart dir zu schaffen.«
»Rede nicht so einen Unsinn.«
»Freust du dich nicht, mich wiederzusehen, nach all dieser Zeit?«
»Bitte!«
»Also freust du dich nicht? Schade, und ich hatte mir eingebildet, du hättest dich vorhin schnell zurechtgemacht, um mir zu gefallen.«
Vitória lief rot an. Es hatte keinen Zweck zu leugnen.
»Und, gefalle ich dir?« Kaum dass Vitória sie ausgesprochen hatte, wollte sie ihre dumme Frage zurücknehmen, aus der doch nur das Verlangen sprach, Komplimente von ihm zu bekommen.
»Sinhazinha, was für eine törichte Frage!«
»Weshalb bist du gekommen?«
»Das hast du doch gehört. Ich habe dem armen Senhor Amado in einer Notlage geholfen, mehr nicht.«

»Ach, und wohin wolltest du wirklich?«
»Ich wollte meiner Liebsten einen Besuch abstatten.«
»Oh, lass dich nicht aufhalten. Du weißt, wo die Tür ist. Ich denke, beim Mittagessen werden wir uns auch ohne deine Gesellschaft viel zu erzählen haben.«
»Aber dann wirst du nie erfahren, was mich wirklich hierher geführt hat. Und das wüsstest du gern, nicht wahr?«
Natürlich wüsste sie das gern! Sie brannte vor Neugier darauf, was León hier zu suchen hatte. Aber sie hatte inzwischen gelernt, ihre Neugier zu bezwingen. Außer dem ersten hatte sie keinen seiner Briefe je gelesen, sie hatte sie alle ins Herdfeuer geworfen, obwohl sie jeden Einzelnen sehnsüchtig erwartet hatte und es ihr jedes Mal das Herz brach, wenn sie beobachtete, wie die Flammen das Papier verzehrten. Sie hob herablassend die Augenbrauen und beschäftigte sich konzentriert mit dem Ärmel ihres Kleides, von dem sie einen imaginären Fussel abzupfte.
»Warum siehst du mich nicht an?«
»Ich finde deinen Anblick nicht so atemberaubend, wie du zu glauben scheinst.«
»Ich werde deine Neugier befriedigen, Sinhazinha«, sagte er und fügte flüsternd hinzu: »Und nicht nur die.«
»Das Einzige, was du befriedigen darfst, ist mein unbändiges Verlangen, dich nie wieder sehen zu müssen.«
»Dieser Wunsch ist der Einzige, den ich dir nicht erfüllen werde. Ich werde dich heiraten.«
Vitória verschlug es die Sprache. Das war doch wohl der Gipfel! Sie musste sich verhört haben. Aber nein, er sah sie treuherzig an und schien es völlig ernst zu meinen.
»Einen merkwürdigen Humor hast du aus Europa mitgebracht. Ich finde diese Art von Witzen überhaupt nicht komisch.«
Mit der Andeutung eines Lächelns ließ er den Blick anzüglich an ihr herabwandern. Vitória fühlte sich schrecklich und wünschte, sie wäre besser gekleidet. Sie wandte ihm ihr Profil zu und sah aus dem Fenster. Nach etwa einer Minute stellte er das Portweinglas klirrend auf dem Beistelltisch ab und stand abrupt aus seinem Ses-

sel auf. Er kam zu ihr, ergriff ihre Hand und flüsterte ihren Namen.
Vitórias Nerven waren zum Zerreißen gespannt, aber sie zwang sich, Gleichgültigkeit zur Schau zu tragen. Sie konnte nicht umhin, ihn aus den Augenwinkeln zu mustern. Er trug sein schweres, glattes, schwarzes Haar etwas kürzer als früher. Seine Haut war bleich, sah aber nicht ungesund aus. In Wahrheit sah er so vital und männlich aus, dass Vitória unwillkürlich eine Gänsehaut bekam. Er war glatt rasiert, duftete gut und gab in seinem modischen, aber unaufdringlichen Anzug eine wunderbare Figur ab.
»Vita, ich habe dich so vermisst«, hauchte er ihr ins Ohr, das er wie zufällig mit seinen Lippen streifte.
Vitória drehte sich ruckartig zu ihm um und gab ihm eine schallende Ohrfeige.
»Du Ungeheuer! Was gibt dir das Recht, mich mit solchen Intimitäten zu belästigen? Ich will dich nie wieder hier sehen, hast du verstanden?!«
León sah sie gerührt an. »Vita, wie süß du bist, wenn du dich ärgerst.«
»Himmel, ich bin nicht süß und werde es auch dir zuliebe nicht werden, nicht von deinen unverschämten Schmeicheleien.«
»Oh, sei mir nicht böse. Ich habe einen unverzeihlichen Fehler begangen. Hätte ich dich nicht vor vollendete Tatsachen stellen, sondern dir das Gefühl geben sollen, dass du Einfluss auf meine Entscheidung hast? Ach, was rede ich – natürlich wäre es dir lieber, wenn ich dir einen formvollendeten Antrag machen würde.« Er ließ sich vor ihr auf die Knie fallen, sah sie flehend an und nahm ihre Hand. »Geliebte Vitória, möchtest du, nach der ich mich nun schon seit Jahren verzehre und die du, das ist mir wohl bewusst, mir ähnlich tiefe Gefühle entgegenbringst, meine Frau werden?« Aus seinen Augen blitzte Spott.
Das Ganze war zu lächerlich, und Vitória wollte dieser Farce schnell ein Ende setzen.
»Nein.«
León hielt noch immer ihre Hand in der seinen. Er zog sie an seine

Lippen und küsste die Innenfläche. Es lag so viel Zärtlichkeit in diesem Kuss und so viel Aufrichtigkeit, dass sich unwillkürlich ein Anflug von Nachgiebigkeit in Vitórias kalten Blick schlich.

»Ich akzeptiere kein Nein«.

»León, du kommst fast zwei Jahre zu spät. Damals hätte ich dich vielleicht mögen können«, sagte Vitória und war froh, dass es ihr rechtzeitig gelungen war, ihm nichts von ihrem Liebeskummer zu verraten, »ja, ich hätte sicher lernen können, dich zu schätzen und zu ehren, wenn auch nicht – was für eine absurde Idee! – als meinen Ehemann. Aber heute kann ich mir das nicht mehr vorstellen. Ich weiß inzwischen, was du für ein Feigling und Verräter bist. Und behaupte nicht, deine lange Reise habe dich geläutert, denn das glaube ich keine Sekunde lang.«

»Warum hast du keinen meiner Briefe beantwortet?«

»Du meinst, so wie du meinen beantwortet hast?« In Vitórias Stimme lag beißender Sarkasmus.

»Aber … ich habe nie Post von dir bekommen.«

»Natürlich nicht. Praktischerweise hat dich deine Zeitung gleich, nachdem du meinen Brief *nicht* bekommen hattest, ins Ausland versetzt.«

»Aber ich schwöre dir …«

»Spar dir deine Schwüre für andere auf. Mich täuschst du nicht mehr. Und bitte, steh wieder auf. Wie du da vor mir kniest, könnte ich fast zu der Überzeugung gelangen, einen Sklaven vor mir zu haben, der ängstlich seiner Bestrafung harrt.«

»Und, willst du ihn nicht seiner gerechten Strafe zuführen?«

»Oh, ich hätte nicht wenig Lust, dich auszupeitschen. Oder noch Schlimmeres. Du weißt ja am besten, mit welchen Methoden die Fazendeiros ihre Sklaven unterdrücken. Unglücklicherweise zerbrach meine siebenschwänzige Katze erst gestern, als ich einem rebellischen Arbeiter seine schwarze Haut in Streifen schlug.«

León war aufgestanden und machte keine Anstalten, sich von ihr zu entfernen. Er baute sich direkt vor ihr auf und versperrte Vitória jede Fluchtmöglichkeit. Im Rücken hatte sie das Fenster, vor sich diesen Mann, der sie um einen halben Kopf überragte und sie durch seine körperliche Präsenz irritierte. Vitória musste sich eingestehen, dass sie León noch immer unwiderstehlich fand, zumindest äußerlich.

»Geh mir aus dem Weg, oder ich ...«

»Oder was?«

»Oder ich schreie.«

»Das würdest du nicht wagen. Bin ich nicht ein Gast des Hauses, noch dazu der edle Retter eures teuren Senhor Amado, der eine angemessene Behandlung erwarten darf?«

»Oh, und bin ich nicht die Sinhazinha, deine freundliche Gastgeberin, der man ein wenig Respekt entgegenbringen sollte?«

»Ich bringe dir Respekt entgegen. Mehr als das: Ich biete dir meine Liebe an, meine Treue, meine eheliche Fürsorge, mein Geld, meine Zukunft. Ich schenke dir mein Leben.«

»Du hast noch nie die feine Kunst des Schenkens beherrscht, und wie ich sehe, haben es dir auch die Europäer nicht beibringen können. Deine Geschenke waren immer irgendwie ... unpassend. Himmel, ein Leben als Gastgeschenk. Wie protzig!« Der Gedanke, dass er ihr schon einmal ein Leben zum »Geschenk« gemacht hatte, durchzuckte sie wie ein Blitz. Nun ja, das wusste er schließlich, und anders als jetzt schien er es mit der größten Selbstverständlichkeit hinzunehmen, dass sie es nicht angenommen hatte.

León schwieg. Mit einer Abfuhr hatte er gerechnet, nicht aber mit Vitórias boshaftem Vergnügen daran, ihn zu beleidigen. War sie damals auch schon so gewesen? Hatte er sie nur in der Erinnerung verklärt? War seine Liebe erst durch die Entfernung gewachsen? Nein, das war es nicht. Irgendetwas musste während seiner Abwesenheit vorgefallen sein, das sie so hart gemacht hatte. Noch nie hatte er sich einer Frau so bedingungslos ausgeliefert, und sie musste doch sehen, dass es ihm ernst war. Wie konnte sie ihn derart brutal zurückweisen?

»Was ist passiert, Vita? Erzähl mir, wie du so werden konntest, wie du heute bist.«

Sie drehte sich zum Fenster herum und wandte ihm den Rücken

zu. Er rührte sich nicht, ja, er hielt sogar den Atem an. Er unterdrückte den Impuls, sie an der Taille zu umfassen und an sich zu ziehen, ihre Schulterblätter zu küssen, ihren Hals zu streicheln.
»Weißt du, León, ich kann deine verlogenen Fragen nicht ertragen. Ich glaube, es wäre das Beste, wenn du gleich nach dem Essen aufbrichst und dich nie wieder hier blicken lässt.«

Doch den Gefallen tat León ihr nicht. Zwei Tage nach der kurzen Begegnung, die Vitória ihre ganze Seelenruhe gekostet hatte, bat ihr Vater sie in sein Arbeitszimmer. Er saß an seinem Sekretär, auf dem sich Aktenberge türmten, rauchte eine Zigarre und hob den Kopf erst von seinen Papieren, als Vitória längst saß und sich räusperte. Er zupfte sich am Ohrläppchen und fragte sie, ob sie einen Brandy wolle.
»Ich habe Ihnen doch schon mehrfach erklärt, dass ich nicht trinke. Was ist es denn, was Sie mir mitteilen wollen und von dem Sie glauben, dass ich es unter Alkoholeinfluss besser aufnehme?«
»Vita, du wirst demnächst zwanzig Jahre alt.«
»Das ist in der Tat erschreckend.«
»Und für eine junge Frau dieses Alters kann es nicht mehr wünschenswert sein, mit den Eltern unter einem Dach zu leben.«
»Legen Sie keinen Wert mehr auf meine Gegenwart?«
»Doch. Das heißt, streng genommen: Nein.« Senhor Eduardo fuhr sich durch seinen vollen, grauen Bart. »Deine Mutter und ich haben dir schon oft gesagt, dass wir dich endlich verheiratet sehen wollen. Du hast bisher alle Verehrer abgewiesen, die wir uns als Schwiegersohn erhofft hätten, und ich würde dich schon gar nicht mehr mit dem Thema belästigen, wenn nun nicht eine unvorhergesehene Situation aufgetreten wäre.«
»Ach?«
»Ja. Senhor Castro, dem ich gestern noch einmal im Haus der Campos begegnet bin, hat mich um eine Unterredung gebeten. Ich traf ihn heute Nachmittag. Er deutete sein Interesse an deiner Person an.«
Vitória konnte es nicht glauben. Wie hatte León das bewerkstel-

ligt? Wie hatte er den größten Fazendeiro des Vale do Paraíba so für sich einnehmen können, dass der ihm erlauben wollte, seiner Tochter offiziell den Hof zu machen?
»Weiß Dona Alma von dieser Unterredung?«
»Nein. Aber ich werde sie davon überzeugen, dass León Castro durchaus nicht mehr der Mann ist, der er noch vor ein paar Jahren war. Ich weiß, dass du diesen Mann … ähm … magst. Und nach meinem Gespräch mit ihm muss ich sagen, dass ich ihn auch gar nicht so schlecht finde. Er ist sehr gebildet, sehr kultiviert, er sieht gut aus, und er hat eine beachtliche Karriere gemacht. Er wird inzwischen sogar bei Hofe geschätzt.«
»Und er ist arm wie eine Kirchenmaus!«
»Aber ganz und gar nicht. Er besitzt zwei florierende Fazendas, und seine Schreiberei ist, seit sein Ruhm so gewachsen ist, ebenfalls sehr einträglich.«
Vitória wunderte sich. León? Reich?
»Pai, Sie irren sich. Ich mag diesen León Castro nicht. Mehr noch: Ich hasse ihn. Außerdem bin ich mir sicher, dass er nicht mehr Vermögen besitzt als Afonso Soares. Bestimmt hat er sich nur einer List bedient, um an meine Mitgift heranzukommen.«
»Es tut mir Leid, Vita, dass du das so siehst. Denk noch einmal darüber nach. Und zeige ihm deine Abneigung nicht allzu deutlich – ich habe ihn für heute Abend zum Essen eingeladen.«
»Pai! Wie konnten Sie? Sie hätten mich vorher fragen müssen!« Vitória verließ das Schreibzimmer und knallte die Tür hinter sich zu. Das war ja wohl die Höhe! Ihr eigener Vater wollte sie an einen Schuft wie diesen verschachern, vor lauter Angst, sie würde sonst keinen Mann mehr abbekommen! Und León, dieser unsensible Wüstling, der sie schon bei der ersten Begegnung nach so langer Zeit mit Verlockungen zu ködern versuchte, die ihr gestohlen bleiben konnten! Sie hatte einen hohen Preis für die eine Nacht mit ihm bezahlt, und sie hatte nicht vor, einen so schrecklichen Fehler zu wiederholen. Und überhaupt: Warum hatte er sich erst jetzt dazu entschlossen, um ihre Hand anzuhalten? Schämte er sich nicht, ihr gegenüberzutreten, nach allem, was er ihr angetan hatte?

Wie konnte er ihr noch in die Augen sehen, der feige Lügner? Und was für eine Kaltblütigkeit, ihren Eltern mit einem so dreisten Vorschlag zu kommen – immerhin hatten sie ihn ja zum letzten Mal gesehen, als er auf dem Kostümfest mit ihr getanzt hatte. Es musste doch sogar ihm klar sein, dass er sich damit alle Sympathien bei Dona Alma verscherzt hatte, wenn schon nicht die ihres Vaters, der sich ja bereitwillig von Leóns angeblichem Vermögen blenden ließ.
In ihrem Zimmer zog sich Vitória aus, legte einen Bademantel über und beschloss, ein Bad zu nehmen. Sie klingelte nach Miranda, trug dem Mädchen auf, ihr das Wasser einzulassen, und setzte sich, während sie auf ihr Bad wartete, vor ihren Frisiertisch. Sie kämmte ihr Haar, das jetzt wieder dicht und lockig und glänzend war. Sie forschte in ihrem Gesicht und auf ihrem Dekolletee nach Pickeln, Hitzebläschen oder anderen Unebenheiten, fand aber nichts als zarte, rosige, glatte Pfirsichhaut. Sie schob den Bademantel ein Stück herunter, um die Schultern zu heben und zu senken und zu beobachten, ob ihre Knochen dabei herausstaken wie bei einer dürren Ziege. Nein, ihr Fleisch lag fest über dem Schlüsselbein. Sie ließ den Bademantel ein weiteres Stück herabgleiten und begutachtete ihren Leib. Ihre Brüste waren weiß und rund, wie sie sein mussten, und keine Sommersprosse verunzierte ihren Busen. Ihr Bauch war stramm und fest, ihre Taille schlank wie eh und je, ihr Bauchnabel ein kleiner, hübscher Schlitz. Ja, sie hatte damals die richtige Entscheidung getroffen. Als Mutter eines unehelichen Kindes hätte sie jetzt nicht nur ihr gutes Ansehen verloren, sondern auch ihr gutes Aussehen. Bei einer Sklavin, die kürzlich erkrankt war und um die Vitória sich gekümmert hatte, bevor der Arzt gekommen war, hatte sie gesehen, welche Verunstaltungen die Mutterfreuden mit sich brachten. Auf dem Bauch der Schwarzen, auf dem sich hässliche Streifen gebildet hatten und der irgendwie teigig wirkte, stand der Nabel als dicker Knubbel hervor. Es war ein erschreckender Anblick, zumal die Frau noch jung war. Himmel, in Wahrheit hatte sie sogar Glück gehabt, dass León sich aus dem Staub gemacht hatte, sonst wäre sie jetzt seine

Frau, ginge schon mit dem dritten Kind schwanger und sähe ebenso abscheulich aus wie diese Sklavin!
Dabei hatte es lange genug gedauert, bis Vitória ihre einstige Schönheit wiedererlangt hatte. Sie war so unendlich enttäuscht gewesen, so unglücklich, dass ihr sämtlicher Lebensmut abhanden gekommen war. Sie war abgemagert, ihr Haar war stumpf geworden, ihre Augen glanzlos. Sie hatte nicht einmal mehr die Kraft besessen, wütend zu sein. Lustlos hatte sie das getan, was von ihr erwartet wurde, war mechanisch ihren Pflichten nachgekommen, hatte wie betäubt nach außen hin funktioniert, während sie innerlich das Gefühl hatte, langsam abzusterben. Sie hatte Monate gebraucht, bis sie nach Leóns armseligem Verschwinden ihr Leben hatte meistern können, und noch länger, bis sie es wieder liebte.
Und jetzt, da sie ihr inneres Gleichgewicht so mühsam wiedererlangt hatte, kam León Castro des Wegs, als sei nichts geschehen, eröffnete ihr, dass er sie heiraten würde, und brachte ihre Balance mit einem einzigen Lächeln zum Einsturz. Warum musste er so unverschämt gut aussehen? Warum musste er diese nonchalante Art besitzen, mit der er der Welt zeigte, dass er sich nur nahm, was ihm zustand? Warum versuchte er immerzu, seine eigene Zielstrebigkeit und Härte durch ein Augenzwinkern zu entschärfen, bei dem sie dahinschmolz? Warum, warum, warum?!
In der Wanne regte Vitória sich ab. Das lauwarme Wasser und die Rosenessenz lullten sie ein, gaben ihr ein wenig von ihrem Gleichmut zurück. Sie schloss die Augen und gab sich Empfindungen hin, die sie seit Leóns Fortgehen unterdrückt hatte. Sie spreizte ihre niedlichen Zehen, die aus dem Wasser ragten, und betrachtete sie selbstverliebt. Er hatte daran geknabbert, ihre Füße liebkost und geküsst, ihre Waden, ihre Schenkel … und sie hatte sich voller Wonne auf all seine Zärtlichkeiten eingelassen. Nie würde sie vergessen, was seine Berührungen in ihr ausgelöst hatten – und nie würde sie aufhören, sich danach zu sehnen.
Sie hatte sich oft gefragt, wie ihr Leben verlaufen wäre, wenn in der unseligen Nacht nach dem Fest kein Gewittersturm aufgezogen wäre, wenn sie nicht gezwungen gewesen wären, Schutz in der

verfallenen Hütte zu suchen. Was hätten sie eigentlich dort draußen getan, mitten in den Kaffeefeldern? Nur glühende Worte und Küsse ausgetauscht? Wäre es dabei geblieben? Und wäre León auch so unbeherrscht gewesen, wenn er nicht vorher getrunken hätte? Ein Mann wie er musste doch wissen, was er anrichten konnte, wenn er bei einer Frau lag – und Zélia hatte ihr erzählt, dass es durchaus Wege gab, eine Schwangerschaft zu verhindern. Wie hatten sie sich nur so gehen lassen können? Und warum überlief es sie noch immer heiß-kalt beim Gedanken daran?

Nein! Mit einem Satz sprang Vitória aus der Wanne, setzte dabei das Bad unter Wasser und trocknete sich ab. Das Ganze konnte ja nicht wieder von vorne beginnen, nur weil sie sich nach einer Umarmung, einem Kuss sehnte. Das konnten ihr auch andere Männer geben. Sie würde León nicht die Gelegenheit bieten, sie erneut so zu quälen, wie er es getan hatte, nur weil ihr Fleisch so schwach war. Sie hatte es anderthalb Jahre ohne seine Liebesbezeugungen ausgehalten, und sie würde auch weiterhin ohne sie leben können. Vitória griff nach der Talkumdose, puderte sich von Kopf bis Fuß ein, warf den Bademantel über und huschte in ihr Zimmer. Sie zog sich das bravste Kleid an, das sie besaß, und flocht ihr Haar zu einem strengen Zopf. Sie wusste jetzt, was zu tun war.

Dona Alma lag matt in ihrem Lehnstuhl. Trotz der schwülen Luft hatte sie sich eine Decke übergelegt.

»Mãe, wie geht es Ihnen? Frieren Sie wieder?« Vitória war ganz die liebevolle Tochter. Sie rückte sich einen Stuhl heran.

»Lassen Sie mich Ihre Füße massieren, damit sie ein wenig wärmer werden.« Vitória griff nach dem Fuß ihrer Mutter, streifte den Hausschuh ab, bettete den Fuß auf ihren Schoß und begann ihn zu kneten. Er war klitzeklein und eiskalt. Was das Gejammer und die Leidensmiene von Dona Alma in vielen Jahren nicht geschafft hatten, gelang diesem kleinen Fuß in Sekunden: Vitória empfand großes Mitleid mit ihrer Mutter.

»Ah, tut das gut.« Dona Alma schloss genießerisch die Augen. Sie öffnete sie erst wieder, als Vitórias Massage an Intensität nachließ.

»Du bist doch nicht nur gekommen, um deiner armen alten Mutter etwas Wärme zu spenden?«
»Nein.«
Beide schwiegen einen Augenblick.
»Ich …«
»Rede es dir von der Seele.«
»Hat Papai schon mit Ihnen gesprochen, wegen des Besuchs, den er heute Abend erwartet?«
»Nein. Wer kommt denn?«
»Er hat León Castro eingeladen.«
»Nein!«
»Doch. Aber das wäre ja nicht so schlimm. Er hat ihn als einen potenziellen Heiratskandidaten für mich ins Auge gefasst.«
»Ach, Vitória, das glaube ich nicht!«
»Doch, das müssen Sie aber. Sicher kommt Papai bald, um Ihnen zu erklären, wie er auf diese abwegige Idee gekommen ist. Ich möchte, dass Sie mich darin unterstützen, ihn von seiner, ähm, geistigen Verwirrung in dieser Angelegenheit zu befreien.«
»Sprich nicht so über deinen Vater. Täusche ich mich, oder warst bisher du es, die angesichts dieses Mannes geistig verwirrt war?«
»Ich gebe zu, dass ich ihn damals einigermaßen attraktiv fand. Aber das ist lange her. Heute will ich mit ihm nichts mehr zu schaffen haben. Ich finde ihn sogar abstoßend.«
»Immerhin darin sind wir einer Meinung.«
»Bitte, Mãe, helfen Sie mir, León Castro loszuwerden.«
Dona Alma sah ihre Tochter nachdenklich an. Wenn ihr der Mann gleichgültig wäre, würde sie nicht so ein Aufhebens um ihn machen. Sie würde ihn, wie sie es mit anderen Verehrern auch getan hatte, eiskalt abblitzen lassen. Dafür brauchte sie nicht die Unterstützung ihrer Mutter, diese Kunst beherrschte sie wie keine Zweite. Irgendetwas war da im Busch. Und Dona Alma wollte unbedingt herausfinden, was. Es wäre bestimmt aufschlussreich, León und Vita beim gemeinsamen Essen zu beobachten, obwohl es ihr, Dona Alma, zutiefst widerstrebte, mit diesem Mann an einem Tisch zu sitzen.

»Also gut. Allerdings fürchte ich, dass sich das Essen nicht mehr umgehen lässt. Aber wir werden ihn ein bisschen in die Zange nehmen, ja?«
Vitória drückte ihrer Mutter zwei Küsse auf die Wangen. »Sie sind ein Schatz, Mamãe!«

Schließlich kam doch alles anders als geplant. Vitória hatte sich mit viel Mühe in ein blutarmes Wesen verwandelt, blass, bebrillt, schmucklos und in einem mehr als unscheinbaren Kleid. Kein Mann, der bei Verstand war, würde sie attraktiv finden können. Doch León schienen ihre Maßnahmen wenig zu beeindrucken. Als sie sich in der Halle begrüßten, argwöhnisch beäugt von Dona Alma und Eduardo, war er ganz Kavalier.
»Senhorita Vitória, Sie sehen bezaubernd aus.«
»Wie freundlich Sie sind«, flötete Vitória.
León reichte Vitória ein kleines Päckchen. »Ich hoffe, dass mein kleines Geschenk Sie noch mehr zu erfreuen vermag als meine Komplimente.«
»Oh, Sie beschämen mich! Bitte gestatten Sie mir, es erst später zu öffnen.« Sie legte das Päckchen beiseite und forderte León auf, ihr in den Salon zu folgen. Es wurde ein Aperitif gereicht, dazu salziges Gebäck. Sie plauderten über unverfängliche Themen wie den Zustand der Straßen nach dem Regen, die Schwerfälligkeit der Bürokratie in diesem Land und das neueste Lieblingsspielzeug reicher Exzentriker in der Hauptstadt, einen Apparat, der Telefon genannt wurde.
»Haben Sie schon einmal einen solchen Apparat ausprobiert?«, fragte Dona Alma in ehrlichem Interesse.
»Ja, es ist ganz und gar erstaunlich. Man hört die Stimme eines Menschen, der viele hundert Meter weit entfernt ist, als stünde er direkt neben einem. Ich glaube, dass diese Telefone uns eines Tages unentbehrlich sein werden.«
Erst jetzt ließ sich auch Vitória dazu herab, an dem Gespräch teilzunehmen. »Sie könnten sogar Recht haben. Kein Mensch kann dann mehr die Schuld auf die Langsamkeit der Post schieben –

oder gar auf verloren gegangene Briefe. Alles Dringliche kann an diesem Apparat besprochen werden.«

Miranda kam, um ihnen auszurichten, dass das Essen fertig war. Als Vitórias Eltern ihnen voraus zum Esszimmer gingen, sah León Vitória spöttisch an, zwinkerte ihr zu und berührte wie versehentlich ihre Hand. Sie zuckte zusammen und nahm etwas mehr Abstand von ihm. Aber sie entkam den ungewünschten Aufmerksamkeiten nicht. Als er den Stuhl für sie zurückschob, streichelte er ihr, als sie Platz genommen hatte, ganz unauffällig über den Nacken. Als er seine Serviette aufhob, die er, davon war Vitória hundertprozentig überzeugt, in ebendieser Absicht fallen gelassen hatte, strich er mit dem Zeigefinger zart über ihre Fesseln. Als sie ihm eine Schüssel reichte, berührte er ihre Hand viel länger als nötig, und das vor den Augen ihrer Eltern. Er war einfach schamlos!

Er betrachtete das alles nur als Spiel, und Vitória hatte nicht den geringsten Zweifel an der Unaufrichtigkeit seiner vorgeblichen Heiratspläne. Er wollte sie verwirren, ihre Eltern demütigen, sich selber amüsieren, sonst nichts. Und in der Wahl seiner Mittel war er dabei völlig skrupellos. Er verwickelte Dona Alma in ein Gespräch über den Hof und kam dabei geschickt auf seine angebliche Freundschaft mit Princesa Isabel zu sprechen. Er verstand es, Eduardo von seiner Geschäftstüchtigkeit zu überzeugen, und genoss es sichtlich, sich als ein Mann auszugeben, der er gar nicht war.

Erst als Dona Alma ihn nach seiner Herkunft fragte, ließ er sich kaum merklich aus der Fassung bringen.

»Meine Eltern, José Castro e Lenha und Dona Doralice, hatten eine Fazenda im Süden des Landes, gleich bei einem Dorf namens Chuí an der uruguayischen Grenze. Heute bin ich rechtmäßiger Besitzer dieser Ländereien, aber ich habe, weil ich mich wegen meiner vielen anderen Verpflichtungen nicht selber um das Gut kümmern kann, einen Verwalter eingesetzt.«

»Oh, heißt das, Ihre Eltern leben nicht mehr?«

»Ja. Sie starben vor einigen Jahren – an Masern.«

León bat seine Mutter im Stillen um Vergebung für diese Lüge. Aber wie konnte er sich der Familie da Silva als möglicher Gemahl ihrer Tochter empfehlen, wenn ihm diese eine Hauptqualifikation fehlte? Er war im besten Alter, um eine Familie zu gründen. Er war wohlhabend. Er war berühmt und längst gesellschaftsfähig geworden. Er sah passabel aus, war gesund, intelligent und genau der richtige Mann für Vita. Selbst Dona Alma schien er schon auf seine Seite gezogen zu haben – die Frau fraß ihm aus der Hand, seit er durch seine Verbindungen zur kaiserlichen Familie in eine Art moralischen Adelsstand erhoben worden war.

Aber in seinen Adern floss auch, obschon in ziemlicher Verdünnung, Indio-Blut. Wenn Vita oder ihre Eltern das erfuhren, würde man ihn in diesem Haus nie wieder empfangen. Es tat León in der Seele weh, doch es ließ sich nicht vermeiden: Dona Doralice musste den jämmerlichen Verleugnungstod sterben, um ihm den Weg in eine Zukunft mit Vita zu ebnen.

XVI

São Luíz, die Fazenda der Familie Peixoto, lag eine halbe Tagesreise per Kutsche entfernt von Boavista. Die Fahrt dorthin führte über zugewucherte Lehmwege, die kaum noch als solche zu erkennen waren, durch steinige Flussbetten sowie durch ein ausgedehntes Waldstück, in dem die Natur sich die freigeschlagene Schneise schneller zurückeroberte, als die Arbeiter sägen konnten. Der Wald dämpfte die Geräusche, die ihr Gefährt machte, auf eine Weise, die Vitória schaudern ließ. Oder lag es an dem Zwielicht, dem feinen Nebel und dem modrigen Geruch, dass sie sich so verloren fühlte?

»Bist du ganz sicher, dass das der richtige Weg ist?« Vitória konnte sich des Eindrucks nicht erwehren, dass Bolo noch hilfloser war als sie selber.

»Aber ja, ganz bestimmt«, sagte der Junge in selbstbewusstem Ton, der dem Ausdruck seiner Augen widersprach.

Also schön, dachte Vitória. Irgendwann mussten sie auch wieder aus dem Wald herauskommen, und dann würden sie sich sicher besser orientieren können. Hätte sie vorher gewusst, wie beschwerlich die Reise zu Eufrásias neuem Heim war, würde sie sie kaum unternommen haben. Aber nun lag bereits eine dreistündige Fahrt hinter ihnen, und das letzte Stück würden sie auch noch bewältigen.

Direkt über ihnen stieß ein Vogel einen so lauten, schrillen Ruf aus, dass Bolo die Zügel losließ und sich vor Schreck bekreuzigte.

»Soll lieber ich lenken, damit du in Ruhe beten kannst?!«

Bolo schüttelte den Kopf, streckte seinen Rücken und legte sämtlichen Stolz, der ihm zur Verfügung stand, in diese Pose. Wäre die Situation weniger unheimlich gewesen, hätte Vitória über die Reaktion des Burschen schmunzeln müssen. So aber fand sie gar nichts Komisches daran, sich allein mit einem halbwüchsigen, abergläubischen und im Notfall wahrscheinlich eher hinderlichen

Sklaven durch das Dickicht zu schlagen. Resigniert schloss sie die Augen. Da sie in diesem Fall auch nicht schlauer war als Bolo, konnte sie sich ebenso gut zurücklehnen und darauf hoffen, dass sie bald diesen vermaledeiten Wald mit seinen Schwärmen von Stechmücken hinter sich ließen.

Es war mehrere Wochen her, dass sie Eufrásia getroffen hatte. Danach hatten sie nur noch schriftlich miteinander kommuniziert. Doch diese Angelegenheit bedurfte eines persönlichen Gesprächs, und wenngleich Vitória wusste, dass ihre Freundin wahrscheinlich keine gute Beraterin war, so hatte sie doch das dringende Bedürfnis, sich mit ihr auszutauschen. Mit wem sonst? Vitórias Eltern hatten sich zu sehr von León vereinnahmen lassen, als dass ein sachliches Gespräch mit ihnen noch möglich gewesen wäre. Pedro wiederum war ein Freund Leóns und darum ebenfalls voreingenommen. Und Joana war schon lange so fest davon überzeugt, dass León und Vitória füreinander bestimmt waren, dass es müßig wäre, sich überhaupt mit ihr über das Thema zu unterhalten. Von allen Menschen, die Vitória nahe standen, wäre einzig Eufrásia in der Lage, ihr Dilemma nachzuvollziehen. In all ihrer Borniertheit und Oberflächlichkeit hatte Eufrásia doch immer einen bemerkenswerten Scharfblick gehabt, wenn es darum ging, ein vorteilhaftes Geschäft abzuschließen. Und genau das wäre eine Ehe mit León. Oder nicht?

Durch die geschlossenen Lider merkte Vitória, dass es heller wurde. Im selben Moment rief Bolo erleichtert: »Wir haben es geschafft!«

Tatsächlich war es längst nicht geschafft, aber immerhin hatten sie sich nicht verfahren. Die Strecke, die noch vor ihnen lag, war jetzt gut passierbar. Die Orientierung war anhand der Wegbeschreibung, die Eufrásia ihr geschickt hatte, leicht. Die angegebenen Höfe, Bäche und Hügel waren gut auszumachen, und nach einer weiteren Stunde erreichten sie endlich São Luíz.

Die Fazenda lag wunderschön auf einer Anhöhe, von der man einen herrlichen Rundumblick über die sattgrüne, sanft gewellte Landschaft hatte. Das Herrenhaus war kleiner als die *casa grande* von Boavista, wirkte dafür aber mit seinem roséfarbenen Anstrich und den weiß abgesetzten Schmuckreliefs sehr viel eleganter. Soweit Vitória es auf den ersten Blick erkennen konnte, war alles in tadellosem Zustand. Der Kiesweg war geharkt, die Königspalmen frisch beschnitten, die Blumenbeete vor dem Haus akkurat angelegt. Das Einzige, was ungepflegt wirkte, war ihre eigene Kutsche, dachte Vitória, als sie ausstieg und die Schmutzklumpen an den Türen sah. Aber das war man hier wahrscheinlich gewohnt, schließlich mussten alle Besucher diese unwegsame Strecke zurücklegen.

»Vita! Wie schön, dass du da bist! War die Fahrt sehr schlimm?«

»Das kann man wohl sagen! Warum hast du mich nicht gewarnt?«

»Wärst du dann gekommen?« Eufrásia setzte ein neckisches Lächeln auf, mit dem sie Gerissenheit demonstrieren und zugleich unschuldig wirken wollte. Das Ergebnis gefiel Vitória ganz und gar nicht. Vielleicht war es doch nicht so klug gewesen, hierher zu kommen?

»Ach, Vita, wie sehr ich dich vermisst habe! Du musst mir alles genauestens berichten. Hast du etwas von Florinda gehört? Hat sie sich inzwischen einen Mann geangelt? Was macht dein hübscher Rogério – hat er endlich von dir abgelassen? Und was gibt es Neues von der fruchtbaren Isabel und ihrem untreuen Rubem? Lass kein Detail aus, ich will alles wissen, jede Kleinigkeit!«

»Eufrásia, würdest du mich jetzt erst einmal hineinbitten, mir etwas zu trinken anbieten und mir erlauben, mich umzuziehen?«

»O Gott, Vita, verzeih! Aber ich bin hier so abgeschnitten von der Außenwelt, dass ich in meiner Gier nach Klatsch all meine Manieren vergessen habe.«

Nachdem Vitória sich erfrischt hatte, fühlte sie sich einigermaßen gewappnet für Eufrásias Verhör. Aber sie hatte nicht mit der Gegenwart der angeheirateten Verwandtschaft ihrer Freundin gerechnet.

»Vitória, wie nett, Sie bei uns zu haben!«, rief Dona Iolanda aus. Vitória war Eufrásias Schwiegermutter erst einmal zuvor begegnet, bei einem der Feste, die die Teixeiras alljährlich im Mai veranstalteten. Sie hatte die Frau größer in Erinnerung, und hübscher. Jetzt sah sie sich einer Senhora gegenüber, die von eher kleiner Gestalt und von unscheinbarem Äußeren war.

»Ja, ich freue mich auch, dass mir der Besuch endlich einmal möglich war.« Vitória hauchte Dona Iolanda zwei angedeutete Küsschen auf die Wangen. »Es ist immer so viel zu tun auf Boavista, da bleibt viel zu wenig Zeit für so angenehme Ausflüge.«

»Nehmen Sie einen Kaffee?«

»Ja, gern.«

»Zuca, bring uns zwei Tassen Kaffee und für Sinhá Eufrásia, wie üblich, einen Tee«, befahl Dona Iolanda der Schwarzen, die die ganze Zeit schweigend in der Tür zum Salon gestanden hatte.

Eufrásia blickte aufmüpfig, wagte aber nicht, sich ihrer Schwiegermutter zu widersetzen. Seit sie in anderen Umständen war, war sie nicht mehr Herrin ihres eigenen Körpers. Ihre Mahlzeiten wurden nach einem Plan zusammengestellt, den der Arzt ausgearbeitet hatte und der Eufrásia sämtliche Freude am Essen nahm. Zu viel Zucker war verboten, ebenso wie rotes Fleisch, rohes Gemüse oder stark Gewürztes, von Kaffee und Alkohol ganz zu schweigen. Einmal pro Woche musste sie sich untersuchen lassen, und das Ergebnis wurde nicht zuerst ihr, sondern Dona Iolanda und Arnaldo mitgeteilt.

»Mein Sohn und mein Mann«, damit wandte sich Dona Iolanda wieder an Vitória, »werden erst heute Abend zu uns stoßen. Sie sind in dringenden geschäftlichen Angelegenheiten unterwegs.«

»Ach, wie schade.« Vitória gelang es nicht, die angemessene Enttäuschung in ihre Stimme zu legen.

»Ja. Andererseits haben wir so genügend Zeit, uns unter vier Augen zu unterhalten«, warf Eufrásia mit einem bösen Blick zu ihrer Schwiegermutter ein.

Doch Dona Iolanda hatte vorerst nicht vor, die beiden Freundinnen allein zu lassen. Wahrscheinlich dürstete es auch sie nach Neuigkeiten, dachte Vitória. Es dürften sich immerhin nicht allzu viele Besucher nach São Luíz verirren. Oder wollte sie nur sichergehen, dass die werdende Mutter ihres Enkels sich und die kost-

bare Brut keinem schädigenden Einfluss aussetzte? Himmel, was für eine Strafe! Selbst Eufrásia hatte es nicht verdient, so entmündigt zu werden.
Vitória fügte sich in ihr Schicksal und erzählte den beiden Frauen alle Neuigkeiten, die sie hören wollten. Sie konnte es sich allerdings nicht verkneifen, mit den langweiligsten und belanglosesten Geschichten anzufangen. Sie berichtete von der Seuche, die die Zahl der Schweine der Barbosas um mehr als die Hälfte dezimiert hatte, und von dem Stipendium, das Florindas Bruder am Konservatorium ergattert hatte. Sie ließ sich in epischer Breite über die Erweiterung des Krankenhauses in Vassouras sowie die Spendenaktionen der Senhoras aus, und sie freute sich dabei diebisch über die langen Gesichter von Eufrásia und Dona Iolanda.
»Jetzt spann uns nicht länger auf die Folter, Vita. Erzähl von Rubem Araújo. Das Gerücht, er sei Stammgast in einem Hurenhaus in Valença, ist sogar bis hierher vorgedrungen.«
Dona Iolanda warf ihrer Schwiegertochter einen vernichtenden Blick zu, unterbrach sie aber nicht. Wahrscheinlich war sie insgeheim froh, dass Eufrásia die Rede auf dieses ebenso delikate wie aufregende Thema gebracht hatte, das alle Damen im Bekanntenkreis hinter vorgehaltener Hand diskutierten.
»Oh, darüber weiß ich nichts. Aber da Rubem ein unverbesserlicher Frauenheld und Isabel ja mit dem zweiten Kind schwanger ist, nun ja, könnte man gewisse Rückschlüsse ziehen …«
»Isabel bekommt schon wieder ein Kind?!«
»Ja, die Ärmste. Womöglich ist sogar sie es, die ihren Mann in diese Häuser schickt, damit er …«
»Um Gottes willen, Vitória, Eufrásia! Das geht jetzt aber zu weit. Solchen unappetitlichen Spekulationen wollen wir uns nicht hingeben.«
Natürlich wollten sie – die Blicke, die die beiden Freundinnen austauschten, waren unmissverständlich. Eufrásia und Vitória brachen gleichzeitig in Lachen aus.
»Sie haben vollkommen Recht, Dona Iolanda.« Vitória hatte sich

als Erste wieder gefangen. »Die sonderbaren Bedürfnisse der Männer sind kein Thema für so einen beschaulichen Nachmittag unter Damen. Nicht, dass ich viel davon verstünde ...« Vitória zwinkerte Eufrásia zu. »Weniger wahrscheinlich als die arme Florinda, die, wenn man dem Gerede der Leute Glauben schenken darf, in Kürze heiraten muss.«

»Nein!«, riefen Eufrásia und ihre Schwiegermutter wie aus einem Mund. »Und wer ist der Glückliche?«

»Der Mann heißt Miguel Coelho. Er ist Florindas Klavierlehrer, arm wie eine Kirchenmaus und so hässlich, dass Florinda neben ihm wie eine strahlende Schönheit wirkt.«

»Mein Gott!« Eufrásia stand die Schadenfreude ins Gesicht geschrieben. Mit einer so skandalösen Neuigkeit hatte sie nicht gerechnet.

»Vielleicht«, warf Dona Iolanda ein, nachdem sie Vitória mit ihren penetranten Fragen sämtliche Details entlockt hatte, »ist das alles gar nicht so schlimm. Trotz des Reichtums ihrer Familie war ja, wenn mich nicht alles täuscht, kein Verehrer weit und breit in Sicht. In zehn Jahren, ach, was rede ich da, in nicht einmal drei Jahren ist Gras über die Sache gewachsen. Der Klavierlehrer wird lernen, sich wie ein Senhor zu benehmen, es werden weitere Kinder kommen, und Florinda wird in ihrer Mutterrolle aufblühen. Ja, so gesehen ist es wahrscheinlich sogar das Beste, was dem armen Mädchen passieren konnte. Nichts ist schrecklicher für eine Frau, als als alte Jungfer zu enden.« Bei den letzten Worten sah Dona Iolanda Vitória mitleidig an.

»Ja, ein tragisches Los. Noch furchtbarer finde ich persönlich es allerdings für eine junge Frau, in eine Familie einzuheiraten, die sie aller Freiheiten, Rechte und Privilegien einer Ehefrau beraubt. Ich weiß natürlich«, fügte Vitória beschwichtigend hinzu, nachdem sie Eufrásias entsetzte Miene wahrgenommen hatte, »dass diese Fälle äußerst selten sind.«

Dona Iolanda ließ sich nicht anmerken, wie empört sie angesichts dieses unverhohlenen Affronts war, doch wenig später zog sie sich zurück. »Leider muss ich mich jetzt weniger vergnüglichen Ange-

legenheiten widmen. Aber heute Abend werden wir ja noch ausreichend Gelegenheit haben, weiter zu plaudern.«
Als Dona Iolanda den Salon verlassen hatte, sah Vitória fragend ihre Freundin an.
»Sag nichts. Davon wird es auch nicht besser.« Eufrásia nahm einen Schluck Tee und drehte sich zu dem Mädchen um. »Zuca, was stehst du da und machst große Ohren? Lass uns gefälligst allein.«
Zuca schaute beleidigt, knickste und knallte die Tür hinter sich zu.
»Himmel, wie hältst du das aus? Warum lässt du dir das bieten?«
»Die Neger haben sich alle gegen mich verschworen. Sie sind faul und frech und spionieren mir hinterher.«
»Ich meinte nicht das Mädchen. Ich meine Dona Iolanda. Wie kannst du es ertragen, dass sie dich so bevormundet?«
»Gegen diese Frau ist kein Kraut gewachsen. Glaub mir, Vita, ich habe es mit Frechheit und mit Sanftmut, mit offener Rebellion und kleinen gemeinen Intrigen versucht. Aber Dona Iolanda ist mir in dieser Hinsicht haushoch überlegen. Sie kennt Mittel und Wege, die Menschen zu demütigen, dagegen bin ich machtlos. Und seit ich mich ihr unterworfen habe, ist mein Leben auf São Luíz weitaus angenehmer, als es zu Beginn war.«
»Aber unternimmt denn Arnaldo gar nichts?«
»Arnaldo? Ha, der denkt doch, seine Mutter sei eine Heilige. Wenn ich ihm erzähle, wie übel sie mir mitspielt, glaubt er mir einfach nicht. Er hält mich für eine Lügnerin und Dona Iolanda für ein Opfer meiner Boshaftigkeit. Weißt du, Vita, irgendwann habe ich begriffen, dass es überhaupt nichts nützt, mich über diese Schlange zu beschweren, sondern mir im Gegenteil nur noch mehr schadet. Seitdem halte ich einfach den Mund – was unserer Ehe durchaus gut bekommt. Arnaldo ist Wachs in meinen Händen.«
»Arnaldo ist Wachs in jedermanns Händen.« Die Bemerkung war Vitória herausgerutscht, bevor sie über die Konsequenzen nachgedacht hatte. Doch Eufrásia nahm sie mit Gelassenheit auf.
»Mag sein. Ja, du hast Recht, er ist nicht gerade ein Ausbund an Charakterfestigkeit und Willensstärke. Aber er ist reich. Er bietet

mir jeden Komfort, den ich in den letzten Monaten auf Florença vermissen musste, und ganz ehrlich, allein das ist es wert, sich im Gegenzug von Dona Iolanda schikanieren lassen zu müssen. Eines Tages, eines nicht mehr allzu fernen Tages, denn Otávio Peixoto ist alt und hat ein schwaches Herz, wird Arnaldo der Herr auf São Luíz sein. Und dann, meine Liebe, übernehme ich hier das Zepter, das kannst du mir glauben.«

Vitória glaubte es. Vor ihrem geistigen Auge sah sie genau, wie Eufrásia sich aufspielte, wie sie die Sklaven herumkommandierte, wie sie Dona Iolanda drangsalierte und wie sie an ihren eigenen Kindern dieselben Fehler begehen würde, die Dona Iolanda an ihrem Arnaldo begangen hatte. Sie sah ebenfalls eine Frau in mittleren Jahren, deren Mundwinkel nach unten hingen, in deren Stirn sich tiefe Falten gebildet hatten, die Freudlosigkeit und Engstirnigkeit ausstrahlte.

»Im Übrigen«, fuhr Eufrásia fort, »muss ich Dona Iolanda zumindest in einem Punkt zustimmen: Alles ist besser, als eine alte Jungfer zu werden.« Sie genoss es sichtlich, ihren einzigen Trumpf auszuspielen. Sie war vielleicht nicht so hübsch, nicht so klug und nicht so wohlhabend wie Vitória. Aber sie hatte einen Mann.

»Ich weiß gar nicht, was ihr euch alle so habt. Ich bin zwanzig Jahre alt und habe an jedem Finger zehn Verehrer. Das ist eigentlich ein ziemlich angenehmer Zustand. Warum sollte ich jetzt heiraten?«

»Damit du endlich machen kannst, was du willst.«

»So wie du?«

»Herrgott noch mal, Vita, musst du auch noch Salz in meine Wunden streuen?! Aber wenn du so willst: Ja, so wie ich. Irgendwann einmal habe ich alle Freiheiten, von denen ich träume.« Eufrásia beugte sich schwerfällig nach vorn, als habe sie bereits einen dicken Bauch, dabei war nicht das Geringste zu sehen. Sie nahm die Kaffeekanne, die auf einem Stövchen in der Mitte des Beistelltisches stand, und goss Kaffee in ihre leere Teetasse. Dazu gab sie zwei gehäufte Teelöffel Zucker. Während sie umrührte, setzte sie ihre Aufzählung der Vorteile einer Ehe fort. »Außerdem wirst du als verheiratete Frau die Freuden der körperlichen Liebe kennen lernen.«

»Dafür braucht man ja nicht unbedingt einen Ehemann.«

»Vita! Woher nimmst du nur diese Ideen? Natürlich braucht man dazu einen Ehemann. Oder willst du etwa uneheliche Kinder bekommen?«

»Ich will überhaupt keine Kinder bekommen.«

»Sag mal: Ist mit dir alles in Ordnung? Du bist gar nicht wiederzuerkennen. Früher wolltest du einen Mann und Kinder, so wie jede normale Frau.«

»Mach dir keine Gedanken um mich, Eufrásia. Mit mir stimmt alles. Ich spiele sogar mit dem Gedanken, zu heiraten.«

»Aber hast du mir nicht gerade erzählt, dass du …«

»Falsch. Ich habe nur die Frage in den Raum gestellt, warum ich heiraten sollte. Ich hatte gehofft, von dir eine vernünftige Antwort zu erhalten.«

»Sag bloß, Rogério hat erneut um deine Hand angehalten?«

»Nein. Aber León Castro hat es getan.«

Eufrásia verschluckte sich fast an ihrem Kaffee. »Dass er sich überhaupt bei deinen Eltern Gehör verschaffen konnte …«

»Mehr als das. Meine Eltern sind ganz begeistert von ihm.«

»Ach, Vita, du nimmst mich auf den Arm, oder?«

»Nein. Ich wünschte, es wäre so.«

»Aber Dona Alma muss den Mann doch verabscheuen. Seine Ansichten, sein Auftreten, sein Beruf – in allem ist er das genaue Gegenteil dessen, was sich eine Dame der gehobenen Gesellschaft für ihre Tochter wünscht.«

Diesmal nahm sich Vitória einen Kaffee, bevor sie weitersprach. Eufrásia hatte vergessen, auch ihre Tasse aufzufüllen.

»Seit León aus Europa zurück ist, hat sich einiges geändert. Inzwischen ist er zu Ruhm und Ansehen gelangt, und er wird regelmäßig von Prinzessin Isabel eingeladen. Das hat meine Mutter natürlich tief beeindruckt. Zudem scheint er nicht ganz so mittellos zu sein, wie wir alle immer geglaubt haben. Er besitzt zwei Fazendas. Nein«, betonte Vitória, als sie Eufrásias zynisches Lächeln sah, »es sind keine heruntergewirtschafteten Hühnerhöfe. Mein Vater hat entsprechende Anfragen an die Katasterämter in Chuí und in Três Corações telegrafiert und in Erfahrung gebracht, dass es sich um ansehnliche und profitable Güter handelt. Seitdem ist auch er der Ansicht, dass León der passende Ehemann für mich ist.«

»Aber wir beide wissen ja, dass du nichts auf diese Argumente gibst und noch viel weniger auf die Wünsche deiner Eltern. Was also ist es, was dich diesen unerhörten Antrag überhaupt in Erwägung ziehen lässt?«

»Vielleicht das Bedürfnis nach körperlicher Liebe?«

»Vergiss es! Das ist es nicht wert, dass du dich dafür an einen Mann wie Castro wegwirfst.«

Vitória musste lauthals lachen. Eufrásia sah sie indigniert an.

»Ja, ja, schon gut. Hör bitte auf, dich über mich lustig zu machen, und sag mir stattdessen, was wirklich der Grund ist.«

Vitória nahm ihre Freundin bei der Hand und zog sie aus dem Sessel hoch.

»Lass uns ein bisschen spazieren gehen. Der Tag ist so schön, und ich kenne São Luíz ja noch gar nicht. Unterwegs erzähle ich dir alles.«

»Ich glaube, dass Dona Iolanda mich nicht gehen lassen wird. In meinem Zustand ist jede körperliche Ertüchtigung eine Gefahr.«

»Papperlapapp. Die frische Luft wird dir gut tun. Wir wollen ja auch keinen Gewaltmarsch machen, sondern nur ganz gemütlich schlendern.«

Eufrásia war keineswegs davon überzeugt, dass ein Spaziergang ratsam wäre. Doch die Aussicht, Vitória die prachtvolle Fazenda vorzuführen, hob ihre Laune und ihren Unternehmungsgeist erheblich. Als sie in der Halle Dona Iolanda begegneten, bat Eufrásia gar nicht erst um Erlaubnis, sondern setzte ihre Schwiegermutter knapp davon in Kenntnis, dass sie sich jetzt ein wenig die Beine vertreten wolle. Noch bevor Dona Iolanda die Chance hatte, irgendwelche Bedenken vorzubringen, schob Vitória ihre Freundin durch die Haustür und rief, bereits auf der Außentreppe: »Ich passe schon auf sie auf!«

Die Schönheit der Fazenda und der Landschaft, in der sie lag, nahm Vitória nur am Rande wahr. Zu sehr war sie vertieft in die Erinnerung an die Unterhaltung, die sie mit León geführt hatte und die sie jetzt für Eufrásia zusammenfasste. Sie hatten sich am Ufer eines künstlich angelegten Fischteichs niedergelassen, der noch knapp in Sichtweite des Herrenhauses lag. Ein paar Felsen waren so im Rasen unter den Eukalyptusbäumen gruppiert worden, dass man auf ihnen bequem und schattig sitzen und den Teich bestaunen konnte, über den sich eine Hängebrücke spannte. Vitórias Blick war auf einen unbestimmten Punkt auf der sich kräuselnden Wasseroberfläche gerichtet.
»Du weißt ja von meiner Überzeugung, dass es mit der Welt, wie wir sie kennen, bald zu Ende sein wird. Wenn die Sklaverei abgeschafft wird, stehen wir alle vor dem Aus. Dies alles hier«, und damit deutete sie auf die malerische Umgebung, »wird verfallen, verwahrlosen, verwildern, wenn keine Schwarzen mehr da sind, die sich darum kümmern.«
»Ich weiß, ich weiß, das hast du mir ja alles schon einmal erzählt. Und ich finde weiterhin, dass das ausgemachter Blödsinn ist. Aber was hat das jetzt mit León Castros Antrag zu tun?«
»León hat mir zugesichert, dass ich als seine Frau nicht nur über meine Mitgift frei verfügen, sondern auch sein Geld verwalten kann.«
»Ja, und?«
»Aber verstehst du denn nicht, Eufrásia? Kein anderer Mann, den ich kenne, würde mir in dieser Hinsicht so viele Freiheiten lassen.«
»Du willst mir doch nicht weismachen, dass du nur deshalb heiraten willst, weil du auf diese Weise dein Vermögen retten kannst – eine Maßnahme, nebenbei bemerkt, die nur du in deinem unerklärlichen Pessimismus für notwendig hältst.«
»Doch, genau das wollte ich damit sagen.«
»Also hast du seinen Antrag angenommen?«
»Nein.«
»Ach, und warum nicht? Ist dir vielleicht doch noch ein kleines bisschen Verstand geblieben?«

»Im Gegenteil. Mir ist noch ein kleines bisschen Sinn für Romantik geblieben. León liebt mich nicht, und ich liebe ihn nicht.«
»Das wird ja immer verworrener. Warum will er dich dann heiraten?«
»Ebenfalls aus praktischen Erwägungen. Er behauptet, dass er in seinem Alter und in seiner Position nicht mehr länger als Junggeselle auftreten will. Er braucht eine Frau an seiner Seite. Eine respektable Frau, die er auch mit an den Hof bringen kann, ohne sich zu blamieren.«
Vitória war, als León ihr diese Erklärung gegeben hatte, tief getroffen gewesen. Wie viel lieber hätte sie von ihm gehört, dass er sie liebte, sie anbetete, sich nach ihr verzehrte wie nach keiner anderen Frau jemals zuvor. Erst tags darauf war ihr aufgegangen, dass nur ihre Eitelkeit verletzt worden war. Und wenn sie schon über eine Eheschließung redeten wie über ein Geschäft, von dem sich jede Partei Vorteile versprach, dann musste sie sich auch verhalten, wie es sich für eine Geschäftsfrau gehörte: nüchtern, sachlich, persönliche Eitelkeiten außer Acht lassend.
»Also, ich weiß nicht, Vita«, holte Eufrásia sie wieder in die Gegenwart zurück. »Ich fürchte, er wird sich mit dir sehr wohl blamieren. Du leidest eindeutig an geistiger Umnachtung.«

Denselben Eindruck musste Vitória am Abend auch auf den Rest der Familie Peixoto machen. Geistesabwesend saß sie am Tisch und stocherte in ihrem Essen herum. Die Fragen von Senhor Otávio, die ausschließlich der Kaffeeernte galten, beantwortete sie einsilbig, die Beobachtungen Dona Iolandas über das Wetter kommentierte sie lustlos, und auf die Äußerungen Arnaldos reagierte sie ungehalten. Eufrásias Mann mangelte es so offensichtlich an Esprit, Intelligenz und Charme, dass es Vitória körperliche Schmerzen verursachte. Wie hielt Eufrásia das aus? Ihre Freundin mochte ja hochnäsig sein und ein sehr eingeschränktes Weltbild haben, aber dumm war sie nicht.
Nachdem Kaffee und Cognac serviert worden waren, Eufrásia bekam ein Glas warme Milch, hatte Vitória es plötzlich eilig, sich zu

verabschieden. Keine Sekunde länger, als es die Höflichkeit gebot, würde sie mit diesen Leuten verbringen können. Sie entschuldigte sich mit den Strapazen der Reise und zog sich auf ihr Zimmer zurück.

Sie brauchte Luft! Vitória riss die Gardinen auf und öffnete das Fenster sowie die Fensterläden. Die Nachtluft, die hereinströmte, war warm und samtig. Sie duftete nach frisch gemähter Wiese, nach Eukalyptus, nach feuchter Erde und, ganz schwach, nach Holzfeuer. Hoch am Himmel stand der Mond, eine schmale Sichel, die in der diesigen Luft aussah, als läge ein dünner Schleier davor. Die Sterne waren aufgrund des leichten Nebels nicht zu sehen, dennoch verharrte Vitória minutenlang am Fenster, betrachtete den Himmel und sog tief die würzige Luft ein. Wie unbedeutend, wie klein sie doch alle waren angesichts der unermesslichen Weite des Universums. Die Sorgen der Peixotos, ihre eigenen Probleme – sie wirkten plötzlich alle nichtig, trivial. Die Erde würde sich weiterdrehen, ob Otávio Peixoto Mais anpflanzte oder nicht, ob Dona Iolanda die renitente Sklavin auspeitschte oder einsperrte, ob Arnaldo das Rennpferd kaufte oder nicht, ob Eufrásia einen Jungen oder ein Mädchen zur Welt brachte, ob sie selber León heiratete oder nicht. So einfach war das. Und so beruhigend.

Vitória gähnte. Sie zog die Gardinen zu, um sich unbeobachtet ausziehen zu können. Dann löschte sie das Licht, öffnete die Vorhänge wieder und legte sich ins Bett, das parallel zur Fensterseite des Zimmers stand und ihr erlaubte, im Liegen weiter den Himmel anzustarren. Lange genoss sie den Anblick nicht: Nach wenigen Sekunden war Vitória eingeschlafen.

Sie erwachte von den Geräuschen, die den Beginn eines neuen Tages ankündigten. Das Scheppern von Milchkannen und Hufgetrappel im Hof, die Stimmen von Sklaven, das Knacken der Holzdielen im Flur, über die jemand ging, der keinen Lärm verursachen wollte. Vitória brauchte einen Augenblick, um sich zu orientieren und sich daran zu erinnern, dass sie nicht auf Boavista war. Sie richtete sich auf und sah aus dem Fenster. Die Sonne war noch nicht aufgegangen, doch der violettfarbene Streifen am Horizont ließ sie die Zeit auf fünf Uhr schätzen. Sie liebte die frühen Morgenstunden – wenn sie zu Hause war. Doch was sollte sie hier auf São Luíz mit sich anfangen, bevor das Frühstück serviert wurde, und das wäre nicht vor sieben Uhr der Fall? Hier konnte sie nicht einfach im Morgenmantel in die Küche stolpern, um sich von der Köchin einen Kaffee aufbrühen zu lassen, oder es sich im Arbeitszimmer bequem machen, um in der friedlichen Stimmung der Morgendämmerung ein paar Papiere durchzusehen. Andererseits: Was sprach schon dagegen, dass sie aufstand, sich anzog und sich auf die Suche nach einem Kaffee machte? Sie war schließlich keine Gefangene. In der Küche war bestimmt schon jemand zugange, und wenn hier alles so funktionierte wie auf Boavista, dann wäre das Herdfeuer ohnehin die ganze Nacht über an. Vitória machte sich in Windeseile fertig und stahl sich aus ihrem Zimmer. Sie schlich über den Flur und fühlte sich dabei wie eine Einbrecherin. Dann tappste sie leise die Treppe hinunter, immer in Sorge, sie könne in der Dunkelheit stolpern und alle aufwecken. Doch ihre Befürchtungen waren anscheinend unbegründet. Als sie unten in der Halle angelangt war, sah sie einen Lichtstreifen unter der Tür zum Esszimmer und hörte Stimmengemurmel. Zögerlich klopfte sie an die Tür.

»Ja?«, fragte eine weibliche Stimme.

»Guten Morgen.« Vitória trat ein und sah sich zwei Hausmädchen gegenüber, die gerade den Tisch deckten.

»Sinhá Vitória, Jesses, Sie sind aber früh dran!«

»Ja, Zuca, ich weiß. Ich will auch gar nicht frühstücken. Aber es wäre wunderbar, wenn du mir einen Kaffee bringen könntest.«

»Selbstverständlich, sofort.« Das Mädchen rannte mit fliegenden Röcken aus dem Zimmer, wahrscheinlich weniger darauf bedacht, der Besucherin schnellstmöglich ihren Wunsch zu erfüllen, als vielmehr den anderen Haussklaven von dem sonderbaren Benehmen der weißen Senhorita zu berichten. Abgesehen von Senhor Otávio stand kein Mitglied der Familie Peixoto vor neun Uhr auf.

Das andere Mädchen räusperte sich. »Haben Sie sonst noch einen Wunsch, Sinhá?«
»Nein, vielen Dank. Wie heißt du?«
»Ich bin Verinha.«
»Aha.« Eufrásia hatte ihr von Verinha geschrieben und sie als dreiste, unfähige und geschwätzige Sklavin geschildert, die ihr das Leben auf São Luíz schwer machte. »Ich bin Vitória da Silva.«
»Ich weiß. Sind Sie wirklich eine Freundin von Sinhá Eufrásia? Sie sind ganz anders als sie.«
»Ja. Man muss sich nicht ähneln, um befreundet zu sein.«
Verinha zuckte angesichts einer so naiven Aussage befremdet mit den Schultern.
Vitória hätte gerne erfahren, auf welche Unterschiede genau das Mädchen sich berief, fragte aber nicht nach. Ihr stand jetzt nicht der Sinn nach einem Gespräch, und schon gar nicht nach einem Gespräch mit einer Haussklavin über Eufrásias Fehler. Denn über die, da war sich Vitória sicher, wollte Verinha am liebsten reden.
»Tu einfach so, als sei ich gar nicht hier, ja? Lass dich in deiner Arbeit nicht von meiner Gegenwart stören. Ich will nur schnell einen Kaffee trinken, dann bin ich schon wieder verschwunden.«
»Wo wollen Sie denn hin, so früh am Morgen?«
»Ich wüsste nicht, was dich das anginge. Aber, na ja, ein bisschen ums Haus herumlaufen, mir den Kräutergarten genauer anschauen ...«
»Möchten Sie die Welpen sehen?«
»Ihr habt Welpen hier? Eufrásia hat mir gar nichts davon erzählt. Ja, die würde ich liebend gerne sehen.«
»Aber Sie verraten Sinhá Dona Iolanda und Sinhá Eufrásia nicht, dass ich Sie hingebracht habe, oder? Ich beziehe eine Tracht Prügel, wenn sie davon erfahren.«
»Wieso? Was ist so schlimm daran, wenn du mir junge Hunde zeigst?«
»Nichts. Aber sie wollen nicht, dass ich so oft in den Stall gehe. Weil ich dann angeblich nach Pferdemist rieche.«
»Nun, wenn die beiden Damen des Hauses das nicht möchten,

dann solltest du es wirklich nicht tun.« Vitória war enttäuscht. Sie liebte Welpen. Auf Boavista hatten sie seit Jahren keine mehr gehabt. Ihre alte Hündin war vor kurzem gestorben, und jetzt hatten sie nur noch den Rüden, der an gebrochenem Herzen litt und zu nichts mehr zu gebrauchen war. Sie hätten schon längst neue Hunde angeschafft, wäre nicht Dona Alma der Ansicht gewesen, dass es sich auf Boavista, wo weder Wachhunde noch Jagdhunde benötigt wurden, ohne Gekläffe und Hundehaare auf den Polstermöbeln viel beschaulicher lebte.

»Andererseits«, fuhr Vitória verschmitzt lächelnd fort, »muss ja niemand etwas davon erfahren.«

Als sie den Kaffee getrunken hatte, wandte sie sich an Zuca: »Ich habe Verinha gebeten, mich zu den Stallungen zu führen. Sie ist gleich wieder zurück.«

Zuca sah ihnen entgeistert nach, als sie das Esszimmer verließen.

Im Stall empfing sie der intensive Geruch von Heu und Pferden. Unter anderen Umständen hätte sich Vitória viel Zeit gelassen, um jedes einzelne Pferd gebührend zu bewundern. Jetzt aber sah sie weder nach rechts noch nach links, sondern lief atemlos dem Mädchen hinterher, bis sie am Ende des Gangs angekommen waren. In der letzten Box lag eine bildschöne Dalmatinerhündin auf der Seite und säugte fünf Junge. Das Tier hob in einem Ausdruck, der Lethargie oder aber Erschöpfung bedeuten mochte, den Kopf und richtete die Ohren auf. Dann legte es den Kopf wieder hin, gelangweilt an die Wand starrend. Die Welpen schienen ihre Mutter auffressen zu wollen. Sie waren schon relativ groß, zu groß, um brav nebeneinander liegend an den Zitzen zu nuckeln. Sie purzelten übereinander und kabbelten sich um den besten Platz.

»Himmel, sind die niedlich!«

»Ja, nicht wahr? Aber weil es Mischlinge sind, werden die Herrschaften sie nicht verkaufen können. Wahrscheinlich werden sie bald getötet.«

»Nein!«, entfuhr es Vitória. Sie hatte sich auf der Stelle in die Welpen verliebt, besonders in den kleinsten von allen. Er war ganz weiß, nur die Pfoten und ein Ohr waren schwarz. Sie kniete sich hin und nahm vorsichtig das kleine Wesen in die Hände. Das Hündchen schien Gefallen an der Aufmerksamkeit zu finden, die ihm zuteil wurde. Es wedelte mit dem Schwanz, zappelte mit dem ganzen kleinen Körper und beschnupperte Vitórias Gesicht. Als sie den Kleinen wieder absetzte, fiepte er und blieb auffordernd vor Vitória stehen.

»Er mag Sie«, stellte Verinha fest.

»Ja, und ich mag ihn. Ich werde deine Herrschaft fragen, ob ich ihn behalten darf.«

»Einfach so, ohne zu wissen, was das mal für ein Hund wird?«

»Oh, ich sehe ihm an, dass er riesig wird. Bestimmt ist der Vater ein großes Tier.« Vitória sah Verinha an und merkte im selben Augenblick, wie komisch ihre Bemerkung gewesen war. Sie gluckste vor sich hin, widmete sich aber gleich wieder dem Welpen, der sich vor ihr auf den Rücken geworfen hatte. Sie streichelte ihm den Bauch, der noch ganz weich und roséfarben war. »Ja«, murmelte sie, »dein Vater ist ein großes Tier und deine Mutter eine Schönheit. Was soll da schon schief gehen?« Sie setzte den kleinen Hund auf ihren Schoß und ließ ihn an ihrem Finger knabbern. Erst als er an ihr hochsprang und ihr übers Gesicht leckte, nahm sie ihn und setzte ihn wieder auf die Erde, zu seinen Geschwistern.

»Wissen Sie schon, wie Sie ihn nennen wollen?«

»Hm, vielleicht *sábado*, weil heute Samstag ist? Ja, ich denke Sábado ist ein guter Name.«

»Sábado ist der Klügste von allen. Ich habe die Welpen jeden Tag besucht, und ich kenne sie genau. Sie haben eine gute Wahl getroffen.«

Vitória war in Gedanken schon woanders. »Kannst du mir bitte alles zusammensuchen, was ich für den Transport des Hündchens brauche? Einen Korb, eine Decke, eine Nuckelflasche mit Milch, ein paar Leckereien und so. Ich reise heute Mittag ab, und die Fahrt dauert ein paar Stunden. Wir wollen doch nicht, dass es dem kleinen Sábado unterwegs an irgendetwas fehlt, oder?« An der Tür der Box drehte sie sich noch einmal um, um einen letzten Blick auf die Hündin und ihre Jungen zu werfen. Sábado war ihr gefolgt und machte ungelenke Sprünge über ihre Füße. Vitória ging das Herz auf. Sie hätte noch ewig in der Box bleiben und mit ihrem Welpen spielen können. Aber später, in der Kutsche, wäre noch Zeit genug, sich mit dem Tier zu beschäftigen. Jetzt wollte sie erst einmal frühstücken – und den Gedanken an das Schicksal der anderen Welpen in den hintersten Teil ihres Kopfes verbannen. Weder hatte sie das Recht noch die Möglichkeit, irgendetwas für die wehrlosen Kreaturen zu tun. Und mehr als einen Welpen konnte sie nicht mitnehmen.

Das Frühstück nahm Vitória zusammen mit Senhor Otávio ein. Alle anderen schliefen noch. Sie bat ihn, einen der Welpen mitnehmen zu dürfen, und erntete verständnisloses Achselzucken. »Aber bitte, liebe Vitória, wenn Sie auf Boavista Verwendung für solche Promenadenmischungen haben.«
Am späten Vormittag geruhte Eufrásia endlich, sie mit ihrer Präsenz zu beglücken. Vitória versuchte, sich ihren Unmut nicht allzu deutlich anmerken zu lassen. Umgekehrt würde sie selber, wenn eine Freundin eine so lange Fahrt auf sich genommen hätte und nur so kurz blieb, jede Sekunde auskosten. Sie erzählte ihr knapp, dass sie einen der Welpen mitnehmen würde, woraufhin Eufrásia explodierte: »Hat Verinha dich hingebracht? Dieses schwarze Miststück hatte strikte Anweisung, sich nicht mehr in der Nähe der Hunde blicken zu lassen. Der werde ich was erzählen!« Und schon lief sie in Richtung Küche.
Vitória verließ ebenfalls den Raum. Eufrásia und sie hatten sich nichts mehr zu sagen, so viel war klar. Sobald Bolo die Pferde angespannt und das Mädchen ihren Koffer gepackt hätte, würde sie abfahren. Ganz umsonst war ihre Reise dennoch nicht gewesen. Vitória nahm nicht nur einen süßen kleinen Hund mit nach Hause, sondern auch einen Entschluss, den Eufrásia, ohne es zu wissen, und erst recht, ohne es zu wollen, herbeigeführt hatte. Bevor Vitória an der Seite eines Mannes wie Arnaldo dahinwelken würde, jeder Freiheit, jeder Sinnenfreude und jeder geistigen Anregung

beraubt, würde sie lieber für den Rest ihres Lebens allein bleiben. Aber es gab ja eine Alternative, und die erschien Vitória nach den deprimierenden Beobachtungen der Lebensumstände Eufrásias durchaus akzeptabel, wenn nicht gar erstrebenswert: Sie würde León heiraten.

XVII

Pedro starrte aus dem Fenster des Zuges, ohne die Landschaft wahrzunehmen, die an ihm vorbeiflog. Er hatte sich noch immer nicht von dem Schrecken erholt, den die Nachricht von Vitas und Leóns Hochzeit ihm versetzt hatte. Wie hatte die Ernsthaftigkeit dieser Romanze ihm nur verborgen bleiben können? Er hatte geglaubt, es handle sich um nicht mehr als einen Flirt. Seine Schwester hatte sich immer schon gerne in der Aufmerksamkeit attraktiver Männer gesonnt, und León liebte bekanntlich die Herausforderung. Und jetzt das! Wahrscheinlich hatte der Lump Vita geschwängert – welchen anderen Grund hätte es sonst für die Eile gegeben, mit der diese Hochzeit vorangetrieben wurde?

»Bitte, Pedro, verzieh nicht so das Gesicht. Es gibt keinen Grund für dich, dieser Ehe so negativ gegenüberzustehen.« Joana hatte oft genug mit Pedro über das Thema diskutiert, doch noch immer wollte ihr nicht in den Kopf, was ihr Mann so schlimm an einer Eheschließung zwischen Vita und León fand. »León ist der perfekte Mann für deine Schwester. Er ist klug, er hat Geld, er sieht blendend aus. Und er liebt sie – abgöttisch.«

»Er hat die falschen politischen Ansichten.«

»Mein Gott, Pedro, jetzt mach aber mal einen Punkt! Wenn Ehen nur aufgrund gleicher politischer Gesinnung geschlossen würden, wäre die Menschheit bald ausgestorben. Im Übrigen ist León ja kein Anarchist oder Ähnliches. Er vertritt liberale Ansichten, die durchaus vernünftig und gesellschaftsfähig sind. Du selbst warst doch ebenfalls fasziniert von ihm. Wenn ich mich recht entsinne, warst sogar du es, der León mit Vita bekannt gemacht hat.«

»Ja, ja. Erinnere mich nicht wieder daran. Es war einer der dümmsten Fehler, die ich in den letzten Jahren begangen habe.«

»Versuche doch wenigstens, dich für Vita zu freuen. Sie wird als verheiratete Frau viel mehr Rechte haben als bisher. Sie wird mit León nach Rio de Janeiro ziehen, und wir alle können uns dann viel öfter sehen. Ach, ich finde es wunderbar! Du doch auch, Aaron, oder?«

Aaron lächelte gequält. Wie oft hatte er sich gewünscht, dass Vita nach Rio kommen möge, wo er sie so oft treffen konnte, wie er wollte. Aber doch nicht als Ehefrau von León Castro! Zugegeben: Der Mann war keine schlechte Wahl. Sowohl als Politiker wie auch als Journalist war er hoch angesehen, und seine Karriere versprach in Zukunft nur noch steiler zu verlaufen. Zudem war die physische Anziehung, die Vita und León aufeinander ausübten, beinahe mit Händen greifbar – jeder, der vor zwei Jahren Zeuge des Tanzes der beiden gewesen war, hatte diesen Magnetismus gespürt. Dennoch teilte Aaron einige von Pedros Bedenken. Warum diese Eile? Sollte Vita wirklich von León schwanger sein? Heiraten zu müssen war keine wirklich gute Voraussetzung für eine glückliche Ehe. Eine noch schlechtere Basis war allerdings der Wunsch, andere Menschen zu provozieren oder zu brüskieren. Aaron kannte León gut genug, um zu wissen, dass der für eine gute Pointe oder einen gelungenen Überraschungseffekt alles Mögliche zu tun bereit war. Würde er sogar eine Sinhazinha, die Tochter eines Sklavenhalters, ehelichen, nur um Aufmerksamkeit zu erregen, zu polemisieren, zu schockieren? Bereits jetzt war unter Leóns Anhängern ein heißer Streit darüber entbrannt, ob ein Mann mit Castros Überzeugungen noch haltbar war, wenn er sich auf diese Art mit »dem Feind« verband. Und sollte Vita einen Abolitionisten heiraten, allein aus dem Bedürfnis heraus, ihren Eltern Paroli zu bieten, oder gar aus schierer Abenteuerlust? Denkbar war alles. Aber was käme danach, wenn die sexuelle Begierde nachließ, wenn mehrere Geburten Vitas herrlichen Körper entstellt hätten und León vor dem Kindergeschrei in seinem Haus Reißaus nahm? Wenn die vor den Kopf gestoßene Gesellschaft irgendwann diese Mesalliance akzeptierte und der Reiz des Verbotenen verflog? Nein, Vita und León passten nicht zusammen. Nicht auf Dauer. Und er, Aaron, würde geduldig abwarten, bis seine Zeit käme.

Am Bahnhof von Vassouras begegneten die drei mehreren Bekannten aus Rio, die im selben Zug angereist und ebenfalls zu der Hochzeitsfeier eingeladen worden waren.
»Sieh nur, Pedro«, Joana deutete mit dem Kinn in Richtung eines betagten Herrn, »sogar der alte Pacheco ist gekommen.«
»Ja«, antwortete Pedro in düsterem Tonfall, »diese unmögliche Eheschließung will sich niemand entgehen lassen.«
»Ich habe gehört, dass auch die Presse dabei sein wird«, warf Aaron ein und erntete damit ein empörtes Schnauben von Pedro.
»Natürlich, León wird ja sicher ein paar seiner Kollegen eingeladen haben – wo er schon nicht mit einer Familie dienen kann.«
Dies war ein weiterer Aspekt, den Pedro an seinem Schwager in spe bemängelte. Welcher anständige Mensch konnte nicht einmal mit einer respektablen Tante aufwarten, oder wenigstens mit entfernten Vettern? Man musste ja glauben, dass León den allerniedrigsten Verhältnissen entstammte.
»Sei nicht ungerecht, Pedro. Wenn Aaron heiraten würde, hätte er auch keine Verwandten, die kämen. Nicht mit jedem meint das Schicksal es so gut wie mit dir.«
»Das ist etwas ganz anderes. Aaron hat seine Eltern verloren, und der Rest seiner Familie lebt im weit entfernten Europa, ohne die Chance, ihm auch nur einen Besuch abstatten zu können. Aber León – er ist Brasilianer, oder zumindest ein halber, wenn man seinen dürftigen Ausführungen zu seinem familiären Hintergrund Glauben schenken darf. Er muss doch irgendjemanden haben!«
»Natürlich hat er das, das hat er uns doch selber erzählt. Er hat nur eben keinen guten Kontakt zu seinen Verwandten. Was ist daran so sonderbar?«
»Ach, lass nur. Es ist eben einfach sonderbar. Ah, sieh nur, da wartet schon unsere Kutsche!«
Die drei hielten auf das Gefährt zu, auf dem ein Bursche saß, den Pedro nicht kannte, der aber umgekehrt ihn erkannte. Der Junge sprang ab, stellte sich als Josés Nachfolger Bolo vor und begrüßte die kleine Gruppe.

»Was ist mit dem alten José passiert?«
»Nichts weiter. Er ist halt alt und gebrechlich, sodass er nur noch kürzere Strecken fährt. Morgen kommt aber auch er nach Vassouras, die Hochzeit unserer Sinhazinha will er ja auf keinen Fall verpassen.«
»So, so. Und die anderen Sklaven, kommen die auch?«
»Natürlich, Sinhá Vitória hat alle Haussklaven und auch viele der anderen eingeladen. Hinter dem Hotel wird extra für uns ein Zelt aufgebaut, in dem es Feijoada und Cachaça für alle gibt! Keine andere Sinhazinha im Vale ist so gut zu ihren Leuten!«
Pedro ließ den Jungen in dem Glauben. Er hatte eher den Verdacht, dass die Idee von León stammte, der mit dieser Geste seinen »Verrat« an den Sklaven wieder gutmachen wollte. Wie er jemals Dona Almas und Vitas Einverständnis zu dieser unerhörten Maßnahme ergattert haben konnte, entzog sich allerdings Pedros Vorstellungskraft.
Bolo fuhr sie den kurzen Weg zum Hotel Imperial, das bereits für das morgige Fest geschmückt wurde. Vor den Fenstern wurden gerade Blumenkästen mit weißen Orchideen angebracht, und zwei schwarze Mädchen drapierten Girlanden mit weißen und roséfarbenen Rosen aus Krepppapier um die Türen herum. Ein Männlein mit weibischem Gehabe lief wichtig hin und her und gab mit einer vollen Stimme, die so gar nicht mit seinem Aussehen harmonierte, Anweisungen, wie die Dekoration befestigt werden solle. Vor dem Eingang zum Hotel stand eine Teppichrolle, die, so vermutete Pedro, morgen ausgerollt werden würde, damit das Brautpaar darüber schreiten möge. Das Brautpaar! Gott, er mochte gar nicht daran denken! Und warum in drei Teufels Namen konnten die beiden nicht auf Boavista heiraten, wie es sich Dona Alma und sicher auch Vita immer gewünscht hatten? Ob das auch eine der »fortschrittlichen« Ideen Leóns gewesen war?
Joana beobachtete das verräterische Mienenspiel ihres Mannes. Sie hoffte nur, dass er sich morgen würde zusammenreißen können. Bestimmt war das alles nicht einfach für Vita. Sie musste schreckliche Kämpfe mit ihren Eltern durchgestanden haben, um

diese Hochzeit durchzusetzen, und ganz sicher war Vita wie jede Braut, und wie auch sie selber es vor ihrem großen Tag gewesen war, unsicher und nervös. Nichts würde Vita weniger gebrauchen können als das feindselige Gesicht ihres Bruders.

Vitória sorgte sich um ganz andere Dinge als darum, was die anderen Leute von ihrer Hochzeit halten mochten. Sie hatte von vornherein gewusst, dass die Vermählung mit einem Abolitionisten unter den reichen Kaffeebaronen des Vale do Paraíba auf Ablehnung stoßen würde, und es war ihr herzlich egal. Den Segen ihrer Eltern hatte sie, das reichte. Viel mehr beschäftigte Vitória derzeit die Frage, ob das Wetter mitspielen würde. Keinesfalls wollte sie unter einem trüben, regnerischen Himmel den Weg zur Kirche abschreiten oder die Festgesellschaft unter tropfnassen, schwarzen Regenschirmen begrüßen. Wenn schon ihre Beweggründe für eine Ehe mit León so gänzlich unromantischer Natur waren, dann sollten wenigstens die Zeremonie und die Feier perfekt werden – und dazu gehörte nun einmal Sonnenschein. Sie sah skeptisch aus dem Fenster und beobachtete die dunklen Wolkenberge, die sich am Horizont auftürmten.
»Das wird schon, Sinhá Vitória«, redete ihr Miranda gut zu, die den Blick ihrer Herrin richtig gedeutet hatte. »Der Wind wird stärker, er wird die Regenwolken fortwehen.«
»Ach, was weißt du schon?«, brauste Vitória auf und schämte sich augenblicklich für ihre unbeherrschte Reaktion. Was konnte Miranda dafür, dass sie so aufgeregt und gereizt war? Das Mädchen schlich sich lautlos davon. Vitória sah aus dem Augenwinkel, wie sich die Tür hinter ihr schloss, und atmete tief durch. Nur noch vierundzwanzig Stunden, dachte sie. Morgen um diese Zeit wäre sie bereits Senhora Castro da Silva, und am Tag darauf, gleich frühmorgens, wären sie und León schon auf dem Weg in die Hauptstadt. Himmel, was sie bis dahin noch alles zu erledigen hatte! Vitória gab sich einen Ruck, riss sich von dem Anblick der dramatischen Wolkenformationen und den im Wind wogenden Kaffeesträuchern los und widmete sich wieder ihrem Gepäck. Zum

ersten Mal in ihrem Leben würde sie ihr Elternhaus für mehr als vier Wochen verlassen. Ein Urlaub in Bahia, die alljährliche Sommerfrische in Petrópolis, ein Besuch bei Freunden ihrer Eltern in Porto Alegre, die gelegentlichen Ausflüge nach Rio de Janeiro – das waren die einzigen Gelegenheiten gewesen, bei denen Vitória überhaupt einmal aus Boavista herausgekommen war. Und das natürlich immer in Begleitung von Angehörigen. Von einer ausgedehnten Europareise, wie sie manche ihrer Freundinnen unternahmen, um in der Alten Welt in gehobener Lebensart unterwiesen zu werden und sich auf die Suche nach einem Ehemann zu machen, hatte Vitória bisher nur träumen können.
Das alles würde sich nun ändern. León hatte ihr versprochen, sie mit nach Paris, London, Wien und Florenz zu nehmen, mit ihr in die Vereinigten Staaten zu reisen, Nordafrika und Indien zu erkunden. Er würde sie zu schneeverwehten Landschaften bringen, zu ewigen Wüsten und zu blühenden Kirschbäumen, er würde mit ihr im Mittelmeer baden und auf zugefrorenen Seen Schlittschuh laufen, mit ihr über geheimnisvolle orientalische Märkte schlendern und die berühmtesten Museen der Welt besuchen. All die Wunder dieser Erde, die Vitória nur aus Büchern kannte, würde sie – endlich! – selber in Augenschein nehmen dürfen. Sie würde erfahren, wie Erdbeeren schmeckten, wie sich Schnee anfühlte, wie Eichenwälder dufteten. Das allein war Grund genug, León zu heiraten. Ja, ein bisschen freute sie sich sogar auf den morgigen Tag, der ihrem Leben eine ganz neue Richtung geben würde. Wenn nur das Wetter mitspielte!

Der Wind zerrte an den Papierblüten, drohte das Zelt aus der Verankerung zu reißen, bog die Palmen auf dem Platz vor der Kirche. Als Vitória aus der Kutsche stieg, eine Hand in die ihres Vaters gelegt, hatte sie Mühe, ihren Schleier auf dem Kopf festzuhalten. Doch dafür erstrahlte der Himmel in einem so intensiven Blau, wie sie es sich schöner nicht hätte ausmalen können. Die Luft war angenehm warm und trocken, sodass Vitória nicht befürchten musste, in ihrem aufwändigen Seidenkleid zu schwitzen. Das Pfeifen des Windes zerstörte die merkwürdige Stille, die sich auf den Platz gelegt hatte – alle Hochzeitsgäste waren bereits in der Kirche und warteten dort auf die Braut. Vitória sah ihren Vater an, dem der Stolz ins Gesicht geschrieben stand.

»Also dann …« Ihre Stimme zitterte leicht.

Eduardo da Silva nickte seiner Tochter aufmunternd zu und führte sie in die Kirche, in der in diesem Moment die Orgel ertönte.

Die Bänke waren mit weißen Rosen und Schleierkraut geschmückt. Alle Köpfe drehten sich zu Vitória, die am Arm ihres Vaters einherschritt und, daran hatte kein Einziger der Anwesenden den geringsten Zweifel, die schönste Braut war, die das Vale je gesehen hatte. Vitória erschien die ganze Szene derartig irreal, dass sie kurz vor einem hysterischen Lachkrampf stand. Die herausgeputzten Honoratioren der Region, die Matronen im Sonntagsstaat, die Vibrationen der Orgelmusik, das beseelte Lächeln des Pfarrers, das alles kam ihr vor, als sei es Teil eines gut einstudierten Theaterstücks. Am unwirklichsten jedoch war der Anblick Leóns, der bereits vor dem Altar stand, ein Staunen in den Augen und ein erwartungsvolles Grinsen auf den Lippen. Er wirkte viel jünger als seine einunddreißig Jahre, trotz seiner festlichen Garderobe, seiner geraden Haltung und seiner tadellos zurückgekämmten Haare. Er sah aus wie ein Junge, der sich auf sein Weihnachtsgeschenk freut, oder auf eine Belohnung. Ja, dachte Vitória, natürlich. Heute würde León die Trophäe für seine Hartnäckigkeit erhalten – und in dem Moment, in dem er sie bekam, wäre die Lust darauf wahrscheinlich verflogen. Geschah das nicht immer mit Dingen oder Ereignissen, die man inständig herbeigesehnt hatte? Sobald man erreicht hatte, was einem begehrenswert erschien, hörte es auf, begehrenswert zu sein.

Trotz ihrer Gedanken, die so gar nicht der Situation angemessen waren, gelang es Vitória, einige der Anwesenden mit einem majestätischen Kopfnicken zu bedenken. Links die Senhora Lima Duarte, rechts der junge Palmeiras, links Joana, die ihr zuwinkerte, rechts ein Kollege Leóns, dessen Namen sie vergessen hatte. Vitórias Lächeln war wie eingemeißelt, es blieb unverändert, gleich, wem sie zunickte. Erst als sie vor dem Pfarrer angelangt waren und sie mit dem Rücken zu den Gästen stand, nahm ihr Gesicht einen ernsten Zug an.

Die Trauungsprozedur selber nahm Vitória wie durch einen Schleier wahr, und ihr war deutlich bewusst, dass dies keineswegs an dem Tüllschleier lag, der über ihrem Gesicht lag. Sie sagte mechanisch die Formeln nach, die der Geistliche vorsprach, sie funktionierte, ohne zu denken. Einzig beim Austausch der Ringe zeigte sie Nervosität. Ihre Hand zitterte, als León ihr den Ring überstreifte, und als es an ihr war, ihm den Ehering anzustecken, ließ sie das Schmuckstück beinahe fallen. Nur dem eisernen Griff von Leóns Hand um ihre war es zu verdanken, dass auch dieses Ritual ohne Zwischenfälle über die Bühne ging.

»Sie dürfen die Braut jetzt küssen«, sagte der Padre danach in feierlichem Ton.

León hob Vitórias Schleier hoch und sah ihr forschend ins Gesicht. Seine Braut sah nicht aus, als habe sie diesem Moment entgegengefiebert, sie wirkte vielmehr beunruhigt, fast verängstigt.

»Vita!«, flüsterte er, als er seinen Mund auf ihren senkte, die Arme um ihre Taille legte und sie eng an sich heranzog.

Vitória gab sich seiner innigen Umarmung passiv hin. Seine Schultern umklammerte sie nur, um Halt zu finden. Doch auf die Zuschauer wirkte die Geste wie die leidenschaftliche Erwiderung seines Kusses.

Dona Alma tupfte sich eine Träne aus den Augenwinkeln und vergaß für einen Augenblick ihre eigene Ergriffenheit, um sich angesichts des anstößigen Schauspiels für ihre Tochter zu schämen. Eduardo da Silva fühlte sich an seine eigene Hochzeit erinnert, an die ersten Jahre seiner Ehe, und er verspürte einen kleinen neidischen Stich auf dieses Paar, dem die schönste Zeit noch bevorstand. Pedro drehte sich betreten zu Joana um, die ihn ihrerseits mit einem Blick ansah, aus dem sowohl Rührung als auch Begierde sprachen. João Henrique, der in letzter Sekunde in Vassouras eingetroffen war und der, wie es gar nicht seiner Art entsprach, noch immer ein wenig zerzaust von der Reise aussah, studierte das Brautpaar mit der Neugier eines Insektenforschers, der all seine Theorien von der Praxis widerlegt sieht. Nie hätte er gedacht, dass Pedros Schwester tatsächlich einem Mann wie León, einem Habenichts und Sklavereigegner, das Jawort geben würde. Aaron, der neben João Henrique saß, wirkte unbeteiligt. Seine Miene ließ nichts von dem Schmerz durchscheinen, der ihm fast das Herz zerriss.

In der Nähe der Tür, dicht an die Wand gedrückt und im Halbdunkel versteckt, stand die Schwarze Witwe. Auch ihr Gesicht war zu einer undurchdringlichen Maske erstarrt. Er hatte es tatsächlich geschafft, dieser Heuchler! Als er sich aufgemacht hatte, um sich, wie er sagte, »das begehrteste Mädchen der Provinz zu schnappen«, hatte sie das Ganze für einen Scherz gehalten, ein Spiel, ein Abenteuer. Nichts Ernstzunehmendes jedenfalls. Und jetzt stand er vor dem Altar und küsste seine Braut so lange und intensiv, dass sich jedem der Zuschauer unwillkürlich der Gedanke daran aufdrängen musste, wie leidenschaftlich erst die Hochzeitsnacht werden würde. Die Schwarze Witwe ballte unbewusst die Hand zu einer Faust und wünschte dem jungen Glück die Pest an den Hals.

Vor dem Kirchenportal blieben Vitória und León stehen, um die Glückwünsche entgegenzunehmen. Vitórias feuchte Augen wurden von mehreren Gratulanten kommentiert.

»Ach ja«, seufzte die Witwe Fonseca, »so eine Hochzeit ist wirklich bewegend. Alles Gute, meine Liebe!«

»Wie gut Ihnen die Freudentränen stehen, Vitória«, bemerkte die Konditorsfrau, Dona Evelina. An León gewandt fuhr sie fort: »Sie sind ein Glückspilz, junger Mann.«

Und so ging es mindestens eine Stunde weiter. Zu den Gästen, die an der Trauung teilgenommen hatten, gesellten sich noch die Leute, die nicht mehr in die Kirche gepasst hatten, außerdem die Sklaven sowie zahlreiche Bürger von Vassouras, die gar nicht eingeladen worden waren.

Sie alle wollten ihre Hände schütteln, ihre Wangen küssen, ihnen gut gemeinte Ratschläge erteilen. Vor allem aber wollten sie sich kein Detail der aufsehenerregendsten Hochzeit seit Jahren entgehen lassen.

Den Ursprung ihrer Tränen verstand Vitória selber nicht richtig zu deuten, eines aber wusste sie mit Sicherheit: Es waren keine Freudentränen, nicht im herkömmlichen Sinn. Sie freute sich nur darüber, dass diese Farce bald ein Ende hatte. Und sie war froh, dass sie nicht auf Boavista geheiratet hatten.

Es war ihr eigener Vorschlag gewesen, den León aber mit Begeisterung aufgenommen hatte.

»Die vielen Gäste passen gar nicht alle in unsere Kapelle. Und all die Leute von außerhalb, wo sollen wir die unterbringen? Es ist wirklich praktischer, wenn wir in Vassouras heiraten, das mit seiner wunderschönen großen Kirche und dem Park direkt davor den perfekten Rahmen bietet. Und das Hotel Imperial sowie die anderen Gasthöfe der Stadt haben genügend Zimmer, um alle zu beherbergen«, hatte sie angeführt. In Wahrheit wollte sie gar nicht in ihrem Elternhaus feiern. In Anbetracht ihrer Motive für die Hochzeit wäre ihr das wie eine Entweihung Boavistas erschienen. Zudem würden sie in Vassouras nicht von Padre Paulo getraut werden, den Vitória seit der Zeit ihres Hausarrestes und der vielen Beichten, die sie damals ablegen musste, zu verabscheuen gelernt hatte.

»Ja, vielleicht ist es wirklich besser so«, hatte León geantwortet, der sich seine Erleichterung nicht anmerken lassen wollte. Eine Hochzeit auf neutralem Terrain war ihm hundertmal lieber als eine auf Boavista.

Von neutralem Terrain konnte allerdings nicht wirklich die Rede sein. Halb Vassouras stand in geschäftlicher oder freundschaftlicher Beziehung zu Eduardo da Silva und seiner Familie, und so war es nicht verwunderlich, dass an diesem sonnigen Mai-Samstag unzählige Menschen die Straßen rund um den Platz säumten, um einen Blick auf das skandalumwitterte Paar zu erhaschen.

Vor dem Springbrunnen, der sich auf der steil abfallenden Grünfläche vor der Kirche befand, posierten Vitória und León, sowohl allein als auch inmitten ihrer Nächsten, für den Fotografen. Im Hintergrund erhob sich die Kirche Nossa Senhora da Conceição, umrahmt wurde das Ganze von den Blumenbeeten und Palmen, die den Park säumten. Es hätten wunderschöne Fotografien werden können, wäre nicht Vitória in dieser merkwürdigen Stimmung gewesen. Sie schaute so ernst drein, als käme sie gerade von einer Beerdigung und nicht von ihrer eigenen Hochzeit.

Ihre Laune hob sich erst viele Stunden später, als das Bankett, das Anschneiden der Torte und die ermüdenden Reden hinter ihnen lagen und zum Tanz aufgespielt wurde. Weil alle darauf bestanden hatten, mit ihr anzustoßen, aber auch, um nicht noch die Gerüchte einer Schwangerschaft zu schüren, hatte sie ein Glas Champagner getrunken. Er hatte sie belebt, hatte ihr die Spur eines Hochgefühls gegeben, das sie eigentlich auch ohne den Genuss von Alkohol hätte fühlen müssen. Nach dem Eröffnungstanz mit León tanzte sie mit ihrem Vater, mit Pedro, mit Aaron, mit Senhor Alvarez, Doutor Nunes, João Henrique. Irgendwann begann sich vor ihren Augen alles zu drehen, und wäre nicht León da gewesen, um ihr Halt zu geben, wäre sie wahrscheinlich umgekippt. »Komm, mein Herz. Es ist schon spät.« Damit hob er sie hoch und trug sie, begleitet vom Gelächter und den Rufen der letzten Gäste, auf beiden Armen die Treppe hoch.

Mit einem Fußtritt schloss León die Tür hinter sich. Er legte Vitória aufs Bett und setzte sich neben sie. Zärtlich strich er ihr eine Haarsträhne aus dem Gesicht. Dann beugte er sich zu ihr hinab, um sie zu küssen. Vitória wand ihr Gesicht ab. Sie wollte ihn nicht sehen lassen, wie sich ihre Augen mit Tränen füllten. Die Anspannung und die Nervosität der vergangenen Wochen fielen mit einem Mal von ihr ab. Mit erschreckender Klarsicht erkannte Vitória plötzlich, dass sie einen schwerwiegenden Fehler begangen hatte. Wie hatte sie sich nur dazu hinreißen lassen können, einen Mann zu heiraten, den sie nicht liebte? Wie hatte sie es jemals zu-

lassen können, dass die äußeren Umstände mehr galten als ihre innere Stimme? Leóns hartnäckiges Werben um sie, das Zureden ihrer Eltern, und, am schlimmsten von allem, ihre eigene Geldgier hatten sie zu einer Hochzeit getrieben, die sie nicht wirklich gewollt hatte. Die hektische Betriebsamkeit, die während der Hochzeitsvorbereitungen von ihr Besitz ergriffen hatte, hatte ihren Verstand dann vollends vernebelt. So beschäftigt war sie mit organisatorischen Dingen gewesen, dass das Wesentliche in den Hintergrund geraten war. Erst jetzt, da es zu spät war, ging Vitória das ganze Ausmaß dessen auf, was sie getan hatte. Das war kein Abenteuer, kein Streich, der schnell wieder vergessen war, kein kleiner Ausrutscher, der später eine lustige Anekdote abgab. Sie war jetzt verheiratet. Sie hatte vor Gott und vor hunderten von Zeugen geschworen, León auf immer zu ehren und zu lieben, diesen Fremden, der jetzt auf der Bettkante saß, sich zu ihr hinabbeugte und den Kopf in ihrem Haar vergrub.
»León, ich … ich fühle mich nicht wohl.«
»Schsch, Sinhazinha. Ich weiß. Dreh dich um, damit ich dein Kleid öffnen kann.«
»León, bitte! Was bist du nur für ein rücksichtsloses Tier!«
León lachte trocken. Er drehte Vitória auf die Seite und begann ihr Kleid aufzuknöpfen.
»Dir geht es schlecht, weil du den ganzen Tag nichts gegessen hast, weil dir der Champagner auf den leeren Magen nicht bekommen ist, weil es heiß ist, und vor allem, weil dein zu eng geschnürtes Korsett dich einengt. Mein Gott, diese Dinger müssten verboten werden!«
Unsanft öffnete León die Schnüre des Korsetts und lockerte sie so weit, dass Vitória wieder frei atmen konnte.
»So, und jetzt besorge ich uns etwas Essbares.«
Kurz nachdem die Tür hinter León ins Schloss gefallen war, hörte Vitória von draußen hämisches Gelächter. Wahrscheinlich machten sich die verbleibenden Gäste, überwiegend junge Männer, über León lustig, der seine Frau mit profanen Nahrungsmitteln und nicht mit anderen Köstlichkeiten beglücken durfte. Vitória

fühlte sich elend. Nicht genug damit, dass sie sich selber und alle Welt mit ihrem Schwur vor dem Altar betrogen hatte, nein, jetzt enthielt sie León auch noch seine Rechte als Ehemann vor. Himmel, was war nur los mit ihr? Es war ihre Hochzeitsnacht, konnte sie sich nicht einfach freuen und sich den Liebkosungen ihres frisch angetrauten Gatten hingeben, wie andere Frauen auch? Und musste sie sich ausgerechnet heute so krank fühlen, sie, der sonst nie auch nur das Geringste fehlte?

Vitória richtete sich im Bett auf. León hatte Recht gehabt, seit das Korsett sie nicht länger einschnürte, ging es ihr bereits bedeutend besser. Als sie sich das Kopfkissen in den Rücken schob, stolperte León in den Raum, mühsam das Tablett haltend, das er von unten mitgebracht hatte.

»... kostet sie schließlich ihre ganze Kraft«, rief León über den Flur und fiel mit einem schmutzigen Lachen in das Gejohle der Männer ein. Doch kaum dass er die Tür hinter sich geschlossen hatte, änderte sich sein Gesichtsausdruck. Besorgt sah er Vitória an.

»Ah, es geht dir anscheinend schon besser. Aber warte nur, bis du etwas gegessen hast. Hier, ich habe noch Nougatpralinen, Brot und Pâté, Hühnerkeulen, Ananasscheiben und Forellenterrine ergattert.« Damit breitete er eine Serviette auf dem Bett aus, auf der er das improvisierte Menü anrichtete.

Vitória musste lachen. »Ich glaube, wenn ich das alles vertilgt habe, ist mir erst richtig übel.«

»Oh, aber es war keine Rede davon, dass du das alles aufessen sollst. Ich selber habe nämlich auch Hunger, weißt du. Dona Alma wollte so oft mit mir tanzen, dass ich völlig entkräftet bin.«

Vitória sah unentschlossen das Essen an. Sie verspürte nicht den geringsten Appetit. Keine Einzige dieser Leckereien reizte sie. Im Gegenteil – allein der Gedanke daran, irgendetwas essen zu müssen, erfüllte sie mit Widerwillen.

»Sinhazinha, *meu amor*, stell dich nicht noch kindischer an, als du bist. Schließ die Augen«, sagte León. »Und jetzt öffne den Mund.«

Vitória folgte seiner Aufforderung. Als sie die cremige Konsistenz und den süßen Geschmack der Praline auf ihrer Zunge spürte, verzog sie die Lippen zu einem Lächeln und öffnete die Augen wieder. Sie zerdrückte die Praline genießerisch an ihrem Gaumen und wunderte sich darüber, wie gut sie ihr schmeckte. Hm, das war köstlich – wie hatte sie nur vor wenigen Augenblicken noch glauben können, sie hätte keinen Appetit?

León blickte sie hingerissen an. Ja, allmählich kam wieder Leben in Vita, seine verwirrte, wunderschöne, blasse, aufsässige und leicht derangierte Braut. Was für ein Bild, wie sie dort auf den Kissen lehnte, das Haar durcheinander, das im Rücken geöffnete Hochzeitskleid lose ihren Oberkörper umspielend, die Beine angewinkelt, die leuchtend blauen Augen auf die vor ihr ausgebreiteten Leckereien gerichtet und die sinnlichen Lippen zu einem versonnenen Lächeln verzogen!

Vitória hob den Blick und bemerkte, dass León sie anstarrte. »Bitte, León, ich weiß, dass ich schrecklich aussehe. Aber musst du mich das mit deinen kritischen Blicken auch noch so schmerzhaft spüren lassen?« Sie schluckte kurz. »Es tut mir Leid, wenn ich nicht die grandiose Braut bin, die du dir erträumt hast.«

»Pssst«, raunte León und legte seinen Zeigefinger auf ihre Lippen. »Du bist grandioser als alles, was ich mir je hätte erhoffen können. Und jetzt schließ wieder die Augen und lass mich dich verwöhnen, *meu amor.*«

Vitórias Herz begann heftig zu schlagen. Er würde doch wohl nicht …? Nein, stellte sie erleichtert fest, als sie den süßen Saft der Ananas auf ihren Lippen schmeckte, nein, er wollte sie nur weiter füttern. Sie ließ das Aroma der Ananas auf der Zunge zergehen und hatte das Gefühl, nie eine köstlichere Frucht gegessen zu haben. Ob das an der Ananas selber lag? Oder war es nur ihr Hunger, war es die Konzentration, die sie dank der geschlossenen Augen auf das Essen verwandte, oder war es die Hingabe, mit der León sich um sie kümmerte, die ihr dieses wunderbare Geschmackserlebnis bescherte? Neugierig auf die nächste Überraschung, ließ sie ihre Lider geschlossen und öffnete die Lippen leicht.

Diesem Anblick konnte León nicht widerstehen, auch wenn er sich fest vorgenommen hatte, in dieser Nacht nichts zu tun, was Vitória nicht auch wollte. Jeden Wunsch hatte er ihr von den Lippen ablesen wollen, doch jetzt las er nur einen Wunsch daran ab: den, geküsst zu werden.
Vitória spürte Leóns Atem, der kühl über ihre feuchten Lippen strich. Sie regte sich nicht, obwohl sie wusste, was als Nächstes kommen würde. Irgendwie hatte sie es geahnt, und irgendwie erschien es ihr plötzlich ganz natürlich. Vielleicht hatte sie sich ja doch, ein bisschen, nach seinem Kuss gesehnt, ohne es sich eingestehen zu wollen? Als sein Mund zaghaft auf ihren traf, als sie Rauch und Whiskey schmeckte und seine Zunge immer fordernder mit der ihren spielte, hatte Vitória jedenfalls keineswegs das Bedürfnis, sich abzuwenden. Es war alles richtig und gut so. Unter halb geöffneten Lidern sah sie León an, der sie anscheinend genau beobachtet hatte und ihre Reaktion abzuwarten schien. Vitória löste sich einen Moment von ihm.
»Das … schmeckt wunderbar«, murmelte sie heiser.
»Du brauchst dich nicht zurückzuhalten. Es ist noch genügend davon da«, antwortete León flüsternd. Er nahm ihr Gesicht in beide Hände und küsste sie, härter diesmal, hungrig und leidenschaftlich.
Vitória stöhnte stimmlos. Ihr Körper wurde von einer wunderbaren Wärme durchflutet, während sie gleichzeitig eine Gänsehaut bekam. León schob ihr Haar beiseite, um mit den Lippen ihren Hals, ihr Schlüsselbein und schließlich den Ansatz ihres Busens zu erforschen. Dann wanderte sein Kopf wieder nach oben. Er küsste sich über ihren Kehlkopf und ihr Kinn zu ihren Lippen vor. Mit den Fingern spielte er an der Perlenkette, die seinen Zärtlichkeiten im Weg gewesen war. Ihre Blicke trafen sich. Seine Pupillen waren riesengroß, und als Vitória die Lust aus Leóns Miene las, lächelte sie.
León ließ plötzlich von ihr ab und erhob sich abrupt. Er stellte das Tablett, das noch immer auf dem Bett stand, auf der Kommode ab,

ging um das Bett herum auf Vitórias Seite und reichte ihr eine Hand, um ihr aufzuhelfen. »Komm.«
Vitória hatte keine Ahnung, was er vorhatte, aber sie ließ sich von León vom Bett ziehen. Als sie vor ihm stand, packte er sie mit beiden Armen, drückte sie fest an sich und küsste sie so gierig, dass es ihr die Luft raubte. Er streifte ihr das Kleid von den Schultern, das raschelnd zu Boden fiel. Dann öffnete er das Collier in ihrem Nacken und ließ die kostbaren Perlen achtlos auf den Berg weißer Seide zu ihren Füßen gleiten. Schwer atmend nahm er den Anblick auf, den Vitória ihm bot, wie sie, nur noch in Spitzenunterwäsche und weißen Brautschuhen, vor ihm stand. Ungeduldig knöpfte er seinen Frack auf und warf ihn auf den Boden zu den anderen Sachen. Er löste den Kummerbund sowie die Fliege an seinem Hals und begann, das Hemd aufzuknöpfen, als Vitórias kühle weiße Hand sich auf seine legte.
»Warte.« Sie schob seine Hand beiseite und fuhr damit fort, ihn auszukleiden, quälend und zugleich erregend langsam. Als er mit nacktem Oberkörper vor ihr stand, streichelte sie seine Brust und schmiegte sich an ihn. Wie gut er duftete! Und wie göttlich er aussah! Unterhalb seiner eckigen, festen Brust zeichneten sich seine wunderbar definierten Bauchmuskeln ab, und zwischen Taille und Beckenknochen verlief zu jeder Seite je eine Linie in Richtung seiner Lenden. Vitória fuhr diese Linien mit dem Finger nach, bis sie an Leóns Hosenbund ankam. Sie spürte, dass er die Luft anhielt, und sie sah deutlich, wie erregt er war. Sie begann, seine Hose aufzuknöpfen, ging dabei aber so zögerlich vor, dass León dazwischenging.
»Das ist Folter, Vita!« In kaum einer Sekunde hatte er sich alle verbleibenden Kleidungsstücke vom Leib gerissen. Ungeduldig und ein wenig grob zog er auch Vitória ganz aus, hob sie hoch und warf sie aufs Bett.
Und plötzlich war er überall. Sein Bein schob sich zwischen ihre Schenkel, seine Hände umfingen ihre Brüste, seine Lippen streichelten ihr Gesicht. Er rollte sich auf sie, biss und saugte an ihrem Nacken, stöhnte ihr Worte ins Ohr, von denen sie nur die Hälfte

verstand. Es klang, als habe er ihr irgendeine Frage gestellt. Was gab es da noch zu fragen? War es nicht offensichtlich, dass sie vor Verlangen verging? Vitórias Atem raste, ihre Lider flatterten, ihre Lippen pochten, ihre Haut glühte. Und all das war nichts im Vergleich zu dem Gefühl, das sich in der Mitte ihres Körpers ausbreitete, jener pulsierenden Hitze, die offenbar nur León auszulösen vermochte. Sie erkundete die Beschaffenheit seiner Haut mit derselben lustvollen Neugier, mit der León die der ihren ertastete, staunend angesichts ihrer Seidigkeit und der vitalen Kraft, die sie auf ihren Körper übertrug. Sie kostete den Geschmack seiner Haut und überraschte sich selber mit der Entdeckung, welche Macht sie mit den Berührungen ihrer Hände und ihrer Lippen über León hatte. Und er über sie. Jeder Kuss erzeugte in ihr den Wunsch nach einem weiteren Kuss, jede Zärtlichkeit das Bedürfnis nach mehr.

León brauchte keine Antwort mehr. Vitórias Reaktionen waren mehr als deutlich. Seine Hände schoben sich unter ihre Pobacken, die er fest packte und anhob. Er drängte sich zwischen ihre Beine, die sie bereitwillig anwinkelte und spreizte. Sanft glitt er in sie, und je tiefer er vordrang, desto drängender wurde Vitórias eigene Lust. In geschmeidigen Bewegungen hob und senkte León seinen Unterleib, sehr behutsam, sehr langsam, ganz so, als fürchte er, doch noch abgewiesen zu werden. Doch Vitórias genussvolles Stöhnen ermutigte ihn, und als sie ihm schließlich durch den Druck ihrer Hände auf seinen Po zu verstehen gab, dass sie mehr wollte, beschleunigte sich sein Rhythmus.

Vitória keuchte und schwitzte unter dem Gewicht Leóns, der ihr mit immer kraftvolleren und schnelleren Stößen fast die Besinnung raubte. Doch plötzlich hielt León in seinen Bewegungen inne, umklammerte sie mit beiden Armen und rollte sich auf den Rücken, sodass nunmehr sie auf ihm lag. Noch immer waren ihre Körper vereinigt, noch immer atmeten beide schwer. Dennoch hatte Vitória das Gefühl, zu einem denkbar ungünstigen Zeitpunkt unterbrochen worden zu sein.

»Setz dich auf mich.« Leóns Stimme war kaum mehr als ein Krächzen.
Vitória sah ihn fassungslos an, tat aber, wozu er sie aufgefordert hatte. Er würde schon wissen, wozu es gut war. Sie hob den Oberkörper und winkelte die Beine neben sich an, bis sie auf ihm saß. Oh, endlich verstand sie! In dieser Position fühlte er sich in ihr so groß an, war er so tief in ihr, dass sich ihrer Kehle unwillkürlich ein Geräusch entrang, das halb Seufzen, halb Schluchzen war. León griff nach ihren Beckenknochen und gab den Takt für ihr Liebesspiel vor. Wieder beschleunigte er das Tempo zusehends. Das, dachte Vitória, wenn sie überhaupt noch zu einem einzigen Gedanken in der Lage war, war überwältigend! Sie merkte nicht, dass seine Hände sich mittlerweile fest um ihre Brüste geschlossen hatten und dass sie allein für den Rhythmus verantwortlich war, der immer schneller, immer wilder wurde, bis sie ihr Kreuz durchdrückte, den Kopf nach hinten warf und ihre Raserei sich in einem einzigen Schrei entlud, der von Leóns lautem Stöhnen begleitet wurde.
Er zog Vitória zu sich herab und küsste ihr schweißnasses Gesicht.
Vor der Tür hörten sie Gelächter, Füßetrappeln und Applaus.
»O Gott, diese besoffenen Kerle haben uns belauscht!«
»Na und? Sind wir nicht Mann und Frau? Es gibt nichts, dessen wir uns schämen müssten.«
»Nein?«
»Nein.«
»Aber … bist du sicher, dass das die Art ist, in der Mann und Frau miteinander umgehen? Meine Eltern haben jedenfalls noch nie einen solchen Lärm veranstaltet wie wir.«
León brach in Lachen aus.
»Also, um ganz ehrlich zu sein: Ich glaube nicht, dass es viele Paare gibt, denen so leidenschaftliche Nächte vergönnt sind wie uns. Jeder Mann würde mich um eine Frau wie dich beneiden.«
»Ein Flittchen wie mich. Meinst du das? Eine, die sich so hemmungslos gehen lässt?«

»Aber Vita, woher hast du nur so verquere Ideen? Du bist meine Frau, und ich will dich kein bisschen anders, als du bist. Und schon gar nicht weniger hemmungslos.«

»Nein?«

»Nein.«

Vitória legte ihren Kopf auf Leóns Schulter und fühlte sich in seiner Umarmung wunderbar geborgen. Er küsste ihre Stirn, drückte sie enger an sich und fuhr mit den Fingern seiner rechten Hand die Rundung ihrer Taille nach.

»Glaubst du nicht, dass wir einen Fehler begangen haben?«, fragte Vitória.

»Mit unserer Liebe?«

»Ich spreche nicht von dem ... Akt. Ich meine unsere Hochzeit.«

»Ich auch.«

Vitória schluckte. Wie war das jetzt wieder zu verstehen? Der Mann gab ihr ständig neue Rätsel auf. Sie rückte ein Stück von León ab, um ihm in die Augen zu sehen. »Heißt das, du liebst mich?« Kaum dass sie die Frage ausgesprochen hatte, hätte sie sich die Zunge abbeißen mögen. Das war ihrer nicht würdig. Vitória hatte es nicht nötig, mit derartigen Fragen Liebeserklärungen zu erzwingen.

»Natürlich tue ich das. Hätte ich sonst in der Kirche gelobt, dich immer zu lieben?« León streichelte dabei verführerisch über ihre Brust, ganz so, als habe er bei seinem Gelöbnis ausschließlich Dinge im Sinn gehabt, von denen der Pfarrer nicht die geringste Ahnung hatte. »Wer außer dir hätte mir schließlich auf solch angenehme Weise zu so viel Respektabilität verholfen?«

Vita entwand sich seiner Umarmung und drehte sich von León ab. War ihm eigentlich klar, wie sehr er sie beleidigte? Welche Frau, welche junge Braut wollte schon hören, dass sie nur um ihrer körperlichen Vorzüge und um ihres guten Namens willen geheiratet worden war? Sie grübelte darüber nach, wie sie ihm diese Frechheit heimzahlen könnte, bis ihr, kaum eine Minute später, die Augen zufielen. Vitória sank in einen tiefen, traumlosen Schlaf, während León noch Stunden später ungläubig das wunderschöne Märchenwesen betrachtete, das neben ihm lag und in gleichmäßigen Atemzügen die Brust hob. Seine Frau. Vitória Castro da Silva. Auf immer.

XVIII

Der Markt war zu Ende. Félix trat nach einer verfaulten Maracuja, die neben allerlei anderem Unrat auf der Straße lag, und schoss sie in hohem Bogen gegen ein Haus. Dort zerplatzte sie, und der Anblick des gallertartigen Fruchtfleischs mit den schwarzen Kernen, das zäh an der weiß gekalkten Wand herunterlief, erfüllte Félix mit einem diffusen Gefühl der Befriedigung. Was war nur los mit ihm? Was machte er falsch, dass sich alle Welt gegen ihn verschworen hatte? Reichte es nicht, dass er im Kontor unerträglichen Schikanen ausgeliefert war? Mussten sich auch noch seine Freunde gegen ihn wenden?

Dass er nicht zu Leóns Hochzeit kommen durfte, konnte Félix ja noch einsehen, so schmerzlich es auch war. Aber dass Fernanda sich den Hof von Zeca machen ließ und ihn, Félix, vollkommen ignorierte, das ging entschieden zu weit. Seit ihrer gemeinsamen Zeit auf Esperança hatte für Félix festgestanden, dass er und Fernanda zusammengehörten. In seinen Zukunftsplänen hatte Fernanda einen festen Platz an seiner Seite. Irgendwann hatte er sogar aufgehört, sich vor ihrem großen Busen zu fürchten, sondern hatte sich vorgestellt, wie er sich wohl anfühlen würde. Seither war er davon ausgegangen, dass Fernanda, auch ohne dass er mit ihr darüber gesprochen hätte, ihn als ihren zukünftigen Ehemann betrachtete. Er wollte nur mit seinem Antrag warten, bis er alt genug und in der Lage wäre, eine Familie zu ernähren. Warum hauste er wohl in diesem schrecklichen Viertel, in dem es immer fünf Grad wärmer war als unten am Meer? Warum wohl legte er jeden hart erarbeiteten Vintém beiseite? Um eines Tages ein richtiges Haus bauen zu können, eines aus Stein und mit einem Gartenzaun drum herum. In Fernandas Blicken, in ihrem Benehmen hatte er Zustimmung gelesen. Was für ein Trugschluss! Jetzt machte sie diesem Zeca schöne Augen, einem Mulatten, der sich dank eines Darlehens seines weißen Vaters die Freiheit erkauft und sich als Schus-

ter niedergelassen hatte. Und was das Schlimmste war: Zeca war nicht nur erfolgreich – seine Schuhe waren preiswert und von guter Qualität und fanden bei den einfachen Bürgern in der Innenstadt reißenden Absatz –, sondern er sah auch noch gut aus. Ja, Geschmack hatte sie ja, seine Fernanda. Aber konnte sich Zeca nicht um Gottes willen eine andere Braut suchen? Er konnte jede haben, alle Mädchen und jungen Frauen in der Siedlung waren verrückt nach ihm.
Félix schlenderte mit missmutiger Miene durch die Lehmstraße. Er trat nach allem, was ihm in die Quere kam. Ein struppiger Hund sprang bellend um ihn herum und bekam ebenfalls einen Tritt ab. Jaulend und mit eingezogenem Schwanz verdrückte er sich. Ein paar verdreckte Kinder spielten mit Glasmurmeln, von denen eine direkt vor seine Füße rollte. Auch sie wurde in hohem Bogen weggeschossen, und die Schimpftiraden der Kinder hallten durchs ganze Viertel. »Hurensohn!«, hörte er sie schreien, und »Kanaille!«. Woher sie nur solche Wörter wussten? Félix war sich ziemlich sicher, dass er in ihrem Alter noch nicht solche Kraftausdrücke gekannt hatte. »Verlaustes Gesindel!«, dachte er und ärgerte sich, dass er die Kinder nicht laut und unflätig beschimpfen konnte, in der einzigen Sprache, die sie verstanden. Sie konnten froh sein, dass er ihnen die Murmeln nicht fortnahm, von denen er annahm, dass sie sie irgendwo gestohlen hatten.
Jeder im Viertel wusste, dass die Kinder, insbesondere die Jungen zwischen sieben und vierzehn Jahren, sich zu Banden zusammenschlossen und in der Innenstadt alles stahlen, was nicht niet- und nagelfest war. Die Polizei kam in regelmäßigen Abständen in ihr Viertel, und ebenso regelmäßig fand sie bei ihren Durchsuchungen Diebesgut. Die Beweislage war allerdings schwierig, denn die Jungen stahlen neben Lebensmitteln meist nur Gegenstände, die für ihre Besitzer von geringem Wert waren. Wie sollte man ihnen nachweisen, dass sie einen glänzenden neuen Topf, ein besonders starkes Seil, ein Kleidungsstück von guter Qualität nicht auf rechtmäßige Weise erworben hatten? Die Jungen kamen fast immer ungeschoren davon, doch für die anderen Bewohner der Armensied-

lung war die ständige Präsenz der Polizei eine unzumutbare Belastung. Immerzu wurden sie ausgefragt, wurden ihre Behausungen auf den Kopf gestellt, mussten sie sich behandeln lassen wie gemeine Verbrecher. Und für Félix, Fernanda und andere ehemalige Sklaven, denen die Flucht geglückt war, bedeuteten diese Visiten eine noch viel größere Tortur. Obwohl die Wahrscheinlichkeit, nach so langer Zeit noch gesucht zu werden, gering war, fürchteten sie sich weiterhin vor der Ergreifung. Fernanda, die mit durchschnittlicher Statur und einem Gesicht ohne auffallende Merkmale kaum Gefahr lief, erwischt zu werden, war die Einzige, die sich in solchen Situationen nicht versteckte. Sie blieb ganz ruhig, wenn einer der Gesetzeshüter sie befragte. »Nein, Tenente, ich kenne hier niemanden, der Ihrer Beschreibung entspricht.« Oder: »Nein, Delegado, ich glaube nicht, dass hier entflohene Sklaven wohnen. Wenn ich aber davon erfahren sollte, werde ich Ihnen selbstverständlich sofort Meldung erstatten.«

Es war nicht Kaltblütigkeit, die ihr diese Gelassenheit verlieh. Vielmehr schien Fernanda inzwischen selbst an die Geschichte zu glauben, die sie seit nunmehr zwei Jahren allen Bekannten und sogar Zeca erzählt hatte: Als Tochter eines bescheidenen Handwerkers und seiner dunkelhäutigen Frau aus dem Norden sei sie als Kind mit einem weißen Jungen aus der Nachbarschaft befreundet gewesen, der ihr das Lesen und Schreiben beigebracht hatte. Nach Rio de Janeiro habe es sie verschlagen, weil sie sich hier bessere Chancen in ihrem Beruf als Lehrerin erhoffte. Diese Version schien ihr jeder abzunehmen, und nur Félix kannte die Wahrheit.

Keuchend stapfte er den Hang hoch. Kein Wunder, dachte er verbittert, dass Fernanda sich lieber mit Zeca abgab als mit ihm. Er war überhaupt nicht mehr in Form. Die Arbeit im Kontor verlangte nicht den geringsten körperlichen Einsatz. Die einzige Bewegung, die er hatte, war der schwierige Aufstieg zu seiner Hütte. Félix' Beine waren stark, aber seine Oberarme hatten weniger als die Hälfte des Umfangs von denen Zecas. Und die Weiber mochten nun einmal kräftige Männer. Vielleicht sollte er seine Freizeit lieber dazu nutzen, seine Muskeln zu trainieren, als damit, die Bü-

cher zu lesen, die León Castro ihm lieh? Er könnte sich öfter Olavos Ruderboot ausleihen. Oder sollte er sich vielleicht sogar in der Kunst der Capoeira unterweisen lassen?
Er hatte Feijão und ein paar andere Schwarze, die aus Bahia gekommen waren, ein paarmal dabei beobachtet, wie sie diesen Kampf-Tanz übten, und die Körperbeherrschung der Männer hatte ihm zutiefst imponiert. Es war faszinierend zu sehen, mit welcher Leichtigkeit sie akrobatische Verrenkungen machten, Brücken und Räder schlugen, auf nur einer Hand stehend die Beine zum Spagat in der Luft spreizten. Wenn ein Paar Aufstellung genommen hatte, wirkten die beiden Männer wie Rivalen, die sich bekämpften. Mit Armen und Beinen wurden Hiebe und Tritte angedeutet, doch nie berührten sie sich. Vielmehr schienen ihre Gliedmaßen in fließenden Bewegungen umeinander zu kreisen, zu schweben, zu tanzen. Den Takt gab das Berimbau vor, ein Saiteninstrument, das von einem der anderen Capoeiristas gespielt wurde, die im Halbkreis um die Tänzer standen. Es war ein Spektakel von außergewöhnlicher Grazie, dem, wenn die Tänzer ihre Kunst beherrschten, nicht anzusehen war, wie viel Kraft dahintersteckte. Es hieß, dass die Capoeira in den *senzalas*, den Sklavenhütten der Zuckerrohr- und Kakaoplantagen der Provinz Bahia, entstanden war. Weil den Schwarzen alles untersagt war, was auch nur im Entferntesten dem Kampf oder der Verteidigung hätte dienen können, unter anderem auch die Perfektionierung ihrer Körperbeherrschung, hatten sie ihre raffinierten Kampftechniken als Tanz getarnt. Während die Notwendigkeit dieser Tarnung in der Freiheit hinfällig geworden war, hatte die Capoeira überlebt. Und Félix wollte sie lernen.

Wenige Stunden später, als seine miserable Laune sich verflüchtigt hatte, nahm Félix all seinen Mut zusammen und ging zu Feijão.
»Auf so eine halbe Portion wie dich haben wir gerade gewartet«, sagte Feijão. Er war ein gutes Stück größer als Félix, dennoch fand Félix es ungerecht, als halbe Portion beschimpft zu werden. Er war

immerhin etwa einen Meter achtzig groß, und ein Hänfling war er, wenn überhaupt, nur im Vergleich zu diesem durchtrainierten Riesen. Félix zuckte mit den Achseln und versuchte sich seine Enttäuschung nicht ansehen zu lassen. Doch als er gehen wollte, hielt Feijão ihn an der Schulter zurück.

»Warte. Ich hab's nicht so gemeint. Du bist schon in Ordnung. Ich bringe dir Capoeira bei, wenn du mir auch einen Gefallen tust.«

Félix hob erwartungsvoll die Brauen. Was konnte er schon für einen Mann tun, der so viel besser aussah als er und ein paar Jahre älter war?

»Ja? Tust du mir einen Gefallen?«, hakte Feijão nach, dem Félix' Zögern nicht entgangen war.

Félix dachte nicht daran, Feijão irgendetwas zu versprechen, bevor er nicht wusste, was er von ihm wollte. Er machte eine Vielleicht-Geste und forderte den anderen auf, ihm zu sagen, was genau er von ihm wollte.

»Tja, also jeder hier im Viertel weiß, dass du nicht nur lesen und schreiben kannst, sondern auch eine richtige Anstellung hast. Die Leute machen sich über dich lustig, aber in Wahrheit sind sie nur neidisch. Du kennst sogar León Castro, sagt man! Vielleicht könntest du mal mit ihm reden? Vielleicht braucht er einen wie mich, der stark ist und zuverlässig. Weißt du, es ist schwer heutzutage, eine gute Arbeit zu finden, eine, die erträglich ist und die vernünftig bezahlt wird. Und glaube mir, wenn ich noch länger Steine klopfen muss, werde ich verrückt!«

Félix nickte verständnisvoll. Auf keinen Fall wollte er Feijão zeigen, wie geschmeichelt er sich fühlte. Genauso wenig aber konnte er ihn spüren lassen, dass ihn die Erfüllung dieser Bitte schlichtweg überforderte. Er sah León nur noch selten, und er wusste, dass die Bittsteller bei ihm Schlange standen. Selbst ein Mann mit so viel Einfluss wie León Castro konnte unmöglich all den Schwarzen helfen, die seiner Hilfe bedurften. Aber gut, dachte Félix, versuchen konnte er es ja.

Er grinste Feijão breit an und reichte ihm die Hand, um ihre Abmachung zu besiegeln.

Erst Wochen später bot sich Félix die Gelegenheit, León um Arbeit für Feijão anzubetteln.
»Ist er ein Freund von dir?«, fragte León.
Félix nickte.
»Und ist er ein guter Arbeiter? Ehrlich, fleißig, verantwortungsbewusst?«
Unbedingt, gab Félix ihm zu verstehen. Genau genommen kannte er Feijão zwar nicht gut genug, um ihn so anzupreisen, aber er schätzte ihn wie einen ein, der Leóns Ansprüchen genügen würde.
»Na schön, ich werde ihn mir mal ansehen. Sag deinem Freund, er soll morgen Abend kurz vor acht hierher kommen.« León wusste noch nicht, wie und wo er den Mann einsetzen konnte. Aber da Félix ihn empfohlen hatte und der Junge sonst nie um einen Gefallen für andere Leute bat, würde er sich wohl oder übel mit der Bitte auseinander setzen müssen.
Als Félix an diesem Abend den Hügel zu seiner Hütte erklomm, war ihm so leicht ums Herz, dass ihm auch der Aufstieg viel weniger schwer erschien als sonst. Er hatte Feijão schon viel zu lange hingehalten, und langsam fürchtete er die Begegnungen mit seinem Capoeira-Meister. Immerzu fragte dieser nach, was denn die Unterredung mit León Castro ergeben habe, und jedes Mal musste Félix sich eine neue Ausrede einfallen lassen, warum es wieder nicht geklappt hatte. Aber heute würde er Feijão endlich eine gute Nachricht mitteilen können!
Feijão freute sich wie ein kleines Kind, als er erfuhr, dass León Castro Zeit für ihn hätte. Félix versuchte, seine Euphorie ein wenig zu bremsen. Schließlich handelte es sich nur um ein erstes Gespräch, und das bedeutete noch lange nicht, dass León auch wirklich Arbeit für Feijão hatte. Aber Feijão ließ sich nicht von der Idee abbringen, dass sein Elend von nun an ein Ende haben würde. Eine leichte Arbeit, gutes Geld und Zeit genug, das Leben zu genießen! Er lud all seine Freunde in die Bar am Ende der Straße ein und spendierte drei Flaschen Zuckerrohrschnaps, von denen er eine fast ganz allein trank. Félix brachte es in der allgemeinen Feststimmung nicht über sich, Feijão zu erklären, dass

auch León nicht zaubern konnte. Wenn er denn eine Anstellung für Feijão finden sollte, dann handelte es sich dabei mit Sicherheit um eine Arbeit, die ebenfalls schwer war und nicht gerade fürstlich bezahlt wurde.
Am nächsten Tag fiel Félix' Capoeira-Stunde aus: Feijão hatte einen schweren Kater. Aber Félix war nicht allzu traurig darüber. Nach jeder neuen Lektion schmerzten andere Muskeln, und mit jeder Unterrichtsstunde nahm Félix' Gefühl, dass er es nie lernen würde, zu. Er fühlte sich als Versager. Er fing an, Capoeira zu hassen. Doch Feijão behauptete, dass es jedem Anfänger so ginge. Er lobte Félix' Gelenkigkeit, bescheinigte ihm sogar ein gewisses Talent und sagte, dass er eines Tages einen guten Capoeirista abgeben würde. Félix glaubte ihm nicht. Er setzte die Stunden einzig und allein deshalb fort, um vor Fernanda nicht als willensschwacher Feigling dazustehen, der bei der geringsten Schwierigkeit aufgab.

Fernanda beobachtete Félix' Fortschritte aus sicherer Entfernung. Wenn er gewusst hätte, dass sie ihm zusah, hätte er sich wahrscheinlich noch ungeschickter angestellt als ohnehin schon. Sie fand, dass er einen Narren aus sich machte. Warum biederte er sich nur bei diesen Kerlen an, denen er haushoch überlegen war? Warum suchte einer wie er, der schlau war und tüchtig, den Kontakt zu diesem Feijão? Der Mann taugte nichts. Er hatte einen ausgesprochen athletischen Körper, ja, und er bewegte sich bei der Capoeira mit vollendeter Eleganz. Aber er bildete sich zu viel auf seine gute Erscheinung ein. Er ließ keine Gelegenheit aus, den Mädchen nachzustellen, und mehr als eines hatte er schon ins Unglück gestürzt. Es galt als gesichert, dass Feijão der Vater von drei Kindern im Viertel war, doch keine der Mütter sah je auch nur einen Vintém von ihm. Zwei der jungen Frauen standen ganz allein auf der Welt und hatten keine andere Wahl, als ihre Babys der Obhut einer Nachbarin anzuvertrauen, während sie sich die Finger wund arbeiteten, als Wäscherin die eine, als Näherin die andere. Obendrein mussten sie sich als Schlampen, Flittchen oder Huren beschimpfen lassen, während der charakterlose Kindsvater von vergleichbaren Beleidigungen weitestgehend verschont blieb. Nur die Familie des dritten Mädchens hatte versucht, Feijão zur Rechenschaft zu ziehen, und ihn zwingen wollen, das Mädchen zu heiraten. Aber sie war kläglich gescheitert. Feijão hatte die Leute ausgelacht und ihnen ins Gesicht gesagt, dass ihre Tochter schon mit der Hälfte der männlichen Bevölkerung unter achtzig geschlafen habe und praktisch von jedem schwanger sein könne. Das war eine gemeine Lüge, und jeder wusste es, dennoch war daraufhin der Ruf des Mädchens ruiniert gewesen.

Fernanda nahm sich vor, Félix heute Abend beim Tanz beiseite zu nehmen und ihm zu sagen, was sie von seinem Umgang hielt. In der entspannten Atmosphäre des Festes, das zu Ehren von São Pedro beziehungsweise Xangô gefeiert wurde, einer afrikanischen Gottheit, der am selben Tag gehuldigt wurde wie dem christlichen Heiligen, würde sie ihre Meinung beiläufiger äußern können, als wenn sie in Félix' Hütte auftauchte und ihm eine Moralpredigt hielt. Sie kannte Félix gut genug, um zu wissen, dass er auf gezielte Kritik mit Trotz und Ablehnung reagierte, auf subtile Andeutungen dagegen mit Nachdenklichkeit. Andererseits: Musste sie ihn unbedingt heute damit behelligen? Seit Wochen freute Fernanda sich auf die Tanzveranstaltung, seit Tagen überlegte sie, was sie anziehen, wie sie ihr Haar tragen und ob sie sich schminken sollte. Mal fand sie, dass sie in dem blauen Kleid die beste Figur machte, mal bevorzugte sie das gelbe. Mal dachte sie daran, sich richtig fein herauszuputzen, dann wieder erschien ihr ein ganz natürlicher Auftritt sinnvoller. Am Nachmittag hatte sie sich schließlich für einen roten Rock mit einer weißen Bluse entschieden, dazu wollte sie ein rotes Band in ihr Haar flechten und ein wenig von dem Lippenrot auftragen, das Ana von nebenan von ihrer Dienstherrin geschenkt bekommen hatte.

Doch am Abend, kurz vor Beginn des Festes, war Fernanda plötzlich gar nicht mehr überzeugt von ihrer Wahl. Rote Lippen, sie! Wie lächerlich das aussehen würde! Außerdem war es viel zu auffällig – da konnte sie ja gleich laut rufen: »Küss mich!« Nein, sie würde sich dezenter zurechtmachen. Das blaue Kleid war genau richtig.

Fernanda traf mit großer Verspätung auf dem Fest ein. Félix hatte sich bereits gewundert und sich bang gefragt, ob sie überhaupt noch käme. Weiß der Himmel, was die Weiber immer so lang trieben, bevor sie ausgingen! An ihrer Aufmachung konnte es jedenfalls nicht gelegen haben. Félix fand, dass Fernanda aussah wie sonst auch. Schade, denn wenn irgendetwas an ihrem Aussehen anders gewesen wäre, hätte er ihr gern ein Kompliment gemacht. So aber wusste er nicht, was er tun sollte. Er konnte ja schlecht zu ihr hingehen und ihr Kleid loben, das sie jeden zweiten Tag anhatte, oder ihre Frisur, die sie so wie immer trug.

Die Kapelle war bereits zur Höchstform aufgelaufen, animiert von den vielen Paaren, die sich ausgelassen auf dem grob gezimmerten Tanzboden drehten, sowie den Zuschauern, die am Rand der Tanzfläche standen und im Takt klatschten oder mit den Füßen wippten. Fernanda sah zu Félix hinüber. Er war der mit Abstand attraktivste Mann weit und breit, fand sie. Sie wusste, dass Félix auch anderen Frauen gefiel, doch die meisten davon hatten ein Problem mit seiner Stummheit. Es gab nur ein Mädchen, das sich trotz dieses Hindernisses nicht davon abhalten ließ, Félix zu bezirzen, Bel, eine dickliche, schielende Schwarze, die auch prompt in diesem Moment auf Félix zuging. Félix tat so, als bemerke er sie nicht, und sah zu Fernanda. Ihre Blicke trafen sich. Sie lächelten einander zu. Fernanda wackelte mit den Hüften, als sei sie ganz erpicht darauf, ein Tänzchen zu wagen. Mit ihm?! Félix drehte sich um. Vielleicht galten ihre auffordernden Bewegungen ja gar nicht ihm, sondern irgendeinem Kerl, der hinter ihm stand? Aber schräg hinter ihm stand nur Bel, die sogleich über ihn herfiel.

Fernanda kochte vor Wut. Wie konnte man nur so beschränkt sein? Félix war nicht nur stumm, sondern anscheinend auch blind! Noch deutlicher konnte sie ja kaum werden, ohne sich der Gefahr auszusetzen, für mannstoll gehalten zu werden. Es geschah Félix nur recht, dass er jetzt das törichte Geschwätz von Bel über sich ergehen lassen musste. Und sie selber? Würde eben mit Zeca tanzen,

sobald der einträfe, was jeden Augenblick der Fall sein musste. Er hatte noch einen dringenden Auftrag auszuführen, danach wollte er kommen. Und bis dahin würde sie sich ein Schnäpschen gönnen und an der Theke schamlos mit allen flirten, die ihr in die Quere kamen. Was kümmerte sie ihr Ruf?
Als Félix sich endlich der lästigen Klette entledigt hatte, war es zu spät. Er sah Fernanda und Zeca auf der Tanzfläche, sah, wie fest er sie in seinen Armen hielt, wie nah sich ihre Gesichter waren, wie Fernanda ab und zu den Kopf nach hinten warf und lachte. Ihm entgingen nicht die verliebten Blicke Zecas und das Funkeln in den Augen Fernandas. Gelegentlich sah sie verstohlen zu ihm herüber, und hätte Félix es nicht besser gewusst, hätte er glauben können, sie wolle ihn irgendwie herausfordern.
Félix verließ das Fest als einer der Ersten. Mit den Händen in den Hosentaschen schlenderte er die Straße entlang, die wie ausgestorben unter dem silbrigen Licht des Vollmondes lag. Die Greise und die Kleinkinder schliefen schon, alle anderen waren auf dem Fest. Ganz schwach war noch die Musik des Akkordeons und der Fiedel zu hören, und Félix wurde von einer sanften Melancholie ergriffen. Es war kein schlechtes Gefühl, diese Mischung aus Wehmut und Romantik. In all seiner Traurigkeit genoss Félix in diesem Moment auch das Alleinsein. Es war ein ganz neuartiges Erlebnis, durch das menschenleere Viertel zu gehen, in dem er sonst nie auch nur eine Minute für sich hatte. Seine Sinne waren geschärft, und er nahm Geräusche und Bewegungen wahr, die ihm normalerweise entgangen wären. Eine Katze huschte über die staubige Straße. In dem Feigenbaum raschelte es unheimlich. Aus einer Hütte drang Babygeschrei, aus einer anderen der Geruch von verbrannten Bohnen. Wahrscheinlich hatte Tia Nélida vergessen, den Topf vom Feuer zu nehmen, bevor auch sie und ihr Mann zu dem Fest gegangen waren, wo sie trotz ihres Alters ausschweifend tanzten. Félix betrat die Hütte ohne zu zögern, nahm den Topf von der Kochstelle und löschte das Feuer. Aus der Fensteröffnung Richtung Hinterhof sah er die Wäsche träge im Wind flattern, gespenstisch weiß in der mond-

hellen Nacht. Ihm war, als sähe er ebenfalls einen menschlichen Schatten, der hastig hinter der benachbarten Hütte verschwand. Oder war es nur ein Tier gewesen? Aber nein, da war nichts, so angestrengt er auch zu der Stelle hinüberstarrte. Félix verließ die armselige Behausung mit dem beklemmenden Gefühl, dass irgendetwas nicht stimmte.
Er war hellwach und hatte noch keine Lust, sich schlafen zu legen. Er beschloss, zu dem Bach zu gehen, der am Fuß des Hangs entlangfloss. Tagsüber waren dort immer Frauen, die wuschen, Kinder, die Eimer mit Wasser füllten und sie auf dem Kopf die steile Straße hinauftrugen, oder Männer, die angelten. Der Bach war die Lebensader ihres Viertels, und obwohl er nur mehr schlammiges, lehmgelbes Wasser führte, das an heißen Tagen erbärmlich stank, waren einige Stellen der Uferböschung wie geschaffen dafür, sich dort einfach niederzulassen und den Gedanken nachzuhängen. Doch gerade als Félix sich auf einen Stein setzen und die Füße ins Wasser strecken wollte, bemerkte er, dass er nicht allein war. Irgendwo hinter dem dichten Gras hatte es sich offensichtlich ein Liebespaar bequem gemacht, dessen Seufzer ihn irritierten. Ebenso lautlos, wie er gekommen war, ging Félix wieder davon. Die besinnliche Stimmung, in der er gewesen war, hatte wieder einem niederschmetternden Selbstmitleid Platz gemacht. *Ihn* wollte keine Frau küssen, jedenfalls keine, die er ansprechend gefunden hätte. Mit ihm wollte ja nicht einmal jemand befreundet sein, weder seine Kollegen, denen er zu schwarz war, noch seine Nachbarn, denen er aufgrund seiner Beschäftigung zu weiß war. Er hatte weder Eltern noch Geschwister noch irgendetwas, das auch nur annähernd den Namen »Heimat« verdient hätte. Seine Vergangenheit hatte er am Tag seiner Flucht für immer hinter sich lassen müssen, und seine Zukunft lag vor ihm wie ein nicht enden wollender Tag im Kontor, düster, öde, monoton. Félix fühlte sich einsam wie nie zuvor in seinem Leben.

Am nächsten Morgen erwachte Félix von dem Geschrei auf der Straße. Er sprang von seinem Bett auf, das aus einer primitiven

Holzbank sowie einer strohgefüllten Matratze bestand, um nachzusehen, was da vor sich ging. Die Sonne war gerade erst aufgegangen und zauberte mit ihrem orange glühenden Licht einen irreführenden Charme auf die Umgebung, auf das zerschlissene rote Tuch, das die Pereiras von nebenan als Gardine benutzten, genauso wie auf den rotstaubigen und mit Unrat verstopften Pfad, der zu ihrer Hütte führte. Die Federwolken am Himmel sahen aus wie rosafarbene Wattetupfen. Eine Puppe, wie sie die Sklavenkinder oft hatten, aus Stoffresten zusammengenäht und mit Kaffeebohnen, Reis oder Mais gefüllt, lag schlaff in einer goldschimmernden Pfütze. All das nahm Félix mit einem kurzen Blick wahr, während er sich am Fenster streckte und gähnte. Doch woher die aufgeregten Stimmen kamen, konnte er nicht sehen. Was hatte das zu bedeuten, noch dazu am Sonntag nach einem Fest? Normalerweise rührte sich an solchen Tagen nichts und niemand, bevor es Zeit für den Kirchgang war. Félix zog sich hastig eine einfache Leinenhose an, deren Kordel er auf dem Weg nach draußen zuband. An der Ecke seiner Hütte, von wo er die Straße überblicken konnte, blieb er stehen. Er rieb sich den Schlaf aus den Augen und fuhr prüfend mit den Fingern durch sein raspelkurzes Kraushaar, in dem sich gerne mal Heuhalme aus seiner löchrigen Matratze verfingen.

»Ihr Lumpenpack! Ins Zuchthaus sollte man euch alle stecken, da gehört ihr hin!« Tia Nélida hielt einen Jungen am Ohr fest, der mit schmerzverzerrtem Gesicht schrie: »Aber ich war das nicht, Titia! Ich schwöre bei Gott, dass ich unschuldig bin!«

»Und wage nicht, unnütz den Namen des Herrn in deinem schmutzigen Mund zu führen, du verlauste Teufelsbrut!«

Zwei andere Jungen schlichen sich, von Nélida unbemerkt, an sie heran. Sicher wollten sie ihren Kumpan aus dem Griff der Alten befreien. Doch Félix war schneller. Er lief auf die beiden zu, machte einen gewagten Sprung und trat, anders als er es bei der Capoeira gelernt hatte, dem Größeren von beiden mit Wucht in den Bauch, während er gleichzeitig dem anderen einen heftigen Schlag ins Gesicht verpasste. Nélida war so erstaunt, dass sie für eine Sekunde ihre Aufmerksamkeit vergaß und der kleine Dieb das Weite suchte. Die anderen beiden liefen ihm gekrümmt hinterher. Die Alte schüttelte den Kopf. »Euch werde ich schon noch kriegen!«, rief sie den Jungen nach. Dann wandte sie sich mit einem breiten, zahnlosen Lächeln an Félix.

»Félix, Junge! Seit wann kannst du solche Kunststücke?« Ihre Aussprache war undeutlich, doch das war nicht der Grund für Félix' ratlose Miene. Träumte er? Oder hatte er wirklich gerade ein Glanzstück vollbracht, wie es ihm in seinen Stunden bei Feijão noch nie, nicht einmal ansatzweise, geglückt war? Und warum hatte er außer dieser Alten, der eh kaum jemand zuhörte, weil sie so schwer zu verstehen war, keine Zeugen? Félix war unsagbar stolz auf den Erfolg seines Eingreifens, aber auch einigermaßen erschrocken. Dass die Bewegungen, die er in Feijãos Lektionen immer so auszuführen gelernt hatte, dass er damit niemanden verletzte, von einer solchen Durchschlagskraft sein konnten, war ihm neu.

Als sich seine Überraschung gelegt hatte, fragte Félix die alte Frau, was überhaupt passiert war.

»Während wir alle bei dem Tanzfest waren, sind diese kleinen Ratten auf Beutezug gegangen. Bei uns haben sie einen Sack Maismehl mitgehen lassen. Als ich das heute Früh bemerkt habe, bin ich sofort zu dem Verschlag gerannt, in dem die Jungen hausen, wie jeder weiß, und habe sie dabei erwischt, wie sie gerade einen Spiegel verstecken wollten, der ganz genau wie der aussah, den ich neulich bei den Santos gesehen habe. Was wollen diese Burschen nur mit einem Spiegel? Sie müssen sich ja noch nicht mal rasieren! Ich sage dir, was ich glaube, Félix: Ich glaube, dass der Leibhaftige in ihnen steckt!«

Félix folgte Nélidas wirren Ausführungen darüber, wie man den kleinen Halunken ihrer Meinung nach den Teufel austreiben solle, nur mit einem Ohr. Nein, gab er Tia Nélida zu verstehen, besser sei es, Sérgio und die anderen Männer zu verständigen, die eine Art Gemeinderat bildeten. Sie wurden bei Nachbarschaftsstreitigkeiten ebenso zu Rate gezogen wie bei Betrugsvorwürfen gegen ei-

nen Markthändler oder bei Ausschreitungen zwischen Wirten und Zechprellern, denn auf die Justiz in diesem Land mochte sich keiner der Bewohner des Armenviertels verlassen. Solange die Kinder in der Stadt ihr Unwesen trieben, konnte man ja noch tatenlos zusehen. Aber wenn sie jetzt schon die eigenen Leute bestahlen, dann musste dringend etwas unternommen werden.
Fernanda hatte den kleinen Aufstand auf der Straße ebenfalls gehört. Sie hatte am Fenster gestanden und alles beobachtet. Beinahe hätte sie Félix' beeindruckender Darbietung applaudiert. Wie er mit seinem drahtigen Körper in einem einzigen geschmeidigen Satz die Missetäter ausgeschaltet hatte! Ihr Félix!

Bevor er sie am Fenster sehen konnte, schloss sie wieder die Läden. Sie wollte sich noch ein wenig hinlegen, letzte Nacht war sie erst spät heimgekommen. Doch ein Laden quietschte, als sie ihn zuzog, und durch den sich verkleinernden Spalt sah sie noch, wie Félix zu ihr herüberschaute.

Als die Messe zu Ende war, stand die Sonne schon hoch am Himmel. In dem Pulk, der sich von der Kirche langsam den Hang heraufrollte, rempelte Félix unsanft die Leute an, um zu Fernanda durchzukommen. Er hatte ihren Fensterladen genau gehört, dessen kreischendes Knarzen unverwechselbar war, weil es durch Mark und Bein ging. Sie musste ihn einfach gesehen haben! Die ganze Messe hindurch hatte er an nichts anderes gedacht, sogar während der Predigt hatte er still den lieben Gott mit seinem unchristlichen Gebet belästigt: »Bitte, Herr im Himmel, lass sie mich gesehen haben!«
Félix schubste ein Mädchen beiseite, das Fernanda mit irgendeiner blödsinnigen Frage zu der Predigt in Beschlag genommen hatte. Flávia, so hieß die Kleine, hing immerzu an Fernandas Rockzipfel, löcherte sie mit Fragen und machte ständig altkluge Bemerkungen, mit denen sie jedem außer Fernanda auf die Nerven ging. Félix hatte nicht die geringsten Hemmungen, die Göre zu verscheuchen.

»Ah, heute scheinst du wild entschlossen, den Kinderschreck zu markieren, was?« Fernanda sah ihn spöttisch an.
»So etwas darf er nicht tun, nicht wahr, *professora?*«, quengelte das Kind, in der Annahme, Fernanda verteidige es.
»Nein, Flávia, es war unhöflich von ihm. Aber du darfst auch nicht die Gespräche von Erwachsenen belauschen, nicht wahr?«, sagte Fernanda mit ihrer strengsten Lehrerinnenstimme.
Geknickt, mit Tränen in den Augen und hängendem Kopf, ging das Mädchen weiter neben den beiden her. Félix machte eine ungeduldige Handbewegung, als wolle er eine Fliege beiseite wedeln, bis Flávia endlich verstand, aufschluchzte und davonlief.
Félix strahlte Fernanda an. Sie *hatte* es also gesehen! Félix beschleunigte seinen Schritt und bedeutete Fernanda, ihm zu folgen. Er wollte nicht inmitten all dieser Leute seine Heldentat nachspielen und sich dafür auslachen lassen müssen. Er hatte es jetzt eilig, nach Hause zu kommen, um seine Tafel zu holen. In die Kirche oder zu Erledigungen im Viertel nahm er sie nie mit, weil sie völlig nutzlos war, wenn kaum jemand lesen und schreiben konnte. Aber für die Unterhaltungen mit Fernanda war die Tafel von unschätzbarem Wert, denn sie erlaubte ihm Dinge zu erklären, für die es keine Gesten gab.
»Bitte, Félix, du solltest dich jetzt sehen! Wie ein aufgeplusterter Pfau siehst du aus.« Fernanda verzog die Lippen zu einem verkniffenen Lächeln, das, als sie weitersprach, ohne ihr Wollen immer offener und breiter wurde. »Na ja, ich gebe zu, dass deine Zirkusnummer nicht schlecht war.« Wie bedauerlich, dachte sie, dass er nicht am Vorabend ähnlich viel Geistesgegenwart bewiesen und sie zum Tanz aufgefordert hatte. Dass das einen jungen Mann ungleich viel mehr Mut und Überwindung kostete, als ein paar Halbstarke in die Flucht zu schlagen, kam Fernanda nicht in den Sinn.
Außer Atem langten sie bei Félix' Hütte an. Er lief schnell hinein und holte seine Tafel sowie eine Hand voll Cajú-Nüsse, von denen er wusste, dass Fernanda sie liebte. Gemütlich kauend gingen sie die letzten Meter zu Fernandas Haus – Fernanda hatte ihr Gehalt

in ein dichtes Dach, in Fensterläden, eine richtige, verschließbare Tür sowie einen kleinen Garten investiert und sich so ein Zuhause geschaffen, das kaum mehr »Hütte« genannt werden konnte. Die meisten Nüsse aß Félix, aber er nahm sich vor, ihr bei nächster Gelegenheit mehr davon vorbeizubringen.

In ihrem Häuschen angekommen, setzte Fernanda erst einmal Wasser für den Kaffee auf, nahm die zerbeulte blecherne Bratpfanne von dem Haken in der Holzwand und stellte sie auf den kleinen Herd, eine weitere ihrer Anschaffungen.

»Ich habe heute Morgen noch gar nichts gegessen oder getrunken. Meine Knie zittern schon vor lauter Hunger. Willst du auch Rühreier?« Sie drehte sich kurz zu ihm um, nahm Félix' Nicken zur Kenntnis und widmete sich dann wieder ihrer Aufgabe, deren Vorrangigkeit sie mit lautem Metallgeklapper unterstrich.

Es ärgerte Félix, dass Fernanda die meiste Zeit mit dem Rücken zu ihm stand und sich so geschäftig gab. Das konnte nur Absicht sein. Sie wollte ihn bestimmt ein bisschen zappeln lassen, bevor er seine Großtat in allen Details schilderte.

»Herrgott noch mal, Félix, steh nicht so beleidigt in der Gegend rum. Mach dich lieber ein bisschen nützlich. Reiß mal die Läden und die Tür weit auf – vielleicht weht der Durchzug ja auch die Mücken weg. Gleich, beim Frühstück, kannst du mir deine Geschichte in aller Ruhe erzählen.«

Félix trottete zum Fenster, erschlug unterwegs eine Mücke auf seinem Arm, öffnete die Läden und zuckte bei dem lauten Quietschen zusammen. Er streckte den Kopf aus dem Fenster und sah genau in diesem Augenblick zwei Polizisten auf der Straße. Beide schwitzten in ihrer Uniform und hatten hochrote Köpfe. Sie stapften auf Fernandas Haus zu.

Félix' Herz hämmerte. Er lief durch den kleinen Raum, tippte Fernanda auf die Schulter, sah sie mit schreckgeweiteten Augen an und winkte wie zum Abschied. Er hatte jetzt keine Zeit für ausführliche Erklärungen. Noch bevor Fernanda fragen konnte, was passiert sei, war Félix durch das schmale Seitenfenster geschlüpft.

»Warte! Was ist denn los?«, rief sie. In diesem Augenblick klopfte es an ihrer Tür.
Die Männer warteten nicht darauf, hereingebeten zu werden. »Polizei«, sagte der Größere von beiden. »Hält sich hier ein gewisser Félix auf?«
Fernanda musste sich zusammenreißen, um ihrer Stimme einen neutralen Klang zu geben. »Nein. Ich kenne gar keinen Félix. Aber überzeugen Sie sich gerne selbst, hier ist niemand außer mir.« Dann, nach einer gut kalkulierten Pause, fragte sie mit aufgesetzter Altweiberneugier: »Was hat er denn verbrochen, dieser Félix?«
Keiner der beiden Polizisten antwortete. Während der Größere auf den Knien lag, um unter dem Bett nachzusehen, stocherte der Kleinere mit seinem Schlagstock in den sperrigen Gegenständen herum, die Fernanda in einer Ecke ihres Hauses verstaute und hinter denen sich in der Tat jemand verstecken könnte. Mit großem Gepolter fielen die Sachen zu Boden, der Besen und der Teppichklopfer ebenso wie ein paar Bambusstangen, die ihr als Gerüst für die Bohnen gedient hatten, die in ihrem Gärtchen kläglich eingegangen waren. Nur die Leiter blieb stehen.
Zufrieden mit der Unordnung, die er angestellt hatte, antwortete der Kleinere schließlich herablassend: »Er ist ein entlaufener Sklave, siebzehn Jahre alt, stumm. In der Hütte, in der er sich anscheinend versteckt hält, befindet er sich nicht. Man hat uns darüber informiert, dass er womöglich hier sein könnte.«
»Ehrlich, Herr Wachtmeister, ich bin ein anständiges Mädchen. Sehe ich so aus, als würde ich Umgang mit entflohenen Negern pflegen?«
»Wir haben deine Stimme gehört. Mit wem hast du gesprochen?«
Fernanda ärgerte sich darüber, dass der Mann sie duzte, zwang sich aber dazu, sich unbedarft und unwissend zu stellen. »Ach, Herr Wachtmeister, das ist so eine dumme Angewohnheit von mir. Ich sage immer laut die Lektionen vor mich hin, die ich am nächsten Tag unterrichte. Ich bin nämlich Lehrerin. Und wissen Sie, diese

Art der Vorbereitung hat sich bewährt. Ich spiele sogar die Fragen durch, die die Kinder mir stellen könnten, und glauben Sie mir, manchmal sind das so verrückte Fragen, dass es darauf eigentlich gar keine Antwort gibt, neulich fragt mich doch der kleine Kaique glatt …«

Den Rest hörte Félix nicht mehr. Trotz der Gefahr, in der er sich befand, und obwohl er wusste, dass Fernanda ihm zuliebe so viel dummes Zeug quasselte, war er ein bisschen enttäuscht, dass er nun nicht mehr erfuhr, was der kleine Kaique denn gefragt hatte. Es fühlte sich an, wie wenn er ein Buch an seiner spannendsten Stelle beiseite legen musste, weil just in diesem Moment jemand an der Tür klopfte. Er hatte sich unter das Fenster gekauert, durch das er verschwunden war. Weil er befürchtet hatte, dass man ihn fortlaufen sehen konnte, war er einfach dort geblieben. Starr vor Angst, heftig atmend und mit feuchten Händen hatte er dort gekauert, und anders als seine Körperfunktionen, die er kaum unter Kontrolle bekam, war sein Geist wach und extrem schnell. Während er mitverfolgte, was dort drinnen vor sich ging, dachte er nicht nur über eine Fluchtmöglichkeit nach, sondern machte sich ebenfalls Gedanken darüber, was um Gottes willen Fernanda mit dem leeren Fass anfangen wollte, das an der Hauswand stand, direkt neben ihm. Mit außergewöhnlicher Schärfe nahm er das verblasste Holz wahr, die rostigen Metallringe, die dicken Käfer, die unter dem verfaulten Boden hervorkrabbelten. Gleichzeitig ging er im Kopf durch, wer ihn verraten haben konnte. Es konnte einer der Jungen gewesen sein, die er heute Morgen mit seinem gewagten Sprung in die Flucht geschlagen hatte. Rache war ein starkes Motiv. Aber ob die Burschen freiwillig zu einer Polizeiwache gingen? Und wenn es vielleicht einer seiner Kollegen gewesen war? Aber die wussten doch gar nicht, wo er wohnte, wie hätten sie ihn da so gezielt denunzieren können?

»… neulich fragt mich doch der kleine Kaique glatt …«, hörte Félix noch, bevor er zum Spurt ansetzte. Auf der Straße näherte sich ein Eselskarren, der bis oben hin mit Bündeln von trockenen

Palmblättern beladen war. Wenn er jetzt über die Straße lief, hatte er eine gute Chance, sich im Sichtschutz des Karrens in Sicherheit zu bringen.

Félix rannte los. Er rannte um sein Leben, und er rannte selbst dann noch, als er merkte, dass die Polizisten ihm gar nicht gefolgt waren.

XIX

Es dauerte nicht lang, ehe Vitória in Rio de Janeiro ein Haus entdeckte, in das sie sich auf den ersten Blick verliebte. Es befand sich in einer relativ ruhigen Straße in Glória, einem Viertel, dessen Lage exakt Vitórias Ansprüchen entsprach. Zum Stadtzentrum mit seinen eleganten Einkaufsstraßen und den imposanten Regierungsgebäuden, mit seinen Theatern und Cafés, seinen Bankhäusern und seinen bunten Märkten fuhr man nur wenige Minuten mit der Kutsche, während südlich von Glória, ebenfalls schnell, zur Not auch zu Fuß zu erreichen, die Nobelviertel Catete und Flamengo lagen, in denen immer mehr Angehörige der Oberschicht ihre prachtvollen Villen errichteten und in denen auch sie sich deshalb in Zukunft viel aufhalten würden.
Das Haus hatte Vitória durch Zufall entdeckt, als die Kutsche auf dem Weg zu Leóns Haus daran vorbeifuhr. »Zu verkaufen« stand auf einem Pappschild, das schief in einem Fenster hing, dem einzigen, dessen morsche Läden nicht geschlossen waren. Spontan ließ Vitória den Kutscher anhalten. Von der Straße aus betrachtete sie versonnen das Gebäude, und in ihrem Gesichtsausdruck spiegelte sich bereits die Vorfreude auf das Einrichten der Räume, die sie noch gar nicht gesehen hatte.
León fand Vitória in diesem Moment unwiderstehlich. Dieses Benehmen war er von ihr nicht gewohnt – es war so mädchenhaft, so romantisch. Und so unvernünftig. »Vita, das Haus ist in desolatem Zustand. Lass uns lieber noch weiter suchen, wir werden schon noch das Richtige für uns finden.«
Aber Vitória hatte es satt, in der beengten Wohnung Leóns zu hausen. Sechs Zimmer waren einfach zu wenig. Wenn sie ihren bisherigen Lebensstandard auch nur annähernd beibehalten wollte, brauchte sie ein richtiges Haus, eines, in dem Platz wäre für mindestens vier Schlafzimmer, einen geräumigen Salon, ein kleineres Wohnzimmer, ein Esszimmer, zwei Arbeitszimmer inklusive Bib-

liothek, mehrere Bäder und natürlich einen ganzen Trakt für Küche, Nutzräume und Dienstbotenzimmer. Sie wollte endlich ihr Personal aus Boavista holen, und die sieben Sklaven, die sie zur Hochzeit geschenkt bekommen hatte, mussten ja irgendwo untergebracht werden.

»Das Haus ist perfekt! Es liegt fantastisch, und sieh nur, León, von diesem Hang aus hat man sogar einen wunderbaren Blick auf den Strand von Flamengo und auf den Zuckerhut!«

»Vita, Liebste, ich glaube, du lässt dich nur von dem Charme dieses verwilderten Vorgartens bezaubern. Vielleicht sehen wir uns das Haus einmal von innen an, bevor du dich entscheidest.«

León hatte natürlich Recht gehabt: Das Haus war in katastrophalem Zustand. Dennoch gefiel es Vitória, je länger sie sich darin umsah, immer besser. Nicht nur seine Lage stimmte, es hatte auch die richtige Größe, war gut geschnitten, bot von den Fenstern in der ersten Etage einen grandiosen Ausblick, und – es war billig. Die Eigentümerin, eine betagte Senhora, die aufgrund eines Hüftproblems nur noch zwei Räume im Parterre bewohnte, hatte schon allzu lange nach einem Käufer gesucht.

»Es ist ein gutes Haus. Die Bausubstanz ist in Ordnung. Die Mauern sind viel dicker als die der Häuser, die zurzeit gebaut werden, sie halten im Sommer die Hitze draußen und im Winter die Wärme drinnen. Das Parkett«, dabei klopfte die alte Dame mit ihrer Krücke vehement auf den Boden, »ist vom Feinsten. Es wurde von Auguste Perrotin höchstpersönlich verlegt, und es hält noch mindestens hundert Jahre. Aber alle Interessenten lassen sich von Lappalien abschrecken.«

»Wie etwa die verrotteten Fenster und Türen? Die morsche Treppe? Die verwahrloste Küche? Oder die antiquierten sanitären Anlagen?«, unterbrach León die Lobeshymnen der Frau auf das Haus.

Als wolle er Leóns Aussage bekräftigen, sprang Sábado aufgeregt bellend um einen breiten Spalt in der Fußleiste herum. Sicher hatte er eine Maus entdeckt. Vitória unterdrückte hinter vorgehaltener Hand ein Kichern.

»Aber mein lieber Senhor Castro«, sagte Dona Almira mit bewundernswerter Haltung, »das sind nur Kleinigkeiten, das lässt sich doch alles ohne großen Aufwand sanieren.«
León war anderer Meinung. Doch er brachte es nicht übers Herz, Vitórias ungewohnten – und bezaubernden – Anflug von Fantasterei schon so schnell mit logischen Argumenten zu beenden. Wie Vitas Augen leuchteten! Einen solchen Ausdruck von Unternehmungslust, von Begeisterung hatte er bei ihr nicht mehr gesehen, seit … ja, seit wann eigentlich? Seit der Zeit, musste León mit Schrecken erkennen, als sie einander begegnet waren. Nach seiner Europareise war Vita eine andere gewesen, doch er hatte die Veränderung nicht wahrhaben wollen. Erst jetzt, da sie wieder genauso aussah wie als 18-Jährige, die glaubte, dass ihr die Welt gehört, merkte León, was ihm gefehlt hatte.
»Ich fürchte, mein Mann hat Recht, verehrte Dona Almira. Das Haus ist wahrscheinlich für unsere Zwecke nicht so geeignet, wie ich anfangs dachte. Aber wir werden darüber nachdenken, nicht wahr, mein Lieber?« Vitória zwinkerte León zu, der mit einem bedächtigen Nicken reagierte.
»Ja, wir werden noch Ende dieser Woche mit Ihnen Kontakt aufnehmen und Ihnen unsere Entscheidung mitteilen.«
»… die ein weiterer Preisnachlass wahrscheinlich positiv beeinflussen könnte.« Vitória hakte sich bei León unter und warf der Hausbesitzerin ein verständnisheischendes Lächeln zu, aus dem Bedauern und Enttäuschung sprachen.
Was für eine gute Schauspielerin Vita doch war! León wusste genau, dass ihr das Haus gefiel, und mit derselben Deutlichkeit war ihm bewusst, dass Vita ihn dazu überreden würde, es zu kaufen.
Sie bedankten sich übertrieben höflich bei der Frau, verabschiedeten sich wortreich und fuhren weiter. Bereits an der nächsten Straßenecke platzte Vitória heraus: »Ich will es!«
»Ach?«
»León, dieses Haus ist ein Juwel! Hast du die Stuckarbeiten an der Decke und an den Wänden gesehen? Hast du die Marmorböden

bemerkt, die sich unter den schäbigen Teppichen und dicken Schichten von Schmutz verbergen? Hast du die hübschen Bleiglasmotive in den Fenstern entdeckt?«
Nein, musste León sich eingestehen, all diese Details waren ihm entgangen. Aber ihm gefiel der Eifer, mit dem Vitória ihm das Haus schönzureden versuchte. Ihre Hand lag auf seinem Unterarm, als könne der Hautkontakt ihre Argumente verbessern. In Wahrheit lenkte er ihn nur ab. Wie süß ihre kleine weiße Hand auf seinem braun gebrannten Arm aussah! Und wie zart sie sich anfühlte, kaum zu glauben, dass ihn eine so leichte und kühle Berührung derart zu elektrisieren vermochte!
Als habe Vitória seine Gedanken gelesen, nahm sie ihre Hand fort und rückte ein wenig von León ab. »Ich hätte wissen müssen, dass du keinen Sinn für diese Dinge hast.«
»Vita, wenn du dieses Haus unbedingt willst, werden wir es kaufen. Ich würde mit dir in jeden Palast und auch in jede Hütte dieser Welt ziehen, solange du dich dort wohl fühlst.«
Vitória war so überrascht von dieser unerwarteten Liebeserklärung, dass sie León umarmte und ihm einen Kuss auf die Wange drückte. Doch als sie sich wieder zurückziehen wollte, hielt er sie an den Schultern fest, zog sie enger an sich heran und sah ihr tief in die Augen. Seine Lippen näherten sich den ihren, die sich in Erwartung seines Kusses teilten.
Vitória verstand sich selbst nicht mehr. Sie hatte sich doch vorgenommen, León die kalte Schulter zu zeigen, als er ihre Hochzeitsreise zum nunmehr dritten Mal abgesagt hatte. Stattdessen zeigte sie ihm, wie sehr sie sich nach seinem Kuss sehnte! Ach, was machte es schon, wenn sie ein einziges Mal inkonsequent war? Der Tag war sonnig, und die Perspektive, bald ein eigenes Haus zu besitzen, hellte ihr Gemüt zusätzlich auf. Warum sollte sie sich nicht von der Stimmung mitreißen und sich von dem schönen Mann an ihrer Seite küssen lassen? Er war zwar ein Schuft, aber auch ihr Ehemann, und er kam ihr heute begehrenswerter denn je vor. Hatte er immer schon diese kleinen bernsteinfarbenen Sprenkel in seinen dunkelbraunen Augen gehabt, die sie unter den langen

Wimpern anblitzten? Hatte er schon immer diese Sehnen in der Rundung zwischen seinem Hals und den muskulösen Schultern gehabt, die wie geschaffen dazu war, den Kopf darein zu versenken? Und hatte er schon immer diese Grübchen in seinen glatt rasierten, bläulich schimmernden Wangen gehabt?

León spürte, wie Vitória einen winzigen Moment lang in seinen Armen erstarrte, sich jedoch unmittelbar danach wieder an ihn schmiegte. Sein Mund berührte ihre Lippen, die weich und warm und willig waren und seinen zarten Kuss erwiderten. Er ließ seine Hand an ihrem Rücken hochwandern, der sich ihm entgegenwölbte, je inniger und intensiver ihr Kuss wurde.

Erst als ein Loch in der Straße den Wagen erschütterte, ließen sie voneinander ab. Doch León war nicht gewillt, sich die Magie dieses Augenblicks von den Straßenverhältnissen zerstören zu lassen. Er hielt Vitória weiterhin fest in seinen Armen, lehnte aber den Kopf nach hinten, um ihr besser ins Gesicht sehen zu können. Was er darin las, erfüllte ihn mit einer so großen Zärtlichkeit, dass es beinahe schmerzte.

»In jede Hütte, hm?«, nahm Vitória den Gesprächsfaden wieder auf. Ihre Stimme klang wie das Schnurren einer Katze.

»Ja, sogar in diese Ruine, die wir eben besichtigt haben«, raunte er ihr ins Ohr und kitzelte sie dabei mit seinem Atem. »Wenigstens ist dort Platz genug für dieses Kalb von Sábado. Und es hat genügend Zimmer, die wir mit unseren hübschen Kindern füllen können.«

»Wenn du meinst.« Vitória wandte sich ab. Der Zauber war verflogen, die Lust auf Küsse war ihr mit einem Mal gründlich vergangen. Sie wollte nicht über Kinder reden, nicht einmal darüber nachdenken. Sie würde keine mehr bekommen können, das hatte Zélia ihr damals gesagt.

»Was ist mit dir?« Der plötzliche Stimmungsumschwung irritierte León.

»Ach, nichts. Ich dachte nur gerade an … an die Verhandlungen, die wir mit der Besitzerin führen müssen. Dona Almira scheint mir ein harter Brocken zu sein. Selbst wenn wir sie bis Ende der Woche zappeln lassen, glaube ich nicht, dass sie sich noch viel weiter herunterhandeln lässt.«

»Gib zu, dass dir die Aussicht auf das Gefeilsche Freude macht. Vielleicht hast du in Dona Almira ja endlich mal einen ebenbürtigen Verhandlungspartner.«

León sah seine Frau verliebt an. Alles war in Ordnung. Wenn es etwas auf der Welt gab, das Vita von seinen Küssen ablenken durfte, ohne seinen Unmut oder seine Eifersucht herauszufordern, dann war es ihr Geschäftssinn.

Jetzt, keine drei Monate später, war das Haus bezugsfertig. Vitória hatte die Renovierungsarbeiten persönlich beaufsichtigt und damit das Arbeitstempo erheblich gesteigert. Sie war immer in Begleitung ihres Hundes zu der Baustelle gegangen, der den Männern mit seiner schieren Größe Respekt einflößte, jedoch nicht halb so viel Respekt, wie sie vor ihr hatten. Sie hatte Maurer herumkommandiert, Installateure angetrieben, Tischler kritisiert, an den Malern herumgemäkelt, den Glaser gefeuert, den neuen Glaser bevormundet, den Stuckateur beleidigt und dem Fliesenleger den letzten Nerv geraubt. Die Handwerker, vermutete León, waren allein deswegen in Rekordzeit fertig geworden, weil sie nicht länger dem Perfektionismus und der Kompromisslosigkeit Vitórias ausgesetzt sein wollten. Er selber fand, dass seine Frau einen ausgezeichneten Vorarbeiter abgegeben hätte, hütete sich aber, ihr das zu sagen. Das einzige Mal, da er sich belustigt über ihr ganz und gar undamenhaftes Engagement auf der Baustelle gezeigt hatte, war sie ihm fast an die Gurgel gegangen.

»Aber León! Diese Männer sind faul und dumm. Irgendjemand muss ihnen doch sagen, was und wie sie es zu tun haben, denn von allein wissen sie es ja nicht. Sie sind wie Sábado: Sie brauchen eine starke Hand. Sie würden sonst alles falsch machen. Alles! Kaum lässt man sie ein paar Stunden aus den Augen, schludern sie. Sie verlegen die Fliesen schief, zertrümmern die schönen Bleiglasfenster, schlagen den alten Stuck genau dort von der Decke, wo er noch tadellos ist, beklecken das kostbare Parkett mit Farbe, die sie nicht rechtzeitig wegwischen. Eine Bande von Faulenzern, Nichtskönnern und Trinkern! Nur absurde Rechnungen, die können sie schreiben, diese Betrüger! Der Dachdecker wollte mir doch allen Ernstes statt der benötigten dreißig Ziegel dreihundert Ziegel berechnen …«

León wusste, dass nur die besten, renommiertesten und teuersten Handwerker in ihrem Haus arbeiteten, dennoch konnte er Vitórias Beschwerden nachvollziehen. Er hatte sich selber oft genug über unwillige und unfähige Leute geärgert, und er hatte sich wiederholt gefragt, wie die grandiosen Brücken, Paläste oder Türme dieser Welt jemals hatten errichtet werden können, wenn auf diesen Baustellen genauso gearbeitet wurde wie auf allen anderen, die er kannte. Wahrscheinlich nur mit einer Bauaufsicht, die so streng und unnachgiebig war wie Vita.

Als es ans Einrichten des neuen Hauses ging, war Vitória nicht minder eigenwillig. Mit einem Eifer, der an Fanatismus grenzte, suchte sie Stoffe und Tapeten aus. Sie ließ Stühle und Sofas neu polstern, Tische und Schränke aufarbeiten, Teppiche nach ihren Entwürfen weben. Sie graste Kunstgalerien nach passenden Gemälden ab, sie ergänzte Porzellan und Wäsche mit Stücken, die der neuen Farbgestaltung entsprachen, und sie trieb das Personal auf die Palme, indem sie es alle Möbel und Dekorationsgegenstände von einer Ecke in die andere tragen ließ, nur um dann festzustellen, dass die neu lackierte Truhe vielleicht doch besser in der Halle stand und nicht im Esszimmer. Mitten in diesem Durcheinander behielt Vitória jedoch, anders als es auf Außenstehende wirken mochte, einen kühlen Kopf. Es gelang ihr, sich nebenbei noch den Vorbereitungen für die Einweihungsfeier zu widmen, die Einladungskarten zu schreiben, das Menü zu bestimmen, rechtzeitig die Bestellungen bei Weinhändlern und Patisserien aufzugeben, die Sitzordnung festzulegen, ein ausgefallenes Kleid bei der berühmtesten Schneiderin Rios in Auftrag zu geben. Während León, Pedro, Joana, alle ihre Freunde sowie das gesamte Personal davon überzeugt waren, dass das Haus bis zur Einweihungsfeier noch weit davon entfernt sein würde, funktionsfähig zu sein, geschweige denn Gäste zu beherbergen, war Vitória ein Ausbund an Selbstsicherheit. Hinter der Panik, mit der sie Dienstboten wie Handwerker infizierte, verbarg sich eine tiefe Gelassenheit.

»Das ist ganz einfach, León. Wenn wir uns den 16. Dezember als Termin ausgesucht hätten, würden wir wahrscheinlich auch bis zum 16. Dezember brauchen, damit alles perfekt ist. Aber da wir uns nun einmal auf den 16. Oktober kapriziert haben, wird eben alles am 16. Oktober fertig. Und glaube mir: Es wird alles so sein, wie wir es uns immer erträumt haben. Unser Haus und unser Fest werden Furore machen.«

So war es dann auch. Der Dekorateur verließ am Abend des 15. Oktober 1887 das Haus, reif für einen längeren Aufenthalt fernab jeglicher Zivilisation. Noch in derselben Nacht wurden die Dienstboten auf eine harte Probe gestellt, indem sie die nunmehr fertigen Gästezimmer aufs Gründlichste reinigen, die Betten beziehen, Handtücher bereitlegen mussten. Am nächsten Tag wäre dafür keine Zeit mehr, denn dann mussten sie die Gesellschaftsräume für die Feier herrichten, erneut Möbel rücken, die Tische eindecken, das Silber und das Kristall aus den Transportkisten auspacken und blank reiben. Der Gärtner musste ebenfalls eine Nachtschicht einlegen, um die Blätter der alten Bäume zum Glänzen zu bringen. Auf ihnen hatte sich eine dicke Schicht weißen Baustaubs abgelegt, nachdem so viele Mauern eingerissen und Fenster erneuert worden waren und es wochenlang nicht geregnet hatte. Zudem waren die neuen Pflanzen, die die Auffahrt und den Eingang des Hauses zieren sollten, erst gestern angeliefert worden – der Mann war den Tränen nahe angesichts all der Arbeit, die er innerhalb so kurzer Zeit verrichten sollte. Jeder vernünftige Mensch hätte ihm dafür drei Wochen Zeit gelassen, aber Sinhá Vitória, diese Besessene!, fand sechsunddreißig Stunden durchaus realistisch. Was für eine Prüfung diese Frau doch war!

Denselben Gedanken hatte León, als er am Nachmittag des 16. Oktober mitsamt seinen Koffern in dem neuen Haus ankam. Ein Fest in einem Haus zu geben, sogar Gäste über Nacht dorthin einzuladen, wenn man selber noch nicht eingezogen war, das erschien ihm als der Gipfel der Anmaßung. Er war alles andere als abergläubisch, aber Vita forderte das Schicksal seiner Meinung nach ein bisschen zu laut heraus. Was, wenn während des Tanzes der Boden unter ihnen nachgab, weil der Kleber an den ausgebesserten Stellen des Parketts noch nicht ganz trocken war? Was, wenn die neuen Tapeten im »Herrenzimmer«, so nannte Vita prätentiös den kleinen Salon, sich wellten und lösten, weil ihnen der dichte Qualm nicht bekam, den die Männer mit ihren Zigarren zweifellos produzieren würden? Und was, wenn ihn jemand nach dem Weg zum Waschraum fragte und er nicht antworten konnte, weil er sein eigenes Haus noch nicht kannte? Andererseits: Dieser Spaß war es allemal wert. Was konnte schon Schlimmeres passieren, als dass sie notfalls mitsamt allen Gästen ins Hotel de France umziehen mussten, das über eine ausgezeichnete Küche und viele ordentliche Gästezimmer verfügte? Welcher Mann in Rio de Janeiro, ja in ganz Brasilien, konnte sich schon mit einer solchen »Prüfung« schmücken wie er? Vita, die den Wirbel der vergangenen Wochen genossen hatte, war unter dem Erfolgsdruck förmlich aufgeblüht. Ihre Wangen waren rosig, ihre Augen glänzten, und sie wirkte keineswegs erschöpft oder mitgenommen von dem Gewaltakt, den sie hinter sich hatte. Die Anstrengungen schienen sie vielmehr angeregt zu haben. Vita wäre, selbst wenn das atemberaubende Kleid, das sie für den großen Abend anfertigen ließ, nicht rechtzeitig fertig werden würde, die mit Abstand schönste Frau weit und breit.

Vitória war selber erstaunt, mit welcher Selbstsicherheit und inneren Ruhe sie dem Fest entgegensah. Das Haus war jede Sekunde, die sie in es investiert hatte, wert gewesen. Jedes Mal, wenn sie morgens hier angekommen war, hatte sie jenen Tag vor Augen gehabt, an dem all ihre Pläne, Visionen, Ideen Gestalt angenommen haben würden und sie endlich einziehen konnten. Dieser Tag war nun gekommen. Als ihre Kutsche vor dem Haus hielt, stockte selbst ihr der Atem. Was für ein wunderschönes Anwesen! Die Fassade des Hauses war hellblau gestrichen, die Fensterrahmen, Ba-

lustraden und Zierelemente cremeweiß abgesetzt. Die Auffahrt, vorher nur ein steiniger Lehmweg, war nun mit weißem Kies bedeckt, und der Vorgarten, bis vor ein paar Wochen noch ein einziges wildes Gestrüpp, war jetzt eine elegante kreisrunde Oase inmitten der Auffahrt, aus der sich drei prächtige Königspalmen erhoben und in der ein kleiner Springbrunnen fröhlich vor sich hin plätscherte. Rechts und links der halbrunden marmornen Treppenstufen, die zur Haustür führten, hielten zwei bronzene Mauren Wache. Sie waren lebensgroß und trugen herrlich gearbeitete Gaslampen, die nach Vitórias Anweisung die ganze Nacht hindurch brennen sollten. Ihr neues Zuhause war das eleganteste Haus in Glória, und Vitória war bestimmt die stolzeste Hausherrin, die Rio je gesehen hatte. Es war ein unvergleichliches, erhebendes Gefühl, das eigene Heim zu betreten, nicht das der Eltern, des Ehemannes oder des Bruders. Dieses Haus war ihres, trug ihre Handschrift, unterlag ihrer Verantwortung – auch wenn León den überwiegenden Teil der astronomischen Kosten der Renovierung getragen hatte.
Die Sklaven von Boavista waren am Vortag angekommen und hatten direkt ihre neuen Quartiere bezogen, in denen die Farbe an den Wänden noch feucht war. Dennoch zeigten sie sich dankbar, so hübsche Kammern zugewiesen zu bekommen.
»Freut euch nicht zu früh«, hatte Vitória die Schwarzen ermahnt, insgeheim betrübt darüber, ihnen die Freude verderben zu müssen. »In den nächsten Tagen werdet ihr euch nicht viel in euern Zimmern aufhalten können.« Die Vorbereitungen für das Fest, die Feier selbst und die anschließenden Aufräumarbeiten würden den Dienstboten das Äußerste abverlangen. Genau wie ihr selber. Denn von den neuen Leuten kannte sie keinen gut genug, um ihn mit wirklich verantwortungsvollen Aufgaben zu betrauen – sie würde permanent hinter ihnen her sein müssen, um jeden ihrer Handgriffe zu kontrollieren. Nur aus Zeitmangel hatte sie es Taís, dem fähigsten von Leóns Dienstmädchen, überlassen, die neuen Sklaven einzuweisen.
Jetzt, da sie bewundernd vor ihrem eigenen Haus stand, war sie ge-

spannt darauf, wie viele der ihnen aufgetragenen Arbeiten die Schwarzen erledigt haben mochten. Sie erwartete nicht allzu viel. Als habe sie die Gedanken ihrer Herrin gelesen und nur darauf gewartet, ihr das Gegenteil beweisen zu können, öffnete Taís in diesem Augenblick die Haustür und trat zur Begrüßung Vitórias heraus. Alle Würde, die ihre schmucke Uniform und ihre steife Haltung ausstrahlten, wurde von ihrem entwaffnenden Lächeln aufgehoben. Taís stand der Stolz ins Gesicht geschrieben.

»Sinhá Vitória, willkommen! Sie werden staunen, was wir seit gestern bewerkstelligt haben ... Dedé, Luiz, was steht ihr hier noch herum, macht, dass ihr Dona Vitória mit ihren Taschen helft!«

Die beiden Jungen liefen zur Kutsche und stellten sich so ungeschickt mit dem Gepäck an, dass Vitória bei der Vorstellung, wie diese ungelenken Halbwüchsigen ihren Gästen die Hüte und Sonnenschirme abnahmen, die Augen verdrehte. Allerdings entbehrte dieses tapsige Duo auch nicht eines gewissen Charmes, wenn es, wie vor kurzem noch Sábado, ungestüm über die zu großen Pfoten stolperte.

Vitória schritt hoheitsvoll die Treppe herauf. Dies war das erste Mal, dass sie ihr Haus betreten würde, ohne über die schützend ausgelegten Matten zu stapfen. Inzwischen müssten die Teppiche, die zusammengerollt an der Wand gelehnt hatten, auf den Böden liegen, müssten Kerzenleuchter, Bilderrahmen, Blumenvasen auf den Kommoden und Tischchen stehen, die Bücher in die deckenhohen Regale eingeräumt worden sein. Vitória gab sich keinen Illusionen hin – wahrscheinlich standen die Bücher auf dem Kopf, weil keiner der Schwarzen lesen konnte, und wahrscheinlich hatte irgendein Banause die wertvollen Kristallvasen in die hinterste Ecke verbannt und dafür dem kitschigen Nippes einen Ehrenplatz zugewiesen. Aber dafür war sie ja jetzt hier. Bevor die ersten Gäste eintrafen, hatte sie noch vier Stunden Zeit, wovon sie eine für ihre Toilette veranschlagte. Blieben also drei Stunden, um sich um diese Details zu kümmern. Das war sehr knapp kalkuliert, lag aber, wie Vitória fand, durchaus im Bereich des Machbaren.

Doch als Vitória das Foyer betrat, bekam sie eine Gänsehaut. Alles war, auf den Millimeter, exakt so, wie sie es sich vorgestellt hatte. Die Obstschale stand auf der Anrichte und war mit einer dekorativen Mischung von tropischen Früchten gefüllt, wie sie selber sie nicht hübscher hätte anordnen können. Der Blumenstrauß in der chinesischen Porzellanvase entsprach genau ihrem Stilempfinden, kein Zweig zu wenig, keine Blüte zu viel. Die Bilderrahmen mit den Porträts ihrer Familie waren so platziert, wie auch sie sie aufgestellt hätte. Himmel, das war ja richtig unheimlich! Irgendjemand hier musste ihre Gedanken lesen können.

»Wer war das?«, fragte sie leise.

»Aber Sinhá Vitória, ich dachte …« Taís' Stimme zitterte. Sie hatte die Neuen bis zum Umfallen schuften lassen und sich selber nur drei Stunden Schlaf gegönnt, um ihre Herrin mit einem perfekt hergerichteten Haus zu überraschen. Und jetzt das. Eine dicke Träne glitzerte in ihren unteren Wimpern, kurz davor, herabzurollen.

Vitória ging auf Taís zu, die, in Erwartung einer Ohrfeige, einen Schritt zurückwich. Vitória nahm die sonderbare Reaktion des Mädchens gar nicht zur Kenntnis. Aus einem Impuls heraus umarmte sie Taís und drückte ihr einen Kuss auf die Wange.

Sábado sprang wedelnd um die beiden herum. Aus unerfindlicher Ursache freute er sich immer, wenn zwei Menschen sich umarmten, selbst wenn die Umarmung keinen besonders erfreulichen Grund hatte.

»Es … es gefällt Ihnen?«, fragte Taís schüchtern.

»Nein, Taís, es gefällt mir nicht bloß, ich finde es atemberaubend! Hast du das alles allein gemacht?«

»Natürlich nicht. Ich hatte ja Jorginho, Isaura, Lisa …«

»Ich meine nicht die Sklaven«, unterbrach Vitória. »Ich meine, hat dir vielleicht Sinhá Joana mit ein paar Ratschlägen zur Seite gestanden, oder mein Mann?«

Das Mädchen schüttelte verständnislos mit dem Kopf.

Vitória fand den Gedanken beschämend, dass ausgerechnet eine Schwarze, eine Dienstmagd, ihr so seelenverwandt sein konnte, und hatte keine Lust, dem Mädchen genauer zu erklären, warum

sie angesichts des perfekt dekorierten Hauses so erstaunt war. Schweigend ging sie durch das Foyer in den großen Salon, in dem sie ebenfalls alles so vorfand, wie es ihrer Vorstellung entsprach. In der Luft lag der Geruch von Mörtel, frischer Farbe und Lilien. An den Wänden fehlten noch einige Bilder, sonst aber war jedes Detail perfekt. Drei riesige Sofas standen über Eck in der Mitte des Raums, um einen runden Holztisch herum, auf dem ein opulentes Blumengesteck prangte. Unter einem der Fenster standen zwei Sessel um einen kleinen Beistelltisch, unter dem anderen Fenster befand sich ein Schachtisch mit zwei filigranen Stühlen. Das neue Klavier machte sich ausgezeichnet in einer dunkleren Ecke des Salons, wo es schräg aufgestellt worden war. Eine Recamière stand an der Wand unter dem Platz, der für das Gemälde von Vitória und León vorgesehen war. Das Bild sollte von dem umjubelten Rodolfo Amoedo gemalt werden, der sich als Hintergrund das neue Haus des Paars in den Kopf gesetzt hatte. In den nächsten Wochen würden sie ihm häufig Modell stehen müssen.
Vitórias Blick fiel auf die Konsole neben der Recamière. Auf einer Spitzendecke waren mehrere Zieraccessoires zu einem kleinen Stillleben gruppiert worden: ein silberner Aschenbecher, zu fein, als dass es jemand gewagt hätte, ihn wirklich zu benutzen; eine schmale Kristallvase, in der eine einzige weiße Rose steckte; und ein winziges, himmelblaues Porzellandöschen, das Vitória als jenes identifizierte, das ihr León an dem Abend geschenkt hatte, als er ihr den Antrag machte. In ihrer Verärgerung hatte sie das Döschen damals achtlos in irgendeiner Ecke abgestellt und es danach vergessen. Wahrscheinlich war es jetzt in einer der Kisten von Boavista hierher gelangt. Sie hob das kostbare Stück vorsichtig hoch, ängstlich darauf bedacht, den Deckel nicht fallen zu lassen.
»Eine wunderhübsche Dose«, bemerkte Taís, die Vitória gefolgt war.
»Ja.« Vitória betrachtete das Döschen genauer. Der Deckel war mit einem rosa blühenden Baum bemalt, hinter dem sich ein Berg mit schneebedecktem Gipfel erhob. Das Motiv war zauberhaft, auch wenn Vitória rätselte, was genau es abbildete. Wahrscheinlich

eine Landschaft in einem der Länder, die er mit ihr bereisen wollte. Vitória verdrängte den Gedanken an Leóns Versprechungen, mit denen er sie in die Ehe gelockt und die er nicht eingelöst hatte. Jetzt war nicht der geeignete Zeitpunkt, um sich darüber aufzuregen. Sie stellte die Pozellandose wieder an ihren Platz und straffte die Schultern. Es lag noch viel Arbeit vor ihnen.

Die meisten Gäste trafen ungewöhnlich pünktlich ein. Vitória vermutete, dass sie es vor lauter Neugier kaum ausgehalten hatten. Sie ahnte, wie viele Gerüchte über sie, León und das Haus im Umlauf sein mussten, und die Tatsache, dass sie kaum jemandem gestattet hatte, ihr neues Zuhause zu besichtigen, bevor es vollständig eingerichtet war, hatte den Klatsch wahrscheinlich zusätzlich geschürt.

Jetzt waren sie alle sprachlos. Wer gehofft hatte, eine geschmacklos protzige Einrichtung vorzufinden, wurde von dem unaufdringlichen, jedoch überaus edlen Ambiente enttäuscht. Wer geglaubt hatte, auf einer Baustelle feiern zu müssen, und daher nicht die allerfeinsten Schuhe trug, schämte sich nun für seine Aufmachung. Wer sich insgeheim gewünscht hatte, eine aufgelöste, nervöse Gastgeberin zu begrüßen, erblasste angesichts Vitórias grandioser Erscheinung. Wer den Gerüchten über das grimmige Untier, das Vitória Castro da Silva nicht von der Seite wich, Glauben geschenkt hatte, reagierte überrascht auf den wohlerzogenen, freundlichen Hund, der die ihm zugeworfenen Happen mit größerer Anmut verspeiste als einige der Gäste ihre Petits Fours. Wer León Castro für seine Verlogenheit kritisiert hatte, erfuhr an diesem Abend, dass alle Schwarzen im Haus für ihre Arbeit bezahlt wurden. Nur wer gekommen war, um sich mit den Gastgebern zu freuen und sich zu amüsieren, wurde nicht enttäuscht: In dieser Hinsicht war die Einweihungsfeier perfekt.

Die Mischung der Gäste war gewagt, funktionierte aber. Aaron diskutierte angeregt mit Leóns Chefredakteur über die Auswirkungen der Immigrantenwelle auf die Volkswirtschaft, João Henrique überschüttete »die göttliche Marquez« mit Komplimenten und erntete dafür sogar das eine oder andere huldvolle Lächeln von der umschwärmten Schauspielerin, Joana hatte sich des Generals Assis und seiner Frau angenommen, die ebenfalls in Goa gelebt hatten und froh waren, ihre Erinnerungen an diese für sie so glorreiche Zeit mit jemandem teilen zu können. Künstler und Bankiers, Politiker und Matronen, Fazendeiros und Universitätsprofessoren – ihre Gäste, stellte Vitória mit Genugtuung fest, hatten sich in den abenteuerlichsten Konstellationen zusammengerauft und schienen sich dabei vorzüglich zu unterhalten, Junge mit Alten genauso wie Republikaner mit Monarchisten.

Die Sklaven, die dank Leóns Bezahlung offiziell keine mehr waren, sich aber weiterhin als Eigentum Vitórias betrachteten, machten ihre Sache erstaunlich gut. Dafür, dass sie bis vor kurzem noch auf Boavista Kühe gemolken, Kaffeebohnen sortiert oder Wäsche gebügelt hatten, stellten sie sich im Haus und im Umgang mit den Gästen gar nicht mal so ungeschickt an. Natürlich musste der einstige Stallbursche keine Champagnergläser herumreichen, dafür hatten sie schließlich professionelle Kellner engagiert. Ihn hatte Taís dazu abgestellt, die vielen Blumensträuße entgegenzunehmen und in Vasen zu stellen. Diese Beschäftigung war ihm völlig fremd, doch er schlug sich tapfer, trotz der wunden Füße, die ihm die ungewohnten neuen Schuhe bescherten. Taís ist wirklich ein Goldstück, dachte Vitória zum hundertsten Mal an diesem Abend. Nur ihrer Menschenkenntnis und ihrer natürlichen Autorität war es zu verdanken, dass die neuen Sklaven sich perfekt eingefügt hatten. Alles lief wie am Schnürchen.

Auch Isaura fand die Schuhe lästig, war aber so verliebt in den Anblick, dass sie dafür gern Schmerzen in Kauf nahm. Erst nach mehreren Stunden, in denen sie Aschenbecher geleert, herrenlose Gläser abgeräumt und Tische abgewischt hatte, bereitete ihr das Gehen ernsthafte Schwierigkeiten. Ihre Zehen brannten wie Feuer, ihre Fersen waren wund gescheuert, ihre Beine schwer. Sie bekam die Füße kaum noch hoch, doch um nichts in der Welt hätte sie ihre Arbeit vernachlässigt, nicht heute Abend. Mit zusammengebissenen Zähnen lief sie weiter emsig hin und her, trug leere Silberplatten in die Küche, tupfte den Fleck trocken, den ein umgestoßenes Glas Wein auf dem Teppich hinterlassen hatte, und brachte einer Dame eine kleine Karaffe Essig aus der Küche, wozu auch immer das gut sein sollte. Erst als ein schmallippiger Mann, der ihr zuvor durch seine hochtrabenden Reden für die Abschaffung der Sklaverei aufgefallen war, sie scharf anfuhr, wo denn sein Cognac bliebe, den er schon vor Stunden bestellt hätte, war es um Isauras Geduld geschehen. Weder hatte sie Lust, für die Versäumnisse der Kellner geradezustehen, noch sich auch nur eine weitere Sekunde in diesem Raum mit diesen schrecklichen Leuten aufzuhalten. Sie rannte humpelnd davon.

Im Flur vor der Küche fand León sie wenig später, in Tränen aufgelöst, mit angezogenen Beinen und dem Rücken an der Wand hockend. Ein anderes Mädchen, das Isaura Trost spendete, scheuchte er davon. »Husch, husch, draußen wartet Arbeit für zwei auf dich.« Dann strich er sanft über Isauras Kopf.

»Ich habe dem Mann die Meinung gesagt. Daraufhin ist er gegangen. Du kannst also wieder weiterarbeiten, sobald du dich beruhigt hast. Wie heißt du überhaupt?«

»Isaura«, heulte Isaura, von einem Weinkrampf geschüttelt.

»Wie in dem Buch?« León musste schmunzeln, setzte aber sofort wieder eine ernste Miene auf, als er das fragende Gesicht des Mädchens sah. »So, komm«, damit nahm er sie an der Hand, um ihr aufzuhelfen. »Du machst dich jetzt ein bisschen frisch, und dann machst du weiter, wo du aufgehört hast. Ohne deine Hilfe wären wir verloren – du hast ausgezeichnete Arbeit geleistet heute Abend. Und es dauert ja nicht mehr lang, die ersten Gäste gehen schon.«

Als das Mädchen aufrecht vor ihm stand und seine Kleidung glatt strich, wurde Leóns Blick plötzlich starr.

»Was ist das für ein Anhänger da an deiner Kette?«

Isaura war irritiert. Seit wann interessierten sich die Herrschaften für ihre Aufmachung, solange die Haube richtig saß und die Schürze weiß war?

»Den habe ich geerbt«, sagte sie mit noch immer tränenerstickter Stimme.
»So, so. Aus zuverlässiger Quelle weiß ich aber, dass die ehemalige Besitzerin dieses Schmuckstücks keineswegs verstorben ist, sondern sich bester Gesundheit erfreut.«
»Aber nein, Senhor León, da täuschen Sie sich.« Isaura zog geräuschvoll die Nase hoch. »Zélia ist mausetot und liegt in ihrem Grab, ich selbst habe vor knapp einem Jahr Erde auf ihren Sarg gestreut, bei der Beerdigung.« Sie bekreuzigte sich.
»Welche Zélia? Wovon redest du?«
»Zélia gehörte der Anhänger, und sie hat ihn mir geschenkt, als sie spürte, dass ihr Tod nahte. Zélia war Sklavin auf Boavista.«
»Ah ja. Und wie mag Zélia wohl an ein solches Stück gekommen sein, hast du dich das mal gefragt? Hat Zélia es vielleicht gefunden, ja?« Leóns Stimme wurde leiser und beißender. »Eines schönen Tages, an der Tür zur Senzala, wo es jemand extra deponiert hatte, damit Zélia es findet? Ja, glaubst du, dass es vielleicht so gewesen ist?«
Isaura bekam es mit der Angst. Als sie von Boavista abgereist war, hatten die anderen sechs Sklaven, die mit ihr zu Sinhá Vitória fuhren, über nichts anderes geredet als ihr enormes Glück, jetzt bei León Castro arbeiten zu dürfen, der als Freund der Schwarzen bekannt war. Und bis vor wenigen Sekunden hatte Isaura dasselbe geglaubt: Ihr neuer Herr schien wirklich das Herz auf dem rechten Fleck zu haben. Aber jetzt konnte Isaura sich des Eindrucks nicht erwehren, dass er vielleicht nicht ganz bei Sinnen war. Dieser abrupte Stimmungsumschwung verhieß nichts Gutes. Sie versuchte ruhig zu bleiben, das war bei Verrückten immer das Beste. Man durfte sie nicht spüren lassen, dass man sie für irr hielt.
»Zélia hat den Anhänger geschenkt bekommen, für ihre treuen Dienste«, stotterte sie und starrte auf den Boden.
»Ach, ein Geschenk also, ja? Und wieso kannst du mir nicht in die Augen sehen, während du mir diese dreiste Lüge auftischst? Ich werde dir sagen, wie Zélia an dieses ›Geschenk‹ gekommen ist: Sie hat den Anhänger gestohlen.«

»Nein, ich schwöre bei der heiligen Muttergottes, dass sie ihn geschenkt bekommen hat. Fragen Sie doch Ihre Frau!« Isaura ärgerte sich über sich selbst. Hätte sie doch nur vorher daran gedacht, dass das Schmuckstück einst der Sinhá gehört haben musste!
León ließ ebenso plötzlich von ihr ab, wie er sie festgehalten hatte. Er drehte sich auf dem Absatz um und ging, nach außen ganz ruhig wirkend, auf die Tür zu, hinter der das Gelächter der Gäste, die Pianomusik, das Klirren von Gläsern zu hören waren.

Er fand Vitória im »Herrenzimmer«, wo sie gerade eine Gruppe von fünf hingerissenen Männern mit ihren Abenteuern an der Börse unterhielt.
»Meine Herren«, wandte sich León entschuldigend an Vitórias Publikum, »können Sie diese entzückende Dame für einen Moment entbehren? Ich habe etwas Dringendes mit ihr zu besprechen.« Er sprach »Dame« wie ein Schimpfwort aus, was aber nur Vitória wahrnahm.
»Komm, mein Herz.« León nahm Vitória an der Hand und verließ mit ihr den Raum, gefolgt von den eifersüchtigen Blicken der Männer, die ihn nicht nur für einen ausgemachten Glückspilz hielten, sondern auch für einen Dummkopf. Welcher Mann ließ eine so hübsche kleine Frau schon an der Börse spekulieren?
León zerrte Vitória mit zu dem Raum, der als sein Arbeitszimmer vorgesehen war und in dem sich keine Gäste aufhielten.
»Wieso trägst du eigentlich nie den Anhänger, den ich dir einmal geschenkt habe? Zu diesem Kleid würde er sehr gut passen.«
»Himmel, León! Hast du keine anderen Sorgen heute Abend?«
»Nein, zum Glück nicht. Also: Was ist mit diesem Anhänger?«
»Es hat überhaupt keine Klasse, nach Dingen zu fragen, die man selber verschenkt hat.«
»Weich mir nicht aus.«
»Ich habe ihn verloren. So, bist du jetzt zufrieden? Dann kann ich ja gehen.« Damit drehte sich Vitória um und machte einen Schritt auf die Tür zu.

Weiter kam sie nicht. León hielt sie am Oberarm fest.
»Du tust mir weh!«
»Oh, meine liebe Sinhazinha, du mir auch!«
»Lass mich los. Ich werde einen blauen Fleck bekommen, und alle Klatschtanten der Stadt werden verbreiten, dass du ein Grobian der allerübelsten Sorte bist, der seine Frau verprügelt.«
»Das käme dir nur gelegen, oder? Aber du lenkst vom Thema ab.«
»Nicht von meinem.«
Vitória war es gelungen, León aus dem Konzept zu bringen. Doch er fing sich wieder und fuhr fort: »Vielleicht freut es dich zu hören, dass ich den Anhänger entdeckt habe.«
»Oh, das ist fantastisch! Wo denn?«
»Am Hals eines der neuen Mädchen. Also verrätst du mir jetzt freundlicherweise, wie diese Person daran gekommen ist?«
»Ich habe nicht die geringste Ahnung.« Das zumindest entsprach der Wahrheit. »Warum fragst du sie nicht selber?«
»Das habe ich, *meu amor*. Sie behauptet, sie habe das Stück geerbt. Von einer Sklavin namens Zélia.« León sah Vitória prüfend an, doch sie hielt seinem Blick stand.
»Na dann …«
»Erzähl mir, wie diese Zélia in den Besitz des Anhängers gelangt ist.«
»Ganz einfach: Sie wird ihn gefunden haben.« Vitória starrte León aus kalten Augen an. Was veranstaltete er nur für ein Theater um dieses Schmuckstück? Hätte er es nicht heute durch Zufall gesehen, wäre ihm wahrscheinlich nie aufgefallen, dass sie es nicht mehr besaß. »León, wir feiern hier heute die Einweihung unseres neuen Hauses. Wir sind die Gastgeber. Du genauso wie ich. Also sei vernünftig und wähle gefälligst einen anderen Tag, um Streit mit mir zu suchen. Und nun lass endlich meinen Arm los, er ist schon ganz taub, so fest drückst du ihn.«
León ließ schlaff seine Hand fallen. Reglos stand er vor Vitória, nicht die kleinste Geste verriet den inneren Tumult, der von ihm Besitz ergriffen hatte.
»Deine kindischen Ausweichmanöver werden dir nichts nützen.

Ich werde in Erfahrung bringen, was es mit dem Anhänger auf sich hat, verlass dich drauf.«

»Bitte, wenn du keine anderen Sorgen hast als ein billiges, blechernes Sklaven-Schmuckstück.«

León musste mit aller Kraft den Impuls unterdrücken, Vitória ins Gesicht zu schlagen. Er zwang sich zu einem Lächeln, deutete eine höfliche Verbeugung an und ging wieder in den Salon. An der Flügeltür blieb er stehen und wandte sich kurz zu ihr um.

»Dieser Tand hätte dir vorzüglich gestanden, mein Herz – Blech harmoniert mit deinem Charakter.« Dann verschwand er im Innern des Hauses und genoss den schalen Geschmack des armseligen Siegs, den er davongetragen hatte. Er hatte das letzte Wort behalten.

XX

Aaron Nogueira war nicht wiederzuerkennen. Er war jetzt stets tadellos gekleidet, sowohl bei Terminen mit Klienten als auch bei privaten Anlässen. Er hatte sich eine Reihe neuer Anzüge, Hemden, Schuhe und Hüte geleistet, die er sorgfältig pflegte. Die Schuhe ließ er mindestens einmal täglich polieren, meist während der Mittagszeit, wenn er zu seinem Stammrestaurant ging. Der kleine Schuhputzer, ein 10-Jähriger Junge, hatte Aaron längst zu seinem Lieblingskunden erklärt, was nicht zuletzt an den großzügigen Trinkgeldern lag. Seinen Anzügen ließ Aaron eine ähnlich gute Behandlung angedeihen wie seinen Schuhen. Er versuchte, sie nicht gar zu sehr zu verknittern, und strich sich regelmäßig über Schultern und Ärmel, um Staub, Flusen oder Haare abzuwischen. Wer Aaron nicht bereits seit längerem kannte, musste glauben, dass er ein sehr eitler Mensch war. Einzig sein störrisches Haar widersetzte sich allen Bemühungen, es in Ordnung zu halten. Obwohl Aaron es viel kürzer trug, als es der Mode entsprach, ließen sich seine drahtigen roten Locken nicht bändigen. Immer gelang es irgendeiner Strähne, sich aus der pomadisierten Mähne zu befreien und keck abzustehen, was Aarons insgesamt respektablem Auftritt eine jungenhafte Note verlieh.

Der Umzug hatte Aaron sichtlich gut getan. Seit er in Leóns alter Wohnung residierte, die er zu einem Freundschaftspreis gemietet hatte, war er förmlich aufgeblüht. Die drei repräsentativsten Räume der Wohnung nutzte er als Kanzlei, einen davon als sein Büro, einen als »Konferenzraum«, wobei die Konferenzen meist aus Gesprächen mit Klienten bestanden, die er nicht in seinem Büro empfangen wollte, und einen als Empfangszimmer beziehungsweise Sekretariat. Ein sehr fähiger junger Kollege, den er noch von der juristischen Fakultät kannte und der damals sein Studium aus Geldnot hatte abbrechen müssen, kam an vier Tagen in der Woche und erledigte die Korrespondenz, pflegte die Akten, koordinierte Termine, recherchierte Präzedenzfälle in der Fachliteratur und kümmerte sich um alles, was Aaron nicht zwingend selber erledigen musste.

Die anderen drei Räume der Wohnung bewohnte Aaron. Eigentlich, so fand er, grenzte das an Verschwendung. Er brauchte nicht mehr als ein Schlafzimmer. Seine Mahlzeiten nahm er fast immer außerhalb der Wohnung ein, und wenn er wirklich einmal zu Hause aß, dann blieb er am liebsten in der Küche, die geräumig und gemütlich war und in der ihn Mariazinha immer mit dem neuesten Klatsch versorgte. Wozu brauchte er, für sich allein, ein Esszimmer? Genauso wenig brauchte er einen privaten Salon. Er hatte schließlich seinen Konferenzraum, dessen Wände bis zur Decke mit Bücherregalen vollgestellt waren und der mit komfortablen Sesseln bestückt war. Abends, nach getaner Arbeit, hielt sich Aaron dort gerne noch auf, legte die Füße hoch und las. Der Raum war ihm Bibliothek und Salon in einem, zudem war er durchaus geeignet, darin auch privat Gäste zu empfangen. Immerhin handelte es sich um den größten und schönsten Raum der ganzen Wohnung, mit feinem Stuck an der Decke und hohen Fenstertüren zur Veranda hin.

Aber Joana, die ihm bei der Einrichtung mit Rat und Tat zur Seite gestanden hatte, war hartnäckig geblieben.

»Du musst Berufliches und Privates trennen, Aaron. Und du musst deinen Lebensstil endlich den veränderten Umständen anpassen. Du bist kein armer Student mehr, und deshalb solltest du dich auch nicht mehr benehmen wie einer. In der Küche essen! Was soll das? Iss wie jeder kultivierte Mensch in einem Zimmer, das hübsch eingerichtet ist und einem nicht durch den Anblick von schmutzigem Kochgeschirr oder einem klebrigen Herd den Appetit verdirbt. Außerdem könntest du ja auch einmal Gäste haben. Willst du Vita vielleicht in der Küche bewirten?«

Das hatte den Ausschlag gegeben. Aaron sah schließlich ein, dass er in eine Esszimmergarnitur investieren musste, bei deren Auswahl ihm ebenfalls Joana behilflich war. Er kaufte einen ovalen

Tisch aus Jacarandaholz, der bis zu sechs Personen Platz bot, passend dazu gepolsterte Stühle und ein Büfett, außerdem ein kleines Sofa und zwei Sessel, sodass er nun ein Wohn-Esszimmer hatte. Joana hatte ihm versichert, dass die neue Einrichtung sehr geschmackvoll und zeitgemäß war. Er selber hatte dazu keine besondere Meinung. Hauptsache, die Stühle und Sessel waren bequem, und das waren sie. Joana unterstützte Aaron auch bei der Auswahl von Gardinen und Tapeten, wofür er ihr dankbar war. Ihm war alles recht, solange die in dem Raum dominierende Farbe nicht gerade Rosa war. Aber Joana hatte alles in miteinander harmonierenden Blautönen ausgewählt, und das Ergebnis gefiel Aaron. Nur bei einer Sache konnte ihm Joana nicht helfen: Die Möbel und die Kisten mit den Sachen seiner Eltern, die er aus ihrer bescheidenen Wohnung in São Paulo geholt hatte, musste er allein sichten. Sie standen in wildem Durcheinander in dem ungenutzten dritten Raum des Wohnbereichs, der, wenn es nach Joana ging, als Gästezimmer eingerichtet werden sollte, sobald das Chaos beseitigt wäre.

Aber Aaron überkam bereits jetzt, beim Öffnen der ersten Kiste, das ungute Gefühl, dass er die Sachen nie würde ordnen können. Den siebenarmigen Kerzenleuchter, ja, den konnte er im Salon unterbringen. Die angeschlagene Porzellanvase, einst der ganze Stolz seiner Mutter, konnte er ohne größere Gewissensbisse weggeben. Aber was sollte er mit den Gebetsriemen seines Vaters anstellen? Zum Wegwerfen waren sie zu schade, behalten wollte er sie aber genauso wenig. Er hatte keinen Bedarf an religiösen Utensilien jeglicher Art. Aaron hatte seinen Glauben schon vor langer Zeit verloren, und selbst die jüdischen Rituale waren ihm hier in der Diaspora fremd geworden, lange bevor seine Eltern gestorben waren. Es tat ihm Leid, dass er seine Eltern in dieser Hinsicht so enttäuscht hatte. Während sie für seine Namensänderung, Nogueira war die Übersetzung von Nuszbaum, Verständnis geheuchelt hatten, war ihnen der Atheismus ihres Sohnes ein nicht versiegender Quell der Betrübnis gewesen. Heute hätte Aaron ihnen seine Haltung vielleicht diplomatischer nahe bringen können, doch als

17-Jähriger hatte er sie brutal mit der Wahrheit konfrontiert und sich dabei völlig im Recht gefühlt.
Er grub sich weiter durch die erste Kiste. Ein paar fadenscheinige Tischdecken? Weg damit. Das »gute« Geschirr seiner Mutter, das genau genommen nicht besonders gut war und auch nur aus wenigen Teilen bestand – hm, vielleicht. Oder nein, das sollte er lieber aussortieren. Seine Mutter würde sich im Grab umdrehen, wenn sie wüsste, dass darauf unkoscheres Essen serviert würde. Aaron aß inzwischen alles außer Schweinefleisch, was seine Hausangestellte, die León ihm vermittelt hatte, aber noch immer nicht begriffen hatte. Mariazinha, eine dicke Schwarze mit einem nicht zu bremsenden Rededrang, schimpfte ihn weiterhin aus, wenn er ihre Koteletts, Schweinebraten oder Schinkenbrote nicht anrührte.
»Kein Wunder, dass Sie so klapperdürr sind, wenn Sie nie etwas Vernünftiges essen!«
Aaron hatte den Verdacht, dass Mariazinha sich dümmer stellte, als sie war, um die von ihrem Patron verschmähten Leckereien, die »Reste«, selber zu essen oder mit nach Hause zu ihren fünf schon fast erwachsenen Kindern zu nehmen. Es war ihm gleich. Er mochte die Frau, die täglich außer sonntags kam und sich um ihn wie um seine Wohnung gleichermaßen kümmerte. Sie war Haushälterin, Putzfrau und Köchin in einer Person, zudem war sie kompetent und freundlich. Anders als die meisten anderen Haushaltshilfen, die, auch wenn sie keine Sklaven waren, in den Häusern ihrer Herrschaft wohnten, hatte Mariazinha darauf bestanden, jeden Abend nach Hause gehen zu dürfen. »Lieber Herr Jesus, ich kann doch nicht mit einem Junggesellen das Haus teilen!«
Aaron fand zwar die Idee, jemand könne ihm ein Verhältnis mit Mariazinha unterstellen, absurd, aber es war ihm nur recht, wenn sie nicht mit ihm unter einem Dach lebte.
Als Aaron gerade unentschlossen einen kleinen Bilderrahmen musterte, klingelte es an der Tür. Wer das wohl sein mochte? Vielleicht Vita? Sie hatte die beunruhigende Angewohnheit, manchmal unangemeldet vorbeizuschauen. Aarons Herz schlug schneller. Er legte den Rahmen zurück in die Kiste, fuhr sich mit den

Fingern durchs Haar, klopfte die staubigen Knie seiner Hose ab und hoffte, dass er nicht gar zu unmöglich aussah.
Doch an der Tür standen die Witherfords und sahen ihn vorwurfsvoll an.
»Sagen Sie nicht, dass Sie in diesem Aufzug ausgehen wollen.« Charles Witherfords Miene oszillierte zwischen verärgert und belustigt.
»Sie haben unsere Verabredung vergessen, nicht wahr?«, stellte seine Frau fest.
»Aber nein, keineswegs. Ich habe mich nur in der Zeit verschätzt. Kommen Sie doch bitte herein, und trinken Sie ein Glas, während ich mich schnell fertig mache.« Wenn Aaron eines bei der Ausübung seines Berufes gelernt hatte, dann die Kunst, sich nie Überraschung oder andere Gefühlsregungen anmerken zu lassen. Er hatte tatsächlich nicht mehr daran gedacht, dass er heute mit dem Paar verabredet war, mit dem ihn inzwischen mehr verband als eine reine Geschäftsbeziehung. Aaron fand die Leute sehr angenehm, und wenn er weiter so oft mit ihnen ausging, um beim Testen neuer Restaurants über juristische Angelegenheiten oder gemeinsame Bekannte zu reden, wären sie sicher bald enge Freunde.
In Rekordzeit machte er sich zurecht. Als er das Konferenzzimmer betrat, beäugte ihn Loreta Witherford von Kopf bis Fuß und sagte zu ihrem Mann: »Charles, ob es wohl stimmt, was man hört, und es wirklich die Liebe ist, die unseren guten Aaron hier in einen so adretten Mann verwandelt hat?«
Aaron mochte solche Frotzeleien nicht, behielt aber den spielerischen Ton bei. »Das würde ja bedeuten, dass ›unser guter Charles hier‹ nicht verliebt ist, so wie er schon wieder aussieht – und das, liebe Loreta, kann ich mir beim besten Willen nicht vorstellen. Jeder sieht, dass der Mann Sie anbetet.« Loreta und Charles fielen in Aarons Lachen ein, bevor sie sich verstohlen einen kleinen Kuss gaben.
Gut gelaunt machten sie sich auf den Weg zu »Chez Louis«, einem Lokal, das ganz neu eröffnet hatte und in dem ein gefeierter französischer Koch seine Kunst ausübte. Die Mehrzahl der Gäste kam

allerdings nicht wegen der delikaten Speisen, die ohnehin kaum jemand zu würdigen wusste, sondern um sich und ihre vermeintlich gehobene Lebensart allen Mitgliedern der Gesellschaft, die hier verkehrten, zu zeigen.
»Foie gras de canard«, las Charles mit seinem starken englischen Akzent aus der Speisekarte vor, »pfui Teufel! Die Franzosen sind wirklich verrückt. Und nicht nur beim Essen. Habe ich schon erzählt, dass sie den Bau des Panama-Kanals durch die Ausgabe von Aktien finanzieren wollen? Damit übernehmen sie sich, darauf wette ich mein ganzes Hab und Gut.«
»Aber die Idee ist doch nicht schlecht«, wandte Aaron ein. »Ein Kanal, der den Atlantik mit dem Pazifik verbindet, wäre auch für Brasilien von großem Vorteil. Unsere Exportgüter, vor allem Kaffee, könnten per Schiff viel schneller und kostengünstiger in die westlichen US-Staaten transportiert werden, die ja ein aufstrebender Markt sind.«
»Aber der Bau eines solchen Kanals ist langwierig und kostet ein Vermögen. Ihn zu passieren wäre auch für die Schiffe teuer – bestimmt würde eine exorbitante Maut verlangt. Nein, es ist besser, auf die Erweiterung der amerikanischen Eisenbahnstrecken zu setzen. Wenn Sie Ihr Geld klug anlegen wollen, sollten Sie in Aktien der großen Stahl- und Eisenbahnunternehmen investieren.«
»Welches Geld, Charles? Bei meinen bescheidenen Honoraren ...«
Charles Witherford lachte so laut, dass sich einige Leute an den Nebentischen nach ihm umdrehten. Aaron zwinkerte Loreta zu. Alle drei wussten, dass Aaron an den neuen Klienten, die er mit Hilfe der Witherfords akquiriert hatte, nicht schlecht verdiente.
Nachdem sie ihre Aperitifs bekommen und sich für ihre Gerichte sowie einen Wein entschieden hatten, erkundigte sich Aaron nach den Kindern der Witherfords, insbesondere nach der kleinen Barbara.
»Sie hat es überstanden, dem Himmel sei Dank. Aber wenn ich nicht genau wüsste, dass die Masern schlecht zu simulieren sind, hätte ich schwören können, dass Barbara uns nur ärgern und von

dem großen Fest fern halten wollte. Das Kind ist ein echter Teufelsbraten.« Man hörte deutlich den Stolz aus Charles' Stimme. Er war völlig vernarrt in seine Jüngste, die, so fand er, dem Wesen nach ganz nach ihm kam. Sie war aufgeweckt, frech und furchtlos. Glücklicherweise hatte sie das Aussehen von der Mutter geerbt.
»Was redest du für einen Unsinn, Schatz. Als ob eine 8-Jährige so gemein sein könnte!«
Aaron dachte, dass ein achtjähriges Kind durchaus so gemein sein konnte, und jedem, der Barbara kannte, war klar, dass das Mädchen jeden hinterlistigen Trick anwandte, um seine Eltern am Ausgehen zu hindern.
»Na, jedenfalls hat sie uns erfolgreich von der Einweihungsfeier der Castros fern gehalten – und das war eines der wenigen Feste, zu dem ich wirklich gern gegangen wäre. Man hört, dass ›tout Rio‹ dort war, um sich das ungleiche Gastgeberpaar aus der Nähe anzusehen.« Charles probierte den Wein, den der Kellner in diesem Moment brachte, bevor er fortfuhr. »Stimmt es, dass Pedros Schwester eine unglaubliche Schönheit ist, und obendrein noch intelligent?«
»Ganz so wie die kleine Barbara«, antwortete Aaron aufrichtig, ohne seinem Gegenüber schmeicheln zu wollen. »Aber haben Sie denn noch nicht ihre Bekanntschaft gemacht? Ich war mir sicher, dass Sie Vita über Pedro und Joana längst kennen gelernt hätten.«
»Nein, irgendetwas ist immer dazwischengekommen.« Loreta nippte an ihrem Weinglas. »Es heißt auch, dass dieser León Castro nicht schlecht aussieht. Und dass er seit seiner Hochzeit mit der Sklavenhaltertochter die Allüren eines Senhors angenommen hat ...«
»Ach, aus diesem Gerede spricht nur der Neid. León hatte immer schon Klasse, wobei ihm natürlich der Einfluss seiner Frau gut bekommt. Er benimmt sich besser, und er kleidet sich besser, seit er mit Vita verheiratet ist.«
»Mir scheint, dass dasselbe auf Sie zutrifft, auch ohne dass Sie mit dieser Frau verheiratet sind«, rutschte es Charles heraus, der mittlerweile schon sein zweites Weinglas geleert hatte.

Aaron ignorierte die Bemerkung, sah sich in dem Lokal um und entdeckte dann zu seiner Erleichterung ein paar Bekannte. »Oh, da sind ja die Figueiredos. Entschuldigen Sie mich einen Augenblick, ich möchte sie nur schnell begrüßen.« Damit erhob sich Aaron und verließ den Tisch.
Charles sah seine Frau nachdenklich an. So betrunken war er noch nicht, als dass er nicht gemerkt hätte, wie Aaron sich für diese Vita begeisterte. Der Mann war verliebt in sie, so viel stand fest. Nicht gut, dachte Charles bei sich. Die Frau war verheiratet, und noch dazu mit einem Mann, der im Licht der Öffentlichkeit stand. Da konnte sie sich keinen Fehltritt leisten.
»Wenn das mal gut geht«, murmelte er. »Aaron ist ja völlig aus dem Häuschen, sobald er von dieser Person spricht.«
»Du merkst aber auch alles«, sagte Loreta. »Das geht jetzt schon seit Monaten so. Um genau zu sein, seit Vitória Castro da Silva in Rio wohnt. Warum, glaubst du wohl, gibt Aaron plötzlich so viel auf seine Erscheinung? Warum hat er seine Wohnung so schön hergerichtet? Und warum geht er auf einmal so oft aus?«
»Mein Gott, der Ärmste.«
Als Aaron wieder Platz nahm, wurde das Essen aufgetragen, das nicht nur exzellent schmeckte, sondern ihm auch einen hervorragenden Vorwand lieferte, von dem vorherigen Thema abzulenken. Dennoch war er für den Rest des Abends ungewöhnlich schweigsam. Wortkarg beratschlagte er mit den Witherfords, wie gegen einen fahrlässigen Spediteur vorzugehen sei, der eine Harfe, die in ihrem Auftrag aus England importiert worden war, schwer beschädigt hatte, und stumm lauschte er den redseligen Ausführungen Charles' über die geplante Übernahme eines börsennotierten Schlachtbetriebes durch die BMC.
»Wie bitte?«, zuckte er auf, als Loreta ihre Hand auf seinen Arm legte und ihn fragend ansah. »Verzeihung, ich war gerade in Gedanken.«
»Sie kommen doch auch am Samstag zu dem Basar im Hospital?«, wiederholte Loreta ihre Frage.
»Nein, ich glaube nicht.« Aaron war gerne bereit, für einen guten

Zweck zu spenden. Doch in diesem Fall würde vor allem João Henrique von den Spenden profitieren, und das musste ja nun wirklich nicht sein. Je länger er den Mann kannte, desto weniger mochte er ihn, ganz gleich, wie gut sein Ruf als Arzt war. »Aber ich bin sicher, dass Sie auch ohne mich einen ansehnlichen Erlös erzielen – und einen lustigen Abend haben.«

Charles Witherford hatte noch Tage später diese Worte im Ohr. Aber dass der Abend lustig werden würde, bezweifelte er stark. »Loreta, *darling*, müssen wir unbedingt zu dieser Veranstaltung gehen? Wir sind an jedem Abend dieser Woche unterwegs gewesen, und …« Weiter kam er nicht.

»Ja, ja, ja. Ich würde auch gerne mal wieder einen Abend zu Hause verbringen. Aber ich kann mich unmöglich aus der Verantwortung stehlen. Dieser unselige Wohltätigkeitsbasar war, leider, meine Idee, also müssen wir uns dort blicken lassen. Wir machen es kurz, ja?«

Charles nickte. Im Geschäftsleben kannte er jeden schmutzigen Trick, um seine Gegner mundtot zu machen. Doch gegen seine Frau hatte er keine Chance. Sie würden zu diesem langweiligen Basar gehen müssen, und allein die Aussicht auf süßen Punsch und bigotte Witwen, die ihn servierten, ließ ihn schaudern.

Als das Ehepaar wenige Stunden später im Hospital erschien, begrub Charles jede Hoffnung, vielleicht doch noch einen netten Abend zu verbringen. Im Innenhof des Krankenhauses waren Verkaufsstände aufgebaut worden, an denen selbst gebackene Kuchen, selbst gehäkelte Deckchen oder selbst bestickte Wäschebeutel verkauft wurden. Die Dekoration des Basars übertraf dieses Sortiment noch an Unzumutbarkeit. Papiergirlanden, die aussahen wie von Kinderhand ausgeschnitten, spannten sich über den Hof, und die Stände waren mit dilettantischen Papierrosetten verziert.

»Loreta, *darling*, wenn du mir jetzt gestehen solltest, dass *das hier* deine Idee war, dann werde ich die Scheidung einreichen.«

Loreta lachte. *»Das hier«*, imitierte sie seinen abwertenden Ton, »ist genau das, was ich mir vorgestellt hatte – in meinen schlimmsten Albträumen.« Sie zuckte mit den Schultern. »Was soll's. Die Organisation selber habe ich Dona Carla überlassen, die ja nichts Besseres zu tun hat und die förmlich darum gebettelt hat. Ich habe nur dafür gesorgt, dass ein paar sehr wohlhabende Leute kommen.«

»Die ihr Vermögen in Häkeldeckchen investieren? Und dich in Zukunft wahrscheinlich aus ihrer Gästeliste streichen werden?«

»Nein, mein Lieber, warte doch ab. Es ist eine Versteigerung geplant, die lustig werden dürfte.«

In diesem Moment kam eine ältliche Dame auf sie zu. »Senhora Loreta, Senhor Charles, wie schön, Sie zu sehen! Was sagen Sie zu dieser Dekoration? Haben die Kinder das nicht ganz wundervoll gemacht? Kommen Sie, Sie möchten bestimmt etwas trinken.«

Dona Carla führte sie, fröhlich weiterplappernd, zu einer Bude, an der »Dona Magdas weltberühmter Rum-Punsch« serviert wurde. Das Getränk war noch süßer, als Charles befürchtet hatte, enthielt aber wenigstens jede Menge Rum. Während seine Frau sich von den beiden Alten berichten ließ, wie herzergreifend tapfer die kranken Kinder waren und mit welchem Elan sie gebastelt hatten, nippte Charles unentwegt an seinem Punsch. Damit demonstrierte er nicht nur Dona Magda, wie »köstlich« er ihre Kreation fand, sondern entzog sich auch elegant der Pflicht, Konversation machen zu müssen.

In der Zwischenzeit waren weitere Besucher eingetroffen, die für den Bau eines neuen Flügels des Hospitals spenden wollten, wie es sich für gute Christen gehörte. Die meisten Männer sahen genauso gequält aus wie er selber, dachte Charles. Warum lassen wir uns nur von unseren Frauen zu solch unwürdigen und unmännlichen Veranstaltungen zwingen?

Denselben Gedanken hatte Pedro, als er mit seiner Frau durch den Hof schlenderte.

»Joana, das ist das letzte Mal, dass ich mit zu einer deiner mildtätigen Aktionen komme.«

»Wie bitte?! Du scheinst vergessen zu haben, dass diesmal du uns diesen Abend eingebrockt hast. Besser gesagt, dein ehrgeiziger

Freund João Henrique. Wenn er sich nicht von seinem Engagement bei diesem Basar eine Beförderung zum Chefarzt versprechen würde, wären wir wohl kaum hier.«
»Und ich selber auch nicht. Es ist grauenhaft, nicht wahr?« João Henrique hatte sich, von Joana und Pedro unbemerkt, genähert. »Sieh mich nicht so betreten an, Joana. Ich kann nichts dafür, dass die alten Betschwestern Kuchen gebacken und Marmeladen eingemacht haben. Hoffen wir, dass die Versteigerung erbaulicher ist als der Rest. Und dass sie viel Geld bringt – wenn wir den Südflügel bauen können, wird mir die neue Station unterstellt sein.«
»Ich würde mir nicht zu viel von dieser Auktion versprechen«, sagte Pedro. »Ich bezweifle, dass irgendjemandem die Befriedigung seiner Eitelkeit so viel Geld wert sein könnte.«
»Oh, ich glaube, da täuschst du dich«, widersprach Joana ihrem Mann. »Die größten Geizkragen können sehr spendabel sein, wenn es um ihr Ego geht. Ich wette, dass der Erlös nicht nur für den Bau des neuen Trakts reicht, sondern auch noch für dessen Einrichtung mit den neuesten technischen Errungenschaften.«
»Das kann ich mir nicht vorstellen. Aber gut: Worum wetten wir?« Pedro sah seine Frau herausfordernd an.
»Vielleicht darum, wer bestimmen darf, wo der Renoir aufgehängt wird?« Seit Wochen stritten sie darüber, ob das Gemälde besser im Salon oder besser im Esszimmer zur Geltung käme.
»Darf ich euer Geplänkel kurz unterbrechen?«, meldete sich João Henrique zu Wort. »Da hinten sehe ich eure neuen Freunde, die Witherfords. Sie sehen ziemlich unglücklich aus. Ah, und da sind ja auch die Velosos, ihr entschuldigt mich kurz, ja?« Damit drehte sich der Arzt um und ging zu den Leuten, die er für die vielversprechendsten Teilnehmer der Auktion hielt.
Pedro, Joana, Charles und Loreta begrüßten sich herzlich, froh, endlich unter Gleichgesinnten zu sein. Nachdem die befreundeten Ehepaare ein wenig über die Veranstaltung gelästert hatten, gingen sie zu Stuhlreihen, die in einer Ecke des Hofs aufgebaut waren. Sie suchten sich Plätze in der letzten Reihe, alberten herum und

fühlten sich wie Schüler in einem verhassten Unterrichtsfach. Dabei sollte die heutige Lektion unerwartet spannend werden.

Der Auktionator, kein Geringerer als der prominente Professor Leandro Paiva de Assis, betrat die kleine Holzbühne, baute sich hinter dem Pult auf und bat durch das Klopfen seines Hämmerchens um Aufmerksamkeit. Als alle schwiegen und ihn gespannt ansahen, räusperte er sich, um dann zu seiner Rede anzuheben.
»Meine sehr verehrten Damen und Herren. Die moderne Medizin hält uns in Atem. Beinahe täglich werden neue Arzneien und neue Behandlungsmethoden entdeckt. Die Forschung macht so rasante Fortschritte, dass uns viele der Krankheiten, gegen die wir bislang machtlos waren, bald wie ein harmloser Schnupfen erscheinen werden. Dennoch kann uns keine Wissenschaft das ersetzen, was Ärzte wie Patienten am dringendsten benötigen: das Vertrauen in Gott und die Unterstützung durch unsere Mitmenschen. Welche Heilung wäre ohne Barmherzigkeit, ohne christliche Nächstenliebe denkbar?«
»Amen«, flüsterte João Henrique Pedro ins Ohr, der daraufhin leise grunzte.
Der Professor warf ihnen einen bösen Blick zu, bevor er seine Rede fortsetzte.
»Wenn wir auch in Zukunft die perfekte Versorgung der Patienten gewährleisten wollen, sind wir auf Sie, Senhoras und Senhores, angewiesen. Nur Ihre Spenden erlauben uns den Bau eines neuen Traktes, den wir dringend brauchen, um der wachsenden Zahl der Patienten Herr zu werden. Und da nicht jeder so uneigennützig ist wie die herzensguten Damen, die diesen Basar organisiert haben«, an dieser Stelle blickte er lobend in die Runde, klatschte und forderte das Publikum damit auf, in den Applaus einzufallen, »haben wir uns etwas ausgedacht, das Ihnen einen noch größeren Anreiz zum Spenden geben soll.« Hier legte der Professor eine Kunstpause ein, um die Spannung zu steigern, sprach aber schnell weiter, als er die Unruhe bemerkte, die sich unter den Anwesenden breit machte. »Der geplante Anbau braucht einen Namen. Dieser

Name kann der Ihre sein! Ja, Senhoras und Senhores, Sie können bei dieser Auktion die Ehre ersteigern, mit Ihrem Namen Pate der modernsten Krankenhausabteilung des ganzen Landes zu werden!«
Applaus brandete auf. »Das Mindestgebot liegt bei fünftausend Reis. Wer bietet fünf Milreis?«
Ein kahlköpfiger Herr in der vordersten Reihe hob die Hand.
»Ah, Senhor Luís Aranha, sehr löblich. Und was für ein schöner Name das wäre, der ›Luís-Aranha-Flügel‹. Wer bietet mehr?«
Niemand meldete sich.
»Hatte ich vielleicht vergessen zu erwähnen, dass auch eine Plakette an den Gewinner der Auktion erinnern wird? Bitte, die Herrschaften, nicht so schüchtern. Ihre Großzügigkeit kann über Leben und Tod entscheiden!«
»Zehn«, rief ein junger Mann.
»Bravo, zehntausend Reis bietet dieser junge Senhor hier für das Privileg, seinen Namen zu verewigen. Verraten Sie uns, wie der Flügel hieße, sollten Sie den Zuschlag bekommen?«
»Ich bin Joaquim Leme Viana.«
Ein Raunen ging über den Hof. Die Leme Vianas gehörten zu den einflussreichsten Familien Brasiliens.
»Fünfzehn!«, dröhnte es aus einer der mittleren Reihen. »Fünfzehntausend Reis, und der Bau wird Charles-Witherford-Trakt heißen!«
Loreta starrte ihren Mann ungläubig an. Auch Pedro, Joana und João Henrique waren erstaunt.
»Was schauen Sie mich so an? Das ist doch ein Riesenspaß, und noch dazu für einen guten Zweck. Warum bieten Sie nicht mit, Pedro?«
Ja, warum eigentlich nicht? Pedro fand die Vorstellung, dass ein Gebäudeteil Pedro-da-Silva-Trakt heißen und mit einer Gedenktafel an ihn, den großzügigen Spender, erinnern könnte, eigentlich ganz verlockend.
»Also gut«, sagte er zu Charles, und dann, lauter: »Zwanzig!«
»Zwanzig bietet der nette Senhor da Silva. Wer bietet mehr?«

Pedro fand es schrecklich, von seinem ehemaligen Professor als »der nette Senhor da Silva« bezeichnet zu werden. Das hatte er nun davon, dass er seiner Eitelkeit nachgegeben hatte.
»Pass auf, dass du nicht selber dafür sorgst, dass du die Wette verlierst«, flüsterte Joana ihm zu.
»Fünfzig«, rief der junge Leme Viana.
»Sechzig«, rief ein älterer Herr, der bisher noch gar nicht in Erscheinung getreten war.
»Siebzig!«
»Achtzig!«
Der Auktionator kam kaum noch dazu, die Bieter namentlich zu erwähnen. Schlag auf Schlag folgten die Gebote, jetzt, da einige der Männer das Bietfieber gepackt hatte und sie ihre Rivalen um jeden Preis aus dem Feld schlagen wollten.
Als die Gebote auf über einhunderttausend Reis stiegen, waren nur noch zwei Bieter im Rennen. Sowohl Charles als auch Pedro hatten sich von ihren Frauen davon überzeugen lassen, dass es nun, nachdem sie ihre guten Absichten und ihr Engagement für das Krankenhaus deutlich genug unter Beweis gestellt hatten, gut war. Doch sie verfolgten das Spektakel weiterhin gespannt mit, kopfschüttelnd darüber, dass sie bis vor Kurzem noch in demselben Rausch gefangen waren wie die beiden verbleibenden Bieter.
»Sieh nur, da kommt ja auch Aaron!« Joana winkte dem Freund zu, den sie gar nicht erwartet hatte.
»Ah, die bezaubernde Senhora Joana da Silva bietet einhundertzwanzigtausend Reis!«, hörte sie den Auktionator sagen. In ihrem Bestreben, das Missverständnis aufzuklären, verlor sie Aaron aus den Augen.
»Ehrlich, Joana, findest du das nicht ein bisschen übertrieben, so viel Geld aufs Spiel zu setzen, nur um bestimmen zu dürfen, wo ein Gemälde aufgehängt wird?«, ärgerte Pedro sie. Nachdem ein anderer seine Frau überboten hatte und sein Schreck verflogen war, hatte er seinen Humor wiedergefunden.
Die beiden Männer, die noch mitsteigerten, erhöhten ihre Gebote jetzt nur noch um geringe Beträge. Sowohl für das Publikum als

auch für den Auktionator begann das Ganze ermüdend zu werden. Die Leute fingen an, sich zu unterhalten, hier und da hörte man verhaltenes Gelächter.
»Ein *conto*«, rief plötzlich Aaron, der sich ganz nach vorne gedrängelt hatte. Alles verstummte. Selbst der Professor vergaß für einen Augenblick, dass von ihm eine Reaktion erwartet wurde. Dann besann er sich auf seine Rolle. »Das ist ganz fantastisch, Senhor …?«
»Aaron Nogueira.«
»Eine Million Reis! Wer bietet mehr? Niemand? Was ist mit Ihnen, Senhor Leme Viana, wollen Sie nicht mithalten? Und Sie, Senhor Ávila, na? Also gut. Ein *conto de reis* zum Ersten, zum Zweiten und …«, hier hielt er die Luft an, und die Zuschauer taten es ihm gleich, »zum Dritten!« Das Hämmerchen sauste auf das Pult nieder. »Der Anbau wird Aaron-Nogueira-Flügel genannt werden!«
Der Beifall war ohrenbetäubend. Erst als er abflaute, sagte Aaron mit seiner festen, gerichtserprobten Stimme und so laut, dass es alle hörten: »Der Flügel wird den Namen der Bieterin tragen, die ich hier vertrete. Er wird nach Vitória Castro da Silva benannt.«

Pedro und Joana stand die Verwunderung ins Gesicht geschrieben, während João Henrique das aussprach, was beide dachten. »Mir war überhaupt nicht bewusst, dass deine Schwester eine so karitative Ader hat. Sie wird doch wissen, dass sie damit auch mir einen riesigen Gefallen tut, oder? Ich hatte, ehrlich gestanden, nicht den Eindruck, dass sie mich besonders leiden kann.«
Loreta Witherford dagegen war hellauf begeistert von dem sagenhaften Erfolg der Auktion, die ja ihre Idee gewesen war. »Was gibt es da groß zu grübeln, lieber Doutor de Barros? Freuen Sie sich doch einfach! Hier, nehmen Sie noch ein Glas von dem scheußlichen Punsch, und lassen Sie uns anstoßen – auf Vitória Castro da Silva!«
Unterdessen musste Aaron eine endlose Litanei an Glückwünschen über sich ergehen lassen und unzählige Male dieselben Fragen beantworten. »Ja, sie ist eine Klientin von mir«, »Nein, sie war

heute Abend leider verhindert«, »Ja, ihr soziales Engagement ist äußerst bemerkenswert.« Als er es endlich geschafft hatte, sich zu der Gruppe seiner Freunde durchzuschlagen, standen ihm Schweißperlen auf der Oberlippe.

»Aaron, Sie sind mir ja einer!«, rief Charles Witherford und klopfte ihm jovial auf die Schulter. »Mit diesem Auftritt haben Sie wirklich den Vogel abgeschossen.«

»Ja, in der Tat«, bemerkte João Henrique trocken. »Es muss dir ja in der Seele wehgetan haben, ausgerechnet mit einer Mission betraut zu werden, von der ich einen Vorteil habe.«

»Vita ließ sich beim besten Willen nicht von dieser idiotischen Idee abhalten. Aber ich glaube, sie findet die Vorstellung, dass sie als große Mäzenin ein Wörtchen bei der Errichtung des Baus mitreden darf und dir möglicherweise einen Strich durch die Rechnung macht, allzu verlockend.«

»Ihr beiden seid furchtbar! Vielleicht hat Vita einfach nur aus echter Mildtätigkeit gehandelt. Aber sag mal, Aaron, warum ist sie denn nicht selber hier erschienen?«, wollte Joana wissen.

»Wahrscheinlich hat sie geahnt, was für eine todlangweilige Veranstaltung das werden würde«, vermutete Charles. »Je mehr ich von der Dame höre, desto lieber möchte ich sie endlich kennen lernen. Pedro, warum laden Sie uns und Ihre Schwester und natürlich ihren prominenten Herrn Gemahl nicht einmal zu einem Essen bei Ihnen ein?«

Pedro antwortete nicht sofort. Er war noch immer viel zu überwältigt von der Erkenntnis, dass Vita schwerreich sein musste. Er hatte nichts davon geahnt. Er hatte sogar geglaubt, dass ihr neues Haus ihre Mitgift aufzehren und sie an den Rand des Ruins treiben würde. Oder hatte León so viel Geld? Nein, unmöglich, davon hätte er in den Jahren ihrer Freundschaft doch etwas bemerkt.

»Ja, das planen wir schon seit langem«, hörte er Joana zu Charles und Loreta sagen. »Aber es ist gar nicht so einfach, all unsere Termine und Verpflichtungen so zu koordinieren, dass wir einen Abend finden, der uns allen gut passt.« In Wahrheit, dachte Joana, verhielt es sich ein wenig anders. Ihre Schwägerin machte sich rar.

Vita machte zwar viel von sich reden, trat aber selten persönlich in Erscheinung – welches Ziel auch immer sie damit verfolgte. »Nur dem wackeren Aaron gewährt Vitória regelmäßige Audienzen«, sagte João Henrique in maliziösem Ton. »Wahrscheinlich fühlt sie sich schuldig, weil sie ihm das Herz gebrochen hat.«

Dona Magda und Dona Carla sahen sich indigniert an. Ob es stimmte, was sie im Vorbeigehen gehört hatten? Der junge Doktor war ihnen zwar nicht sehr sympathisch, aber ein Lügner war er ganz bestimmt nicht. »Mein Gott, Magda! Sollte die Namenspatronin unseres Anbaus etwa eine … eine Ehebrecherin sein?« Verschwörerisch steckten die beiden Senhoras die Köpfe zusammen, um dieses pikante Thema zu erörtern. Vielleicht sollten sie dazu noch Dona Ana Luiza konsultieren, die mit der Mutter der Schwägerin von Vitória Castro da Silva in einem Bridgeclub war. Wahrscheinlich konnte ihnen auch Dona Cândida mehr dazu erzählen, immerhin wohnte sie in direkter Nachbarschaft dieses Advokaten, der ganz offensichtlich über mehr Vorzüge verfügte, als man ihm auf den ersten Blick zutraute. Wenn sogar eine so sagenumwobene Person wie diese Vitória sich mit ihm einließ …

XXI

Ein Jahr! Auf den Tag genau ein Jahr lang war sie nun mit León verheiratet, und ihr Mann war Vitória noch immer so fremd wie bei der ersten Begegnung. Gut, inzwischen kannte sie Details seines Alltags, wusste, dass er gern lange schlief, dass er wenig frühstückte, dass er keine Kapern mochte, dafür aber ganz versessen war auf Oliven und Schokolade, dass er mehrmals am Tag duschte und mit seinem Eau de Toilette namens Gentleman's Only geizte, das er aus England mitgebracht hatte. Sie war mit jedem Quadratzentimeter seines Körpers vertraut, von dem Wirbel an seinem Hinterkopf, an dem morgens immer die Haare abstanden, bis hin zu den zweiten Zehen, die länger waren als die großen. Sie wusste, wo er kitzlig war, wie er schmeckte, welche Berührungen ihn erregten. Und dennoch kam ihr León manchmal vor wie ein wildfremder Mensch.

Es gab Tage, an denen er kalt, berechnend und arrogant wirkte, an denen er sie von oben herab behandelte und ihr das Gefühl gab, nicht seine Frau, sondern eine Untergebene zu sein. An anderen, selteneren Tagen war er ungeduldig, ruhelos und impulsiv, knallte mit den Türen, zerriss Manuskripte oder schimpfte die Dienstboten aus nichtigem Anlass aus. Wenn diese nervöse Unruhe von ihm Besitz ergriffen hatte, konnte es ihm niemand recht machen, am allerwenigsten sie selber. Doch wenn Vitória ihm dann aus dem Weg ging, steigerte das nur seine sonderbare Laune. »Sinhazinha, meidest du mich etwa, jetzt, da du dein Haus hast und deine finanzielle Unabhängigkeit?«, hatte er sie kürzlich gefragt, mit leiser und geradezu bedrohlich klingender Stimme. »Was für ein Unsinn, León. Ich meide dich nur, wenn du in dieser unausstehlichen Stimmung bist«, hatte sie geantwortet und sich für ihre Unaufrichtigkeit geschämt. Denn in Wahrheit mied sie ihn sehr wohl – in seiner Gegenwart fühlte sie sich immer wie jemand, der eines Diebstahls bezichtigt wird und der sich, ob-

wohl er unschuldig ist, nur aufgrund der Anschuldigung verdächtig benimmt.
Es verging kein Tag, an dem sich Vitória nicht über irgendetwas an Leóns Verhalten oder an seinem Auftreten wunderte. Wie konnte ein Mann, der sich in Gesellschaft der bedeutendsten Persönlichkeiten ganz ungezwungen verhielt, Hemmungen haben, frei zu reden, wenn Dienstboten in der Nähe waren? Wie konnte er sich in seinen maßgeschneiderten Anzügen aus London mit der lässigen Eleganz eines Mannes bewegen, der gar keine andere Garderobe kennt, und gleichzeitig in jede seiner Gesten einen ironischen Ausdruck legen, wie jemand, der sich nur verkleidet hat? Wie konnte er, der doch in Europa die größten Gaumenfreuden kennen gelernt hatte, freiwillig die typischen Gerichte der Sklaven essen? Vor einigen Tagen hatte León doch tatsächlich bei Tisch und in Gegenwart von Gästen darum gebeten, dass man ihm schwarze Bohnen bringen möge, und hatte den Besuchern ebenfalls diese »Delikatesse« angeboten. Vitória war vor Scham fast im Boden versunken, und ein Blick in Leóns Gesicht hatte ihr bestätigt, dass genau das seine Absicht gewesen war.
Seit der peinlichen Episode mit dem Schmuckanhänger war Leóns Benehmen ihr gegenüber von einer kühlen Gleichgültigkeit geprägt, die so gar nicht jener herantastenden Distanz der ersten Monate ihrer Ehe ähnelte, als sie noch versucht hatten, einander besser kennen zu lernen. Oh, er war weiterhin ausgesucht höflich und zuvorkommend, doch immer lag ein Hauch von Spott in der Art, wie er sie ansah und wie er mit ihr sprach. Wenn er ihr Komplimente machte, waren es nichts weiter als abgedroschene Phrasen. Wenn er lachte, klang er nicht fröhlich, sondern desillusioniert. Wenn er den Arm um sie legte, so nicht aus dem Verlangen heraus, sie zu umarmen, sondern um in der Öffentlichkeit Harmonie zu demonstrieren. Aber das kam selten genug vor. Sie gingen nur noch gemeinsam aus, wenn es sich partout nicht vermeiden ließ.

Dennoch führte Vitória an der Seite Leóns kein schlechtes Leben. Er hielt sein Versprechen und ließ sie schalten und walten, wie es ihr gefiel. Vitória hatte in diesem einen Jahr ihr Vermögen vervielfacht, und Reichtum war eindeutig etwas, das viele andere Entbehrungen aufwog. Ihr jüngster Coup war geradezu genial gewesen. Für einen Spottpreis hatte sie Aktien einer heruntergewirtschafteten Fleischverarbeitungsfabrik gekauft, einen Monat später, als bekannt wurde, dass die BMC das Unternehmen kaufen wollte, hatte sie die Papiere mit mehr als dreihundert Prozent Gewinn wieder abgestoßen. Vitória fand nicht, dass sie Aaron daran beteiligen sollte – er war ein erwachsener Mann und hätte sein eigenes Geld ja ebenfalls in diese Aktie anlegen können –, doch da er ihr den entscheidenden Tipp gegeben hatte, war sie mit ihm ausgegangen. Sie hatte ihn erst ins Theater geschleppt, dann hatten sie bei Louis getafelt, zum Abschluss waren sie noch auf einen Kaffee ins Café das Flores gegangen. Seit Aaron seine kindische Verliebtheit überwunden hatte und sie selber nicht mehr den noch kindischeren Drang hatte, mit ihm zu flirten, war der Umgang zwischen ihnen komplizenhaft, ungekünstelt und herzlich. Vitória zog Aarons Gesellschaft eindeutig der ihres Mannes vor.

In den Nächten war alles anders. Es war, als führten Leóns und Vitórias Körper ein Eigenleben, unabhängig von dem, was in ihren Köpfen vorging, unabhängig auch davon, ob sie sich kurz zuvor noch gestritten oder angeschwiegen hatten. All ihr Unvermögen, aufeinander zuzugehen und sich einander zu öffnen, das tagsüber die Atmosphäre mit einer unerträglichen Spannung auflud, war vergessen, sobald sie in ihrem Schlafzimmer waren. Ihre Lust war stärker als ihr Verstand. Ihre körperliche Liebe musste all das kompensieren, woran ihre Ehe krankte. León brauchte nur ganz leicht ihren Arm zu berühren, um ein Kribbeln in Vitórias ganzem Körper hervorzurufen. Allein ein unschuldiger Gutenachtkuss Vitórias reichte, um in León eine wilde Begierde auszulösen. Wenn sie sich auszogen, war es, als streiften sie mit der Kleidung auch alle Missverständnisse und Enttäuschungen ab, die ihr Zusammenleben so schwer machten. Im Bett waren sie alles, was sie tagsüber nicht sein konnten, gaben sie einander all das, was sie dem andern im Alltag vorenthielten, Zärtlichkeit,

Vertrauen, Ehrlichkeit. Und das, ohne auch nur einen vollständigen Satz miteinander zu wechseln.
An manchen Abenden, wenn León allein unterwegs war und Vitória den Verdacht hatte, dass er sich mit der Schwarzen Witwe traf, ging sie zeitig zu Bett und schwor sich, León nie wieder irgendwelche Intimitäten zu erlauben. Doch wenn er dann nach Hause kam, wenn sie hörte, wie er sich leise auszog, wenn sie spürte, wie er vorsichtig unter die Bettdecke kroch, um sie nicht zu wecken, dann hätte sie heulen können vor Sehnsucht nach seiner Liebe. Ein Kuss nur, eine kleine zärtliche Geste! Sich schlafend stellend, legte sie dann den Arm wie zufällig auf Leóns Bauch oder berührte sanft sein Bein mit dem ihren, als sei nicht sie selbst es, die den Hautkontakt suchte, sondern eine vor Schlaftrunkenheit willenlose Person. Der Effekt war immer derselbe. León, ebenfalls Trägheit oder Müdigkeit vorgebend, kam ihr näher, gab kehlige Laute der Lust von sich, streichelte sie, bis sie beide sich leidenschaftlich umarmten und küssten und sich hemmungslos ihrer Leidenschaft hingaben. Was für eine unwürdige Farce für zwei erwachsene Menschen – als bräuchten sie einen Vorwand, um einander zu begehren!
Es gab aber auch Situationen, in denen sie übereinander herfielen wie zwei Besessene, ohne erst so zu tun, als handle es sich um ein Versehen. Sie waren wie Süchtige, die ihre Selbstachtung und all ihre hehren Werte in dem Moment vergaßen, in dem die Befriedigung ihrer Sucht eine kurzfristige Erlösung von den Qualen des Alltags versprach. Gestern war so ein Tag gewesen. Vitória und León hatten sich, während sie darauf warteten, dass das Essen aufgetragen wurde, taxiert wie zwei Gegner bei einem Duell. Streit lag in der Luft, doch keiner von beiden sprach aus, was ihn ärgerte. Nachdem Taís das Essen gebracht hatte, saßen sie sich schweigend gegenüber. Das Klappern des Bestecks auf den Tellern war das einzige Geräusch, das zu hören war, bis León schließlich sein Besteck beiseite legte und sagte: »Ich bestehe darauf, dass du mit zu dem Empfang kommst. Zwing mich nicht, dich an deinen Haaren dorthin zu zerren.« Vitória hob die Augenbrauen in einem Ausdruck von Verachtung. »Ich zwinge dich zu gar nichts, León. Sei so nett

und erweise mir dieselbe Gunst.« Dann legte sie ihre Serviette übertrieben sorgfältig zusammen, stand auf und ging. Als wolle er seine Drohung wahrmachen, war León hinter Vitória die Treppe hochgelaufen und ihr ins Schlafzimmer gefolgt. Doch kaum dass die Tür hinter ihnen zugefallen war, hatte León Vitória mit seinem Körper an die Wand gepresst, sie mit seinen Küssen und seinem Gewicht beinahe erstickt, ihr in fieberhaftem Verlangen den Rock hochgeschoben, die Wäsche vom Leib gerissen und sie im Stehen genommen, hart, besitzergreifend, animalisch. Und sie? Hatte die Beine um seine Hüften geschlungen und laut stöhnend die Rohheit des Aktes genossen.

Danach hatte sie sich auf die Bettkante gesetzt und León dabei zugesehen, wie er seine Abendgarderobe anlegte. Sie hasste sich für ihre eigene Triebhaftigkeit, für ihre Schwäche, und sie hasste León dafür, dass er so gelassen und unbeteiligt wirkte, während sie selber gegen ihre Tränen ankämpfte.

»Was ist, willst du dich nicht fertig machen?«, fragte er sie. Ihre Blicke trafen sich im Spiegel.

Vitória schüttelte verneinend den Kopf.

»Wie du meinst. Es hat auch gewisse Vorteile, wenn man ohne die Ehefrau ausgeht. Schlaf schön, mein Herz.«

León war erst im Morgengrauen nach Hause gekommen, betrunken und nach Qualm riechend. Er war in voller Montur aufs Bett gefallen und auf der Stelle eingeschlafen. So also hatte dieser Tag begonnen. Ihr Hochzeitstag. Vitória hatte auf den schnarchenden Mann an ihrer Seite gesehen und jede Hoffnung begraben, dass sie wenigstens heute einmal miteinander umgingen wie ein normales junges Ehepaar.

Doch wider Erwarten befand sich León in aufgeräumter Stimmung, als er sich zu ihr an den Frühstückstisch gesellte. Allem Anschein nach war er nicht verkatert, und nicht einmal der Schlafmangel trübte seine Laune.

»Guten Morgen, *meu amor*. Was für ein herrlicher Tag! Hast du Lust, mit mir einen kleinen Ausflug zu machen?«

Sein aufgesetzter Frohsinn machte sie wahnsinnig. Es fehlte nur noch, dass er ein munteres Liedchen pfiff.
»Nein.«
»Komm schon, mein Herz, sei nicht so grausam.«
»Gibt es einen besonderen Anlass für deine Unternehmungslust?«
León sah sie lauernd an. »Nein. Brauche ich einen?«
»Ich weiß nicht. Ja, vielleicht. Diese Heiterkeit ist ganz untypisch für dich.«
»Wenn dir wohler bei dem Gedanken ist, dass es einen Anlass für meine gute Laune gibt, dann denken wir uns doch einfach einen aus. Lass uns so tun, als sei heute zum Beispiel unser Hochzeitstag.«
Vitória schluckte. Er hatte es nicht vergessen! Sie bemühte sich um eine gleichgültige Miene. »Tja, aber dann hätte der Tag anders begonnen. Und du hättest mir ein Geschenk gemacht.«
»Ach? Und ich war mir sicher, dass du von mir keine Geschenke annimmst.«
»Da siehst du, wie wenig du mich kennst – nach einem Jahr Ehe.«
»Vita …« León fehlten die Worte. Wie sollte er jemals seine Gefühle zum Ausdruck bringen, wenn Vita jeden, aber auch jeden Versuch, sich ihr freundschaftlich oder liebevoll zu nähern, sabotierte?
»Ja?«
»Ich dachte nur, es wäre schön, mal wieder etwas gemeinsam zu unternehmen – einfach so, ohne dass uns Verpflichtungen dazu zwingen.«
Himmel, einen so netten Satz hatte er seit Monaten nicht mehr zu ihr gesagt! Am liebsten wäre sie ihm um den Hals gefallen, riss sich aber zusammen und antwortete betont gelangweilt: »Von mir aus. Welche Art von Ausflug schwebt dir denn vor?«
»Du warst noch nie auf dem Corcovado, oder? Dann lass uns dort hinauffahren und im ›Sonnenhut‹ auf unsere missratene Ehe anstoßen.«
Dieser Mann war wirklich das Allerletzte! Wie konnte er sich nur innerhalb einer Sekunde von einem untadeligen Kavalier in ein

solches Scheusal verwandeln? Seine Unberechenbarkeit konnte einem richtig Angst einjagen. Aber gut – es war ja nun einmal ihr Hochzeitstag, und bevor sie ihn damit verbrachte, sich über »die missratene Ehe« zu grämen, würde sie lieber mit León auf den Berg fahren und heile Welt spielen.

»Na schön. Und wann gedachtest du abzufahren?«

»Die Kutsche wartet schon«, antwortete er mit einem triumphierenden Lächeln auf den Lippen.

Der Sonnenhut war ein Pavillon aus Gusseisen und Glas, der auf der Spitze des Corcovado thronte, in luftigen siebenhundertelf Metern Höhe. Schon vor dessen Errichtung, und sogar vor dem Bau der Bahnstrecke, die fast bis zum Gipfel des Berges führte, waren Ausflüge hierher beliebt gewesen. Der Blick auf die Guanabara-Bucht, den Zuckerhut, die Strände im Süden der Stadt und die Lagune unterhalb des Berges war so phänomenal, dass man dafür gern den beschwerlichen Weg in Kauf genommen hatte. Seit jedoch die Bahn mehrmals täglich über den Buckel des Corcovado, des »Buckligen«, hinauf zu diesem grandiosen Aussichtspunkt fuhr, waren die Besucherzahlen explodiert. Besonders an den Wochenenden war der Sonnenhut ein beliebtes Ausflugsziel, indem man Picknicks veranstaltete, indem man sich, in den Wintermonaten, vor dem kühlen Wind in Sicherheit brachte, der in dieser Höhe pfiff, oder sich, im Sommer, vor der erbarmungslos brennenden Sonne rettete.

Schon in dem Zug, der sie ratternd und holpernd nach oben beförderte, fiel Vitória in eine gehobene Feiertagsstimmung, an der auch die lärmenden Kinder, die in ihrem Waggon herumtobten, nichts änderten. Der Zug schlängelte sich durch dichten Urwald. Das Krächzen und Zwitschern der Vögel, der Duft der Bäume, die durchs Blattwerk scheinenden Sonnenstrahlen – all das entführte sie in eine ganz andere Welt, die mit der Großstadt, in der sie lebten, nichts gemein hatte. Es war ein einzigartiges Vergnügen, durch die Natur zu fahren, getrübt einzig durch die extreme Steigung, die der Zug kaum zu bewältigen schien, ja die Vitória sogar befürchten ließ, dass sie jeden Augenblick rückwärts hinabrollen würden. Die letzte Etappe legte der Zug ächzend in einem so steilen Winkel zurück, dass Vitória, die León gegenüber saß, sich an ihrer Bank festklammern musste, um nicht von ihrem Sitz zu rutschen, León geradewegs in die Arme. Und er grinste sie an, der Schuft! Er hatte gewusst, dass sie in Fahrtrichtung hätte Platz nehmen müssen, um von der Schwerkraft sicher in die Bank gedrückt zu werden.

»Möchtest du mit mir den Platz tauschen?«, fragte er sie scheinheilig.

»Damit dann du vom Sitz rutschst und auf mich fällst? Nein danke.«

Nachdem sie an der Endstation angekommen waren, mussten sie noch weitere zehn Minuten zu Fuß gehen, um auf den Gipfel zu gelangen. Es war ein heißer Sonntag, und trotz der kühleren Luft, die hier oben wehte, waren sie nach dem Aufstieg erhitzt und außer Atem. Doch die Aussicht entschädigte sie mehr als großzügig für diese Strapaze. Das Panorama war überwältigend! Vitória blieb an dem Mäuerchen der südlichen Aussichtsplattform stehen, breitete ihre Arme auf dem von der Sonne aufgewärmten Stein aus und staunte. Unter ihr lagen die Lagune und der Botanische Garten, linker Hand glitzerte das Meer, in einiger Entfernung erhoben sich die »Dois Irmãos« und die »Pedra da Gávea«, imposante Gebirgsformationen, die in der diesigen Luft nur schemenhaft zu sehen waren.

León war von einem ganz anderen Anblick gefangen. Er konnte den Blick nicht von Vitória abwenden, wie sie dort an der Mauer stand, verträumt lächelnd die Szenerie betrachtete und gedankenverloren ihren Hut festhielt, den der Wind fortzuwehen drohte. Er trat hinter sie, legte die Arme um ihre Taille, zog sie enger an sich heran und beugte seinen Kopf herab. »Weißt du, dass du noch viel atemberaubender bist als diese Aussicht?«, raunte er ihr ins Ohr.

Vitória bezweifelte, dass es der Aufstieg war, von dem ihr plötzlich so heiß war und von dem ihre Beine wacklig wurden. Dennoch

versuchte sie, sich aus seiner Umarmung zu lösen und ihn von sich fortzuschieben.
Aber Léon hielt sie nur noch fester. Er küsste ihren Nacken und spürte, wie sich die Härchen an ihren Armen aufrichteten.
»Wenn uns jemand sieht …«
»Uns sieht niemand, *meu amor*. Alle, die nicht im Pavillon sind, bewundern den Blick von der Nordplattform aus, auf die Stadt und die Bucht. Hierher kommen nicht viele. Und selbst wenn – die Leute werden denken, dass wir ein verliebtes Ehepaar sind. Sie werden uns beneiden.«
Vitória sagte dazu nichts. Sie beide wussten es besser. Sie waren nur ein Ehepaar, aber kein verliebtes. Höchstens ein lüsternes. Und zutiefst verunsichertes. Verstieß Küssen am helllichten Tag und in aller Öffentlichkeit nicht eindeutig gegen die Spielregeln, die sie selbst sich auferlegt hatten? Warum musste León sie hier und jetzt mit seinen Zärtlichkeiten bedrängen? Er wusste doch genau, wie sie darauf reagierte. Konnten sie nicht ein einziges Mal einen netten, harmlosen Tag miteinander verbringen?
In dem hilflosen Versuch, der Situation den Anschein von Leichtigkeit zu verleihen, nahm Vitória León bei der Hand. »Komm, León, lass uns auch auf die andere Seite gehen. Kann man von dort aus unser Haus sehen?«

Die erregende und zugleich verstörende Atmosphäre, die sich zwischen ihnen aufgebaut hatte, verflog, als sie die nördliche Aussichtsplattform erreichten. Zwei Jungen in Matrosenanzügen spielten Fangen und wurden zwischendurch immer wieder von einem älteren Paar, anscheinend ihren Großeltern, zur Ordnung gerufen. Eine Gruppe von jungen Männern alberte lauthals herum. Ein Fotograf baute umständlich seine Kamera auf und versicherte sich mit stolzen Blicken in die Runde, dass ihm auch alle bei dieser wichtigen Beschäftigung zusahen. Alltag, dachte Vitória erleichtert, sonntägliche Normalität. Wie wohl das tat, gut gelaunte Menschen zu sehen und von ihrer krankhaften Ehe abgelenkt zu werden. Vitória lehnte sich über die Brüstung und bewunderte das grandiose Bild, das sich ihnen bot.

»Sieh nur, León, da, unser Haus!«

León, der schräg hinter ihr stand, beugte sich nach vorn und drückte seine Wange leicht an Vitórias. Er blickte in die Richtung, in die sie mit ausgestrecktem Arm deutete.

»Ja, ich sehe es.«

»Wie klein es aussieht, von hier oben. Wie klein und friedlich und still ganz Rio daliegt. Es ist herrlich!«

»Ja, das ist es.« León küsste Vitória auf die Wange und löste sich von ihr.

»Ich hole uns etwas zu trinken, damit wir anstoßen können.«

Auf unsere missratene Ehe, ergänzte Vitória im Geiste.

»Auf diesen Tag und die Versprechen, die er birgt«, sagte León. »Auf die Aussicht – und die Aussichten …« Seine geheimnisvollen dunklen Augen funkelten sie unter den dichten schwarzen Wimpern an. In seinem Blick las Vitória Hoffnung, aber auch einen gequälten Ausdruck. Verletzlichkeit? Verletztheit? Bevor sie diesen Ausdruck entschlüsseln konnte, drehte sich León um und ging zu dem Kiosk im Pavillon. Vitória lehnte sich wieder über das Mäuerchen und dachte, den Blick in die Ferne gerichtet, über Leóns Worte nach. War es nur ihre Einbildung, oder hatte er ihr gerade ein Friedensangebot unterbreitet? Konnten sie überhaupt noch zurückfinden zu einem normalen Umgang miteinander? Einen Versuch war es jedenfalls wert.

Doch als León mit den Getränken zurückkam, einem Glas Champagner für sich und einem Glas Limonade für sie, war er nicht allein. João Henrique ging neben ihm her.

»Ah, meine Gönnerin! Einen wunderschönen guten Tag, liebe Vitória.«

Ausgerechnet! Von allen Menschen war João Henrique derjenige, den sie jetzt am wenigsten sehen wollte.

»Guten Tag, João Henrique. Wie ich sehe, lastet Sie die Arbeit im Hospital nicht ganz aus …« Vitória wusste, dass ihr spöttisch vorgebrachter Vorwurf völlig unangebracht war. João Henrique mochte ihr noch so unsympathisch sein, mochte als Privatmann oberflächlich und berechnend sein, doch als Arzt war er vorbildlich. Er war tüchtig und so voller Enthusiasmus, dass er sogar an Sonn- und Feiertagen oft im Hospital anzutreffen war. Nun ja, irgendeinen Grund musste es schließlich geben, warum ihr Bruder mit diesem Scheusal befreundet war.

»Bitte, bitte! Heute ist der Tag des Herrn, nicht wahr? Selbst ein so viel beschäftigter Mann wie ich muss sich einmal eine Pause gönnen. Und welcher Ort wäre geeigneter dafür, Abstand von den Sorgen des Alltags zu finden, als dieser Berggipfel?«

»Ja, genießen Sie den himmlischen Tag. Ab morgen bin ich ja wieder im Krankenhaus und mache Ihnen das Leben zur Hölle.« Vitória konnte sich die kleine, gemeine Bemerkung nicht verkneifen. Als Stifterin des neuen Traktes nahm sie sich ein Mitspracherecht heraus, das ihre Kompetenzen bei weitem überstieg. Doch niemand wagte es, sich der reichen Senhora Vitória Castro da Silva zu widersetzen – die ihre Macht mit sadistischem Vergnügen ausspielte und João Henrique bei jeder Gelegenheit in seine Schranken wies.

León sah seinen Freund kalt an. »Ja, genieß den Tag und lass uns freundlicherweise allein. Wir haben etwas unter vier Augen zu besprechen.«

»Um Gottes willen, entschuldigt! Wer kann denn ahnen, dass ihr hier ein Tête-à-tête habt? Ich hätte meine Hand dafür ins Feuer gelegt, dass auch Aaron und die Schwarze Witwe, Verzeihung, ich meine Dona Cordélia, nicht weit sind. Tja, also dann, lasst euch von mir nicht stören. Einen schönen Tag noch.« Er stapfte davon und trat versehentlich auf ein Stofftier, das auf dem Boden lag. Sekunden später war lautes Geschrei von einem Kind zu hören, doch João Henrique war bereits verschwunden.

León reichte Vitória ihr Glas und zuckte traurig mit den Schultern. »Es kommt ja immer irgendetwas dazwischen.«

»Ja. Leider.«

León studierte aufmerksam Vitórias Gesicht. Hätte sie sich auf

seine romantischen Pläne eingelassen, wenn João Henrique nicht unerwartet aufgekreuzt wäre?
»Auf uns«, sagte er leise und stieß mit ihr an.
»Auf uns«, erwiderte sie kaum hörbar und trank. Sie verzog das Gesicht zu einer Grimasse. »Himmel, ist diese Limonade sauer!«
»Sauer macht lustig, heißt es.«
»Na dann …« Vitória stürzte das ganze Glas mit angehaltener Luft herunter und schüttelte sich.
»Komm. Lass uns von hier verschwinden. Ich weiß einen Ort, an dem uns kein Mensch aufstöbert.«
»Unser Bett«, stellte Vitória mit abfälligem Unterton fest.
León lachte. »Nein, daran hatte ich jetzt eigentlich nicht gedacht. Aber es ist keine schlechte Idee …«
»Doch, ist es. Eine ganz schlechte sogar.«
»Keine Bange, Sinhazinha. Ich habe nicht vor, den Zauber dieses Tages zu zerstören.«
Zu spät, dachte sie. Das hatte bereits João Henrique getan. Doch sie nickte, hakte sich bei ihm unter und schlenderte mit ihm zu der Bahnstation. Schweigend nahmen sie auf der Holzbank des Zuges Platz und warteten dort, bis sich die Bahn mit anderen Fahrgästen gefüllt hatte und das schrille Signal zur Abfahrt ertönte.

An der Station am Fuße des Corcovados wartete bereits ihr Kutscher. León gab ihm Anweisungen, sie in den Tijuca-Wald zu bringen, was der Mann mit einem Stirnrunzeln quittierte. Der Weg dorthin war nicht ungefährlich, zudem war die Fahrt für Tier und Mensch mühsam. Der Weg in den Wald führte über steile Hänge und an tiefen Schluchten entlang. Oft war die Strecke unpassierbar, weil Bäume umgestürzt waren oder vom Regen aufgeweichte Lehmmassen sich den Berg herabwälzten. Aber gut, er würde sein Bestes versuchen. Da es seit Wochen trocken und warm war, standen die Chancen gut, ohne größere Schwierigkeiten durchzukommen.
Vitória enthielt sich jeden Kommentars. Auf gar keinen Fall wollte sie sich wie ein zänkisches Weib aufführen, ganz gleich, wie Recht

sie mit ihrer Kritik haben mochte. Aber es fiel ihr schwer, den Mund zu halten. Die Fahrt war grauenhaft. Die Kutsche rumpelte heftig über die tiefen Furchen, die das herablaufende Wasser der Regenzeit hinterlassen hatte. Alle paar Minuten machte die Kutsche einen gewaltigen Satz, bei dem Vitória glaubte, ihr Rückgrat müsse durchbrechen, ganz zu schweigen von der Achse ihres Gefährts. Aber beides hielt den Belastungen stand. Der Weg war außerdem extrem kurvig, sodass Vitória immer wieder unfreiwillig an León heranrutschte oder aber von seinem Gewicht an die Tür gedrückt wurde. Das alles nahm Vitórias Aufmerksamkeit derartig in Anspruch, dass an ein Bewundern der Landschaft nicht zu denken war. Erst als die Kutsche endlich angehalten und Vitória ihren schmerzenden Körper gedehnt und ausgestreckt hatte, fiel ihr die außergewöhnliche Schönheit des Waldes auf. Der würzige Duft von Erde und Blätterwerk stieg ihr in die Nase, das sanfte Rascheln der Baumkronen sowie der Gesang der Sabiás und der Azulões machte sie ganz benommen. Was für ein Zauberwald!

Über einen Pfad, der über moosige Felsen, kleine Rinnsale und knorrige Baumwurzeln führte, gelangten sie zu einer Lichtung, an der Vitória sich eine Pause erbat. Weder ihre Schuhe noch ihr langes Kleid waren für einen Aufstieg wie diesen geeignet, und sie hatte, öfter als es ihr lieb war, mit einer Hand den Rock raffen und mit der anderen nach Leóns Hand greifen müssen, um überhaupt voranzukommen. Außer Atem ließ sich sich auf einem Baumstamm nieder, den der letzte Gewittersturm gefällt haben mochte.

»Es ist nicht mehr weit, Vita. Und wenn wir angekommen sind, wirst du für die quälende Fahrt und den schweren Marsch mehr als belohnt, das verspreche ich dir.«

Vitória sah León skeptisch an. Irgendwie gelang es ihm immer, selbst in die harmlosesten, freundlichsten Worte eine gewisse Zweideutigkeit zu legen.

»Und wenn du gar nicht mehr weiterkannst, dann trage ich dich.«

Vitória raffte sich wieder auf, um den Weg fortzusetzen.

Ein paar Minuten später erreichten sie einen kleinen See, der von einem Wasserfall gespeist wurde. Das herabfallende Wasser rauschte ohrenbetäubend laut. Ein feiner Sprühnebel lag über dem See. Ah, das war genau das, was sie jetzt brauchte! Vitória zog die Schuhe aus, untersuchte die dicken roten Blasen an ihren Fersen und setzte sich dann auf einen Stein am Ufer des Sees, um ihre wunden Füße zu kühlen. León setzte sich neben sie. Er hatte ebenfalls seine Schuhe ausgezogen, die Hosenbeine hochgekrempelt und ließ nun seine Beine im Wasser baumeln. Vitória starrte wie gebannt auf seine Waden, beobachtete das Spiel der Muskeln, die sich unter der hellbraunen Haut mit den schwarzen, gekräuselten Haaren abzeichneten. Wie schön Leóns Beine waren, wie maskulin und stark!

León hielt unter der Wasseroberfläche seinen Fuß neben ihren. Sie sahen seltsam verzerrt aus, ihre Füße, dennoch erfüllte Vitória der Anblick seines großen, kräftigen Fußes neben ihrem kleinen weißen mit einem Gefühl von Rührung. Vitória wischte sich mit dem Ärmel über die Stirn.

»Ist dir warm, Sinhazinha? Ich wüsste, wie du dich abkühlen kannst.«

»Ich glaube, du brauchst eine Abkühlung noch dringender als ich.«

»Ja, wahrscheinlich. Also, kommst du?« Mit einem Satz stand er auf, zog sich vollständig aus und machte einen gekonnten Kopfsprung ins Wasser. Vitória war so fasziniert von seinem Körper, der elegant durchs Wasser glitt, dass sie sich nicht von der Stelle rührte. In der Mitte des Sees tauchte er prustend auf. »Komm, meine geliebte Sinhá, das Wasser ist fantastisch!«

Vitória blieb weiter reglos sitzen. Geliebte Sinhá? War das nur wieder einer seiner sonderbaren Scherze? Fand er das witzig, sie ausgerechnet an ihrem Hochzeitstag daran zu erinnern, dass Liebe nicht gerade das war, was ihre Ehe auszeichnete?

León tauchte erneut ab und schwamm mit kräftigen Zügen zu ihr. Er hielt sich an ihren Füßen fest und hob den Kopf aus dem Wasser. Sein Haar lag glatt und pechschwarz glänzend an seinem Kopf an, auf seinem Gesicht glitzerten die Tropfen. Er lächelte sie breit an, und zum ersten Mal seit Ewigkeiten sah dieses Lächeln nicht verbittert oder zynisch aus, sondern froh. Und diese herrlich weißen, regelmäßigen Zähne! Schade, dass er ihr dieses Lächeln nicht öfter zeigte.

»Komm schon, Vita, zieh dich aus! Oder soll ich dich in deinem Kleid ins Wasser ziehen?« Er ließ seine kühlen, nassen Hände an ihren Beinen hochwandern, als suche er die am besten geeignete Stelle, um sie zu packen. Die Berührung war erfrischend und zugleich unverhohlen erotisch. Vitória bekam eine Gänsehaut.

Sie zog die Beine zurück, stand auf, drehte sich um und entfernte sich ein paar Schritte von ihm. Einen Augenblick lang dachte León, dass sie einfach davongehen würde, dass sie ihn allein, nackt und gedemütigt hier zurücklassen würde. Verstand sie denn nicht, warum er sich ihr in dieser Schutzlosigkeit darbot?

Doch Vitória ging nicht fort. Sie hatte nur eine Stelle am Ufer gesucht, an der sie festen und trockenen Boden unter den Füßen hatte. Sie stand mit dem Rücken zu ihm, als sie das Oberteil ihres Kleides abstreifte. León hielt den Atem an. In aufreizend langsamen Bewegungen entledigte sie sich all ihrer Kleidung, immer noch mit dem Rücken zu ihm. Sie wusste, dass er sie anstarrte. Sie zögerte kurz, als habe sie Scheu, sich ihrem Mann auch von vorne ganz nackt zu zeigen, bis sie sich schließlich umdrehte, eine Weile so stehen blieb und León erlaubte, sie von Kopf bis Fuß anzusehen. Natürlich war der Anblick ihm nicht neu. Aber unter freiem Himmel, von der schräg stehenden Sonne angestrahlt, hatte sie sich noch nie vor ihm ausgezogen. Es war auch für sie selber ein neues Gefühl. Ein gutes. Ihre Blicke trafen sich, und unter seinen zusammengekniffenen Lidern glaubte sie mehr zu sehen als reine Lust.

Dann lief sie los und sprang, wie er mit dem Kopf zuerst, ins Wasser. Sie tauchte einige Meter vor León auf, heftig nach Luft schnappend.

»Ist das kalt!«

»Nur am Anfang. Gleich wirst du dich daran gewöhnt haben.«

Vitória schwamm so schnell sie konnte, damit ihr wärmer wurde.

Nach ein paar Runden empfand sie die Temperatur des Sees als angenehm und ließ sich reglos auf der Wasseroberfläche treiben. Sie sah in den Himmel, sah die Baumkronen, die über dem See aufragten, die Schmetterlinge und Libellen, die dicht über ihrem Gesicht herflogen. Wie sie das vermisst hatte! Es war genau wie früher, als sie noch im Paraíba do Sul schwimmen gegangen war. Fast genauso. Sie spürte Leóns Hände um ihre Taille, der lautlos herangeglitten war. Er zog Vitória an sich heran und hob sie so weit aus dem Wasser, dass er erst ihren Hals, dann ihre Schultern und ihre Brustwarzen küssen konnte. Die Berührungen seiner Lippen waren unendlich sanft und zärtlich, und er hätte von ihr aus noch stundenlang damit fortfahren können, hätte sie nicht in diesem Augenblick eine Stimme gehört.

»Hast du das auch gehört?«

»Nein. Ich höre nur mein gebrochenes Herz laut schlagen.«

»Da, wieder!«

Jetzt hörte León es auch.

»Sinhô León! Sinhá Vitória!«, rief der Kutscher. Wenig später tauchte der Mann am See auf. Er sah sich suchend um, bis er ihre Kleider entdeckte und schließlich ungläubig auf das Paar glotzte, das unweit des Ufers im Wasser stand, eng umschlungen und offenbar splitternackt. Vitória presste sich dichter an León, um sich vor den neugierigen Blicken des Schwarzen zu schützen.

»Oh! Es tut mir Leid! Ich wollte nur sagen, dass wir demnächst abfahren müssen. Die Sonne geht bald unter.« Damit wandte er sich abrupt um und ging davon.

Vitória und León sahen sich an und brachen in Lachen aus.

Am Ufer rieben sie sich gegenseitig mit Vitórias Unterrock trocken. »Den brauche ich heute nicht mehr«, sagte sie, »und die Wäsche will ich eigentlich auch nicht anziehen. Sieh mal, es klettern tausend Ameisen darauf herum!«

Trotz der knisternden Stimmung gelang es ihnen, sich voneinander zu lösen und sich anzuziehen. Im Dunkeln wollten sie wirklich nicht mehr in diesem Wald sein. Doch als Vitória in ihre Schuhe schlüpfen wollte, stöhnte sie vor Schmerzen. »Ich kann die Schuhe nicht anziehen. Meine Füße sind voller Blasen.«

»Ich trage dich. Wie ich dich immer auf Händen tragen werde, *meu amor.*«

Vitória glaubte sich verhört zu haben. Was sagte er nur dauernd für merkwürdige Dinge? Er benahm sich ja, als sei er frisch verliebt.

León hob Vitória hoch, als wöge sie nicht mehr als eine nasse Katze, und trug sie den ganzen Weg zurück. Sie hielt sich an seinem Hals fest und nutzte die Gelegenheit, sein Gesicht genau zu studieren, ohne dass er umgekehrt auch sie so forschend hätte ansehen können. Er konzentrierte sich schließlich auf den Weg.

Während der ganzen Rückfahrt hatte León an nichts anderes gedacht als an Vitas weiche, weiße Haut unter dem Kleid. Die Vorstellung, dass sie keine Wäsche trug, erregte ihn aufs Äußerste, und er hatte erst aufgehört, ihre Schenkel zu streicheln, als ihr Wagen wieder in bewohnte Gegenden kam.

Vitória erging es ähnlich. Es fühlte sich gut an, nichts unter dem Kleid zu tragen, und sie beschloss, das in Zukunft öfter zu tun, nicht nur für León, sondern mehr für ihr eigenes Wohlbefinden. Aber das war jetzt nebensächlich. Viel aufregender war, was León heute zu ihr gesagt hatte. Ob er es auch meinte? Oder hatte er sich von der gelösten Stimmung zu Äußerungen hinreißen lassen, die er später bereuen würde, so wie jemand, der in angetrunkenem Zustand Dinge sagt, für die er sich später schämt?

Als die Kutsche mit einem Ruck vor ihrem Haus zum Stehen kam, stieg León aus und hob Vitória, die immer noch barfuß war, aus dem Wagen. Er trug sie die Treppe hoch, vorbei an den Dienstboten, die mit offenem Mund ihre Herrschaft beobachteten. Das hatten sie, seit sie hier arbeiteten, noch nie erlebt, dass der Sinhô seine Frau auf seinen Armen trug! Im Foyer rief er Taís zu, dass sie das Abendessen auf ihrem Zimmer einzunehmen wünschten, und ging ohne anzuhalten weiter. Er nahm immer zwei Treppenstufen auf einmal und hatte es sehr eilig, ins Schlafzimmer zu kommen. Vitó-

ria, die ihren Mann in seiner Entschlossenheit und Eile unwiderstehlich fand, war es nur recht.
León legte sie sacht aufs Bett und strich ihr eine noch feuchte Haarsträhne aus dem Gesicht. Er beugte sich über sie, als es an der Tür klopfte.
»Stell das Tablett vor der Tür ab!«, rief León ungehalten.
»Es ist ein Besucher für Sie da«, hörte er Taís in schuldbewusstem Ton sagen. »Er behauptet, es sei dringend.«
»Es kommt immer etwas dazwischen, nicht wahr?«, sagte León mit belegter Stimme und sah Vitória bedauernd an. Er stand auf, strich seine Kleidung zurecht und ging. »Ich mache es kurz.«
Vitória sah ihm verwundert und enttäuscht nach. »Es ist unser Hochzeitstag!«, hätte sie ihm nachschreien wollen, tat es aber nicht. Als sich die Tür hinter ihm schloss, warf sie sich aufs Kopfkissen und schluchzte, bis sie einschlief.

XXII

Félix scherte sich nicht um Leóns strikte Anweisung, sich auf keinen Fall in der Nähe des Hauses aufzuhalten. Im Augenblick war es ihm völlig egal, was der Patron von ihm denken mochte, und es war ihm ebenso gleichgültig, ob Sinhá Vitória ihn sah oder nicht. War sie nicht die Frau von León Castro, und hatte sie als solche nicht ihrem Ehemann zu gehorchen? Wenn León ihm die Freiheit geschenkt hatte, dann konnte die Sinhá sie ihm ja schlecht wieder nehmen. Und was konnte sie ihm schon antun? Was könnte schlimmer sein als das, was er zurzeit durchmachte?

Seine Stelle im Kontor hatte er aufgeben müssen, was Félix zunächst nicht weiter tragisch erschienen war. Aber da hatte er auch noch nicht gewusst, wie schwer es war, eine andere Arbeit zu finden. Er war schwarz und stumm, was jedermann mit Dummheit gleichzusetzen schien. Es gab in ganz Rio offenbar keinen Mann, der ihm Lesen, Schreiben und Rechnen zutraute. Außer León Castro natürlich, aber den mied Félix, denn in dessen Nähe lief er Gefahr, erwischt zu werden – bestimmt hatte der Denunziant Félix' Verbindung zu León ebenfalls den Behörden gemeldet. Irgendwann hatte sein Überlebensinstinkt über seinen Stolz gesiegt: Félix nahm eine Arbeit als Lastenträger an, die so stupide war, dass er schier verzweifelte.

Noch furchtbarer war allerdings der Gedanke an Fernanda und Zeca. Seit er sich vor einem Jahr eine andere Bleibe hatte suchen müssen, sah er Fernanda nur noch ganz selten. Sie wusste, wo er lebte, doch aufgrund ihrer beider Arbeitszeiten und der Entfernung zwischen ihren Wohnvierteln besuchte sie ihn nicht öfter als einmal im Monat. Er selber hätte Fernanda im umgekehrten Fall öfter besucht, dachte Félix verbittert. Wahrscheinlich war sie zu beschäftigt damit, am Arm ihres lächerlichen Verehrers durch die Straßen zu schlendern und die anderen Mädchen neidisch zu machen. Und wahrscheinlich ließ Zeca keine Gelegenheit aus, Fernanda zu hofieren, ihr zu schmeicheln, sie auszuführen – bis er sie eines Tages erobert hätte. Wenn es nicht schon passiert war. Félix war rasend vor Eifersucht. Aber was Fernanda konnte, konnte er schon lange!

Je mehr er sich dem Haus des Ehepaares Castro näherte, desto nervöser wurde Félix. Er blieb stehen und lugte vorsichtig um die Straßenecke. Das Haus, dessen himmelblaue Fassade in der Nachmittagssonne leuchtete, wirkte verlassen. Kein Geräusch war zu hören, kein Gärtner arbeitete in dem gepflegten Vorgarten. Einzig ein geöffnetes Fenster in der oberen Etage, in dem übermütig ein weißer Vorhang flatterte, verriet, dass irgendjemand zu Hause sein musste. Félix hoffte, dass Adelaide zum verabredeten Zeitpunkt am Hinterausgang erscheinen würde. Auch wenn ihm wahrscheinlich nicht mehr als eine Standpauke drohte, hatte er nicht die geringste Lust, sich von León erwischen zu lassen. Félix hörte die Kirchturmglocken von Nossa Senhora da Glória vier Uhr schlagen. Adelaide musste jeden Augenblick herauskommen. Félix schlich sich zu dem Holzgatter, das den Hinterhof des Hauses von der Straße trennte. Er ordnete mit den Händen das Haar seiner Perücke, nestelte an seiner Jacke herum und polierte seine Schuhe, indem er sie am Hosenbein abrieb. Anschließend klopfte er die Hose ab. Wie ein verliebter Junge, dachte Félix selbstkritisch. Dabei war Adelaide, eine der Küchenhilfen, die er bei seinen zahlreichen Besuchen in Leóns alter Wohnung kennen gelernt hatte, nichts weiter als eine Notlösung. Ein Mann wie er musste schließlich eine Gefährtin haben, oder etwa nicht? Und wenn Fernanda ihn verschmähte, dann musste er sich eben eine andere Frau suchen, eine, die seinen Annäherungsversuchen aufgeschlossener gegenüberstand, die samstags mit ihm zum Tanz in die *gafieira* nahe dem Aquädukt in Lapa ging und die ihm erlaubte, sie zu umarmen und zu küssen, wenn schon nicht das, was er eigentlich gerne mit ihr tun wollte. Aber gut, anständige Frauen mussten sich nun einmal zieren, so gehörte sich das.

Adelaide war nicht die schlechteste Wahl. Sie war ein nettes Mädchen. Ein Jahr jünger als er, von der gleichen hellbraunen Farbe und von kräftiger Statur, passte sie, zumindest rein äußerlich, perfekt zu Félix. Auch sie war mit Leóns Hilfe von einer Fazenda geflohen, auf der ihr ein ungleich grausameres Schicksal gedroht hatte als Félix. Adelaide selber sprach nicht gern über ihre Zeit als Sklavin, aber León hatte Félix ein wenig von ihrer Geschichte erzählt, um ihm die Augen zu öffnen für die Grausamkeit, zu der manche ihrer Landsleute fähig waren. Adelaide war von ihrem Besitzer zu einem perversen Zuchtprogramm ausgewählt worden, dessen Ziel es war, die stärksten und gesündesten Sklaven miteinander zu paaren, um eine neue Generation besonders robuster Schwarzer zu zeugen. Adelaide hätte Kinder austragen müssen, die ihr sofort nach der Geburt weggenommen worden wären, und sie wäre, nachdem sie eine ausreichende Zahl an Nachkommen produziert hätte, ausgemustert worden, um den Rest ihrer Kraft nutzbringend auf den Kaffeefeldern einzusetzen. In letzter Sekunde war Adelaide, die damals gerade dreizehn Jahre alt war, dank Leóns Hilfe die Flucht geglückt, und sie war ihrem Retter so treu ergeben, dass sie ihr Leben für ihn opfern würde, wenn es nötig sein sollte.

León hatte sich, indem er die Jugendlichen aus der Sklaverei befreit hatte, nicht einmal gesetzeswidrig verhalten. Seit gut zwanzig Jahren gab es bereits das »Gesetz des freien Bauchs«, das die Kinder von Sklaven zu freien Menschen erklärte. Dessen Umsetzung schien allerdings noch Lichtjahre entfernt. Welches Kind würde seine Eltern den Repressalien des Senhors aussetzen, die ihnen unweigerlich drohten, wenn das Kind seine Freiheit forderte? Und welcher Schwarze war schon den hinterlistigen Manövern der Fazendeiros gewachsen, die absurde Ablösesummen verlangten? »Natürlich bist du ein freier Mensch, Luisinho, du kannst gehen, wann immer es dir beliebt. Allerdings musst du vorher bezahlen, was ich für dich ausgelegt habe: fünfzehn Jahre lang Kost und Logis, da kommt ein hübsches Sümmchen zusammen …« Mit Argumenten dieser Art hielten die Senhores die »freien« Schwarzen in einer finanziellen Abhängigkeit, die sich in nichts von der Sklaverei unterschied.

»Du träumst wohl, was?«

Félix zuckte zusammen. Er war so in Gedanken gewesen, dass er Adelaide gar nicht bemerkt hatte. Er schüttelte den Kopf, nahm ihre Hand und verbeugte sich zu der Parodie eines Handkusses.
»Oho, was für geschliffene Manieren, wer hätte das gedacht! Da habe ich mir ja einen feinen Herrn ausgesucht.« Adelaide lächelte Félix herausfordernd an und entblößte dabei eine Reihe strahlend weißer, aber entsetzlich schiefer Vorderzähne. »Wohin gedenkt der Herr mich denn auszuführen? Ins Hotel Inglaterra vielleicht, oder gar ins Café das Flores?«
Félix lachte und schüttelte erneut den Kopf. In diesen überteuerten Etablissements würde er bestimmt nicht einen Vintém verschleudern, ganz davon abgesehen, dass Leute wie er und Adelaide dort unerwünscht waren. Dennoch hatte er etwas ganz Besonderes für den heutigen Tag geplant, das er Adelaide aber mit Gesten nicht würde begreiflich machen können. Und da das Mädchen des Lesens unkundig war, würde es sich eben überraschen lassen müssen.

Vitória hatte Stunden vor dem Spiegel zugebracht, war aber mit ihrem Aussehen noch immer nicht zufrieden. Ihr Haar gab sich störrisch wie selten, und trotz Eleonors Hilfe saß die Frisur nicht so, wie Vitória sich das vorgestellt hatte. Außerdem hatte sie abgenommen, ihr Kleid war in der Taille zu weit und wirkte wie schlecht geschneidert. Himmel, ausgerechnet jetzt, da sie sich León von ihrer besten – und schönsten – Seite präsentieren wollte! Nach dem Ausflug am vergangenen Sonntag war Vitória entschlossen, León und sich eine Chance zu geben. Erstmals seit ihrer Hochzeit hatte sie das Gefühl gehabt, dass zwischen ihnen wieder jener Funke glühte, der ihre Begegnungen ganz am Anfang gekennzeichnet hatte. Wie sie sich nach seinen Berührungen sehnte, und wie sehr sie sich wünschte, sich ihm ganz hinzugeben, nicht nur mit ihrem Körper, sondern mit ihrer Seele! Wäre es nicht das Klügste, die Vergangenheit ruhen zu lassen, León seine früheren Verfehlungen zu verzeihen und noch einmal ganz von vorn anzufangen? Welchen Sinn hatte es schon, ihrem Ehemann bis ans

Ende ihrer Tage böse zu sein? Damit tat sie sich schließlich selber keinen Gefallen. Außerdem war Vitória es langsam leid, sich immerzu mit León zu streiten. Die ganze letzte Woche, während der León unterwegs war, hatte Vitória an nichts anderes als an seine Zärtlichkeiten gedacht, an die weiche Haut, die sich über seinen harten Muskeln straffte, an den betörend maskulinen Duft, den er ausströmte.

Als León heute Mittag von seiner Geschäftsreise zurückgekehrt war, hatte in seinem Blick die unausgesprochene Frage gelegen, ob er wieder dort anknüpfen dürfe, wo sie vor einer Woche aufgehört hatten. Und obwohl Vitória sich sicher war, dass an ihren Augen die Antwort ebenso deutlich abzulesen war, hatte León ihr nur einen brüderlichen Kuss auf die Wange gegeben und sich in sein Arbeitszimmer begeben. Aber ab heute würde Vitória ihrem Mann eine gute Frau sein – nicht nur eine begehrenswerte Frau, die die Aufmerksamkeiten ihres Gatten mit Leidenschaft erwidert, sondern auch eine, die ihm im Alltag zur Seite steht.

»Sie sehen bezaubernd aus, Sinhá Vitória«, beteuerte das Mädchen wiederholt. Aber was wusste Eleonor schon, eine Schwarze, die bis vor kurzem nichts anderes in ihrem Leben gesehen hatte als andere Sklaven und ein paar Landpomeranzen? Vitória fand sich unmöglich. Es hatte einfach keinen Zweck. Heute war eindeutig einer jener Tage, an denen sämtliche Verschönerungsmaßnahmen ihr Ziel verfehlten. Vielleicht würde ein wenig Schmuck weiterhelfen? Aber ja! Sie brauchte ja nur Isaura den Anhänger abzukaufen! Sobald León sie mit dem Schmuckstück sah, würde er ihre Absichten zu deuten wissen. Abrupt stand Vitória auf, schob das Mädchen unwirsch beiseite und lief zum Hinterhaus, wo sich die Quartiere des Personals befanden. Immer zwei Stufen auf einmal nehmend, lief sie die Treppen zum dritten Stock hinauf. Als Vitória endlich im Dachgeschoss ankam, keuchte und schwitzte sie.

Sie wusste nicht genau, welches der Zimmerchen Isaura bewohnte, also öffnete sie einfach die Türen und sah in den einzelnen Kammern nach. In ihrer Eile vergaß sie dabei, vorher anzuklopfen, obwohl sie León hoch und heilig hatte versprechen müssen, die

Schwarzen fortan wie Angestellte mit einem Recht auf Privatsphäre zu behandeln. Die erste Kammer wurde eindeutig von Männern bewohnt, es lagen ein paar Hosen sowie Rasierzeug herum. Wie dunkel, stickig und muffig es hier war! Vitória schloss schnell wieder die Tür hinter sich und lief zum angrenzenden Raum.

»Oh, eh …« Vitória sah sich der Köchin gegenüber, die gerade im Begriff war, sich umzuziehen.

»Sinhá Vitória«, rief die Frau und hielt die Bluse schützend vor ihren Oberkörper. »Ist etwas Schlimmes passiert?«

Anscheinend hatte die Frau Vitórias Gesichtsausdruck falsch gedeutet.

»Ähm, nein. Das heißt, ich suche dringend Isaura. Wo finde ich sie?«

»Von hier aus die zweite Kammer auf der linken Seite. Aber ich glaube nicht …« Die Köchin verstummte und hob fassungslos die Schultern. Vitória hatte den Raum ebenso schnell verlassen, wie sie ihn betreten hatte, und die alte Frau war sich nicht sicher, ob sie den ganzen Vorfall nicht nur geträumt hatte.

Vitória rannte weiter und riss ungeduldig die Tür von Isauras Kammer auf. Es war niemand da. Zwei einfache Betten standen je rechts und links der Tür, beide ordentlich bezogen. Vor dem Fenster befanden sich zwei Stühle und ein abgenutzter Holztisch. Ein angeschlagenes Weinglas – das Vitória erst kürzlich aussortiert hatte, weil es beim Transport von Boavista nach Rio Schaden genommen hatte – diente als Vase für ein paar Zweige und Gräser. Es lagen weder Kleider noch andere Dinge herum, Isaura und die andere Bewohnerin mussten ihre Habseligkeiten im Schrank verstaut haben, der gleich neben der Tür stand. Ob sie einfach nachsehen sollte, ob der Anhänger sich darin befand? Nein, das ging entschieden zu weit.

Der Raum in seiner aufgeräumten Schlichtheit rührte sie. Vitória trat ans Fenster, öffnete es und sah hinunter in den Hof. Diese Aussicht aus ihrem neuen Haus war ihr so gut wie unbekannt – die Wohnräume lagen zur Straße hin, und ihr Schlafzimmer befand

sich an der linken Seite des Hauses, mit Blick auf den kleinen Park des Nachbargrundstücks. Auf der Rückseite des Hauses lagen nur die Küche und andere Arbeitsräume, die Dienstbotenzimmer sowie die Bäder, von denen sich eines direkt an Vitórias Zimmer anschloss. Doch immer, wenn sich Vitória im Badezimmer aufhielt, schloss sie die Vorhänge, ohne den Hinterhof eines Blickes zu würdigen. Aus gutem Grund, wie sie jetzt feststellte: Er lag vollständig im Schatten, war zugestellt mit allem möglichen Gerät und Gerümpel und war aufgrund der Nähe zum Nachbargebäude beklemmend eng. Der Hof erinnerte in nichts an die leichte Eleganz des Hauses. Dennoch schien er von den Dienstboten auch in deren Freizeit genutzt zu werden. Eine grob gezimmerte Bank sowie ein welker Christstern in einem alten Topf zeugten von dem fruchtlosen Versuch, dem Ort eine freundlichere Atmosphäre zu verleihen.
Ein Mädchen in frisch gestärkter Bluse und langem Rock huschte durch den Hof. Obwohl Vitória von ihrem Kopf nicht mehr als die weiße Haube sehen konnte, war sie sich sicher, dass es sich nicht um Isaura handelte. Einen Augenblick war sie versucht, das Mädchen zu rufen und nach Isauras Verbleib zu befragen. Doch dann entdeckte sie den jungen Mann, der an dem Gatter zur Straße auf das Mädchen wartete. Er verbeugte sich tief vor der Schwarzen, die Vitória jetzt als die Küchenhilfe identifizierte. Vitória war fasziniert von der Szene. Sie hörte das Lachen des Mädchens bis hier herauf, und obwohl sie ihr Gesicht nicht sah, konnte sie sich lebhaft die Pausbacken und das krumme Gebiss vorstellen. Wenn das Mädchen, dessen Name Vitória partout nicht einfallen wollte, lachte oder auch nur lächelte, strahlte sie eine so ehrliche Fröhlichkeit aus, dass sie immer alle ansteckte. Kein Wunder, dass der junge Mann dort unten ebenfalls die Lippen zu einem breiten Lächeln verzog. Er erinnerte Vitória an irgendjemanden, aber sie konnte sich nicht erinnern, an wen. Zudem erkannte sie, ohne ihre Brille, die Gesichtszüge des Mannes nicht genau.
Hübsch anzusehen waren sie, die beiden jungen Schwarzen. Als der Mann seinen Arm um die Taille der jungen Frau legte, ent-

wand sie sich ihm mit einem weiteren Lachen. Sie flüsterte ihm etwas ins Ohr, wobei sie ihn so zärtlich am Ärmel zupfte, dass es Vitória einen Stich versetzte. Ob es ihr je gelingen würde, mit León einen Umgang zu pflegen, der von so viel Harmonie, Intimität und Freundschaftlichkeit geprägt war wie bei diesem Paar dort unten?
Die beiden Schwarzen schlenderten gemütlich davon. Vitória sah ihnen nach, in einer Mischung aus Neid und Wohlwollen. Doch als der Mann plötzlich anfing, heftig zu gestikulieren, wurde Vitória stutzig. Das war doch … nein, das konnte nicht sein!
»Félix?«, rief sie aus dem Fenster.
Der Mann blieb stehen, drehte sich und und sah zu ihr hin. Als sich ihre Blicke trafen, wusste Vitória, trotz der Entfernung, dass ihre Vermutung richtig gewesen war. Groß war er geworden, und mit seiner albernen Perücke war er kaum wiederzuerkennen. Aber sein Lächeln und seine Körpersprache hatten Félix verraten. Er drehte sich sofort wieder um, griff nach der Hand seiner Begleiterin und lief mit ihr gemeinsam davon.
Vitória ließ sich so plump auf den Stuhl fallen, dass die Gräser in der improvisierten Blumenvase von der Erschütterung zitterten. Vitória glaubte nicht an Zufälle – sie hielt es für höchst unwahrscheinlich, dass sich das Mädchen und Félix auf dem Markt oder bei einem Fest kennen gelernt hatten, nicht in einer so großen Stadt wie Rio de Janeiro und nicht angesichts der Tatsache, dass die beiden mindestens einen gemeinsamen Bekannten hatten: León. Das Mädchen stand bereits seit rund drei Jahren in Leóns Diensten, und Félix hatte León auf Boavista kennen gelernt. Wenn also Félix mit einer von Leóns Angestellten ausging, konnte das nur bedeuten, dass er Kontakt zu León hatte. Und das wiederum ließ nur einen Schluss zu: León musste von Félix' Flucht erfahren und den Jungen gedeckt haben. Dieser Mistkerl!
Vitória raffte ihren Rock, rauschte aus dem kleinen Dienstbotenzimmer und war wild entschlossen, ihren Mann augenblicklich zur Rede zu stellen. Kurz bevor sie sein Arbeitszimmer erreichte, kam ihr ein weiterer Gedanke. Was, wenn León nicht passiver Mitwisser von Félix' Flucht gewesen war, sondern deren Drahtzieher?

Der Fluchthelfer? Aber ja, all die Bruchstücke, die vorher keinen Sinn gemacht hatten, fügten sich plötzlich zu einem stimmigen Ganzen. Die Tatsache, dass Félix trotz seiner Jugend und der Stummheit, die ihn brandmarkte, nie gefunden worden war; Leóns sonderbare Geschäftsreisen, die ihn immer wieder aufs Land führten, wo er angeblich Reden halten und wichtige Persönlichkeiten treffen musste; die unerklärliche Ergebenheit seines Personals León gegenüber – das alles erklärte sich nur vor diesem ungeheuerlichen Hintergrund. León war ein Sklavenbefreier. Und zwar einer, der in großem Stil handelte. Dass León sich mit Worten für die Schwarzen stark machte, war eine Sache. Aber dass er seine Überzeugungen auch durch kriminelle Handlungen vertrat, war eine ganz andere. Vitória war von der plötzlichen Erkenntnis so aufgebracht, dass ihr das Herz bis zum Hals schlug. Nur gut, dass sie weder Isaura noch das Schmuckstück gefunden hatte.
»Du Dieb! Du elender, verlogener, verbrecherischer Schuft!« Vitória schrie ihre Wut in demselben Augenblick heraus, in dem sie die Tür des Arbeitszimmers aufriss. Erst danach bemerkte sie, dass León nicht allein war. Ihm gegenüber saß eine ältere Frau mit unverkennbar indianischen Zügen. León reichte der Frau ein Taschentuch, mit dem sie sich die roten Augen abtupfte.
»Wer auch immer du bist, was auch immer du für Sorgen hast, gute Frau, lass uns jetzt einen Augenblick allein. Ich muss mit meinem Mann unter vier Augen reden.« Vitória hatte die Besucherin instinktiv geduzt, so wie sie es mit allen Farbigen machte. Doch als die Frau aufstand und ihr Kleid zurechtstrich, bemerkte Vitória, dass es sich nicht um eine gewöhnliche Sklavin handelte. Sie trug Schuhe, ihre Garderobe war von guter Qualität, ihre Haltung die einer Herrin. Ob es sich vielleicht um die ehemalige Mätresse eines Senhors handelte? Die Frau war trotz ihres Alters eine Schönheit.
»Ich bin froh, dass wir uns endlich kennen lernen, mein Kind«, sagte sie und streckte Vitória die Hand zum Gruß hin.
»Wie ich schon sagte: Ich muss jetzt mit meinem Mann allein sein. Unser Kennenlernen, wenn es sich denn gar nicht vermei-

den lässt«, dabei warf Vitória León einen giftigen Blick zu, »muss warten. Und untersteh dich, mich noch einmal ›mein Kind‹ zu nennen.«

Die Frau nahm ihre Hand zurück und wandte sich wieder León zu. »Ich hätte dir eine bessere Wahl zugetraut. Machst du uns jetzt miteinander bekannt?«

Zögernd erhob sich León von dem Drehsessel, ging um den Schreibtisch herum und stellte sich zu den beiden Frauen. »Dona Doralice, das ist, wie Sie schon festgestellt haben, Vitória, meine zartfühlende, warmherzige Gattin. Und Vita, das ist Dona Doralice«, er schluckte kurz, bevor er fortfuhr, »meine Mutter.«

Seine Mutter?! Vitória starrte die Frau ungläubig an.

»Ja, mein Kind, das stimmt – auch wenn ich von meinem Sohn nicht gerade die Behandlung erfahre, die ich als seine Mutter verdiene.«

»Nun, dann haben wir wenigstens eines gemeinsam. Mir lässt León nämlich auch nicht die Behandlung angedeihen, die ich als seine Frau verdiene.«

León fühlte sich sichtlich unwohl. Er hatte immer befürchtet, dass eines Tages die Wahrheit ans Licht kommen würde. Aber musste es schon so früh passieren? Er war sich sicher gewesen, dass er, wenn er erst Vitórias Liebe gewonnen hätte, sie auch dazu bringen konnte, seine Abstammung zu akzeptieren. Er war sich ebenfalls sicher gewesen, dass, wenn dieser Zeitpunkt endlich gekommen wäre, Dona Doralice und Vita sich gut verstanden hätten, ja, dass sie echte Freundinnen hätten werden können. Doch unter den gegebenen Umständen verflüchtigten sich seine Hoffnungen zusehends. Ein Blick in Vitas Augen genügte, um das ganze Ausmaß ihres Hasses zu erkennen. Immerhin hatte Vita trotz des Schocks nicht ihre Schlagfertigkeit verloren – die Antwort, die sie Dona Doralice gegeben hatte, verletzte ihn zwar, erfüllte ihn aber auch mit Stolz. Das war seine Vita, wie er sie kannte und liebte!

»Wie bedauerlich, dass Sie nicht zu unserer Hochzeit kommen konnten, Dona Doralice. Meine Eltern hätten sich sehr gefreut,

Ihre Bekanntschaft zu machen – und ich wäre natürlich ebenfalls entzückt gewesen.«

Dona Doralice verstand den Seitenhieb, der mehr ihrem Sohn als ihr selber galt.

»Ja, mein Kind, ich bedauere das auch zutiefst. Mein einziger Sohn heiratet und hält es nicht für nötig, seine Mutter davon in Kenntnis zu setzen.«

»Vielleicht wollte er Ihnen ersparen, die furchtbare Familie kennen zu lernen, in die er eingeheiratet hat.«

»Ja, einen anderen Grund kann ich mir eigentlich auch nicht vorstellen …« Dona Doralice starrte Vitória unverwandt an. »Deine Familie, liebe Vita – als deine Schwiegermutter darf ich dich doch so nennen, oder? –, muss abscheulich sein, wenn sie dir auch nur im Geringsten ähnelt.«

Vitória war kurz davor, der Frau eine Ohrfeige zu geben. Aber als sie die Absurdität der Situation und den Schalk in Dona Doralices Augen erkannte, lachte sie laut heraus. Sie lachte, bis ihr die Tränen kamen.

»Sie gefallen mir, Dona Doralice. Endlich weiß ich, woher Ihr missratener Sohn seine Frechheit und seine Arroganz hat. Und natürlich sein unverschämt gutes Aussehen. Nur die Hautfarbe, die hat er wohl eher von seinem Vater geerbt, wie mir scheinen will … Weilt der vielleicht ebenfalls noch unter den Lebenden? Dann würde ich gerne seine Bekanntschaft machen.«

»Nein, Senhor Castro ist tatsächlich verblichen – aus dieser Richtung drohen dir keine weiteren Überraschungen, mein Kind.«

»So? Schade, gerade hatte ich angefangen, mich wirklich zu amüsieren. Sie sind heute bereits die zweite Person, die ich für tot gehalten hatte und die sich als quicklebendig erwiesen hat.« Vitória wandte sich an León. »León, Liebster, erinnerst du dich an den stummen Jungen, den wir auf Boavista hatten? Und von dem nach seiner Flucht nie wieder etwas gehört wurde? Stell dir vor, eben habe ich ihn gesehen, gleich hier vor unserem Haus, zusammen mit der Küchenmagd. Verrückt, nicht wahr?«

»Vielleicht täuschst du dich, Vita. Bestimmt war das nicht Félix, den du gesehen hat, sondern ein anderer Schwarzer.«
»Ach, sein Name ist dir aber doch noch auffallend geläufig.«
Dona Doralice ergriff den Arm ihres Sohnes und sah ihn ernst an. »Vielleicht sollten wir uns alle in den Salon begeben, einen Cognac trinken und Vita endlich die ganze Wahrheit erzählen.«
León nickte.
»Oh, ich denke, ich habe fürs Erste genug Wahrheiten aufgedeckt. Auf weitere Enthüllungen bin ich heute nicht mehr erpicht.«
»Vita, es folgen keine weiteren Enthüllungen. Aber gib León und mir wenigstens die Chance, dir alles zu erklären. Wenn du erst begreifst, wirst du auch verzeihen können.«
Vitória kniff die Lippen zu einem Ausdruck unwilligen Einverständnisses zusammen und nickte. Sie würde sich die Geschichte anhören, aber ganz bestimmt würde sie León weder Glauben schenken noch verzeihen. Niemals. Sie würde nur Dona Doralice zuliebe mitkommen, die zwar anscheinend in die Machenschaften Leóns verwickelt war, aber nicht halb so verschlagen wirkte wie ihr Sohn, und die zudem ebenfalls ein Opfer der Lügen Leóns war. Was war das nur für ein Mann, der seine Mutter für tot erklärte und sie von seiner eigenen Hochzeit fern hielt?! Vitória bekam vor Ekel eine Gänsehaut. Und diesem Mann hatte sie sich noch vor einer halben Stunde an den Hals werfen wollen!

Félix und Adelaide bekamen kaum noch Luft, nachdem sie so schnell gerannt waren, als sei der Leibhaftige hinter ihnen her. Félix fuchtelte wie wild mit den Händen vor Adelaide herum, um ihr zu erklären, was passiert war. Dabei wusste sie längst, wovor er eine solche Furcht hatte.
»Félix, beruhige dich. Die Sinhá hat dich gesehen. Na und? Was kann sie dir schon antun?«
Sie konnte ihn auspeitschen lassen, ihn auf Boavista die Schweine hüten lassen, ihm Nahrung vorenthalten, ihm all die bescheidenen Vergnügungen untersagen, die den Sklaven vergönnt waren, oder ihn – allein, hungrig, verletzt und verängstigt – in das dunkle Loch

stecken, das eigens für die Bestrafung besonders schwerer Vergehen vorgesehen war, wenngleich er nie erlebt hatte, dass irgendjemand dort eingesperrt wurde. Sie konnte ihm sein Leben zur Hölle machen, das konnte sie tun! Aber Adelaide behandelte ihn so, als habe er nur ein Gespenst gesehen, wo doch jedes Kind wusste, dass es keine Gespenster gab. Oh, und ob es Gespenster gab! Vitória da Silva war eines davon.

»Félix, dir wird nichts passieren. Senhor León wird dir helfen. Er wird ihr verbieten, dir irgendetwas anzutun.« In demselben Augenblick, in dem Adelaide die Worte ausgesprochen hatte, wusste sie, dass sie Unsinn waren. Im Gegensatz zu Félix, der nur das Mädchen Vitória von früher kannte, war sie mit dem Charakter der erwachsenen Sinhá Vitória vertraut. Adelaide wusste, dass Vitória sich von niemandem etwas vorschreiben ließ, am allerwenigsten von ihrem Mann.

Félix gab nichts auf das Gerede von Adelaide. Was wusste sie schon? Es war ja nicht sie, der das Ende ihrer Freiheit drohte. Natürlich bestand die winzige Chance, dass Sinhá Vitória sich mit den Tatsachen abfand. Aber sollte er es darauf ankommen lassen? Er hätte Adelaide sehen wollen, wenn sie diejenige gewesen wäre, die am helllichten Tage ihrem ehemaligen Besitzer begegnet wäre! Ein schönes Spektakel wäre das gewesen, sie wäre wahrscheinlich unter hysterischen Schreien zusammengebrochen und hätte sich wimmernd abführen lassen. So weit würde es bei ihm niemals kommen. Er musste wieder alles hinter sich zurücklassen, die neue Arbeit, die neue Hütte, die neuen Bekannten, alles. Denn wenn Vitória erst Adelaide ins Kreuzverhör nahm, würde schnell genug herauskommen, wo er wohnte. Dieses Risiko konnte er nicht eingehen.

Félix gab Adelaide zu verstehen, dass sie sich eine Zeit lang nicht würden sehen können.

»Aber Félix, du übertreibst maßlos! Warte doch erst einmal ab, was passiert. Und außerdem: Hat dir Senhor León nicht erklärt, dass du, weil du nach 1864 geboren bist, sowieso ein freier Mensch bist? Dir kann überhaupt nichts passieren.«

Ach nein? Er hatte genügend Geschichten von jungen Schwarzen gehört, die wieder eingefangen worden waren, um zu wissen, dass den Fazendeiros immer irgendein Grund einfiel, um ihre wertvollen menschlichen Arbeitstiere an ihre Farmen und Felder zu binden. Am geläufigsten und erfolgversprechendsten war es für die Senhores, die rebellischen Sklaven erfundener Verbrechen zu bezichtigen – am Ende zogen fast alle das Leben auf den Kaffeefeldern einem »freien« Leben im Gefängnis vor, das ihnen unweigerlich gedroht hätte. In ganz Brasilien gab es nicht einen Polizisten oder Richter, der der Aussage eines Schwarzen mehr Glauben geschenkt hätte als der eines weißen Senhors.
Félix ließ sich in seinem Entschluss nicht durch Adelaide beirren. Er würde Unterschlupf an einem Ort finden, an dem ihn kein Mensch, nicht einmal León, vermuten würde. Gar nicht weit entfernt von hier, und doch in einer gänzlich anderen Welt.

Das Ticken der Standuhr im Salon machte ihr Schweigen hörbar. Vitória war die Erste, die das stille Herumsitzen nicht länger ertragen konnte. Sie stellte ihre Kaffeetasse klirrend auf dem Glastisch ab und ergriff das Wort.
»Also, was ist? Ich bin sehr gespannt. Und León, ich schlage vor, du überlässt deiner Mutter das Reden. Aus deinem Mund habe ich bisher nie etwas anderes als Lügen gehört.«
Das hatte León ohnehin vorgehabt. Er hatte den beiden Frauen seinen Rücken zugewandt, nippte gelegentlich an seinem Whiskey und blickte gedankenverloren aus dem Fenster.
Dona Doralice sah besorgt zu ihrem Sohn hinüber, wandte sich aber sofort wieder Vitória zu. Sie straffte ihren Rücken und holte tief Luft.
»Leóns Vater war ein sehr reicher Mann. Und ein sehr einsamer.« Sie nahm einen Schluck von ihrem Cognac, als müsse sie sich für ihre Erzählung Mut antrinken.
Vitória hatte keine Ahnung, warum Dona Doralice so weit ausholte, aber sie ließ sie gewähren. Endlich würde sie etwas mehr

über Leóns Vergangenheit erfahren, Antworten auf Fragen erhalten, denen er immer ausgewichen war.
»José Castro e Lenha war ein sehr erfolgreicher Viehzüchter. Seine Farm war und ist bis heute die größte der Region Chuí, an der Grenze zu Uruguay. Er war einer der wenigen Fazendeiros, die die Grenzkriege zwischen Brasilien und Uruguay unbeschadet überstanden haben, denn er war halb spanischer, halb portugiesischer Abstammung und zudem mit großem diplomatischem Geschick gesegnet. Er heiratete eine Brasilianerin, doch die Ehe war nicht glücklich. Nachdem Dona Juliana ihrem Mann drei Töchter geschenkt und damit ihrer ehelichen Pflicht Genüge getan hatte, wandte sie sich der Kirche zu. Senhor José suchte Trost bei mir. Ich glaube, dass er sich nicht nur körperlich zu mir hingezogen fühlte, sondern dass er mir aufrichtige Gefühle entgegenbrachte – so wie ich ihm. Aber ich war nur eine Sklavin, und die Umstände erlaubten es weder ihm noch mir, unsere Verbindung so zu leben, wie wir es uns gewünscht hätten. Als ich schwanger wurde, wusste jeder auf der Fazenda, einschließlich Dona Juliana, wer der Vater war. Ich war scheußlichen Demütigungen ausgesetzt, und alles wurde noch viel schlimmer, als ich schließlich einen Sohn zur Welt brachte. Josés einzigen Sohn! León war ein so hübsches, hellhäutiges Kind, dass José gar nicht anders konnte, als ihn zu lieben. Er erkannte die Vaterschaft an, gab León seinen Namen und erzog ihn zu seinem Erben. Ich selber dagegen konnte meinen Sohn nur noch heimlich sehen.«
Dona Doralice hielt kurz in ihrer Erzählung inne. Vitória studierte aufmerksam ihr Gesicht, doch sie sah darin weder Verbitterung oder Hass, sondern nur Wehmut. Sie konnte nicht anders, als dieser Frau Bewunderung entgegenzubringen. Was für ein unglaubliches Schicksal sich hinter den Worten verbarg, die sie in ihrer Geschichte ausgespart hatte. Und was für ein Charakter! Ihrem Sohn zuliebe verzichtet sie auf die Liebe José Castros, lässt sich von dessen Frau und Töchtern schikanieren, nimmt die Entfremdung von León in Kauf – damit der es eines Tages besser haben möge als sie.
»Als León zwanzig Jahre alt war, starb sein Vater und hinterließ

ihm die Fazenda. Dona Juliana war einige Jahre zuvor gestorben, und Leóns Halbschwestern waren, alle drei mit einer üppigen Mitgift ausgestattet, längst verheiratet und fortgezogen. Leóns erste Handlung als neuer Senhor war, dass er mir offiziell die Freiheit schenkte.«

Das also war der Hintergrund jenes Zeitungsartikels, über den Pedro und seine Freunde sich vor Jahren lustig gemacht hatten! Vitória hatte den Artikel ebenfalls für das Produkt einer überbordenden Fantasie gehalten – jetzt schämte sie sich für ihre damalige Reaktion.

»Und allen anderen Sklaven auch. Er bot allen an, auf der Fazenda zu bleiben und für einen bescheidenen Lohn sowie eine kleine Gewinnbeteiligung zu arbeiten. Fast alle blieben. Natürlich ging die Umstellung nicht ganz ohne Probleme vonstatten, aber im Großen und Ganzen war das Projekt erfolgreich: Die Leute waren motivierter, arbeiteten besser und erwirtschafteten viel mehr Gewinn, als es Sklaven je hätten tun können. Weißt du, Vita, Geld ist ein viel stärkerer Antrieb als die Angst vor Prügeln.«

Vitória nickte nachdenklich. »Das mag schon sein. Und mit seinen eigenen Sklaven kann León ja auch gerne machen, was er für richtig hält. Aber das gibt ihm doch noch lange nicht das Recht, über die Sklaven anderer Leute zu verfügen. Er hat Félix zur Flucht verholfen, ist es nicht so, León?« Und ohne dessen Antwort abzuwarten, fuhr sie fort: »Das ist Diebstahl. Nichts weiter als gewöhnlicher, niedriger Diebstahl.«

Endlich drehte sich León, der die ganze Zeit über aus dem Fenster gestarrt hatte, zu ihnen um. In seinem Blick lag glühender Zorn.

»Vita, ich weiß nicht genau, wie du empfunden hättest, wenn du Dona Alma zwanzig Jahre lang nur heimlich hättest besuchen können; wenn du dabei das ganze Elend, die ganze Verzweiflung in den *senzalas* kennen gelernt hättest; wenn dir deine Stieffamilie immer zu verstehen gegeben hätte, dass deine leibliche Mutter nicht mehr wert ist als ein Hund; oder wenn du schließlich deine eigene Mutter geerbt hättest, wie eine Ware, ein Ding, das in der Inventarliste des Nachlasses weit unter dem Walnussschrank rangiert.

Nein, Vita, das weiß ich nicht, aber ich könnte mir vorstellen, dass es dich genauso zerfressen hätte, wie es bei mir der Fall war. Und ich könnte mir ebenfalls vorstellen, dass du ähnliche Konsequenzen aus diesen Erfahrungen gezogen hättest wie ich.«

Vitória sah León gequält an und enthielt sich eines Kommentars. Natürlich, was León durchgemacht hatte, war schrecklich. Aber er sollte sie doch inzwischen gut genug kennen, um zu wissen, dass sie mit diesen Castros nicht das Geringste gemein hatte. Sie behandelte die Schwarzen gut, und manche von ihnen waren ihr durchaus mehr wert als ein Schrank.

León hatte ihren Blick offenbar völlig falsch gedeutet, denn plötzlich explodierte er: »Und verschon mich bloß mit deinem Mitleid!«

»Ich empfinde kein Mitleid mit dir, León. Ich frage mich nur, wie jemand mit deinem Werdegang jemals auf die irrwitzige Idee kommen konnte, ausgerechnet eine weiße Sinhazinha zu ehelichen, die Tochter eines Sklavenhalters, des ›Feindes‹ also. Ist das deine Art der Rache? Bin ich nur Stellvertreterin für die Herrschaften, die dich erniedrigt haben, und muss ich jetzt für deren Sünden büßen?«

»Aber Vita«, mischte sich nun Dona Doralice in den Wortwechsel ein, »was für eine dumme Frage. Wenn jemand so unerklärliche Dinge tut, und so unverzeihliche, dann gibt es dafür nur einen Grund: die Liebe.«

»Unsinn«, warf León ein, der immer noch aufgebrachter war, als ihn Vitória je zuvor erlebt hatte. »Vita hat mit ihrem außergewöhnlich scharfen Verstand den Nagel auf den Kopf getroffen. Und findest du nicht, mein Herz, dass mein Rachefeldzug sehr effizient ist? Leider waren dafür einige Opfer notwendig.« Er sah traurig seine Mutter an. »Es tat mir in der Seele weh, Mãe, dir die Hochzeit zu verschweigen. Vielleicht ist es dir ja ein Trost, dass meine Beweggründe für diese Eheschließung ohnehin nicht eben romantischer Natur waren. Aber glaubst du, Vita hätte mich zum Mann genommen, wenn sie meine Herkunft gekannt hätte?«

»Aber natürlich hätte ich das! Es war immer mein größter

Wunsch, Kinder in die Welt zu setzen, die womöglich ganz nach ihrer Großmutter väterlicherseits geraten. Mit Verlaub, Dona Doralice: hellbraune Mischlingskinder. Aber so weit ist es ja Gott sei Dank nicht gekommen. León, ich fürchte, diesen perfidesten Punkt deiner Rachepläne wirst du nun nie mehr realisieren können.«

»Das werden wir ja noch sehen.«

Dona Doralice lauschte dem hässlichen Schlagabtausch zwischen ihrem Sohn und ihrer Schwiegertochter mit wachsendem Unbehagen. Mein Gott, wie konnten die beiden nur so aneinander vorbeireden! Erkannten sie denn nicht das Offensichtliche?

»So, ich gehe jetzt lieber. Vita, vielleicht können wir uns ja dieser Tage einmal treffen und uns unterhalten, nur wir zwei, unter Frauen. Ich denke, es gibt allerhand zu besprechen – und ich bin mir sicher, dass du noch viele Fragen hast, die ich dir beantworten kann.« Sie reichte Vitória die Hand, die diese diesmal ergriff.

»Dona Doralice, es war mir eine Ehre, Sie kennen zu lernen. Dennoch halte ich es für das Beste, wenn wir uns nicht wiedersehen. Ich glaube nicht, dass meine Ehe mit León, die nur auf Lügen aufgebaut ist, Bestand haben wird.«

Dona Doralice war anderer Meinung, sagte aber nichts. Sobald Vitória die neuen Erkenntnisse verdaut haben würde, wäre sie bereit, das längst überfällige Gespräch mit ihr zu suchen. Dona Doralice ging zu León, umarmte ihn, küsste ihn auf beide Wangen und verließ wortlos den Raum.

Sie hinterließ ein Vakuum, in dem Vitórias und Leóns Wut augenblicklich erlosch. Übrig blieben nur Traurigkeit, Verletztheit und Resignation.

»Vita …«

»Es ist alles gesagt, oder?«

»Geh nicht.«

Vitória schüttelte kaum merklich den Kopf, bevor auch sie sich umdrehte und den Salon verließ. Sie wollte nicht, dass León die Tränen in ihren Augen sah – diesen Triumph gönnte sie ihm nicht. Als sie leise die Tür hinter sich geschlossen hatte, lief sie, so schnell

sie konnte, auf ihr Zimmer, wo sie sich, endlich, ungeniert ihren Gefühlen hingeben konnte. Doch kaum dass sie dort angekommen war, war der Drang, sich aufs Bett zu werfen und hemmungslos zu weinen, verflogen. Als habe die letzte halbe Stunde all ihre Energie verzehrt, fühlte Vitória auf einmal nichts mehr außer Trostlosigkeit. Eine ungeheure Müdigkeit überfiel sie, doch bevor sie sich schlafen legte, wollte sie sich noch zu einem Brief an Pedro und Joana aufraffen. Ihr Bruder und seine Frau sollten sich schließlich keine unnötigen Gedanken über ihre plötzliche Abreise machen.
Morgen würde sie nach Boavista zurückkehren. Dort, im Schutz ihrer Familie, in der Kraft spendenden Natur und in den Erinnerungen an ihre unbeschwerte Kindheit würde sie Abstand gewinnen zu ihrer unglücklichen Ehe. Allein beim Gedanken an eine Tasse Kakao in Luizas heimeliger Küche wurde es Vitória wärmer ums Herz. Sie würde abends mit ihrem Vater auf der Veranda sitzen, eingehüllt in den Qualm seiner Zigarre, und die Ereignisse des Tages durchsprechen. Sie würde Dona Alma so viel vorlesen, wie sie es sich wünschte, und vielleicht sogar Trost in den Bibelstellen finden, die sie früher nur lieblos heruntergeleiert hatte. Sie würde die Erntearbeiten beaufsichtigen und Seu Fernando mit ihrer Gegenwart in den Wahnsinn treiben. Sie würde sich am süßlichen Duft der trocknenden Kaffeekirschen berauschen, und sie würde sich von Bolo und José durch die Gegend kutschieren lassen, um die vernachlässigten Kontakte zu Nachbarn und alten Freunden wieder aufzufrischen.
Nachdem Vitória den Brief beendet hatte, klingelte sie nach dem Mädchen und ließ sich das Abendessen aufs Zimmer bringen. Mit großem Appetit – die Aussicht auf ihre bevorstehende Abreise hatte eine unglaublich revitalisierende Wirkung auf sie – aß sie sämtliche Leckereien auf, die die Köchin liebevoll für sie auf dem Tablett arrangiert hatte, eine Menge, die normalerweise für zwei Personen gereicht hätte. Anschließend ließ sie sich von Eleonor aus ihrem Kleid helfen, geflissentlich bemüht, die neugierigen Blicke des Mädchens zu ignorieren. Offenbar hatte sich unter dem Personal schon herumgesprochen, was vorhin im Salon passiert

war – die Dienstboten hatten ihre Augen und Ohren immer und überall offen. Vitória war froh, als sie das elegante Kleid endlich abstreifen konnte und mit ihm das beschämende Gefühl, sich zum Narren gemacht zu haben. Wie hatte sie sich nur jemals einbilden können, León mit ein wenig Nachgiebigkeit und einem hübschen Äußeren zu beeindrucken? Wo bei anderen Menschen das Herz pulsierte, saß bei León nichts weiter als ein dichter Knoten aus Hass, Grausamkeit und der wilden Entschlossenheit, sie zu quälen. Als Vitória endlich im Bett lag, wälzte sie sich ruhelos hin und her. Was für ein Tag! Die Ereignisse gingen ihr nicht aus dem Kopf, an Schlaf war diese Nacht wohl kaum zu denken. Nur gut, dass bald ein neuer Tag begann – er konnte ja nur besser werden als der heutige.

XXIII

Der folgende Tag sollte, anders als Vitória geglaubt hatte, verheerend werden.

Dabei hatte er so vielversprechend begonnen. Vitória erwachte von einem Sonnenstrahl, der durch einen Spalt in der Gardine direkt auf ihr Gesicht fiel. Sie betrachtete das als gutes Omen. Hellwach und voller Tatendrang beeilte sie sich mit der allmorgendlichen Prozedur des Waschens und Anziehens, bevor sie sich zum Frühstück ins Esszimmer begab. León saß bereits am Tisch, stand aber auf, als Vitória hereinkam. Er faltete seine Zeitung zusammen und sah sie missmutig an.

»Ich werde dir das Frühstück durch meine Anwesenheit nicht verderben.«

»Oh, bitte mach dir keine Umstände. Es wird ohnehin unser letztes gemeinsames Frühstück sein. Ich reise heute Mittag ab.«

»Das trifft sich gut, ich habe ebenfalls vor, heute zu verreisen.«

»Eine weitere kleine Diebestour, hm? Tu mir nur einen Gefallen und nähere dich nie wieder Boavista oder seinen Bewohnern.«

León hob die Augenbrauen zu einem Ausdruck gelangweilter Herablassung, klemmte sich die Zeitung unter den Arm, nahm im Stehen den letzten Schluck Kaffee aus seiner Tasse und ging. An der Tür drehte er sich noch einmal zu Vitória um.

»Gute Reise, mein Herz.«

»Danke, gleichfalls.« Vitória schenkte León ihr künstlichstes Lächeln, wandte dann schnell den Blick von ihm ab und widmete sich hingebungsvoll ihrem Croissant. Sie wunderte sich selber, wie gut es ihr gelang, sich kühl zu geben. In ihrem Innersten brodelte es.

León hatte an diesem Tag eigentlich nach Bananal fahren wollen, einer weiteren Hochburg des Kaffeeanbaus, um dort eine Rede zu halten und die angesehenen Bürger der Stadt auf seine Seite zu ziehen. Keine besonders schwierige Aufgabe, denn außer den Fazen-

deiros gab es kaum noch Brasilianer, die für die Sklaverei waren. Viele bekannten sich nur noch nicht zu dieser Haltung, weil sie von den Fazendeiros abhängig waren. Ob Schlachtermeister, Gesetzeshüter, Museumskurator, Geigenbauer oder Bahnhofsvorsteher – ohne die Aufträge, die Bestechungsgelder oder die Protektion der Kaffeebarone erginge es ihnen schlecht. Erst wenn alle gemeinsam gegen die Sklaverei vorgingen, wären sie gegen die unausweichlichen Rachegelüste der Feudalherren gefeit. Das war es, was León ihnen in seinen Artikeln und in seinen Reden klar zu machen versuchte. Hatte der Postbote erst verstanden, dass der Gastwirt oder der Notar mit ihm in einem Boot saßen, und hatte er sich erst mit den anderen verständigt, fehlte nicht mehr viel, bis er sich als Abolitionist zu erkennen gab. León hatte in anderen Kleinstädten die Erfahrung gemacht, dass er mit seinen Reden offene Türen einrannte – er war derjenige, der den Leuten mit seinen Argumenten ein Ventil für die schwelenden Animositäten gegen die Fazendeiros, vielleicht auch für den Neid, bot. Bananal wäre keine Ausnahme, und in Wahrheit langweilte León die Aussicht auf die Reise.
Er war gerade am Bahnhof angekommen, als ein Kurier des Hofes, unschwer an seiner Uniform zu erkennen, im Laufschritt auf ihn zukam.
»León Castro? Ihre kaiserliche Hoheit, die Prinzessin Isabel, wünscht Ihre sofortige Anwesenheit im Kaiserpalast.«
»So, wünscht sie die?«
Der Kurier sah ihn beleidigt an. Natürlich hatte die Prinzessin, oder besser gesagt, ihr persönlicher Beraterstab, nur die dringende Bitte geäußert, León Castro zu rufen. Es handelte sich schließlich weder um eine Verhaftung noch um eine Vorladung. Dennoch hatte der Kurier es noch nie zuvor erlebt, dass irgendjemand den Wunsch der Prinzessin in Frage stellte.
»Eh, ja, also …«, stammelte er.
León war insgeheim froh, dass man ihm einen Vorwand geliefert hatte, die unselige Reise nach Bananal kurzfristig abzusagen. Er war in Gedanken heute ganz woanders. Und er war todmüde. Er

hatte die ganze Nacht kein Auge zugetan, weil ihn Vitas böse Anschuldigungen und ihre kalte Ablehnung tief getroffen hatten. Was hatte er schon Schlimmes getan, außer ein paar Leute zu befreien, die von Rechts wegen ohnehin hätten frei sein müssen? Das war kein Diebstahl, im Gegenteil. Die wahren Diebe waren doch die Fazendeiros, die andere Menschen ihrer Freiheit beraubten! Und als Grund dafür führten sie deren dunklere Hautfarbe an – mein Gott, was für eine Verlogenheit! Portugiesen waren doch selbst nichts als Mischlinge: Römer, Galizier, Mauren und weiß der Teufel wer alles hatten sich in Portugal über die Jahrhunderte gemischt. Was, wenn plötzlich Chinesen in Europa einfallen und Menschen einfangen würden, die sie als Arbeitskräfte auf ihren Reisfeldern brauchten?! Wie konnte ein intelligenter Mensch wie Vita nur die Sklaverei befürworten, und wie konnte sie nur blind die Vorurteile übernehmen, die ihre Eltern sie gelehrt hatten? Sie musste doch selber die Erfahrung gemacht haben, dass es unter den Farbigen alle Wesenszüge und Eigenarten gab, die auch die Weißen hatten: kluge und dumme, fleißige und faule, schöne und hässliche, gerissene und naive, gutmütige und bösartige, großzügige und kleingeistige Menschen gab es unter allen Völkern dieser Erde. Wie konnte Vita staunend vor der anbetungswürdigen Vielfalt der Natur stehen, wenn es um Pflanzen oder Singvögel ging, dieselbe Vielfalt bei Menschen aber schlichtweg so interpretieren, wie es ihr und ihrer Geldgier am besten passte?
Der Kurier stand immer noch vor ihm und räusperte sich. »Ja, also Ihre Hoheit, die Prinzessin Isabel, hat …«
León erlöste den Kurier aus seiner Verlegenheit: »Schon gut. Ich komme ja mit.«
Er war ausgesprochen neugierig, was so wichtig war, dass man ihn dafür sogar am Bahnhof aufstöberte.

Nach dem Frühstück scheuchte Vitória sämtliche Dienstboten auf, um ihr bei den Reisevorbereitungen und beim Packen zu helfen. Ausgerechnet heute hatte Taís ihren freien Tag, sodass Vitória selber die Leute einteilen musste. Isaura wurde mit Schuheputzen und dem Annähen eines Knopfes betraut, Eleonor trug die Verantwortung für alle Toilettenartikel, Adelaide erhielt den Auftrag, mit Hilfe der Köchin einen Korb mit Reiseproviant zusammenzustellen, Roberto musste zur Wäscherei laufen, um dort eine Bluse abzuholen, und Reynaldo wurde angewiesen, die Kutsche abfahrtbereit zu halten. Spätestens um 16 Uhr wollte Vitória fertig sein, um noch den letzten Zug nach Vassouras zu erreichen. Doch kurz nach 15 Uhr machte sich unter den Angestellten eine merkwürdige Aufgeregtheit breit, die deren Arbeitseifer zu bremsen und Vitórias Abreise zu verzögern drohte.

»He, Junge, was fällt dir ein?!«, fuhr sie den Gehilfen des Gärtners an, als der mit lehmverkrusteten Füßen durch die Haustür stürmte, in der Halle an ihr vorbeirannte und dabei beinahe eine antike chinesische Vase umriss.

»Aber Sinhá Vitória, haben Sie es denn noch nicht gehört?! Wir sind frei! Die Sklaverei ist abgeschafft!«

»Wenn mich nicht alles täuscht, bist du bereits frei. Wir bezahlen dich schließlich für deine miserable Arbeit, oder etwa nicht? Und jetzt mach, dass du wieder nach draußen kommst und etwas tust für dein Geld!«

Erst als der Junge wieder verschwunden war, ging Vitória die ganze Tragweite seiner Worte auf. Wenn es stimmte, was er gesagt hatte, und die Euphorie, die von den Schwarzen im Haus Besitz ergriffen hatte, sprach eindeutig dafür, dann standen ihr und ihrer Familie katastrophale Zeiten bevor.

Vitória legte sich einen leichten Schal um die Schultern und begab sich auf die Straße. Vielleicht wussten die Nachbarn Genaueres. Doch Dona Anamaria von nebenan war genauso ratlos wie sie selbst. Gemeinsam gingen sie zum Largo da Glória, in der Hoffnung, dass dort sicher bald der Zeitungsbursche mit einem Extrablatt vorbeikäme. Wenn nicht dort, dann würden sie bestimmt auf der Praça Paris mehr erfahren, die nur wenige Gehminuten weiter entfernt lag. Bereits auf dem Weg dorthin wurde Vitória klar, dass ihre Reise nach Boavista vorerst aufgeschoben werden musste. Wenn schon in Rio die Schwarzen so entfesselt waren, spontane

Freudentänze auf der Straße aufführten, sich gegenseitig umarmten und gelegentlich auch die weißen Senhores ihre aufgestaute Aggression spüren ließen, wie musste es dann erst im Vale do Paraíba zugehen?

Die Nachricht erreichte um 15.15 Uhr das Telegrafenamt in Vassouras. Wenig später hatte sie sich in der ganzen Stadt verbreitet, und es dauerte keine weitere Stunde, bevor das ganze Vale von der Neuigkeit erfahren hatte. Auf den Kaffeefeldern ließen die Schwarzen am helllichten Nachmittag alles stehen und liegen, um sich dem Zug derjenigen anzuschließen, die in der Stadt ihr Glück suchen wollten – die Ernte würde an den Sträuchern verrotten. Die Baustelle der Kirche in São José das Três Ilhas, deren zwei Türmchen schon zaghaft über das Kirchenschiff hinausragten, verwaiste in Windeseile. Auf vielen Fazendas bekamen die Herrschaften nichts mehr zu essen serviert, weil weder in der Küche noch im Haus auch nur ein einziger arbeitswilliger Schwarzer mehr aufzustöbern war. Senhores, die ihre Sklaven besonders schlecht behandelt hatten, konnten von Glück sprechen, wenn die allzu lange unterdrückten Horden nicht über sie und ihre Familien herfielen und ihnen mit gleicher Münze heimzahlten, was sie hatten erleiden müssen. In den *senzalas* herrschte ein beinahe undurchdringbares Gewühl, weil alle Schwarzen ihre armseligen Besitztümer – Kleidung, Strohmatten, verbeulte Töpfe, Pfeifen, primitive Musikinstrumente, zuweilen auch Seidenblumen, Silberknöpfe oder andere nutzlose Geschenke, die sie von ihren Besitzern erhalten hatten – zusammenrafften und sich damit auf den Weg in ein neues Leben machten. Manch einer stattete vorher dem Herrenhaus noch einen Besuch ab, um alles an sich zu reißen, was ihm auch nur den geringsten Verkaufswert zu haben schien.
Die Senhores versuchten mit allen Mitteln, die Disziplin aufrechtzuerhalten, aber angesichts der Überzahl der Schwarzen waren sie machtlos. Erst jetzt, da sie das Gesetz auf ihrer Seite hatten und dadurch zum Ungehorsam ermutigt wurden, stellten die Schwarzen

fest, wie einfach es schon vorher gewesen wäre, sich den Senhores zu widersetzen – wenn sie nur alle gemeinsam gehandelt hätten.

Im Herrenhaus von Boavista machte sich blankes Entsetzen breit. Dona Alma hatte panisch alle Türen von innen verrammelt und sich dann in ihr Zimmer eingeschlossen. Sie hörte, wie Fenster eingetreten wurden. Ein paar junge Burschen wüteten im Salon, wurden aber schließlich von Luiza vertrieben, die mit einem Topf siedenden Öls eine äußerst effiziente Waffe gegen die Eindringlinge zur Hand hatte. Vor dem Haus versuchte der alte José wacker, mit der Reitpeitsche ein paar Männer davon abzuhalten, ihm die Kutsche zu stehlen, aber seine Anstrengungen waren vergebens. Die Männer enterten das Gefährt mit viel Gejohle, doch schon nach wenigen Metern brach die Kutsche unter dem Gewicht all der Menschen zusammen, die noch aufgesprungen waren.

Eduardo da Silva hatte den Nachmittag in Begleitung seines Verwalters auf einem abgelegenen Teil seiner Ländereien verbracht, um den Schaden zu begutachten, den ein Sturm verursacht hatte. Von dem Sturm, der zurzeit über das Vale hinwegfegte, bekam er nichts mit. Erst als er sich kurz vor Einbruch der Dämmerung auf den Heimweg machte und ihm eine Gruppe Schwarzer entgegenkam, erfuhr er von den Geschehnissen. Plötzlich entdeckte er Miranda inmitten des Zuges, die sich in ihrem adretten Kleid auffallend von den anderen abgerissenen Gestalten abhob.

»Ja, Senhor Eduardo, jetzt sind wir endlich an der Reihe!«

»Aber Miranda, Mädchen, wo willst du denn hin? Glaubst du, diese Leute«, dabei deutete er mit unverhohlener Verachtung auf die Gruppe, »könnten dir das bieten, was du bei uns hast?«

Ein hoch gewachsener Feldsklave stellte sich schützend vor Miranda, sah Eduardo hasserfüllt an und spuckte ihm vor die Füße. »Das und noch viel mehr, Senhor.« In die Anrede »Senhor« legte er dabei so viel Sarkasmus, dass Eduardo Angst bekam. Dem Mann stand die Mordlust ins Gesicht geschrieben. Besser, er entfernte sich möglichst rasch von den Schwarzen.

»Viel Glück, Mädchen«, rief er und gab seinem Pferd die Sporen.

Als er und der Verwalter Boavista erreichten, überkam ihn gren-

zenlose Furcht. Die Fazenda lag ganz still da, und obwohl es bereits dunkel war, drang nicht der kleinste Lichtstrahl aus dem Haus.
»O Gott!«, stieß er hervor.
Der Verwalter hatte die Augen ebenfalls vor Schreck geweitet. »Senhor Eduardo, wenn Sie nichts dagegen haben, schaue ich mal nach, wie es drüben bei uns aussieht.«
Eduardo entließ Fernando mit einer ungeduldigen Handbewegung. Nichts könnte ihm jetzt gleichgültiger sein als das Verwalterhäuschen und seine Bewohner. Eduardo stieg von seinem Pferd, band es an einem Pfosten des Geländers der Treppe fest und stieg langsam die Stufen hinauf, müde und wie um Jahre gealtert. Das Knirschen eines Glassplitters, den er mit der Sohle seines Schuhs zermalmte, erschreckte ihn. Die Haustür ließ sich nicht öffnen.
»Alma!«, rief er laut durch die eingeschlagene Scheibe im oberen Teil der Tür. »Alma! Mach auf, ich bin es!«
Nach ein paar Sekunden, die ihm wie eine Ewigkeit erschienen, hörte er schlurfende Geräusche aus der Halle.
»Sinhô Eduardo, wie gut, dass Sie heil zurückgekommen sind. Dona Alma geht es nicht gut. Was für eine Schande, was für eine Schande ...« Luiza öffnete ihm die Tür, die von innen mit einer Kommode verstellt war.
»Gute Frau, lauf und hol eine Lampe. Die Dunkelheit macht das Ganze auch nicht einfacher.«
Als Luiza mit der Lampe wiederkam, sah Eduardo, dass die alte Sklavin sich seinen Armeerevolver in den Rockbund gesteckt hatte. Wider Willen begann er laut zu lachen.
»Ach, Luiza! Hättest du wirklich auf deine eigenen Leute geschossen?«
»Meine Leute? Dreckige Feldneger, undankbare Halbstarke und verkommene Schlampen? Das sind nicht meine Leute. Sie und Dona Alma und Sinhazinha Vita und Nhonhô Pedro, Sie sind meine Leute.«
Inzwischen war auch José in der Halle erschienen. Er weinte, als er seinem Herrn vom Verlust des Pferdegespanns erzählte. Auch alle

anderen Pferde seien ihnen gestohlen worden, und der faule Bolo, den er wie seinen Sohn behandelt hatte, sei einer der Anführer gewesen. »Dieser Nichtsnutz und Tagedieb hat meine schöne Kutsche auf dem Gewissen – aber ohne Pferde nützt sie uns ja eh nicht mehr viel.« Wieder wurde er von einem erbarmungswürdigen Schluchzer geschüttelt.

Eduardo hörte den Klagen des alten Kutschers nur mit halbem Ohr zu. »Wo ist Dona Alma?«, unterbrach er ihn.

»Oben, in ihrem Zimmer.« Luiza stieg mit der Lampe vor Eduardo die Treppe hoch und leuchtete ihm den Weg. Vor der Tür zu Dona Almas Zimmer wies Eduardo sie an, alle Lampen im Haus zu entzünden, Splitter und andere Spuren der Verwüstung im Esszimmer zu beseitigen und das Essen anzurichten. Gar so hoch schien der Schaden ja gar nicht zu sein.

»Von den Turbulenzen des Tages wollen wir uns doch nicht den Appetit verderben lassen, nicht wahr?«

Anderen Fazendeiros war dagegen gründlich der Appetit vergangen. Eufrásia und Arnaldo waren froh, überhaupt mit dem Leben davongekommen zu sein, nachdem die Schwarzen sie tätlich angegriffen hatten. Nur die kleine Ifigênia saugte gierig an Eufrásias Brust, ein Anblick, den Dona Iolanda trotz der außergewöhnlichen Umstände skandalös fand. Es gab keinen Grund, sich gehen zu lassen, nur weil die Amme das Weite gesucht hatte oder weil ein paar Neger ihrem Sohn die Nase gebrochen, ihrem Mann ein blaues Auge geschlagen, ihr selbst das Kleid zerrissen und Eufrásia das Gesicht zerkratzt hatten.

Rogério und seine Familie standen abgekämpft vor den Ruinen ihres Hauses, das trotz stundenlanger Löscharbeiten bis auf die Grundmauern abgebrannt war. Ein paar Feldneger, die in die Küche eingebrochen waren, um sich mit Lebensmitteln einzudecken, hatten in einem Anfall schierer Raserei mit einigen kraftvollen Tritten den Herd aus seiner Verankerung gerissen und damit den Brand ausgelöst.

Bei den Leite Corrêias war der Tag glimpflicher abgelaufen, nicht zuletzt deshalb, weil sie, wie die da Silvas, ihre Sklaven immer gut behandelt hatten. Dennoch dachte auch Edmundo nicht ans Essen. Zu groß waren seine Trauer und sein Unverständnis darüber, dass selbst Sklaven, die sie als Familienmitglieder betrachtet und wie solche behandelt hatten, davongelaufen waren. Sogar die hübsche Laila, der er den Hof gemacht, die er mit Geschenken überschüttet und die er wie eine Prinzessin behandelt hatte, Laila, die seit Vita das erste Mädchen war, dem er intensive Gefühle entgegenbrachte, sogar sie war dem trügerischen Sog der Freiheit erlegen und davongelaufen. Hatte er sich die Lust, mit der sie seine zaghaften Küsse und seine zärtlichen Berührungen erwiderte, etwa nur eingebildet? Konnte er sich so in ihr getäuscht haben? Und wie, in Gottes Namen, sollte er den Hohn in ihrem Blick deuten, den sie ihm zum Abschied zugeworfen hatte?

Dona Doralices unbändige Freude über das Ende der Sklaverei wurde getrübt durch das Wissen um die Verantwortungslosigkeit vieler Schwarzer. Einige würden stehlen, randalieren und morden. Sie würden glauben, sie seien jetzt die Herren im Land, und in wenigen Tagen würde die Erkenntnis, dass es sich keineswegs so verhielt, den Übermut in Mutlosigkeit umschlagen lassen, eine Gemütsverfassung, die nach Dona Doralices Erfahrung viel gefährlicher war als das augenblickliche Gefühl der Unbesiegbarkeit. Aber wer konnte es ihnen verdenken? Nach Jahrhunderten der Unterwerfung, der Erniedrigung und der bewussten Unterdrückung all ihres selbstständigen Denkens und Handelns war die Reaktion der Schwarzen doch nur natürlich. Dennoch war Dona Doralice entschlossen, im Interesse der freigelassenen Sklaven für mehr Besonnenheit zu sorgen. Vielleicht gelang es ihr, zumindest bei einigen Leuten, den Überschwang ein wenig zu bremsen. Wenn erst die Vernunft die Oberhand gewonnen haben würde, läge vor ihnen allen eine wunderbare Zukunft. Dona Doralice lächelte selbstvergessen vor sich hin und ermunterte damit eine wildfremde Frau, die neben ihr stand, sie am Arm zu packen und zu einem Tänzchen herumzuwirbeln.

Keine hundert Meter entfernt von Dona Doralice stand Aaron Nogueira auf seiner Veranda. Er wunderte sich über den Aufruhr, der dort draußen herrschte. Das Ende der Sklaverei war doch nun wahrhaftig nicht überraschend gekommen. Es hatte sich schleichend angekündigt, schon seit Jahren. Es hatte mit dem Erlass wohlmeinender Gesetze zum Schutz der Schwarzen begonnen und sich in der Einwanderungspolitik Brasiliens manifestiert, die gezielt europäische Arbeitskräfte ins Land ließ, damit diese mehr und mehr die Arbeit der schwarzen Sklaven übernehmen konnten. Einen weiteren Erfolg hatten die Abolitionisten 1871 mit der Erlassung des Gesetzes des »freien Bauches« feiern können, und als 1885 allen Sklaven, die über fünfundsechzig Jahre alt waren, per Gesetz die Freiheit zugesprochen wurde, war die Befürwortung der Sklaverei längst eine vom Aussterben bedrohte Geisteshaltung. Aaron wunderte sich vielmehr darüber, dass es überhaupt noch so lange gedauert hatte, bis Prinzessin Isabel die historischen Worte verkündete: »Hiermit erkläre ich die Sklaverei in Brasilien für beendet.«
Der heutige Sonntag, der 13. Mai 1888, würde, so viel stand für Aaron fest, als besonders wichtiges Datum in die Geschichtsbücher Eingang finden – dabei war er nichts weiter als die logische, konsequente und extrem verspätete Folge all dessen, was seit mehr als achtzig Jahren diskutiert wurde. Und einen Grund zum Feiern sah Aaron schon gar nicht. Er fand es eigentlich eher peinlich für Brasilien, dass es so lange gebraucht hatte, sich zu diesem Gesetz durchzuringen, obendrein zu einem Zeitpunkt, da die Freiheit den Schwarzen mehr Nachteile als Vorteile brachte. Jetzt, da es im Land reichlich Arbeitskräfte aus Europa gab, die qualifiziert und billig waren, würden die Schwarzen höchstens noch zu den allerniedrigsten Arbeiten herangezogen werden und dafür auch nur Hungerlöhne bekommen. Die Schwarzen würden in der Tat frei sein – frei, für einen Teller Bohnen ihre Seele zu verkaufen.
Aaron wandte sich von dem Spektakel auf der Straße ab, ging in die Wohnung und konzentrierte sich wieder auf die Unterlagen, die er übers Wochenende bearbeiten musste. Und obwohl er ihn zu ignorieren versuchte, schlich sich der Gedanke an Vita immer wie-

der in den Vordergrund. Sie hatte Recht behalten. In weiser Voraussicht hatte sie ihr Vermögen vermehrt und sich eine Existenz jenseits von Kaffeepflanzungen und Sklaverei aufgebaut. Aber einen Grund zum Jubeln hatte sie heute ganz sicher nicht. Aaron schloss die Augen und gab sich einen winzigen Moment lang einem Anflug von Mitgefühl hin – eine Regung, die er sich seinen Klienten gegenüber normalerweise nicht gestattete.

Félix' Kopf tat noch immer weh. Als er gestern bei Lili hereingeschneit war, mit nichts als dem, was er am Leibe trug und vor Aufregung zitternd, hatte ihn die einstige Bekannte aus Esperança-Zeiten zunächst nicht erkannt. Doch als er seine Perücke abnahm und ihre unwirschen Fragen mit Gesten beantwortete, erinnerte sie sich wieder. »Félix, der Glückliche! Mir scheint, du hast zurzeit nicht ganz so viel Glück, was? Aber das werden wir hier schnell ändern. Such dir ein Mädchen aus – zum Gedenken an alte Zeiten und zum Zeichen meiner Gastfreundschaft.« Félix war wie vor den Kopf gestoßen. Er hatte natürlich gewusst, dass Lili ein Bordell betrieb, aber er war doch nicht mit der Absicht hierher gekommen, sich zu vergnügen! Er machte Lili deutlich, dass ihm nicht der Sinn nach der Art von Ablenkung stand, den das Bordell zu bieten hatte.
»Immer noch schüchtern, was? Oder hast du so lange unter feinen Leuten gelebt, dass dir dieses Haus und die Leute, die darin verkehren, nicht mehr gut genug sind?«
Tatsächlich ekelte sich Félix vor den Huren, die alt, fett und ungepflegt waren. Es schüttelte ihn beim Gedanken an den fleckigen Diwan im »Salon«, und am meisten widerte ihn der Geruch nach Sünde, Erbrochenem und schalem Bier an. Aber hatte er eine Wahl? Nur in der Halbwelt Rios würde er unsichtbar bleiben, würde er im Schutz der Dunkelheit, der Scham und dem sonderbaren Ehrgefühl, das daraus resultierte, überleben. Er zwinkerte Lili zu und erklärte ihr, dass er verlobt sei.
Lili brach in schallendes Gelächter aus. »Als ob das jemals einen Mann davon abgehalten hätte, sich bei uns zu amüsieren! Na ja, Junge, wenn du deine Verlobte erst ein paar Tage nicht gesehen

hast, kannst du gerne auf mein Angebot zurückkommen.« Von einem Moment auf den anderen wurde sie wieder ernst. »Sag mal, Félix, du bist doch ein schlaues Bürschchen, nicht wahr? Du hast doch von uns allen auf Esperança am schnellsten lesen und schreiben und rechnen gelernt? Kannst du noch etwas davon? Ich jedenfalls kann nur gut rechnen – aber das konnte ich schon vorher. Mit Buchstaben habe ich es nicht so.«

Félix nickte und gab ihr zu verstehen, dass er in der Zwischenzeit sogar noch viel mehr gelernt hatte.

»Pass auf: Wenn du willst, gebe ich dir ein Zimmer, zu essen und zu trinken, so viel du willst, und ich bezahle dir noch ein kleines Gehalt. Dafür musst du nichts weiter tun, als mir ein bisschen beim Schreibkram helfen. Behördenschriebe beantworten, Einladungskarten aufsetzen und so. Wie findest du das?«

Félix fand den Vorschlag gut. Als er die Summe erfuhr, die Lili ihm zahlen wollte, fand er ihn sogar grandios. Was für ein Glückspilz er doch war! Er hatte sich in Sicherheit gebracht und gleichzeitig eine Arbeit ergattert, die viel lukrativer war und bestimmt auch viel lustiger, als die im Kontor. Seine neue Chefin holte zwei Gläser von einem Tablett auf der Anrichte, die so aussahen, als seien sie nach dem letzten Gebrauch nicht abgewaschen worden, goss großzügig Zuckerrohrschnaps hinein und reichte ihm eines davon, um die Vereinbarung zu begießen.

Und jetzt, keine vierundzwanzig Stunden später und immer noch unter den Folgen des billigen Schnapses leidend, sollte er erneut trinken. In Lilis Bordell stießen die Huren, die eben erst aufgestanden waren, miteinander auf das Ende der Sklaverei an, und Félix musste wohl oder übel mittrinken, wenn er es sich nicht bereits an seinem ersten richtigen Arbeitstag mit den Frauen verderben wollte. Denn dass er die Arbeit in dem Bordell behalten würde, auch wenn er jetzt frei war und keine Bestrafung mehr zu fürchten hatte, stand für ihn fest.

Chefarzt Doutor João Henrique de Barros fluchte laut und für alle hörbar vor sich hin. Sonntags waren sie ohnehin schon unterbesetzt, und jetzt, da einige der Schwestern einfach die Klinik verlassen und sich spontan unter die Menschenmenge draußen auf dem Platz gemischt hatten, um dort weitere Neuigkeiten zu erfahren, war die Arbeit kaum zu bewältigen. Das wenige Personal, das in der Klinik geblieben war, war ihm keine wesentliche Hilfe. Permanent musste er es zur Ordnung rufen. Schön, die Verkündung des neuen Gesetzes und die Stimmung auf der Straße mochten ja aufregender sein als die Pflege der Patienten. Aber waren sie auch wichtiger? Die Verbände des Senhor Ribeiro de Assis mussten dringend gewechselt werden, das Fieber der kleinen Kátia musste mit dem ständigen Erneuern von Wadenwickeln unter Kontrolle gebracht werden, und die Blinddarmoperation der alten Dona Ursula duldete keinen Aufschub mehr. Wie sollte er anständige Arbeit leisten, wenn sogar seine rechte Hand, Oberschwester Roberta, nicht bei der Sache war?

»Schwester, sorgen Sie dafür, dass alle Fenster und Läden geschlossen werden. Anschließend sorgen Sie dafür, dass die Schwestern sich den Kranken widmen und nicht dem unwürdigen Schauspiel dort draußen.« Mit einem maliziösen Grinsen fügte er hinzu: »Die Leute, die sich dort wie Verrückte gebärden, werden sich eh bald in unserer Klinik wiederfinden.«

João Henrique sollte Recht behalten. Am späten Nachmittag wurden die ersten Verletzten in den »Vitória-Castro-da-Silva-Flügel« eingeliefert, den alle weiterhin »Südflügel« nannten. Die meisten Patienten waren halb bewusstlos nach dem übermäßigen Konsum von selbst gebranntem Cachaça und darum wenig empfindlich für die Schmerzen, die er ihnen beim Nähen ihrer Platzwunden verursachte. Es folgten mehrere Frauen, die, wahrscheinlich nach exzessivem Tanzen unter der prallen Sonne, in Ohnmacht gefallen waren und sich beim Sturz hässliche Wunden am Kopf oder auch Gehirnerschütterungen zugezogen hatten. Es wurden Schwarze und Weiße eingeliefert, alte und junge Leute, arme und reiche. Verstauchte Knöchel mussten behandelt, gebrochene Nasen gerichtet, Splitter entfernt und Schultern eingerenkt werden. Natürlich hörte auch das normale Leben mitten in dem Chaos nicht auf, ihm

Patienten zuzuführen. João Henrique holte Kinder zur Welt, diagnostizierte Magengeschwüre und verabreichte den Todgeweihten hohe Dosen an Morphium. Er schiente Beine, schnitt Furunkel auf, behandelte Leistenbrüche. All das tat er mit dem höchsten Maß an Konzentration, zu dem er fähig war, und ohne jede Gefühlsregung. Sein anfänglicher Ärger wurde abgelöst von der Ruhe, die der Routine innewohnt. Er arbeitete wie eine Maschine, schnell und präzise, ohne sich eine Pause zu gönnen und ohne auf die Signale seines eigenen Körpers zu achten.

Gegen acht Uhr am Abend ließ er die Fenster wieder öffnen. Der Gestank in den Krankensälen war unerträglich. Darüber hinaus war João Henrique ein überzeugter Frischluftanhänger, nur die außergewöhnliche Situation hatte ihn überhaupt dazu veranlasst, die natürliche Ventilation vorübergehend zu stoppen. Allmählich legte sich die Aufregung, die von allen außer ihm Besitz ergriffen hatte. Gerade als der junge Arzt sich an seinen Schreibtisch setzen und eine Tasse Kaffee trinken wollte, die Schwester Ursula ihm unaufgefordert gebracht hatte, erschien ein Bote an seiner Tür.

»Sind Sie der Doutor João Henrique de Barros? Die Senhora Joana da Silva schickt nach Ihnen. Es sei sehr dringend.«

Pedro hatte auf das richtige Pferd gesetzt und gewonnen – das Fünffache seines Wetteinsatzes. Mit einem Bekannten, den er im Joquei Clube getroffen hatte, war er anschließend auf einen Drink in die Stadt gefahren, um seinen Gewinn gebührend zu feiern. Die Schwarzen haben anscheinend auch einen Grund zum Feiern, dachte Pedro noch und freute sich mit ihnen. Doch seine ausgelassene Stimmung verflog jäh, als er den Grund für den Jubel in den Straßen erfuhr. Auf dem kurzen Fußweg von dem Café zu der Kutsche hatte er sich dann auch noch zu allem Überfluss die Stirn an einem rostigen Fenstergitter aufgeschlagen, als er von der Menge, die sich durch die Straßen der Innenstadt wälzte, unsanft beiseite geschubst worden und gestolpert war. Als er sich vor dem Mob in einem Hauseingang in Sicherheit gebracht hatte – seinen Bekannten hatte er unterwegs aus den Augen verloren –, wischte er sich mit dem Rockärmel über die Stirn und merkte, dass er blutete. Warum hatte er ausgerechnet heute sein Taschentuch, das ihm Joana jeden Morgen in die Rocktasche steckte, dazu missbraucht, sich Staub von den Schuhen zu wischen, und es dann in der Kutsche liegen gelassen? Sei's drum. Es gab jetzt Dringenderes, über das er nachdenken musste. Was würde mit Boavista passieren? Wäre sein Vater in der Lage, die Fazenda auch ohne Sklavenarbeit weiterhin Gewinn bringend zu führen? Wäre es nicht ratsam, sich auf der Stelle dorthin zu begeben und seine Hilfe anzubieten? Gemeinsam konnten sie es vielleicht schaffen. Aber nein, in den nächsten Tagen wäre an eine Reise ins Vale do Paraíba nicht zu denken. Wenn die Schwarzen hier in Rio schon so tobten, wie wäre dann erst die Situation auf dem Land?

Als Pedro endlich zu Hause ankam, lief er, noch bevor seine Frau ihn sah und ihm den üblichen Begrüßungskuss geben konnte, schnell hinauf, um sich zu waschen und umzuziehen. Er wollte Joana nicht mit seinem Anblick beunruhigen. Sie war sicher auch so schon verängstigt.

Doch als er dann ins Esszimmer kam, erwartete ihn eine strahlende und ungewöhnlich elegant gekleidete Joana mit einem besonders festlichen Abendessen.

»Gibt es einen Grund zum Feiern?«

»Gibt es keinen?«

»Ich glaube nicht. Ich weiß, dass du immer für die Abschaffung der Sklaverei warst, und ich weiß auch, dass du die Schwarzen bezahlst.«

Joana sah Pedro überrascht an.

»Aber ja, ich habe nur nichts dazu gesagt, weil ich finde, dass das Haus und das Personal in deinen Zuständigkeitsbereich fallen. Ich wollte mich nie einmischen.«

Joana hob zu einer Erwiderung an, doch Pedro stoppte sie mit einer Handbewegung.

»Das ist es ganz gewiss nicht, was mir Sorgen macht. Im Gegenteil: Im Augenblick bin ich dir für dein eigenmächtiges Handeln sehr dankbar, denn nur ihm haben wir es zu verdanken, dass uns

nicht alle Schwarzen davongelaufen sind, dass wir jetzt an diesem herrlich gedeckten Tisch sitzen und dieses wunderbare Essen serviert bekommen. Aber Joana, hast du dir einmal überlegt, was jetzt auf Boavista zukommt? Und damit, früher oder später, auch auf uns? Die Macht der Kaffeebarone ist gebrochen, Joana.«
Aber seine Frau schien das wenig zu berühren. Sie strich zärtlich Pedros Haar aus der Stirn und erschrak, als sie die schorfige Wunde sah.
Pedro erzählte ihr kurz und emotionslos, wie er sich verletzt hatte.
»Pedro, du brauchst weder das Geld noch die Beziehungen deines Vaters, um es in der Welt zu etwas zu bringen. Du bist klug, fleißig und hast alle Voraussetzungen, deinen eigenen Weg zu gehen. Nur an gesundem Menschenverstand mangelt es dir manchmal ein bisschen. Herrje, wie kann man nur eine so hässliche Wunde ignorieren?! Du musst sie dringend behandeln lassen! Ich werde jemanden nach João Henrique schicken, wahrscheinlich ist er noch in der Klinik und findet wieder kein Ende.«
Und bevor Pedro auch nur den Hauch einer Chance hatte, dagegen ein Widerwort einzulegen, hatte Joana bereits die Klingel betätigt, um Humberto mit dieser wichtigen Mission zu betrauen.

Die Schwarze Witwe saß allein in dem Zimmerchen, dessen Miete León noch immer für sie bezahlte, und dachte nach. Ihre ganze Aura, ihr Auftritt, ihre Extravaganz – all dem war mit dem heutigen Tage ein Ende gesetzt worden. Sie wäre als freie Schwarze nichts Besonderes mehr, und ohne ihre schwarze Garderobe – deren vorgeblicher Grund, die Trauer um ihr Volk, ja nun hinfällig geworden war – würde sie nicht mehr die geringste Aufmerksamkeit erregen. Andere Schwarze würden fortan in den Theatern, den Restaurants, auf den Soirees und Empfängen auftauchen. Andere gut aussehende Mulattinnen würden den Männern den Kopf verdrehen. Der Kampf für die Abschaffung der Sklaverei war zu Ende, und damit war sie jeden Vorwandes beraubt, um sich mit León zu treffen. Die Schwarze Witwe verfluchte den 13. Mai

1888, ja, sie verfluchte diesen Tag, der das ganze Bild von ihr, an dem sie in den vergangenen Jahren so hart gearbeitet hatte, mit einem Schlag vernichten würde.
Aber sie wäre nicht so weit gekommen, wenn sie sich von einem kleinen Rückschlag wie diesem unterkriegen lassen würde. Sie war eine Kämpfernatur, und bei Gott, sie würde kämpfen! Sie würde Leóns eingebildete Ehefrau ausstechen, und sie würde auch die Nachteile, die die Freilassung der Schwarzen für sie bedeuteten, in einen Sieg für sich verwandeln. Nur wie? Die Schwarze Witwe goss sich ein weiteres Glas Sherry ein, band ihr Haar zu einem straffen Knoten und machte sich daran, einen Schlachtplan zu entwerfen.

Fernanda war gerade dabei, das alte Fass mit Steinen, Sand und Erde zu füllen, um es anschließend mit ein paar Blumen zu bepflanzen, als Zeca aufgeregt die Straße heraufgerannt kam.
»Was machst du hier noch, ganz allein? Alle feiern – komm mit!«
»Meine Güte, Zeca! Ich habe dir doch schon gesagt, dass ich nicht zu Feijãos Geburtstag kommen werde. Ich wollte heute einmal in Ruhe zu Hause bleiben. Es gibt tausend Dinge, die ich während der Woche immer liegen lasse und um die ich mich lieber kümmere als um diesen Wichtigtuer, dem ich, ehrlich gesagt, nicht traue. Und überhaupt: Ich frage mich, woher er das Geld hat, um alle einzuladen – bestimmt hat er es nicht auf anständige Weise verdient.«
»Aber Fernanda, wer redet denn von Feijãos Geburtstag? Wir feiern die Abschaffung der Sklaverei!«
»Nein!« Doch ein Blick in Zecas gerötetes, freudestrahlendes Gesicht bestätigte ihr, dass es wahr war. »Das ist … das ist … ach, Zeca!«, rief sie und fiel ihm um den Hals.
Hand in Hand liefen sie zu der Bar, in der es schon hoch herging. Auch draußen vor der Tür hatte sich eine Menschenmenge angesammelt. Ein paar Männer erzählten immer und immer wieder, wie, wann und wo genau der historische Moment stattgefunden hatte, und schwadronierten dabei, als hätten sie höchstpersönlich

neben der Prinzessin gestanden und seien praktisch verantwortlich für ihre glorreiche Tat.

Einer der lautesten Schwätzer war Feijão, trunken von seinem vorübergehenden Reichtum und dem Genuss zahlreicher Schnäpse. Zwar hatte er für die Marmorplatten, die er von der Baustelle gestohlen hatte, nur einen Bruchteil dessen bekommen, was sie wert waren, aber trotzdem war ein hübsches Sümmchen für ihn dabei herausgesprungen.

Fernanda und Zeca gesellten sich zu ein paar Nachbarn, die weit von Feijão entfernt standen, und unterhielten sich mit ihnen über die großartige Neuigkeit. Zeca drückte Fernandas Hand, ermutigt von der allgemeinen Hochstimmung, doch sie erwiderte seine Aufmerksamkeiten nicht.

Fernanda dachte an nichts anderes als daran, dass Félix nun endlich wieder aus seinem Versteck kommen konnte – und sie als freie Menschen ein neues Leben beginnen konnten.

Buch III

1889–1891

XXIV

»Vitória, Liebes, du lässt den Sklaven zu viele Freiheiten. Du musst streng mit ihnen sein, sonst tanzen sie dir nur auf der Nase herum.«

Dona Alma setzte sich in ihrem Bett auf und drückte unzufrieden die Kissen in ihrem Rücken zurecht.

»Mãe, die Sklaverei wurde vor einem Jahr abgeschafft.«

Dona Alma stieß ein trockenes Lachen aus und schüttelte traurig den Kopf. »Ein Jahr schon? Mein Gott …« Dann, als schäme sie sich dieser kurzen nostalgischen Anwandlung, nahm sie wieder einen neutralen Ton an. »Trotzdem hast du noch Sklaven, oder etwa nicht? Dieses freche Mädchen vorhin – was zahlst du ihr? Kaum genug zum Überleben. Dafür arbeitet sie hier sechs Tage die Woche, vierzehn Stunden am Tag. Wenn das keine Sklaverei ist.«

»Lassen Sie das nicht León hören.«

»Nimm es mir nicht übel, Vitória, aber dein Mann ist ein Träumer. Er glaubt, dass man die Neger mit ein paar Gesetzen zu Weißen machen kann.«

»Sie irren sich, Mãe. Er sieht die Lage durchaus realistisch. Er versucht nichts weiter, als eine gesetzliche Grundlage zu schaffen, um die Schwarzen vor rassistischen Übergriffen, polizeilicher Willkür und ökonomischer Ausbeutung zu bewahren.« Vitória wunderte sich über ihren Drang, León vor ihrer Mutter in Schutz zu nehmen. Sie selber hatte oft harsche Kritik an León geübt, hatte ihm übergroßen Idealismus und mangelndes Realitätsbewusstsein vorgeworfen. Ihrer Meinung nach würde es noch mindestens hundert Jahre dauern, bis Weiße und Schwarze gleichberechtigt wären, wenn es überhaupt je so weit käme. Doch dass ihre Mutter, die immerhin die Gastfreundschaft ihres Schwiegersohns aufs Äußerste strapazierte, sich anmaßte, schlecht über León zu reden, das empfand Vitória als undankbar und geschmacklos.

»Man kann niemanden per Gesetz dazu zwingen, die Sklaven wie

Weiße zu behandeln, und damit basta.« Dona Almas Ton duldete keinen Widerspruch.
Vitória zwang sich zur Ruhe. Ihre Mutter raubte ihr den letzten Nerv. »Nein, und man kann die Schwarzen heute nicht mehr zwingen, alle Weißen wie Herren zu behandeln. Außer natürlich ihre Dienstherren …«
»Du findest also, dass dieses freche Mädchen sich solche Unverschämtheiten gegenüber deiner Mutter herausnehmen darf, einer Senhora von Stand, nur weil sie nicht meine Sklavin ist?«
»Mãe, Taís war nicht unverschämt, sie hat nur die Anweisungen des Arztes befolgt. Sie hat Ihnen einen leichten Imbiss sowie Ihre Medizin gebracht und hätte sich mit der gebotenen Höflichkeit zurückgezogen, wenn Sie sich nicht aufgeführt hätten wie eine Furie und das Tablett auf den Boden geworfen hätten – wobei ich mich natürlich sehr darüber freue, dass Sie so plötzlich Ihre Energie wiedergewonnen haben.«
»Ich bitte dich, Kind! Mir ist das Tablett aus Versehen heruntergefallen, und dieses freche Mädchen rennt einfach davon, anstatt unverzüglich den Schaden zu beseitigen. Du musst diese Person verkaufen, ich meine, hinauswerfen.«
Vitória hatte nichts dergleichen vor. Taís war von allen Dienstboten die intelligenteste, fleißigste und freundlichste. Zudem war sie kaum je aus der Fassung zu bringen – einer der Gründe, warum sie zu Dona Almas Betreuung abgestellt worden war. Die anderen Angestellten hatten Angst vor der bettlägerigen Senhora, die alle mit ihren sonderbaren Launen zur Verzweiflung trieb. Hätte sich Taís wirklich eine Unverschämtheit gegenüber Dona Alma herausgenommen, dann wäre Vitória sicher die Erste gewesen, die die junge Frau auf die Straße gesetzt hätte. Aber Vitória wusste, wie sich der Fall zugetragen hatte. Sie hatte das Gezeter ihrer Mutter gehört, und sie hatte gesehen, wie Taís tränenüberströmt aus dem Zimmer gelaufen war.
»Ich fürchte, wenn Sie noch länger hier weilen, brauche ich niemandem zu kündigen – die Dienstboten laufen mir dann schon von alleine fort.«

Dona Alma sah ihre Tochter entsetzt an. Aber jetzt, da sie einmal angefangen hatte, ihrem Unmut Luft zu machen, war Vitória nicht mehr zu stoppen. »Mit Verlaub, Mamãe, Sie sind hier zu Gast, und es wäre für alle im Haus, mich selber eingeschlossen, erträglicher, wenn Sie sich auch benehmen würden wie eine Senhora von Stand.«

»Vitória! Ich bin deine Mutter, nicht dein Gast! Es ist deine Pflicht, deinen Eltern in einer schwierigen Lage beizustehen.«

»Da sind wir ausnahmsweise einer Meinung. Ich habe Ihnen schon mehrfach angeboten, Ihnen Geld und Personal in ausreichender Menge zu geben, um sich auf Boavista ein komfortables Leben einrichten zu können. Ich verstehe nicht, warum Sie dieses Angebot ablehnen, als sei es sittenwidrig.«

»Es ist sittenwidrig. Du hast doch mit eigenen Augen gesehen, wie weit es im Vale do Paraíba gekommen ist. Willst du, dass dein Vater über die Felder reitet und von den verwilderten Kaffeesträuchern an seinen Untergang erinnert wird? Willst du, dass wir in Valença behandelt werden wie verarmte Bauern, bestenfalls mitleidig belächelt von dreisten Negern, die uns früher einmal gehört haben? Wie kannst du nur so unsensibel sein und uns dorthin zurückschicken wollen?«

Ihre Mutter hatte, leider, Recht. Als Vitória kurz nach der Abolition nach Boavista gefahren war, in der irrigen Annahme, dort Ablenkung von ihrer deprimierenden Ehe zu finden, war sie zutiefst erschrocken. Auf den Feldern wucherte das Unkraut zwischen den Kaffeesträuchern, die ehemals prachtvollen Herrenhäuser zeigten bereits erste Anzeichen des Verfalls, die Palmenalleen waren wegen der herabgefallenen Blätter zum Teil unpassierbar. Und obwohl das Tal mit seinen sanften Hügeln, seiner üppigen Vegetation und den malerischen Bächen und Flüssen weiterhin von enormer landschaftlicher Schönheit war, hatte über allem der Hauch von Hoffnungslosigkeit gelegen.

»Die Vieiras sind fortgezogen«, fuhr Dona Alma fort, »die Fazenda der Leite Corrêias ist völlig verwahrlost. All unsere Freunde und Nachbarn haben das Tal verlassen, wie Ratten das sinkende

Schiff. Was in Gottes Namen sollen wir deiner Meinung nach auf Boavista tun?«

»Hier in Rio pflegen Sie, wenn mich nicht alles täuscht, auch kaum soziale Kontakte. Auf Boavista könnten Sie ebenso gut im Bett liegen wie hier. Wo also wäre der Unterschied?«

»Ich wusste gar nicht, wie boshaft du bist. Oder hat dich erst deine unglückliche, kinderlose Ehe so werden lassen?«

Das, dachte Vitória, war wieder typisch für ihre Mutter. Immer wenn ihr die Argumente ausgingen, wich sie vom Thema ab. Seit ihre Eltern in Rio waren, hatte ihre Mutter permanent an ihr herumgekrittelt, und am liebsten sprach sie dabei über Vitórias und Leóns Kinderlosigkeit. Mehrmals täglich rieb sie sie Vitória unter die Nase, und immer gab sie Vitória zu verstehen, dass die Verantwortung dafür einzig bei ihr lag, die unfähig war, ihren Mann glücklich zu machen.

»Falls Sie sich auf den Umstand beziehen, dass León so gut wie nie zu Hause ist, sollten Sie die Schuld vielleicht bei sich selber suchen. Ich an seiner Stelle würde ebenfalls einen großen Bogen um dieses Haus machen. Mir selber bleibt als treusorgender Tochter ja nichts anderes übrig, als mich um Sie zu kümmern, sonst hätte ich auch schon längst das Weite gesucht, das können Sie mir glauben! Und da wir gerade bei Ihrem Lieblingsthema sind: Warum ziehen Sie nicht zu Pedro und Joana und ihrer Kinderschar?«

Auch ihr Bruder und seine Frau hatten keinen Nachwuchs. Doch während Vitória sich ständig den unerfüllten Wunsch ihrer Eltern nach Enkeln anhören musste, wurde Pedro damit in Frieden gelassen. Mit ihrer Versorgerrolle, so schien es, wurde Vitória zugleich die Pflicht übertragen, den Fortbestand der Familie zu sichern.

»Du weißt genau, dass bei Pedro nicht genügend Platz ist für uns.«

»Und warum sind Sie nicht in das schöne Haus in Botafogo gezogen, das ich für Sie mieten wollte?«

»Das weißt du ebenfalls ganz genau. Erstens will dein Vater nicht, dass du unseretwegen noch höhere Ausgaben hast. Und zweitens würde es kein gutes Licht auf unsere Familie werfen. Sollen die Leute etwa denken, dass du deine eigenen Eltern nicht erträgst?«

»Lassen Sie doch die Leute denken, was sie wollen.«
»Dir mag ja dein Ruf egal sein. Nach allem, was ich von den Damen in der Kirche gehört habe, ist da ohnehin nicht mehr viel zu retten. Aber dein Vater und ich haben nicht vor, uns schief ansehen zu lassen.«
»Ich bitte Sie, Mãe! Niemand wird Sie schief ansehen, weil Sie ein eigenes Haus bewohnen. Im Gegenteil, die Damen in der Kirche würden es gutheißen, wenn Sie nicht mehr das Haus mit Ihrer verderbten Tochter teilten.« Vitória wusste, dass die Frauen, die ihre Mutter bei ihrem täglichen Gang zur Kirche kennen gelernt hatte, das Gerücht streuten, sie, Vitória, habe ein Verhältnis mit Aaron Nogueira. Was für ein Unsinn! Aaron war ihr Anwalt und ihr Bevollmächtigter bei allen geschäftlichen Transaktionen. Mit einem Mann verhandelten die anderen Männer nun einmal lieber als mit einer Frau, und bevor Vitória den zwecklosen Versuch unternahm, sich dagegen aufzulehnen, ließ sie sich lieber von Aaron vertreten.
»Du drehst mir das Wort im Mund um. Was für eine Tochter bist du nur, dass du uns mit aller Gewalt loswerden willst?«
Das allerdings fragte sich auch Vitória immer öfter. Hatte ihre Unabhängigkeit sie hart und egoistisch werden lassen? War sie ungerecht gegenüber den Menschen, denen sie so viel verdankte und die sie von ganzem Herzen liebte? Wie konnte sie nur ihre kranke Mutter ansehen und dabei so viel Wut empfinden? Wann waren ihr Mitgefühl, Großzügigkeit und Langmut abhanden gekommen? Andererseits: Hatte sie nicht ein enormes Opfer allein dadurch gebracht, dass sie León geheiratet und damit einen Teil des Familienvermögens gerettet hatte? War ihr Verhalten wirklich so schäbig, wie ihre Mutter es sie glauben machen wollte? Was war daran so verwerflich, den Eltern Geld und Personal zu geben und ihnen jede erdenkliche Hilfe zuteil werden zu lassen, um ihnen ein sorgloses Leben zu ermöglichen? Und war es nicht vielmehr Dona Almas Bedürfnis, sich inmitten des Geschehens in Rio aufzuhalten, das verwerflich war? Oder Eduardo da Silvas Selbstbetrug? Ihr Vater erzählte jedem, dass sie zu einem längeren Besuch in Rio weilten, nur um nicht zugeben zu müssen, dass es die schiere existen-

zielle Not war, die diesen »Besuch« nötig machte. Je öfter er diese Geschichte erzählte, desto mehr schien er selber daran zu glauben. Ja, auf Boavista stünde alles zum Besten, und, danke der Nachfrage, Dona Alma und ihm ginge es ausgezeichnet.

Niemand glaubte Eduardo da Silva. Schon seine Erscheinung widersetzte sich jeder Bemühung, den Anschein aufrechtzuerhalten. Seine Haut war fahl, sein Haar und sein Bart waren in kurzer Zeit ganz weiß geworden, unter seinen Augen hatten sich Tränensäcke gebildet. Er wirkte, als sei er um mindestens zwanzig Zentimeter geschrumpft und um zehn Jahre gealtert, gebückt, wie er ging, und dünn, wie er geworden war. Aus dem einst stattlichen und Furcht einflößenden Fazendeiro war ein alter Mann geworden, eine kraftlose, Mitleid erregende Figur. Seine polternde Art hatte er beibehalten, doch nun lösten seine lautstark vorgetragenen Reden nicht mehr Respekt aus, sondern nur noch vielsagende Blicke.

»Wir sind und bleiben eine Monarchie. In einer brasilianischen Republik, mein lieber Junge«, so wandte er sich gern an León, »werden weder du noch ich noch meine Enkel je leben.«

León wusste, dass es sich anders verhielt, und Vitória wusste es ebenfalls. Mit der Abschaffung der Sklaverei hatte Prinzessin Isabel der Monarchie ein Grab geschaufelt, denn die Sklaverei war immer einer der Hauptgründe gewesen, dem Kaiser die Treue zu halten. Und dank des Ehemannes der Thronfolgerin, des unbeliebten Conde d'Eu, waren sogar eingefleischte Konservative ins republikanische Lager übergelaufen. Wer wollte schon von einem Franzosen regiert werden? Es war nur eine Frage der Zeit, bis in Brasilien die Republik ausgerufen werden würde, und Vitória war davon überzeugt, dass es eher früher als später passieren würde.

Dennoch widersprach sie ihrem Vater nicht. Er hörte ja doch nicht auf sie, und auf keinen Fall würde sie ihn damit quälen, dass sie in der Frage der Abolition auch schon Recht behalten hatte. Das war eines der Themen, über die in Gegenwart Eduardo da Silvas nicht gesprochen wurde. Joana hatte einmal, als sie und Pedro zum Essen gekommen waren, den Fehler begangen, Vitória für ihre Weitsicht zu loben. »Vita, wenn du nicht schlauer als wir alle zusammen gewesen wärest, dann sähe es jetzt ziemlich düster aus für uns.« Vitória hatte sich darüber gefreut, dass ihre Geschäftstüchtigkeit endlich einmal gewürdigt wurde, doch zu Joana hatte sie gesagt: »Ach, an meiner Stelle und in meiner Situation hätte jeder so gehandelt – und womöglich noch viel mehr Geld verdient.« Wahrscheinlich hatte Pedro unterdessen seiner Frau durch einen heimlichen Tritt auf den Fuß zu verstehen gegeben, dass sie den Mund halten solle, jedenfalls war damit das Thema ein für alle Mal erledigt gewesen.

Dona Alma lehnte sich schwer atmend in die Kissen und schloss die Augen, als sei sie zu schwach, um das Gespräch mit ihrer Tochter fortführen zu können. Vitória sah sich in dem Raum um, den sie vor nicht einmal zwei Jahren mit so viel Liebe zum Detail eingerichtet hatte und der ihr jetzt Unbehagen bereitete. Die rosé-weiß gestreiften Tapeten, die weißen Spitzenkissen auf dem Bett, die rosafarbenen Gardinen, die zierlichen Möbel aus dem rötlichen Brasilholz – all das war ihr einmal zart, feminin und freundlich erschienen. Doch in Zukunft würde sie es wohl immer mit Dona Alma und ihren Launen assoziieren.
Ein Kratzen an der Tür ließ Dona Alma von ihrem vorgetäuschten Erschöpfungszustand genesen. »Und dieser schreckliche Köter! Für ihn ist Platz in diesem Haus, aber nicht für deine Eltern.«
»Sábado geht ja auch freundlich mit den Schwarzen um.«
»Ja, so weit ist es gekommen, dass Hunde und Neger jetzt schon mehr zählen als die eigene Familie.«
»Sie wollen mich falsch verstehen, nicht wahr, Mãe? Sie suchen förmlich nach Streit. Aber Ihre Provokationen können Sie woanders anbringen. Ich habe heute noch etwas Besseres vor, als mich beleidigen zu lassen. Einen schönen Tag noch.«
Als Vitória das Zimmer verließ, musste sie sich beherrschen, nicht die Tür hinter sich zuzuknallen. Doch auf dem Flur begrüßte Sábado sie stürmisch, was ihre Laune augenblicklich hob.
»Ja, ich weiß, mein Kleiner, es ist Zeit für unseren Spaziergang.«
Der »Kleine« reichte Vitória bis zur Taille. Sábado hatte sich zu

einem wunderschönen Tier entwickelt, das, obschon von nicht zu identifizierender Abstammung, edel aussah. Er war trotz seiner Größe grazil, mit langen Beinen und einem schlanken Rumpf. Mit seinen schwarzen Pfoten sah Sábado aus, als trüge er Schuhe, und das schwarze Ohr wirkte in dem ansonsten weißen Fell wie ein auf die Schuhe abgestimmtes Accessoire. Vitória vermutete, dass einer von Sábados Vorfahren väterlicherseits eine Dogge war, dennoch hatte ihr Hund nicht die Triefaugen und das Sabbermaul dieser Rasse, sondern ein typisches Hundegesicht, mit spitzer Schnauze, rosafarbener Nase und mit wachen braunen Augen, die bei Bedarf herzerweichend traurig aussehen konnten.

Vitória folgte ihrem Hund ins Parterre, wo Sábado erwartungsvoll und schwanzwedelnd neben dem Garderobenständer stehen blieb, an dem seine Leine hing.

»Isaura!«, rief Vitória nach dem Mädchen, das sie durch die geöffnete Tür im Esszimmer sah. »Heute musst du dran glauben. Das Abstauben der Vitrine kann warten.«

Unwillig legte Isaura den Staubwedel beiseite und kam in die Halle. Schon wieder sie! Sie hatte die Sinhá doch erst vor drei Tagen begleiten müssen!

Die Schwarzen mit ihrem ausgeprägten Sinn für sozialen Status waren zwar stolz darauf, in einem der schönsten Häuser und für eine der reichsten Frauen Rios zu arbeiten, doch sie schämten sich für jede Kleinigkeit, die nicht dem Geist der Zeit entsprach. Konnte Sinhá Vitória nicht einen kleinen Pudel besitzen, wie andere feine Damen auch? Warum musste sie täglich mit diesem Untier spazieren gehen, noch dazu zu Zeiten, da jeder sie sah? Konnte man den Hund nicht frühmorgens und abends nach Einbruch der Dunkelheit ausführen? Alle, sogar die Schwarzen, die bei den verarmten Ferreiras in der Rua Mata-Cavalos arbeiteten, machten sich schon lustig über sie, die Leute von Sinhá Vitória!

Nachdem Isaura im Nutztrakt ihre Schürze abgelegt hatte, nahm sie den Sonnenschirm ihrer Senhora und folgte ihr nach draußen. Es war ein herrlicher Tag, wie überhaupt dieser Juli von strahlend blauem Himmel und Temperaturen um fünfundzwanzig

Grad gekennzeichnet war. Isaura dachte an die Winter im Vale do Paraíba zurück, die, obwohl es von Rio kaum eine halbe Tagesreise entfernt lag, viel kühler waren.

Vitória schlug den Weg Richtung Rua do Catete ein, und im Stillen bemitleidete sich Isaura für ihr Pech. Mussten sie ausgerechnet durch die belebteste Straße gehen, wo sie wieder alle Leute komisch anschauen würden?

»Lass uns mal sehen, was sich in der Residenz des Barão de Nova Friburgo tut«, sagte Vitória. »Es heißt, dass das Haus und alles Mobiliar jetzt der Bank gehören. Aber ich wette, dass die Familie sich die wertvollsten Gegenstände noch unter den Nagel reißt, wenn sie auszieht.«

Das Haus des Barons, ein neoklassizistischer Palast von gigantischen Ausmaßen, war die größte und exklusivste private Residenz in Rio de Janeiro – und dabei handelte es sich nur um eine Art Ferienhaus, in dem die Familie für ein paar Wochen im Jahr Ablenkung von der Monotonie des Landlebens gesucht hatte. Doch den Barão de Nova Friburgo hatte dasselbe Schicksal fast aller Kaffeebarone ereilt – ohne seine zweitausend Sklaven stand er vor dem Nichts. Vitória überlegte, ob sie nicht einmal mit Inácio Duarte Viana reden sollte, der bei ihrer Bank der Experte für Hypotheken war und ganz sicher mehr Details über die Verschuldung des Barons wusste. Vielleicht konnte sie den Palast günstig erwerben? Es handelte sich nicht nur um ein prachtvolles Gebäude, sondern auch um ein fantastisches Grundstück, das zur einen Seite von der eleganten Rua do Catete und zur anderen Seite vom Strand von Flamengo begrenzt wurde. Hinter dem Palast lag ein riesiger Garten, der es den Bewohnern erlaubte, sich mitten im Trubel von Rio dem Gefühl hinzugeben, sie weilten in einem englischen Park. Aber nein, dachte Vitória, mit all den Kosten, die sie sich mit dem Erhalt von Boavista aufgehalst hatte, wäre der Kauf dieser Immobilie der reinste Irrsinn. Und wofür brauchten sie schon vergoldete Stuckdecken, einen maurischen Salon und ähnliche Extravaganzen? Im Gegensatz zu diesem protzigen Palast hatte ihr eigenes Haus immerhin fließendes Wasser, Toiletten und Bäder.

Eine Bekannte, die ebenfalls vor dem Palast stand, um zu sehen, was sich dort tat, riss Vitória aus ihren Gedanken. »Senhora Castro, ist es nicht eine Schande?«, rief die Frau in skandallüsternem Ton. »Der arme Baron!«
Was für eine Hexe, dachte Vitória. Dona Ritas verstorbener Mann hatte ihr nichts als Schulden hinterlassen, und doch lebte die Witwe weiterhin in einem viel zu großen Haus, das mangels Personal und Geld für die Instandhaltung langsam verrottete. Trotzdem zählte sich die Senhora, die nur noch alte Kleider auftrug, zur Crème der Gesellschaft Rios und maßte sich an, über andere zu urteilen.
»Ach, liebe Dona Rita«, antwortete Vitória, »ich habe nicht viel Mitleid mit dem Mann. Wer trotz eines so immensen Vermögens Bankrott geht, ist selber schuld.«
»Ja, wie wahr, da sieht man mal wieder, wohin Verschwendungssucht führen kann. Da fällt mir ein, ich habe vorhin Ihren entzückenden Herrn Papa gesehen, auf dem Largo do Machado, wo er mit einem anderen älteren Herrn Mühle gespielt hat.«
»Ja, er genießt seinen Aufenthalt hier in Rio sehr.« Vitória hatte Mühe, die Haltung zu bewahren. Ihr Vater spielte Mühle auf einem der öffentlichen Plätze, gerade so wie ein gewöhnlicher Händler oder ein pensionierter Bürokrat?! Zum Glück machte in diesem Moment Sábado durch ein zaghaftes Bellen auf sich aufmerksam.
»Ah, wir müssen weiter. Auf Wiedersehen, Dona Rita.«
»Auf Wiedersehen. Und grüßen Sie mir Ihre liebe Frau Mama.«
Im Fortgehen spürte Vitória die stechenden Blicke Dona Ritas in ihrem Rücken. Wer weiß, wem die alte Klatschtante sonst noch von dem unangemessenen Zeitvertreib ihres Vaters erzählt hatte. Nur gut, dass kaum jemand auf das Geschwätz Dona Ritas hörte.
Nachdem Vitória und Isaura eine gute Stunde gelaufen waren und sogar der Hund erste Anzeichen von Müdigkeit zeigte, indem er nicht mehr pausenlos an der Leine zerrte, kehrten sie nach Hause zurück. Es war erst kurz vor fünf Uhr, was um diese Jahreszeit bedeutete, dass es in Kürze dunkel sein würde. León hatte Vitória

einmal erzählt, dass es im Norden Europas im Winter gar nicht richtig hell wurde, während im Sommer die Sonne noch mitten in der Nacht schien. Wie gern hätte sie sich dieses unvorstellbare Naturschauspiel einmal selber angesehen! Aber die Europareise gehörte zu den Versprechungen, mit denen León sie geködert und die er dann nie eingelöst hatte. Vitória hatte es aufgegeben, ihn daran zu erinnern, wie sie es auch aufgegeben hatte, überhaupt noch mit ihm mehr Worte als notwendig zu wechseln.
Mit ihrer Ehe hatte es ohnehin schon nicht zum Besten gestanden, doch seit vor drei Monaten Vitórias Eltern eingezogen waren, war sie die Hölle. León verließ das Haus jeden Morgen gleich nach dem Aufstehen, kam dann zum Abendessen zurück, nur um danach wieder auszugehen. Politische Versammlungen, karitative Veranstaltungen, Treffen im Club mit berühmten Persönlichkeiten, Einladungen bei Hofe oder wichtige Theaterpremieren – León war erfinderisch in der Angabe von Gründen, die ihn von zu Hause fern hielten. Meist kam er erst so spät nachts zurück, dass Vitória davon nichts mitbekam, weil sie längst schlief. Die Tage, da sie eifersüchtig und unruhig auf Leóns Rückkehr gewartet hatte, gehörten, seit sie getrennte Schlafzimmer hatten, der Vergangenheit an.
Nie würde sie den unseligen Tag vergessen, an dem sie von der Existenz von Leóns Mutter erfahren hatte. Vitória war so schockiert gewesen angesichts dieses neuerlichen Verrats, dass sie León auf die einzige Weise bestraft hatte, von der sie wusste, dass sie ihn treffen würde: Sie enthielt ihm die gemeinsamen Nächte vor. Vitória litt dabei anfangs mindestens ebenso sehr wie León, doch nach einer Weile ließ das brennende Verlangen nach seinen Zärtlichkeiten nach. Es war wie die Befreiung von einer Sucht, wenn die ersten Tage schier unerträglich sind, die nächsten Wochen schwierig, bis endlich der Wunsch nach dem Gift nachließ und der Süchtige – aller Lebensfreude beraubt, die er in der Droge zu finden geglaubt hatte – in dem stillen Erdulden seines tristen Lebens einen gewissen Seelenfrieden fand.
All das hätte einfacher für sie sein können, wenn sie nicht ständig mit Leóns beunruhigender Präsenz konfrontiert gewesen wäre.

Gelegentlich erwischte sie ihn dabei, wie er sie aus den Augenwinkeln beobachtete, und sie bildete sich ein, in seinen Blicken mehr zu lesen als die gelangweilte Aufmerksamkeit, mit der er sie normalerweise bedachte. Manchmal deutete sie es als Hass, manchmal als Lust, und beides fand Vitória schrecklich. Wenn sie León nicht mehr regelmäßig sehen würde, konnte sie, davon war sie überzeugt, ein erfülltes Leben führen, das nicht überschattet war von dem irrationalen Unbehagen, das sie in seiner Gegenwart immer überfiel. Vitória hatte mehr als einmal mit dem Gedanken gespielt, sich von León scheiden zu lassen. Doch Ehescheidungen waren so verpönt, dass Vitória Abstand von dieser Idee nahm. Ihrem Vater, der schon gebeutelt genug war, hätte es das Herz gebrochen. Und im Grunde machte es ja kaum einen Unterschied, ob sie mit León verheiratet war oder nicht: Sie lebten jeder ein eigenes Leben, verfolgten ihre eigenen Interessen, lebten wie Fremde nebeneinander her. Einzig das Haus teilten sie, aber das war zum Glück so weitläufig, dass sie sich gut aus dem Weg gehen konnten.
Ab und zu kam Dona Doralice ihren Sohn besuchen, doch weder Dona Alma noch Eduardo wunderten sich darüber, dass eine Mischlingsfrau von León mit Küssen und Umarmungen empfangen wurde. Zu diesem Haus hatten ja die sonderbarsten Leute Zugang, Ausländer, Farbige und Lumpenpack. Ihr exzentrischer Schwiegersohn pflegte nun einmal einen absolut unstandesgemäßen Umgang, doch mittlerweile verziehen sie ihm seinen Snobismus, den er nur aus England mitgebracht haben konnte.
Himmel, wenn ihre Eltern wüssten, dass Dona Doralice, eine Ex-Sklavin, Leóns Mutter war! Vitória verstand selber nicht so genau, warum sie ihnen diese Information vorenthalten hatte. Es war, als sei sie die Sünderin, die eine schwere Lüge beichten musste und dieses Geständnis vor sich herschob, wo doch in Wahrheit einzig und allein León für seinen Fehler hätte geradestehen müssen. Doch wie ein Schulkind, das von älteren Schülern tyrannisiert wird und sich für seine eigene Schwäche schämt, konnte Vitória sich nicht dazu überwinden, ihre Eltern aufzuklären. Das Ergebnis dieses fehlgeleiteten Schuldgefühls war, dass León weiterhin mehr

Ansehen bei ihren Eltern genoss als sie selber, während er mit seiner Feigheit bei Vitória das letzte bisschen Respekt einbüßte, das sie noch für ihn übrig gehabt hatte.

Zum Abendessen erschien León in festlicher Aufmachung. Er trug einen seiner besten Anzüge, war frisch rasiert, parfümiert und pomadisiert und freute sich sichtlich auf die Veranstaltung, zu der er nach dem Abendessen gehen würde. Was auch immer das für ein Termin sein mochte, dachte Vitória, ganz sicher wären dort auch Frauen anwesend, und ebenso sicher würden diese schamlos mit León flirten – er sah heute Abend einfach umwerfend aus.
»Wie nett von dir, León, dass du dich extra für uns so in Schale geworfen hast! Wenn ich gewusst hätte, dass du etwas zu feiern hast, hätte ich dafür gesorgt, dass unser bescheidenes Diner dasselbe Niveau hat wie deine Garderobe.«
»Eigentlich«, warf Dona Alma ein, bevor León antworten konnte, »sollte unser Essen immer ein gewisses Niveau haben.«
»Sehr richtig, Dona Alma«, sagte León, »in einem Haus wie diesem ist es nur angemessen, immer die besten Speisen aufzutischen.«
Dona Alma nickte zustimmend und sah dann ihre Tochter missbilligend an.
Vitória hätte schreien können vor Wut. Hörte ihre Mutter denn nicht die Ironie in Leóns Worten? Hatte sie noch immer nicht begriffen, dass León nur ein gemeines Spiel mit ihnen trieb? Nein, anscheinend nicht. Dona Alma sah ihren gut aussehenden Schwiegersohn verzückt an, und León zwinkerte Dona Alma verschwörerisch zu.
Vitória hatte Mühe, nicht die Kontrolle über sich zu verlieren.
»Nicht alle haben einen so geschulten Gaumen wie du, León. Und manchen Menschen liegen deine Lieblingsgerichte ein bisschen schwer im Magen.« Und nicht nur die, hätte sie hinzufügen mögen. Noch unerträglicher war Leóns verlogene Art, sich bei ihren Eltern einzuschmeicheln, einzig aus dem boshaften Vergnügen heraus, sie, Vitória, damit zu ärgern.

In diesem Moment klingelte das Telefon, und Eduardo da Silva, der die ganze Zeit in sich zusammengesunken am Tisch gesessen und mit ausdruckslosem Gesicht den Wortwechsel mitverfolgt hatte, sprang auf und lief mit der Energie eines Jugendlichen zu dem Apparat, der nebenan im Salon an der Wand hing. Neben dem Schreiben von Leserbriefen war Telefonieren die liebste Beschäftigung Eduardos. Zwar gab es in Rio de Janeiro noch nicht viele Haushalte, die über diesen famosen Fernsprechapparat verfügten, aber die Redaktionen der Zeitungen, die Eduardo mit seiner Flut an Protestschreiben und überflüssigen Kommentaren zum Zeitgeschehen belästigte, hatten inzwischen alle dieses Wunderding der modernen Technik, sodass Eduardo da Silva nun auch fernmündlich seine Meinung kundtun konnte. Es war natürlich extrem unwahrscheinlich, dass die Redakteure von sich aus bei ihm anriefen, noch dazu um diese Zeit. Vielleicht war es Pedro, in dessen Haus Vitória ebenfalls ein Telefon hatte installieren lassen, damit ihr Vater einen weiteren potenziellen Gesprächspartner hatte.
Sie hörten ihn nebenan lachen und setzten ihr Essen schweigend fort. Vitória war froh darüber, dass es überhaupt noch etwas auf der Welt gab, das ihren Vater aus seiner Apathie reißen konnte, auch wenn es nur seine Freude an Technik war. Vielleicht sollte sie ihm zum Geburtstag ein weiteres technisches Spielzeug schenken – es wurde heutzutage ja alle naslang etwas Neues erfunden. In der Zeitung hatte sie gelesen, dass in Deutschland ein Gefährt gebaut worden war, das aus eigenem Antrieb fuhr, wie eine Kutsche ohne Pferde. So etwas wäre genau das Richtige für ihren Vater. Er könnte den ganzen Tag durch die Stadt fahren und die Passanten mit diesem »Patent-Motorwagen« erschrecken. Außerdem könnte er sich intensiv mit dem Motor dieses Gefährts beschäftigen, ihn auseinander nehmen, wieder zusammenbauen und so seiner Funktionsweise auf den Grund gehen, wie er es bei dem Telefon ebenfalls getan hatte. Gleich morgen Früh würde sie sich erkundigen, ob es dieses neuartige Gefährt schon zu kaufen gab, was es kostete und wie sie es nach Brasilien schaffen konnte. Aaron, der in aller

Welt entfernte Verwandte hatte, kannte bestimmt auch jemanden in Deutschland, den er darauf ansetzen konnte.
»Das war Pedro«, sagte Eduardo, als er sich wieder an den Tisch setzte. »Er will, dass wir nach dem Essen zu ihm fahren. Er hat nämlich Besuch. Ratet mal, von wem?«
»Von irgendwelchen Schmarotzern wahrscheinlich«, rutschte es Vitória heraus. Ihr Bruder war zu großzügig, und viele »alte Freunde« meldeten sich bei ihm, von dem schönen Haus zu der falschen Annahme verleitet, er habe Geld. Das Haus und den gehobenen Lebensstandard Pedros und Joanas finanzierte Vitória.
León lachte kurz auf. »Du kannst dir wohl nicht vorstellen, dass es Menschen gibt, die Pedro um seiner selbst mögen.«
Vitória quittierte diese boshafte Bemerkung mit einer verächtlich gehobenen Augenbraue, um sich dann wieder ihrem Vater zuzuwenden.
»Sagen Sie schon, Papai. Wer ist es?«
»Rogério Vieira de Souto!«
»Da seht ihr es: Schmarotzer, genau wie ich es gesagt habe.«
»Aber Vitória, wie kannst du nur so über einen Mann reden, der praktisch dein Verlobter war?«, empörte sich Dona Alma. »Rogério ist ein alter Schulfreund deines Bruders und unser ehemaliger Nachbar. Als solcher hat er ja wohl ein Anrecht darauf, freundschaftlich empfangen zu werden, auch wenn seine Familie verarmt ist.«
»Sie können gerne zu Pedro fahren und sich mit Rogério über die guten alten Zeiten unterhalten. Ich bevorzuge es, hier zu bleiben, mich zeitig zu Bett zu begeben und morgen gut ausgeruht an die Arbeit zu gehen. Einer muss ja das Geld verdienen, das Pedro seinen Freunden leiht. Im Übrigen frage ich mich, wieso Rogério nicht einfach hierher kommt. Hat er neben seinem Vermögen auch all seinen Mumm eingebüßt?«
»Vielleicht«, warf León ein, »hat er gehört, was aus dir geworden ist.«
Was sollte das nun wieder heißen? Aus ihr war die Ehefrau eines hoch angesehenen Politikers geworden, eine erfolgreiche Ge-

schäftsfrau und eine elegante Städterin. Nein, die Landpomeranze, der Rogério einst den Hof gemacht hatte, gab es nicht mehr, genauso wenig wie das blauäugige Mädchen, mit dem er so hingebungsvoll getanzt hatte. Aber das war nun einmal der Lauf der Dinge, aus Kindern wurden Erwachsene, Sorglosigkeit wurde von Verantwortung abgelöst und Ahnungslosigkeit von Wissen. Durch die Abschaffung der Sklaverei und die dramatische Veränderung ihrer Lebensumstände war dieser natürliche Prozess noch beschleunigt worden. Manchmal fühlte Vitória sich schon wie eine Frau in mittleren Jahren, dabei war sie gerade einmal 22 Jahre alt. Himmel, wie hatte sie nur so schnell erwachsen werden können? Dabei hatte sie selber ja trotz aller Schwierigkeiten noch großes Glück gehabt. Rogério war es nicht so gut ergangen wie ihr. Vitória konnte sich gut vorstellen, wie sich das auf sein Aussehen ausgewirkt haben mochte.

»Vielleicht will er mich auch nicht sehen lassen, was aus ihm geworden ist.«

»Also, ich würde Rogério sehr gerne treffen«, sagte Dona Alma. »Er war immer ein netter Bursche, gut aussehend, charmant und unterhaltsam. Ich könnte mir kaum bessere Gesellschaft für heute Abend vorstellen. Außerdem kann er uns sicher Neuigkeiten aus dem Vale berichten.«

Das Vale! Vitória hatte es gründlich satt, dieses Gerede vom Vale do Paraíba, das ihre Eltern in der Erinnerung immer mehr zu einem Garten Eden verklärten. Wann wachten sie endlich auf? Das Vale, wie sie es von früher kannten, gab es nicht mehr – und es hatte keinen Sinn, ein Heimweh zu kultivieren, für das es keine Heilung gab. Einzig dadurch, dass man sich den veränderten Umständen stellte, konnte man es vielleicht retten. Aber ihre Eltern zogen es ja vor, in Rio zu bleiben, anstatt sich um Boavista zu kümmern.

»Ach Papai, da fällt mir ein, ich habe heute mit einem Bekannten gesprochen, einem Reeder aus Santos, der eventuell Interesse an Boavista hätte. Wollen Sie noch immer nicht verkaufen, oder darf ich dem Mann Hoffnungen machen?«

»Wenn dein Reeder mir so viel bietet wie zuvor der Viehzüchter, der Bankier oder der Ingenieur, dann kannst du dem Mann sagen, dass Boavista nicht zu verkaufen ist. Ich will mindestens sieben *contos de reis* für das Haus und die Ländereien.«

»Aber Pai, der Preis ist völlig überhöht! Selbst in Rio bezahlt man für ein schönes Haus und ein großes Grundstück nicht mehr als fünf Millionen Reis!«

»Liebe Vita, mir scheint, du bist ganz versessen darauf, das Haus, in dem du geboren wurdest, zu verscherbeln. Das empfinde ich als persönliche Beleidigung.«

Vitória sah León um Hilfe bettelnd an. Er musste doch ein ebenso großes Interesse daran haben, dass ihre Eltern endlich auszogen – und das würden sie nur tun, wenn sie eigenes Geld hätten, welches sie wiederum nur mit dem Verkauf von Boavista verdienen konnten. Aber León erwiderte ihren Blick mit einem gemeinen Lächeln.

»Ja, liebe Vita, wie kommt es, dass du so erpicht darauf bist, Boavista zu verkaufen?«

»Weil ich es liebe, deshalb! Ihr alle wollt es offenbar lieber den Termiten, den Holzwürmern und dem Schimmel überlassen, als es jemandem verkaufen, der sich darum kümmert und es erhält.«

»Aber Vitória, was redest du nur wieder für einen Unfug«, sagte Dona Alma. »Wir erhalten doch Boavista, in all seiner Pracht.«

»Mit meinem Geld. Haben Sie eine Ahnung, welche Unsummen dieses Haus verschlingt? Und wofür? Für nichts! Für ein unbewohntes Haus und ungenutzte Felder. Ich bezahle fünf ehemalige Sklaven dafür, dass sie Möbel polieren, Räume lüften und Blumenbeete pflegen. Und ich könnte wetten, dass diese fünf Schwarzen sich abends in unserem Salon zusammensetzen und ›feine Herrschaften‹ spielen. Womöglich liegen sie sogar in unseren Betten.«

»Das würden sie nicht wagen!« Es überstieg Dona Almas Vorstellungsvermögen, dass ein Schwarzer sich erdreisten konnte, ihr Bett zu entweihen. »Außerdem ist ja einer von den fünfen Luíz, und der wird schon aufpassen, dass alles mit rechten Dingen zugeht.«

»Wenn Sie meinen …« Vitória sah entnervt zu León, der schmunzelnd das Gespräch verfolgt hatte. »Findest du das etwa komisch?«
»Ja, allerdings. Gönnst du es den armen Schwarzen nicht, dass sie in eurem Salon sitzen und sich ein bisschen vergnügen? Sie haben ja sonst nicht viel zu lachen auf Boavista, vereinsamt wie es ist.«
»Nein. Ich gönne es ihnen nicht. Ich finde den Gedanken, dass ein Feldsklave auf dem grünen Samtsofa sitzt, aus unseren Kristallgläsern trinkt und die Luft mit Pfeifenqualm verpestet, sogar ausgesprochen widerlich. Genau wie dein Grinsen.«
»Letzteres zumindest kann ich dir ersparen. Ich wollte sowieso gleich aufbrechen.« León legte das Besteck auf seinen noch halb vollen Teller, trank den letzten Schluck Wein aus seinem Glas und erhob sich. Mit einer leichten Verbeugung verabschiedete er sich von seinen Schwiegereltern. »Ich wünsche Ihnen einen schönen Abend. Und bitte bestellen Sie Pedro und Joana meine herzlichsten Grüße.« Dann bückte er sich, um Vitória in gespielter ehelicher Routine einen Kuss auf die Wange zu geben. »Du solltest deine Eltern wirklich begleiten«, raunte er ihr zu. »Vielleicht kann dich der charmante Rogério ja mit seinen Talenten ein wenig, ähm, auflockern.«
Nachdem León gegangen war und während ihre Eltern sich fröhlich darüber stritten, mit welcher der drei Kutschen sie bei Pedro vorfahren sollten, saß Vitória in stummer Verletztheit am Tisch und dachte über Leóns niederträchtige Worte nach. Wenn er ihr riet, Trost bei anderen Männern zu suchen – bitte, das konnte er haben.
»Ich werde Sie begleiten«, sagte Vitória mit schriller Stimme und löste bei ihren Eltern ein betretenes Stirnrunzeln aus.

XXV

Lili konnte ihr Glück kaum fassen. Mit Félix hatte sie einen echten Schatz an Land gezogen. Der Junge brachte ihr nicht nur sämtliche Unterlagen in Ordnung, sondern überzeugte sie außerdem von der Notwendigkeit einiger Investitionen, womit er entscheidend zu dem ausgezeichneten Geschäftsergebnis des vergangenen Jahres beigetragen hatte. Der Kauf neuer Möbel und eines prächtigen Kristallleuchters, die elegante Garderobe ihrer Mädchen, die Qualität der Spirituosen, die im Goldenen Schmetterling offeriert wurden, sowie die stilvolle musikalische Untermalung durch einen eigens engagierten Pianospieler hatten das Niveau der Kundschaft deutlich angehoben – und das der Preise ebenfalls. Sogar der Name ihres Bordells war Félix' Idee gewesen. »Kein Weißer mit einem Minimum an Geschmack und Selbstrespekt geht in ein Bordell, das unter dem Namen ›Lilis Loch‹ bekannt ist. Du musst deinem Geschäft einen richtigen Namen geben, einen, den du auf ein schönes Schild schreiben kannst und der glanzvoll, vornehm und teuer klingt, sonst wirst du nie andere Kunden haben als arme Teufel«, hatte er, mehr Worte als üblich brauchend, auf seine Tafel gekritzelt.
»Ja, aber wer wird dann noch wissen, dass es sich um ein Hurenhaus handelt?«
»Wie wäre es mit ›Zum Goldenen Honigtopf‹?«
»Was für ein Unsinn. Die Hausfrauen werden kommen und glauben, hier würden Süßigkeiten verkauft. Dann noch lieber ›Zur Goldenen Stute‹.«
»Viel zu ordinär. Aber was hältst du von ›Zum Goldenen Schmetterling‹?«
Der Name war Félix spontan eingefallen, aber je länger er darüber nachdachte und je mehr er Lilis Mienenspiel beobachtete, desto besser gefiel er ihm. Er klang zart, fein und exotisch, war aber zugleich unmissverständlich: »Schmetterling« bezeichnete in der Umgangssprache das weibliche Geschlecht.

»Das ist genial!«, schrie Lili. »Darauf trinken wir einen!«
Seit nunmehr einem Jahr schmückte ein reich verzierter Schmetterling das Schild von Lilis Etablissement. Auch im Innern des Hauses wiederholte sich das Motiv, an den Haarkämmen der Mädchen ebenso wie an den Oberlichtern der Türen oder auf den bestickten Seidenkissen. Félix' brillante Idee war von Lili mit einer üppigen Prämie honoriert worden, die im Verhältnis zu dem Gewinn, den Lili erwirtschaftete, noch viel zu niedrig war.
Aber Félix gab sich damit zufrieden. Seit Lili die verlebten, alten Huren durch hübsche, junge Frauen ersetzt hatte, genoss Félix es, sich tagsüber als einziger Mann unter den Mädchen aufzuhalten. Wenn sie noch ungeschminkt waren, schlichte Kleider trugen und alberne Witze erzählten, unterschieden sie sich kaum von anständigen jungen Frauen. Es gefiel ihm, dass er sich, wenn er müde war, mitten am Tag für eine halbe Stunde hinlegen konnte oder, wenn er denn das Bedürfnis gehabt hätte, sich ein Glas Weinbrand genehmigen durfte. Diese Freiheiten hätte er bei keiner anderen Anstellung gehabt, am allerwenigsten bei seiner Arbeit im Kontor. Das Schönste an seinem neuen Arbeitsplatz aber war, dass ihn hier niemand wegen seiner Hautfarbe oder seiner Stummheit hänselte. Alle respektierten ihn und schätzten seine Fähigkeiten. Die Mädchen mochten ihn gut leiden, und nicht selten geschah es, dass er, ebenfalls während seiner Arbeitszeit, eine Runde Karten mit ihnen spielte. Félix hatte ein eigenes kleines Büro, doch seit Lili festgestellt hatte, dass seine Gegenwart einen »beruhigenden« Einfluss auf die Gäste hatte, hielt er sich so oft wie möglich im Salon auf. Die Zahl der Männer, die Schwierigkeiten beim Zahlen machten oder unter Alkoholeinfluss ihre Manieren vergaßen, war seitdem deutlich gesunken, genau wie die Kosten für die Reinigung von Teppichen und für Reparaturen an Möbeln.

Lili hatte von der Abschaffung der Sklaverei mehr profitiert als die meisten anderen Schwarzen. Täglich kamen neue Frauen vorbei, verzweifelt, abgemagert und verhärmt, auf der Suche nach einer

Beschäftigung, die ihnen und ihren Kindern das Überleben sicherte. Aber Lili war in der Auswahl ihrer Huren äußerst kritisch. Nur die hübschesten, jüngsten und unverdorbensten Mädchen durften bei ihr arbeiten, und auch an denen herrschte kein Mangel. Am liebsten waren Lili ehemalige Haussklaven. Die Mädchen waren gut erzogen und appetitlich, sie wussten sich zu kleiden und verstanden es, mit den Kunden Konversation zu machen. Manche von ihnen trugen stolz an ihren *balangandãs* eine große Anzahl silberner Amulette, die von der Zuneigung ihrer einstigen Senhores zeugten. Zwar waren Mädchen wie Laila, die von außergewöhnlicher Anmut war und die gleichzeitig eine natürliche Begabung für alle Spielarten der körperlichen Liebe hatte, eine Rarität, aber auch die anderen lernten unter Lilis Anleitung schnell, worauf es ankam. Einige Mädchen zierten und sträubten sich anfangs, wofür Lili nicht das geringste Verständnis hatte. Jede von ihnen war freiwillig hier, und sie hatten schließlich ein gutes Leben im Goldenen Schmetterling, oder etwa nicht? Welches andere Bordell bot seinen Mädchen so viel Komfort, so gutes Essen, so schöne Kleider und so erlesene Kundschaft? In welchem anderen Gewerbe hätten die Mädchen so viel Geld beiseite legen können? Selbst nach Abzug der fünfzig Prozent, die die Mädchen an Lili abtreten mussten, blieb ihnen noch genug von ihren Einkünften übrig, um damit für ihre Zukunft vorzusorgen. Außerdem standen für jedes Mädchen, das die Arbeit nicht gern erledigte, zehn andere Schlange, die zu allem bereit waren. Die Widerwilligen entließ Lili deshalb meist wieder, es sei denn, sie hatten besondere Vorzüge, die ein wenig mehr Geduld in der Einarbeitung rechtfertigten.

Das Mädchen, das jetzt vor Lili stand, schien so ein Fall zu sein. Es handelte sich um eine bildschöne Schwarze, die mit dem Körper einer afrikanischen Göttin gesegnet war, mit endlosen Beinen, einem perfekt gerundeten Gesäß und einer makellosen Haut, die aussah wie poliertes Palisanderholz. Lili musterte dieses herrliche Geschöpf, das vor ihr stand, mit halb zugekniffenen Augen. Sie forderte das Mädchen auf, sich umzudrehen, damit sie es von allen Seiten betrachten konnte, und sie prüfte es wie eine Frucht auf

dem Markt, indem sie ihm in den Hintern und in die Brust zwackte. Das Mädchen wich einen Schritt zurück.
»Was ist mit dir? Wenn du dir zu fein dazu bist, hier zu arbeiten, dort ist die Tür.« Lili hielt es für selbstverständlich, dass sie die Bewerberinnen so genau untersuchte, sie wollte ja keine Mädchen mit Schwangerschaftsstreifen, Narben, Krampfadern oder ähnlichen Schönheitsmakeln, die sich gut unter den langen Kleidern verstecken ließen. Und wenn die Mädchen schon zu schamhaft waren, sich vor ihr zu entkleiden, wie wollten sie dann erst ihrem Gewerbe nachgehen?
Die afrikanische Göttin hob das Kinn, kniff die Lippen zusammen und ließ sich von Lili begutachten.
»Nicht schlecht, nicht schlecht«, murmelte Lili. »Kannst du irgendetwas Besonderes, etwas, weshalb ich dich einstellen müsste?«
»Ich war Haussklavin bei sehr reichen Senhores. Ich kann reden wie feine Leute, mich bewegen, frisieren und kleiden wie sie, ich weiß, was sie gerne essen und trinken und welche Musik sie hören.«
»Aha. Dann weißt du wahrscheinlich auch, was die reichen Senhores am liebsten tun, wenn ihre Ehefrauen nicht hinsehen.«
Das Mädchen nickte.
»Hier müsstest du allerdings mehr tun als nur stillzuhalten und zu schweigen, das ist dir doch klar, oder?«
Wieder nickte das Mädchen.
»Die Herren wollen sich hier amüsieren. Du musst ihnen das Gefühl geben, dass sie schön, klug und unwiderstehlich sind, auch wenn es sich um zwergenhafte, zahnlose Dummköpfe handelt. Du musst ihnen das Gefühl geben, dass sie dein Blut in Wallung bringen, auch wenn ihre körperlichen Attribute mehr als lächerlich sind. Und vor allem musst du diesen eingebildeten Gesichtsausdruck ablegen – damit jagst du alle Männer in die Flucht.«
»Wie viel verdiene ich?«
»Gut!«, rief Lili. »Sehr gut! Denk immer nur an den Verdienst, da-

mit kommst du weiter. Und je netter du zu den Männern bist, desto mehr verdienst du auch.«
»Wie viel? Ich meine, eher fünfhundert oder eher fünftausend Reis die Stunde? Oder werden meine Dienste nicht nach Stunden berechnet?«
Lili erklärte dem Mädchen detailliert, wie viel sie für welche Art der Dienstleistung berechnen konnte, wie viel davon abgezogen wurde und welche Nebenkosten, etwa für Kosmetik, mit einzukalkulieren waren. Das Mädchen nickte, anscheinend von dem zu erwartenden Verdienst überzeugt. »Nehmen Sie mich nun oder nicht? Mir wird kalt.«
Lili war alles andere als begeistert von der dreisten Art des Mädchens. Andererseits war sie wirklich eine Schönheit.
»Also schön, ich werde es mit dir versuchen. Wie heißt du überhaupt?«
»Miranda.«
Wunderbar, dachte Lili. Einen besseren Namen gab es kaum für eine Hure. Zumindest in der Wahl seines Künstlernamens hatte das Mädchen einen sicheren Instinkt fürs Geschäft bewiesen. Vielleicht taugte sie ja doch zu etwas, diese Miranda.

Die Rua da Alfândega, eine der wichtigsten Einkaufsstraßen für preiswerte Haushaltsartikel, lag nur zwei Blocks vom Goldenen Schmetterling entfernt. Immer wenn Anschaffungen größerer Mengen an Gläsern, Bettlaken oder Putzutensilien zu tätigen waren, kam Félix hierher. Die Händler kannten den stummen Mann schon, und keiner beging mehr den Fehler, ihn zu unterschätzen. Félix rechnete so flink und verhandelte so gewieft, dass sogar die Libanesen und die Juden, die sich hier angesiedelt hatten, beeindruckt waren. Und da der Goldene Schmetterling ein wichtiger Kunde war, wurde Félix in allen Geschäften hofiert wie der Kaiser höchstpersönlich.
Heute war Félix in der Rua da Alfândega, um Girlanden, Luftschlangen und Konfetti für ein Fest zu beschaffen, das anlässlich des dreijährigen Bestehens von Lilis Bordell gefeiert werden sollte.

Félix hatte vergeblich versucht, Lili von dieser karnevalesken Veranstaltung abzuraten und sie dazu zu bringen, ein eleganteres Fest zu geben. Doch Lili, die in ihrem früheren Leben Sklavin bei einem armen Schweinezüchter gewesen war, hielt bunten Tand für das A und O eines gelungenen Festes und war durch nichts vom Gegenteil zu überzeugen. Und da Lili nun einmal die Chefin war und er nur der Prokurist, wie er sich hochtrabend nannte, sollte sie ihren Willen haben.

Im Schreibwarenladen von Seu Gustavo wurde Félix fündig. Obwohl es außerhalb des Hochsommers, wenn Silvester und Karneval längst vorbei waren, kaum Nachfrage an solchen Artikeln gab, hatte der alte Gustavo alles vorrätig. Nach langem Gefeilsche erhielt Félix einen Preisnachlass von dreißig Prozent und das Angebot, in das Geschäft von Seu Gustavo einzusteigen. »Du gefällst mir, Junge. Einen schlauen Burschen wie dich könnte ich hier gut gebrauchen. Wenn du wirklich so tüchtig bist, wie ich glaube, dann könntest du sogar irgendwann mein Nachfolger werden, vorausgesetzt natürlich, dass du das entsprechende Kapital aufbringen kannst. Aber im Goldenen Schmetterling wirst du bestimmt gut bezahlt und kannst etwas zurücklegen. Weißt du, Félix, meine Töchter und ihre Männer wollen von dem Geschäft nichts wissen, und ich werde nächstes Jahr immerhin schon sechzig. Komm doch demnächst mal zu Geschäftsschluss vorbei, dann besprechen wir das in Ruhe bei einem Schoppen.«

Félix fühlte sich außerordentlich geschmeichelt und versprach dem Alten, sich noch im Laufe der Woche mit ihm zu treffen. Auf dem Weg zurück zum Goldenen Schmetterling dachte er an nichts anderes als an diese neue Zukunftsperspektive. Ein eigener Laden, noch dazu ein seriöses Unternehmen und kein halbseidenes Etablissement! Fernanda würde endlich aufhören, ihn als Zuhälter zu beschimpfen, und vielleicht würde sie dann sogar seine Frau werden. Mit einem Schreibwarenladen stünde er jedenfalls hundertmal besser da als Zeca mit seiner Schusterei.

Ein lautes Fluchen holte Félix in die Gegenwart zurück. In seiner Euphorie hatte er gar nicht auf die anderen Passanten geachtet, und auf dem engen Bürgersteig war ein Mann, der ihm hatte aus-

weichen müssen, gestolpert und in eine Pfütze gefallen. Félix half dem Mann wieder auf die Beine. Er erkannte ihn sofort, obwohl ihre Begegnung schon Jahre zurücklag: Das war eindeutig João Henrique de Barros, einer der Freunde, die Pedro da Silva damals nach Boavista eingeladen hatte. João Henrique dagegen schien Félix nicht zu erkennen. Er fluchte weiter wie ein Feldsklave und schrie Félix an: »Was ist? Bist du stumm?! Du könntest dich wenigstens entschuldigen, du dummer Kerl!«
Félix gestikulierte wie verrückt, um genau das zu tun. Es tat ihm zwar aufrichtig Leid, dass der Mann so unglücklich gestolpert war, doch er musste an sich halten, um nicht in sein befremdliches Gelächter auszubrechen, das die Leute immer so irritierte: João Henrique war in der einzigen großen Pfütze weit und breit gelandet.
»Ich kenne dich von irgendwo.« João Henrique sah Félix forschend an. »Du bist tatsächlich stumm, nicht wahr?«
Félix nickte. Er holte seine Tafel hervor und schrieb darauf: »Félix. Früher Sklave auf Boavista.« Das einzig Gute an Leuten vom Schlag eines Senhor de Barros war, dass Félix sich schriftlich mit ihnen verständigen konnte.
»Oho! Schreiben bringen sie euch befreitem Gesindel also bei, aber kein Benehmen! Na, sei's drum. Pass in Zukunft besser auf. Es reicht ja, dass du stumm bist und nicht noch obendrein für blind gehalten wirst.«
Félix verbeugte sich tief, bevor er sich flugs aus dem Staub machte. Begegnungen mit Menschen, die ihn noch von früher kannten, lösten in ihm oft ein merkwürdiges Schuldbewusstsein aus. Obwohl er nun schon seit Jahren in Freiheit lebte, gaben sie ihm immer das Gefühl, ein Sklave zu sein. Die Angst vor der Entdeckung, die ihn drei Jahre lang begleitet hatte, saß zu tief, als dass er sich wirklich frei hätte fühlen können. Aber das würde sich bestimmt bald ändern, wenn er erst Besitzer eines eigenen Geschäfts wäre. Beflügelt von dieser Vorstellung, setzte Félix seinen Weg fort, ohne auch nur einen einzigen Gedanken daran zu verschwenden, was João Henrique in diese Straße geführt haben mochte, in der man Herren wie ihn selten antraf.

Er betrat den Goldenen Schmetterling durch den Hintereingang, ein populäres Liedchen pfeifend.

»Hast du dich verliebt, oder was?« Lili, die gerade die Treppe herunterkam, wunderte sich über Félix' fröhliche Miene. Meistens gab er sich ernster, um trotz seiner Jugend als Prokurist ernst genommen zu werden. Félix wackelte mit dem Kopf, halb nickend, halb verneinend, was Lili ganz richtig als »so etwas in der Art« interpretierte.

»Warte erst, bis du die Neue siehst. Ich habe heute ein Mädchen eingestellt, das raubt dir den Atem. Komm doch gleich mal in den Salon und sieh sie dir an – sie zieht sich gerade um, in ein paar Minuten kommt sie runter.«

Félix war davon überzeugt, dass die Neue ihm nicht den Atem rauben würde. Nach einem Jahr im Goldenen Schmetterling war er immun gegen die körperlichen Vorzüge der Mädchen. Er hatte so viele leicht bekleidete Frauen gesehen, dass ihn der Anblick einer hübschen Brust oder eines aufreizenden Dessous kalt ließ. Die einzige Frau, die er wollte und die er begehrenswert fand, war Fernanda, die mit ihrem Aussehen, objektiv betrachtet, ganz sicher nicht mit den Mädchen im Goldenen Schmetterling konkurrieren konnte. Dennoch fand er Fernandas zu groß geratenen Busen, ihre breite Nase und ihre leicht abstehenden Ohren so süß, dass ihm all die Schönheiten, die er täglich sah, gestohlen bleiben konnten.

Félix holte sich ein Glas Wasser und machte es sich auf dem Sofa neben Lili gemütlich. Auf seiner Tafel rechnete er ihr vor, wie viel er heute für sie gespart hatte, doch Lili war nicht bei der Sache. Alle paar Sekunden sah sie zur Treppe, gespannt, wie sich die Neue in den Kleidern, die sie ihr gegeben hatte, machen würde. Sie hatte außerdem Laila aufgetragen, ihr bei der Frisur und beim Schminken zu helfen, und Lili war sehr neugierig auf das Ergebnis.

Félix legte seine Tafel beiseite. Es war hoffnungslos. Lili schien nicht das geringste Interesse an seinen Ausführungen zu haben, und noch viel weniger konnte er im Augenblick ein Lob von ihr erwarten. Er lehnte sich zurück, trank einen Schluck Wasser und tat dasselbe, was auch Lili tat: Er starrte zur Treppe.

Kurz darauf schritt Laila vor der Neuen die Stufen herab und verstellte absichtlich den Blick auf sie. Laila strahlte übers ganze Gesicht, breitete die Arme aus und veranstaltete einen Zauber, als wolle sie nun die Königin von Saba vorstellen.

»Und jetzt aufgepasst: Die Neue!« Damit trat sie einen Schritt zur Seite.

Félix traf fast der Schlag. In Momenten wie diesem war es von großem Vorteil, stumm zu sein, wollte man nicht durch einen unflätigen Ausruf alle Aufmerksamkeit auf sich ziehen. Himmel noch mal, wenn das nicht Miranda war! Und wenn das nicht die verblüffendste Verwandlung war, die er je erlebt hatte! Nichts erinnerte mehr an das dümmlich dreinschauende Mädchen, dessen Mund immer offen gestanden hatte. Diese Frau dagegen wirkte wie ... die Königin von Saba! Hoch gewachsen und schlank, mit langen, muskulösen Gliedmaßen, die von einem leicht transparenten Kleid mehr betont als verhüllt wurden, war Mirandas Körper das reinste Kunstwerk. Ihren Kopf trug Miranda hoch erhoben, auf ihren Lippen lag ein arrogantes Lächeln. Dieser Gesichtsausdruck trug ebenso zu dem majestätischen Anblick bei wie die Unmengen an Schmuck, mit dem Laila ihre Kollegin behängt hatte und mit dem sie geradezu der Viscondessa de Rio Seco Konkurrenz machen konnte, von der es hieß, sie sei so schwer mit Juwelen behangen, dass sie sich tragen lassen musste.

Félix fragte sich, ob es allein die Aufmachung war, die Miranda so völlig anders wirken ließ, als er sie in Erinnerung hatte. Das Alter konnte es ja kaum sein – in fünf Jahren veränderte man sich nicht so stark. Oder war es der perfekt geformte Körper, den er früher, in den züchtigen Kleidern, die Miranda auf Boavista trug, nie wahrgenommen hatte?

»Ist sie nicht ein Prachtexemplar, unsere Miranda?«, fragte Lili in den Raum hinein, um dann die junge Frau aufzufordern: »Dreh dich um, Mädchen, damit wir dich von allen Seiten bestaunen können. Ha, seht nur, was für ein wundervoller Arsch!«

Félix hätte Lili unter anderen Umständen vielleicht ihr ordinäres Vokabular vorgeworfen – sie konnte die teuersten Kleider tragen

und sich mit Eau de Giverny besprühen, so viel sie wollte, mit ihrer Redeweise würde sie immer wie eine billige Puffmutter wirken, und das war genau das, was sie nicht wollte. Doch jetzt dachte er an nichts anderes als an Miranda und ihr trauriges Los. Er hatte sie nie besonders gut leiden können, aber dass sie so tief gesunken war, dass sie sich in einem Bordell verdingen und ihren »wundervollen Arsch« herzeigen musste, tat ihm in der Seele weh. Es war eine Sache, fremde Mädchen, über deren Hintergrund er gar nichts wusste, bei der Ausübung dieses Gewerbes zu sehen, aber eine ganz andere, Bekannte hier wiederzutreffen. Miranda, die immer über Dona Almas bigotte Art gelästert hatte; Miranda, die, wenn keiner außer ihm in der Küche gewesen war, in den großen Suppentopf gespuckt hatte; Miranda, deren Kopf von Luiza immer auf Läuse hin abgesucht worden war; diese Miranda sollte nun eine Hure sein? Eine schreckliche Vorstellung. Ebenso furchtbar fand Félix allerdings den Gedanken, dass Miranda umgekehrt ihn als Prokuristen und rechte Hand der Chefin nicht für voll nehmen würde, weil sie Dinge aus seiner Jugend wusste, die seine Autorität untergraben würden. Wer nahm schon einen Mann ernst, der früher seinem Herrn den Rücken hatte schrubben und die Haare in den Ohren hatte schneiden müssen?
Miranda schien noch gar nicht bemerkt zu haben, dass er sich hier befand. Sie ließ sich von Lili und den Mädchen bewundern und genoss es sichtlich, mit ihrem Auftritt ein solches Erstaunen ausgelöst zu haben. Er sollte jetzt besser verschwinden, dachte Félix. Doch in genau diesem Moment traf ihn ihr Blick.
Miranda erstarrte. In ihren Augen las er erst ungläubiges Erkennen, dann Zögern, schließlich Wut. Sie drehte sich zu Lili um, die inzwischen hinter ihr stand und begeistert an ihrer Frisur herumzupfte.
»Wenn ich gewusst hätte, dass diese Missgeburt sich hier aufhält, wäre ich nie im Leben hergekommen.«
»Welche Missgeburt?«
»Na, diese dort«, sagte Miranda und deutete auf das Sofa. Doch der Platz, auf dem Félix eben noch gesessen hatte, war leer.

Als Félix spät in der Nacht nach Hause kam, sah er noch Licht in Fernandas Hütte. Unmittelbar nach der Abolition war er wieder in sein altes Viertel gezogen, in seine alte Hütte, deren größter Vorteil die Nachbarschaft zu Fernanda war. Auch wenn sie seine Liebe offensichtlich nicht erwiderte, war sie doch seine beste Freundin und engste Vertraute. Und nach einem ereignisreichen Tag wie heute war es gut, sich jemandem mitteilen zu können, der nicht nur lesen konnte, sondern der darüber hinaus intelligent, vernünftig und verständnisvoll war.

»Du hast gleich zwei Leute von früher getroffen? Das ist in der Tat ein komischer Zufall. Aber weißt du, Félix, wenn du dich dabei so schlecht gefühlt hast, sollte dir das zu denken geben.« Fernanda biss den Faden ab, legte die Bluse, an der sie einen Knopf angenäht hatte, beiseite und sah Félix durchdringend an.

»Wenn es dir schon vor dieser Hure, Miranda, peinlich ist, im Goldenen Schmetterling gesehen zu werden, dann ist jetzt vielleicht der richtige Zeitpunkt gekommen, um dort aufzuhören.«

Félix versuchte Fernanda seine komplizierten Seelenlage zu erklären, versuchte ihr klarzumachen, dass es nicht Scham war, die ihn erfüllte, sondern ein unbehagliches Gefühl, wie es die Menschen überkommt, wenn sie eine andere Rolle spielen als die, in der man sie kennt. So, wie er vor Lili Scheu gehabt hätte, jemandem den Rücken zu schrubben, so erschien es ihm vor Miranda irgendwie falsch, als Angestellter eines Bordells aufzutreten. Aber Fernanda war auf diesem Ohr taub. Immer wenn die Rede auf seinen Arbeitsplatz kam, stellte sie sich stur und bestand darauf, dass er zu gut für Lili und ihren Laden war.

»Lili ist und bleibt eine Schlampe. Ich habe sie auf Esperança gut genug kennen gelernt, um zu wissen, dass sie verdorben, geldgierig und verlogen ist. Und wenn sie dir das Doppelte zahlen würde – sie nutzt die verzweifelte Situation der Mädchen gnadenlos zu ihrem Vorteil aus, und ich will nicht, dass du von diesem schmutzigen Geschäft mit dem Elend profitierst.«

Verstand sie denn nicht? Félix wollte doch nur um ihretwillen gut verdienen. Und ob er im Goldenen Schmetterling arbeitete oder nicht, würde an der zunehmenden Prostitution in Rio de Janeiro nichts, aber auch gar nichts ändern. Wahrscheinlich hatte er vielen Mädchen sogar einen Gefallen getan. Immerhin war durch seine Mithilfe der Goldene Schmetterling zu einem Etablissement geworden, in dem es sich aushalten ließ, in dem keine Schlägereien stattfanden, in dem die Betten nicht mit Wanzen verseucht waren, in dem die Mädchen nicht übers Ohr gehauen wurden.

»So, und jetzt erkläre mir bitte mal genauer, was es mit Seu Gustavo auf sich hat«, wechselte Fernanda abrupt das Thema, als sie Félix' rebellische Miene sah und fürchtete, das Gespräch könne einmal mehr zu einem Streit ausarten, wie es immer der Fall war, wenn sie ihn mit seiner schändlichen Arbeit konfrontierte.

Félix hatte vorhin, in seinem ersten kurzen Resümee dieses ereignisreichen Tages, nur am Rande angedeutet, dass der alte Händler ihm ein Geschäft vorgeschlagen hatte. Nach der Begegnung mit Miranda, die Félix so aufgewühlt hatte, war dieser Punkt ganz in den Hintergrund geraten, und inzwischen hatte Félix sämtliche Euphorie, die ihn noch am Nachmittag beseelt hatte, verloren. Bestimmt wollte Gustavo ihn nur mit der Aussicht auf die Geschäftsübernahme locken, um einen billigen und willigen Verkäufer zu bekommen. Sicher würde Gustavo, der alte Geizkragen, ihn bis zum Umfallen schuften lassen und ihm die unwürdigsten Arbeiten auftragen. Er hörte ihn schon sagen: »Lehrjahre sind keine Herrenjahre.« Und ganz bestimmt würde er einen absurd hohen Preis für seinen Laden verlangen, wenn er dann in den Ruhestand ging, was noch Jahre dauern konnte. Fünf Jahre, zehn? Zu lang jedenfalls – bis dahin wäre Félix ja selber schon uralt.

»Warum machst du denn so ein Gesicht? Das klingt doch vielversprechend«, fand Fernanda, nachdem Félix ihr wortwörtlich wiedergegeben hatte, was der Alte zu ihm gesagt hatte. »Triff dich am besten noch morgen mit Gustavo und höre dir an, was er dir anzubieten hat. Vielleicht bezahlt er dich sogar gut genug, dass du endlich bei Lili aufhören kannst.«

Félix zuckte resigniert mit den Schultern. Was blieb ihm schon an-

deres übrig? Die Arbeit im Goldenen Schmetterling jedenfalls war ihm durch Mirandas Auftauchen gründlich vermiest worden.
»Aber vorher«, fuhr Fernanda fort, »musst du mit dieser Miranda reden. Vielleicht können wir ihr helfen. Vielleicht kann ich ihr eine Anstellung an der Schule verschaffen. Der Hausmeister hat sich erst kürzlich darüber beklagt, dass er die Arbeit nicht alleine bewältigen kann. Da die meisten Leute gar nicht wissen, wie man zum Beispiel einen Fußboden bohnert, könnten wir eine Frau, die sich mit solchen Aufgaben auskennt, bestimmt gut unterbringen.«
Félix schämte sich plötzlich. Erst jetzt, da ihm Fernanda vor Augen führte, wie er sich Miranda gegenüber hätte verhalten sollen, begriff er, wie verantwortungslos und kindisch er sich benommen hatte. Warum hatte Fernanda daran gedacht, Miranda Unterstützung anzubieten, und nicht er? Warum war er fortgelaufen wie ein ertappter Dieb, anstatt mit Miranda zu reden? Er wusste schließlich am besten, dass es manchmal nicht ohne die Hilfe anderer ging. Wo wäre er selber jetzt, wenn ihm nicht León die Flucht ermöglicht und ihn Dona Doralice nicht unterrichtet hätte? Wahrscheinlich würde er, wie Feijão, im Gefängnis sitzen oder wie Carlinho im Steinbruch arbeiten oder wie Sal als Packer am Hafen, mit einem Verdienst, der nicht einmal für das Nötigste reichte.
Fernanda sah ihm seine Gewissensbisse offensichtlich an. »Du hast gar nicht daran gedacht, ihr Hilfe anzubieten, nicht wahr? Ihr Männer seid doch alle gleich – denkt nur an euch selber.«
Das stimmte nicht. Félix dachte auch an Fernanda, an ihre gemeinsame Zukunft, an das Haus, das er mit dem ersparten Geld bauen würde, an die Kinder, die sie gemeinsam erziehen und die es eines Tages besser haben würden. Und damit ihm das gelänge, war ein gewisses Maß an Eigennutz nun einmal unumgänglich.
Er sah sie traurig aus seinen hellen Augen an, fuhr sich in einer Geste der Verlegenheit durchs raspelkurze Haar und schrieb dann: »An meine Freunde denke ich auch.«
»Ja, ja. Aber du hast José nur aufgenommen, weil er sich nützlich macht. Wenn er nicht für dich einkaufen und sauber machen

würde, wärest du schon längst verhungert oder im eigenen Dreck erstickt.«

An José hatte Félix bei seiner Bemerkung gar nicht gedacht – der Alte war ihm mehr Vater als Freund. Er hatte es selbstverständlich gefunden, den alten Kutscher aufzunehmen, als er sein Zuhause verloren hatte. Dass Fernanda ihm jetzt vorwarf, José aus Berechnung bei sich wohnen zu lassen, empfand er als große Ungerechtigkeit. Ja, José kaufte ein und fegte den Boden. Aber meistens verursachte er Félix damit mehr Arbeit, als er ihm abnahm. Er, Félix, verdiente nicht nur das Geld, sondern kümmerte sich auch um José. Er schleppte José zum Arzt, er brachte ihm manchmal Konfekt und andere Leckereien aus der Stadt mit, er hatte ihm eine gute Matratze gekauft, um seine Rückenschmerzen zu lindern. Und wie oft war er mitten in der Nacht auf die Suche nach dem Alten gegangen! José, der immer sonderlicher wurde, vergaß manchmal die alltäglichsten Dinge, nicht zuletzt, wo er wohnte. Wenn er nicht schlafen konnte, verließ er die Hütte, schlenderte durch die Gassen, oft nur unvollständig bekleidet, und wusste schon an der nächsten Straßenecke nicht mehr, wie er dorthin gelangt war und wie er nach Hause finden sollte. An anderen Tagen war José völlig klaren Verstandes, spielte mit Félix Domino, erledigte die Einkäufe sowie die Aufgaben im Haushalt gewissenhaft und erzählte ihm Anekdoten aus seiner Jugend in Bahia, wo er Zuckerrohr auf einem Ochsenkarren transportiert hatte. »Der Mann verkalkt langsam«, lautete die Diagnose einer Nachbarin, die dasselbe mit ihrer Mutter erlebt hatte. »Bald wird er dich nicht mehr erkennen.«

Von diesem Alten also, den er liebte und um den er sich intensiv kümmerte, glaubte Fernanda, er würde von Félix ausgenutzt werden? Wie konnte sie nur so schlecht von ihm denken, erst recht, da sie genau wusste, wie sehr er sich um José sorgte und wie viel Mühe der alte Mann ihm manchmal bereitete? Sie selbst hatte doch vor ein paar Tagen, als Félix in seinem Hinterhof einige schwierige Capoeira-Figuren übte, erfahren, wie weit Josés Verkalkung bereits fortgeschritten war.

»Marta!«, hatte José erfreut ausgerufen, als Fernanda kam. »Marta, mein Schatz, wo hast du nur die ganze Zeit gesteckt?« Fernanda hatte sich umgesehen, ob nicht vielleicht eine andere Frau hinter ihr stand. Aber nein, José hatte sie gemeint. Er hielt sie für diese Marta, wer auch immer das sein mochte.
Félix hatte auf den Händen gestanden, in der Luft die Beine zum Spagat gespreizt, und die ganze Szene, die ohnehin schon grotesk genug war, kopfüber beobachtet. José, der auf Fernanda zulief und sie innig umarmte, Fernanda, die immer wieder beteuerte, nicht Marta zu sein, José, der seiner unerwarteten Besucherin ein Glas Wasser und einen Stuhl von drinnen holte, Fernanda, die schließlich klein beigab und sich von José die Hand tätscheln ließ. Félix brach seine akrobatische Übung ab und gesellte sich zu José und »Marta«. Den Fragen, die José ihr stellte, entnahm er, dass Marta einmal Josés Frau gewesen sein musste. Wieso hatte José ihm nie zuvor etwas von ihr erzählt? Félix hatte auf Boavista jahrelang einen Raum mit dem alten Kutscher geteilt, er hatte sich endlose Geschichten von Schicksalen fremder Leute anhören müssen – aber nie, nicht mit einer einzigen Silbe, hatte José je von einer Marta gesprochen.

»Warum bist du so biestig heute, Marta?«, schrieb Félix jetzt auf seine Tafel. Fernanda sah ihn angriffslustig an, antwortete aber nicht. Schweigend stand sie auf, hängte die reparierte Bluse auf einen Bügel und verschwand in ihrer Kammer. Félix verschränkte die Hände hinter dem Kopf, streckte sich und gähnte. Er war müde und Fernanda wahrscheinlich ebenfalls. Es war keine gute Idee gewesen, so spät noch hier aufzukreuzen und Fernanda mit Dingen zu behelligen, die sie doch nicht verstehen konnte. Oder nicht verstehen wollte.
Félix rückte geräuschvoll den Stuhl zurück, um seinen Aufbruch zu signalisieren.
»Geh nur schon, ich muss noch ein paar Sachen ausbessern«, rief Fernanda von nebenan. Ihre Stimme klang anders als sonst.
Félix wollte nicht gehen, ohne sich zu verabschieden, schon gar

nicht, nachdem sein Besuch so unbefriedigend und die Stimmung so gespannt gewesen war. Er durchquerte den Raum, betrachtete sein Spiegelbild in den blank polierten Kupfertöpfen über der Kochstelle und fletschte die Zähne, um sich zu vergewissern, dass nicht irgendwelche Speisereste sein perfektes Gebiss entstellten. Alles in Ordnung, stellte er fest. Er drehte sich um, lehnte sich mit dem Gesäß an die Tischkante, verschränkte die Arme vor der Brust und bewunderte Fernandas schmuckes Heim. Warum sah sein Häuschen daneben so karg und armselig aus, wo es doch eigentlich das schönere von beiden hätte sein müssen? Sein Haus war größer, seine Einrichtung neuer und teurer, und doch war es bei Fernanda ungleich wohnlicher als bei ihm. Sie hatte die Holzwände in bunten Farben gestrichen, hatte selbst bestickte Kissen auf die schlichten Stühle gelegt, und immer standen frische Blumen oder Zweige in der alten Milchkanne, die sie als Vase nutzte. Ohne Zweifel, Frauen hatten ein besseres Händchen fürs Haus. Ach, wenn er doch bloß schon mit Fernanda verheiratet wäre!

Leider, musste sich Félix eingestehen, war er noch weit von diesem Ziel entfernt. Er hatte sie ja noch nicht einmal geküsst. In seinem Wunsch, sich ihr als perfekter Kandidat zu präsentieren, hatte er gewartet, bis er ein halbwegs angemessenes Alter erreicht hatte; hatte er eine gut bezahlte, wenngleich schlecht beleumundete Arbeit angenommen; hatte er durch die Capoeira seinen Körper gestählt, der sich jetzt durchaus mit dem von Zeca messen ließ. Doch das Wichtigste hatte er vor sich hergeschoben: Er hatte sich Fernanda nie erklärt. Aber, mein Gott, warum auch? Sie wusste doch, dass er sie liebte, dass er sie seit Jahren als seine Braut betrachtete, oder etwa nicht? Der Gedanke, dass er vielleicht deutlicher hätte werden sollen, dass er Fernanda möglicherweise mit ein paar romantischen Gesten hätte kommen sollen, tauchte vage in seinem Hinterkopf auf, ärgerlich und störend wie ein winziges Steinchen im Schuh, das nicht recht zu lokalisieren ist. Ach, Weiber und ihre gefühlsduseligen Anwandlungen!

Félix nahm eine Gabel und säuberte sich damit ungeduldig die

Fingernägel. Himmel noch mal, wie lange würde Fernanda denn noch brauchen, bis sie die auszubessernden Stücke herausgesucht hatte?

In ihrer Kammer saß Fernanda auf dem Bettrand und versuchte die Schluchzer, die sie schüttelten, zu unterdrücken. Am liebsten hätte sie lauthals geheult. Wenn Félix glaubte, dass sein Tag aufregend gewesen war, musste man ihren dagegen als den reinsten Irrsinn bezeichnen. In der Schule war heute ein Feuer ausgebrochen, nachdem zwei Kinder in einer Abstellkammer heimlich geraucht und die Zigarre, als sich ein Lehrer näherte, in die Ecke geworfen hatten. Der Brand war schnell gelöscht worden, und der Schaden hielt sich in Grenzen, doch der Schreck saß Fernanda noch immer in den Knochen. Den beiden unglücklichen Brandstiftern, Pedrinho und Elena, hatte Fernanda als Strafarbeit einen Aufsatz über die Feuerwehr aufgegeben, was sie jetzt bedauerte. Sie wusste, dass die beiden, nachdem sie mit den Eltern gesprochen hatte, Prügel beziehen und keinen einzigen korrekten Satz zu Papier bringen würden. Und sie selber musste sich morgen dieses Geschreibsel durchlesen!

Dann hatte sie, als sie auf dem Nachhauseweg auf dem Wochenmarkt die Süßkartoffeln bezahlen wollte, festgestellt, dass ihre Geldbörse verschwunden war. Sie trug die Börse immer in ihrer tiefen Rocktasche, und es war äußerst unwahrscheinlich, dass sie dort einfach herausgefallen war. Einer der Jungen von Tomas' Bande musste sie gestohlen haben. Als die Bande über den Markt gerannt war und dabei mit ihren Rempeleien für einen kleinen Tumult gesorgt hatte, war Fernanda, die als Lehrerin über große Autorität verfügte, eingeschritten, um den Jungen die Hammelbeine langzuziehen. Drei waren entwischt, aber zwei der Kinder, die jüngsten, hatten sich eine Standpauke sowie ein paar Watschen hinter die Ohren eingefangen. Dass sie bei dieser Gelegenheit die Kaltblütigkeit besessen hatten, sie zu bestehlen, bestürzte Fernanda mehr als der Verlust ihrer Börse, in der sich außer ein wenig Geld nur ihre Lesekarte von der Bibliothek befunden hatte.

Zu allem Überfluss hatte den ganzen Tag ihr Weisheitszahn geschmerzt, der sich schon seit Tagen mit einem nervtötenden Pochen den Weg durch ihr Zahnfleisch zu bahnen suchte. Und als sie sich endlich am frühen Abend hinsetzen wollte, um einige Handarbeiten zu erledigen, die längst überfällig waren, war Zeca vorbeigekommen.

»Fernanda, es ist so ein schöner Abend. Komm, setz dich mit mir nach draußen. Ich habe uns eine Flasche Wein mitgebracht.«

Wein? Seit wann trank Zeca etwas anderes als Bier oder Cachaça? Doch Fernanda war so froh darüber, dass er ihr einen Vorwand lieferte, die lästigen Näharbeiten aufzuschieben, und sie freute sich so sehr auf den Wein, der ihre Zahnschmerzen sicher beruhigen würde, dass sie das Offensichtliche erst begriff, als Zeca ihre Hand nahm und ein kleines Schmuckkästchen hineinlegte.

»Wir sind nun seit rund zwei Jahren Freunde. Wir haben uns gut miteinander unterhalten, viel gelacht, wunderbar zusammen getanzt. Und ich bin mir sicher, dass wir als Mann und Frau noch viel mehr Dinge aneinander entdecken, in denen wir gut zusammenpassen. Fernanda, willst du mich heiraten?«

Fernanda konnte an nichts anderes denken als daran, wie lange er diesen Antrag wohl daheim vor dem Spiegel geübt haben mochte. Und obwohl sie geahnt hatte, dass Zeca früher oder später um ihre Hand anhalten würde, fiel ihr in diesem Moment partout keine passende Antwort ein. Sie sah Zeca ernst an, trank einen Schluck Wein, starrte dann in den klaren Himmel, an dem ein fast voller Mond stand, und gab mit ihrem Schweigen eine Nachdenklichkeit vor, die so gar nicht der totalen Leere in ihrem Kopf entsprach.

»Es kommt vielleicht ein bisschen überraschend …«, sagte Zeca, dem, wie so vielen Menschen, die Stille nicht behagte.

»Hm, ja. Du weißt, dass ich dich sehr gern mag, Zeca. Aber dein Antrag kommt in der Tat ein bisschen plötzlich. Gib mir Zeit, ja? Ich möchte in Ruhe darüber nachdenken. Eine solche Entscheidung will gut überlegt sein, die kann ich nicht aus einer weinseligen Laune heraus treffen, sosehr ich mich auch geschmeichelt fühle.«

Der würzige Duft der Pflanzen und der Erde, den Fernanda sonst über alles liebte, erschien ihr in der schwülen Tropenluft auf einmal so intensiv, dass er ihr ein flaues Gefühl in der Magengegend verursachte. Der dicke weiße Mond schien sie zu verhöhnen, das Knacksen und Rascheln in den Bäumen, das sie normalerweise als beruhigend empfand, war ihr plötzlich unheimlich. Fernanda fühlte sich nicht gut, und ihr Zahn pochte ohne Unterlass.
Unter Aufbringung ihrer letzten Kraftreserven war es ihr gelungen, Zeca hinauszukomplimentieren, ohne ihn gar zu sehr vor den Kopf zu stoßen. Das Schmuckkästchen hatte er wieder mitgenommen, genau wie ihr Versprechen, sich bis zum Wochenende entschieden zu haben. Als Zeca fort war, hatte sich Fernanda übergeben. Und dann war, keine zwei Stunden später, Félix aufgekreuzt und hatte weder ihre Ringe unter den Augen noch ihre Schweigsamkeit, noch ihre unglückliche Miene wahrgenommen, sondern ihr seine nichtigen Problemchen geschildert. Und den aufgelösten Saum an ihrem Lieblingsrock hatte sie noch immer nicht geflickt.

Als Félix den Vorhang beiseite schob, der in dem Durchgang zwischen Wohnraum und Kammer hing, erschrak er. Fernanda saß, in sich zusammengesunken und tränenüberströmt, auf ihrer Bettkante, neben sich einen unordentlichen Stapel Kleidungsstücke. Als sie bemerkte, dass Félix hereingekommen war, schlug sie die Hände vors Gesicht und schluchzte laut auf. Félix fühlte sich völlig hilflos angesichts dieses Häufchens Elend, das sich jetzt mit dem Handrücken die laufende Nase trocknete und ihn aus rot geschwollenen Augen ansah. Er setzte sich neben Fernanda und legte den Arm um sie. Aber das war offensichtlich die falsche Reaktion, denn erneut wurde ihr Körper von schweren Schluchzern geschüttelt.
»Tja, Félix, nicht nur du hattest einen aufregenden Tag«, brachte sie endlich hervor. »Meiner hatte es ebenfalls in sich.«
Er sah sie fragend an.
»Jetzt brauchst du auch nicht mehr so zu tun, als würde es dich interessieren. Geh lieber heim und sieh nach, ob José im Bett liegt

und nicht wieder in seiner Kutscheruniform durchs Viertel streift. Oder ohne sie.«

Doch Fernandas Unglück ging Félix so nah, dass er sich nicht einfach ohne eine Erklärung fortschicken ließ. Er sah sie aufmunternd an, wischte ihr sanft eine Träne von der Wange und wartete. Nichts. Nach einer Weile wagte er es erneut, den Arm um sie zu legen. Nichts. Und als er, wenig später, ihr verheultes Gesicht in beide Hände nahm und sie küssen wollte, wandte sie sich ab und stand auf.

»Du gehst ja doch nicht, ohne dass ich dir erzähle, was heute alles passiert ist. Also gut, hier das Wichtigste: Ich werde heiraten.«

Diesmal war es an Félix, mit den Tränen zu kämpfen. Das, dachte er, war einfach zu viel für einen Tag!

XXVI

João Henrique de Barros wählte diesmal einen anderen Weg, um zum Campo de Santana zu gelangen. Die Rua da Alfândega war einfach zu belebt. Er hatte keine Lust, um diese Zeit von irgendjemandem in dieser Gegend gesehen zu werden, nicht einmal von den früheren Sklaven seiner Freunde. Bei Tage war der Campo de Santana ein hübscher kleiner Park, in dem sich die Politiker aus dem angrenzenden Senatsgebäude mittags die Beine vertraten, in dem junge Mütter mit Ammen und Kindern die Enten auf dem Teich fütterten, in dem Matronen in viel zu warmen Kleidern im Schatten der Feigenbäume saßen und die künstlich angelegte Grotte bewunderten. Doch bei Einbruch der Dämmerung veränderte sich das Publikum. Die braven Leute setzten dann keinen Fuß mehr in den Park, es sei denn, sie waren auf der Suche nach einem verbotenen Abenteuer: Das Militärhauptquartier lag direkt gegenüber des Campo de Santana, und alle erdenklichen Bedürfnisse der Soldaten wurden in dem Park befriedigt, von Männern wie Frauen, von Weißen wie Schwarzen.
Als João Henrique eine Stunde später zu seiner Verabredung im Café Francisco erschien, war er in aufgeräumter Stimmung. Wie immer war seine Erscheinung tadellos. Nicht eine einzige Falte in seinem Anzug oder ein einziges abstehendes Haar in seiner korrekt gekämmten Frisur verriet etwas von seiner Schwäche, der er sich kurz zuvor noch hingegeben hatte. João Henrique lächelte in sich hinein. Wenn seine Freunde davon wüssten, hätten sie ihn auf der Stelle aus ihrem Kreis ausgeschlossen.
»Na, João Henrique, was ist dir Schönes widerfahren, dass du so ein zufriedenes Gesicht machst?«
Pedro war an den Tisch herangetreten, an dem sein Freund bei einem Glas Sherry saß. Er legte seine Aktentasche auf der Marmorplatte des Tisches ab, knöpfte seine Anzugjacke auf und ließ sich ächzend auf einem Holzstuhl nieder. »Mein Gott, es ist einfach zu

heiß für die Jahreszeit«, fuhr er fort, ohne eine Antwort abzuwarten. »Kellner, ein großes Glas Limonade bitte!« Pedro zog ein Taschentuch hervor und wischte sich die Schweißperlen von der Stirn.

»Es ist nicht zu heiß. Es kommt dir nur so vor, weil du an diesem schrecklichen Ort arbeitest, an dem nie die Fenster geöffnet werden und wo ihr alle dem Erstickungstod nah seid.«

»Falsch, João Henrique, falsch. Wir würden ersticken, wenn wir die Fenster öffneten. Du kannst dir den Gestank nicht vorstellen, der von draußen hereindringt. Dieser Fischmarkt ist so ekelhaft, dass ich schon gar keinen Fisch mehr essen mag. Die Vorstellung, dass er von dort stammen könnte, und die Wahrscheinlichkeit ist ja ziemlich groß, ist einfach widerwärtig. Selbst den getrockneten Stockfisch an Ostern bekomme ich nur noch mit Not herunter, und das auch nur, um Dona Alma und Luiza nicht zu verletzen, die so stolz auf das Rezept sind.«

»Ich verstehe nicht, warum du dir das antust. Deine Schwester ist schwerreich, und du sollst diese Sklavenarbeit machen? Ich selber ziehe Vorteile aus der Großzügigkeit Vitórias, und sogar dieser Rogério ist sich nicht zu fein, ihr Geld anzunehmen. Nur du, ihr eigener Bruder, musst in einem stinkenden Kabuff sitzen und dich für einen Hungerlohn in dieser Stauerei ausnutzen lassen.«

»Hör auf damit, bitte. Ich habe dir schon oft genug erklärt, warum ich nicht noch mehr von Vitas Geld annehmen will. Sie erhält Boavista – für mich, der ich es eines Tages erben werde. Sie hat unsere Eltern aufgenommen, ein Opfer, das ich selber nicht hätte bringen wollen. Sie bezahlt mein Personal, damit Joana und ich weiterhin so leben können, wie wir es gewohnt sind. Für all das bin ich ihr sehr dankbar. Aber ein bisschen Stolz habe ich mir doch bewahrt, und solange ich zwei gesunde Hände und einen funktionstüchtigen Kopf habe, werde ich nicht tatenlos dasitzen und mich aushalten lassen. Ich muss ja froh sein, dass ich diese Arbeit habe, nachdem Ferreira Bankrott gegangen ist. Die einzige Alternative wäre, nach Santos zu gehen, wo der Kaffee aus der Provinz São Paulo verschifft wird. Aber ehrlich gesagt bleibe ich lieber in Rio – wo all meine Freunde und meine Familie wohnen.«

»Mir ist wirklich schleierhaft, wo ein Mann wie du, von einwandfreier portugiesischer Abstammung, diese angelsächsische Arbeitsmoral herhat. Es ist einfach unfein, bestimmte Arbeiten zu erledigen. Ich bin mir ganz sicher, dass auch deine Schwester es lieber sähe, wenn du dich standesgemäßen Aufgaben widmen würdest.«

»Du meinst: das Verwalten meiner Güter, das Bestechen von Politikern, die Pflege eines kostspieligen Rennstalls? Tja, mein lieber Freund, diese Zeiten sind vorbei.«

»Welche Zeiten?«, fragte Aaron, der in diesem Augenblick auftauchte, mit Flecken auf der Jacke und wirrem Haar.

»Die alten, welche sonst?«, antwortete João Henrique. »Nur du hast dich nicht verändert.« Damit musterte er Aaron missbilligend von Kopf bis Fuß. »Noch immer der zerlumpte Junge aus dem russischen Ghetto.«

»Und du bist noch derselbe Hochstapler von früher. Wie geht es denn deiner intimen Freundin, Prinzessin Isabel?«

Pedro verdrehte die Augen. Nein, was diese beiden anging, hatte sich wirklich nichts geändert. Was für eine blödsinnige Idee von ihm, sich nach langer Zeit wieder einmal mit beiden zusammen zu verabreden. Er hatte geglaubt, dass sie alle reifer, erwachsener, vernünftiger geworden wären, dass seine beiden besten Freunde vielleicht endlich die Vorzüge des anderen erkennen würden. Was für ein unsinniges Unterfangen – die beiden würden sich immer spinnefeind sein.

Allerdings wunderte auch er sich über Aarons Aufzug. In den vergangenen beiden Jahren hatte er den Freund niemals anders erlebt als perfekt gekleidet und frisiert. Heute dagegen sah er aus, als ob er unter einen Zug geraten wäre.

Aaron deutete Pedros Blicke richtig. »Es ist dieser Hund, Sábado! Er macht mich wahnsinnig! Er springt andauernd an mir hoch und will mir das Gesicht ablecken.«

»Das muss an deinem hündischen Ausdruck liegen«, warf João Henrique ein. »Er hält dich für seinesgleichen.«

Aaron erwiderte darauf nichts, sondern sprach weiterhin nur zu Pedro, der sich ein belustigtes Blinzeln nicht verkneifen konnte. »Ich habe ihn draußen festgebunden, aber ich könnte wetten, dass die Leine dem Gezerre dieses Untiers nicht lange standhält.«

»Vertraut dir Vita jetzt nicht nur ihre Geschäfte, sondern auch Sábado an? Darauf kannst du dir etwas einbilden, Aaron. Das Tier ist ihr Ein und Alles.«

»Vita hat heute einen wichtigen Termin bei der Bank, wohin sie Sábado nicht mitnehmen konnte. Und da sie direkt von meiner Kanzlei aus dorthin fahren wollte, ohne noch Zeit damit zu verlieren, den Hund zu Hause abzuliefern, hat sie ihn bei mir gelassen.«

Das war nur die halbe Wahrheit. Aaron hatte sich Vita förmlich aufgedrängt, auf den Hund aufpassen zu dürfen, weil er einen Vorwand brauchte, um sie noch am gleichen Tag, abends, wiederzusehen. Während der Geschäftszeiten war Vita immer so kurz angebunden, ging es in seiner Kanzlei hektisch zu, beobachteten sie zu viele Augen. Am Abend dagegen, wenn sein Assistent und die Dienstboten gegangen waren und wenn Vita und er mehr Muße hatten, genoss Aaron es, mit ihr zusammenzusitzen, die geschäftlichen Transaktionen in allen Details durchzugehen, sich mit ihr an den erwirtschafteten Gewinnen zu berauschen, einen Kaffee zu trinken und vielleicht noch eine Runde Schach zu spielen. Er hatte Vitas eingerostete Kenntnisse des Spiels aus eigenem Interesse aufgefrischt, weil er kaum Spielpartner fand, die ihm gewachsen waren. Wie er vermutet hatte, war sie eine so gelehrige Schülerin und hatte sie eine so außergewöhnliche Begabung für das Spiel, dass sie ihn inzwischen sogar schon manchmal schlug. Und während Aaron normalerweise ein schlechter Verlierer war – er spielte nun einmal, um zu gewinnen –, bereiteten ihm Vitas Siege große Freude. Sie erfüllten ihn mit Stolz, so wie ihn der Blick in ihre funkelnden, klugen, blauen Augen mit Liebe erfüllte. Ja, allein ihr entschlossener, kalter Gesichtsausdruck, bevor sie seinem König den letzten, tödlichen Stoß versetzte, war es wert, sich dafür schachmatt setzen zu lassen.

»Jetzt fehlt nur noch unser nobler Negerbefreier, dann wäre die

alte Runde komplett«, sagte João Henrique und scheuchte mit seinen manikürten Fingern eine Fliege fort.
»Rede nicht in diesem Ton über ihn«, wies ihn Pedro zurecht. »León ist mittlerweile mein Schwager.«
»Oh, ich vergaß. Beinahe hätte ich mich dem Irrglauben hingegeben, dass der Mann deiner Schwester hier bei uns sitzt.« Dabei sah er Aaron verächtlich an. »Obwohl ich der lieben Vitória einen besseren Geschmack zugetraut hätte.«
»Es heißt, du seist ein guter Arzt, aber ich bezweifle das ganz stark. Wenn du ein gemeines Gerücht, das Neidhälse in die Welt gesetzt haben, nicht von der Wahrheit unterscheiden kannst, dann bist du wahrscheinlich ebenso wenig in der Lage, eine simulierende Senhora von einem echten Kranken zu unterscheiden.« Aaron hatte sich fest vorgenommen, sich nicht von João Henrique provozieren zu lassen. Aber dessen Boshaftigkeit wurde immer schlimmer und Aarons Geduld immer kürzer. Seine Zeit war zu kostbar, als dass er sie mit bornierten Aufschneidern hätte verschwenden können.
»Ich erkenne Simulanten sofort. Aber ich schenke ihnen Gehör, wie ich es auch mit Gerüchten tue. Meistens sind sie überaus aufschlussreich – und amüsant.«
»Na, wenn du sonst schon nichts zu lachen hast ...«
»Es reicht!« Pedro schlug mit der flachen Hand auf den Tisch, der bedenklich wackelte. »Zwei studierte Männer, und führen sich auf wie aufgeplusterte Kampfhähne, die sich im Staub vor einer Sklavenhütte behacken!«
Aaron und João Henrique sahen sich sprachlos an, eins in der Fassungslosigkeit über die Reaktion ihres Freundes. Beide kannten Pedro als einen ausgeglichenen, freundlichen Zeitgenossen, einen Mann der leisen Töne. Dass er laut seinen Unmut äußerte, zumal an einem öffentlichen Ort, an dem Bekannte ihn hätten hören können, war niemals zuvor vorgekommen. Wenn Pedro sich ärgerte, dann sagte er es in bestimmtem, aber ruhigem Ton. War Pedro verletzt oder traurig, dann machte er das mit sich selber aus, ohne gegen den Verursacher zu intrigieren oder zu wüten. Und stritten sich andere in seiner Gegenwart, so versuchte Pedro nor-

malerweise zu schlichten, zu beschwichtigen, Verständnis für beide Seiten aufzubringen. Sein Harmoniebedürfnis empfanden sowohl Aaron als auch João Henrique manchmal als übertrieben, und seine Moralvorstellungen hielten beide für ein wenig altmodisch, doch gerade sie machten Pedros besonderen Zauber aus. Er war grundehrlich, durch und durch anständig, charakterfest, konservativ nicht aus politischer Überzeugung, sondern aus seinem Wesen heraus. Dass Pedro nun ausgerechnet bei einem kleinen Wortgefecht zwischen seinen Freunden, von deren Abneigung gegeneinander er nun wahrhaftig lange genug wusste, so aus der Haut fuhr, machte beide betroffen.

João Henrique fing sich als Erster. »Vielleicht solltest du doch über einen Wechsel des Arbeitsplatzes nachdenken, mein Guter. Das Klima dort scheint dir aufs Gemüt zu schlagen. Außerdem gebe ich dir hiermit den ärztlichen Rat, nach der Limonade einen Whiskey zu trinken.«

»Das ist der erste vernünftige Satz, den ich heute von diesem Quacksalber höre«, sagte Aaron. »Ich nehme auch ein Glas. Schließt du dich uns an, João Henrique?«

Die nächste Stunde verbrachten sie mit belanglosem Geplauder und harmlosen Frotzeleien, in der Sorge um die Gemütsverfassung ihres Freundes zu einem oberflächlichen Frieden gezwungen. Beim vierten Whiskey, als die drei bereits anfingen, sich schmutzige Witze zu erzählen, wurden sie auf einen kleinen Aufstand am Eingang des Lokals aufmerksam. Dann hörten sie ein wütendes Bellen und sahen, wie der erschrockene Oberkellner zurückwich und beinahe das Gleichgewicht verlor. Gläser klirrten, eine Frau schrie, ein Stuhl fiel um. Mit ein paar großen Sätzen war Sábado bei ihnen, an der Leine einen rostigen Haken hinter sich herschleifend. Der Hund war außer sich vor Begeisterung, dass er Aaron entdeckt hatte. Er sprang an ihm hoch, blieb mit den Vorderpfoten auf Aarons Knien vor ihm stehen und leckte ihm das Gesicht.

»O nein!« Aaron wandte das Gesicht ab. Es war schon schlimm genug, dass diese Kreatur ihn mit ihrer Zuneigung verfolgte, aber dass sie auch noch so bestialisch aus dem Maul roch, war zu viel des Guten. »Sitz! Platz!«

Der Hund hörte nicht auf ihn. João Henrique verfolgte feixend die Szene, während Pedro die Leine nahm und versuchte, den Hund von Aaron herunterzuziehen. Der Oberkellner war mittlerweile an ihrem Tisch angelangt und klärte sie mit der größtmöglichen Würde, die ihm nach der Attacke durch dieses Monstrum noch geblieben war, darüber auf, dass Hunde in diesem Lokal nicht geduldet wurden.

»Das ist kein Hund«, sagte João Henrique, leicht lallend, »das ist ein Kalb.«

»Bitte, Senhor! Selbstverständlich sind auch Kälber hier nicht gut gelitten.«

»Außer auf der Speisekarte«, brachte Aaron kichernd hervor.

Pedro, Aaron und João Henrique sahen einander an und schütteten sich vor Lachen aus.

Der Oberkellner rang um Fassung. Er konnte doch die drei jungen Männer, von denen zwei immerhin Stammgäste waren und zudem den gehobenen Kreisen Rios angehörten, nicht einfach hinauswerfen wie x-beliebige Störenfriede.

Sábado hatte inzwischen von Aaron abgelassen, weil er etwas noch Interessanteres entdeckt hatte: Er stand am Tisch und schlabberte ein paar verschüttete Tropfen Limonade von der Platte.

»Dieses Kalb ist unser Gast. Und der hat, wie Sie sehen können, Durst. Bringen Sie ihm freundlicherweise auch ein Glas Whiskey, ja?« Pedro sah in das bestürzte Gesicht des Oberkellners und prustete erneut los. Seine Freunde fielen in sein Lachen mit ein. Sábado schleckte weiter den Tisch ab, ausgelassen mit dem Schwanz wedelnd und sein schlechtes Gewissen sowie seine ganze Erziehung vergessend.

Niemand bemerkte Rogério, der eben das Café Francisco betreten hatte. Wie immer war er auf der Suche nach wichtigen Menschen, in deren Glanz er sich gerne zeigte, um damit seine eigene Bedeutung zu unterstreichen. »Was für ein Glück«, hatte er gerade noch gedacht, als er Pedro und seine Freunde in einer Ecke sitzen sah.

Ein bekannter Arzt, ein reicher Anwalt, ein Kaufmann von adliger Abstammung – das war vielleicht nicht so gut wie die Gesellschaft von prominenten Millionären oder gefeierten Schauspielern, aber perfekt, um damit seiner eigenen Bodenständigkeit Ausdruck zu verleihen. Beschwingt ging er auf die Gruppe zu, als ein Hund, den er als Vitórias Sábado identifizierte, mit großem Geschepper an ihm vorbeifegte. An seiner Leine zog er einen metallenen Gegenstand hinter sich her, der auf den kunstvoll bemalten Keramikfliesen einen mörderischen Krach machte. Rogério blieb mitten im Lokal stehen und beobachtete das peinliche Spektakel, das der Hund und die drei Männer veranstalteten. Er drehte sich wieder um, bevor sie ihn sahen. Mit solchen Entgleisungen wollte er nicht in Verbindung gebracht werden.

»Rogério!«, hörte er Pedro rufen, reagierte aber nicht darauf.

Pedro, Aaron und João Henrique sahen der Gestalt nach, die sich schnell aus dem Café entfernte.

»Das war er doch, oder sehe ich jetzt schon Fantasiegebilde?«, fragte Pedro seine Freunde.

»Natürlich war er das. Dieser unmögliche Rock, den er für modern hält, ist unverwechselbar.« João Henrique hob sein Glas: »Auf den glücklichen Zufall, der uns vor diesem Burschen gerettet hat.«

Pedro stieß gackernd mit ihm an. »Wahrscheinlich wollte er nicht mit solchen Trunkenbolden wie uns zusammen gesehen werden.«

»Selber schuld«, befand João Henrique. »Bei diesem Tumult hätte *tout* Rio ihn in unserer Gesellschaft gesehen und ihn für unseren Freund gehalten. Etwas Besseres hätte ihm doch gar nicht passieren können.«

Auch Aaron hob sein Glas und stieß mit João Henrique und Pedro an. »Dem Kalb sei Dank! Auf Sábado.«

Der Hund sprang, als er seinen Namen hörte, wieder an Aaron hoch und war durch nichts von seinen Liebesbezeugungen abzubringen. Erst als die drei Freunde aufbrachen, begleitet von den erleichterten Blicken des Oberkellners und der anderen Gäste, benahm er sich wieder wie ein gut erzogener Hund und ging an der

Leine. Aaron hätte schwören können, dass in Sábados freundlichem Hundegesicht ein hinterlistiges Grinsen stand.

Pedro nahm seine Freunde in seiner Kutsche mit, trotz ihrer Proteste und obwohl er damit einen großen Umweg in Kauf nahm. Nicht Altruismus bewegte ihn dazu, sondern der reine Eigennutz: Pedro freute sich auf den kleinen Luxus des Alleinseins, den ihm die Fahrt von der Südstadt nach São Cristóvão erlauben würde. Nachdem er Aaron und Sábado in Flamengo sowie João Henrique in Catete abgesetzt hatte, lehnte er sich aus dem Fenster und sog tief die frische Abendluft ein. Es hatte zu nieseln begonnen. Der Duft von nassen Pflastersteinen vermischte sich mit dem der Bäume und der Brise des Meeres. Pedro schloss die Augen. Wie sehr er den Fahrtwind auf seiner feuchten Haut genoss! Und wie schön es war, endlich einmal ein paar Minuten für sich zu haben! Doch dieses köstliche Gefühl währte nicht lange. Pedros Pflichtbewusstsein gewann wieder die Oberhand. Joana würde sich bestimmt um ihn sorgen, wenn er mit Alkoholfahne und mit klatschnassem Haar zu Hause einträfe. Er zog seinen Kopf zurück, rieb sich mit einem Taschentuch das Gesicht trocken und kramte in seiner Aktentasche nach den Veilchenpastillen, die er für solche Gelegenheiten immer dabeihatte.
Joana ließ sich so einfach nicht täuschen, enthielt sich jedoch eines Kommentars. Seit Monaten schon beobachtete sie eine Veränderung in Pedro, die ihr nicht gefiel. Er wurde von Tag zu Tag gereizter und war manchmal sogar gegenüber den Dienstboten aufbrausend. Er regte sich über Kleinigkeiten auf, die er früher überhaupt nicht bemerkt hätte, einen leicht angebrannten Braten etwa oder die nicht ganz korrekt gestärkte Schürze von Maria do Céu. Er war dabei nie ungerecht oder gar verletzend, und im Vergleich zu anderen Männern war Pedro weiterhin ein Ausbund an Sanftmütigkeit. Doch Joana entgingen nicht die kleinen Anzeichen seines sich ändernden Gemüts. Genau wie João Henrique führte sie sie auf die Arbeit Pedros zurück, von der sie wusste, dass er sie hasste.

»Ich habe heute einmal Lust auf ein richtig schönes, deftiges Essen«, sagte er nun zu Joana, als Maria do Céu das Essen auftrug, das aus einer Consommé und einem Gemüseauflauf bestand. »Ich kann diese ›leichte Sommerküche‹, wie du sie nennst, nicht mehr sehen. Mir ist mehr nach ein paar fetten Würsten, Bratkartoffeln, Maniokpüree, gebratenem Schinken. Es ist schließlich nicht Sommer.«

»Bitte sehr, wie der Herr wünschen.« Joana sah an Pedro herab. Er hatte schon den Ansatz eines kleinen Bäuchleins, und wenn er weiter so viel aß und trank – denn dass er immer öfter dem Alkohol zusprach, war offensichtlich –, würde er bald aussehen wie der dicke Senhor Alves.

»Ach, Joana, sieh mich nicht so streng an. Diese Arbeit macht mich kaputt, mein Nervenkostüm braucht Fett. Wenn wir diese Phase hinter uns haben, werde ich deine ›leichte Sommerküche‹ zu würdigen wissen.«

Doch tief in seinem Innern wusste Pedro, dass es sich nicht nur um eine schwierige Phase handelte, die bald vorüber sein würde. Als seine Zukunft noch in der Aussicht auf ein Leben als reicher Kaffeebaron bestanden hatte, war ihm die schwere Arbeit beim *comissionista* Ferreira leicht gefallen. Sie war wie ein exzentrischer Zeitvertreib gewesen, ein *spleen*, wie Charles Witherford dazu sagte. Es war einfach, stickige Räume zu ertragen, wenn man wusste, dass die Qual vorübergehender Natur war, dass man die Zukunft in großzügigen, luftigen Salons und auf dem Rücken rassiger Vollblüter verbringen konnte. Es war eine lehrreiche Erfahrung gewesen, sich mit Kollegen anzufreunden, die über weit weniger Bildung und Geld verfügten als er, aber es war eine düstere Vorstellung, den Rest seiner Tage zehn Stunden täglich mit Männern zu verbringen, die den Unterschied zwischen einem Sauternes und einem Sancerre nicht kannten. Es hatte ihm Spaß gemacht, sein verkäuferisches Talent unter Beweis zu stellen, doch es war gewiss keine Beschäftigung, die er die nächsten dreißig Jahre ausüben wollte, schon gar nicht, wenn der Gewinn in den Taschen seiner Arbeitgeber landete.

»Komm«, sagte er jetzt und nahm Joana bei der Hand, »lass uns in der Küche nach etwas Genießbarem fahnden. Luiza wird sich freuen, wenn wir ihr einen Grund liefern, uns auszuschimpfen. Und sie wird sich noch mehr freuen, wenn sie endlich wieder einmal jemanden mit ihren öligen Aipim-Klößchen verwöhnen kann.«

Luiza, die alte Köchin von Boavista, riss die Augen auf, als ihre Herrschaft in der Küche erschien, wo sie gerade ihre Pfeife stopfte, die sie nach getaner Arbeit immer draußen im Hof rauchte.
»Sinhô Pedro, Sinhá Joana, was fällt euch Kindern ein, mich so zu erschrecken?«
»Die Kinder« sahen sich an und lachten wie nach einem gelungenen Streich. Luiza war so leicht zu durchschauen! Wie von Pedro prophezeit, machte sie sich mit großer Genugtuung an die Zubereitung ihrer *bolinhos de aipim*, die sie mit einer würzigen Fleischpaste füllte. Pedro und Joana sahen ihr dabei zu, und Joana drückte aufmunternd Pedros Hand, als wollte sie ihm damit sagen, dass alles gut würde.
Sie aßen die kleinen, fetttriefenden Klößchen im Stehen in der Küche, leckten sich danach die Finger ab und hörten sich dazu Luizas Predigt über den Sittenverfall im Allgemeinen und die Respektlosigkeit der Jugend im Besonderen an. Sie wussten, dass Luiza entzückt war, sie hier in der Küche zu haben, und ebenso sicher wussten sie, dass sie nach dem Essen eine Tasse cremiger Schokolade bekommen würden. Heiße Schokolade war Luizas Wundermittel gegen jede Art von Wehwehchen, seien sie geistiger oder körperlicher Natur, und tatsächlich wirkte das Getränk wie Balsam auf Pedros verletzte Seele.
Als Pedro den dicken, süßen Kakaosatz mit einem Löffel aus der Tasse gekratzt hatte, umarmte er Luiza und drückte ihr einen Kuss auf die ledrige Wange. »Wenn wir dich nicht hätten!«
»Ach, Pedro, rede keinen Unsinn. Ihr habt mich doch nur aus Mitleid aufgenommen. Und dafür lasst ihr mich altes, nutzloses Weib hier so hart arbeiten wie eine Pflückerin.« Luiza neigte, wenn sie

gerührt war, zu brüsken Worten. Der liebe Gott hatte es besser mit ihr gemeint, als sie es verdient hatte.
Als Eduardo und Alma da Silva nach Rio aufgebrochen waren, um bei der Sinhazinha zu wohnen, hatten José und Luiza die beiden selbstverständlich begleitet. Während andere Leute ihre treuen Sklaven einfach wegschickten, erleichtert darüber, dass die neue Gesellschaftsordnung ihnen die Verantwortung abnahm, sich um die alten, kranken und gebrechlichen Schwarzen zu kümmern, hatten ihre Herrschaften sich wie wirklich feine Leute benommen. Sie zahlten José, für den im Haus der Sinhazinha beim besten Willen kein Platz mehr war, eine großzügige Leibrente, die es ihm erlaubte, auf seine alten Tage ein sorgenfreies Leben zu führen. Er wohnte jetzt bei Félix, den er mit Leóns Hilfe ausfindig gemacht hatte, doch ab und zu schaute er hier bei ihr vorbei, der alte Charmeur, und machte ihr den Hof. Für Luiza, die trotz ihres Alters noch eine robuste und tatkräftige Person war, hatte man in Pedros Haushalt Verwendung gefunden. Luiza fand, dass sie damit das große Los gezogen hatte, denn keine Rente der Welt konnte sie mehr beglücken als das Gesicht ihres Lieblings Pedro, wenn er ihre Leckereien naschte.

»Diese Frau ist wirklich ein Segen«, fand auch Joana, als sie später bei einem Likör auf dem Sofa im Salon saßen. »Trotzdem finde ich ihre Schokolade zu süß.«
»Ach was. Sei froh, dass sie keinen Pfeffer hineintut. Das hat sie nämlich früher getan, als ich noch klein war, weil sie Pfeffer für ein Gewürz hielt, das heilsam ist und zugleich vornehm. Dasselbe dachte sie auch von Nelken, Zimt, Koriander, Vanille und Lorbeer – alle Gerichte, die sie auftischte, Hauptgerichte wie Desserts, hatten denselben Geschmack.«
Joana lächelte Pedro verliebt an. Daher hatte er also seine Vorliebe für starke Gewürzmischungen.
»Bis Dona Alma eines Tages einen französischen Koch einstellte und Luiza wieder zur Küchenmagd degradierte. Das war zu viel für Luiza. Sie schaute dem Mann genau auf die Finger, ekelte ihn mit

ihren kleinen Gemeinheiten aus dem Haus und imitierte seine Kochkünste so überzeugend, dass sie wieder als Köchin arbeiten durfte. Aber ich glaube, dass sie insgeheim bis heute ihre eigenen damaligen Kreationen für die besseren hält. Ich weiß, dass sie in ihre eigene Tasse Schokolade Pfeffer streut.«

Joana lachte und erzählte von den höllischen Qualen, die ihr indischer Koch ihnen damals in Goa bereitet hatte, woraufhin Pedro die Anekdote von seinem Besuch in einer Indio-Siedlung berichtete, wo er mit den Fingern einen undefinierbaren Brei hatte essen müssen, der in Bananenblättern serviert worden war. So ging es noch mindestens eine Stunde. Sie tauschten in entspannter Atmosphäre Kindheitserinnerungen aus, Erinnerungen an eine Zeit, in der sie mit schwarzen oder braunen Kindern befreundet waren, deren Hütten so viel aufregender waren als ihre eigenen schönen Häuser; eine Zeit, in der sie gigantische Kakerlaken oder tote Fische am Ufer eines Sees untersucht und verletzte Vögel von ihren Ausflügen mit heimgebracht hatten; eine Zeit, die Joana auf immer mit dem fauligen Geruch von Fischernetzen auf morschen Booten verbinden würde und Pedro mit dem süßlich-modrigen Geruch der trocknenden Kaffeekirschen.

»Diese akkuraten Bahnen, die im Hof ausgelegt wurden, haben Vita und mich immer dazu gereizt, hindurchzulaufen und die Symmetrie zu zerstören. Du kannst dir nicht vorstellen, wie viele Millionen Fliegen wir damit aufgescheucht haben! Und wie der verantwortliche Sklave, Carlos, hinter uns her war, wenn er uns erwischte!« Pedro sah Joana traurig an. »Aber das ist vorbei. Für immer. Sollte es dann doch eines Tages mit unserem Nachwuchs klappen, so werden unsere Kinder nie erleben, wie es ist, auf einem Kaffeefeld Verstecken zu spielen.«

»Ist es das, was dich in letzter Zeit so beschäftigt? Unsere Kinderlosigkeit?« Joana erkannte sofort die günstige Gelegenheit, endlich mit ihrem Mann über dessen Sorgen sprechen zu können. Sie hatte ihn schon öfter rundheraus gefragt, was ihn bedrückte, doch er war ihr immer ausgewichen. Jetzt, da Melancholie von ihm Besitz ergriffen hatte, seine Zunge vom Alkohol ge-

löst und sein Gemüt von der Schokolade besänftigt war, würde er reden.
»Natürlich möchte ich gerne Kinder haben, vielleicht sogar noch lieber als du. Aber das kann warten. Es ist sogar ganz gut, dass wir noch keine haben, denn wir haben zurzeit ja genügend andere Sorgen.«
»Ja?«
»Diese grässliche Arbeit in der Schiffsstauerei. Mein spärliches Einkommen. Unsere Abhängigkeit von Vita. Meine deprimierten Eltern. Dieses Haus mit seinen Möbeln, die mir Albträume verursachen, die wir aber nicht verkaufen können, weil sie uns nicht gehören. Enttäuschungen von der Art, wie wir sie von Rogério erfahren haben. Die zunehmende Gewalt auf den Straßen Rios, wo man sich vor lauter befreiten Schwarzen nicht mehr sicher fühlen kann. Und zu allem Überfluss auch noch Vitas unschickliche Aktivitäten, die ein schlechtes Licht auf uns werfen. Das ist alles ein bisschen viel auf einmal.«
»Du bist müde und abgearbeitet. Wenn du erst befördert wirst und für mehr Geld weniger arbeiten musst, sieht die Welt schon wieder viel freundlicher aus.«
»Nein, das glaube ich nicht.«
»Was soll diese Schwarzmalerei? Wir sind gesund, haben ein Dach über dem Kopf und genug zu essen. Mehr als genug ...« Joana klopfte zärtlich auf Pedros Bauch. »Und wir haben uns. Alles andere zählt nicht.«
Pedro schüttelte den Kopf. Sie würde ihn nie verstehen. Manchmal überkam ihn der Verdacht, dass Joana sogar froh darüber war, dass sie jetzt ein so viel bescheideneres Leben führten als früher. Mit der subtilen Geheimsprache der Oberschicht, ihren Raffinessen und Intrigen war sie nie vertraut gewesen, und jetzt brauchte sie sie auch nicht mehr zu lernen. Joana konnte sich mit ihrem freien Geist, den er am Anfang ihrer Ehe so bewundert und geliebt hatte, niemals in die kleinliche Denkweise der Leute einfühlen, und deshalb würde sie den Schaden, den bösartige Gerüchte anstellten, nie ermessen können.

»Das andere zählt sehr wohl! Ich jedenfalls will nach meinem Erbe nicht auch noch meinen guten Ruf verlieren. Das Gerede über Vita schadet auch uns. Und ich finde nicht, dass ihr Reichtum ihr das Recht gibt, sich auf diese Weise in das Leben anderer zu drängen. Müssen wir uns, nur weil wir arm sind, alles gefallen lassen? Weißt du, Joana, das alles stinkt mir gewaltig.«
»Ihr alle scheint zu vergessen, wie jung Vita noch ist. Und ich glaube, sie selber vergisst es auch. Sie sollte viel mehr tanzen, sich mehr vergnügen, mehr flirten. Stattdessen trägt sie die Verantwortung für die ganze Familie, erträgt tapfer Dona Almas Launen und den senilen Spieltrieb eures Vaters. Sie muss sich alle möglichen Bosheiten von León gefallen lassen und zu allem Überfluss auch noch von ihrer eigenen Familie Vorhaltungen machen lassen. Ich finde es bewundernswert, dass sie nicht schon längst ihre Sachen gepackt und eine schöne Europareise angetreten hat – allein, wohlgemerkt. Sie hätte wirklich einmal einen Urlaub von uns allen verdient.«
»Damit wäre ihr Ruf dann vollends ruiniert. Jeder würde vermuten, dass sie sich an der Riviera mit irgendwelchen polnischen Grafen vergnügt und ihr Geld im Kasino verjubelt.«
»Und wenn schon. Ihr Ehemann vergnügt sich ja mitten in Rio de Janeiro mit französischen Modistinnen, wenn es stimmt, was mir Loreta erzählt. Und mit ihrem Vermögen kann sie machen, was sie will. Außerdem würde sie wahrscheinlich am Roulettetisch gewinnen, bei ihrem Händchen fürs Geld.«
Pedro verstand seine Frau nicht mehr. Was war aus der braven kleinen Joana geworden, die ihn bewundert, unterstützt und gefördert hatte? Woher hatte sie plötzlich diese libertinären Ansichten, die den seinen gänzlich entgegengesetzt waren? Das, dachte Pedro, war nur ein weiteres seiner Probleme, das er in seiner Aufzählung unterschlagen hatte. Wie sollte er ihr klarmachen, dass ihm ihr Gerede von der Gleichberechtigung der Frau, so vernünftig es in einigen Aspekten klang, schlichtweg auf die Nerven ging? Es gab Dringlicheres als das Wahlrecht für Frauen, von dem Joana glaubte, dass es mit der Proklamation der Republik ebenfalls aus-

gerufen werden würde, und das schon bald. Und wofür?, fragte sich Pedro. Das einzige Ziel moderner Frauen schien ein Leben ohne Korsett zu sein, und es gab keinen Politiker, der sich dafür stark gemacht hätte, selbst wenn er privat Gefallen an derart entfesselten Frauen fand. Dabei dachte Pedro wieder an das, was er gerade über León erfahren hatte. Zum Teufel auch! Wenn León die eine oder andere Affäre hatte, so ging das niemanden etwas an, sofern die Frauen verheiratet waren und die Liebelei heimlich stattfand. Eine Geliebte gehörte für einen Mann der oberen Gesellschaftsschichten schon fast zum guten Ton. Doch wenn er öffentlich mit anderen Frauen auftauchte, noch dazu mit ledigen, dann ging er damit entschieden zu weit. Ein Kavalier setzte seine Ehefrau nicht dieser Schmach aus – und sich selber nicht der Gefahr, Vater von unehelichen Kindern zu werden.

»Was genau hat dir Loreta erzählt?«, fragte er Joana mit mürrischer Miene.

»Ach, wahrscheinlich ist es nur dummes Zeug, verzerrt und verfälscht nach dem Stille-Post-Prinzip.«

»Jetzt zier dich nicht so. Sag schon.«

»Loreta hat nur wiedergegeben, was Charles in seinem Club von einem Freund gehört hat, der León gar nicht persönlich kennt, ihn aber in Begleitung einer bildhübschen Französin im Theater gesehen hat.«

»Und diese Frau nennt sich ›Modistin‹ …«

»So ist es. Aber wir beide kennen ja León. Wir wissen, dass er Umgang mit den verrücktesten Persönlichkeiten pflegt und sich einen Spaß daraus macht, andere Leute damit vor den Kopf zu stoßen. Er spielt nur mit unseren Vorurteilen, Pedro.«

»Jetzt verteidigst du ihn auch noch. Du warst doch diejenige, die mir eben noch erzählt hat, dass er Vita untreu ist und ihr damit praktisch einen Freibrief gegeben hat, sich selber ebenfalls danebenzubenehmen.«

»Aber sie tut es nicht! Die Klatschsucht der Leute stempelt sie zu einer Missetäterin ab, die sie einfach nicht ist. Glaubst du etwa daran, dass sie etwas mit Aaron hat? Oder gar mit diesem Versager,

Rogério? Nein. Und dabei würde es ihr wahrscheinlich gut tun, mal wieder geküsst zu werden.«

Pedro sah seine Frau entgeistert an. Diesmal ging sie zu weit in ihrer absurden Verteidigung der Verfehlungen anderer Leute. Er hatte sich ja bereits damit abgefunden, dass Joana gern die Partei von Leuten ergriff, über die sich jeder normale Mensch lustig machte – die ihres Bruders mit seinen lächerlichen Flugexperimenten, die ihres alten Freundes Alvaro, der Fotograf war und an »bewegten Bildern« arbeitete, oder die dieser Chiquinha Gonzaga, einer Frau, die für ihre Karriere als Musikerin ihren Mann im Stich gelassen hatte. Er hatte ebenfalls Verständnis für ihre Mildtätigkeit, etwa ihren Einsatz für bessere Lebensbedingungen der Irren in der Anstalt am Stadtrand und die ehrenamtlichen Geigenstunden, die sie in einer Schule für Bedürftige erteilte. Er hatte ihre unerklärliche Faszination für indische Folklore akzeptiert und sich damit den täglichen Anblick einer abscheulichen Statue von Ganesha auf dem Fensterbrett eingehandelt. Doch allmählich nahm Joanas Verschrobenheit Ausmaße an, die er nicht länger dulden konnte.

Wohin sollte das alles führen? Sollte er sich zusätzlich zu all seinen Problemen auch noch Gedanken um den Geisteszustand seiner Frau machen müssen?

Joana dachte in diesem Moment etwas ganz Ähnliches. Musste sie sich Sorgen um Pedros seelische Gesundheit machen? Konnten seine Ängste, Nöte und sonderbaren Launen etwa die Symptome einer unheilbaren Schwermut sein?

Sie sah auf die Standuhr. Elf Uhr schon. Höchste Zeit, ins Bett zu gehen – und Pedro auf andere Gedanken zu bringen.

XXVII

Ihr Geplänkel mit Rogério hatte nur eine halbe Stunde gedauert, bot aber noch jetzt, drei Monate später, herrlichen Gesprächsstoff für die Klatschtanten der Stadt, die einen Narren an dem gut aussehenden Rogério und seiner tragisch anmutenden Aura gefressen hatten. Von einer unglücklichen Romanze erzählten manche, von einer verbotenen Liebe wollten andere gehört haben, besonders gut informierte Quellen wussten gar von verfeindeten Eltern zu berichten und von einer skandalösen Entführung der Braut vom Altar weg, direkt hinein in das Lotterbett des berüchtigten Abolitionisten León Castro. Das war der Stoff, aus dem die Schundromane waren, die die Alten heimlich lasen, die dünnen Hefte eingebettet in ihre dicken Gebetbücher. Weder Rogério, der sich in den fantastischen Spekulationen sonnte, noch Vitória, die sich zu schade dazu war, diesen Quatsch auch noch zu kommentieren, unternahm etwas dagegen. Die Wahrheit war viel zu profan und für beide zu beschämend, als dass man bei irgendeiner gepflegten Konversation damit hätte brillieren können.

Als sie damals mit ihren Eltern zu Pedro gefahren war, hatte sich Rogério genau dreißig Minuten Zeit gelassen, bevor er sie um ein zinsloses Darlehen in Höhe von fünfhunderttausend Reis bat. Dreißig Minuten, in denen er ihr glühende Blicke zugeworfen, ihr Komplimente gemacht, sie nach allen Regeln der Kunst umgarnt hatte. Und sie war darauf hereingefallen! Sie hatte sich wieder begehrenswert gefühlt, sorglos und hübsch, und sie hatte sich von Rogérios Charme und seiner »tragischen Aura« einlullen lassen. Himmel, dabei wusste sie doch selber am besten, dass man nur der Eitelkeit einer Person zu schmeicheln brauchte, wenn man bei dieser Person etwas erreichen wollte! Sie hatte dieses Spiel mit Bankiers, Bürokraten und Börsianern gespielt, sie beherrschte es wie keine Zweite – und doch hatte sie sich von

Rogérios Tricks, die im Vergleich zu ihren eigenen regelrecht plump waren, einwickeln lassen. Eine halbe Stunde lang.

Sie hatte ihm das Geld geliehen, frustriert darüber, dass sie anscheinend keinen Mann mehr mit ihren Reizen locken konnte, sondern nur noch mit ihrem prall gefüllten Bankkonto. Sie hatte gewusst, dass sie das Geld nie wiedersehen würde, doch dass er es so schnell unters Volk brachte, hatte sie nicht für möglich gehalten. Rogério hatte sich eine neue Garderobe schneidern lassen, sich eine elegante Kutsche zugelegt, eine große Wohnung in bester Lage in Botafogo bezogen. Den Rest hatte er dann unvorsichtig in riskante Wertpapiere und nicht existente Eisenbahngesellschaften investiert – und verloren. Das schien ihn aber nicht weiter zu stören. Er lebte weiterhin auf großem Fuß, und er fand offenbar immer noch Menschen, die ihm Geld liehen oder ihm welches anvertrauten, damit er als »Börsenexperte« es für sie vermehren möge.

Der Mann schnorrte sich durch alle angesehenen Häuser Rios, indem er vorgab, Vitórias »guter Freund« zu sein, die Leute bewusst glauben lassend, er sei ihr Geliebter. Er war bei jedem Empfang, jeder Soiree, jedem Ball zu sehen und bezahlte keine Mahlzeit selbst. Es war unglaublich, wie leichtgläubig die Menschen waren. Der schöne Schein – eine gute Adresse und ein poliertes Auftreten – war den meisten Grund genug, Rogério für einen umsichtigen jungen Mann zu halten, den höhere Gewalt von seiner Fazenda vertrieben und der jetzt auf bewundernswerte Weise Fuß in der Hauptstadt gefasst hatte. Dass Rogério attraktiv war und hervorragend tanzte, erleichterte ihm die Dinge. Die Herzen der umschwärmtesten Senhoritas flogen ihm zu, und die ihrer Mütter ebenfalls.

Vitória äußerte sich zwar nie zu den romantischen Abenteuern, die man ihr und Rogério unterstellte, warnte aber mehr als deutlich vor seinem schamlosen Geschäftsgebaren. Doch die Geldgier der Menschen, ihre Lust auf schnelle Gewinne bei geringem Einsatz, war stärker als ihre Vernunft. Viele führten Vitórias Warnungen auf verletzte Eitelkeit, Eifersucht oder ein gebrochenes Herz zu-

rück und hörten nicht auf sie. Rogério bestärkte seine Opfer noch in ihren Vermutungen und setzte auf männliche Solidarität. »Aber ich bitte Sie, Senhor Ribeiro, wir beide wissen doch, zu welchen Mitteln eine unglückliche Frau greifen kann …« Bitte, dachte Vitória, sollten eben alle diesem Verbrecher ihr Geld anvertrauen – und ihre gerechte Strafe verdienen.
»Der Mann ist ein Betrüger. Du musst ihm Einhalt gebieten«, hatte León ihr vor ein paar Tagen gesagt, nachdem ein Bekannter von ihm eine erkleckliche Summe durch Rogérios Leichtsinn verloren hatte.
»Ich finde eigentlich, dass das deine Aufgabe gewesen wäre. Die Ehre deiner angetrauten Ehefrau, die Rogério mit seinen anzüglichen Andeutungen in den Schmutz zieht, ist dir egal, aber das reduzierte Vermögen deines naiven Bekannten animiert dich endlich zum Handeln.«
»Ich kämpfe nie für eine Sache, die schon verloren ist.«

Während Vitórias Ehre, ohne ihr Verschulden, nur ein paar Kratzer abbekommen hatte, war die Monarchie tatsächlich unrettbar verloren. Außer Eduardo und Alma da Silva glaubte keiner mehr an den Fortbestand eines Kaiserhauses in Brasilien, was jedoch niemanden daran hinderte, sich um die Einladungen für den großen Ball auf der Ilha Fiscal zu reißen.
Auf der kleinen Insel, in der Guanabara-Bucht direkt vor dem Quai Pharoux gelegen, war ein Schlösschen in neogotischem Stil erbaut worden, das mit seinen Zinnen und Türmchen und Bogenfenstern und engen Wendeltreppen alles besaß, was sich ein Brasilianer unter einem europäischen Märchenschloss vorstellte. Dieses hellgrüne *castelo* war manchen der Inbegriff der Eleganz und der Beweis dafür, dass Rio es auch architektonisch durchaus mit Paris aufnehmen konnte – anderen erschien es als eine Ausgeburt des schlechten Geschmacks.
Dazu gehörten auch Vitória und León. Sie hatten die Bauarbeiten aus der Entfernung mitverfolgt und das verspielte Gebilde, das allmählich auf der Insel entstand, für eine immense Verschwendung

ihrer Steuergelder gehalten. Doch jetzt, am Abend des 9. November 1889, mussten sie trotz aller Kritik zugeben, dass es einen grandiosen Rahmen für einen Ball bot. Das Schlösschen erstrahlte im Glanz von sechzigtausend Kerzen und zehntausend venezianischen Lampen, und wer sich nicht von den festlich dekorierten Räumlichkeiten beeindrucken ließ, der war von dem Blick auf den Zuckerhut, auf die Candelária-Kirche sowie auf die Nachbarstadt Niterói auf der anderen Seite der Bucht verzaubert. neunzig Köche und einhundertfünfzig Kellner kümmerten sich um das leibliche Wohl der mehr als zweitausend Gäste, die kaum alle auf der Insel Platz fanden. Im Innern des Schlösschens herrschte ein schlimmeres Gedränge als an Freitagen in der Rua do Ouvidor, sodass ein Großteil der Gäste sich draußen aufhielt, unter den Torbögen, auf dem Vorhof, an der Anlegestelle der Zubringerfähre. Die Veteranen des Paraguay-Krieges hatten ihre Gala-Uniformen angelegt, Herren in Zivil trugen Frack, Weste, Zylinder und weiße Fliegen. Ausnahmsweise waren die Damen mit ihrer Garderobe im Vorteil: Die tief dekolletierten, ärmellosen Ballkleider waren der sommerlichen Temperatur weitaus angemessener als die zugeknöpften Anzüge der Männer. Manche Senhora hatte sogar auf lange Handschuhe verzichtet, doch einen Fächer hielt jede von ihnen in der Hand, auch dies ein Vorteil gegenüber den Männern, die zwar ebenfalls Luft brauchten, sich aber nicht mit einem so femininen Accessoire schmücken durften.

Da der Ball offiziell zu Ehren der Schiffsoffiziere der chilenischen »Almirante Cochrane« gegeben wurde, die vor zwei Wochen im Hafen von Rio eingelaufen war – inoffiziell war die Silberhochzeit von Prinzessin Isabel und dem Conde d'Eu der eigentliche Anlass –, gehörte Vitória Castro da Silva zu den handverlesenen Gästen, die Zutritt zu den Räumlichkeiten in der ersten Etage hatten: Ihr Besitz an chilenischen Staatsanleihen war so immens, dass der Verkauf das Land in eine tiefe Krise gestürzt hätte. Aber als Ehefrau von León Castro hätte sie ebenfalls Zutritt zu den heiligen Hallen der kaiserlichen Familie gehabt.

Vitória quälte sich die schmale Wendeltreppe hinauf, die eher zu

einem Turmverlies zu führen schien als zu einem prachtvoll hergerichteten Salon. Ein kleiner Scherz des Architekten, dachte Vitória. Diese Treppe war so eng, dass sie sie mit einem voluminöseren Kleid nicht mehr hätte beschreiten können. Aber die aktuelle Mode favorisierte Gott sei Dank schmale Silhouetten, und Vitórias hellblaues Seidenkleid war mit seinem figurbetonenden Schnitt durchaus mit dieser Treppe kompatibel. Es war so gewagt, dass es unanständig gewirkt hätte, wären nicht die Materialien und Farben von so ausgesuchter Unschuld gewesen. Das Oberteil ließ die Schultern fast zur Gänze frei, und ein cremefarbener Streifen Seide, auf den Oberarmen gerafft, bildete über der Brust und im Rücken zwei Halbmonde, die ihre Taille noch schmaler erscheinen ließen. Der Rock war seitlich gerafft und gab den Blick frei auf eine weitere Lage cremefarbener Seide. Die hellblauen Satinschuhe, die ebenfalls hellblauen Handschuhe, die Vitória bis zur Mitte der Oberarme reichten, ein beigefarbenes Seidenkreppband, das in die kunstvoll aufgesteckte Frisur eingearbeitet worden war, ein Aquamarin-Collier sowie ein filigran geschnitzter Elfenbeinfächer komplettierten die Garderobe, die Vitória vorzüglich stand. Die pastelligen Farben ließen ihren Teint transparent und ihr Gesicht mädchenhaft erscheinen, das Blau brachte ihre Augen zum Leuchten.
León, der hinter ihr die Treppe hinaufging, war entzückt über die Aufmachung seiner Frau. So hübsch hatte Vita schon lange nicht mehr ausgesehen! Abends ging sie nur noch selten aus, und tagsüber trug sie fast ausschließlich sittsame dunkle Röcke und hochgeschlossene weiße Blusen, als müsse sie allen beweisen, dass sie jeglicher Frivolität entsagt und sich damit einen Platz in der Welt der Zahlenkolonnen erobert hatte. Er persönlich fand das albern und ärgerlich obendrein, schließlich wollte er nicht als Ehemann einer Krähe gelten. Aber gut, es wusste ja ohnehin jeder in der Stadt, dass von einer Ehe kaum noch die Rede sein konnte.
Einen winzigen Moment lang war er versucht, Vita von hinten zu umarmen oder ihr unter den Rock zu greifen. Ihr Kleid raschelte verlockend, und bei jeder Stufe, die sie erklomm, erhaschte er einen Blick auf ihre Füßchen und ihre zarten Fesseln. Aber nein, das

würde er schön bleiben lassen. Sie war imstande, ihn die Treppe hinunterzustoßen, und das wollte er weder sich selbst noch den Leuten, die ein Stück hinter ihnen die Treppe heraufkamen, zumuten.

Vitória fand die Situation unmöglich. Dom Pedro II. gibt einen Ball an einem Ort, an dem Paare nicht nebeneinander einherschreiten können, sondern an dem man, wie bei der Hintertreppe einer üblen Spelunke, hintereinander hergehen musste! Vitória war sich durchaus bewusst, dass sich Leóns Kopf auf Höhe ihrer Taille befand, und sie wusste genau, was sich in diesem Kopf jetzt abspielte. Aus einer koketten Laune heraus, die sie sich selber nicht recht erklären konnte, hob sie ihren Rock beim Hinaufgehen ein kleines Stück höher als nötig und legte einen sinnlichen Schwung in ihre Hüften.

Oben angekommen, belegte sie sogleich ein chilenischer Offizier mit Beschlag, während sich die Frau eines Ministers auf León stürzte. Vitória und der schmucke Offizier unterhielten sich in einer Kindersprache, die dem Thema ihrer Konversation – die Einführzölle auf chilenische Handelsgüter – nicht gerecht wurde, da er kein Portugiesisch und sie kaum Spanisch konnte. Zwar waren die beiden Sprachen verwandt, doch es bedurfte all ihrer Fantasie sowie der Zuhilfenahme von Händen und Füßen, um sich verständlich zu machen. Als wenig später León zu ihnen stieß und den Offizier in fließendem Spanisch begrüßte, war Vitória, gelinde gesagt, überrascht. Sie hatte zwar gewusst, dass León aus der Grenzregion zu Uruguay stammte, doch ihn nun reden zu hören, war etwas ganz anderes. Das Spanische war härter als das Portugiesische, hatte eine andere Satzmelodie, keine nasalen Laute, wurde schneller und abgehackter gesprochen. Kaum merklich veränderten sich dabei auch Leóns Gesichtszüge und seine Stimmlage. Seine Lippen wurden schmaler, sein Kinn kantiger, in seinen dunklen Augen lag eine beängstigende Entschlossenheit. León wirkte dadurch strenger, rücksichtsloser, roher. Mit seinem glänzenden schwarzen Haar, das er, völlig der Mode zuwiderlaufend, kinnlang trug und zu einem Zopf im Nacken gebunden hatte, aus dem sich einzelne

Strähnen lösten und ihm ins Gesicht fielen, sah León aus wie ein spanischer *conquistador*. Ja, die andere Sprache machte aus León einen anderen Mann.

Interessant. Wie er wohl war, wenn er Französisch sprach? Oder Englisch? Verwandelte er sich dann in einen steifen Gentleman? Bevor Vitória dieser Frage weiter auf den Grund gehen konnte, waren sie von dem träge dahinfließenden Menschenstrom zum Kaiser getragen worden. Dom Pedro II., der Brasilien fast ein halbes Jahrhundert lang regiert hatte, ein Schöngeist und Mann der Wissenschaft, erinnerte Vitória an ihren Vater. Der Kaiser war alt, wirkte schwach, und hinter seinem dichten Bart glaubte sie eine profunde Verbitterung über die Undankbarkeit seines Volkes zu erkennen, das ihn, den milden Monarchen, nicht mehr wollte. Sie wechselte kaum drei Worte mit dem Kaiser, bevor die Menschenmasse sie weiterschob.

»Er stirbt«, sagte León. »Und alle lauern nur darauf. Mit seinem Tod wäre die Republik unausweichlich – und ohne jede Anstrengung zu verwirklichen.«

»Wie erbärmlich. Wäre ich ein überzeugter Republikaner, würde ich für mein Ziel kämpfen und nicht die Hände in den Schoß legen und auf den Tod eines geschlagenen alten Mannes warten.«

»Ja, du. Aber die meisten Menschen haben nicht deinen … Kampfgeist.« Aus seinem Mund klang es wie eine Beleidigung. »Aber was noch erbärmlicher ist«, fuhr er fort, »ist, dass die Militärs die Republik nicht herbeisehnen, weil sie an die republikanische Idee glauben, sondern weil sie sich davon eine Erhöhung ihrer Sölde versprechen.«

»Was dich natürlich dazu bewegt, dein ganzes philanthropisches Gedankengut zu vergessen und mit ihnen zu sympathisieren.«

»Sie sind nützlich.«

Himmel! Wie hatte sie je vergessen können, was León für ein opportunistischer, berechnender, kalter Mensch war? Wer schon eine Ehe nur aus kühlem Kalkül heraus einging, der würde selbstverständlich für seine Karriere noch ganz andere Dinge tun.

»Schau mal, da kommt der Senhor de Mattos auf uns zu. Bestimmt ist auch er dir nützlich.« Damit drehte sich Vitória um und überließ León dem hassenswerten kleinen Mann, der als Aufsichtsratsvorsitzender einer Versicherungsgesellschaft sehr einflussreich war und dessen Freundschaft tatsächlich vorteilhaft sein konnte. Vitória war es gleichgültig, was der Senhor de Mattos von ihrem unhöflichen Abgang hielt. Er hatte vor ein paar Monaten darauf bestanden, dass ihr Mann einen Vertrag für sie unterschrieb, den sie als »Frauchen« seiner Meinung nach nicht richtig verstehen konnte. Seitdem verzichtete Vitória auf die Zusammenarbeit mit Senhor de Mattos.

Sie schlenderte über den Hof, nach allen Seiten hin Bekannte begrüßend, an einem alkoholfreien Punsch nippend und auf der Suche nach einer Person, mit der es sich zu unterhalten lohnte. Schließlich entdeckte sie jemanden, der ihren Ansprüchen genügte und der, genau wie sie selbst, ein bisschen vereinsamt wirkte.

»Senhor Rebouças, was für eine schöne Überraschung, Sie zu treffen! Sind Sie ganz alleine hier?«

»Nein, ich habe eine Freundin mitgebracht. Aber sie genießt, im Gegensatz zu mir, diesen Trubel und hat sich unter die Leute gemischt.«

»Während Sie abseits des bunten Treibens stehen und die Bucht bestaunen? Was für ein herber Verlust für die Festgesellschaft.«

Der Mann lächelte sie höflich an, bevor sein Blick sich wieder in die Ferne richtete. »Stellen Sie sich einmal vor, wie es wäre, wenn eines Tages eine Brücke die beiden Seiten miteinander verbinden würde. Wenn man nicht mehr eine halbe Tagesreise von Rio nach Niterói bräuchte, um diese gigantische Bucht zu umrunden. Die Distanz zwischen den beiden sich am nächsten gelegenen Punkten ist gar nicht groß …«

»Nein, aber trotzdem, halten Sie die Idee von einer Brücke dieser Größenordnung nicht für ein wenig vermessen?«

»Der Abstand dürfte nach dem neuen metrischen System etwa viertausend Meter betragen. Eines Tages, liebe Senhora Castro, wird es eine solche Brücke geben, dafür könnte ich meine Hand ins Feuer legen. Bereits heute kann man Hängebrücken von fast vierhundert

Metern Länge bauen, denken Sie nur an die Brooklyn Bridge in New York. Angesichts des rasanten technischen Fortschritts ist eine Brücke Rio–Niterói also beileibe keine Fantasterei.«

Vitória hielt den Ingenieur dennoch für einen Spinner. Zugleich war sie sich der Tatsache bewusst, dass alle guten Ideen anfangs von weniger fantasiebegabten Leuten für verrückt gehalten wurden. Gerade sie sollte für die Visionen Rebouças ein offenes Ohr haben, denn sie hatte ja selber schon erlebt, wie es war, nicht ernst genommen zu werden. Und dabei hatte es in ihrem Fall keiner großen Weitsicht bedurft, den Niedergang der Kaffeebarone vorherzusagen. Sie dachte an die Arroganz ihrer Freunde und ihrer Familie zurück und fragte sich, gegen wie viel größere Hindernisse António Rebouças, der Bruder des bekannten Abolitionisten André Rebouças, sich wohl durchzusetzen hatte. Der Mann war nicht nur hochintelligent, sondern auch ein Mulatte. Dass er es trotz erschwerter Bedingungen und der enormen Vorurteile gegen Farbige geschafft hatte, zu einem der angesehensten Ingenieure ihrer Zeit zu werden und sich damit den Respekt von Prinzessin Isabel zu verdienen, war mehr als beachtlich. Er hatte sicher dreimal härter gearbeitet und verfügte über zehnmal mehr Grips als seine weißen Mitstreiter. Solche Männer gefielen Vitória, gleich welcher Hautfarbe.

In diesem Moment rauschte die Freundin des Ingenieurs auf sie zu, und Vitória entglitten fast die Gesichtszüge. Die Schwarze Witwe! Dieser abscheulichen Person war es tatsächlich gelungen, eine Einladung zu diesem Ball zu ergattern, während Vitórias Eltern schmollend hatten zu Hause bleiben müssen!

»Ah, die berühmte Sinhá Vita«, unterbrach die Schwarze Witwe ihren Freund, der die beiden Frauen gerade miteinander bekannt machen wollte.

»Senhora Vitória Castro da Silva, bitte schön. Vita nennen mich nur meine Freunde.«

Die Schwarze Witwe legte den Kopf in den Nacken und lachte. Sie war wirklich eine schöne Frau, das musste Vitória ihr lassen. Ihr Haar war sorgfältig geglättet und mit einem künstlichen Haarteil aufgesteckt worden, sodass ihre afrikanische Herkunft kaum noch auffiel. Sie hätte auch eine exotische Südseeschönheit sein können oder eine Orientalin. Vitória dachte verzweifelt darüber nach, wie der richtige Name der anderen lautete. Es war immer nur von der Schwarzen Witwe die Rede, und ihre letzte, ihre einzige Begegnung lag Jahre zurück. Die einzige Methode, mit der sie eine Blamage verhindern konnte, war Schweigen.

Lange ließ die Rettung nicht auf sich warten.

»Die liebe Cordélia ist schließlich auch eine alte Freundin Ihres Mannes.«

Vitória hatte nicht mitbekommen, worauf sich die Bemerkung bezog, aber als der Name Cordélia fiel, wurde sie hellhörig.

»Ja, das ist sie wohl, die liebe Cordélia. Eine alte Freundin. Es heißt, er bevorzugt jetzt jüngere.« António Rebouças hatte ihr dankenswerterweise das Stichwort zu dieser unerhörten Frechheit gegenüber der Schwarzen Witwe geliefert. Dass sie sich von der Gelegenheit dazu hatte hinreißen lassen, auch León in den Schmutz zu ziehen, tat ihr schon eine Sekunde später Leid. Egal, wie katastrophal ihre Ehe war, und trotz ihrer Verachtung für León – man machte solche Probleme immer unter sich aus. Die Öffentlichkeit gingen sie einen feuchten Kehricht an.

Der Schwarzen Witwe stand bereits der Triumph, den sie mit ihrer Erwiderung erzielen würde, ins Gesicht geschrieben, als ein befreundetes Paar der beiden auf sie zukam und ihre ganze Aufmerksamkeit beanspruchte.

Vitória schlich sich unauffällig davon.

León wunderte sich über Vitória. Sie war zu ihm gestoßen, als er einer Gruppe von Würdenträgern und ihren Frauen auf deren Wunsch eine Anekdote aus seiner Zeit als Sklavenbefreier erzählte, in der er widerliche Details ausließ und die moralisch erbaulichen Aspekte maßlos übertrieben darstellte. Normalerweise wäre Vita vor Zorn rot angelaufen, so wie sie es immer tat, wenn sie ihn von seinen »Heldentaten« reden hörte. Doch heute Abend war sie anschmiegsam wie ein kleines Kätzchen. Sie hakte sich bei ihm unter, strich ihm liebevoll einen Fussel vom Ärmel, hing an seinen Lippen, als habe sie nie etwas Geistreicheres gehört, und lächelte ihn ohne jede Spur von Ironie an. León traute dem Frieden nicht. Hatte sie irgendetwas ausgefressen, für das sie ihn schon einmal prophylaktisch besänftigen musste?

»Sie müssen sehr stolz auf Ihren Mann sein«, sagte nun eine dicke Senhora mit einem gutmütigen, pausbäckigen Gesicht.

»O ja, sehr.« Besonders auf den Diebstahl von Félix, dessen Verschwinden mir schreckliche Albträume verursacht hat, fügte Vitória im Geiste hinzu. Doch an ihrer Miene war nichts von diesen Gedanken abzulesen.

»Diese armen Kreaturen – wer weiß, wie lange sie ohne den Mut und die Tatkraft Ihres Mannes noch in den *senzalas* hätten leiden müssen.«

Ob es an dem funkelnden Blick Vitórias lag oder ob die Frau sich plötzlich von allein an Vitórias Herkunft erinnerte, war nicht auszumachen, als die Senhora sich ans Herz fasste, puterrot anlief und schluckte. »Oh, ich … es … o Gott, verzeihen Sie bitte!«

Vitória bewahrte die Haltung. Sie war der dicken Dame nicht böse. Leute wie sie konnten es nicht besser wissen, wenn sie nur Schauermärchen hörten, die sie von León und Konsorten aufgetischt bekamen.

»Ach, das macht doch nichts«, sagte Vitória freundlich, als spräche sie zu einem Kind. »Ich selber fand den Anblick all der angeketteten, halb verhungerten Sklaven auch nicht so schön. Aber wissen Sie, ohne die Peitsche spurten diese Wilden nun einmal nicht.«

Vitória spürte, wie sich León verkrampfte. Himmel, was war nur in sie gefahren? Kaum dass sie einmal nett zu León sein wollte, vereitelten ihre scharfe Zunge und ihre Impulsivität dieses Vorhaben. Wenn sie hier, vor der *crème de la crème* Rios, ein Bild von sich zeichnete, das die schlimmsten Klischees von den Sklavenhaltern bestätigte, tat sie weder León noch sich oder ihrer Familie einen Gefallen.

»Aber dann«, ergänzte Vitória, »kam dieser Held des Weges und hat uns alle, Herren wie Sklaven, aus dieser schändlichen Situation befreit. Ach, Schatz, wo wären wir heute ohne dich?« Sie drückte León einen keuschen Kuss auf die Wange und zwinkerte ihm zu, als sei sie frisch verliebt. León dagegen starrte sie bohrend an. Vitória schwor sich, fortan keine Silbe mehr zu sagen. Je mehr sie sprach, desto schlimmer machte sie es. Am besten wäre es wohl, sich möglichst weit von León zu entfernen und die laue Nacht in Gesellschaft von Bekannten zu verbringen, mit denen sie harmlos plaudern konnte.

Erst um vier Uhr morgens, auf dem Boot, das sie zum Festland übersetzte, richtete León wieder das Wort an sie. »Ich habe dich mit Rebouças und Cordélia gesehen. Seit wann unterhältst du dich freiwillig mit Mischlingen?« Er wirkte aufrichtig neugierig und nicht so, als wolle er sie verletzen. Dennoch fand Vitória seine Frage impertinent und dumm.

»Seit ich mit einem verheiratet bin, natürlich.«

Vitória verstand nicht, warum León sie ansah wie ein verwundeter Puma. War er nun stolz darauf, zu einem Viertel Indio zu sein, oder nicht?

Eine Woche nach dem Ball auf der Insel ging die Monarchie in Brasilien still zu Ende. Deodoro da Fonseca und Benjamin Constant, zwei hochrangige Militärs und beide gleichermaßen desillusioniert von der Politik des Ministerratspräsidenten, enthoben den Visconde de Ouro Preto am Morgen des 15. November 1889 seines Amtes. Ihr Putsch richtete sich lediglich gegen Ouro Preto und nicht gegen Dom Pedro II. Doch die Ereignisse verselbstständigten sich im Laufe des Tages, bis am Abend plötzlich von einer »provisorischen Republik« die Rede war, die noch der Zustimmung des Volkes bedurfte. Aber das Volk, in der Mehrheit ignorant und gleichgültig, sah dem Geschehen tatenlos zu. Deodoro da Fonseca, ein Freund des Kaisers, wurde, ohne den Sturz der Monarchie beabsichtigt zu haben, das erste Oberhaupt der jungen Republik, Benjamin Constant sein Kriegs- und Bildungsminister.

Zwei Tage später, am 17. November 1889, verließ die kaiserliche Familie Brasilien. Mit an Bord des Schiffes, das sie ins portugiesi-

sche Exil bringen würde, war ein tief erschütterter André Rebouças. Er, der engagierte Abolitionist und gute Freund von Prinzessin Isabel, gab sich eine Mitschuld am Sturz der Monarchie und floh aus einer Republik, die er sich nie gewünscht hatte.
Die neue Regierung setzte sich aus einigen der besten Köpfe der Zeit zusammen. Darunter befanden sich auch Zivilisten wie León Castro, der als rechte Hand des Außenministers im Ausland für die Einwanderungspolitik der »Vereinigten Staaten von Brasilien« warb. Es wurden so viele neue Gesetze erlassen, dass Aaron Nogueira und alle anderen Juristen des Landes rund um die Uhr arbeiten mussten, um sich mit der veränderten Rechtslage vertraut zu machen. Rui Barbosa, der neue Finanzminister, erließ ein Dekret, das den Druck von Banknoten erlaubte, die nicht von Goldreserven gedeckt waren. Es wurde mehr als doppelt so viel Geld gedruckt, als bis dato in Umlauf gewesen war.
Vitória Castro da Silva profitierte von diesen Umwälzungen – zumindest in finanzieller Hinsicht. Sie sah einen kurzfristigen Boom an der Börse und eine verheerende Inflation voraus. Nachdem sie durch Spekulationen saftige Gewinne eingefahren hatte, legte sie ihr Geld sicher und renditeträchtig in den USA an, einer Nation, deren Aufstieg zu einer Weltmacht ihrer Meinung nach nicht mehr zu bremsen war.
Dona Alma beschimpfte ihre Tochter als Kriegsgewinnlerin, obwohl der Putsch nichts von einem Krieg hatte, sondern der Machtwechsel sich vollkommen friedlich und von den meisten Leuten unbemerkt vollzogen hatte. Paradoxerweise profitierte aber auch sie von der neuen Ordnung. Zusammen mit anderen Senhoras, die das Ende der Monarchie betrauerten, gründete sie einen Zirkel, in dem Adelsfragen in allen Einzelheiten debattiert wurden. Die Gesellschaft von Gleichgesinnten belebte Dona Alma in einer Weise, wie es kein Tonikum und keine Bettruhe je gekonnt hatten. Der Stammbaum der Braganças wurde analysiert, Hochzeiten zwischen den Mitgliedern anderer Königshäuser geplant, Mesalliancen verdammt und Todesfälle beweint. Die Geburt von Manoel II., dem dritten Kind des portugiesischen Königs Carlos I., am

15. November 1889, just am Tag der Ausrufung der Republik in Brasilien, deuteten sie als ein gutes Omen. Dem Besuch des deutschen Kaisers Wilhelm II. bei seiner Großmutter Königin Victoria in London maßen sie eine größere Bedeutung bei als den sozialistischen Tendenzen, die Europa aufwühlten. Und der Selbstmord des Kronprinzen Rudolf, des einzigen Sohnes von Kaiserin Elisabeth – Sissi –, stürzte sie in tiefe Depressionen.

Eduardo fand in der Beschäftigung mit Technik, Ingenieurskunst und Physik Erfüllung. Er pflegte einen intensiven Briefverkehr mit Gustave Eiffel, dessen umstrittener Turm die Hauptattraktion der diesjährigen Weltausstellung in Paris sein sollte. Er ließ sich von Joanas Bruder in die Geheimnisse der Aerodynamik einweihen, und seine Begeisterung für die Fliegerei ging so weit, dass er sich für einen absurd hohen Preis ein Buch schicken ließ, »Der Vogelflug als Grundlage der Fliegekunst« von Otto Lilienthal, das er ohne Kenntnisse der fremden Sprache nicht einmal lesen konnte. Er kommunizierte mit Thomas Alva Edison, er zerlegte alle möglichen Apparate, unter anderem ein nagelneues Grammofon, das ihm Vitória zum Geburtstag geschenkt hatte, und er verfolgte mit Spannung die Fortschritte auf den Gebieten der Fotografie, der Medizin, der Chemie. Sein Idol war der Physiker Heinrich Hertz, der den experimentellen Nachweis über elektromagnetische Wellen erbracht und damit nicht nur die Maxwellsche Theorie bewiesen hatte, sondern auch den Grundstein für drahtloses Telegrafieren gelegt hatte. Er begeisterte sich für die luftgefüllten Reifen, die ein Engländer namens Dunlop auf den Markt gebracht hatte, und er träumte davon, eine Additionsmaschine, wie Burroughs sie erfunden hatte, zu besitzen.
Vitória fragte sich zwar, wozu eine Rechenmaschine gut war, wenn nicht zur Ermutigung aller Dummköpfe, sich noch weniger Mühe beim Kopfrechnen zu geben, aber sie war froh darüber, dass ihre Eltern etwas gefunden hatten, das sie beschäftigte. Als Besuch empfand sie den Aufenthalt ihrer Eltern bei ihr in Rio schon lange nicht mehr: Das Haus in Glória war jetzt Dona Al-

mas und Eduardos Zuhause. Eduardo da Silva hatte sich in dem Raum, der einmal das »Gartenzimmer« war und in dem Blumenkübel, Gießkannen und ähnliche Utensilien aufbewahrt wurden, eine Art Werkstatt eingerichtet, in der er Apparate zerlegte, technische Zeichnungen studierte oder Klangexperimente mit Mikrofonen durchführte – Letzteres ein stetes Ärgernis für León, dessen Arbeitszimmer direkt über dem Gartenzimmer lag. Nachdem er seinen Schwiegervater dazu gebracht hatte, seine lauteren Experimente nur dann durchzuführen, wenn er, León, außer Haus war, fand aber auch er Gefallen an der Verwandlung, die mit Eduardo vor sich gegangen war. Dona Alma hatte eines der ungenutzten Kinderzimmer in einen Tempel zur Anbetung von Adligen gemacht, die Wände mit nur für sie durchschaubaren Stammbäumen tapeziert und die Regale mit einschlägiger Literatur gefüllt. Vitória war es recht: Beide waren aufgeblüht, hatten eigene Interessen und Freunde und ließen sie in Ruhe. In ihrem Haus war Frieden eingekehrt.

In den ersten Tagen des Januars 1890 suchte eine entsetzliche Hitzewelle die Stadt heim. Temperaturen über vierzig Grad, wie sie seit Jahren niemand mehr erlebt hatte, lähmten die Bewohner, saugten ihnen jede Energie aus den Knochen, ließen sie matt in ihren verdunkelten Häusern sitzen. Selbst bei der größtmöglichen Ventilation, im Durchzug oder im Schatten auf der Veranda, und sogar bei Kutschfahrten brachte die Luft keine Kühlung, sondern umhüllte die Menschen wie eine viel zu warme, verschwitzte, juckende Wolldecke. Die Sommergewitter, die sich täglich über Rio entluden, waren von einer solchen Gewalt, dass sie alle in Angst und Schrecken versetzten. Linderung brachten auch sie keine. Die zerstörerischen Wassermassen verdampften auf der erhitzten Erde so schnell, wie sie aus dem Himmel gekommen waren, und der Dampf überzog alles mit einer feuchtklebrigen Schicht. Spiegel, Fensterscheiben oder Kristallvasen wirkten immer, als seien sie nicht ordentlich poliert worden. Wäsche benötigte trotz der hohen Temperaturen doppelt so lang wie im Winter, um zu trocknen, und fühlte sich selbst dann noch klamm an. Die modischsten Frisuren verwandelten sich in Sekundenschnelle in klein gelockte, formlose Haarberge. In Hutschachteln, Wäschetruhen, Koffern und anderen Gegenständen oder Orten, die nicht regelmäßig belüftet wurden, wucherte der Schimmel. Einzig die Natur profitierte von dem für zivilisierte Menschen unerträglichen Zusammenspiel von Wärme und Feuchtigkeit: In den Parks und Gärten wuchsen und gediehen die Pflanzen, dass es eine Pracht war.

Wer es sich erlauben konnte, floh in dieser Jahreszeit in die Höhenlagen. An der Spitze der Beliebtheitsskala aller Ferienorte stand nach wie vor Petrópolis, der Sitz der einstigen kaiserlichen Sommerresidenz. Auch Itaipava, Teresópolis und andere Orte rund um die bizarren Berge der Serra dos Órgãos erfreuten sich eines zunehmenden Besucherinteresses. Doch Vitória blieb in Rio, froh, endlich einmal nichts über Radiowellen oder Adelshochzeiten hören zu müssen – ihre Eltern waren den ganzen Januar über in den Bergen, und León war im Süden des Landes, um seine Fazenda zu inspizieren. Sie ließ sich an die abgelegenen Strände fahren, nach Copacabana oder sogar an die unberührten Küstenabschnitte südlich davon, wo sie, wenn sie sich allein wusste, barfuß und mit kniehoch gerafftem Rock durch den Sand ging und Sábado Stöckchen apportieren ließ. Sie fuhr auf die Spitze des Corcovados und ließ sich die kühlere, wenngleich noch immer viel zu warme Luft um die Nase wehen. Und an Tagen, an denen die drückende Hitze ihr jeden Unternehmungsgeist raubte, raffte sie sich wenigstens zu dem kurzen Spaziergang zur Kirche Nossa Senhora da Glória auf, deren dicke Steinmauern das ganze Jahr hindurch für eine gleich bleibende Temperatur im Innern sorgten.

So erging es ihr auch am 20. Januar, dem Tag des Schutzpatrons von Rio de Janeiro, São Sebastião. Vitória war mit Sábado und Isaura zur Kirche gegangen, nachdem die Messe vorüber war und nur noch vereinzelte Gläubige auf den Bänken saßen. Das Mädchen blieb draußen, rettete sich in den Schatten des überdachten

Portals und haderte mit ihrem Schicksal, das ihr heute, ausgerechnet am Tag des Oxóssi, diesen Hund aufgebürdet hatte, der gerade auf dem Vorplatz grimmig ein Insekt verfolgte. Unterdessen saß Vitória in der Kirche und las mit einem Gesichtsausdruck, den andere Kirchgänger als stille Andacht gedeutet hätten, den Brief, der sie am Morgen erreicht hatte.

São Luíz, den 5. Januar 1890

Liebe Vita,
ich hoffe, du hattest ein schönes Weihnachtsfest und ein fröhliches Silvester im Kreis deiner Lieben. Von mir kann ich dasselbe leider nicht behaupten. Die Feiertage waren weder schön noch fröhlich, noch waren »meine Lieben« auch nur im Geringsten lieb zu mir! Dona Iolanda, die alte Hexe, hat mich genötigt, Mangos, Maracujas und Guaven zu ernten und diese anschließend zu trocknen oder einzukochen. Außerdem musste ich Wäsche waschen und die Betten beziehen. Kannst du dir das vorstellen, Vita? Ich, Eufrásia Soares Peixoto, mit einer groben Leinenschürze, wie ich in der Küche herumwerkele oder mir die Hände in Seifenlauge ruiniere? Dass ich mich um ein Kind zu kümmern habe und deshalb nicht für diese Negerarbeiten zur Verfügung stehe, interessiert die Alte nicht. Sie kennt kein Pardon. Seit uns die Sklaven davongelaufen sind, müssen wir uns hier allein über Wasser halten, und alle packen mit an. Es ist so schrecklich, Vita! Arnaldo ackert wie ein Feldsklave, damit wir mit Mais, Maniok, Kartoffeln und Bohnen versorgt sind. Dona Iolanda selber füttert die Hühner, kümmert sich um die Bienenstöcke, wischt im Haus Staub, und mein Schwiegervater, Otávio, muss Kühe melken und Schweine schlachten! Meine kleine Tochter macht mir das Leben auch nicht leichter. Sie sieht aus wie Arnaldo und benimmt sich schon so tyrannisch wie Dona Iolanda, eine fatale Kombination.
Vita, meine liebste Freundin, entschuldige dieses Gejammer und die Form dieses Briefs. Ich schreibe dir zwischen Wäschebergen, Kindergeschrei, überschäumenden Kochtöpfen, lehmverkrusteten Stiefeln, die ich putzen soll (das werden wir ja noch sehen!), da hat man

keinen Sinn mehr für schöne Formulierungen. In Kürze erzähle ich dir eh alles persönlich. Ich muss hier heraus, sonst sterbe ich. Und ein Besuch bei dir in Rio ist ja längst überfällig. Ich komme am 22. Januar an und freue mich schon unbändig auf unser Wiedersehen.
Ich umarme dich und schicke dir tausend Küsse,
deine Eufrásia

Übermorgen, dachte Vitória erschrocken. Übermorgen schon würde Eufrásia hier einfallen!

XXVIII

Eufrásia hatte sich nur äußerlich verändert. Ihre Art hatte sie beibehalten. Mittlerweile, dachte Vitória, entsprach das Aussehen ihrer Freundin viel mehr ihrem Wesen, als es früher der Fall gewesen war. Dem hübschen Gesicht, umschmeichelt von dunkelblondem Haar, hatte man die Gefühlskälte Eufrásias nie angesehen. Ihre bernsteinfarbenen Augen hatten immer den Eindruck von Hilflosigkeit vermittelt, ihr kleiner Kussmund hatte sie kindlich wirken lassen. Doch jetzt sprachen aus dem Antlitz Eufrásias all ihre Charakterfehler, ihre Engstirnigkeit genauso wie ihr Egoismus. Mutterschaft, Armut und Verbitterung hatten sie vorzeitig altern lassen. Ihre Haut war gebräunt, was die Fältchen um ihre Augen und die Mundwinkel unschön hervorhob. Ihr einst weiches, glänzendes Haar hatte sich, von zu viel Arbeit im Freien, in Stroh verwandelt, mit blonden, stumpfen Strähnen, und ihre Zähne hatten unter der Schwangerschaft ebenso gelitten wie ihre Figur. Vitória war erschüttert.

Obwohl sie entschlossen war, die Dauer des Besuchs auf ein Mindestmaß zu beschränken, forderte das Mitleid erregende Aussehen Eufrásias ihren Ehrgeiz heraus. »Das bekommen wir schon wieder hin«, hatte sie zu ihr gesagt. »Taís rührt immer einen Brei aus Eigelb, Bier, Limonensaft und Honig an, der, wenn er eine Viertelstunde einwirkt, das Haar wieder ganz weich und seidig macht. Milchbäder werden deine Haut glätten, auf deine rissigen Fingernägel werden wir täglich Olivenöl auftragen.«

»Vita, ich bin doch keine Pastetenfüllung, die man mit einer wüsten Mischung an Zutaten streckt! Bier in meinen Haaren, heilige Muttergottes!«

»Warte es nur ab. Bald wirst du wieder zum Anbeißen aussehen.«

Eufrásia fügte sich, auch wenn sie lieber in Rosenwasser gebadet und ihre Nägel mit Kamillensalbe behandelt hätte. Doch die unorthodoxen kosmetischen Maßnahmen wirkten, ebenso wie die mü-

ßig im Schatten verbrachten Stunden der Lektüre, die anregende Gesellschaft Vitórias und die edlen Kleider, die diese ihr lieh. Auch die Tatsache, dass sich das Personal rührend um ihre kleine Tochter bemühte und sie selber das Kind nicht mehr pausenlos um sich hatte, trug zu Eufrásias Entspannung bei. Nach zwei Wochen schon fühlte sich Eufrásia wieder als Mensch, und all die Entbehrungen und Misshandlungen, die sie angeblich auf São Luíz erlitten hatte, wären in weite Ferne gerückt, wenn Vitória sie nicht immer wieder daran erinnert hätte.
»Eufrásia, du kannst dich doch nicht ewig aus der Verantwortung stehlen. Sie brauchen dich dort.«
»Wofür brauchen sie mich schon? Um jemanden zu haben, auf dem sie herumhacken können!«
Vitória hatte nach allem, was Eufrásia ihr erzählt hatte, einen anderen Eindruck gewonnen. Die Familie Peixoto kämpfte mit allen Mitteln um den Erhalt ihrer Fazenda, und nur Dona Iolanda, Eufrásias Schwiegermutter, war es zu verdanken, dass die Familie sich über Wasser hielt. Diese alte Ziege, dachte Vitória voller Bewunderung, wer hätte das gedacht! Sie hielt ihre nichtsnutzigen Leute mit eiserner Faust zur Arbeit an, mit dem Ergebnis, dass die Fazenda sie alle ernährte. Sie hatten Obst, Gemüse, Getreide und Hülsenfrüchte, sie bauten Zuckerrohr und Kaffee an, es gab Fleisch, Fisch, Milch, Eier, Honig im Überfluss. Sie brannten eigenen Schnaps, stellten selber Seife, Wolle, Käse und Butter her. Eigentlich gab es Schlimmeres, als Selbstversorger auf einem großen Stück Land zu sein, das vom Klima so verwöhnt war, dass dort alles gedieh und dass niemand fror.
»Aber wir produzieren zu wenig und verkaufen kaum etwas. Wir haben praktisch kein Geld, und allein der Kauf von Papier oder Schuhen wird jedes Mal stundenlang diskutiert. Natürlich setzt sich immer Dona Iolanda mit ihren niederen bäuerlichen Ideen durch. Sie hielt den Kauf von Saatgut für dringender als den Kauf eines schönen Taufkleides für Ifigénia, was ich ihr nie verzeihen werde. Die Kleine wurde in einem groben, selbst gestrickten Kleid getauft, und das von einem kaum alphabetisierten Landpfarrer, der

alle paar Wochen bei uns vorbeikommt.« Eufrásia kämpfte mit den Tränen.
»Ich glaube nicht, dass Ifigénia den Unterschied bemerkt hat.«
»Nein, und wenn das so weitergeht, wird sie den Unterschied auch nie kennen lernen. Sie wird es für normal halten, dass Frauen vom Kühemelken muskulöse Oberarme bekommen, dass man sonnenverbrannte, sommersprossige Haut und gebleichtes Haar hat, dass man im Morgengrauen aufsteht und spätestens um neun ins Bett geht – wo sich dann dank körperlicher Erschöpfung auch nicht mehr viel tut. Sie wird sich selber ankleiden und sich das Haar alleine aufstecken müssen. Sie wird nie mit einer Puppe mit einem hübschen Porzellangesicht spielen, sondern nur mit groben, selbst geschnitzten oder gehäkelten Spielsachen.«
»Du selber hast auch nicht mit deiner Porzellanpuppe gespielt – nachdem du ihr schon am dritten Tag die Haare abgeschnitten hattest.«
Eufrásia lachte kurz auf bei der Erinnerung an ihre verstümmelte Puppe. »Ich will das nicht, nicht für Ifigénia und auch nicht für mich. Ich ertrage das nicht länger. Ich gehe nie wieder dorthin zurück!«
»Aha? Und wo gedenken Madame zu bleiben? Bei ihrer eigenen Familie, die ja, wie jeder weiß, in Saus und Braus lebt?« Vitória hatte von Rogério gehört, dass Eufrásias Vater mit einer früheren Sklavin durchgebrannt war und, so vermutete man, im Amazonasgebiet mit Kautschuk sein Glück machte, während ihre Mutter Zuflucht bei einer entfernten Cousine in Belo Horizonte gesucht hatte.
Eufrásia starrte Vitória konsterniert an. »Ich bleibe natürlich in Rio.«
»Und wo?«
»Bei dir. Vorerst jedenfalls. In diesem Haus ist doch mehr als genug Platz. Und Personal hast du ebenfalls genug, sodass auch Ifigénia nicht unangenehm auffällt.«
»Tja, liebste Freundin, ich fürchte, ich muss dich auf den Boden der Tatsachen zurückholen. Erstens: Ist es dir jemals in den Sinn

gekommen, mich zu fragen, was ich davon halte? Wenig, wenn du es genau wissen willst. Ich finde, dein Platz ist auf São Luíz. Zweitens: Das Haus mag dir jetzt leer erscheinen, aber wenn meine Eltern und León wieder von ihren Reisen zurück sind, geht es hier zu wie in einem Taubenschlag. Drittens: Ich denke, dass León dich und Ifigénia nach wenigen Tagen hinauswerfen wird. Er hasst Kinder.«

Doch darin täuschte sich Vitória. Als León aus Chuí zurückkehrte, braun gebrannt, unrasiert und leicht verwildert, verliebte er sich auf der Stelle in Eufrásias kleine Tochter. Er tröstete das Kind, wenn es nachts aufwachte und heulend durchs Haus geisterte. Er fütterte es, wenn Eufrásia und die Dienstboten mit ihrer Weisheit am Ende waren und sich nicht länger mit Karottenbrei bespucken lassen wollten. Er brachte Ifigénia Spielsachen aus der Stadt mit, verwöhnte sie mit hübschen Kleidern und feinen Bonbons.

Vitória beobachtete Leóns väterliche Regungen mit gemischten Gefühlen. Es rührte sie, wenn er Ifigénia auf den Schoß nahm und ihr, mit samtiger Stimme und großer Zärtlichkeit in den Augen, selbst erdachte Geschichten erzählte, die fast immer von Indios, Urwäldern und wilden Tieren handelten. Zugleich ärgerte sie sich über die engelsgleiche Geduld, die er einem so unausstehlichen Kind, das weder besonders aufgeweckt noch hübsch war, entgegenbrachte. Zugegeben, in Leóns Gegenwart verwandelte sich Ifigénia immer in einen niedlichen Wonneproppen. Aber das weckte erst recht Vitórias Unmut. Sie ist schon genauso falsch wie ihre Mutter, dachte Vitória. Wenn León wüsste, wie sie sich aufführt, wenn er nicht da ist! An anderen Tagen wiederum erfüllte es sie mit Neid und Trauer, ihn sich so hingebungsvoll mit der Kleinen beschäftigen zu sehen. Er würde nie eigene Kinder haben, die er mit so viel Liebe überschütten konnte – jedenfalls nicht mit ihr.

Eine Woche lang gelang es Vitória, das Geschehen stillschweigend zu verfolgen. Doch ihre Wut wuchs von Tag zu Tag, und wenn sie sich Eufrásia und ihre Brut nicht für immer aufhalsen wollte, musste sie etwas unternehmen.

»León, das Kind ist fast zwei Jahre alt. Es sollte längst durchschlafen, anstatt uns alle mit seinen nächtlichen Wanderungen zu beunruhigen.«

»Die Kleine kann doch nichts dafür, dass ihre Mutter so unfähig ist, es zu erziehen. Unter meinem Dach soll kein Kind Angst haben und weinen.«

»Und unter meinem Dach soll kein Kind verzogen werden. Wenn du das Mädchen weiter so verwöhnst, wird es auf São Luíz nichts als Terror verbreiten.«

Aber León bekam Schützenhilfe von unerwarteter Seite. Als ihre Eltern aus der Sommerfrische zurückkehrten, fand er in Dona Alma eine Verbündete. Sie war hingerissen von dem Kind, dem sie all die Aufmerksamkeit schenkte, die sie eigenen Enkelkindern nicht geben konnte, und sie war hoch erfreut über Eufrásias Interesse für die europäischen Königshäuser. Sie bestand darauf, dass die Gäste blieben. León war weiterhin Ifigénias Liebling, doch seit Dona Almas Rückkehr widmete er dem Kind weniger und seiner Arbeit wieder mehr Zeit. Er war kaum noch zu Hause, und Eduardo lebte ohnehin in seiner eigenen Welt aus neumodischen und zumeist nutzlosen Erfindungen. Nicht einmal Sábado hielt Vitória die Treue. Er ließ sich als Reittier für Ifigénia missbrauchen und verfolgte die Kleine mit hündischer Liebe, als hielte er sie für ein Junges, das er beschützen musste. Vitória fühlte sich in ihrem eigenen Haus wie eine Ausgestoßene.

Sie verbrachte immer mehr Zeit mit Aaron. Er war der einzige Mensch auf der Welt, der sie verstand, der sich ihren Kummer anhörte, ohne sie zu kritisieren. In seinem blauen Ess- und Wohnzimmer fühlte sie sich heimischer als in ihrem eigenen, viel eleganteren Salon. In seiner Wohnung stieß sie nicht an jeder Ecke auf Spuren der feindlichen Besatzer, stolperte sie nicht über die Puppen von Ifigénia, musste sie sich nicht über Eufrásias Häkeldeckchen ärgern, die sie während ihrer langen Gespräche mit Dona

Alma anfertigte und anschließend im ganzen Haus verteilte. Aaron konnte sie ihr Leid klagen, ohne ein Blatt vor den Mund zu nehmen. Sie, die die ganze Familie und den halben Freundeskreis durchfütterte, erfuhr nichts als Undankbarkeit und Feindseligkeit. Alle nörgelten an ihr herum, warfen ihr Arroganz und einen unchristlichen Mangel an Aufopferungsbereitschaft vor. Und je weniger die anderen sie verstanden, ihre Hilfe würdigten, den Hintergrund ihrer Wutausbrüche erkannten, desto mehr vertraute sich Vitória Aaron an. Ihre Vertrautheit wuchs in diesen Wochen so sehr, dass sie ihm sogar Ehegeheimnisse verriet, ihm von den gezielten Beleidigungen Leóns erzählte, von ihren einsamen Nächten, der Sehnsucht nach Zärtlichkeit. Und Aaron hörte zu. Er wusste, dass Vitas Martyrium in ihm nichts als aufrichtiges Mitgefühl hätte auslösen dürfen, doch immer mehr gesellte sich dazu die Hoffnung auf eine Verbindung, die über Freundschaft hinausging. Wenn sie Vita weiter so quälten, würde sie Zuflucht bei ihm suchen – und er würde ihr all das geben, was sie zu Hause entbehren musste.

»Ich finde es unsagbar rücksichtslos von Vitória, dass sie jetzt nicht einmal mehr zum Abendessen heimkommt. Was wirft das für ein Licht auf uns, wenn unsere Tochter mehr Zeit mit diesem rothaarigen Anwalt verbringt als mit ihrer Familie?« Dona Alma sah mit selbstgerechter Miene in die Runde.
»Aber liebe Alma, was unterstellst du Vita nur? Vielleicht hat sie einen Unfall gehabt und konnte deshalb nicht rechtzeitig zu Hause sein. Vielleicht liegt sie in diesem Moment ohnmächtig auf dem Trottoir – sie sieht in letzter Zeit wirklich blass und kränklich aus –, und keiner weiß, wer sie ist. Ich jedenfalls mache mir große Sorgen um sie.« Eduardo kratzte seinen Bart und sah unschlüssig das Essen vor sich an. Er hatte jeden Appetit verloren.
»Natürlich, wir alle machen uns Sorgen«, sagte Eufrásia. »Besonders um ihre sittliche Gesundheit. Sie ist ein wenig zu oft bei diesem Aaron Nogueira, als dass …«
»Halt!«, unterbrach León sie. »Ich dulde es nicht, dass in Abwe-

senheit Vitas schlecht über sie gesprochen wird. Wenn Sie Kritik an ihr üben möchten, dann tun Sie das, wenn sie hier ist und sich verteidigen kann.«

»Aber jeder weiß doch, dass sie ein Verhält…«

»Noch ein Wort, und Sie können auf der Stelle Ihre Sachen packen!«

Eufrásia war nicht minder pikiert als Dona Alma. Jeder, inklusive León, war über die vielen Besuche Vitas bei Aaron Nogueira unterrichtet, über die Spaziergänge der beiden, bei denen sie vertraulich die Köpfe zusammensteckten, genau wie über ihre Cafébesuche, bei denen Aaron Vitas Hände mit seinen umschlossen hielt. Sie machten keinen Hehl aus der Art ihrer Freundschaft, und León wusste das besser als jeder andere.

Doch Eufrásia begriff, dass sie besser nicht insistierte. »Schade ist es auf jeden Fall, dass Vita nicht zum Essen erscheinen konnte.«

»Ja, das ist es. Gerade heute wollte ich sie bitten, sich unserer Kirche gegenüber ein bisschen großzügiger zu erweisen. Die Bruderschaft der Nossa Senhora da Glória benötigt dringend Mittel für Reparaturen im Dachstuhl.« Dona Alma warf León einen herausfordernden Blick zu, bevor sie fortfuhr. »Aber Vitória spendet ja nur, wenn sie damit ihren Namen verewigen kann oder wenn es sich um Aufsehen erregende Projekte handelt, über die in der Zeitung berichtet wird. Diese Eitelkeit schmückt sie nicht besonders.«

Eufrásia setzte bereits zu einer Ergänzung an. Es gab noch so viele andere Dinge, die Vita nicht schmückten: ihre schlichte Frisur, ihre Magerkeit, ihre triste Garderobe, ihre verbiesterte Art, ihre Brille, die sie nun fast ständig trug. Doch die kleine Ifigénia bewahrte Eufrasia vor einer Bemerkung, die unweigerlich Leóns Zorn hervorgerufen hätte.

Das Kind kam laut plärrend ins Esszimmer gerannt, warf sich León an den Hals und brabbelte unverständliche Sätze, die nur er richtig zu deuten verstand. »Ist ja gut, mein Schätzchen. Wir gehen jetzt zusammen hoch auf dein Zimmer und sehen nach, wo sich der Geist versteckt hat. Wenn wir ihn erwischen, bekommt er

es mit mir zu tun.« Er nahm das Kind auf den Arm und verließ, leise auf sie einredend, den Raum.
»Was hat er nur heute Abend?«, fragte Eufrásia.
Dona Alma war ebenso ratlos. »Ich weiß es auch nicht. Vitória gegenüber ist er nie anders als höflich und gleichgültig. Dass er ihre Ehre, von der, unter uns gesagt, nicht mehr viel übrig ist, so vehement verteidigt, hätte ich nicht gedacht.«
»Ich auch nicht. Ich habe ihn nie für einen Mann gehalten, der besonders viel von Ehre hält oder einem guten Ruf. Er selber ...«
»Ja, meine Liebe, sprich es bitte nicht aus. Ich bin vollkommen über die Fehltritte meines Schwiegersohns unterrichtet.«
Eufrásia und Dona Alma sahen sich an, im Gesicht der jeweils anderen die eigene Empörung wiederfindend – und die geheime Faszination für das verruchte Leben Leóns, über das sie nicht das Geringste wussten.
»Ihr Frauen solltet jetzt besser den Mund halten. Wenn man euch hört, würde man nicht glauben, dass Vita deine Tochter ist, Alma, und deine beste und älteste Freundin, Eufrásia. Schämt euch!«
Aber die beiden taten nichts dergleichen. Sie hatten dieses Gespräch in immer neuen Variationen schon so oft geführt, auch in Anwesenheit Eduardos, dass ihnen jetzt seine Zurechtweisung nur wie das papageienhafte Echo auf Leóns Worte erschien. Der alte Mann wurde einfach ignoriert. Solange León nicht im Raum war, würden sie ihr Lieblingsthema weiter vertiefen, speziell heute, da Vitória zum ersten Mal ohne Angabe von Gründen dem Diner fern geblieben war.
»Ich hatte mich schon gewundert, warum sie heute ausnahmsweise einmal ein hübsches Kleid angezogen hat«, sagte Dona Alma in einem Ton, aus dem Trauer und Skandallüsternheit gleichermaßen sprachen.
»Hübsch?«, rief Eufrásia aus. »Dieses Kleid ist aus der letzten Saison! Aber Hauptsache, die Dessous sind neu ...«
Keine der beiden Frauen hatte bemerkt, dass León im Türrahmen stand und ihnen zuhörte. Bei Eufrásias letzten Worten ging er zu ihrem Platz, lautlos, wie ein Raubtier, das sich an seine Beute he-

ranpirscht, und sagte mit leiser, dennoch beißender Stimme: »Madame, Sie werden unverzüglich dieses Haus verlassen.«
Eufrásia sah Eduardo und Dona Alma um Hilfe bettelnd an, doch die beiden waren noch schockierter als sie und beobachteten das peinliche Schauspiel mit schreckgeweiteten Augen.
»Aber León, ich habe noch nicht einmal zu Ende gegessen.«
»Sie können auf São Luíz so viel essen, bis Sie platzen. An meinem Tisch sind Sie nicht mehr erwünscht.« Damit zog er ihren Stuhl zurück, nahm ihr die Serviette vom Schoß und zwang sie zum Aufstehen.
»Ich habe das nicht nötig!«, ereiferte sich Eufrásia.
»O doch. Und eine Tracht Prügel obendrein. Aber keine Bange, ich werde Ihr fettes Hinterteil verschonen, wenn Sie sich jetzt sofort daranmachen, Ihre Sachen zu packen.«
»Aber es geht doch um diese Uhrzeit kein Zug mehr«, jammerte Eufrásia, die den Ernst ihrer Lage plötzlich erkannte.
»Sie können in ein Hotel gehen.«
»Du gehst zu weit, León«, versuchte Dona Alma zu intervenieren.
»Du verstößt gegen alle Regeln der Gastfreundschaft.«
»Und dort wird Ihnen Dona Alma für den Rest des Abends sicher gerne Gesellschaft leisten«, sagte León ungerührt, an Eufrásia gewandt. »Sie haben sich bestimmt noch viel zu sagen, außerdem können Sie dort in aller Ruhe über die Regeln der Gastfreundschaft nachdenken.« Damit zerrte er Eufrásia aus dem Raum und schloss die Tür hinter sich.
In der Halle griff er in seine Rocktasche, zählte zehn Goldfranken ab und gab sie Eufrásia. »Das dürfte reichen, um eine Nacht im Hotel, die Zugfahrt, einen Bogen Papier und eine Briefmarke zu kaufen, damit Sie sich bei Vita für ihre Hilfe, ihren Großmut und ihre Geduld mit Ihnen bedanken können.« Gierig griff Eufrásia nach dem Geld, das für sehr viel mehr als das reichen würde, und rannte die Treppe hinauf.
León ging zurück ins Esszimmer, als sei nichts gewesen. Doch an der Art, wie er den inzwischen erkalteten Braten auf seinem Teller attackierte, erkannten seine Schwiegereltern, wie aufgewühlt er

war. Eduardo, vertraut mit männlicher Wut und Aggression, wusste aus Erfahrung mit anderen jungen Hitzköpfen, dass León sich bald wieder beruhigen würde. Doch Dona Alma, die von derartigen Ausbrüchen ihr Leben lang verschont geblieben war, bekam zum ersten Mal eine Ahnung von der Leidenschaft und der Gewalt, deren León fähig war, und es machte ihr Angst.

Vitória verstand nicht, welchem glücklichen Umstand sie die plötzliche Abreise ihrer Freundin verdankte, und es sagte ihr auch niemand. Noch weniger verstand sie, warum Eufrásia so sang- und klanglos verschwand, ohne ein Wort des Dankes, ohne tränenreiche Verabschiedung, aber mit einer silbernen Haarbürste, einer Amethystbrosche und mehreren Kleidern Vitórias im Gepäck. Isaura, die Eufrásias Koffer gepackt hatte, erzählte Vitória von diesem Diebstahl, den Eufrásia nicht als solchen betrachtete. »Du unverschämtes Ding«, hatte sie Isaura angefahren, »natürlich gehören mir diese Sachen. Sinhá Vitória hat sie mir selbst gegeben.« Ja, dachte Vitória, das hatte sie – und dabei nicht im Traum daran gedacht, dass ihre Freundin die Leihgaben als Geschenke betrachten würde. Aber es war ihr egal. Sie hätte Eufrásia noch zehn silberne Bürsten hinterhergeworfen, wenn sie sie nur nie wiedersehen musste.

Die Atmosphäre in ihrem Haus war in den Tagen nach Eufrásias Abreise so aufgeladen, dass Vitória ihre Freude gar nicht richtig auskosten konnte. Dona Alma blieb tagelang auf ihrem Zimmer, das sie nicht einmal zum Essen verließ. Taís und die anderen Dienstboten sahen sich denselben Schikanen ausgesetzt wie zu der Zeit, als Vitórias Eltern neu eingezogen waren. Und León blieb ebenfalls dem Abendessen immer öfter fern, sodass Vitória und ihr Vater meist zu zweit an dem großen Tisch saßen und sich – in gegenseitiger Rücksichtnahme – anschwiegen. Sie wollte ihm nicht von ihren erfolgreichen Geschäften erzählen, weil sie seinen Stolz damit zu verletzen fürchtete, und er wollte mit ihr nicht über die neuesten Errungenschaften der Technik reden, weil er ihr zu all ihren Problemen nicht auch noch Sorgen über ihren verrückten alten Vater aufbürden wollte. Doch obwohl beide die Stille bei Tisch nicht als unangenehm empfanden, verbrachten sie wenig Zeit mit dem Essen. Es war kein geselliges Ereignis mehr, bei dem man Wein trank und sich über die Ereignisse des Tages unterhielt, sondern diente einzig der Nahrungsaufnahme. Vitória hätte die Abende lieber mit Aaron verbracht, und nur die traurige Vorstellung, dass ihr armer Vater dann ganz allein am Tisch sitzen würde, band sie ans Haus.

Tagsüber dagegen war Vitória umtriebig wie nie. Sie befasste sich mit Anlagemöglichkeiten im Ausland und mit Schürfrechten in Brasilien, traf sich mit Geschäftsleuten und Finanzbeamten, legte sich mit der Zollbehörde und mit der Präfektur an, analysierte Marktberichte und statistische Listen. Ihre Begeisterung fürs Geldverdienen kannte keine Grenzen. Jede Veränderung in den Auslagen der Läden, jedes neuartige Produkt und jede aktuelle Modetendenz weckten in ihr neue Geschäftsideen. Wenn Joana von ihrem Traum erzählte, eines Tages ein Herz-Piano zu besitzen, dann dachte Vitória immer gleich einen Schritt weiter: Wäre der Import von diesen Klavieren lukrativ? Wenn die Eheleute Witherford sich öffentlich über Wetteinsätze berieten, rechnete Vitória schon im selben Moment durch, wie viel sie in Rennpferden anlegen konnte. Wenn León mit einer extravaganten Krawatte nach Hause kam, wusste Vitória, dass diese Krawatten im nächsten Jahr modern sein würden, und legte ihr Geld entsprechend an. Geld wurde zu ihrem Lebenselixier. Anders als bei anderen sehr reichen Menschen war es aber nicht der bloße Besitz eines immensen Vermögens, der sie glücklich machte, sondern allein der symbolische Wert, den das Geld darstellte: Es war ein Zeichen ihres Erfolgs und der greifbare Beweis ihrer Kompetenz.

Am Ausgeben hatte Vitória nicht halb so viel Spaß wie am Verdienen, jedenfalls nicht für persönliche Bedürfnisse. Sie stiftete enorme Summen für wohltätige Zwecke. Im Gegensatz zu dem, was ihre Mutter glaubte, floss das meiste Geld in Projekte, an denen die Öffentlichkeit wenig Interesse hatte. Der Dachstuhl der

Bruderschaft von Nossa Senhora da Glória konnte dank eines unbekannten Spenders gerichtet werden, zahlreiche kleine Bibliotheken und Lesestuben in bescheideneren Vierteln erhielten Gelder zur Anschaffung neuer Bücher, im Osten der Stadt wurde mit Vitórias Geld ein Altersheim für ehemalige Sklaven errichtet. Sie unterstützte die Feuerwehr, die Kunstakademie, die Musikschule, mehrere Hospitäler. Besonders großzügig erwies sie sich gegenüber einer kleinen Grundschule, in der Schwarze alphabetisiert wurden und der Dona Doralice vorstand. Vitória hatte ihre Schwiegermutter – den Verwandtschaftgrad ignorierend und sie wie eine entfernte Bekannte behandelnd – einige Male getroffen und war voller Hochachtung für Dona Doralices unermüdlichen Einsatz für die Bildung Unterprivilegierter.
Da ihre Geschäfte ihr zu wenig Zeit ließen, die Empfänger ihrer Spenden selber zu suchen, verließ Vitória sich meist auf Joanas Rat. Ihre Schwägerin war neben Aaron die einzige Person, die von dem Umfang von Vitórias karitativen Ausgaben wusste, und Vitória hatte sie feierlich geloben lassen, dass sie nicht einmal Pedro davon etwas erzählte, der sonst eine Verschwörung gewittert hätte: Vitória war an der Firma, in der er arbeitete, mehrheitlich beteiligt und hatte dafür gesorgt, dass die Arbeitsbedingungen ihres Bruders sich merklich besserten. Aber das durfte er nie, nie im Leben erfahren.

Ende Februar 1890, kurz vor Karneval, waren in der Stadt nur wenige Menschen mit ganzem Herzen bei ihrer Arbeit. Die meisten fieberten dem ausgelassenen Treiben derart entgegen, dass sie bereits Tage vorher keinen klaren Gedanken mehr fassen konnten. Vitória, deren dreiundzwanzigsten Geburtstag auf den Karnevalsmontag fiel, dachte an etwas ganz anderes als an Maskenbälle oder Kostüme. Sie hatte sehr viel Geld in Aktien verschiedener Bergbauunternehmen angelegt, die im Bundesstaat Mato Grosso Diamanten abbauten. Mit der Entwicklung eines neuen Sprengstoffes, von der Vitórias Vater ihr berichtet hatte, würden die Minen ihre Produktivität um ein Vielfaches steigern können – und die Aktien

rasant an Wert gewinnen. Dieser Tage sollten die ersten Versuche mit dem Stoff durchgeführt werden, deren Resultat einen entscheidenden Einfluss auf Vitórias Vermögen haben würde. Vitória war so aufgeregt, dass sie, über deren extrem tiefen Schlaf sich immer alle lustig gemacht hatten, mitten in der Nacht aufwachte und mit Herzklopfen an ihre riskante Investition dachte.
Am 25. Februar schließlich kam Aaron, der telegrafisch mit dem Minendirektor in Verbindung stand, mit der erlösenden Nachricht bei ihr vorbei: Die Versuche waren erfolgreich verlaufen, ja, ihr Ergebnis war sogar über alle Erwartungen hinausgegangen!
»Aaron! Ist das nicht fantastisch?« Vitória sprang so abrupt auf, dass dabei ihr Stuhl umfiel, und umarmte Aaron stürmisch. Beinahe wäre auch er auf den Boden gefallen.
»Ja, Vita, das ist es.« Im Überschwang der Begeisterung für den Ausgang dieser bislang riskantesten geschäftlichen Operation, die sie gemeinsam durchgeführt hatten, legte er die Arme um Vitória, presste sie an sich und drehte sich mit ihr im Kreis, dass ihr Rock hochflog. Sábado, der brav auf seinem kleinen durchgescheuerten Teppich gelegen hatte, wurde von der Begeisterung angesteckt und lief laut bellend um die beiden herum.
León war an diesem Tag ausnahmsweise zu Hause. Als er aus Vitórias Schreibzimmer, das gleich neben seinem lag, ein ungewöhnliches Gepolter und gleich darauf das Hundegebell hörte, vermutete er einen Unfall und lief besorgt nach nebenan. Doch was er dort sah, erschreckte ihn mehr, als jeder Unfall es hätte tun können. Vitória und Aaron, eng umschlungen! Vita stand mit dem Rücken zu ihm, doch ein Blick in Aarons Gesicht, das der Tür zugewandt war und jetzt in ungläubigem Erstaunen aufsah, sagte León alles. Es lag darin so viel Zärtlichkeit, dass es schmerzte. Und er, León Castro, der größte Zyniker der südlichen Hemisphäre, hatte den Gerüchten nie Glauben geschenkt! Wie hatte er nur so blind sein können?
Aaron ließ schlaff seine Arme fallen.
»León, es ist nicht …«
»Was es ist oder was nicht, ist mir egal, solange ihr mich nicht mit den Geräuschen desselben belästigt.«

Vitória, die sich mittlerweile ebenfalls zur Tür gewandt hatte und den blanken Hass in Leóns Augen sah, schwieg. Wenn León dachte, dass diese Umarmung etwas anderes war als der reine Ausdruck von Freude und Freundschaft, dann war das seine Angelegenheit. Sie würde sich gewiss nicht dafür rechtfertigen.

Vitórias Geburtstag war der ödeste, den sie je erlebt hatte. Ein Wolkenbruch folgte dem nächsten, und wenn es nicht gerade schüttete wie aus Eimern, heizten die Sonnenstrahlen, die sich durch die dramatischen Wolkentürme kämpften, die Stadt auf über fünfunddreißig Grad auf. Alles dampfte, schwitzte, schmolz und floss. Vitória hatte für die ganze Familie Eintrittskarten für den großen Ball im Hotel de France besorgt, doch bei dem Wetter und angesichts ihrer miserablen Stimmung beschloss sie, zu Hause zu bleiben.

Ihr Vater versuchte, sie zum Mitkommen zu bewegen. »Aber Kind, du musst unter Leute gehen! Es ist dein Geburtstag, und so ein opulenter Ball ist genau das, was dir fehlt. Außerdem: Soll dein großartiges Kostüm einfach im Schrank bleiben?«

»Ja, warum nicht? Es ist auch noch im nächsten Jahr gut.« Aber das wäre es nicht. Sie hatte, ungeachtet der Proteste von Dona Alma, als »die Republik« gehen wollen, in einem Kleid aus blauer, gelber und grüner Seide, den Farben der neuen brasilianischen Flagge. Im nächsten Jahr wäre die Republik schon nicht mehr der Rede wert.

Beim Mittagessen überreichten ihr alle ihre Geschenke. Sie bekam ein besticktes Schultertuch von ihrer Mutter, einen illustrierten Band über die Sehenswürdigkeiten Europas von ihrem Vater und einen einfachen, gläsernen Parfümzerstäuber von den Dienstboten, für den alle zusammengelegt hatten und der sie mehr rührte, als das kostbarste Juwel es hätte tun können. León, der vier Tage nach dem »Vorfall«, der keiner gewesen war, wieder ganz der Alte war, schenkte ihr ein frivoles Hütchen in grellem Rosa.

»Oh, wie entzückend!«, rief Dona Alma. »Das steht dir sicher ausgezeichnet. Setz es doch mal auf.«

Aber Vitória hatte die Botschaft verstanden: Diese Art von Hut sah man nur bei losen Frauenzimmern.

»León, vielen Dank, es ist wirklich ganz bezaubernd! Dein Umgang mit den aufgeschlossensten Persönlichkeiten dieser Stadt hat einen unglaublich … befreienden Einfluss auf deinen Geschmack.« Sie legte den Hut wieder in die Schachtel zurück und reichte sie Taís. »Hier, bring das auf den Dachboden, zu den anderen Verkleidungen.«

Dona Alma und Eduardo waren sprachlos und konnten nicht begreifen, wie León das unentschuldbare Verhalten ihrer Tochter auch noch spöttisch lächelnd hinnahm. Peinlich berührt zogen sie sich zu ihrem Mittagsschlaf zurück, um für das Fest am Abend frisch zu sein.

»Liebe Sinhazinha, du solltest dich auch ein wenig hinlegen und dich vor dem Ball ausruhen.«

»Ich gehe nicht mit. Hatte ich vergessen, das dir gegenüber zu erwähnen?«

»O Schreck, tu mir das nicht an! Ich war so angetan von der Idee, an deiner Seite als ›die Monarchie‹ einherzuschreiten – mit einem Beerdigungsanzug und einem angeklebten Dom-Pedro-Bart.«

»Lass einfach den Bart weg und geh als trauernder Hahnrei. Vielleicht finden wir sogar noch zwei Hörner für dich auf dem Dachboden. Ich meine mich zu erinnern, dass Pedro sich vor Jahren einmal als Stier verkleidet hat.«

León lachte schallend. »Deine Bosheit, Sinhazinha, ist das Liebenswerteste an dir.«

»Während an dir überhaupt nichts Liebenswertes ist.«

»Im Gegensatz zu Aaron.«

»Ganz recht.« Vitória hob ihr Kinn und sah León durchdringend an. »Ich denke, ich lege mich jetzt doch ein wenig hin. Wenn ihr alle auf dem Ball seid, kann ich ja endlich einmal ungehemmt meinen eigenen perversen Gelüsten folgen.«

»Bitte, Sinhá, tu dir keinen Zwang an. Es ist immerhin dein Geburtstag.«

Vitória rauschte an León vorbei zur Tür, lief die Treppe hinauf und warf sich in ihrem Zimmer laut schluchzend aufs Bett. Die Spannung der letzten Wochen, die aus ihren widersprüchlichen Empfindungen erwachsen war, löste sich in einem Weinkrampf, wie sie ihn seit Kindestagen nicht mehr gehabt hatte. Der angestaute Zorn über Eufrásias Belagerung und Dona Almas anschließenden Rückzug in die eingebildete Krankheit, der nie richtig ausgelebte Jubel über den grandiosen geschäftlichen Erfolg, die Scham über einen Ehebruch, den sie nicht begangen hatte – all das hätte sie ertragen können. Aber die Grausamkeit Leóns, der sie vor ihren Eltern und noch dazu an ihrem Geburtstag wie ein Flittchen behandelte, war zu viel. Als die Tränen versiegten, schlief Vitória ein.

Am späten Nachmittag weckte Taís sie.
»Sinhô Eduardo sagt, ich soll Sie wecken und Ihnen beim Anziehen des Kostüms helfen.«
»Nein, Taís, ich verkleide mich nicht. Ich komme nicht mit zu dem Ball.«
Das Mädchen ging fort, um Vitórias Eltern von ihrem Misserfolg zu berichten. Im Salon entwickelte sich eine lebhafte Diskussion darüber, ob man ohne Vitória zu dem Fest gehen solle oder nicht. Dona Alma war wild entschlossen, sich den Ball auf keinen Fall entgehen zu lassen, schon gar nicht wegen des »Frauenleidens« ihrer Tochter. Eduardo dagegen fand, man könne das Kind an seinem Geburtstag nicht einfach allein zu Hause lassen. Schließlich war es León, der die Gemüter besänftigte und seine Schwiegereltern zu einem faulen Kompromiss überredete. Sie sollten ruhig schon einmal vorausfahren, er, der Verursacher dieses Streiks, würde mit Vita reden, sich bei ihr entschuldigen und später mit ihr nachkommen.
Zwei Stunden später brachen Eduardo und Alma da Silva, verkleidet als böser Wolf und Rotkäppchen, zu dem Ball auf. Kaum dass er die Räder der abfahrenden Kutsche auf dem Kies hörte, gab León allen Angestellten für den Rest des Abends frei. Auch sie fieberten ihren Tanzveranstaltungen entgegen, wollten an den Umzügen teilnehmen, die die mittellosen Leute auf den Straßen ab-

hielten. Als im Haus Grabesstille herrschte, goss er sich einen Whiskey ein, den dritten für heute. Doch der Alkohol verfehlte seine Wirkung. Er stimmte León nicht fröhlich, sondern intensivierte nur die düstere Laune, in der er sich befand. Wäre Vita ein Mann gewesen, hätte er sich am liebsten mit ihr geschlagen, um seiner Wut ein Ventil zu verschaffen. Doch so blieb ihm keine andere Möglichkeit, als seine Enttäuschung, seinen Unwillen, seinen Hass in sich hineinzufressen und in Whiskey zu ertränken. Er goss sich ein weiteres Glas ein.

Dann hörte er Vitórias unruhig trippelnde Schritte im Obergeschoss. Sie lief in ihrem Zimmer auf und ab wie ein eingesperrtes Tier, das eine Fluchtmöglichkeit suchte. Selber schuld, dachte er, Vita hatte sich ja aus freiem Willen in ihr Zimmer verzogen. Kurz darauf klingelte sie nach dem Mädchen. Dann, ungehalten, ein weiteres Klingeln. León lachte schadenfroh in sich hinein. Nein, Sinhazinha, diesmal musst du dich schon selber bemühen.

Vitória rief auf der Treppe nach Taís. Niemand antwortete ihr. Die Stille im Haus war gespenstisch. Sie sah im Salon, im Esszimmer, im Gartenzimmer und in der Küche nach, doch es schien sich niemand außer ihr im Haus aufzuhalten. Immerhin würde sie dann auch keiner in ihrem Aufzug sehen: Ein flüchtiger Blick in den goldgerahmten Spiegel in der Eingangshalle hatte sie vor sich selber zurückweichen lassen. Ihr Haar löste sich aus dem Knoten und fiel ihr in wilden Locken in die Stirn, ihr Kleid, in dem sie auf dem Bett eingeschlafen war, war verknittert, ihre Augen waren geschwollen, und auf ihrer Wange zeichneten sich die Falten des Kopfkissens ab. Sie ging in ihr Arbeitszimmer, öffnete die Fenster und sah traurig auf die Lichter der Stadt, in der heute Nacht alle feiern würden – außer ihr.

»Ein hübsches Karnevalskostüm, das du da trägst.«

Vitória zuckte zusammen, als sie plötzlich Leóns Stimme hörte.

»Was soll es darstellen? ›Zerknirschte Sinhazinha‹?«

»Nein. Es nennt sich ›unverstandene Frau nach seelischer Misshandlung durch einen farbigen Sadisten‹.«

»Du hast Recht, Vita. Lass mich meine Verfehlungen wieder gut-

machen und dich heute, an deinem Geburtstag, ein wenig aufmuntern. Hier, trink einen Schluck.«
Vitória nahm das Glas und stürzte den Inhalt in einem Zug hinunter. Warum nicht Trost im Rausch suchen? Einen anderen Trost hatte sie ja nicht – Aaron war über die Karnevalstage spontan verreist, was sie als Feigheit auslegte und ihm übel nahm.
»Komm, wir machen einen Ausflug.«
»So, wie ich aussehe? León, sollte mich dein sinkendes ästhetisches Empfinden beunruhigen?«
»Wir werden niemandem begegnen, der uns kennt.«
Vitória, von dem ungewohnten Genuss des Whiskeys bereits ein wenig beschwipst, ließ sich von León nach draußen ziehen, die Straße hinunter bis zur nächsten Kreuzung. Dort pfiff er eine Kutsche heran.
Die Luft, heiß und klebrig, duftete nach Meer. Vitória schloss die Augen und ließ sich die Fahrt gefallen, in dem Glauben, sie führen zur Strandpromenade. Ja, das Krachen der Brandung und der Blick auf die Wellen hatten immer etwas Tröstliches. Wenigstens in diesem Punkt verstand León sie. Vielleicht war er doch nicht so ein Schuft.
Doch die Geräusche um sie herum ließen sie aufblicken. Das ferne Dröhnen von Trommeln, klackernde Hufe auf Pflastersteinen, vereinzeltes Gelächter – das klang nicht nach nächtlich verwaister Strandpromenade.
»Wohin fahren wir?«
»Nach Lapa, zu den Umzügen der Schwarzen.«
»Dass du dich unter ihnen wohl fühlst, kann ich mir denken. Aber was soll ich dort?«
»Sieh es dir einfach an. Vielleicht bringt es dich auf andere Gedanken.«
»Von mir aus«, sagte Vitória, des Streitens müde und vom Alkohol erschlafft. »Aber ich bin nicht einmal verkleidet.«
»Das haben wir gleich.« León zog die Nadeln aus Vitórias ohnehin schon zerrupfter Frisur. Ihr Haar fiel schwer und in großen schwarzen Locken bis zur Taille herab. Er knöpfte das Oberteil ih-

res Kleides unanständig weit auf, dann bückte er sich und zerriss in einer einzigen schnellen Bewegung ihren Rock. All das tat er ohne sichtliche Gemütsregung, mit kaltem Blick und beherrschten Gesten. Vitória war vor Schreck wie gelähmt.

»So, und jetzt benimm dich einfach so wie immer, dann wird dir jeder deine ›Verkleidung‹ abnehmen.«

Die Ohrfeige, die Vitória ihm verpasste, war so hart, dass sie einen roten Abdruck auf Leóns Wange hinterließ. In den Sekunden, die er nun seinerseits brauchte, um sich von dem Schock zu erholen, griff Vitória nach den Zügeln und hielt das Pferd an. In einem Satz sprang sie herab und lief davon.

Ziellos und mit Tränen in den Augen rannte Vitória, bis sie keine Luft mehr bekam. Ihr Knöchel schmerzte, sie musste sich bei dem Sprung von der Kutsche verletzt haben. Sie blieb stehen und sah sich um. Sie hatte keine Ahnung, wo sie sich befand, aber irgendwo musste ja wohl eine Mietkutsche aufzutreiben sein. Etwas langsamer lief sie weiter, ihr Seitenstechen und die Schmerzen im Knöchel verdrängend, doch die Gassen wurden immer enger, die Leute immer aufdringlicher, der Geruch aus den billigen Kneipen immer Ekel erregender. Eine grell geschminkte Schwarze in zerlumpten Kleidern rief ihr erbost zu: »Hier nicht, du weiße Schlampe. Das ist mein Revier!« Ein sturzbetrunkener Mulatte torkelte auf sie zu und griff nach ihren Brüsten. Mit einem gezielten Tritt zwischen seine Beine gelang es Vitória, sich vor ihm in Sicherheit zu bringen. Ein *limão de cheiro*, eine mit parfümiertem Wasser gefüllte Wachskugel, mit denen im Karneval traditionell die Leute beworfen wurden, flog haarscharf an ihrem Kopf vorbei. Vitória fluchte laut.

In den umliegenden Straßen wurde es keineswegs besser. Zwar erweckten die Häuser den Anschein, als sei die Gegend nicht mehr gar so elend, doch die Menschenmassen, die sich hier eingefunden hatten, um Karneval zu feiern, waren genauso bedrohlich. Die Menge wogte sich im rhythmisch stampfenden Getrommel einer *bateria*, einer Trommlertruppe. Die meisten der Männer hatten sich ihrer Hemden entledigt, im Schein der Fackeln glänzten die

schweißnassen Oberkörper, das Spiel der Muskeln unter ihrer schwarzen Haut warf bizarre Schatten. Sogar einige Frauen hatten ihre Brüste entblößt, mit geschlossenen Augen und verzerrten Gesichtszügen tanzten sie in ekstatischer Verzückung. Das Spektakel war von einer so unverhohlenen Erotik, dass Vitória wider Willen fasziniert stehen blieb. In diesem Augenblick griff ein Mulatte lachend nach ihrer Taille, drückte sich von hinten an sie und bewegte sein Becken im Takt der Trommelmusik, mit den Händen auf ihren Hüften. Vitória befreite sich mit einem spitzen Schrei aus dem Griff des Mannes, der ihr verständnislos hinterhersah – er hatte doch nur *lundú* mit ihr tanzen wollen.
León entdeckte Vitória in einem unbeleuchteten Hauseingang, wo sie hockte wie ein Betteljunge und heulte wie ein Baby. Er ging vorsichtig auf sie zu, doch als sie merkte, dass sich ihr jemand näherte, schlug sie hysterisch um sich und schüttelte mit nach unten gerichtetem Gesicht den Kopf, als sei sie in einen Hornissenschwarm geraten.
»Scht, Sinhazinha. Es ist alles gut. Wir fahren jetzt zusammen nach Hause.« León fühlte sich angesichts seiner niederschmetternden Schuldgefühle genauso schlecht wie Vitória, ließ sich jedoch nichts davon anmerken. Er redete weiter ruhig auf sie ein, so wie er es mit Eufrásias Töchterchen gemacht hatte, leise, sanft und tröstend. Als Vitórias Panik sich gelegt hatte, hob er sie hoch. Sie klammerte sich an seinen Hals, legte den Kopf an seine Brust und weinte weiter. Sie konnte nicht aufhören damit. Ihr Kopf war schon wieder in der Lage, einigermaßen klare Gedanken zu fassen, aber die Tränen schossen ihr immer weiter in die Augen. Und je liebevoller León auf sie einredete, je zärtlicher er ihr Haar küsste und ihre tränennassen Wangen, desto verzweifelter weinte sie. »Vita«, flüsterte er, »Vita, es tut mir so Leid. Oh, *meu amor*, mein Schatz, verzeih mir!«
Vitórias Tränenfluss versiegte erst, als sie die aufgepeitschten Horden, die obszönen Tänze und die vom Getrommel vibrierende Luft längst hinter sich gelassen hatten und sie die Orientierung wiedergewann. Sie befanden sich in der Nähe des Largo de São

Francisco, an dem zu jeder Tages- und Nachtzeit unzählige Mietkutschen bereitstanden. »Du brauchst mich jetzt nicht mehr zu tragen«, sagte sie, »da vorn kann ich einen Wagen nehmen, der mich zurück in die Zivilisation bringt.«

León ließ Vitória herab, doch als ihre Füße den Boden berührten, verzog sie vor Schmerz das Gesicht. Ihr verflixter Knöchel – bestimmt war er gebrochen! León sagte nichts. Er hob sie einfach wieder hoch und trug sie zu dem Platz.

Ein ungepflegter Schwarzer wies ihnen den ersten Wagen einer Kolonne zu, doch León befand mit einem Blick auf das Gefährt, dass er es nicht nehmen würde. Der Anweiser und der Kutscher machten ein Mordsgezeter, doch León hob Vitória bereits in einen Wagen, der ihm vertrauenswürdiger erschien.

»Danke für diesen unvergesslichen Geburtstag«, sagte Vitória. »Mach dir meinetwegen keine Umstände. Geh wieder zu deinem Karnevalsumzug und vergnüge dich mit deinesgleichen.«

»Soll dich etwa der Kutscher ins Haus tragen? Kannst du ihn überhaupt bezahlen?«

Vitória kapitulierte. Mit ihrem schmerzenden Fuß und ohne einen Vintém in der Tasche musste sie wohl oder übel noch länger die Gesellschaft Leóns ertragen. León gab dem Fahrer durch das Fenster Anweisungen und steckte ihm eine Geldnote zu, dann fuhr die Kutsche mit einem Ruck an.

Er nahm gegenüber von Vitória Platz, zog ihr das Lackstiefelchen sowie den Strumpf aus und legte ihren verletzten Fuß zwischen seine Knie, um ihn zu untersuchen.

»Das ist nur halb so schlimm. Was musst du auch in hohen Schuhen solche gewagten Sprünge machen, Sinhá?«

Er wartete vergeblich auf eine beleidigende Antwort. Vitória hatte, von dem Bild seiner großen braunen Hand auf ihrem unförmig angeschwollenen Fuß, von dem vorsichtigen Kreisen seiner Finger und von der Sanftheit seiner Stimme gerührt, schon wieder angefangen zu weinen.

XXIX

Fernanda setzte ihr Ziel in die Tat um: Sie heiratete. Die Hochzeit gehörte zu den schönsten Festen, die je in Quintino gefeiert worden waren. Der Bräutigam in seinem neuen Anzug und die Braut, in einem schlichten weißen Kleid und mit Jasminblüten im Haar, gaben ein wunderschönes Paar ab. Ein Junge aus dem Viertel, der bei einem Fotografen in die Lehre ging, hatte sich die Ausrüstung seines Chefs für diesen Tag »ausgeliehen« und hielt das strahlende Brautpaar unter dem alten Mangobaum im Bild fest – wie sich später zeigen sollte, war die Fotografie so gut gelungen, dass der Dienstherr des Jungen sie als seine eigene ausgab und damit den ersten Preis bei einem Wettbewerb gewann. Im Garten hinter Fernandas Häuschen war eine lange Tafel aufgebaut worden, auf der sich Unmengen an kalten und warmen Speisen türmten, die Nachbarn und Freunde mitgebracht hatten. An einem primitiven Holzkohlengrill briet der Wirt der Schänke, die heute geschlossen blieb, Würste, Schweinerippen und riesige Gambas, die ein befreundeter Hafenarbeiter einem Fischer abgeschwatzt hatte. Eine dreiköpfige Kapelle spielte mit Akkordeon, Trommeln und Gitarre zum Tanz auf, die jungen Capoeira-Tänzer gaben Kostproben ihrer akrobatischen Kunststücke, die Mädchen aus dem Chor sangen ein paar freche Lieder, die sie keinesfalls in der Kirche gelernt haben konnten. José saß, klaren Geistes, in seiner zerschlissenen, aber gut ausgebürsteten Kutscheruniform in einer Ecke des Gartens und flirtete ungeniert mit Luiza, die sich eigens frei genommen hatte, um an diesem Fest teilzunehmen. Es heiratete ja nicht alle Tage ein früherer Sklave von Boavista.

Félix war der glücklichste Mensch auf Erden. Keine Sekunde ließ er seine Braut aus den Augen, die aufgeregt von einem Gast zum nächsten schwirrte, ausgelassen mit ihnen lachte, sich von den Männern küssen und von den Frauen bewundern ließ und zwischendurch immer komplizenhafte, verlockende Blicke zu

Félix hinüberwarf. Sie hatte es mit der Hochzeitsnacht genauso eilig wie er.
Gegen Abend, als es bereits dämmerte, in den Schüsseln und Platten auf dem Tisch schon tote Mücken lagen und viele der Gäste müde auf den Holzbalken saßen, die Fernanda genau zu diesem Zweck rund um den Garten platziert hatte, kamen zwei verspätete Gäste, über deren Erscheinen sich Félix und Fernanda besonders freuten. León und Dona Doralice umarmten die beiden herzlich und überschütteten sie mit guten Wünschen sowie anzüglichen Ratschlägen. Aber davon hatten Félix und Fernanda heute schon so viele gehört, dass sie nicht einmal mehr verschämt zu Boden blickten. León und Dona Doralice überreichten ihnen ein kunstvoll verpacktes Geschenk, und Félix überließ Fernanda in einer ritterlichen Anwandlung das Privileg, es zu öffnen.
Fernanda zog vorsichtig an der Samtschleife, löste das Band von der Schachtel und hob vorsichtig den Deckel an. Félix wippte derweil nervös auf den Zehenspitzen.
»Oh! Das ist, das ist … oh, vielen Dank!« Fernanda fiel zuerst Dona Doralice um den Hals, dann küsste sie León auf beide Wangen.
Félix musste seine Braut mit dem Ellbogen anstupsen, bevor sie auch ihm einen Blick in die Schachtel erlaubte. Er verstand zwar nicht, was an dem Besteck so bemerkenswert war, doch er verstand sehr wohl, dass Fernandas Freude echt war, und er freute sich mit ihr. Er verzog die Lippen zu einem breiten Lächeln, bei dem seine schwarz-violett gefärbte Zunge zu sehen war – er hatte viel zu viele *jamelões* von dem Baum im Garten genascht. Dann schüttelte er Dona Doralice die Hand, klopfte León auf die Schulter. Damit hatte er seinen Dank deutlich genug geäußert, ohne unmännlich zu wirken.
»Mein Gott, dieses Silberbesteck muss ein Vermögen wert sein – wir werden in unserer Hütte keine ruhige Nacht mehr haben, aus lauter Angst vor Dieben.«
»Aber Félix hat …«, setzte León an, doch ein Blick in Félix' blitzende Augen ließ ihn innehalten. Anscheinend wusste Fernanda

nichts von dem Haus, das Félix in Novo Engenho, einem bescheidenen Wohnviertel der unteren Mittelschicht, gekauft hatte und das sich gegen Félix' schlichte Bretterbude ausnahm wie ein Palast.
»Bestimmt wohnt ihr bald in einer besseren Nachbarschaft«, sagte nun Dona Doralice, »man hört ja, dass das Geschäft einen ordentlichen Gewinn abwirft.«
»Ach, das kann noch dauern. Erst einmal müssen wir den Laden abbezahlen, bevor wir an einen Umzug denken können. Und die Schulden abtragen, die wir bei unseren Freunden gemacht haben. Aber davon wollen wir heute nicht reden. Kommen Sie, es ist noch etwas Torte da, und Punsch haben wir auch noch.«

Das Silberbesteck beschleunigte die Dinge erheblich. Félix, der sehr viel mehr Geld beiseite gelegt hatte, als er Fernanda wissen ließ, hatte das Haus eigentlich als Hochzeitsgeschenk für Fernanda gekauft, war aber mit der Renovierung nicht rechtzeitig fertig geworden. Er hatte sie so oft von Novo Engenho schwärmen hören, wo eine Bekannte von ihr wohnte, dass er dort auf die Suche nach einer passenden Bleibe für sie gegangen war. Das Haus, für das er sich schließlich entschied, war solide, aber verwohnt, und bevor er es seiner Frau zeigte, wollte er es schön herrichten. Doch das Silberbesteck verstärkte Fernandas Häuslichkeit und ihre Lust am Nestbau auf eine Weise, die ihn dazu veranlasste, das Geheimnis schon vorzeitig zu lüften. Sie sollte nicht so viel Mühe und Geld für Verschönerungsmaßnahmen an seinem Häuschen aufwenden, wenn sie schon bald woanders wohnen würden. Drei Wochen nach der Hochzeit fuhr er mit ihr nach Novo Engenho, schloss die Tür zu dem eingeschossigen Steinhaus auf und schrieb auf seine Tafel: »Herzlich willkommen daheim!«
»Was soll das?«, fragte sie ihn an der Tür, durch die sie nicht zu gehen wagte.
»Es ist deins. Unseres.« Dann nahm Félix Fernanda auf seine Arme, trug sie über die Schwelle, setzte sie im schönsten der drei Räume ab, lächelte sie stolz an und küsste sie.
»Aber wie ... wie konntest du nur?«, rief Fernanda aus, als sie end-

lich begriff. Dann warf sie sich Félix in die Arme und streichelte seinen Hals, seine Brust, seinen Rücken, und er reagierte genau so, wie sie es beabsichtigt hatte. Jesus, wenn ihre Lust aufeinander weiter so wuchs, dann würden sie bald gar nichts anderes mehr tun, ja, dann würden sie womöglich bald hinter dem Tresen im Laden ihren Trieben nachgeben!

»Was für eine schöne Einweihung dieses Hauses«, flüsterte Fernanda, noch immer schwer atmend und schwitzend. »Ach Félix, es ist herrlich! Es hat sogar ein Ziegeldach, geflieste Böden und hübsche Eisengitter vor den Fenstern – wie bei feinen Leuten! Und wenn wir erst die Wände hellblau gestrichen und die Türen weiß lackiert haben …«

Félix beglückwünschte sich im Stillen zu der Entscheidung, Fernanda das Haus noch vor Beendigung der Renovierung gezeigt zu haben. Er selber hätte die Wände weiß getüncht und die Türen dunkelgrün lackiert.

Bereits eine Woche später zogen sie ein. Fernanda stürzte sich mit Feuereifer in die Arbeiten. Während er jeden Tag von acht bis acht im Laden war, strich Fernanda die Wände, arrangierte ihre spärlichen Möbel, grub den kleinen Garten um, häkelte Kissenbezüge, polierte den Boden, putzte die Fenster, wusch Wäsche, kratzte Rost und angebrannte Klumpen vom Herd, bis er wieder wie neu aussah, und kochte Félix darauf seine Lieblingsgerichte.

Félix vermisste sie im Laden, denn sie hatte eine Art, mit den Kunden umzugehen, die ihr so schnell keiner nachmachte. Andererseits bereitete es ihm einen unbeschreiblichen Genuss, umhegt zu werden, abends in ein gepflegtes kleines Haus zu kommen, mit leckerem Essen und dem verführerischen Körper seiner Frau verwöhnt zu werden. Félix war im Paradies. Und Fernanda ebenfalls.

Das Glück der beiden schien perfekt, als ihm Fernanda, zwei Monate nach der Hochzeit, mit Freudentränen in den Augen erklärte, dass sie ein Kind erwartete. Aber die Schwangerschaft bekam ihr nicht gut. Sie litt unter Übelkeit und schweren Stimmungsschwankungen. Manchmal brach sie aus heiterem Himmel in Tränen aus, nur weil Félix es gewagt hatte, sie an einen losen Knopf an seinem

Hemd aufmerksam zu machen. Manchmal fuhr sie ihn schon an, wenn er nur beim Löffeln der Suppe zu laut schlürfte. Und beinahe täglich hielt sie ihm seinen angeblichen Verrat vor. Sie steigerte sich in die Idee hinein, dass Félix den Kauf des Hauses mit ihr hätte besprechen müssen. Sie warf ihm vor, dass er sie hintergangen habe, dass er ihr gemeinsam verdientes Geld veruntreut habe.

»Aber es sollte doch eine Überraschung werden«, schrieb er.

»Überraschung! Vielleicht hätte ich lieber woanders gewohnt. Ich habe doch auch ein Wort mitzureden, oder etwa nicht?«

Félix war ratlos. Ganz gleich, wie nett er zu Fernanda war oder was er ihr für hübsche Sachen aus der Stadt mitbrachte, immer fand sie einen Grund, ihn auszuschelten. Mal war es der Wert eines Nähkästchens – »für das Geld hätten wir lieber neues Geschirr kaufen sollen« –, mal war es die Farbe eines Halstuchs, die ihr nicht gefiel. Wenn sie ihm wenigstens körperliche Befriedigung geschenkt hätte! Doch sie verweigerte sich ihm standhaft, immer das Wohl des ungeborenen Kindes vorschützend.

Félix klagte José sein Leid. Der alte Mann, der nun allein Félix' ehemalige Hütte bewohnte, wo eine Nachbarin gelegentlich nach ihm sah, verstand Félix' Mimik und Gebärden wie kein anderer. Und seine Sorgen sowieso.

»Weiber! Wenn sie Kinder kriegen, sind sie unausstehlich. Aber das hört bald auf. Sei nur immer recht lieb zu ihr, und trag es ihr nicht nach. Sie kann nämlich nichts dafür, es ist die Natur der Frau.«

Félix verzog unzufrieden den Mund. Ein schöner Rat – einfach weitermachen und so tun, als sei nichts gewesen? Nicht mit ihm. Es musste noch eine andere Lösung geben.

»Du kannst ja mal mit Luiza sprechen. Sie kennt Mittel und Wege, die Götter sanft zu stimmen – und deine Fernanda auch.«

Die Götter, zum Teufel auch! Nun ja, einen Versuch war es vielleicht wert. Josés Ratschläge waren immer gut gewesen, und sogar jetzt noch legte er in seinen lichten Momenten mehr Verstand, Weisheit und Erfahrung an den Tag als so mancher Studierte, der in Félix' Laden einkaufte.

José war derjenige gewesen, der Félix von der fixen Idee abgebracht hatte, Rio zu verlassen und das Feld für Zeca zu räumen. »Du musst kämpfen, Junge! Noch hat sie den Schuster ja nicht geheiratet, und ich glaube nicht, dass sie es wirklich tut. Sie will dich nur anstacheln, deinen Ehrgeiz wecken, dich zum Handeln zwingen. Wenn du jetzt abhaust, verspielst du jede Achtung, die sie vor dir hat – und meine auch. Das Mädchen liebt dich, das ist doch offensichtlich.«
Obwohl Félix nicht ernsthaft daran geglaubt hatte, dass der Alte über eine solche Einsicht in die verworrenen Köpfe junger Frauen verfügte, war er seinem Rat gefolgt. Er hatte schließlich nichts zu verlieren. Entweder er hatte Erfolg, dann war es jede Demütigung, jede Blamage wert. Oder er hatte keinen, dann konnte er immer noch verschwinden und musste nie wieder den Zeugen seines Reinfalls unter die Augen treten.
Es glückte. Fernanda hatte ihn nach seinem schriftlichen Antrag schelmisch angesehen und gerufen: »Habe ich dir nicht gesagt, dass ich heirate? Na also!« Dann war sie ihm um den Hals gefallen, was Félix, immer noch mit vor Aufregung grummelndem Gedärm, als ein »Ja« deutete. Wie verschlagen sie war, seine kleine Fernanda. Sie hatte ihm eine Falle gestellt, er war hineingetappt. Und er musste ihr auch noch dankbar dafür sein! Er steckte Fernanda einen einfachen Silberring an, küsste sie und sah sie in einer Mischung aus Misstrauen und Verlangen an. Was sie wohl noch alles an Tricks für ihn bereithielt?
Kurz darauf brachte ihn Fernanda dazu, seine Arbeit bei Lili aufzugeben. »Wir heiraten natürlich erst dann, wenn du einer respektablen Arbeit nachgehst. Ich will nicht Frau eines Zuhälters werden.« Um dieses Ziel durchzusetzen, gewährte sie Félix keine der Freiheiten mehr, an die er sich bereits gewöhnt hatte. Keine Küsse, keine zärtlichen Berührungen, keine engen Umarmungen mehr! Fernanda blieb, trotz der Qualen, die sie damit auch sich selber zufügte, konsequent – bis er endlich, kurz vor Karneval, bei Lili kündigte. »Félix«, hatte diese geschrien, »das kannst du mir nicht antun! Warte wenigstens bis Aschermittwoch, dann ist hier eh weni-

ger los.« Aber sein Entschluss hatte festgestanden, verstärkt durch das Darlehen, das León ihm zugesagt hatte und das ihm den Einstieg in Gustavos Schreibwarenladen erleichtern würde.
Nach Karneval begann Félix in der Buchhaltung des Geschäfts – im Verkauf konnte man einen Stummen ja schlecht gebrauchen. Er saß zwölf Stunden täglich in einer engen, muffigen Schreibstube und hätte am liebsten alles hingeschmissen. Doch der alte Gustavo war von Félix' nicht immer hundertprozentig legalen Kenntnissen, wie man Geld an der Steuerbehörde vorbeischleusen konnte, so begeistert, dass er ihm mehr Verantwortung übertrug und ihm mehr zahlte. Was für ein Glücksgriff dieser Junge doch gewesen war! Félix, der nie seine mögliche Zukunft als Besitzer dieses Geschäfts aus den Augen verlor, bestand darauf, einige Stunden am Tag im Verkaufsraum auszuhelfen, zur Not eben auch auf unterster Ebene, als Bursche für alles. Er kletterte die hohen Leitern hinauf, um in einer Höhe von fast fünf Metern schwere Papierpakete hervorzusuchen; er lief in den Lagerraum, um die verlangten Farben und Tinten zu holen, die nicht selten von Hitze und falscher Lagerung eingetrocknet waren; er staubte hunderte von Aktenordnern ab, die seit einer Ewigkeit auf Käufer warteten; er ließ sich von Dummköpfen herumscheuchen, die den halben Tag in der Nase bohrten, sich aber abwandten, wenn Kundschaft in Sicht war. Und er beobachtete. Félix erkannte sofort, was man hätte besser machen, wo man hätte sparen und wie man hätte Kunden anlocken können.
Dennoch wusste er noch viel zu wenig, als eines schönen Apriltages der alte Gustavo einen Schlaganfall erlitt und wenig später starb. Gustavos Familie, die mit dem Laden nichts zu schaffen haben wollte, war heilfroh, als Félix sich ihnen als Käufer empfahl. Félix erwarb das heruntergewirtschaftete Geschäft zu einem angemessenen Preis und war sich sicher, dass er die Investition mit einigen Neuerungen und viel Arbeit schnell wieder einfahren würde. Fernanda hatte ihn tatkräftig unterstützt, und da sie ja bald seine Ehefrau wäre, nannten sie den Laden nach ihrer beider Namensanfang: »Fé«, wie Glaube, Vertrauen.

Tja, vielleicht hatte er das Schicksal damit einmal zu oft herausgefordert? Von dem festen Glauben an sein Glück jedenfalls war nicht mehr viel übrig, nachdem ihn Fernanda in den vergangenen Wochen so malträtiert hatte. Er hatte innerhalb kürzester Zeit den Laden auf Vordermann gebracht, ein Haus gekauft, geheiratet und ein Kind gezeugt – und doch fühlte sich Félix nicht halb so froh, wie er es hätte sein sollen. Die Götter sanft stimmen! Er musste erst einmal sich selber sanft stimmen, damit er nicht unter dem Druck, den Arbeit, Schulden, Verantwortung und eine quengelige Ehefrau in ihm auslösten, aus der Haut fuhr und womöglich – Gott bewahre! – noch seine Hand gegen Fernanda erhob. Félix sah José betrübt an und erkannte an dem abwesenden Blick des Alten, dass er mal wieder der Realität entrückt war. Hatte er das mit den Göttern etwa auch schon in umnachtetem Zustand gesagt? Egal, dachte Félix, es schadet ja nichts, einmal bei Luiza vorbeizuschauen.

Luiza lachte ihm laut ins Gesicht.
»Da kann keine *mãe de santos* helfen. An Schwangeren praktizieren sie ihren Zauber nicht.«
Sie reichte Félix einen Becher Schokolade, nahm dann einen Topf vom Herd, dem ein Wohlgeruch aus Zwiebeln, Knoblauch und Fleisch entstieg, und wandte sich Félix zu. Um sich mit dem Jungen zu unterhalten, reichten keine Ohren, da brauchte man beide Augen und alle Konzentration.
»Wenn dein Mädchen mit einem anderen durchbrennt, ja, da lässt sich was unternehmen. Wenn sie vielen Männern schöne Augen macht, wenn sie eitel ist, wenn sie dir gegenüber gleichgültig ist – für all das gibt es Gegenmittel. Aber eine schwangere Frau muss man einfach so hinnehmen. Es ist ja bald vorbei.«
Sie sah Félix mitleidig an, füllte seinen Becher mit dem Rest warmer Milch auf und setzte sich zu ihm.
»Und wie geht es José, dem alten Schwerenöter?«
Félix erklärte ihr gestenreich, dass es mit dem Alten nicht zum Besten stünde, dass er zunehmend verwirrt war, dass er immer

öfter von einer Marta sprach. Félix schrieb auf seine Tafel »Marta?«, aber Luiza, die außer einem L keinen Buchstaben lesen konnte, verstand nicht.
»Warte mal, das haben wir gleich. Sinhô Pedro ist zu Hause, der kann mir dein Geschreibsel übersetzen.«
Als sie wenig später zurück in die Küche kam, hatte sich ihr Gesicht verdüstert.
»Er spricht zu dir von Marta? Das bedeutet nichts Gutes. Ich hatte gedacht, dass er dieses Kapitel für immer aus seinem Gedächtnis verbannt hat.«
Wer denn nun diese Frau sei, begehrte Félix zu wissen, ungeduldig mit den Fingern auf den Tisch trommelnd.
»Marta war Josés Frau. Ihr damaliger Senhor hat sie an einen Gummibaron in Manaus verkauft und José an Senhor Eduardo. Dass sie schwanger war, hat den Senhor nicht interessiert. Ach, Félix, er war so unglücklich! José lachte damals nie, er weinte auch nicht, er machte immer nur ein ernstes Gesicht. Aber wie das so ist: Die Zeit heilt alle Wunden. Und wir hatten es ja sehr gut auf Boavista.«
Félix blickte traurig in die kleinen, schlauen Äffchenaugen von Luiza. Was wohl aus Marta geworden war, oben in den unwirtlichen Amazonaswäldern, wo kein Sklave länger als zwei Jahre Kautschuk zapfte, weil ihn dann die Malaria oder das Gelbfieber hinwegraffte? Es war, sogar noch zu Félix' Zeiten auf Boavista, immer die größte Angst aller Sklaven gewesen, in diese grüne Hölle verkauft zu werden. Es war die Höchststrafe, die allerdings auf Boavista nie verhängt wurde, wie überhaupt die Bestrafung für faule, aufsässige oder unehrliche Sklaven mild gewesen war. Und das Kind? Hatte Marta es bekommen, hatte es überlebt, war es jetzt vielleicht sogar ganz in der Nähe? Was für eine Folter musste das für den alten José darstellen, sich auszumalen, was aus der Frucht von seiner und Martas Liebe geworden war.
Bedrückt und kaum schlauer als zuvor ging Félix nach Hause. Ein Gutes hatten seine Besuche bei José und Luiza wenigstens gehabt: Die Geschichte des Alten führte ihm vor Augen, wie gut er selber

es hatte. Er war frei, jung und gesund. Und wenn Fernanda erst einmal wieder zurück zu ihrem alten Wesen fände, wäre er wunschlos zufrieden.
Tatsächlich ließen wenig später die Übelkeit und die Übellaunigkeit Fernandas nach. Und je mehr ihr Umfang wuchs, desto mehr liebte Félix sie. Als sie erstmals Fußtritte in ihrem Bauch bemerkte, nahm sie seine Hand, legte sie auf ihren gewölbten Leib und sagte: »Fühl mal. Er macht schon Capoeira.« Félix hätte heulen können vor Glückseligkeit. Er verbrachte jede freie Sekunde mit Fernanda, nahm ihr Arbeiten im Haushalt ab, brachte Essen mit, damit sie nicht so lange am Herd stehen musste, bezahlte eine Waschfrau, obwohl Fernanda ihn wegen dieser überflüssigen Ausgabe ausschimpfte. Er massierte ihre aufgedunsenen Füße und besorgte Limonenscheiben, die sie sich auf die Schläfen legen konnte, wenn sie Kopfweh hatte.
Das Geschäft und Fernanda ließen Félix nicht genügend Zeit, sich so um José zu kümmern, wie es richtig gewesen wäre. Félix ging höchstens noch einmal die Woche in sein altes Viertel, manchmal verstrichen sogar vierzehn Tage, bevor er sich dort mit schlechtem Gewissen blicken ließ und sicherstellte, dass es dem Alten gut ging. Bei einem Besuch im November, den Félix wegen der drückenden Schwüle und diverser Probleme im Geschäft wie eine lästige Pflicht vor sich hergeschoben hatte, fand er seine alte Behausung leer vor. Félix ging zur Nachbarhütte, um José zu suchen. Doch die Nachbarin schlug die Hände vor dem Gesicht zusammen und stammelte: »Jesus Maria, weißt du es denn noch nicht? José ist vorgestern gestorben.«
Warum ihn niemand benachrichtigt hätte, wollte Félix wissen. »Der Monokel-Zé wollte in deinen Laden kommen«, hieß es. Aber der Monokel-Zé behauptete, dass er den Klumpfuß geschickt hätte, der wiederum beteuerte, dass er einem Kahlkopf mit grüner Ladenschürze die traurige Botschaft ausgerichtet hätte. Klumpfuß beschrieb den Angestellten genauer, und Félix, der in der Beschreibung sogleich den Verkäufer Sebastião erkannte, nahm sich vor, dem Mann fristlos zu kündigen.

Seine alten Nachbarn berichteten ihm in verschiedenen Varianten, wie José ums Leben gekommen war. Klumpfuß wollte gesehen haben, dass José sich absichtlich auf die Straße gelegt hatte, während Dona Juliana »mit absoluter Sicherheit« wusste, dass José wieder seine Zustände gehabt hatte und das Ganze deswegen nur als tragischer Unfall betrachtet werden könne. Feijão glaubte bemerkt zu haben, wie José seine Uniformjacke zurechtgestrichen hatte, als ginge er zu seinem eigenen Begräbnis, wohingegen die kleine Joana gehört haben wollte, dass José in dieser Nacht ein fröhliches Lied geträllert hatte. Aus all diesen Beobachtungen reimte sich Félix seine eigene Wahrheit zusammen: José war nachts aufgestanden, hatte sich verirrt und war am Ende auf die Hauptstraße am Fuße ihres Hügels gelangt, wo er von einer Kutsche überrollt worden war. Was für ein Tod für den alten Kutscher!

Josés Begräbnis war schlicht, aber würdevoll. Fast alle Nachbarn aus Quintino waren gekommen, desgleichen die gesamte Familie da Silva und alle ihrer Dienstboten, die José noch von Boavista gekannt hatten. Luiza stand gramgebeugt am Grab, als sei sie die Witwe. Eduardo, den José durch alle Höhen und Tiefen seines erwachsenen Lebens begleitet hatte, weinte tränenlos – nur das Beben seines Körpers in dem schlackernden schwarzen Anzug verriet ihn. Félix und Fernanda hielten sich an den Händen, desgleichen Pedro und Joana. Nur Vitória und León standen einen halben Meter voneinander entfernt und starrten trübsinnig in das offene Grab. Félix, der hier viele seiner ehemaligen Leute von Boavista zum ersten Mal seit seiner Flucht wiedersah, verschwendete keinen Gedanken an das Aussehen, das Benehmen und die Befindlichkeiten der anderen: Seine Trauer machte ihn blind für alles, was um ihn herum geschah.

Als die Beisetzung zu Ende war, kam Jorge auf Félix zu. »Ich sollte warten, bis er unter der Erde ist, hat er gesagt.« Damit zog er einen mit Fettflecken verunreinigten Zettel aus seiner Brusttasche, entfaltete ihn und gab ihn Félix zu lesen. Es war das Testament, das José seinem Freund Jorge, der Mitglied des »Bezirksausschusses« war, wie sich der ehemalige Ältestenrat jetzt nannte, diktiert hatte.

Lieber Félix,
wenn du dies liest, bin ich tot. Aber sei nicht traurig, denn ich bin jetzt im Himmel, bei meiner Marta. Weil ich nicht weiß, wo mein eigenes Kind lebt, ob es überhaupt lebt, und weil du mir immer warst wie ein leiblicher Sohn, sollst du alles erben, was ich besitze, außer der Geige, die soll Luiza bekommen. Und die Truhe mit den Silberbeschlägen auch.
Ich war mein ganzes Leben lang Sklave, fünfzig Jahre davon Kutscher. Die Herrschaften stecken einem immer mal eine Münze zu, ihre Gäste auch, oder die Handwerker, Händler und Doktoren, wenn man etwas abholt oder hinbringt, und wenn man alles schön spart, kommt einiges zusammen. Ich hätte mir schon vor Jahren die Freiheit kaufen können, aber wozu? Mir ging es gut auf Boavista, und warum sollte ich Geld für Essen oder Kleidung oder ein Zimmer ausgeben, wenn ich all das doch umsonst hatte? Also, ich habe jedenfalls keinen Vintém ausgegeben, und jetzt erbst du ein kleines Vermögen. Das hast du auch verdient, denn du bist ein braver Junge und hast dich immer um mich gekümmert, ohne etwas dafür zu verlangen. Das Geld liegt auf der Banco do Brasil, ja, da staunst du, was?! Der alte José hat ein eigenes Bankkonto! Du brauchst nur dorthin zu gehen und es dir zu holen, aber ich rate dir, es dort liegen zu lassen, denn es vermehrt sich ständig.
Also, mein Junge, sei gut zu deiner Fernanda, ehre deinen Vater, kümmere dich um Luiza, wenn sie mal krank wird, und führe ein gottgefälliges Leben! Adeus.
Gezeichnet: José da Silva – XXX

Die drei Kreuzchen, die Josés Unterschrift darstellten, lösten in Félix einen neuerlichen Leidensschub aus. Der Alte hatte nie lesen oder schreiben gelernt, aber was für eine Herzensbildung! Mit zitternden Händen nahm Félix das Testament an sich. Er legte den Arm um Fernanda, die zu ihnen herangetreten war, und verließ mit hängendem Kopf den Friedhof São João Batista. Später am Tag, als Fernanda das Testament gelesen hatte, erklärte er ihr, dass sie un-

bedingt den einzigen Nachfahren Josés finden müssten. Doch Fernanda desillusionierte ihn.
»Wir wissen nichts. Weder, wo Marta gelandet ist, noch, wie sie ihr Kind getauft hat. Wir wissen nicht einmal, ob es ein Mann oder eine Frau ist. Das Ganze liegt fast fünfzig Jahre zurück, ich glaube, die Mühe können wir uns sparen.« Als sie dennoch einen kleinen Hoffnungsschimmer in Félix' Gesicht erkannte, fuhr sie fort: »Und Einsicht in die Akten darf man keine mehr nehmen. Hast du es noch nicht gehört? Dieser Minister, dieser Rui Barbosa, will sämtliche Papiere in den Archiven, die Kauf, Verkauf, Geburt und Tod von Sklaven festhielten, vernichten. Und zwar zu unserem Besten, wie es heißt: Die Senhores sollen keine Handhabe mehr für irgendwelche Schadensersatzklagen gegen die Regierung haben.«

Es war nicht einfach, die Bank davon zu überzeugen, dass er der rechtmäßige Erbe Josés war. Sie verlangte Urkunden, Dokumente, Beglaubigungen, dass Félix davon der Schädel brummte. Doch nach einer endlosen Rennerei hatte er schließlich alle erforderlichen Schriftstücke beschafft, sich außerdem einen unheilbaren Abscheu vor Bürokraten zugezogen, und nahm endlich Einsicht in die Kontounterlagen. Die Summe, die José in einem langen Leben aus Almosen zusammengetragen hatte, ließ Félix schaudern. Einhundertachtzigtausend Reis! Das war genug, um alle Schulden zu begleichen, um neue Regale für den Laden und für zu Hause ein großes Ehebett, eine Wiege und ein gepolstertes Sofa anzuschaffen! Zum Teufel auch, warum hatte José seinen Reichtum verheimlicht? Mit dem Geld hätte der Alte bequem wohnen, sich neu einkleiden, ein Pferd kaufen können! Und Félix hätte davon einen richtig vornehmen Sarg kaufen und einen marmornen Grabstein aufstellen lassen können! Ah, das würde er als Erstes tun: das einfache Holzkreuz durch einen prachtvollen Grabstein ersetzen, auf dem ein Medaillon mit Josés Bild angebracht und ein schöner Spruch eingraviert werden sollte, etwas Erhabenes wie »Hier ruht José da Silva, treuer Sklave seines Herrn, demütiger Diener seines Schöpfers«. Fernanda überzeugte Félix jedoch davon, dass ein anderer Spruch passender wäre. Und als Félix endlich die Worte »Möge er Glück haben auf seiner Kutschfahrt in den Himmel« auf dem Grabstein las, wischte er sich verstohlen eine Träne aus den Augen.

Seine Trauer um José wurde von der überwältigenden Freude über die Geburt seines Stammhalters abgelöst. Am Morgen des 1. Januar 1891 brachte Fernanda in einem kurzen, unkomplizierten, aber schmerzvollen Kraftakt und nur mit Hilfe einer Hebamme, die ihren Silvesterrausch noch nicht ganz ausgeschlafen hatte, einen Sohn zur Welt. Es war ein strammes Kerlchen mit einer nervtötend lauten Stimme, über die sich Félix besonders freute – er hatte neun Monate lang befürchtet, Stummheit könne erblich sein. Auf den Namen hatten Fernanda und er sich bereits lange vorher geeinigt: Ein Mädchen hätten sie Felicidade genannt, den Jungen tauften sie Felipe. »Fé«, mittlerweile ein florierendes Geschäft, sollte schließlich eines Tages von ihrem Kind übernommen werden.

XXX

Die Brillanz der Farben ist faszinierend.«
»Ein wenig grell, ein wenig zu bunt – ganz wie es der Natur dieses Landes entspricht, nicht wahr?«
»Der Himmel ist von einem beinahe überirdischen Blau, die Flora von einem Grün, wie man es nur in den Tropen findet.«
»Wenn überhaupt.«
»Und in dem leuchtenden Rosé des Kleides hat der Künstler geschickt die Wärme – die der Bewohner dieses großartigen Landes wie die der Luft – gebündelt.«
»Er hätte sich besser eines dunklen Orangetones bedient, um der Gluthitze gerecht zu werden.«
Mario Gianecchini sah León zwinkernd an. »Mir scheint, mein Lieber, dass Sie mein Lob nicht ganz ernst nehmen.«
»Mir ist klar, dass Sie nur höflich sein wollen. Dieses Gemälde ist scheußlich, und wir beide wissen es.«
»Aber nein, es gefällt mir. Nur die Perspektive scheint mir ein wenig verzerrt.«
Das war noch stark untertrieben. Ihr Haus, vor dem Vitória und León Castro abgebildet waren, war auf dem Gemälde umrahmt vom Zuckerhut zur rechten und von der Glória-Kirche zur linken Seite, während hinter dem Haus, leicht verschwommen, sowohl ein Strand als auch der Gipfel des Corcovado zu sehen waren. Der Künstler hatte in seinem Bestreben, die Besonderheit der Lage einzufangen, die Geografie Rios munter verfälscht. Und das war beileibe nicht alles, was er geschönt hatte. Vitória, in einem viel zu stark gerüschten, rosafarbenen Abendkleid, blickte milde lächelnd auf den Betrachter und hatte dabei eine frappierende Ähnlichkeit mit der heiligen Jungfrau Maria, wie sie auf Sammelbildchen abgebildet war. León, auf dem Gemälde einen Kopf größer als sie, wo er sie in Wahrheit nur um einen halben Kopf überragte, hatte eine hellere Hautfarbe, mittelbraunes Haar und eine fantasievolle

Galauniform verpasst bekommen und sah aus wie ein gütiger Patriarch.
Vitória hatte sich das Gemälde, das mit seinem Format von zwei Metern Breite und drei Metern Höhe das Speisezimmer dominierte, schon seit einer Ewigkeit nicht mehr genauer angesehen. Es war wie ein kostbarer Teppich, ein geerbtes Möbelstück, eine elegante Porzellantasse, die man anfangs wunderschön findet und mit größter Vorsicht benutzt, bis man sich nach einer Weile an den Gegenstand gewöhnt hat und ihm keinen Wert mehr beimisst. Das Gemälde war Vitória kaum interessanter erschienen als die Tapete mit den Blätterranken – bis ihr Gast ihrer aller Aufmerksamkeit darauf richtete. Es erschien ihr in einem Maße prätentiös, dass es schmerzte. Wie hatte sie diese verherrlichende Darstellung von sich und León jemals schön finden können? Und wieso hing diese Monstrosität, die ihre zerbrochene Ehe verhöhnte, überhaupt noch hier?
»Lieber Senhor Gianellini«, sagte sie nun, um von dem grauslichen Bild abzulenken, »erzählen …«
»Gianecchini.«
»O ja, wie unverzeihlich von mir! Also, Senhor Gianecchini, berichten Sie uns doch lieber von Ihren Eindrücken Brasiliens. Sie sind zum ersten Mal in diesem Land, nicht wahr? Was halten Sie davon? Wie gefällt Ihnen Rio de Janeiro?«
»Ah, cara Signora Castro! Meine Bewunderung lässt sich kaum in Worte fassen. Was für eine Stadt! Was für Menschen! Alles ist so farbenfroh, so laut, so chaotisch – so vital! Heute hat mich Ihr sehr geschätzter Herr Gemahl mit zu einem Wochenmarkt genommen, und allein dort habe ich hunderte von Motiven für meine Kunst entdeckt: die Süßwaren aus Kokosnuss und Maniok; die aufgebauten Obsttürme aus Früchten, die in Europa ein Vermögen kosten, Mangos, Ananas, Passionsfrüchte sowie unzählige andere, die ich nicht kannte und deren Namen ich mir aufschreiben musste; die schwarzen Marktweiber mit ihren weißen Turbanen; die Dienstboten reicher Leute, die dort einkaufen gingen und denen ihre Überheblichkeit ins Gesicht geschrieben stand; der zahnlose Lei-

erkastenmann, auf dessen Schulter ein kleiner Affe saß; die Vogelkäfige in den Fenstern der umliegenden Häuser, in denen exotische Vögel ihr Gefieder putzten; und ... ach, so viele pittoreske Details, dazu unbekannte Gerüche und Geräusche und die Hitze – es war ein Fest für die Sinne!«
»León«, warf Dona Alma ein, »warum zeigst du deinem Freund nicht die schönen Seiten dieser Stadt, den Kaiserpalast oder die wunderschönen barocken Kirchen? Er muss ja glauben, wir lebten fernab jeglicher Kultur und Zivilisation.«
»Sehr verehrte Signora Dona Alma«, antwortete Gianecchini anstelle Leóns, »Ihr Schwiegersohn war nur so freundlich, meine Wünsche zu erfüllen. Ich bin es, der die Märkte, die Wohnviertel der Armen, die Hafendocks, aber auch die Parks und den Giardino Botânico sehen will. Kirchen haben wir in Italien in mehr als ausreichender Zahl, auch Paläste, Monumente, Museen. Aber wir haben weder Schwarze noch indianische Eingeborene, wir kennen nicht diese Vielfalt an Pflanzen und Tieren – obwohl Italien sicher das fröhlichste und fruchtbarste Land Europas ist, wie Ihnen León gewiss berichtet hat.«
Ja, das hatte er, dachte Vitória. Vor langer, langer Zeit, als er noch ein verwegener Draufgänger und sie die unbedarfte Sinhazinha gewesen war – und als sie sich von Leóns Weltgewandtheit so beeindrucken ließ, dass sie ihn sogar heiratete. Nur über die Bekanntschaften, die er in der Alten Welt geschlossen, über Freunde, die er gewonnen hatte oder bemerkenswerte Menschen, denen er begegnet war, hatte er so gut wie nie gesprochen. Umso größer war ihr Erstaunen gewesen, als er vor ein paar Wochen angekündigt hatte, dass sie Besuch von einem alten Freund bekommen würden, von einem Maler aus Mailand.
Es geschah nicht oft, dass León Gäste nach Hause einlud, vielleicht weil er selber sich hier schon nicht mehr heimisch fühlte. Er hatte in den letzten Monaten mehr Nächte im Hotel Bristol verbracht als in seinem eigenen Schlafzimmer. Vitória vermutete, dass er dem Freund aus alten Tagen einen Einblick in die Lebensweise reicher Brasilianer gewähren wollte. Die Blicke, mit denen der Ita-

liener sie, ihre Eltern, die Dienstboten, die Einrichtung des Hauses und das Essen auf dem Tisch musterte, bestätigten diese Einschätzung. Sie alle waren dem Künstler nicht mehr als willkommene Studienobjekte, Material für seine Leinwände. In hundert Jahren würde irgendein Besucher irgendeines drittklassigen Museums in Italien sich belustigt an einem Gemälde erbauen, auf dem sie beim Souper abgebildet waren – eine junge, elegante Dame, die das schwarze Mädchen tadelnd ansieht, eine arrogante reifere Senhora in Schwarz, ein abwesend wirkender älterer Herr, der auf die »exotischen« Speisen auf seinem Teller blickt, der Hausherr mit lässig ausgestreckten Beinen und fein bestickten Hausschuhen an den Füßen, unter dem Tisch ein riesiger Hund, der an einem Knochen nagt. Ja, Vitória hatte das fertige Kunstwerk bereits deutlich vor Augen, und sie hoffte nur, dass der Künstler es in seinem Überschwang nicht gar zu realistisch malte. Leóns vereinzelte weiße Haare und ihr roter Pickel am Kinn waren keine besondere Zierde. Da sollte die Nachwelt sie lieber so sehen wie auf dem geschmacklosen Esszimmergemälde.
»Und was halten Sie von den Brasilianern? Sind sie nicht ein ganz besonderer Menschenschlag?«, fragte Dona Alma, als sei sie selber keine Brasilianerin und in der unüberhörbaren Hoffnung, den Gast über ihre Landsleute herziehen zu hören. Aber der tat ihr nicht den Gefallen.
»Ja, sehr richtig, ein ganz besonderer Menschenschlag! Ich habe sie bisher nur als warmherzig und überaus entgegenkommend kennen gelernt. Hier bei Ihnen, die Sie alle ein tadelloses Französisch sprechen, ist es mir ja ein Leichtes, mich mit meinen fragmentarischen Kenntnissen dieser schönen Sprache zu verständigen. Aber dort draußen, unter einfacheren Leuten, bin ich auf die Hilfsbereitschaft und den guten Willen der Menschen angewiesen. Und glauben Sie mir, sehr verehrte Signora Dona Alma, nirgends auf der Welt hat die Kommunikation so gut geklappt wie hier. Es ist ganz erstaunlich, wie viel die Leute verstehen können, wenn sie verstehen wollen.«
Dona Alma war zwar mit der Antwort Gianecchinis nicht zu-

frieden, aber das Kompliment für ihr Französisch, das in all den Jahren seit ihrer Schulzeit doch sehr gelitten hatte, stimmte sie gnädig.

»Und erst diese Vermischung der Rassen!«, fuhr er fort. »Auch das ist einzigartig auf der Welt. In den Vereinigten Staaten von Amerika, wo sich ja die Bevölkerung in einem ähnlichen Verhältnis aus Weißen und Schwarzen zusammensetzt wie in Brasilien, sieht man nur sehr wenige Mulatten. Hier dagegen …«

»Ja, es ist eine Schande.« Dona Alma schüttelte traurig den Kopf. Vitória sah, dass León sich amüsierte, als freue er sich schon auf das Unwetter, das dieses Missverständnis heraufbeschwören würde.

»Eine Schande? Nein, alles andere als das, es ist ein Segen! Ich habe noch nie so viele verschiedene Töne von Hautfarben gesehen wie hier, so viele verschiedene Augenfarben, Körperstaturen, Haarbeschaffenheiten. Es ist ein Naturwunder! Heute habe ich in einem Schreibwarenladen, in dem ich nach Künstlerfarben gefragt habe, einen Mulatten gesehen, der fast dieselbe Augenfarbe hatte wie Ihr hoch geschätzter Herr Gemahl. Ja, ist das nicht unglaublich? Ein dunkelhäutiger Mensch mit den Gesichtszügen eines Weißen und mit hellen, braun-grauen und grünlich gesprenkelten Augen, die für einen Künstler eine einzigartige Herausforderung darstellen.«

»Früher hätte diese Kreatur den Blick vor Ihnen gesenkt. Da hätten Sie die Augen gar nicht so genau studieren können.«

Sein Enthusiasmus machte den armen Mann anscheinend völlig gefühllos für Dona Almas bissige Bemerkungen. Vitória stöhnte innerlich auf, als er seine Aufzählung unbeeindruckt fortsetzte.

»Gut, dass das heute anders ist. Ja, und dann habe ich ein Mädchen von tiefdunkler, beinahe schwarzer Farbe gesehen, mit langem, glattem, schwarzem Indiohaar, das es zu Zöpfen gebunden hatte. Und einen …«

»Lassen Sie es gut sein, Mario«, unterbrach León seinen Freund. »Meine Schwiegereltern und meine Frau schätzen die Rassenvermischung nicht, so herrlich auch ihr Ergebnis sein mag.«

Vitória rutschte ungehalten auf ihrem Stuhl herum, bevor sie

merkte, dass León sie anstierte. Was wollte er? Sollte sie sich etwa zu dem »herrlichen Ergebnis der Rassenvermischung« äußern, als deren Krönung er zweifellos sich selber betrachtete?
»Außer bei meinem Hund natürlich«, sagte sie, bückte sich und klopfte Sábados Bauch unter dem Tisch. »Aber sagen Sie, Senhor Giannini …«
»Gianecchini.«
»Verzeihung, Senhor Gianecchini. Was haben Sie darüber hinaus noch für Beobachtungen gemacht, worin wir uns von Europäern unterscheiden?«
»Viele, allzu viele, mit denen ich Sie nicht langweilen möchte, da Sie sicher dieselben Beobachtungen ebenfalls gemacht haben.«
»Nein, reden Sie nur. Ich war noch nie in Europa«, damit sah Vitória vielsagend zu León, »und ich bin sehr gespannt, wie ein Europäer uns sieht.« Dass sie zahlreiche Franzosen, Engländer, Italiener, Holländer und Deutsche in Rio kannte, genau wie deren Meinung über Brasilianer, erwähnte sie nicht.
»Tja, da wäre zum einen der etwas andere Lebensrhythmus dieses Volkes, was sicher auch an den Temperaturen liegt. Die Menschen bewegen sich langsamer, schleichen fast. Wer hastet oder sogar läuft, macht sich sofort verdächtig.«
»Natürlich«, warf Dona Alma ein, »nur Diebe und Juden rennen.«
Mario Gianecchini räusperte sich unangenehm berührt.
»Auch scheint mir der wohlhabende, weiße Brasilianer lusitanischer Abstammung über mehr freie Zeit zu verfügen als die begüterten Bürger Europas. Man sieht kaum je einen von ihnen arbeiten.«
»Wie freundlich von Ihnen, sich so gewählt auszudrücken, Senhor Giovannini. Aber …«
»Gianecchini.«
»Himmel! Entschuldigen Sie bitte, aber warum müssen Sie nur einen so zungenbrecherischen Nachnamen haben? Erlauben Sie mir, Sie Mario zu nennen? Ich möchte Sie mit den Entstellungen Ihres Namens wirklich nicht noch einmal beleidigen. Und nennen Sie mich bitte Vita.«

»Sehr gern, Signora Vita.«
»Was ich sagen wollte: Scheuen Sie sich nicht, es auszusprechen, Mario. Meine Landsleute sind faul.«
»Vitória!«, meldete sich nun erstmals ihr Vater zu Wort.
Vitória beachtete ihn nicht. Die Arbeitsscheu von Leuten wie Eufrásia, Rogério und so vielen anderen alten und neuen Bekannten, die ihre Hautfarbe und ihre Herkunft als Lizenz zum Müßiggang betrachteten, war ihr ein stetes Ärgernis – und eines ihrer bevorzugten Gesprächsthemen. Sie freute sich, dass Leóns Freund so schnell erkannt hatte, woran die junge Republik krankte. Die gebildeten Leute beuteten die ungebildeten Schwarzen weiter aus, die, kein bisschen anders als zu Zeiten der Sklaverei, alle niederen Arbeiten verrichteten. Mulatten mit einer rudimentären Schulbildung oder Weiße aus bescheideneren Verhältnissen beherrschten das Handwerk sowie den mittelständischen Handel. Die »Senhores« dagegen brachten nur dann ein wenig Energie auf, wenn es galt, die Vergeudung weiterer Energie in Form von ehrlicher Arbeit zu verhindern: Protektionismus und Korruption trieben fantastische Blüten.
Ja, die »portugiesische« Oberschicht war faul – und Vitória war eine der Leidtragenden dieser unseligen Haltung. Es gab kaum noch Behörden, die ohne einen entsprechenden Beitrag einen Handschlag getan hätten, keinen ehrlichen Polizisten und keinen anständigen Finanzinspektor mehr. An den Fakultäten wurden die Professoren geschmiert, damit sie dummen Kindern aus Familien mit noch immer klangvollen Namen den Grad eines Magisters oder sogar einen Doktortitel verliehen. Die Baubehörde beurteilte Bauvorhaben nicht mehr nach deren Sinn oder Notwendigkeit, sondern genehmigte jedes städteplanerisch absurde Projekt, wenn sie nur reichlich dafür entlohnt wurde. Aufträge für Brunnen oder Statuen auf öffentlichen Plätzen gingen nicht mehr an den begabtesten Künstler, sondern an den, der sich als Cousin eines Freundes eines Sohnes des zuständigen Beamten Gehör verschaffen konnte.
Vitória verstand nicht, wie sich alle so gut damit arrangiert haben

konnten. War sie die Einzige, die unter diesen Zuständen litt? Hatte denn niemand in diesem Land ein Gewissen? Was empfand der Beamte, wenn er an einem albtraumhaften Springbrunnen vorbeikam, den er selber bei dem untalentierten Künstler in Auftrag gegeben hatte?
Gefiel es den Leuten etwa, einen Arzt aufzusuchen und dabei immer den beklemmenden und oft berechtigten Verdacht zu haben, dass der »Herr Doktor« ein unfähiger Schwindler war? Oder in einer Straße zu wohnen, die urplötzlich umbenannt wurde – meistens nach Politikern, die sich durch große Inkompetenz und noch größere Raffgier hervorgetan hatten und dadurch zu Ruhm und Ehre gelangt waren? Es waren deren so viele, dass man sich in Rio gar nicht mehr auskannte, bei all den neuen Straßennamen.
»Ist es nicht so, Signora Vita?«
Vitória schrak aus ihren Betrachtungen hoch.
»Die große Religiosität, aber auch die Heuchelei erinnern mich an meine Heimat. Hier ist sie nur sichtbarer. Bei so wenigen Mischehen und zugleich so vielen Mulatten will mir scheinen, dass die meisten Menschen die Lehren der katholischen Kirche nicht ganz ernst nehmen.«
León brach in lautes Gelächter aus.
»Die meisten Männer, Mario, die Männer. Abgesehen davon haben Sie das ausgezeichnet beobachtet, lieber Mario. Genau so ist es.« Vitória freute sich über die Kritik an der allgegenwärtigen Frömmelei, die ihr mächtig auf die Nerven ging.
»Ich finde es niedrig, unseren Glauben so in den Schmutz zu ziehen.« Dona Alma hatte genug von der Konversation. Das Dessertgeschirr wurde bereits abgeräumt, den Kaffee brauchte sie nicht mehr abzuwarten, um der Höflichkeit Genüge zu tun. Faulheit, Promiskuität – was wollten die jungen Leute den Portugiesen noch für Laster anhängen?
»Ich ziehe mich jetzt zurück. Es war nett, Sie kennen gelernt zu haben, Senhor Gianelloni.« Jeder im Raum merkte, dass sie den Namen des Italieners absichtlich verhunzte, auch der Künstler selber, der diesmal keine Korrektur anbrachte. Er verbeugte sich

tief vor Dona Alma, wünschte ihr eine gute Nacht und wirkte, als sie den Raum verließ, genauso erleichtert wie alle anderen am Tisch.

Isaura half Dona Alma beim Auskleiden, kämmte ihr langes graues Haar und flocht es zu einem Zopf für die Nacht. Seit die ehemalige Sklavin Mitleid mit der verstoßenen Kaiserfamilie demonstriert hatte – sie betete Prinzessin Isabel als die Erlöserin an, welche die Schwarzen aus dem Joch der Sklaverei befreit hatte –, war Dona Alma zu ihr recht freundlich und hatte sie schließlich sogar zu ihrer persönlichen Zofe befördert. Isaura schlug das Bett auf, knickste und ließ ihre Senhora allein. Dona Alma legte sich einen Schal um die Schultern, schob einen Stuhl vors Fenster, nahm einen großen Schluck von ihrem neuen Heiltonikum und starrte in den Himmel. Alles war verkehrt in diesem Land, alles! Nicht einmal die Mondsichel konnte am Firmament stehen, wie sie sollte, sondern lag auf dem Rücken und sah aus wie eine leere Schüssel.
In wenigen Wochen, im Mai 1891, würde sich ihre Ankunft in Brasilien zum dreißigsten Mal jähren, doch bis heute fühlte sich Dona Alma ihrem Geburtsland Portugal mehr verbunden als dieser tropischen Hölle. Die braunen, in der trockenen Sommerhitze verdorrten Felder des Alentejo erschienen ihr im Rückblick wie das reinste Arkadien, während sie das hemmungslos wuchernde Grün Brasiliens für geradezu obszön hielt. Der verbrannt-staubige Geruch von Ziegeln, die unter der Sonne brieten, wurde in ihrer Erinnerung zu einem betörenden Duft verklärt, während sie die intensiven Aromen der tropischen Pflanzen ordinär und die der trocknenden Kaffeekirschen abstoßend fand. Die Melodien des Fado lösten in ihr mehr *saudades*, wehmütiges Sehnen, aus als der traurige *chorinho*, den die Brasilianer neuerdings hörten. Die sanften Hügel Lissabons waren ihr hundertmal lieber als die melodramatische Silhouette Rios, den kehligen Dialekt ihres Heimatdorfes fand sie ungleich schöner als den trägen Singsang der Brasilianer. Was, fragte sie sich, hatte sie nur falsch gemacht, dass Gott sie so strafte?

In ihrem ganzen Leben hatte sie eine einzige Sünde begangen, und auch die nur aus Unwissenheit und Liebe, mit siebzehn Jahren. Konnte der große, allwissende Herr im Himmel derartig kleingeistig sein, dass er sie heute noch immer dafür büßen ließ? Sie, die Tochter aus gutem Hause, hatte sich in den feschen Júlio verguckt, seinem Drängen nachgegeben, und das war nicht ohne Folgen geblieben. Eine Episode, die nicht länger als zwei Monate gedauert hatte, konnte der liebe Gott doch nicht wirklich mit lebenslanger Buße belegen! Der fesche Júlio hatte sich vor der Verantwortung gedrückt, als sie ihm berichtete, dass sie in anderen Umständen war. Er verschwand auf Nimmerwiedersehen aus dem Dorf, das ihn zur Hochzeit gezwungen hätte. Doch Eduardo da Silva, ein Bauer zwar, aber ein kluger, großzügiger und korrekter Mann, wenngleich ein bisschen langweilig im Vergleich zu Júlio, hatte sie genommen. Er hatte sie geheiratet, obwohl er wusste, dass sie das Kind eines anderen erwartete. Die Schiffsreise nach Brasilien, die damals noch fast zwei Monate dauerte, würde sie genauso wenig vergessen wie den Tag, als das Kind zur Welt kam und nach wenigen Stunden starb. Da saß sie nun, mit einem Mann, den sie nicht liebte, in einem Land, das sie verabscheute! Doch sie hatte Heimweh, Einsamkeit und die Trauer um den kleinen Carlos verdrängt, hatte gearbeitet wie ein Maulesel, um aus Boavista ein schmuckes Heim zu machen, hatte gelernt, ihren Mann zu mögen und zu ehren, hatte ein gottgefälliges Leben geführt.

Dem rachsüchtigen Herrgott hatte das nicht gereicht. Weitere zwei Kinder, Joana und Manoel, starben noch im ersten Lebensjahr. Ihre süße kleine Isabel, ein sanftmütiges Wesen mit hellem Haar und engelsgleichem Gesichtchen, wurde ganze elf Jahre alt, der kecke, vorlaute Rabauke Guilherme, der ihr von all ihren Kindern mit seiner olivfarbenen Haut und den aristokratischen Zügen am ähnlichsten sah, wurde nur acht. Sieben Kinder hatte sie geboren, fünf verloren. Welche größere Strafe hätte es noch für eine Mutter geben können?

Dona Alma suchte Trost und Beistand im Gebet, und tatsächlich schienen die Heimsuchungen ein Ende zu haben. Es folgte eine

Zeit des Wachstums, des Friedens, der Sorglosigkeit. Pedro und Vitória entwickelten sich prächtig, Eduardo und sie selber blieben von Kümmernissen weitgehend verschont, Boavista prosperierte. Dona Alma war überzeugt, dass ihr Schöpfer ihre Gebete erhört hätte. Dabei hatte er nur eine Pause eingelegt in seiner maßlosen Rachsucht.
Rheuma und Arthritis hätte sie noch still leidend hinnehmen können. Aber die Abschaffung der Sklaverei und damit einhergehend der Verlust von Ansehen, Vermögen und Freunden, das war einfach zu viel. Alles, wofür Eduardo und sie dreißig Jahre lang gearbeitet hatten, löste sich vor ihren Augen in nichts auf. Es war einfach nicht gerecht. Sie hatte Boavista zwar nie so geliebt wie ihre Heimaterde, doch es war nun einmal ihr Zuhause geworden, der Geburtsort ihrer Kinder, die große Liebe Eduardos. Jetzt zusehen zu müssen, wie Eduardo, der immer ein starker, optimistischer, nach vorn blickender Mann gewesen war, plötzlich mutlos die Schultern hängen ließ, war furchtbar. Aber noch schrecklicher war die Verwandlung, die mit Vitória vor sich gegangen war.
Was war aus dem kleinen Mädchen geworden, das seinem Vater auf Schritt und Tritt gefolgt war, das ihn mit wichtiger Miene und mit quiekender Kinderstimme imitiert hatte? Das auf dem Schoß seiner Mutter gesessen und reumütig seine Sünden gebeichtet hatte: wie es Pedros Schulbücher bekritzelt oder Luizas Pfeife stibitzt hatte, wie es aus dem Fenster Spuckefäden herablaufen ließ, von denen einer José getroffen hatte? Heute behandelte Vitória ihre Eltern wie Fremde, wie entfernte Verwandte, die man notgedrungen aufnehmen muss und denen man immerzu das Gefühl gibt, sie seien nicht willkommen. Ja, sie war schon als Kind ein wenig herrisch gewesen, hatte als 10-Jährige den 16-Jährigen Bruder fest im Griff gehabt und ihn gezwungen, ihr mathematische Kopfnüsse aufzugeben, andernfalls würde sie seine Liebespoeme den Eltern zeigen. Ein blitzgescheites Mädchen, das von Jahr zu Jahr hübscher wurde. Was war aus dem jungen Mädchen geworden, um das sich die vornehmen jungen Herren gerissen hatten und das alle anderen Sinhazinhas im Vale aussehen ließ wie welkes Unkraut ne-

ben einer blühenden Rose? Ja, eine Rose war sie gewesen, die heute zu viele Dornen hatte. Sie war noch immer eine Schönheit, nur musste man sich Mühe geben, diese Anmut zu entdecken. Warum entstellte sie sich so, mit Brille, langweiligen Kleidern, fantasielosen Frisuren? Gönnte sie ihren Eltern noch nicht einmal den Stolz auf eine wohlgeratene Tochter und ihrem Mann den Blick auf eine schöne Frau? Und das war ja nicht alles, was sie ihm vorenthielt.

Dona Alma hatte Mitleid mit León. Sicher, seine Vergangenheit war nicht gerade rühmlich, seine Herkunft noch immer von vagen Vermutungen überschattet, sein Umgang skandalös. Aber er hatte Manieren, behandelte sie und Eduardo immer mit dem größten Respekt, war sehr gut aussehend und charmant. Manchmal, wenn León lächelte, erinnerte er sie an Júlio. Er hatte dieselbe maskuline Ausstrahlung, die gleichen dunklen Augen, deren Ausdruck zwischen Leiden und Sehnen oszillierte. Doch er besaß außerdem einige Eigenschaften, die ihrer Jugendliebe gefehlt hatten: Verantwortungsbewusstsein, Ehrlichkeit, Mut. Und er liebte ihre Tochter heiß und innig. Warum musste Vitória nur alle, die sie hätten glücklich machen können, so quälen? Eine Scheidung! Das war doch die Höhe!

Vor einigen Tagen war sie, Dona Alma, unfreiwillig Zeugin eines lautstarken Streits zwischen Vitória und León geworden, der darin gipfelte, dass Vitória ihrem Mann ins Gesicht schleuderte, sie wolle sich scheiden lassen. An all dem waren nur die verfluchten Republikaner schuld! Sie hatten nicht einmal Achtung vor dem Herrn, beschnitten die Rechte der Kirche aufs Schändlichste und infizierten die Bürger mit ihren »fortschrittlichen« Ideen. Es hieß, dass Vermählungen künftig nur noch rechtskräftig seien, wenn sie auf dem Standesamt geschlossen wurden. Hochzeiten auf einer Behörde, was konnte es Niedrigeres geben?

Vielleicht, überlegte Dona Alma, sollte sie mit Eduardo eine lange Europareise unternehmen. Es würde ihm das Herz brechen, wenn seine Tochter sich scheiden ließe, aber wenn sie es wenigstens in seiner Abwesenheit täte, würde das seinen Schmerz ein wenig hinauszögern. Außerdem waren sie hier weder erwünscht noch wurden sie gebraucht – worauf warten, um endlich das geliebte Portugal wiederzusehen oder dem kranken Kaiser in Paris ihre Aufwartung zu machen? Sie hatten die Zeit, Vitória das Geld. Und sie würde ihnen mehr als genug davon geben, wenn sie sich dadurch ihre alten, unnützen Eltern nur vom Hals schaffen konnte. Das wäre in Vitórias Augen sicher eine »sinnvolle Investition«. Ah, ihre Tochter und das Geld! Wie hatte es geschehen können, dass Vitória dem Mammon mehr Zuneigung entgegenbrachte, ihm eine größere Bedeutung beimaß als den Menschen, die sie von ganzem Herzen liebten? Wann war sie so berechnend, grausam und kalt geworden? Dona Alma zog das Tuch enger um ihre Schultern. Es fröstelte sie.

In der Eingangshalle reichte Taís dem Besucher seinen Hut, seinen Umhang und seinen Stock.

»Ich verstehe einfach nicht, wieso man sich hier kleidet wie in London oder Paris, nur weil es ›Herbst‹ ist. Bei fünfundzwanzig Grad des Nachts einen Mantel tragen zu müssen! León, würde ich Ihr Anstandsgefühl sehr verletzen, wenn ich den Umhang nicht umlegte?«

»Mein Mann hat kein Anstandsgefühl, tun Sie sich also keinen Zwang an«, antwortete Vitória an Leóns Stelle. Sie schenkte dem Gast ein bezauberndes Lächeln, mit dem sie ihre Worte entschärfte. »Obwohl es doch recht frisch ist. Nehmen Sie Ihren Mantel lieber mit.«

»Ja, es kann ja nicht schaden. Ach, liebe Vita, das war ein sehr gelungener Abend!« Mario Gianecchini ergriff Vitórias Hand. »Vielen Dank für das ausgezeichnete Mahl und Ihre bezaubernde Gesellschaft. Sind Sie ganz sicher, dass Sie uns nicht noch ein wenig begleiten wollen?«

»O ja, ganz sicher. Um nichts auf der Welt möchte ich Ihnen den Spaß verderben, und das würde ja in weiblicher Begleitung unweigerlich passieren, nicht wahr? Sie müssten sich wie Kavaliere benehmen – was für eine Strafe!« Vitória lachte, und der Italiener fiel in ihr Lachen mit ein.

»Der gute León hat wirklich mehr Glück als Verstand. Eine so schöne und kluge Frau wie Sie hat der alte Strolch nicht verdient.«
Vitória verkniff sich eine Erwiderung. Warum sollte sie den netten Mario mit Dingen behelligen, die sich wahrscheinlich völlig seinem Begriffsvermögen entziehen würden? Der Mann war intelligent, unterhaltsam und sympathisch, und sie gönnte ihm, nachdem er ihre eigene, Dona Almas und Eduardos deprimierende Gesellschaft ertragen hatte, eine ausgelassene Nacht unter Männern. In den Kneipen und Kasinos würde er zweifelsohne weitere starke Motive für zukünftige Gemälde finden. Und Pedro mit seinem großen Kunstinteresse würde es auch einmal gut tun, sich mit Mario zu unterhalten und sich ins Nachtleben zu stürzen. In letzter Zeit war ihr Bruder so verschlossen, so launisch geworden, dass ihn ein lustiger Herrenabend aufmuntern würde.
»Auf Wiedersehen, Schatz. Ich kann es kaum erwarten, dir nachher von unseren Abenteuern zu berichten.« León nahm Vitórias Hand, küsste sie flüchtig, ließ sie wieder herab und beugte sich dabei zu Vitórias Gesicht vor, um ihr einen angedeuteten Kuss auf die Lippen zu hauchen. Mario Gianecchini war von der unübersehbaren Sinnlichkeit dieser Geste irritiert, und er wandte sich schnell ab, um nicht Zeuge weitere ehelicher Intimitäten zu werden. Dass Vitória kurz davor war, ihrem Noch-Ehemann eine Backpfeife zu verpassen, sah er nicht mehr.

Zwei Stunden später waren Pedro und León mit Mario beim Du, unterstützt durch den Konsum hochprozentiger Spirituosen, die spontane Seelenverwandtschaft, die sie aneinander entdeckt zu haben glaubten, die losen Reden Leóns und die ausgelassene Stimmung. In einem wilden Kauderwelsch aus Portugiesisch, Italienisch und Französisch, durchsetzt von einigen Brocken Latein, wie sie es alle aus der Kirche kannten, brüsteten sie sich ihrer Heldentaten und ihrer Jugendsünden.
Als Mario und Pedro León nach seiner Zeit als Sklavenbefreier ausfragten, erzählte dieser ihnen von den Menschen, die er kennen gelernt hatte, von Schwarzen, die erst in Freiheit ihre Talente ent-

decken und entwickeln konnten. Er führte den jungen Ronaldo als Beispiel an, der heute ein hoch bezahlter Navigator auf Handelsschiffen war, den schmächtigen Luizão, der sich als Geigenbauer einen Namen gemacht hatte, und natürlich Lili.

»Eine Schweinehirtin war sie, hässlich noch dazu, aber mit einem selten guten Geschäftssinn gesegnet – heute besitzt sie das bekannteste Hurenhaus Rios. Dort müsse sie auch nur Schweine hüten, sagt sie.«

León, Pedro und Mario schlugen sich vor Lachen auf die Schenkel. »Lasst uns doch mal den Laden von Lili aufsuchen«, schlug Mario vor. »Bestimmt ist sie ein spannendes Forschungsobjekt.«

Doch Pedro, der noch nicht alle Moral in Schnaps ertränkt hatte, war dagegen. »Ich gehe nicht in solche Etablissements. Ich brauche das nicht, ich habe schließlich zu Hause die Beste aller Ehefrauen.«

»Mein Gott, Pedro, musst du immer so altväterlich daherkommen?«, fluchte León. »Wir wollen doch nur Lili Hallo sagen, uns mal umschauen, einen Brandy trinken. Mehr nicht. Nach höchstens einer halben Stunde wechseln wir die Lokalität.«

»Versprochen?«

»Ehrenwort.«

»Und kein Wort zu Joana oder zu Vita.«

»Keine Silbe.«

»Also schön.«

Im Goldenen Schmetterling begrüßte man León wie einen Stammkunden, was Pedro entsetzte. Pedro sah sich genötigt, dieser Lili die Hand zu geben, einer ruchlosen Person von so gewöhnlichem Aussehen, dass es ihm die Sprache verschlug. Solchen Leuten hätten sie auf Boavista nicht einmal die Schweine anvertraut. Er nahm auf einem Sessel in der verstecktesten Ecke Platz und steckte die Nase tief in sein Brandyglas, um nicht die unvollständig bekleideten Frauenzimmer ansehen zu müssen. Doch Mario, der einen Sessel herangeschoben und sich zu ihm gesetzt hatte, schien sich nicht im Geringsten daran zu stören, dass ein Mädchen es sich auf seinem Schoß bequem machte und ihn befummelte. Er plau-

derte in einem Ton, wie er ihn auch in einem Café in Gesellschaft angesehener Matronen gebraucht hätte.
»Das war ein sehr spannender und lehrreicher Tag. Wenn León mich weiter so durch die Gegend schleift, bin ich in ein paar Tagen ein Wrack. Ich weiß nicht, woher er diese Energie nimmt.«
»Er würde besser einen Teil davon zu Hause verbrauchen.«
»Also, ich hatte vorhin den Eindruck, dass er ...« Mario hielt rechtzeitig den Mund. Brüder schöner Frauen hörten so etwas nicht gern. Das war in Brasilien ganz gewiss nicht anders als in Italien.
Pedro sah Mario skeptisch an. Als Künstler hätte er eigentlich eine bessere Beobachtungsgabe besitzen müssen.
Nach einigen Sekunden brach Mario das ungemütliche Schweigen.
»Weißt du, Pedro, es ist gut, dass wir heute Nacht um die Häuser ziehen. Morgen wird es regnen.«
»Woher willst du das wissen?«
»Meine Narbe auf der Brust. Sie zwickt mich immer, wenn ein Wetterumschwung naht.«
Das Mädchen machte sich sogleich daran, Marios Hemd aufzuknöpfen und die Narbe zu untersuchen.
»Ich glaube nicht, dass deine Narbe in Brasilien zuverlässig funktioniert. Die thermischen und meteorologischen Bedingungen sind hier ganz andere als in Europa.«
»Doch, doch! In Südafrika haben meine Wettervorhersagen auch immer gestimmt.«
»Komisch. Meine Narbe am Oberarm macht sich nicht so nützlich. Sie pocht nur immer, wenn ich mich körperlich anstrenge.«
Das Mädchen auf Marios Schoß schien vom Inhalt dieser Konversation gelangweilt. Es stand auf, stellte sich dabei aber so ungeschickt an, dass es die Gewalt über sein Glas verlor. Ein Schwall bräunlicher Flüssigkeit ergoss sich über Pedros Hemd.
»Pass doch auf, du Trampel!«, rief er aus, während er ein Taschentuch aus der Hosentasche beförderte. Das Mädchen nahm ihm das Tuch ab und betupfte damit Pedros Hemdbrust.

»Nimm deine dreckigen Finger von mir, Himmel noch mal!« Er schob unwirsch das Mädchen von sich fort.
Mario sah seinen neuen Freund an, als sei der von allen guten Geistern verlassen. »Es war doch nur ein kleines Missgeschick. Kein Grund, sich so aufzuregen.«
»Ich habe genug von hier. Lass uns gehen.«
Im Flur kamen sie an einem Raum vorbei, dessen Tür halb geöffnet war und in dem mehrere Männer und Frauen ausgestreckt auf Matten lagen, als warteten sie auf ihren baldigen Tod. Der Geruch, der aus dem Raum drang, war Pedro nicht bekannt, doch er vermutete, dass es sich um Opium handelte. Mein Gott, nichts wie weg hier!, dachte er.
Als sie durch die Schwingtür ins Freie traten, schlug ihnen feuchtkalte Luft entgegen. Es regnete.

XXXI

Félix war schon nicht mehr so sicher, ob er nicht lieber ein stummes Kind gehabt hätte. Das Baby schrie ununterbrochen. Es schrie, wenn es Hunger hatte, und es schrie, wenn es gesättigt war. Es schrie den ganzen Tag und die halbe Nacht. Félix hatte keine Ahnung, was Fernanda falsch machte, und noch viel weniger begriff er, warum sie ihn so anfuhr, wenn er sie danach fragte. Eines aber wusste er mit Bestimmtheit: So konnte es nicht weitergehen. Sie würden beide durchdrehen, würden sich in brüllende Wüteriche verwandeln, wie das Kind einer war. Sie mussten sofort etwas unternehmen. Könnten sie nicht zum Beispiel eine Amme beschäftigen? Fernanda hätte wieder mehr Zeit für andere Dinge, würde ihm im Laden helfen können, wo er weiß Gott Unterstützung gebrauchen konnte, sie würde wieder einen klaren Kopf bekommen. Ja, eine Amme wäre die Lösung.

Félix kritzelte seinen Geistesblitz auf den Notizblock, der die sperrige Tafel ersetzt hatte, seit er in einem Schreibwarenladen arbeitete.

»Du bist ja total übergeschnappt«, sagte Fernanda. »Hältst du dich jetzt schon für einen weißen Senhor?«

Nein, aber für einen Mann, der gern bereit war, diese Zusatzausgabe zu tragen, wenn er dafür eine frohere Frau hätte.

»Bitte, schlag in dieselbe Kerbe wie die Nachbarn! Sag du mir jetzt auch noch, was ich für eine unfähige Mutter bin.«

Keine unfähige, nur eine überforderte Mutter sei sie, antwortete Félix, nicht ganz aufrichtig. So klug seine Fernanda auch war – als Mutter war sie ein Reinfall.

»Wir können uns das nicht leisten, Félix. Hier im Viertel würde niemand ihn nehmen. Sie alle wissen, was Felipe für ein Schreikind ist. Und wenn wir ihn woanders abgeben müssten, dann würde uns das viel Zeit und Geld kosten.«

Na und? Félix fand, dass es das wert war.

Fernanda wischte sich verstohlen eine Träne weg. Wie oft hatte sie davon geträumt, Felipe einfach irgendwo abliefern zu können und für ein paar Stunden täglich Ruhe zu haben, ein wenig schlafen zu können und zur Besinnung zu kommen. Niemals hätte sie es gewagt, Félix diesen Vorschlag zu unterbreiten. Für eine kleinbürgerliche Familie, wie sie jetzt eine waren, gehörte aufopfernde Mütterlichkeit zum guten Ton. Nur sehr reiche Weiße gaben ihre Kinder ab – oder sehr arme Menschen, ledige Frauen, die schon ein paar Tage nach der Geburt wieder arbeiten gehen mussten, um ihre Anstellung nicht zu verlieren. Aber eine gesunde Frau wie sie, die genügend Milch hatte, einen Mann, der sie versorgte, und ein eigenes schmuckes Haus, durfte ihr Kind nicht aus purem Egoismus in andere Hände geben.
Félix küsste Fernanda sanft auf die Lippen. Außerdem, erklärte er ihr, brauche er sie im Geschäft. Die Verkäufer taugten alle nichts, seien unfreundlich, unehrlich oder beides. Sie müsse diese ganze Bande beaufsichtigen, weil er allein es nicht schaffe.
Fernanda lächelte.
»Du meinst, ich soll lieber auf diese Bande aufpassen als auf mein eigenes Kind? Eine sehr verworrene Logik hast du. Aber weißt du was? Im Augenblick erscheint mir die wildeste Horde einfacher zu bändigen als Felipe. Aber – glaubst du denn, ich könnte das?«
Fernanda hatte zu viel Zeit allein mit einem Wesen verbracht, das ihre ganze Aufmerksamkeit beanspruchte, ihr dafür aber nichts als Undank entgegenbrachte. Sie fühlte sich nutzlos, dumm und nicht in der Lage, irgendeiner anderen als der Hausarbeit nachzugehen. Sie hatte jedes Vertrauen in die eigenen Fähigkeiten verloren. Die Zeiten, da sie als Lehrerin gearbeitet hatte, von Schülern wie Kollegen gleichermaßen geschätzt, gehörten einer anderen Ära an. Ihre Arbeit im Laden, bei der sie großen Elan und noch mehr Geschick gezeigt hatte, schien ihr eine Ewigkeit her zu sein. Das war eine andere Fernanda gewesen, eine junge, starke, entschlossene Frau und nicht das Nervenbündel, das sie heute war.
Félix schrieb auf seinen Block: »Wenn du es nicht schaffst, dann niemand.«

Fernanda glaubte ihm zwar nicht, war aber dankbar für den kleinen Aufmunterungsversuch.
Félix zupfte sich nervös am Ohrläppchen. Jetzt war der Zeitpunkt gekommen, ihr von den wahren Schwierigkeiten im Laden zu berichten. Es liefe alles nicht ganz so reibungslos, wie er es sie hatte glauben lassen, gestand er. Und die unwilligen Verkäufer seien noch das geringste Problem. Viel schwieriger war es, mit der Konkurrenz fertig zu werden. Ein anderer Schreibwarenladen hätte zwei Häuser weiter eröffnet.
»Wie kann man nur so dumm sein!«, rief Fernanda. »Diese Leute tun sich doch selber keinen Gefallen damit.«
Sie glaubten, schrieb Félix, dass sie gut von der Kundschaft leben könnten, die sie »Fé« abspenstig machen würden. Vielleicht hätte er seinen Erfolg nicht ganz so demonstrativ herzeigen sollen, mit dem neuen großen Messingschild, der eleganten Schwingtür mit mattierten Glaseinsätzen, der großspurigen Beschriftung der Schaufenster.
Auf Fernandas Lippen legte sich ein aufsässiges Grinsen. »Wir können Felipe ja tagsüber im Kinderwagen vor der Tür des anderen Geschäfts stehen lassen – das schreckt jeden Kunden ab.«
Félix stimmte in Fernandas befreiendes Gelächter mit ein. Wenn sie so herzlich lachte, war sie wieder ganz die Alte, war sie die süße Frau, die er geheiratet hatte. Eine Woge der Zärtlichkeit stieg in ihm auf, und Fernanda erging es nicht anders, denn sie erwiderte seinen Kuss mit ungewohnter Leidenschaft. Erst das Gebrüll aus dem Nebenzimmer holte sie wieder in die garstige Realität zurück.

Eine Woche später hatten sie eine Frau gefunden, die sich vormittags um Felipe kümmern wollte. Juliana, eine nicht mehr ganz junge Mutter von acht Kindern, die vor einigen Monaten noch einen Nachzügler geboren hatte, machte einen vernünftigen Eindruck auf sie. Sie war adrett und gepflegt, kannte sich mit Kindern aus und wirkte mit ihrem sehr rundlichen Körper wie jemand, der sich nicht so schnell aus der Ruhe bringen ließ. Ihr Häuschen war bescheiden, aber sauber – ein Ort, an dem man den Kleinen ruhigen Gewissens lassen konnte.

An Fernandas erstem Arbeitstag gaben sie Felipe morgens um acht bei Juliana ab, um von dort aus mit der von Pferden gezogenen Straßenbahn ins Stadtzentrum zu fahren. Fernanda war so aufgeregt wie seit dem Tag ihrer Flucht nicht mehr. Zum ersten Mal seit Felipes Taufe trug sie wieder ihr feines Kostüm und kein derbes Hauskleid, enge Schnürstiefel und keine speckigen Sandalen. Sie biss auf der Unterlippe herum, bis sie ein loses Stückchen Haut an der Innenseite ihrer Lippe entdeckte, das sie mit den Zähnen zu erwischen versuchte. Sie verzog dabei den Mund auf eine Weise, die ihr nicht gut zu Gesicht stand. Félix, der nachdenklich aus dem Fenster sah, merkte nichts von der Nervosität seiner Frau. Er hätte auch wenig Verständnis dafür aufgebracht. Fernanda hatte schließlich schon vor ihrer Hochzeit im Laden gearbeitet, sie kannte sich aus und war tüchtig. Sie würde einige neue Gesichter sehen, ja, denn Félix hatte die alte Belegschaft fast vollständig durch vermeintlich kompetentere Leute ersetzt. Aber welchen Grund hätte sie, die Frau des Patrons, haben sollen, sich vor ihnen zu fürchten? Von Fernandas gesunkenem Selbstwertgefühl hatte Félix nicht die leiseste Ahnung.

Sie stiegen an der Praça Tiradentes aus der Straßenbahn aus und gingen das letzte Stück zu Fuß. Fernanda hakte sich bei Félix unter. Ihre Füße schmerzten von dem ungewohnten Schuhwerk. Mit geschärften Sinnen nahm sie jede noch so geringfügige Veränderung wahr, die sich hier in den vergangenen Monaten vollzogen hatte. In der Rua da Constituição waren Bäume angepflanzt worden, die noch kaum bis zu den Balkonen der ersten Etage reichten. In der Rua Luíz de Camões war ein Stadtpalais, im Frühling noch eine riesige Baustelle, fertig gestellt worden. Und das Trottoir in der Rua da Alfândega war nun zur Gänze von den bunten Markisen der Läden überdacht, sodass man auch bei Regenwetter einen gemütlichen Schaufensterbummel machen konnte.

Auch über den Fenstern ihres Geschäfts spannte sich eine Markise, grün-weiß gestreift und perfekt auf die dunkelgrün lackierte Eingangstür abgestimmt, die jetzt noch hinter einem Rollgitter lag. Félix ärgerte sich, dass Bernardo, der gestern als Letzter gegangen sein musste, die Markise nicht eingeholt hatte. Er öffnete das Vorhängeschloss an dem Rollgitter, schob das Gitter mit einem ratternden Klirren hinauf und ließ es einrasten. Dann öffnete er die drei Schlösser an der Eingangstür, ließ Fernanda eintreten und verbeugte sich vor ihr, als sei er ein Lakai und sie eine feine Senhora, die hier einkaufen ging.

Der Ladenraum lag noch im Halbdunkel. Die abgestandene Luft roch schwach nach Papier, Klebstoff und Farben. Fernanda sog den Duft tief ein – wie köstlich er ihr erschien, mit all den Erinnerungen, die sie damit verband! Als habe der vertraute Geruch mit einem Schlag ihre verschüttet geglaubten Kenntnisse wachgerufen, machte sich Fernanda mit Begeisterung daran, die Gaslampen zu entzünden, während Félix die anderen Gitter vor den Fenstern öffnete. Genauso hatten sie es vor Felipes Geburt getan. Fernanda kam es vor, als sei die Zeit zurückgedreht worden. Sie setzte in dem rückwärtigen kleinen Zimmer, das Félix' Büro war und in dem es einen kleinen Gaskocher gab, einen Kaffee auf, während Félix das Wechselgeld in der Kasse zählte. Sie füllte die Verkaufsständer, die mitten im Raum standen, mit Grußkarten und Ausschneideblumen für Poesiealben auf, während Félix die zusammenklappbare Reklametafel auf dem Bürgersteig vor dem Laden aufstellte. Jeder Handgriff saß, sie funktionierten wie ein perfekt eingespieltes Duo. Fernanda rätselte, wie sie jemals hatte fürchten können, diese Arbeit nicht zu bewältigen.

Kurz nach neun Uhr trudelten die Angestellten ein. Als Erster, drei Minuten zu spät, kam ein Mann in mittleren Jahren, ein heller Mulatte mit einem imposanten Schnauzbart, der sich als Alberto vorstellte. Er begrüßte die Frau des Chefs mit einem abfälligen Nicken und verzog sich hinter den Verkaufstresen, wo er sich bückte und geschäftig alle Schubladen aufriss, als suche er etwas Wichtiges. Fernanda kam es eher so vor, als wolle er nicht gesehen werden. Dann erschien, mit siebenminütiger Verspätung, ein tiefschwarzer und extrem blöde dreinschauender Jüngling namens Paulinho, der für Auslieferungen sowie Packarbeiten im Lager zuständig war. Hinter ihm eilte eine verhuschte Frau in den Laden, die den Kopf gesenkt hielt und Fernanda nicht in die Augen sah, als sie sich miteinander bekannt machten. Ja, Senhora, nuschelte die Frau, eine verhärmt wirkende Weiße mit einem grünlichen Veilchen am Auge, sie sei die Leopoldina und bitte alleruntertänigst um Verzeihung für ihre Verspätung, ihr Mann sei krank. Fernanda hatte den Eindruck, dass es vielmehr Leopoldina war, die krank war, von ihrem wahrscheinlich besoffenen Mann halb tot geprügelt. Schließlich kam, mit mehr als einer halben Stunde Verspätung, der Kassierer, Bernardo, den Fernanda noch von früher kannte. Zu seinen Pflichten gehörte es unter anderem, um Punkt halb zehn das »Geöffnet«-Schild an der Tür anzubringen.

»Drehen Sie das Schild ruhig um, Bernardo«, sagte sie zu dem perplexen Mann, der an der Tür festgestellt hatte, dass jemand ihm zuvorgekommen war. »Wir schließen für ein paar Minuten.«

Fernanda hatte nun die ganze Aufmerksamkeit des Personals. Auch Félix sah sie neugierig an.

»Ich bin seit nicht einmal einer Stunde hier. In dieser kurzen Zeit habe ich derartige Ungeheuerlichkeiten beobachtet, dass es mir nur richtig erscheint, ein paar Dinge aufzuklären, bevor die Kunden kommen. Erstens: Ihre Arbeitszeit ist von neun bis sieben, nicht von zehn nach neun oder gar halb zehn bis um kurz vor sieben. Sie alle werden heute Abend Ihre Verspätung abarbeiten. Senhor Alberto verlässt den Laden nicht vor drei nach sieben, Paulinho und Dona Leopoldina nicht vor sieben nach sieben und der verehrte Senhor Bernardo erst um halb acht. Habe ich mich klar ausgedrückt?«

Paulinho, Leopoldina und Bernardo nickten, doch Alberto sagte in verärgertem Ton: »Dann werde ich meine Bahn nach Tijuca verpassen.«

»So, werden Sie das? Weil Sie drei Minuten später den Laden verlassen? Gehe ich recht in der Annahme, dass Ihre Bahn vielleicht schon um Viertel vor sieben abfährt? Oder noch früher? Nun,

dann sollten Sie sich ab sofort die späteren Abfahrtszeiten heraussuchen.«
Alberto starrte sie rebellisch an.
»Des Weiteren bestehe ich darauf, dass Sie lächeln, selbst wenn Ihnen etwas nicht passt. Das gilt auch für die anderen.«
Die drei Angestellten, die sich bereits diebisch über diese Gardinenpredigt gefreut hatten, die der verhasste Verkäufer über sich ergehen lassen musste, sahen betreten auf.
»Wenn Sie schon nicht in der Lage sind, die Frau des Chefs freundlich zu begrüßen, wie treten Sie dann erst den Kunden gegenüber auf? Sollte ich Zeugin eines ungebührlichen Verhaltens werden, sollte ich jemals sehen, wie Sie einen Kunden, so unbedeutend seine Einkäufe auch sein mögen, arrogant, unverschämt oder beleidigend behandeln, können Sie sich woanders eine Anstellung suchen. So, Bernardo, und jetzt drehen Sie bitte das Schild um.«
Félix war verzückt. Wie nicht anders erwartet, hatte Fernanda sich angesichts der neuen Herausforderung in einen Drachen verwandelt, dessen schulmeisterlicher Ton keine Widerrede duldete. Er selber verfügte nicht über diese Autorität, die Fernanda besaß und die durch ihre Erfahrung als Lehrerin nur verstärkt worden war. Er scheute vor so deutlichen Worten zurück, und die Tatsache, dass er seine freundliche Kritik aufschrieb und nicht laut und deutlich äußern konnte, entschärfte seine Worte dann vollends. Félix wusste, dass ihm die Leute auf der Nase herumtanzten – genauso wie er wusste, dass die drei Neuen noch um ein Vielfaches besser waren als die Angestellten, die er vorher gehabt hatte. Hoffentlich war Fernanda nicht gar zu streng mit ihnen, denn gute Leute zu finden war gar nicht so einfach.
Gegen elf Uhr, nachdem Fernanda mit Argusaugen darüber gewacht hatte, dass das Personal die Kunden stets freundlich bediente, verließ sie den Laden.
»Félix, kannst du mich eine Stunde entbehren? Ich sehe mich mal ein bisschen in der Nachbarschaft um – und bei der Konkurrenz, sie kennt mich ja nicht. Noch nicht.«

Merkwürdig, dachte Félix. Monatelang hatte er den Laden allein geführt, doch tatsächlich hatte Fernanda sich in den wenigen Stunden, die sie heute hier war, bereits unentbehrlich gemacht. Sie besaß alle Eigenschaften, die ihm fehlten. Während er unschlagbar darin war, beim Grossisten die niedrigsten Preise auszuhandeln oder die Nachfrage nach bestimmten Waren vorherzusagen, war Fernanda, das gestand er ihr neidlos zu, besser im Umgang mit Menschen. Selbst die geschurigelten Angestellten waren schon nicht mehr gar so entsetzt von Fernanda wie am Morgen. Sie hatte der armen Leopoldina eine Kompresse für ihr Auge bereitet, hatte Paulinhos Muskeln bewundert, als sei er Herkules persönlich, hatte Bernardos Rechenkünste gelobt und Albertos gediegene Garderobe. Sie hatte auf einen Blick erkannt, wo die Schwächen und die Stärken der Leute lagen, was sie verletzte, wie man ihnen schmeicheln konnte, wie man sie zur Arbeit antrieb.

Fernanda merkte erst beim Verlassen des Ladens, wie ihre Füße brannten. Bestimmt hatte sie dicke Blasen, in der nächsten Drogerie musste sie sich unbedingt etwas dagegen besorgen. Aber vorher wollte sie den alten Bekannten in den Nachbarläden Guten Tag sagen. Ob Norma noch in dem Wäschegeschäft arbeitete? Und Cristina in dem Haushaltswarenladen? Das wäre schön, wenn sie mittags, bevor sie Felipe abholte, auf einen Plausch bei ihnen vorbeischauen könnte.

Ihre Bekannten waren hoch erfreut, Fernanda zu sehen, und man versprach sich unter vielen Küsschen und Umarmungen, künftig den Kontakt nicht mehr abreißen zu lassen. Fernanda hielt sich nicht lange auf, von Zeitmangel und einem schmerzhaften Pulsieren in den Fersen zur Eile angetrieben. Sie schwitzte und verzog das Gesicht, als sie schließlich in den Verkaufsraum der »Papelaria da Alfândega« trat. Eine junge Verkäuferin kam sofort auf sie zu und fragte besorgt: »Geht es Ihnen nicht gut, gnädige Frau? Möchten Sie sich einen Moment hinsetzen?« Fernanda nahm den ausgestreckten Arm der fürsorglichen Frau, ließ sich von ihr zu einer Stuhlbank führen, die sehr dekorativ in einer Nische der Regalwand stand, und nahm dankbar das Glas Wasser, das die Frau ihr reichte. In ihrem eigenen Laden hatte sie es oft genug erlebt, dass Passanten, vom langen Flanieren in der Hitze halb ohnmächtig, hereinkamen und sich hinsetzen mussten. Doch sie bezweifelte, dass einer ihrer Angestellten so freundlich zu den armen Leuten war, schon gar nicht, wenn es sich um Schwarze handelte. Sie betrachteten sie als Störenfriede, nicht als potenzielle Kunden. Was für ein Fehler, dachte Fernanda jetzt, da sie selber für eine Frau mit schwachem Kreislauf gehalten wurde. Während man auf der Bank saß, hatte man Zeit, die Produkte zu betrachten, und selbst wenn man nichts davon brauchte, würde man doch aus Dankbarkeit eine Kleinigkeit kaufen. Und sich später, wenn man ein Album oder eine ausgefallene Feder suchte, des Ladens erinnern.

Fernanda blieb zehn Minuten sitzen und beobachtete die Verkäufer und ihren Umgang mit den Kunden. Das Sortiment des Geschäfts war lange nicht so gut wie das ihres eigenen, die Einrichtung war nicht so schön und die Vitrine nicht so gut ausgeleuchtet. Aber das Personal war viel eifriger bei der Sache, und den Kunden gefiel es, mit welcher Ehrerbietung sie hier behandelt wurden. Als die junge Frau einen Moment Zeit hatte, ging sie zu Fernanda und fragte, ob sie sich während ihrer kleinen Pause gern ein paar neue Federhalter ansehen würde, sie hätten ganz entzückende neue Modelle hereinbekommen.

»Ja, sehr gern, Senhorita …«

»Rosa.«

»Sagen Sie, Senhorita Rosa, würden Sie gerne mehr verdienen?«

Am darauf folgenden Mittwoch fing Rosa bei Fé an. Sie erwies sich als ausgezeichneter Fang. Sie fand schnell Kontakt zu den neuen Kollegen und wirkte zufrieden mit ihrem Stellenwechsel, obwohl Alberto sie in seiner neuen Funktion als »Chefverkäufer« mehr als nötig herumschubste. Doch in der Papelaria da Alfândega hatte Rosa auch einen schlimmen Vorgesetzten gehabt, es kümmerte sie wenig. Der Patron und seine Frau waren in jeder Hinsicht großzügig zu ihr, das allein zählte.

Fernanda setzte ihre Erkundungen der Nachbarschaft fort. Die kunstvoll eingeräumten Vitrinen des Tabakladens inspirierten sie zu neuen Schaufensterdekorationen, die mit dem Namen des Ladens bestickten Verkäuferschürzen in der Weinhandlung veranlassten sie dazu, eine ähnliche Uniform auch bei Fé einzuführen, und die Blumenkübel vor dem Kurzwarenladen ermutigten sie zu der gleichen Extravaganz. Immer ging sie auf einen kurzen Schwatz auch bei Norma und Cristina vorbei, bevor sie sich um ein Uhr mittags auf den Weg zu Juliana machte, um Felipe abzuholen. Jedes Mal war Fernanda erleichtert, ihren Liebling noch lebend vorzufinden. Nicht, dass Juliana nicht gut auf ihn aufgepasst hätte. Nicht, dass dem Kind irgendetwas fehlte, ganz im Gegenteil. Doch Fernandas Fantasie spielte ihr böse Streiche. Sie malte sich aus, wie Felipe beim Wickeln vom Tisch fiel und sich das kleine Genick brach. Sie stellte sich vor, wie eines von Julianas tobenden Kindern einen Kessel mit kochendem Wasser vom Herd stieß, direkt auf das zarte Bäuchlein ihres Schatzes. Sie rief sich jedes erdenkliche Schreckensszenario vor Augen und konnte sich derartig in ihre Angst hineinsteigern, dass ihr die Tränen kamen. Solange sie durch die Arbeit abgelenkt war, hatte Fernanda sich im Griff, aber kaum dass sie in der Straßenbahn saß und eine Viertelstunde Zeit zum Nachdenken hatte, überfielen sie unweigerlich diese furchtbaren Visionen, immer gefolgt von einer grausamen Erkenntnis: Sie war eine Rabenmutter! Ob sie vielleicht nur dreimal die Woche im Geschäft arbeiten sollte? Das wäre genug, um das Personal weiterhin auf Trab zu halten, würde ihr aber mehr Zeit für Felipe lassen. Doch dann dachte Fernanda wieder an die endlosen Tage, die mit nichts als Geschrei von Felipe und Genörgel von den Nachbarn gefüllt gewesen waren, und sie verwarf die Idee wieder. Es reichte, wenn sie sich an den Nachmittagen die Ohren vollheulen lassen musste. Sie fühlte sich scheußlich bei ihren unmütterlichen Überlegungen.

Bei einem ihrer Spaziergänge durchs Stadtzentrum, die ihr zu einer lieben Gewohnheit geworden waren, entdeckte Fernanda in der »Guitarra de Prata«, einer Musikalienhandlung, ein bekanntes Gesicht. Sie wollte bereits auf die Frau zugehen und sie begrüßen, besann sich aber dann eines anderen. Sie wusste nicht einmal mehr den Namen der Frau, die sie in ihrem ganzen Leben nur einmal getroffen hatte, nämlich bei Josés Beerdigung. Außerdem war die Frau in ein Gespräch mit einem rothaarigen Mann vertieft, den Fernanda nie zuvor gesehen hatte. Fernanda wollte schon weitergehen, als sie den Namen Vita hörte. Sie blieb mit einigem Abstand zu den beiden am Tresen stehen, studierte hingebungsvoll die Machart einer Blockflöte und lauschte.

»Anstatt dich um die Formalitäten für diese unselige Scheidung zu kümmern, die Vita in Wahrheit gar nicht will, solltest du dein Augenmerk einmal auf Pedro richten. Er ist dein ältester Freund, Aaron. Dein bester Freund. Und es geht ihm nicht gut. Ich weiß mir einfach keinen Rat mehr. Er sieht furchtbar aus, trinkt immer mehr und wird schon ganz aufgedunsen. Er fährt andauernd aus der Haut – oder verschließt sich vollkommen und glotzt stundenlang schweigend an die Wand. Er ist nicht mehr er selbst. Bitte, Aaron, vielleicht vertraut er dir seinen Kummer an. Mich jedenfalls scheint er gar nicht mehr wahrzunehmen.« Joana klammerte sich flehend an Aarons Arm. Er legte den anderen Arm um ihre Schultern, drückte sie an seine Brust und tätschelte ihr aufmunternd den Kopf.

Fernanda fühlte sich schäbig. Es war ungehörig, zu lauschen und aus dem Augenwinkel das Mienenspiel dieser beiden Menschen zu beobachten. Sie mussten sehr vertraut miteinander sein. Vielleicht war dieser korrekt gekleidete Herr mit dem spitzbübischen, sommersprossigen Gesicht ein naher Verwandter, ihr Bruder gar? Nein, dachte Fernanda, so große physiognomische Unterschiede zwischen Geschwistern gab es nicht einmal in Brasilien.

»Scht, Joana. Das geht vorüber. Vielleicht würde ihm ein Ortswechsel gut bekommen? Vita könnte ihn in der Mine unterbringen oder in …«

»Vita ist Teil seines Problems, verstehst du das denn nicht, Aaron? Es verletzt seinen Stolz, so stark auf Vita angewiesen zu sein. Und

dabei ahnt er noch nicht einmal, wie abhängig er wirklich von ihr ist.«
»Und? Ich selber verdiene auch nicht schlecht an ihr.«
»Nein, aber du wärst auch zu Wohlstand gekommen, wenn du dich nicht um Vitas Belange gekümmert hättest. Du brauchst sie nicht – nicht als Klientin.«
»Was soll das heißen? Glaubst du etwa auch an diese bösartigen Gerüchte?«
»Nein. Ich glaube an das, was ich sehe. Und in deinem Gesicht lese ich klar und deutlich deine grenzenlose Verehrung für Vita. Wirst du um ihre Hand anhalten, wenn sie geschieden ist?«
Fernanda wartete die Antwort des Mannes nicht mehr ab, sondern zwang sich zum Weitergehen. Ihr Herz klopfte laut. Sie kannte diese Vita nur vom Sehen, hatte aber von Félix viel über sie erfahren. Sie war die Sinhazinha auf Boavista gewesen, bis sie León Castro geheiratet hatte. Merkwürdig, dachte sie, von Dona Doralice oder von León, die sie gelegentlich trafen, hörte man kein Sterbenswörtchen über diese Frau. Was mussten das für merkwürdige Familienverhältnisse sein, dass weder der Ehemann noch die Schwiegermutter je von Vita begleitet wurden und nie von ihr sprachen? Für einen Mann wie León, den Fernanda als 16-Jährige, auf Esperança, selber eine Zeit lang angehimmelt hatte, hätte sie sich eine bessere Frau gewünscht. Aber gut, bald würde er sie ja offenbar los sein.
Fernanda brannte darauf, Félix von dieser Neuigkeit zu berichten. Als er am Abend nach Hause kam, sich an den Tisch setzte und darauf wartete, dass sie den Suppentopf brachte, sagte sie während des Umrührens beiläufig: »Stell dir vor, León Castro will sich scheiden lassen.« Sie nahm den Topf vom Herd, stellte ihn auf den Tisch und merkte, dass Félix ihr gar nicht zugehört hatte.
Er war mit dem Baby beschäftigt. Und das hatte ihn gerade zum ersten Mal angelächelt. Sein Felipe. Sein Sohn. Sein ganzer Stolz.

XXXII

Pedro war allein zu Hause an diesem Samstagmorgen. Wie oft hatte er sich das gewünscht! Doch jetzt, da kein Laut aus der Küche zu hören war, kein Fußgetrappel im Obergeschoss, kein Türenklappern und keine Stimmen, erschien ihm die Stille unheimlich. Joana war zu einem Lunch mit Loreta verabredet, Luiza hatte ihren freien Tag, den sie bestimmt wieder bei Félix' Familie verbrachte, und Maria do Céu war mit ihrer Mutter einkaufen gegangen.

Was sollte er jetzt anfangen mit dem unerwarteten Geschenk? Lesen? Auf dem Beistelltisch im Salon stapelten sich mindestens zehn Bücher, die er durchgeblättert oder angelesen und dann lustlos beiseite gelegt hatte. Nein, auch heute war ihm nicht nach der Lektüre zumute. Vielleicht sollte er die eingeschlafene Korrespondenz mit dem Galeristen in Nizza wieder aufnehmen? Es hatte ihn immer gefreut, Post aus Frankreich zu bekommen, in der ihm der Galerist von neuen Tendenzen in der Kunstszene berichtete, ihm Tipps für Käufe gab, ihm manchmal Abbildungen von Gemälden schickte, die ihm nach Pedros Geschmack zu sein schienen. Ach, lieber nicht. Warum sollte er sich den Mund wässrig machen lassen, wenn er dann doch kein Kunstwerk erwerben konnte? Sein Gehalt reichte zwar aus, um alle anfallenden Kosten im Haushalt, ihre Garderobe sowie ein paar Abende außer Haus zu bezahlen, doch die Anschaffung von impressionistischen Gemälden, deren Preise in den vergangenen Jahren stark gestiegen waren, ging weit über seine Verhältnisse hinaus.

Ein Läuten an der Haustür befreite Pedro von seiner Entscheidungsunlust. Es ärgerte ihn, dass er ausgerechnet jetzt gestört wurde, doch gleichzeitig freute ihn die Aussicht auf Ablenkung von seinen trübsinnigen Gedanken. Vielleicht war es Aaron, oder João Henrique. Sie könnten zum Zirkus gehen, der ganz in der Nähe gastierte, und sich dessen Hauptattraktion ansehen, die

angeblich »dickste Frau der Welt«. Joana mochte er das nicht zumuten.
Aber an der Tür stand eine junge Schwarze.
»Ja bitte?«
»Ich würde mich gerne mit Ihnen unterhalten.«
»Wer sind Sie? Worum geht es?« Pedro fielen sofort all die Geschäfte ein, in denen er hatte anschreiben lassen. Aber dass sie jetzt schon Frauen schickten, um die Schulden einzutreiben, erschien ihm sehr unwahrscheinlich.
»Sinhô Pedro? Erkennen Sie mich nicht? Ich bin Miranda. Von Boavista.«
Vage erinnerte sich Pedro an ein Mädchen, das so geheißen hatte. Es war erst nach Boavista gekommen, als er schon ausgezogen war und in Rio lebte. Er hatte diese Miranda nur bei seinen seltenen Besuchen im Vale gesehen und auch dann nicht bewusst wahrgenommen. Bestimmt wollte sie gar nichts von ihm, sondern von Vita.
»Meine Schwester lebt nicht in diesem Haus. Sie finden sie …«
»Nein, ich möchte mit Ihnen reden. In einer geschäftlichen Angelegenheit.«
Pedro zog die Augenbrauen zusammen, bat die Frau aber herein. Sie nahmen im Salon Platz. Pedro bot ihr nichts zu trinken an. Eine ungute Vorahnung hatte sich seiner bemächtigt.
Miranda kam gleich zur Sache. Sie zog ein Taschentuch mit Pedros Monogramm aus der Tasche und legte es auf den Sofatisch. »Das haben Sie verloren. Im Goldenen Schmetterling.«
Pedro schwieg. Er dachte fieberhaft darüber nach, wie diese Person an sein Taschentuch gekommen sein mochte, bis ihm plötzlich ein Licht aufging. Miranda war das Mädchen auf Marios Schoß gewesen! Sie musste ihr Getränk absichtlich auf seinem Hemd verschüttet haben.
»Es tut mir Leid, Mädchen, dass du so tief gesunken bist und einem so, ähm, so hässlichen Gewerbe nachgehen musst. Wenn ich dir in irgendeiner Weise helfen kann …«
»Mir macht meine Arbeit Spaß. Und ja, Sie können mir helfen:

Mit einhunderttausend Reis – für mein Schweigen. Sinhá Joana wird bestimmt nicht gerne hören wollen, wo sich ihr Mann nachts herumtreibt.«
»Ich könnte das Taschentuch auf der Straße verloren haben, wo es jeder hätte auflesen können. Es beweist gar nichts.«
»Ein komischer Zufall, nicht wahr, dass ausgerechnet eine ehemalige Sklavin von Boavista dann das Tuch gefunden hat.«
»Tja, wie das so ist im Leben – manchmal passieren die unglaublichsten Zufälle. Im Übrigen könnte gerade deine Zeit auf Boavista erklären, wie du in den Besitz des Taschentuchs gekommen bist: Du könntest es damals gestohlen haben.«
»Es ist fast neu. Und die Initialen darauf sehen mir ganz danach aus, als seien sie von einer liebenden Ehefrau darauf gestickt worden.«
Genau so war es auch. Joana hatte Freude am Handarbeiten, strickte für Kinder anderer Leute massenhaft Söckchen und anderen Firlefanz, häkelte Bordüren für Küchenregale oder bestickte ihre Blusen mit Blumenmustern. Letzte Weihnachten hatte sie ihm ein halbes Dutzend dieser selbst bestickten Taschentücher geschenkt.
»Kannst du dir kein anderes Opfer für deine Erpressung suchen?«
»Wer sagt denn, dass Sie der Einzige sind?«
»Aber bestimmt der Ärmste. Aus mir ist nicht viel herauszuholen. Vielleicht ist es dir bereits entfallen, aber seit die Sklaverei beendet wurde und ihr schwarzes Pack es so eilig hattet, die Fazendas im Vale zu verlassen, ist es aus mit dem Reichtum der Kaffeebarone.«
»Die Sinhazinha ist reich.«
»Wende dich doch direkt an sie. Meine Schwester wird bestimmt nicht davor zurückschrecken, dir eins mit der Reitpeitsche überzuziehen. Sie hatte noch nie viel für Verbrecher übrig.« Pedro stand auf, ging zur Tür und hielt sie weit auf, bevor er fortfuhr: »Vergiss es, Mädchen. Verlass jetzt auf der Stelle dieses Haus, bevor ich die Polizei rufe.«
Miranda blieb sitzen. »Vielleicht interessiert sich Sinhá Joana ja auch für die Narbe an Ihrem Oberarm, die immer anfängt zu pochen, wenn Sie sich zwischen meinen Schenkeln Ihrer Wollust hingeben.«

Die Narbe …? Zum Teufel auch, diese Person musste das Gespräch zwischen ihm und Mario belauscht haben, in dem er davon erzählt hatte! Pedro stürmte erbost auf Miranda zu, zerrte sie vom Sofa und schlug ihr mit voller Wucht ins Gesicht.
Miranda verzog keine Miene.
»Damit erhöht sich der Preis auf einhundertfünfzigtausend.«

In der darauf folgenden Woche war Pedro unkonzentriert, fahrig und mürrisch. Bei der Arbeit unterliefen ihm unzählige kleine Fehler, auf die sogar schon sein Vorgesetzter aufmerksam wurde. Wenn das so weiterginge, würde er nicht nur seine Frau, sondern auch seine Arbeit verlieren. Zu Hause sprach Pedro kein Wort mehr als nötig. Er mied Joanas besorgte Blicke ebenso wie die Treffen mit seinen Freunden. Er dachte an nichts anderes als daran, wie er das Geld beschaffen sollte, um die Erpresserin ein für alle Mal loszuwerden. Der rettende Einfall kam ihm am Sonntag beim Gottesdienst. Er würde León aufsuchen! León konnte – falls das jemals, Gott bewahre!, nötig werden sollte – bezeugen, dass er, Pedro, im Goldenen Schmetterling nur in der Ecke gesessen und etwas getrunken hatte. Vor allem aber konnte León mit dieser Bordellbesitzerin sprechen, die wiederum die Macht hatte, Miranda vor die Tür zu setzen. Dass eines ihrer Mädchen die Kunden erpresste, war ganz gewiss nicht im Sinne dieser Person. Warum hatte er nicht schon früher daran gedacht? War er wirklich zu gut für diese Welt, wie Joana manchmal behauptete? Hatten seine Gutmütigkeit, sein Anstandsgefühl und sein Respekt für Joana ihn derart mit Blindheit geschlagen? Was für ein Trottel er doch war, dass er acht Tage gebraucht hatte, um die einfachste Lösung zu erkennen!
Pedro hatte von der Predigt nichts mitbekommen, aber als alle in der Kirche aufstanden und »Amen« sagten, fiel er freudig in den Chor mit ein.
Wenig später überraschte er Joana mit seiner guten Laune sowie dem Vorschlag, heute doch einmal Vita und León einen spontanen Besuch abzustatten.

»Aber Pedro, ich wollte so gern mit dir in den Zirkus gehen! Nächste Woche wird er schon nicht mehr da sein – dann können wir uns gar nicht mehr die dickste Frau der Welt ansehen.«
»Sehen wir uns lieber die reichste Frau Rios an. Wir fahren viel zu selten nach Glória.«

Im Haus seiner Schwester herrschte Hochbetrieb. Dona Alma hatte Besuch von mehreren Damen, die, genau wie sie selber, nach dem Tod der Ex-Kaiserin Teresa Cristina Trauer trugen, allerdings dabei sehr fröhlich wirkten. Eduardo hatte ebenfalls einen Gast, mit dem er sich ins Herrenzimmer verzogen hatte. Er stellte den Mann knapp als einen Professor Dr. Pacheco vor und machte deutlich, dass sie nicht gestört zu werden wünschten.
»So viel zu der Freude, dir wir meinen Eltern mit unserem Besuch bereitet haben.« Pedro zwinkerte Joana zu und versetzte sie damit, nicht zum ersten Mal heute, in Erstaunen. Er wirkte fast wieder wie ihr alter Pedro.
Pedro und Joana gesellten sich zu Vitória, die in ihrem Arbeitszimmer saß und die Zeitung vom Vortag las. Die Füße hatte sie, als die Tür direkt nach dem Klopfen aufgerissen worden war, schnell vom Tisch genommen.
»Vor uns brauchst du nicht so zu tun, als wärst du eine Dame.« Pedro umarmte seine Schwester stürmisch, wie er es seit Monaten nicht getan hatte. Prompt sprang Sábado von seinem Teppich auf und lief aufgeregt wedelnd um die beiden herum.
»Warum habt ihr euch nicht des Telefons bedient, um euren Besuch anzukündigen? Ich hätte einen Burschen zur Patisserie geschickt, um uns ein paar feine Törtchen zu holen.«
Vitória betrachtete ihren Bruder genauer. »Du scheinst uns ja etwas besonders Wichtiges mitteilen zu wollen, wenn du es schon nicht am Telefon sagen wolltest.« Sie vermutete, dass Joana schwanger war. Welchen anderen Grund hätten die beiden gehabt, hier unangemeldet aufzukreuzen und so fröhliche Gesichter zu machen?
»Nein, es liegt gar nichts Besonderes an. Wir dachten nur, dass wir

euch viel zu selten zu Gesicht bekommen. Wo steckt eigentlich León?«
Vitória sah auf die Wanduhr. »In spätestens zwei Stunden müsste er zurückkommen. Zum Abendessen wollte er hier sein. Habt ihr so lange Zeit? Habt ihr Lust, eine Runde Rommee zu spielen?«
»Aber nur, wenn du noch Törtchen beschaffst.«
Beim Kartenspiel vergaßen sie die Zeit. Vitória gewann eine Runde nach der anderen, Pedro aß drei Törtchen und riss mit vollem Mund Witze über seine Gefräßigkeit, und Joana dachte unentwegt darüber nach, wieso ihr Mann plötzlich so aufgekratzt war.
»Ein Törtchen hättest du mir wenigstens übrig lassen können!« Keiner hatte gemerkt, dass León an der Tür stand. Er reichte dem Mädchen seinen Mantel und seinen Hut, bevor er die Frauen mit Küsschen und Pedro mit einem Handschlag begrüßte und sich zu ihnen an den Tisch setzte.
»Der Hund muss sie alle aufgefressen haben!« Pedro lachte lauthals, doch außer ihm fand niemand seine Bemerkung sehr witzig. Pedro riss sich zusammen und fragte dann: »León, könnte ich dich mal unter vier Augen sprechen?«
León wunderte sich darüber kaum weniger als Vitória und Joana, die sich fragende Blicke zuwarfen. Doch seine Miene blieb ausdruckslos. Er führte seinen Schwager in sein Arbeitszimmer, bot ihm dort etwas zu trinken an und nickte ihm zu. »Na dann mal los.«
Pedro nahm kein Blatt vor den Mund. Er berichtete von der nervtötenden Monotonie der Arbeit, gestand ihm seine Scham über den Klatsch, der über Vitória kursierte, und seine Gefühle Joana gegenüber, die immer merkwürdiger wurde, erzählte ihm von seinen Launen und schließlich von Mirandas Besuch. »Diese schreckliche Person wollte einfach nicht gehen, León. Ich habe sie sogar geschlagen, ich, der ich nie in meinem ganzen Leben irgendjemandem ein Haar gekrümmt habe. Um sie endlich loszuwerden, habe ich ihr dann den Goldfranken in die Hand gedrückt, von dem ich wusste, dass Joana ihn in ihrem Nähkorb verwahrt.«

»Mein Gott, Pedro, zahlt dir Vita in der Firma so wenig, dass du schon den Sparstrumpf deiner Frau plündern musst?« León bereute seine Äußerung augenblicklich. Pedro hatte ihn nicht aufgesucht, damit er über ihn urteilte, sondern weil er Rat und Hilfe suchte.

»Was soll das heißen? Was hat Vita mit meiner Firma zu tun?«

»Sie gehört ihr. Sie ist die Hauptaktionärin der Embrabarc, von der wiederum deine Firma eine hundertprozentige Tochter ist. Wusstest du das etwa nicht?«

Pedro schüttelte verneinend den Kopf. Alle Farbe war aus seinem Gesicht gewichen. Er erklärte die Unterredung für beendet und taumelte nach nebenan ins Esszimmer.

»Komm, Joana, wir fahren heim.«

Eduardo hatte beim Klingeln des Telefons breit gestrahlt. Seit Tagen wartete er auf den Rückruf eines schwedischen Ingenieurs, der zurzeit in Rio weilte, und um diese Zeit konnte nur er der Anrufer sein. Doch als Eduardo in den Salon zurückkehrte, wo er, Dona Alma und Vitória in seltener Eintracht beisammengesessen und der blechern kratzenden Musik aus dem Grammofon gelauscht hatten, war er ein Bild des Elends.

»Pedro … hatte einen schweren Unfall.«

Mehr war aus ihrem Vater nicht herauszubekommen. Erst in der Kutsche auf dem Weg nach São Cristóvão gab er das Wenige preis, was ihm Luiza am Telefon gesagt hatte: Man habe Pedro am Teufelsstrand gefunden, mehr tot als lebendig, ihn ins Hospital gebracht, wo João Henrique die ganze Nacht hindurch das Menschenmögliche versucht hätte und von wo ihn Joana vor zwei Stunden hatte abholen lassen. »Damit er zu Hause sterben kann.«

Vitória und Dona Alma hielten sich fest an den Händen, vereint in der lähmenden Angst um Pedro.

Das Haus lag friedlich da wie eh und je. Nichts verriet etwas von der Tragödie, die sich im Innern abspielte. Im Vorgarten blühte es lila, gelb und weiß, die Gardinen flatterten hinter den geöffneten

Fenstern im Erdgeschoss, die roséfarbene Fassade, von der Sonne angestrahlt, wirkte freundlich und einladend.
Maria do Céu öffnete ihnen die Tür. Das Mädchen hatte rote Augen und zog permanent die Nase hoch. Sie sagte nichts, sondern führte sie schnurstracks ins »Krankenzimmer«, das Schlafzimmer von Joana und Pedro. Sie klopfte sacht, doch von drinnen kam Joanas barsche Anweisung: »Ihr habt hier drinnen nichts verloren. Geht nach unten und kümmert euch um eure Arbeit.«
»Sie lässt uns nicht zu dem armen Sinhô Pedro«, heulte Maria do Céu. »Sie ist wie von Sinnen!«
Vitória und ihre Eltern öffneten leise die Tür. Als Joana sie sah, lief sie sogleich auf sie zu und umarmte erst Vitória, dann ihre Schwiegereltern. »Endlich!«
Joana wirkte keineswegs so, als habe der gesunde Menschenverstand sie verlassen. Wenn nicht ihr Gesicht so bleich gewesen wäre, hätte man von ihrer Verzweiflung, die sie innerlich zerreißen musste, nichts bemerkt. Sie wirkte im Gegenteil wie jemand, der das Kommando in einer schwierigen Situation übernommen hatte. Wahrscheinlich wollte sie nur keine Heulsusen in der Nähe wissen. Sehr vernünftig.
Sie traten an das Bett. Pedros Anblick erschütterte sie. Er war grausig entstellt von Quetschungen, Schnittwunden und großen blaugrünen Prellungen. Um seinen Kopf war ein Verband gewickelt. Sein Gesicht war kaum wiederzuerkennen, mit einem zugeschwollenen Auge, einer genähten Braue, violett-schwarzen Flecken auf der linken Wange. Aber er atmete, und seine Lider flatterten, als versuche er, die Augen zu öffnen.
Keiner von ihnen sagte etwas. Dona Alma setzte sich auf den Bettrand und nahm die Hand ihres Sohnes, auch diese voller Kratzer und kleinerer Wunden, während Eduardo und Vitória voll Entsetzen hinter ihr stehen blieben.
Aus der Ecke hörte man ein kurzes Röcheln. Vitória drehte sich herum und sah João Henrique mit ausgestreckten Beinen in einem Sessel hängen, den Kopf seitlich abgenickt, den Mund halb geöffnet.

»Pst«, sagte Joana leise zu Vitória, »lass ihn schlafen. Er hat ihn operiert und medikamentiert und gepflegt – gönnen wir ihm eine kurze Pause.«
Wieder schnarchte João Henrique. Vitória fand, dass dieser unausstehliche Mensch mit seiner widerlichen Affenstirn nichts im Schlafzimmer ihres Bruders verloren hatte, solange er nicht seiner ärztlichen Pflicht nachkam. Schlafen konnte er ja auch woanders. Aber sie hielt an sich. Es war ja auch Joanas Schlafzimmer, sie musste diesen Kerl schon hinauskomplimentieren. Aber Joana wischte Pedros Stirn mit feuchten Tüchern ab und war die Effizienz in Person, die sich durch nichts ablenken ließ.
Als ein neuerliches ersticktes Röcheln aus der Ecke kam, ging schließlich Eduardo auf den Arzt zu und rüttelte ihn an der Schulter. João Henrique schlug die Augen auf und sprang aus dem Sessel auf.
»Sagen Sie uns, wie ernst es ist.« Eduardo wirkte nicht wie ein besorgter Vater, sondern wie ein Wissenschaftler, der sich von einem Kollegen eine knappe Zusammenfassung des Falls wünscht.
João Henrique kam der Aufforderung nach, froh, keine aufgelösten Verwandten beruhigen zu müssen. Das hatte ihm noch nie gelegen, während er bei der reinen Medizin in seinem Element war.
»Schädelbasisbruch. Verschiedene Knochenbrüche: Rippen, Oberschenkel, Schienbein. Blutverlust. Unterkühlung. Ich habe alles versucht – ich fürchte, jetzt hilft nur noch beten.«
»Er hat immer so gern am Arpoador gesessen«, sagte Joana tonlos.
»Ja.« Vitória konnte nur zu gut verstehen, welchen Reiz die Felsspitze am südlichen Ende des Strandes von Copacabana auf ihren Bruder ausgeübt hatte. Sie selber war schon auf die Felsen geklettert, sie kannte die hypnotische Wirkung der Brandung. Ob es sich so zugetragen hatte? War Pedro, fasziniert von den mörderischen Brechern, unvorsichtig geworden? Hatte er sich zu nah ans Wasser herangewagt, war er von einer besonders hohen Welle erwischt worden, dann abgerutscht und schließlich in der schäumenden Gischt untergegangen? Wie mochte er sich gefühlt haben, als er in dem Toben des Meers herumgeschleudert worden war, nach Luft

schnappend, nach Orientierung suchend? Hatte er noch in dem blau perlenden Wasser, das über ihm zusammenschlug, sowie in den herumwirbelnden, glitzernden Sandkörnern die Anmut erkannt, bevor sein Kopf auf den Felsen geschlagen war? Vitória und Joana sahen sich an. Jede erkannte im Gesicht der anderen, dass sie dasselbe schaurig schöne Bild vor Augen gehabt hatte. Aufschluchzend fielen sie sich in die Arme.

Vitória verließ den Raum, als sie es läuten hörte. Sie ging mit Maria do Céu zusammen nach unten, ließ León herein und trug dem Mädchen auf, belegte Brote und eine Kanne Kaffee nach oben zu bringen. Da Joana im Krankenzimmer beschäftigt war, würde sie, Vitória, den Dienstboten eben sagen müssen, was sie zu tun hatten. Sie war dankbar, dass sie sich nützlich machen, sich mit praktischen Dingen beschäftigen konnte, die sie von dem Todeskampf ihres Bruders ablenkten. Zumindest für einige Minuten.

Vitória begleitete León nach oben. Das kleine Schlafzimmer quoll über vor Menschen, die Luft war verbraucht. Vitória ging ans Fenster und öffnete es.

»Aber wir müssen es hier warm halten, wegen seiner Unterkühlung«, sagte Dona Alma weinerlich.

»Mãe, draußen sind es an die dreißig Grad. Außerdem bin ich mir sicher, dass Pedro lieber an Unterkühlung als an Sauerstoffmangel stirbt«, sagte Vitória patzig und spürte sofort, wie sie rot anlief. Himmel, so etwas sagte man im Spaß, aber doch nicht in Gegenwart eines geliebten Menschen, der wirklich im Sterben lag! Sie ging zu León, der ihre Hand nahm, und an seinem verkrampften Griff spürte Vitória, dass auch er versuchte, seine Gefühle unter Kontrolle zu halten.

León zog Vitória mit sich nach draußen und forderte auch João Henrique auf, auf den Flur zu kommen.

»Wie lange noch?«, fragte er den Arzt.

»Diese Nacht überlebt er nicht.«

Luiza und die anderen Angestellten, die vor der Tür standen, begannen laut zu heulen.

»Dann schlage ich vor, dass wir uns jetzt nacheinander von ihm verabschieden. Und einen Pfarrer rufen.«
Der Vorschlag wurde auch von Joana für gut befunden, und so drucksten sie schließlich alle vor der Tür herum, jeder darauf wartend, dass er an der Reihe wäre. Luiza ging gemeinsam mit den anderen Schwarzen in das Krankenzimmer, aus dem sie fünf Minuten später tränenüberströmt wieder herauskamen. Dann durfte Aaron, der mittlerweile gekommen war, hineingehen, nach ihm João Henrique, dann Vitória und León.
Vitória ergriff die Hand ihres Bruders, die schlaff und kalt in der ihren lag. Pedros Lider flackerten, und Vitória hätte schwören können, dass er ihr damit irgendetwas sagen wollte. Sie musste all ihre Kraft aufbringen, um nicht hemmungslos zu heulen, so wie die Schwarzen vor der Tür.
»Ich werde dich vermissen, Pedro da Silva«, flüsterte León. Er streichelte Pedros Hand liebevoll, bevor er sie wieder auf die Bettdecke legte. Dann erhob er sich, um die Eltern und Joana in diesen letzten Minuten, die sie und Pedro noch teilen konnten, allein zu lassen. Stumm, allein durch die Intensität seiner Blicke, bewegte er auch Vitória zum Gehen. Sie hauchte einen Kuss auf Pedros intakte Wange, dann rannte sie aus dem Zimmer, um sich draußen auszuweinen.
Dona Alma, Eduardo und Joana liefen aufgeregt in den Raum, von Vitórias ungewohntem Gefühlsausbruch zu der Annahme verleitet, Pedro habe sein Leben ausgehaucht. Aber er atmete noch, als Joana sich an seine Seite setzte.
»Jede Minute des Lebens ohne dich, das vor mir liegt, werde ich an dich denken. Ich werde dich weiterhin lieben, wie ich dich immer geliebt habe. Geh mit Gott, mein geliebter Pedro. Auf der anderen Seite treffen wir uns wieder.«
Als läge in den Worten seiner Frau die unausgesprochene Erlaubnis, endlich den nicht mehr zu gewinnenden Kampf ums Überleben aufzugeben, entrang sich Pedros Kehle ein leiser Seufzer. Seine Augen schlossen sich, er hörte auf zu atmen.
»O Pedro!« Joana ließ ihren Tränen, die sie allzu lange zurück-

gehalten hatte, freien Lauf. Sie warf sich auf den leblosen Körper, streichelte Pedros Arme und sein Gesicht, als könne sie ihm damit wieder Leben einhauchen.

Durch den Türspalt verfolgten León und Vitória die herzergreifende Szene. Über Leóns Gesicht rannen ebenfalls Tränen, als er Vitória bei der Hand nahm. »Komm, gönnen wir Joana noch ein wenig Zeit allein mit Pedro.«

Sie gingen in den Salon, und erst dort warf sich Vitória in Leóns Arme, trommelte ihm mit den Fäusten auf die Brust und rief: »Warum? Warum?!«

Sie beruhigte sich erst wieder, als es an der Tür läutete und der Geistliche erschien.

In den nächsten Stunden saßen sich sechs erwachsene Menschen schweigend gegenüber, starr vor Entsetzen, stumm vor Trauer. João Henrique hatte die Flucht ergriffen, nicht vor der Gegenwart des Todes, die ihm vertraut war, sondern wegen der erdrückenden Atmosphäre. Dona Alma und Eduardo saßen steif auf einem Sofa und blickten auf denselben Punkt an der Wand, Aaron saß neben Joana auf einem Sessel und tätschelte ihr die Hand, und Vitória und León hockten unglücklich auf dem zweiten Sofa. Als die Standuhr neun Uhr schlug, erhob sich León. »Wir sollten jetzt besser fahren.«

»Nein!« Joana wirkte ehrlich erschrocken. »Bleibt, bitte. Maria do Céu richtet euch das Gästezimmer her. Ich kann den Gedanken nicht ertragen, allein mit ...« Joana brach in herzerweichendes Schluchzen aus.

Allein mit einer Leiche unter einem Dach zu sein, das hatte sie sagen wollen, oder? Vitória starrte Joana hasserfüllt an. Es war immer noch Pedro, ihr heißgeliebter Bruder, Joanas Ehemann, Leóns Freund. Wie konnte sie Pedro auf das Niveau eines Leichnams reduzieren?

»Natürlich, Joana, wir bleiben hier, wenn du das gerne möchtest.« León sah Joana an wie ein kleines Kind, das getröstet werden musste, nur um unmittelbar danach Vitória mit einem tadelnden Blick zu bedenken, als wolle er sie zur Contenance auffordern. Sie, die Pedro ein Leben lang gekannt hatte, die ihn gefordert und gefördert hatte, die mit ihm durch dick und dünn gegangen war – hatte sie nicht ein noch größeres Recht darauf, sich gehen zu lassen? Warum erwartete León von ihr, dass sie sich zusammenriss? Dann fiel ihr ein, dass sie spätestens morgen Früh ohnehin wieder hier sein mussten, um den Leichnam aufzubahren und an seiner Seite zu beten. Also gut, da konnten sie wirklich gleich hier bleiben.

Sie wollte nicht mit León in einem Zimmer schlafen, aber da das Haus voll war – Dona Alma und Eduardo würden auf Joanas Wunsch ebenso hier übernachten wie Aaron –, hatte sie keine andere Wahl. León würde eben auf dem Sofa schlafen müssen, das gegenüber vom Bett stand. Vitória setzte sich erschöpft auf den Bettrand, legte die Hände vors Gesicht und weinte. Endlich. Hier durfte sie schwach sein, musste sie nicht der ganzen Familie mit ihrer Kraft und ihrer Haltung Mut spenden. Vitórias gekrümmter Rücken bebte unkontrolliert, sie bekam kaum noch Luft durch die geschlossene Nase.

»Warum?!«, heulte Vitória auf, als León den Arm um ihre Schultern legte und sie an sich drückte. Es lag ein so unfassbar großes Leid in ihrer Stimme, dass León in diesem Moment alles, alles getan hätte, wenn es nur ihren Schmerz gelindert hätte.

»Leg dich schlafen, Sinhazinha. Du bist erschöpft.«

»Ja«, sagte sie müde. »Holst du mir bitte ein Glas Wasser?«

Sie wollte ihn nur fortschicken, um sich nicht vor seinen Augen für die Nacht fertig machen zu müssen. Sie war es nicht mehr gewöhnt, sich vor ihm auszuziehen.

Als León mit dem Wasser zurückkam, lag Vitória im Bett. Er stellte das Glas auf dem Nachttisch ab, gab ihr einen keuschen Gutenachtkuss auf die Stirn, ging zu seinem Sofa, zog sich Hemd und Schuhe aus und legte sich in seiner Hose auf sein Nachtlager.

»Du kannst von mir aus jetzt das Licht ausmachen.«

»Ja. Schlaf gut.« Vitória drehte die Gaslampe aus und schloss die Augen.

»Du auch, mein Herz.«
Aber Vitória schlief nicht gut. Sie wälzte sich unruhig im Bett hin und her, warf die Bettdecke ab und zog sie wieder über sich, knuffte das Kissen in verschiedene Positionen, aber nichts half. Schließlich gab sie den Kampf auf und blieb still auf dem Rücken liegen. Ihre Augen waren inzwischen so weit an die Dunkelheit gewöhnt, dass sie unter ihren halb geöffneten Lidern deutlich den Umriss von Leóns Gestalt sah, die viel zu groß für das Sofa war.
»Komm ins Bett, León.«
Er schrak aus seinem Halbschlaf hoch. Hatte er geträumt?
»Komm. Bitte.«
Er schwang seine langen Beine von der Lehne des Sofas und blieb einen Augenblick dort sitzen. »Es ist schon gut, Vita. Ich habe schon auf unbequemeren Möbeln genächtigt.«
»Bitte«, flüsterte sie.
León ging zum Bett, beugte sich über Vitória und gab ihr einen Kuss auf die Wange. »Schlaf, *meu amor*. Ich gehe ins Wohnzimmer, dort ist das Sofa größer.«
»Nein!«, rief sie. »Bleib hier. Halt mich fest. Ich … brauche dich.«
León zog verwundert eine Augenbraue hoch, doch Vitória sah seinen Gesichtsausdruck nicht, in dem sich Zweifel, Belustigung, Sorge und Erstaunen zu gleichen Teilen spiegelten. Sie hatte ihren Blick auf seine nackte Brust geheftet, die im Takt seines Herzschlags pulsierte, unregelmäßig und schnell. Seine Brustwarzen waren hart, er hatte eine Gänsehaut.
Er stand unschlüssig neben dem Bett, hin- und hergerissen zwischen seinem Bedürfnis, Vitória in die Arme zu schließen, und seiner inneren Stimme, die ihm sagte, dass es für sie beide besser wäre, wenn er jetzt ging. Er zögerte eine Sekunde zu lang.
Vitória hatte den Arm ausgestreckt und berührte ihn sacht am Bein.
León zuckte zusammen. »O Gott, Vita, warum tust du uns das an?«, stöhnte er, indem er sich auf die Bettkante fallen ließ. Er beugte sich über sie, griff sie fest an den Armen und schüttelte sie, als könne er ihr damit die Unvernunft austreiben.

»Bitte.« Vitória befreite sich aus seinem schmerzhaften Griff, legte die Arme um seinen Hals, zog ihn immer näher zu sich heran und bedeckte seine Schläfen, seine Lippen, sein Kinn, seinen Hals mit unzähligen kleinen, hungrigen Küssen, die ihm die Luft raubten. León gab auf. Er ließ sich fallen, presste seinen Oberkörper auf ihren und erwiderte ihre Küsse, ließ seine Lippen über ihren Haaransatz, ihre Wangen, ihre Ohren wandern und seine Hände über ihre Rippen, ihre Taille und ihre Hüften.

»Vita«, sagte er heiser, »du weißt nicht, was du willst.«

»Doch«, raunte sie ihm ins Ohr. »Und zwar so schnell wie möglich.«

Als ihre Münder sich trafen, ihre Zungen sich in dem warmen, feuchten Spiel vereinigten, das die atemlose Gier des Liebesaktes vorwegnahm, drückte er sie besitzergreifend an sich, schob sich ganz auf sie und ließ sie seine mächtige Erektion spüren. Vitória klammerte sich an ihn, grub ihre Finger tief in seine Haut und biss in Leóns Hals – in derselben verzweifelten Erregung, mit der er ihre Brüste knetete, an ihrem Ohrläppchen saugte und mit seinem Körper ihre Beine auseinander drückte. Getrieben von der wütenden Besessenheit, sich Schmerz und Lust gleichermaßen zuzufügen, hatten sie es so eilig, dass León in einer schnellen, fließenden Abfolge von Handgriffen Vitórias Nachthemd hochschob und seine Hose öffnete. Mit einem einzigen festen Stoß glitt er in sie.

Vitória stöhnte tief. Sie war mehr als bereit für ihn gewesen. Ihr ganzer Körper sehnte sich nach ihm, heiß, nass, bebend. León hob Vitórias Beine an, um in immer schnelleren und härteren Stößen immer tiefer in sie einzudringen, als könne er sie durch die schiere Gewalt seiner Bewegungen dazu zwingen, ihm ihre Seele zu öffnen. Er tat ihr weh – und sie genoss es. Vitória verschränkte ihre Zehen unter dem Messingkopfteil des Bettes und hob ihm ihre Hüften entgegen, um sich ihm ganz zu öffnen. Ihre Verschmelzung wurde immer intensiver, und den Schmerz empfand Vitória als süße Offenbarung. Sie keuchte, flüsterte seinen Namen, hörte ihn ihren Namen stammeln, bis er schließlich in

ihr lautes Stöhnen einfiel, mit der rauen Stimme, die sie mehr als alles andere erregte.
Vitória blieb auf dem Rücken liegen. Ihr Puls raste, das Haar klebte ihr in der Stirn, zwischen ihren Brüsten schimmerten hunderte winziger Schweißperlen. León hatte sich ein Kissen ins Kreuz geschoben und saß neben ihr, den Rücken an das Kopfteil des Bettes gelehnt und den Kopf in den Nacken gelegt. Als sich seine Atmung normalisiert hatte, sah er zu ihr herab und lachte.
»Du hast noch dein Nachthemd an.«
Vitória tastete mit einer Hand nach dem zusammengerollten feinen Stoff an ihrem Hals. Sie zog das Hemd über ihren Kopf, warf es über León hinweg auf die Erde und lächelte ihn maliziös an.
»Und du noch deine Hose.«
Er strampelte sich frei und stieß die Hose mit dem Fuß von der Matratze.
»Da siehst du, zu welch unerotischen Ergebnissen eine solche Eile führen kann.« Er sah sie spöttisch an.
»Unerotisch?« Vitória ließ ihre Hand über seinen nassen Körper wandern, fuhr mit dem Zeigefinger durch die kleine Falte in seinem muskulösen Bauch, in der sich der Schweiß gesammelt hatte. Sie küsste den seitlichen Ansatz seines Oberschenkels, die Stelle, wo die glatte Haut des Pos aufhörte und die Beinbehaarung anfing. León rührte sich nicht. Er verharrte in seiner sitzenden Position, mit hämmerndem Herzen und geschlossenen Augen, und ließ sich die Liebkosungen Vitórias gefallen. Sie kraulte seine Kniekehlen und die Innenseite der Oberschenkel, küsste seinen Bauchnabel, fuhr leicht über seine Beckenknochen. León fühlte sich anschwellen, lange bevor sie das Zentrum ihrer Aufmerksamkeit erreicht hatte. Als sie ihn schließlich an seiner empfindlichsten Stelle streichelte, elektrisierte ihn die zarte Berührung derart, dass er scharf die Luft einsog. Vitória erhöhte den Druck ihrer Hände, schob die seidige Haut vor und zurück, fühlte ihn unter ihren Fingern immer härter werden. Dann umschloss sie die steil aufragende Pracht mit ihren Lippen. León atmete schwer. Ihre Zunge ertastete jede Pore, jede Ader, jede Erhebung. Ihr behutsames Erkunden wurde zuneh-

mend forscher, angespornt von Leóns Händen, die sich in ihrem Haar verkrallt hatten, und von seinem atemlosen Seufzen, bis Vitória ihn im Takt der Liebe in ihrem Mund aufnahm, an ihm leckte, lutschte und saugte. Als León sich kaum weiter beherrschen konnte, lösten sich ihre Lippen von ihm.

Vitória kroch ein Stück herauf, setzte sich vorsichtig auf ihn, bis sie ganz von ihm erfüllt war. Sie hob und senkte ihren Leib in einem aufreizend langsamen Takt. Sie sahen einander in die Augen, ihre Blicke von maßloser Begierde verschleiert. León verstand die Signale, die sie aussandte, genau. Und er erfüllte ihr wortloses Flehen. Er packte ihre Pobacken mit seinen großen Händen und schob Vitória immer fordernder vor und zurück, bis sie ihn in einem so schnellen Rhythmus ritt, dass ihr davon schwindelte. León riss an ihren Haaren, zog ihr grob den Kopf zurück und biss sie in den Hals. Vitória stöhnte laut auf. Sein Becken hob sich unter ihr in immer kraftvolleren Stößen, auf die Vitória mit heftigen, köstlichen Kontraktionen in ihrem Unterleib reagierte. Ein unkontrollierbares Zittern breitete sich über ihren ganzen Körper aus, gefolgt von einer atemberaubenden Hitze. Ihr liefen Tränen der Wonne über die Wangen. Schluchzend ließ sich Vitória auf Leóns Brust heruntersinken.

Vitória blieb noch ein paar Minuten auf León liegen. Als sich dann ihre schweißnassen Körper voneinander lösten, geschah es mit einem leise schmatzenden Geräusch. León wischte Vitória mit einem Zipfel des Bettlakens den Rücken. Er hob ihr Haar an, kämmte es mit den Fingern und drehte es, um ihr Kühlung zu verschaffen, zu einem losen Knoten auf dem Hinterkopf. In dieser Geste lag tausendmal mehr Zärtlichkeit als in der rohen Vereinigung, in der ihre zuckenden Körper sich eben noch verloren hatten. Vitória blieb erschöpft auf dem Bauch liegen und genoss die kleinen Küsse, die León ihr auf den Nacken gab. Sein Atem kitzelte sie, die Bartstoppeln kratzten – beides zusammen eine ungeheuer sinnliche Mischung. Vitória fühlte sich von einer tiefen Ruhe erfüllt.

»León …«

»Sag nichts, Sinhazinha.«
Er fuhr mit den Lippen die Wölbung ihres Halses nach.
»Hmm«, schnurrte sie, bevor sie den Kopf auf die Arme legte und einnickte.

León weckte sie mit dem sanften Druck seiner Hände zwischen ihren Oberschenkeln. Er verrieb die glitschigen Spuren ihrer Körpersäfte auf ihrer Haut, ließ geschmeidig seine Fingerspitzen kreisen und stimulierte sie in den geschwollenen, wunden Falten ihrer Weiblichkeit. Er rieb sanft ihre geheimste Stelle, und Vitória, die vorhin noch geglaubt hatte, bis in alle Ewigkeit befriedigt zu sein, spürte erneut eine Woge der Erregung in sich aufsteigen. Sie blieb auf dem Bauch liegen, abwartend, passiv, und gab sich dem Genuss dieser intimen Massage hin.
»Du bist ein Tier«, murmelte sie, den Mund halb von ihrem Arm verborgen.
»Du nicht?«
»Doch.« Ja, genau das war sie, ein Tier – und sie wollte auch genommen werden wie eines. Sie wollte ihm mit jeder Faser ihres Körpers gehören, in dem animalischen Akt totales Vergessen und in der Hemmungslosigkeit Frieden finden. Sie wollte besessen werden und sich León ausgeliefert fühlen. Sie wollte schwach und er sollte stark sein, sie wollte die Macht seines Körpers über ihren fühlen, wollte bis zur Besinnungslosigkeit ihren Trieben folgen, stundenlang, die ganze Nacht hindurch, immer.
Lasziv öffnete sie die Beine ein wenig. León küsste sich an ihrer Wirbelsäule empor, knabberte an ihrem Ohrläppchen und fuhr mit seinen Händen fest über ihre Silhouette, über ihre Taille und die Seiten ihrer Brüste, bis er sie das Gewicht seines Körpers auf ihrem spüren ließ und seine Erregung zwischen ihren Schenkeln. Sie hob ihre Hüfte kaum spürbar an, bot sich ihm dar, und er drang langsam von hinten in sie ein.
Vitória hatte das Gefühl, dass sie ihn in dieser Position niemals ganz in sich aufnehmen könnte. Doch unter seinem vorsichtigen Druck öffnete sie sich, dehnte sie sich, bis er allmählich ganz in sie

glitt und das Tempo seiner Bewegungen erhöhte. Er fühlte sich in ihr warm und groß und herrlich an. Über Vitórias Rücken liefen prickelnde kleine Schauer. Sie hatte das Gefühl zu zerfließen. Sie vergrub ihr Gesicht im Kopfkissen und reckte ihm ihr Hinterteil entgegen. León kam der unmissverständlichen Aufforderung begierig nach.

Er hob sie an den Beckenknochen hoch, bis sie auf allen vieren vor ihm kniete. Er zog sie an den Rand des Bettes, stellte sich aufrecht hin und presste sie durch den stählernen Druck seiner Hände um ihre Hüften an sich. Dann zog er sich wieder zurück, nur um danach noch rücksichtsloser in sie zu dringen, immer schneller, immer wieder. Vitória drückte den Rücken durch und keuchte. So hart hatte er sie noch nie genommen, und so schutzlos hatte sie sich noch nie gefühlt. Durch das Rauschen in ihren Ohren hörte sie ihre Haut aufeinander klatschen, hörte sie wie aus weiter Entfernung sein Stöhnen. Er stieß jetzt so gnadenlos zu, fühlte sich in ihr so riesig an, dass sie meinte, es müsse sie zerreißen. Und doch wünschte sie sich, er möge nie ein Ende finden. Seine blinde Ekstase machte ihr eigenes Verlangen nur noch dringlicher.

Nachdem schließlich ihre unersättliche Lust aufeinander in einem wahnsinnigen Aufbäumen ihren Höhepunkt gefunden hatte, ließ sich Vitória halb ohnmächtig fallen. León warf sich neben ihr aufs Bett, erschöpft, kraftlos, völlig ausgelaugt. Sie lagen nebeneinander wie zwei müde Krieger, die ihren schwersten Kampf siegreich hinter sich gebracht hatten, wie zwei Raubkatzen, die sich nach der nächtlichen Jagd träge ausstrecken. Glücklich und abgekämpft. Vitórias Gesicht war dem seinen zugewandt. Sie betrachtete sein edles Profil, seine kantigen Kieferknochen unter dem blauen Schimmer seiner unrasierten Haut. Wie schön er war! León schluckte, und Vitória fand seinen hüpfenden Adamsapfel unwiderstehlich. Als habe er durch die geschlossenen Augen gemerkt, dass sie ihn beobachtete, richtete sich León halb auf, stützte seinen Kopf auf die Hand und sah sie an.

»War es das, was du wolltest?«

»Ja.« Vitória rollte sich auf die Seite und legte den Kopf auf ihren ausgestreckten Arm. »Ich sterbe vor Durst. Holst du von unten etwas zu trinken? Ich glaube, ich kann nicht mehr gehen.«

Als Vitória am Morgen erwachte, wusste sie zunächst nicht, wo sie war. Die gelben Gardinen, das Muster an der holzgetäfelten Decke und die gelb-grün geblümten Tapeten waren ihr völlig unbekannt. Dann sah sie das Messingkopfteil ihres Bettes an, und mit einem wohligen Räkeln ihrer Glieder entsann sie sich der Orgasmen, die ihr León verschafft hatte. Plötzlich schrak sie auf. Was war nur in sie gefahren? Wie hatten sie nur so etwas tun können? Stundenlang hatten sie sich in wilder Leidenschaft geliebt, wenn man denn von »lieben« reden konnte, hatten sich von ihren niedrigsten Instinkten beherrschen lassen, sich in glühender Hingabe gewälzt, hatten wie Tobsüchtige gewütet, gezuckt, geschrien, hatten alles um sich herum vergessen. Alles. Aber mit dem Tageslicht kam auch die Erinnerung.

Zwei Zimmer weiter lag ihr toter Bruder.

XXXIII

Der Regen, das monotone Trommeln der Tropfen auf dem Schirm, der lange Zug der schwarz gekleideten Trauernden, der Sarg, der von sechs Männern getragen wurde und auf dem ein Blumengesteck die Blüten hängen ließ – all das wäre noch gegangen. Aber die tieftraurigen Lieder, die der Schwarzenchor sang, waren einfach nicht zu ertragen. Vitória konnte die Tränen nicht länger zurückhalten.

Der Pfarrer hatte Pedro kaum gekannt. Zwar war ihr Bruder jeden Sonntag in die Kirche gegangen, aber er hatte weder den Austausch mit dem Geistlichen gesucht noch regelmäßig die Beichte abgelegt. Dennoch sprach der Pfarrer von Pedro wie von einem guten alten Freund. Er führte so viele Einzelheiten aus Pedros vorbildlichem Leben an, dass Vitória vermutete, er müsse Joana und Dona Alma stunden-, wenn nicht gar tagelang befragt haben. Er sprach von Pedros Rechtschaffenheit, von seinem Fleiß, seiner Ehrlichkeit, seiner Treue, seiner Ergebenheit für Frau und Familie, und jede dieser Tugenden belegte er mit einem Beispiel. Pedros löblichen Einsatz für Schwächere veranschaulichte er anhand der alten Geschichte, wie Pedro, unter Einsatz seines Lebens, seine kleine Schwester von einer Weide mit einem aggressiven Stier gerettet hatte. In Wahrheit hatte die Episode, die der Pfarrer vortrug, sich ganz anders abgespielt. Es war eine Mutprobe gewesen, und Vitória hatte sich als Erste getraut, auf die Weide zu laufen. Pedro war erst gekommen, als ihre alte Babá nach ihnen rief – und hatte dann behauptet, dass er Vita habe retten wollen. Und sie hatte es nie richtiggestellt, hatte ihm das Lob der Eltern gegönnt und sich selber bemuttern lassen. Schon damals, dachte Vitória, war sie die Stärkere gewesen. Mit sieben Jahren hatte sie den 13-Jährigen Pedro fest im Griff gehabt, hatte ihm das Petzen und das unbegründete Heulen abgewöhnt und ihn gelehrt, was Stolz bedeutete. Sie hatte ihm ebenfalls beigebracht, dass man sich niemals als Gewinner hinstellen durfte, wenn man in Wahrheit der Verlierer war – jedenfalls nicht, wenn man nicht Vitória, »Sieg«, hieß.

Hätte sie sich in den vergangenen Jahren nur halb so viel um Pedro gekümmert wie damals, hätte sie ihn genauer beobachtet und ihm seine Geheimnisse entlockt, hätte sie ihm mit ihrer Stärke und nicht allein mit ihrem Geld geholfen – wäre er dann noch am Leben? Wann hatte sie ihn zuletzt spüren lassen, dass sie ihn liebte und bewunderte? Wann hatte sie ihm das letzte Mal etwas Nettes gesagt, ein Kompliment gemacht, ihn gelobt? Das musste eine Ewigkeit her sein. »Und pass auf, dass dir vor lauter Eile nicht die Törtchen hochkommen.« Wenn sie sich nicht sehr täuschte, war das der letzte Satz gewesen, den sie zu Pedro gesagt hatte. Nie wieder würde sie die Gelegenheit haben, ihm ein anderes Andenken von sich mit ins Grab zu geben als diesen schrecklichen Satz. Aber vielleicht, tröstete sich Vitória, hat er auf seinem Sterbebett ja doch noch etwas von dem mitbekommen, was um ihn herum passierte. Vielleicht hatte in dem tödlich verwundeten Körper noch ein klarer Geist gesteckt – oder eine unsterbliche Seele? – und ihn die schönen Abschiedsworte verstehen lassen. Ein lauter Schrei riss sie aus ihren Gedanken. Himmel, dieses Kind war ja nicht zum Aushalten! Woher hatte es bloß diese durchdringende Stimme? Von seinem Vater bestimmt nicht. In dem Blick, mit dem sie Félix und das Bündel auf seinem Arm bedachte, lag müde Gereiztheit.

Félix merkte davon nichts. Überhaupt entging ihm das meiste, was bei dieser Beerdigung passierte. Felipe beanspruchte seine ganze Aufmerksamkeit. Der Kleine schrie wie am Spieß, seit Wasser vom Schirm direkt in sein Gesicht getropft war. Er konnte sich gar nicht mehr beruhigen, sosehr Félix ihn auch schaukelte, küsste, ihn anlächelte oder ihn mit der Nase anstupste, sonst ein unfehlbares Mittel gegen alle Brüllattacken. Wenn dieser langweilige Pfarrer nicht bald aufhörte zu reden, würden sie gehen müssen, bevor die Zeremonie beendet war. Nicht dass es ihm viel ausgemacht hätte. Aber es wäre sehr unhöflich gegenüber der Familie des Toten gewesen.

Félix war noch ein Kind gewesen, als Pedro aus seinem Elternhaus ausgezogen war, und der Tod des Mannes ging ihm nicht sehr nahe. Félix war nur hier erschienen, weil die Familie da Silva auch zu Josés Beerdigung gekommen war und weil Fernanda meinte, sie müssten Luiza beistehen. Das hatten sie jetzt davon. Sie standen sich am Grab eines mehr oder weniger Fremden die Beine in den Bauch, bekamen nasse Füße und setzten ihren Sohn der Gefahr einer Lungenentzündung aus. Fernanda dachte genau dasselbe wie er, das sah er ihr an, auch wenn sie tapfer neben Luiza verharrte, die mit gesenktem Kopf und verweinten Augen an ihrem Arm hing. Aber Félix wusste, dass Fernanda immer auf ihrer Unterlippe herumkaute, wenn sie nervös oder ungeduldig war, und jetzt kaute sie, dass sie aussah wie eine malmende Kuh. Wenn der Pfarrer noch mehr Anekdoten aus dem Leben des Pedro da Silva zum Besten geben würde, wäre Fernandas Lippe bald rohes Fleisch.

Dona Alma dachte an ihre Enkelkinder – die sie nun nie mehr haben würde. Pedro und Joana war kein Nachwuchs vergönnt gewesen, Vitória wollte keine Kinder. Ihre Linie würde aussterben. Ihr Name würde in Vergessenheit geraten. An ihren Gräbern würde niemand um sie weinen. Von der Erdoberfläche gelöscht, als hätte es sie nie gegeben. Dieser Gedanke war von einer so erschütternden Tragweite, dass Dona Alma die Knie weich wurden. Er war noch grausamer als die Bilder, die sie Nacht für Nacht verfolgten, Bilder von einem leblosen Körper, der wie ein Stück Treibholz in den Wellen herumgewirbelt, der von der Strömung auf die spitzen Felsen gerissen wurde, Visionen von dem weißen, unschuldigen Leib ihres Sohnes, nach dem die Tentakeln des Todes griffen, der von den dunklen Mächten auf dem Meeresgrund in die Tiefe gezogen wurde. Dona Alma hatte Wasser schon immer gehasst. Und sie hasste es in diesem Moment, da der Regen bereits die Seitenwände des offenen Grabes aufzuweichen drohte, mehr als je zuvor.
León deutete auf seine Taschenuhr und gab dem Pfarrer dadurch zu verstehen, dass er mit seinem endlosen Gerede ein Ende finden solle. Die Köpfe der Blumen auf dem Sarg waren umgeknickt, das

Spruchband hing so triefnass herab, dass man die Worte darauf nicht mehr lesen konnte. Die neben dem Grab aufgehäufte Erde verwandelte sich zusehends in Matsch, und die Trauergäste waren alle mit ihren Nerven am Ende. Was für ein unwürdiges Spektakel! Wie konnte dieser Pfaffe es wagen, sich selbstverliebt als Zeremonienmeister des Weltuntergangs zu inszenieren? Er schien es ja förmlich zu genießen, mit tiefer, todernster Stimme gegen den Regen und das Geplärre des Babys anzureden.
Und was für einen Unsinn er erzählte! Ein Mensch war gestorben, kein Heiliger. Ein schwacher Mensch, den León früher einmal wegen seiner Aufgeschlossenheit, seiner Lebensfreude, seiner Integrität gemocht hatte, der aber in den vergangenen Jahren immer deutlicher seine Schwächen und Fehler herausgebildet hatte. Pedro war unflexibel, intolerant und humorlos geworden. Sein alter Freund hatte sich zu einem Mann entwickelt, der vor der Realität davonlief, anstatt ihr ins Auge zu sehen, der Zuflucht in überkommenen Traditionen und angestaubten Ansichten gesucht hatte. Oder hatte Pedro damit nur einen Panzer um seine hoch empfindsame Seele errichtet? War er immer schon so verletzlich gewesen, und er, León, hatte es nicht früher gesehen? Hatte er ihm womöglich mit seiner offen gezeigten Verachtung für Pedros kindische Angst vor einer Erpresserin, die überhaupt nichts in der Hand hatte, das letzte bisschen Stolz geraubt?

Joana war dankbar für den Regen. Er passte zu dem Anlass, und er spülte die Tränen von den Gesichtern. Sie selber hatte keine mehr. Sie hatte tagelang geweint, wahre Sturzfluten von Tränen auf ihrem Kopfkissen und an Aarons Schulter vergossen, sodass ihre Augen jetzt so trocken waren wie ihr verdorrtes Herz. Sie allein war schuld an Pedros Tod! Sie hätte nie zulassen dürfen, dass Vita in ihrer erstickenden Fürsorglichkeit den Bruder unterstützte, sie hätte sich nie zur Komplizin eines Verrats machen lassen dürfen, von dem sie wusste, dass Pedro ihn nicht verwinden konnte. Warum war sie nicht mit ihm fortgezogen aus Rio? Warum hatten sie ihr Glück nicht woanders gesucht, irgendwo, wo Pedro sich nicht als

Sohn eines verarmten Kaffeebarons fühlen musste, sondern sich eine eigene Identität hätte aufbauen können? Wo er nicht dem zerstörerischen Einfluss seiner Familie ausgesetzt war, wo er wieder hätte lachen können. Jetzt war es zu spät. Jetzt gehörte Pedro den Maden und den Würmern, während sie selber von Selbstvorwürfen zerfressen wurde, was kaum besser war. Die Welt hatte ihren Zauber verloren, das Leben seinen Glanz. Ohne Pedro war alles tot, leer, hohl.

Joana hätte noch Stunden im Regen stehen und dem unsinnigen Geschwätz des Pfarrers lauschen können, der von seiner eigenen Ansprache ergriffen war, dessen sonore Stimme Joana aber doch angenehm war, sie in eine Art Trance führte. Doch Aaron, der sie stützte, zuckte plötzlich zusammen und ließ Joana aus ihrer Versunkenheit hochfahren. Sie sah auf. Vitória war an den Rand des Grabes getreten. Und obwohl Joana das Interesse für alles um sich herum verloren hatte, merkte sie, dass die anderen Leute gespannt die Luft anhielten. Sogar der Pfarrer.

Vitória blieb kurz am Grab stehen, besann sich dann und drehte sich zu Joana um. Sie nahm ihre Schwägerin am Arm, führte sie an das Grab, ließ sie zuerst ihre Rose auf den Sarg werfen und tat es ihr anschließend nach. Dann drehte sie sich um und sagte, nur für den Geistlichen und die Nächststehenden hörbar: »Sie müssen nicht auch noch uns alle ins Grab reden. Ihre Vorstellung ist beendet.«

Der Mann bekreuzigte sich, desgleichen Dona Alma. León war stolz auf Vitória, die es gewagt hatte, das zu tun, woran alle Anwesenden die ganze Zeit gedacht hatten.

Da der Anfang nun gemacht war, traten auch Dona Alma und Eduardo an das Grab ihres Sohnes. Dona Alma warf einen Bund Vergissmeinnicht auf den Sarg, Eduardo seinen geliebten Säbel, den kostbarsten Gegenstand, der ihm geblieben war und den er nun keinem Sohn mehr vererben konnte. Mit einem lauten Klirren fiel der Säbel auf die Messingbeschläge des Sargdeckels.

Im selben Augenblick hörte das Baby auf zu schreien. Die plötz-

liche Stille war so unheimlich, dass es auf die Trauernden wie ein Fingerzeig Gottes wirkte, wie ein Signal, dass es jetzt endgültig hieß, Abschied zu nehmen.
Nachdem die Angehörigen und Freunde dem Toten die letzte Ehre erwiesen hatten, durften auch andere an das Grab herantreten. Félix hatte eigentlich nicht vorgehabt, Erde auf den Sarg zu werfen. Doch ein Glitzern des Säbels, das er nur aus dem Augenwinkel wahrgenommen hatte, hatte seine Aufmerksamkeit erregt. Er ging mit dem Baby auf dem Arm nach vorn, bückte sich, hob einen Klumpen nasser Erde auf und warf ihn mit einem hässlichen Platsch ins Grab. Er beugte sich ein wenig vor, um den Säbel genauer ansehen zu können. Ihm stockte der Atem.
João Henrique fand es unmöglich, dass dieser stumme Sklave das Begräbnis zur Unterhaltung seines schlecht erzogenen Kindes missbrauchte. Musste er wirklich dem Schreihals noch zeigen, was da so schön geklirrt hatte? Das war doch kein Jahrmarkt hier! Das heißt – die Darbietung von Vitória Castro vor ein paar Minuten hatte durchaus einen gewissen Unterhaltungswert gehabt. Er mochte Pedros Schwester nicht leiden, aber dieser Auftritt war absolut genial gewesen. Die Frau hatte Mumm, das musste man ihr lassen. Kurzzeitig war es ihr sogar gelungen, ihn von den Zweifeln abzulenken, die ihn seit Pedros Tod plagten. Ein Segen – er wollte ja nicht einen solchen Narren aus sich machen wie Aaron Nogueira.

Aaron flennte hemmungslos. Er war Pedro aus dem Weg gegangen, weil er dessen unausgesprochene Vorwürfe nicht ertragen hatte. Aaron wusste genau, wie Pedro unter dem Klatsch litt, der sich um ihn und Vita drehte, und doch hatte er nichts dagegen unternommen, sich sogar im Gegenteil geschmeichelt gefühlt, dass man ihm eine Liaison mit dieser großartigen Frau zutraute. Seine Verliebtheit hatte ihn derart verblendet, dass er seinen besten Freund vernachlässigt hatte. Jetzt war Pedro tot, und Vita hatte sich von ihm abgewandt. Nach Pedros Tod hatte er die Nacht in dessen Haus verbracht, weil Joana ihn darum gebeten hatte. In seinem Gästezimmer, das gleich neben dem von Vita und León lag, hatte er die ganze Nacht kein Auge zugetan. Bis heute verfolgten ihn die Geräusche, die allzu klar bewiesen, was er nicht hatte wahrhaben wollen: Vita und León liebten sich noch immer. Er hatte keine Chance. Und für diese aussichtslose Sache hatte er seinen besten Freund im Stich gelassen!

Félix hatte die Bilder in seinem Medaillon, die seine Eltern zeigten, so oft studiert, dass sich ihm jede Einzelheit tief ins Gedächtnis eingegraben hatte. Das Gesicht des Mannes auf der Fotografie war nicht erkennbar gewesen, anders als der edelsteinbesetzte Schaft und der kunstvoll verzierte Griff – dieser Säbel, der jetzt auf Blumen und unter zerlaufenen Erdklumpen lag, war derselbe wie der auf dem Bild. Und das würde ja bedeuten … o Gott, das konnte nicht sein!

Warum hatte er diesen Säbel nie vorher gesehen? Er hatte im Herrenhaus auf Boavista jeden Winkel gekannt, hatte Zutritt zu allen Räumen gehabt. Wo hatte Sinhô Eduardo die Waffe versteckt gehabt? Hätte er, Félix, doch nur früher diesen Säbel entdeckt! Wie anders wäre sein Leben verlaufen, wenn er einen Vater gehabt hätte!

Nein, ging es Félix plötzlich auf, er hatte ja einen gehabt, hatte ihn noch. Und der hatte ihn verleugnet. Da war ihm José ein viel besserer Vater gewesen. Ja, sein Leben wäre anders verlaufen, hätte er gewusst, dass der reiche Senhor Eduardo da Silva sein Vater war. Er hätte sich durch dessen Ablehnung tiefer gedemütigt gefühlt als durch die niedrigsten Arbeiten, die man ihm aufgetragen hatte. Er hätte um seine Aufmerksamkeit gebuhlt, hätte sich Hoffnungen auf ein Erbe gemacht, hätte Pedro und Vitória, seine Halbgeschwister, neidisch beäugt. Jesus, sein Halbbruder lag dort im Grab!

Félix bekreuzigte sich. Sein Leben wäre schlechter verlaufen, das wäre es! Womöglich läge er jetzt auch schon unter der Erde, an vergeblichen Hoffnungen und zerstörten Illusionen zu Grunde gegangen. Sein vaterloses Leben war gut zu ihm gewesen, und es würde nur jeden Tag besser werden. Er hatte einen wunderbaren Sohn, eine fantastische Frau, ein gut gehendes Geschäft, ein eigenes Haus. Das war mehr, als Pedro besessen hatte. Warum sollte Félix sich wünschen, der Sohn eines gebrochenen alten Mannes zu sein? Eines Mannes, der ihn, seinen leiblichen Sohn, als Sklaven gehalten hatte. Eine unbezähmbare Wut stieg plötzlich in Félix auf. Wie konnte man dem eigenen Kind nur so etwas antun? Er war selber Vater, und er konnte sich nicht vorstellen, dass er seinen Felipe jemals mit einer ähnlichen Grausamkeit behandeln würde. Als Félix vom Grab zurück in die Reihe der Trauernden trat, ging er ganz nah an Eduardo vorbei. Er sah ihm in die Augen – wie blind war er gewesen, dass er nicht vorher die Ähnlichkeit ihrer Augenfarbe bemerkt hatte? – und hielt ihm Felipe entgegen. Als Eduardo die Hand nach dem Kind ausstreckte, wandte Félix sich ab und ging davon.

Eduardo da Silva musste von zwei kräftigen jungen Männern gestützt werden, als er den Friedhof verließ. Welche Schuld hatte er nur auf sich geladen? Wurde er jetzt der gerechten Strafe zugeführt? Er hatte die Liebe seiner Frau verloren, als diese Sklavin, wie hieß sie noch?, mit seinem Kind schwanger geworden war, was wiederum nicht passiert wäre, wenn Alma nicht unmittelbar nach Vitórias Geburt ein eigenes Schlafzimmer bezogen hätte. Er hatte sechs Kinder begraben, fünf eigene, und den Tod eines davon selber herbeigeführt. Pedro könnte jetzt das sorglose Leben eines wohl situierten Fazendeiros führen, wenn er, Eduardo, nicht so unfähig gewesen wäre oder wenn er auf Vita gehört hätte. Aber welcher Mann nahm schon seinen kleinen Engel ernst, wenn es sich um Geschäfte handelte? Und er hatte sein eigen Fleisch und Blut verleugnet, weil der Junge schwarz und stumm war. Félix war sein letzter lebender Sohn, und er hatte ihn ebenso verloren wie seinen einzigen Enkel.

Eine Woche später war Eduardo da Silva wieder auf den Beinen. Seinen Zusammenbruch, der Familie und Freunde gleichermaßen bestürzt hatte, hatte er dank João Henriques intensiver Pflege heil überstanden. Bei der *missa do sétimo dia*, der Messe, die für Pedro in der Glória-Kirche gehalten wurde, saß er zwischen Dona Alma und Vitória und wirkte nur ein wenig unkonzentriert, sonst aber wie immer. Der Eindruck täuschte. Eduardo zwang sich zur Selbstkontrolle. Am Tag der Beerdigung, als Félix ihm mit Verachtung in den Augen seinen Enkelsohn unter die Nase gehalten hatte, war etwas in ihm zerbrochen, das nie wieder heilen würde. Aber vielleicht würde eine Europareise, wie Alma sie sich schon lange wünschte, ihn von seinem Kummer kurieren. Er würde schweren Herzens Vitas Geld annehmen müssen.

Vitória saß am Rand der Holzbank, gleich vor der Statue des heiligen Gonçalo, und war in die Abbildung auf den *azulejos* vertieft. Die blau-weißen Kacheln bedeckten die Seitenwände der Kirche seit bald zweihundert Jahren, als sie in Portugal maßgefertigt und dann auf einem Segelschiff in die Kolonie gebracht worden waren. Vitória fand den Aufwand, den die katholische Kirche seit jeher für die Verschönerung ihrer Gotteshäuser betrieb, faszinierend und abstoßend zugleich. Sie forschte in ihrem unvollständigen Bibelwissen nach einer Stelle, an der Harfenspielerinnen und herumtollende nackte Putten vorkamen, wie sie sie über ihrer Schulter sah. Sollte das etwa das Paradies sein? Es wirkte nicht sehr verlockend.

Als die Totenmesse beendet war, warteten Joana und Vitória vor der Tür auf Eduardo und Dona Alma, die noch mit dem Pfarrer sprachen.

Wahrscheinlich geben sie ihm wieder viel zu viel Geld, dachte Vitória.

»Dieser geschwätzige Priester ist wirklich schwer zu ertragen«, sagte Joana.

Vitória nickte.

»Pedro hätte das nicht gefallen. Er würde nicht wollen, dass wir seinetwegen so oft in die Kirche rennen.«

Vitória wurde neugierig. Wollte Joana ihr irgendetwas sagen? Brach sie endlich ihr selbst auferlegtes Schweigegelübde? Seit

Pedros Tod hatte Joana nur das Nötigste gesagt, war jedem Gespräch aus dem Weg gegangen.
»Nein, ich glaube auch nicht, dass er das gewollt hätte. Er war nie boshaft genug, um anderen Menschen Schlechtes zu wünschen.«
»Im Gegenteil«, sagte Joana. »Er scheint geglaubt zu haben, er würde uns mit seinem Tod etwas Gutes tun.«
»Inwiefern?« Vitória hatte eine üble Vorahnung.
»Vorgestern kam ein Mensch von der Versicherung vorbei. Ich fiel aus allen Wolken, Vita! Ob du es glaubst oder nicht, Pedro hat eine hohe Lebensversicherung abgeschlossen, in deren Genuss ich jetzt komme.«
»Du denkst, er hat sich umgebracht?«
»Ja«, flüsterte Joana.
»Und du denkst, er hat keinen Abschiedsbrief hinterlassen, um es wie einen Unfall wirken zu lassen?«
»Ja.« Musste Vita immer alles so offen aussprechen? Es war schon schlimm genug, wenn man es nur dachte. »Ja«, sagte Joana, »ich glaube, dass ihn sein Stolz sein Leben gekostet hat.«
»Was soll das heißen?«
»Nachdem er von León erfahren hatte, dass du hinter seiner Firma stehst, war er nicht mehr wiederzuerkennen. Du hast es ja selbst gesehen, als wir bei euch waren. Er war in der Woche vor seinem Tod so merkwürdig«, schluchzte sie, »und ich habe die Zeichen völlig falsch gedeutet! Ich habe gedacht, dass er sich wieder beruhigt, dass er nur ein bisschen Abwechslung braucht, dass die Arbeit in der Schiffsstauerei seine Nerven ruiniert. Dabei hat er die ganze Zeit darüber nachgegrübelt, wie er es am geschicktesten anstellt.« Joana brach in Tränen aus.
Das also war es gewesen! Nicht die Erpressung, von der León ihr erzählt hatte und auf die sie mit demselben Unverständnis wie er reagiert hatte, war der Grund für den abrupten Stimmungsumschwung gewesen. Die Entdeckung ihres und Joanas kleinen Komplottes war es gewesen. Nein, nicht die Entdeckung – Leóns Verrat ihres Geheimnisses!

»Beruhige dich doch, Joana. Ich glaube, dass du ganz falsch liegst. Selbstmord ist eine schwere Sünde. Etwas so Unchristliches würde Pedro niemals tun.«

Nachdem sie Joana in der Kutsche nach São Cristóvão begleitet hatte, kam Vitória müde und vom Schweiß verklebt zu Hause an. Ihre Eltern hatten sich zu ihrer Siesta zurückgezogen, und León schien es mal wieder eilig gehabt zu haben, das Haus zu verlassen. Vitória nahm ein schnelles Bad, zog sich ein leichtes Hauskleid an und ging ins Esszimmer, um bei einer Tasse Kaffee in Ruhe über das nachdenken zu können, was sie heute erfahren hatte. Doch sie hatte sich noch nicht gesetzt, als León hereinkam, mit einer Zeitung unter dem Arm, die er anscheinend gerade von draußen besorgt hatte.

»Geh mir aus den Augen, du Mörder.«

Er warf die Zeitung auf den Tisch und näherte sich Vitória mit einem drohenden Blick.

»Kann das sein? Bist du von allen guten Geistern verlassen?! Was soll das?«

»Als ob du das nicht wüsstest.«

León griff fest nach ihrem Oberarm. »Nein, sag es mir.«

»Lass mich gefälligst los.«

»Erst wenn du mir sagst, was ich deiner Meinung nach verbrochen habe.«

»Du hast Pedro auf dem Gewissen. Wenn du ihm nicht erzählt hättest, dass ich ihn heimlich unterstütze, wäre er jetzt noch am Leben.«

»Ich denke, er hatte einen Unfall.«

»Ja, einen, den du verursacht hast und der Joana eine hübsche Summe aus der Lebensversicherung beschert.«

»Du glaubst, er hat sich umgebracht?«

»León, warum hörst du mir nie richtig zu? Nein, ich glaube nicht, dass er sich umgebracht hat. Ich glaube, dass du ihn umgebracht hast.«

»Indem ich unwissentlich ein ›Geheimnis‹ verraten habe, das kei-

nes war und von dem ich annahm, er kenne es? Ich bitte dich, Vita. Das kann nicht dein Ernst sein.«
»Es ist aber mein Ernst.«
»Du glaubst also, dass deine heimliche Unterstützung ihn getötet hat, ja? Wenn dem so sein sollte, bist ja wohl eher du an seinem Tod schuld.«
Vitória befreite sich mit einem Ruck aus seiner Umklammerung. »Da du mich jetzt schon des Mordes an meinem eigenen Bruder beschuldigst, verstehe ich nicht, warum du so lange zögerst, die Scheidungspapiere zu unterschreiben. Sie liegen seit Wochen auf deinem Sekretär.«
León nahm seine Zeitung. »Die Angelegenheit war mir nicht wichtig genug.« Dann verließ er den Raum.

Vitória schäumte vor Wut. Nicht wichtig genug! Dieser Lügner, dieser Feigling! Damit hatte er den Vogel abgeschossen! Diese kleine gemeine Bemerkung verletzte sie tiefer, als er es wahrscheinlich beabsichtigt hatte. Vitória stand nicht mehr der Sinn nach Kaffee und Kuchen. Sie konnte dieses Haus keine Sekunde länger ertragen! Sie würde in ein Hotel gehen oder, noch besser, zu Aaron! Das wäre León sicher auch nicht wichtig genug, als dass er sie davon abhalten würde. War sie überhaupt jemandem wichtig genug?
Als ihr Blick auf das Gemälde fiel, begann Vitória hysterisch zu lachen. Ha, nur sie selber hatte sich wichtig genommen! Wie eitel sie für den Maler posiert hatte, vor nicht einmal vier Jahren, und wie stolz sie auf das fertig gestellte Gemälde gewesen war! Himmel, wie hatte sie nur jemals dieses stümperhafte Geklecks schön genug finden können, um es im Esszimmer aufzuhängen, wo es ihr und den Gästen nur den Appetit verdarb?
Außer sich vor Zorn schob Vitória einen Stuhl vor die Anrichte, die unter dem scheußlichen Gemälde stand. Sie holte aus der Besteckschublade des Schrankes eine Geflügelschere, kletterte auf die Anrichte und rammte die Schere in die straff gespannte Leinwand. In rauschhafter Geschwindigkeit schnitt sie sich durch die

Rüschen eines Kleides, das sie nie besessen hatte, durch die Schärpen und Orden an Leóns Fantasieuniform, durch ihr Madonnenantlitz und Leóns Heldengesicht. Ihr Arm reichte nur bis zu Leóns Nasenspitze, und Vitória wippte auf den Zehenspitzen, um noch seine Augen zu zerschneiden. Die Leinwand hing in Fetzen herab, trockene Ölfarbe bröselte auf Vitórias Kleid und ihr Haar. Ein spitzer Schrei ließ sie innehalten.

Taís, die mit dem Tablett hereingekommen war, starrte die Sinhá ungläubig an. Sekunden später kam León hereingestürmt, in der Annahme, es sei ein Unfall passiert. Sábado hatte sich in eine Ecke des Raums verzogen, zog den Schwanz ein und winselte. Vitória stand auf der Anrichte. Ihre Wut war so plötzlich verraucht, wie sie gekommen war. Belustigt sah sie auf die erschrockenen Gesichter von León und Taís herunter.

»Ich bin nicht dem Wahnsinn anheimgefallen. Stell den Kaffee auf den Tisch, Taís, und zeige bitte diesem Mann«, damit deutete sie auf León, »wo sich die Tür befindet. Er scheint mir heute ein bisschen durcheinander zu sein.« Sie kletterte flink von dem Möbel, ging zu Sábado und streichelte ihn. »Du Ärmster. Hat dir Frauchen Angst eingejagt? Das mache ich nicht wieder, versprochen. In ein paar Tagen fahren wir nach Boavista.«

León stand mit einem süffisanten Grinsen vor dem Werk ihrer Zerstörung. Er ging auf Vitória zu, griff ihr ins Haar und zog einen Farbkrümel daraus hervor. »Kein Wunder, dass der Hund sich erschrocken hat. Rosa war noch nie deine Farbe, Schatz.«

Am Mittwoch darauf reiste León ab. Er habe, hatte er seinen Schwiegereltern mit ausgesuchter Freundlichkeit erklärt, zum wiederholten Male einen Posten als Konsul in England angeboten bekommen und sich diesmal dazu durchgerungen, ihn anzunehmen. Es sei äußerst bedauerlich, dass er dadurch eine ganze Weile ihrer höchst erbaulichen Gesellschaft beraubt würde, doch er sei sich sicher, dass sie sich alle bald wiedersehen würden. »Vielleicht kommen Sie mich ja einmal in England besuchen? Wenn Sie schon demnächst auf dem Kontinent sind, ist es zur Insel ja nicht mehr weit. Es wäre mir eine übergroße Freude, Ihnen die sonderbaren Gewohnheiten der Engländer zu erklären, bei einem Tee mit Sahne, versteht sich.«

»Es ist so kalt und nass dort – ich glaube nicht, dass das meiner Gesundheit sehr zuträglich wäre«, maulte Dona Alma, doch Eduardo lenkte ein: »Aber ja, mein Junge, wir werden sehen, dass wir es einrichten können.«

Vitória war wie betäubt. Sie folgte dem Geplauder, ohne es zu verstehen. Sie dachte nur an den Scheidungsvertrag, den ihr León eine halbe Stunde zuvor auf ihren Sekretär gelegt hatte – mit seiner Unterschrift. Nun war es also so weit. Er hatte einen Anwalt mit einer umfassenden Vollmacht ausgestattet, so dass auch in seiner Abwesenheit die Scheidung vollzogen werden konnte. Mit allen finanziellen Regelungen, die Vitória und Aaron so gerecht wie möglich ausgeklügelt hatten, erklärte er sich einverstanden. Das Dokument war fünf Seiten lang, von denen viereinhalb die materiellen Güter auseinander dividierten. Vitória hatte mit einem Gefühl des Triumphs gerechnet, oder wenigstens mit Erleichterung. Aber das Scheitern ihrer Ehe jetzt vor sich zu sehen, schwarz auf weiß, mit der dynamischen Unterschrift Leóns, löste in ihr eine diffuse Traurigkeit aus. War das wirklich alles, ein nüchterner standesamtlicher Vorgang, und ihre Ehe war vorbei?

Vitória begleitete León nicht zu dem Schiff, das ihn nach England bringen würde. Warum sollten sie jetzt noch den Schein aufrechterhalten? In Kürze wüsste ganz Rio, dass sie geschieden waren. Sie mussten sich nicht noch wortreich und in aller Öffentlichkeit voneinander verabschieden, wie es sich für einen Konsul und seine Frau gehört hätte. Außerdem hatte Vitória etwas Besseres zu tun, als ihre Zeit mit einer Farce zu vergeuden. Sie wollte mit Joana nach Boavista fahren und hatte noch viel zu packen, zu erledigen und zu organisieren. Doch den ganzen Tag wollte ihr nicht Leóns Gesicht aus dem Kopf gehen, wie sie es zum letzten Mal gesehen hatte, am Morgen, auf der Außentreppe.

»Hier geht dein letzter Sklave, Sinhazinha«, hatte er mit seinem spöttischen Lächeln gesagt und dann, leiser, hinzugefügt: »Leb wohl, *meu amor.*«

Sie hatte mit einem schroffen »Auf Wiedersehen, León« reagiert und war ins Haus geflüchtet.

Und jetzt stand sie vor ihren Koffern und stellte sich vor, wie es am Kai zugehen mochte. Ihre Eltern, Joana und alle möglichen Freunde Leóns wollten sich am Hafen von ihm verabschieden. Bei ihren Eltern war sie davon überzeugt, dass es nicht Leóns Abreise, sondern vielmehr das aufregende Flair des Hafens war, das sie dazu bewegt hatte, noch dazu, wo León auf einem der größten und luxuriösesten Dampfer der Welt reiste. Sie stellte sich vor, wie sie Champagner tranken, León herzten, ihm dann mit weißen Taschentüchern winkten und er strahlend zurückwinkte. Wie das Schiff mit einem vibrierenden Tuten auslief, León freudig erregt seinen Hut schwenkte und sich, wenn die Menschen am Kai schon zu klein waren, um noch erkennbar zu sein, dem Panorama Rios zugewandt hätte. Hätte ihr jemand berichtet, dass León bewusst den letzten Blick auf die phänomenale Kulisse Rios vermied, Vitória hätte ihn schlichtweg für verrückt erklärt.

Als das Schiff aus der Bucht auslief, den Zuckerhut zur rechten, die Landspitze von Niterói zur linken Seite, saß León bereits an der Bar und betrank sich.

XXXIV

Während der ganzen Zugfahrt sprachen sie kein Wort miteinander. Beide Frauen sahen aus dem Fenster, jede mit ihren eigenen Gedanken beschäftigt, jede teilnahmslos die Verwüstungen betrachtend, die der »Fortschritt« mit sich gebracht hatte. Der einzige Unterschied war, dass Vitória die Landschaft auf sich zurasen sah, während Joana, die mit dem Rücken in Fahrtrichtung saß, den Eindruck hatte, sie würde vor ihr fliehen. Es spielte keine Rolle. Die sich ausdehnenden Elendssiedlungen der Schwarzen, die abgeholzten Wälder, die Steinbrüche, das neue Elektrizitätswerk, die Konservenfabrik und das Sägewerk, die Müll- und Schrottplätze waren immer hässlich anzusehen, aus welcher Perspektive man sie auch betrachtete. Als sie die Umgebung von Rio verließen, wurde es nicht besser. Herrenhäuser mit eingefallenen Dächern, brachliegende Felder, dürre Kühe und ärmliche Dörfer brausten an ihnen vorbei, schnell genug, dass man keine noch verheerenderen Details erkannte. Vitória empfand keine Freude beim Anblick ihrer geliebten Heimaterde. Der rostrote Lehm erinnerte sie an getrocknetes Blut, das braune Wasser der Flüsse an Friedhofserde, das Grün der Bäume an Schlangengift – eine endlose Spur des Verfalls zischte an ihnen vorüber, und in ihrem Nachhall lag nichts als Hohn.

Nein! Vitória rief sich zur Vernunft. Wollte sie jetzt auch schon immer und überall das Schlechte sehen? Reichte nicht ein Selbstmörder in der Familie? Vielleicht war es ein Fehler gewesen, sich vom Vale do Paraíba Trost zu versprechen. Aber es war kein Grund, den Kopf hängen zu lassen. Schlimmstenfalls würden sie eben wieder nach Rio zurückfahren.

Vitória kramte in ihrer Reisetasche umständlich nach den chilenischen Äpfeln, die sie für einen horrenden Preis und in einem Anfall von Genusssucht für die Reise gekauft hatte. Sie fand endlich einen Apfel, rieb ihn an ihrem Kleid ab und biss laut krachend in die rote

Schale. Joana bekam davon nichts mit. Sie saß wie versteinert auf dem abgewetzten Samtpolster, starrte aus dem Fenster und bot in ihrer Witwentracht ein erbarmungswürdiges Bild.
Joana trug ein schwarzes, hochgeschlossenes Wollkleid und einen kleinen Hut, an dem vorn ein schwarzer Schleier mit Tupfen befestigt war, der beinahe ihr ganzes Gesicht verdeckte. Vitória hatte nur einen kurzen Schleier an ihrem Haarknoten festgesteckt – die Welt sah schon düster genug aus, ohne dass sie durch dunklen Tüll blickte. Auch sie trug ein schwarzes Kleid, hatte sich jedoch ein blaues Tuch um die Schultern gelegt. Immer wenn der Zug durch dunkle Waldabschnitte fuhr, sah Vitória sich verstohlen in der Fensterscheibe an, und jedes Mal erwischte sie sich bei dem Gedanken, dass diese Kombination, Schwarz-Blau, ihr gar nicht so schlecht stand. Sie ließ sie älter aussehen als ihre vierundzwanzig Jahre, aber auch seriöser, reifer, ernsthafter. Als der Zug jetzt einen kleinen Tunnel passierte, wendete Vitória ihren Blick schnell von ihrem Spiegelbild ab. Himmel, hatte sie keine anderen Sorgen! Ihr Bruder war vor kurzem gestorben, ihr Mann ließ sie im Stich, ihre Eltern flohen vor ihr – und sie bewunderte sich selbstverliebt im Fenster. Für wen wollte sie überhaupt noch schön sein? Für Joana? Ha! Neben ihrer Schwägerin, die das personifizierte Elend war, sah sie ohnehin aus wie eine Göttin. Joana hatte innerhalb kürzester Zeit so viel Gewicht verloren, dass ihre Hände, die jetzt zusammengefaltet auf ihrem Schoß lagen, knochig und pergamenten aussahen und ihr Dekolletee flach geworden war. Warum weigerte sie sich auch, ein Korsett zu tragen und ihre Brust damit ein wenig anzuheben? Es machte die Dinge nicht besser, wenn man sich gehen ließ. Das genauere Studium von Joanas Gesicht blieb Vitória dank des Schleiers davor zum Glück erspart. Die riesigen Augen in den dunklen Höhlen wirkten auf sie immer wie eine einzige Anklage.

Da niemand sie am Bahnhof erwartete und da Vitória nach der langen Zugfahrt keine Lust hatte, sich direkt im Anschluss wieder durchrütteln zu lassen, schlug sie einen kleinen Spaziergang durch

Vassouras vor. Joana war einverstanden. Dem Burschen, der im selben Zug in der dritten Klasse mit ihnen angereist war, schärfte Vitória ein, gut auf ihre Koffer, Kisten und Taschen aufzupassen und sich nicht vom Fleck zu rühren, bis sie von ihrem Gang zurückkämen.

Träge schlenderten Joana und Vitória durch die Straßen, die sie so gut kannten. Vassouras war bunt und laut wie immer. Erst auf den zweiten Blick bemerkte man, wie auch hier der Untergang der Kaffeebarone seine Spuren hinterlassen hatte. Das Delikatessengeschäft gab es nicht mehr, in den Räumen hatte sich jetzt ein Herrenschneider eingerichtet, der sich auf die Bedürfnisse der einfacheren Leute spezialisiert hatte. Die Hutmacherin, die ihr Atelier in der ersten Etage eines Hauses in der Rua das Rosas gehabt hatte, war ebenso ausgezogen wie der Juwelier. Das Hotel machte einen ungepflegten Eindruck, die Fenster waren schmutzig und die runden Markisen darüber verschossen. Dennoch hatte Vitória Lust, auf einen Kaffee hineinzugehen. Es schien nach wie vor das erste Haus am Platz zu sein.

Sie waren die einzigen Gäste. Ein Kellner mit fettigen Haaren bediente sie widerwillig.

»Weißt du noch …«, setzte Joana an, wurde jedoch von Vitória am Weiterreden gehindert.

»Bitte. Tu uns beiden den Gefallen und sprich nicht darüber.« Natürlich wusste sie noch! Wenngleich die meisten Erinnerungen an ihre Hochzeit stark verblasst waren, wusste Vitória doch noch sehr genau, wie schrecklich sie sich gefühlt hatte, wie schlecht ihr gewesen war, wie León sie aus genau diesem Raum herausgetragen und auf die Hochzeitssuite gebracht hatte. »Lass uns den Kaffee austrinken, uns eine Kutsche suchen und nach Boavista fahren. Diese Stadt hebt nicht gerade meine Laune.«

Doch die Fahrt durch die verwilderten Felder, über holprige Wege und morsche Holzbrücken hob ihre Laune noch viel weniger. Der Felsen, auf dem sie und Rogério sich mit dreizehn Jahren zum ersten Mal geküsst hatten, unschuldig und doch aufwühlend wie kein

anderes Ereignis ihres jungen Lebens – dieser Felsen also, war er schon immer so klein und unscheinbar gewesen? Sie hatte ihn viel imposanter im Gedächtnis. Die Ausbuchtung des Paraíba do Sul, in der sie so gern schwimmen gegangen war – war das Wasser immer schon so brackig gewesen, hatte auf der Oberfläche auch damals so viel faulendes Laub gelegen? Der Hügel, von dem Eufrásia und sie sich auf der Seite liegend als Kinder hatten herunterkullern lassen – war er nicht steiler, höher, gefährlicher gewesen? Und der Mandelbaum, an dem sie und León sich in dieser verhängnisvollen Gewitternacht verabredet hatten – wie konnte man nur einen so verkrüppelten, halb toten Baum als Treffpunkt für ein romantisches Stelldichein wählen? Kein Wunder, dass ihre Verbindung sich so ungut entwickelt hatte.
Es war erschreckend, wie sich die Wahrnehmung mit dem Erwachsenwerden veränderte. Wie schade, dass die Merkmale der Landschaft an Größe verloren, Düfte und Empfindungen an Intensität. Was für ein Jammer, dass man sich nicht mehr mit derselben Leichtigkeit verlieben konnte wie früher, mit derselben Inbrunst den Geburtstag herbeisehnen oder sich den sofortigen Tod der besten Freundin wünschen konnte. Im Vergleich dazu waren heute alle Sinneseindrücke flach, Gefühle schal, Erlebnisse unbedeutend.
Die Kutsche quälte sich die Anhöhe hinauf, hinter deren Kuppe man Boavista sehen konnte. »Wer Boavista zuerst sieht, hat gewonnen« hatte sie früher oft mit Pedro gespielt, und immer hatte sie gewonnen, weil sie noch vor Erreichen der Kuppe aufgeregt geschrien hatte: »Da ist es! Da ist es!«
»Da ist es«, sagte jetzt Joana matt.
Vitória hätte heulen können.
Sie rückte die Brille zurecht, kniff die Augen zusammen, und tatsächlich, da war es! Das rote Dach aus den gerundeten Ziegeln, die auf den Oberschenkeln von Sklaven geformt worden waren, sah man immer zuerst. Dann: das Herrenhaus, die *senzalas*, den Springbrunnen. Oh, das war herrlich! Aus dieser Entfernung sah Boavista aus wie immer, und obwohl Vitória ahnte, was auf sie zu-

kam, gab sie sich einen kleinen Moment lang der Illusion hin, es sei alles beim Alten.

Es war noch schlimmer, als Vitória befürchtet hatte. An der einst makellos weißen Fassade liefen braun-graue Regenwasserspuren herab, an den Fenstern und Türen bröckelte der Lack. Der Springbrunnen war ohne Wasser, dafür mit Moos bewachsen und auf seinem Mosaikboden mit einer modrigen Blätterschicht belegt. Die Keramikzapfen auf dem Treppensims hatten Sprünge.
Fünf Leute hatten tagaus, tagein nichts anderes zu tun, als dieses Anwesen in Schuss zu halten. Was taten sie eigentlich für ihr Geld? Und vor allem: Was taten sie mit dem Geld, das Vitória für den Erhalt Boavistas schickte? Es konnte doch nicht so schwer sein, ein paar Eimer Farbe zu beschaffen und die Fassade zu streichen, oder einen Besen in die Hand zu nehmen und den Hof zu fegen.
Die Haustür quietschte, als Vitória sie aufdrückte. Zauberhaft, dachte Vitória, abgeschlossen hatte niemand, und es war offenbar auch niemand in der Nähe, um aufzupassen, wer das Haus betrat. Ein Schwall abgestandener, staubiger Luft schlug ihr entgegen. Sie sah sich in der Eingangshalle um, in der, wie erwartet, die besseren Möbel und Dekorationsgegenstände fehlten – ihre Eltern hatten damals alles, was einen gewissen materiellen Wert darstellte, verkaufen müssen. Dennoch war der Effekt bestürzend.
»Hallo? Ist hier niemand?«, rief sie laut, als müsse sie sich mit der Kraft ihrer Stimme selber Mut machen. Es hallte wie in einem Spukschloss aus einem englischen Schauerroman.
»Ich komme ja schon«, hörten sie ein Stimmchen aus dem Nutztrakt. Kurz darauf zeigte sich die dazugehörige Person, eine kleine Schwarze in etwa ihrem Alter. »Ja, Sie wünschen?«, fragte sie und zupfte dabei an ihrer schmutzigen Schürze herum.
»Ich wünsche ein Bad, ein Bett und Auskunft darüber, was hier vor sich geht. Wie heißt du? Wo sind die anderen?«
»Ich bin Elena. Und w…«
Weiter kam sie nicht, da Joana die undiplomatische Frage vorhersah. »Guten Tag, Elena. Ich glaube, wir kennen uns noch nicht.

Ich bin Sinhá Joana, die Schwägerin von Sinhá Vitória. Wir sind ein bisschen erschöpft von der langen Fahrt hierher. Holst du uns bitte etwas zu trinken? Und ruf bitte einen kräftigen Mann, der dem Burschen mit unserem Gepäck helfen kann.«
»Wieso sprichst du so höflich mit diesem nichtsnutzigen Geschöpf?«, wollte Vitória wissen, als Elena davongestoben war. »Jetzt hält sie sich wahrscheinlich für eine Dame, die sich mit uns gemeinsam zum Kaffee an den Tisch setzen kann.«
Joana zuckte mit den Achseln. »Ich finde es eben richtig. Sie ist ja kein blutjunges Ding mehr oder eine alte Freundin.«
Nein. Sie war eine ehemalige Sklavin und anscheinend wie die anderen vier, die Vitória zur Pflege Boavistas eingestellt hatte, nicht in der Lage, ihre Arbeit richtig zu erledigen. War es zu viel verlangt, ein Haus vorzufinden, das von außen wie von innen ordentlich war? Zumindest oberflächlich sauber? Es musste ja nicht jeder Quadratzentimeter geschrubbt, gewachst und auf Hochglanz poliert sein, aber man hätte die Räume regelmäßig lüften und die Böden wischen können. Vitória ärgerte sich über sich selber. Sie hätte es wissen müssen. Die meisten Menschen, schwarz oder weiß, brauchten jemanden, der ihnen sagte, was und wie sie es zu tun hatten. Es war ein Fehler gewesen, sich auf den alten Luíz zu verlassen, der zwar vertrauenswürdig schien, als ehemaliger Vorarbeiter auch über Autorität verfügte, der sich jedoch besser mit Kaffeesträuchern auskannte als mit der Instandhaltung eines Hauses. Aber sie hatte keine andere Wahl gehabt: Außer Luiza und José, die ihre Herrschaften auf keinen Fall allein nach Rio reisen lassen wollten, waren alle Haussklaven davongelaufen. Hätte sie Boavista etwa einem Fremden anvertrauen sollen?
Vitória drückte die Tür zum Salon auf. Über den wenigen verbleibenden Möbeln lagen Laken, die schon vergilbt waren. Sie riss die Vorhänge auf, aus denen Staub rieselte. Sie schob die Fenster hoch, deren Lauf von jahrelanger Nichtbenutzung verzogen war. Nur unter Aufbringung all ihrer Muskelkraft gelang es ihr, zwei Fenster zu öffnen. Im unbarmherzigen Tageslicht sah der Salon noch trauriger aus als zuvor. Man erkannte die Kratzer auf dem

Parkettboden, einen gelblichen, feuchtschimmeligen Fleck auf der Wand sowie Staubfäden, braune, pelzige, die von der Decke baumelten, und feine, transparente, die sich von Ecke zu Ecke spannten. Oder handelte es sich gar um Spinnweben? Himmel, es konnte doch nicht so schwer sein, den Staubwedel an einem langen Stiel zu befestigen und damit gelegentlich über Decken und Wände zu fahren!

Flapp, flapp, flapp – die Sandalen an Elenas Füßen kündigten sie schon von Weitem an. Früher hätte man nichts davon gehört, alle kleinen Alltagsgeräusche waren von den dicken Teppichen und den schweren Polstermöbeln geschluckt worden.

»Kannst du nicht die Füße heben?«, fuhr Vitória die junge Frau an, die erschrocken mit dem Tablett in den Händen stehen blieb. »Nein«, beantwortete Vitória ihre Frage. »Wenn du schon die Aufgaben im Haushalt nicht bewältigst, dann sind dir die eigenen Füße natürlich erst recht zu schwer.«

»Vielen Dank, Elena.« Joana nahm ein Glas Wasser vom Tablett, reichte es Vitória und nahm sich dann ihres.

Vitória trank das Glas in einem Zug aus und stellte es scheppernd auf das Tablett. »Wo steckt Luíz? Schick ihn sofort zu mir, ich habe ein Hühnchen mit ihm zu rupfen.«

»Luíz ist schwer krank, Sinhá. Er liegt oben im Bett, mit hohem Fieber.«

Vitória verdrehte die Augen. Hatte sie es nicht gesagt? Die Schwarzen lagen in ihren Betten! Der Rundgang durchs Parterre würde warten müssen – zuerst wollte sie die oberen Räume in Augenschein nehmen. Hoffentlich hatte sich wenigstens keiner unterstanden, ihr altes Zimmer mit seinen ungewaschenen Ausdünstungen zu schänden! Doch ihre Angst war unbegründet. Ihr eigenes sowie die Zimmer ihrer Eltern waren zwar in einem ähnlich desolaten Zustand wie die unteren Räume, sahen aber nicht so aus, als ob irgendjemand sie bewohnte. Plötzlich hörte sie ein verstörtes »Oh!«. Joana, die zu dem Gästezimmer geeilt war, in dem sie bei ihrem einzigen Aufenthalt auf Boavista geschlafen hatte, knallte die Tür zu und sah Vitória resigniert an.

»Du hattest Recht.«
Wie sich herausstellte, hatten zwei Frauen diesen Raum bezogen, während sich die zwei jüngeren Männer ein anderes Gästezimmer teilten und Luíz den Luxus eines eigenen Zimmers für sich beanspruchte. Wutentbrannt riss Vitória das Fenster in dem »Krankenzimmer« auf, damit der Alkoholgestank entweichen konnte. »Du verkommener alter Drecksack! Schwer krank, dass ich nicht lache! Ich schlage vor, du gesundest innerhalb der nächsten halben Stunde, damit du mir in allen Einzelheiten erklären kannst, was du hier in den vergangenen zweieinhalb Jahren getrieben hast.«

Den Rest des Nachmittages schlenderte Vitória ziellos über das, was von der Fazenda übrig geblieben war. Die Schäden waren nicht minder schwer als die am und im Haus, aber hier draußen konnte sie wenigstens frei atmen. Sie zwängte sich vorsichtig an den abstehenden, unregelmäßigen Spiralen der durchgerosteten Drahtzäune vorbei, um über die einstige Pferdekoppel zu laufen. Sie genoss es, wie ihre Füße in der weichen Erde versanken, und sie scherte sich nicht um ihre Schuhe. Sie fuhr mit der Hand durch die hüfthohen Gräser, fühlte dabei aber nicht die Gelassenheit, die ein Beobachter in dieser Geste hätte erkennen können. Sie war schockiert. Sie war wütend. Und vor allem war sie extrem ungehalten über Joanas Verhalten. Wie konnte sie auch noch freundlich zu diesem Gesindel sein? Und wie konnte sie sich in aller Seelenruhe an den wurmstichigen Sekretär in Pedros altem Zimmer setzen und den Inhalt der Kiste sortieren, die sie idiotischerweise aus Rio mit hierher gebracht hatte? Briefe, Billetts, Souvenirs wie Eintrittskarten oder Bankettmenüs – alles, was sie in Pedros Arbeitszimmer an losen Papieren hatte zusammenklauben können, hatte sie mit nach Boavista genommen. »Vielleicht finde ich einen Hinweis auf die wahre Ursache seines Todes«, rechtfertigte Joana sich für das zusätzliche Gepäck, doch Vitória wusste es besser. Joana wollte in alten Erinnerungen schwelgen.
An der Familiengruft unterbrach Vitória ihren Spaziergang. Sie

setzte sich auf das Mäuerchen, das um das Grab herumführte. Früher hatte sie das steinerne Denkmal als abweisend und hart empfunden. Jetzt war sie froh darüber, dass wenigstens hier die Nachlässigkeit der Leute keinen Schaden hatte anrichten können. Sie las die eingravierten Namen ihrer toten Geschwister. Pedro sollte hier liegen, nicht in Rio. Und sie selbst? Wo würde man sie, wenn sie vor ihrer Zeit abtreten sollte, beisetzen? Sollte sie vielleicht in ihrem Testament bestimmen, dass sie hier bestattet zu werden wünschte? Vitória lief es kalt den Rücken herunter, und mit einem Schütteln verdrängte sie den Gedanken an ihre Sterblichkeit. Sie wollte leben und steinalt werden!

Die Bewegung an der frischen Luft hatte ihr gut getan. Als Vitória zurück ins Haus kam, war sie entspannter. Die Atmosphäre erschien ihr nicht mehr ganz so erdrückend wie vorhin noch, nicht mehr ganz so deprimierend.

»Vita?«, rief Joana aus dem Esszimmer.

Vitória streifte ihre schmutzigen Schuhe ab und ging auf Strümpfen zu ihr.

»Ich habe etwas gefunden, das dich interessieren dürfte«, sagte Joana lächelnd. »Er hat anscheinend vergessen, ihn weiterzuleiten.« Sie reichte ihrer Schwägerin den noch immer verschlossenen und an León adressierten Umschlag, den Vitória unter Millionen von Briefen auf einen Blick erkannt hätte.

Joanas Lächeln verwandelte sich in einen Ausdruck tiefer Besorgnis, als sie Vitórias leichenblasses Gesicht wahrnahm.

»Ist dir nicht gut? Setz dich, leg die Füße hoch. Ich hole dir einen Schluck Cognac – na ja, ich werde wohl eher einen Schnaps finden. Meine Güte, wenn ich geahnt hätte, dass ein alter Liebesbrief dich so aus der Fassung bringt …« Damit stand sie auf, doch Vitória hielt sie zurück. Eine Träne kullerte ihr über die Wange, die sie energisch mit dem Ärmel ihres Kleides fortwischte. Die Farbe kehrte in ihr Gesicht zurück.

»Es ist kein normaler Liebesbrief. Mach ihn auf. Lies ihn.«

Joana hatte Scheu, den Brief zu öffnen, doch als Vitória sie erneut dazu aufforderte, brach sie schließlich das Siegel und entnahm dem Umschlag ein kleines, hellblaues Blatt.

León, Geliebter,
du hast mir tatsächlich ein Geschenk hinterlassen, das mich, wäre ich deine Frau, mit großem Glück erfüllen würde. Findest du nicht, dass du dich nun endlich auf immer zu meinem Sklaven machen solltest, bis dass der Tod uns scheidet?
Ich warte, bange, hoffe. Und träume derweil von deinen Küssen.
In Liebe, Vita

Während Joana las, betrachtete Vitória den Umschlag, der auf dem Tisch lag. Sie lächelte über die gekünstelte Handschrift, die sie damals für damenhaft gehalten hatte, die gerundeten Buchstaben mit den großen Schnörkeln. Heute war ihre Schrift eine ganz andere, mit stark nach rechts geneigten Buchstaben und aufsteigenden Zeilen. Sie war kantiger, zackiger, fast wie eine Männerhandschrift.

Joana ließ den Brief erschüttert auf ihren Schoß sinken. »Heißt das, du …?«

»Genau das heißt es. Ich habe es abgetrieben.« Vitória wusste nicht, warum sie plötzlich Lust hatte, Joana so brutal die Wahrheit zu sagen. Ihre Schwägerin konnte ja am wenigsten dafür.

»Wochen-, monatelang habe ich darauf gewartet, dass er auftaucht, mich heiratet und sich mit mir über unser Kind freut. Du kannst dir nicht vorstellen, wie verzweifelt ich war, als ich nichts von León hörte. Wie ich anfing, ihn zu hassen, weil er mich hier sitzen gelassen hatte, schwanger, gerade achtzehn Jahre alt und vor die Wahl gestellt, eine Abtreibung zu wagen, Edmundo zu heiraten oder das Kind zur Adoption freizugeben und dann ins Kloster zu gehen. Was hättest du getan, Joana?«

Joana weinte lautlos und schüttelte den Kopf. Sie wusste es nicht. Wahrscheinlich hätte sie Pedros Kind ausgetragen, aber das würde sie Vita nicht sagen.

»Ich wäre beinahe gestorben nach dem Eingriff.«

»Hast du León das alles erzählt?«
»Natürlich nicht. Ich war ja bis vor fünf Minuten davon ausgegangen, dass er von meiner damaligen Entscheidung wusste. Wir haben das Thema immer vermieden.«
»Und jetzt?«
»Und jetzt – nichts. Glaubst du etwa, dass ein alter Brief noch irgendetwas kitten kann? Die Scheidungspapiere habe ich vor unserer Abreise unterzeichnet und Aaron gegeben. Es geht jetzt alles seinen behördlichen Gang. Und glaube mir: Es ist besser so. Ich kann an Leóns Seite niemals Frieden finden. Wir würden uns nur immer tiefer verletzen, bis wir uns eines Tages gegenseitig umbringen.« Vitória wandte den Blick von Joana ab und starrte aus dem Fenster. Glaubte sie das wirklich, was sie da gerade im Brustton der Überzeugung von sich gegeben hatte? Wenn León ihren Brief nie erhalten hatte, dann …
»Er liebt dich.«
»Red keinen Unfug, Joana. Was hat es mit Liebe zu tun, wenn er mich als Hure und als Mörderin bezeichnet? Er hasst mich. Und ich ihn.«
»Das klang aber in der Nacht, als Pedro starb, ganz anders«, rutschte es Joana mit einem anklagenden Unterton heraus.
Vitória stöhnte leise auf. Himmel! Hatten sie in ihrer Raserei einen solchen Lärm gemacht, dass alle im Haus Zeugen dieses Spektakels geworden waren? Sie spürte eine aufsteigende Hitze bei der Erinnerung an diese Nacht, an die Ekstase, die von ihnen Besitz ergriffen hatte, an die alles verzehrende Leidenschaft ihrer Körper und das völlige Loslassen ihrer Gedanken, an das barmherzige Vergessen, das die Verschmelzung ihrer Leiber ausgelöst hatte. Doch Joana gab sie nun mit roten Ohren dieselbe Erklärung, mit der sie am Morgen danach ihr eigenes Gewissen beruhigt hatte.
»Das hatte nichts mit Liebe zu tun. Das war eine körperliche Reaktion auf die Trauer. So wie sich andere Leute nach Todesfällen mit Kuchen voll stopfen.«
Joana sah betreten auf ihre Schuhspitzen. In dem Wunsch, Joana eine Geste des Verstehens, des Verzeihens zu entlocken, fuhr Vitó-

ria fort: »Es ist die Freude darüber, noch am Leben zu sein. Da brechen unsere tierischsten Instinkte – essen und kopulieren – hervor. Es ist, als wolle man damit den eigenen unausweichlichen Tod bezwingen, es ist eine Verhöhnung der Vergänglichkeit.« Sie hielt kurz inne. »Ach, wie pathetisch ich daherrede! Es tut mir Leid, Joana. Wir waren in dieser Nacht nicht wir selbst.«
Joana sah weiterhin auf ihre Schuhspitzen. »Aber ihr habt dem Tod tatsächlich ein Schnippchen geschlagen. Du bist schwanger, oder?«
Vitória nahm den Limonadenkrug und füllte ihre Gläser auf, um ihre Verlegenheit zu überspielen. Woher wusste Joana das nun wieder? Sie selber wusste es ja erst seit ein paar Tagen. Da sie sich ausgezeichnet fühlte und diesmal die Übelkeitsanfälle ausblieben, konnte Joana es ihr auch nicht angesehen haben.
»Tja, Joana, ist das nicht eine bittere Ironie des Schicksals? Wie sich alles wiederholt – nur unter anderen Vorzeichen? León ist auf dem Weg nach Europa, ich sitze schwanger auf Boavista, und egal welchen Weg ich einschlage, er führt immer nur ins Unglück.«
»Aber warum denn?!« Joana sah Vitória ungläubig an. »Du hast es so gut! Dein Mann lebt wenigstens.« Sie schluchzte auf, wischte sich jedoch sofort die Tränen aus dem Gesicht und zwang sich zu einem sachlichen Ton. Sie hob den Brief hoch. »Hier hast du den Grund für eure verfahrene Geschichte. Alles basierte nur auf einem tragischen Missverständnis. Das allein wäre Grund genug, León zu verzeihen. Und dann erwartest du ein Kind von ihm, ihr habt die besten Chancen für einen Neuanfang. Du musst ihm noch heute schreiben!«
»Ich will das Ganze nicht noch einmal durchmachen. Ich habe es satt, mich von ihm beschimpfen und beleidigen zu lassen. Weißt du, was er tun wird, wenn er von meiner Schwangerschaft erfährt? Nein, du hast keine Ahnung, zu welchen Gemeinheiten er fähig ist, nicht wahr? Ich werde es dir sagen: Entweder wird er mir unterstellen, das Kind sei von Aaron, oder er wird, wenn er sich für den Vater halten sollte, alles daransetzen, nach der Scheidung das

alleinige Sorgerecht für das Kind zu bekommen. Den Teufel werde ich tun, Joana! Er wird nie von dem Kind erfahren.«

»Du willst es doch nicht etwa wieder …«

»Nein. Ich will es bekommen. Ich freue mich sogar darauf. Ich habe jahrelang geglaubt, die Abtreibung hätte mich unfruchtbar gemacht, und das hat mich mehr bedrückt, als ich es mir selber eingestehen wollte. Ich werde einen echten kleinen Brasilianer in die Welt setzen, der sich weder seines Indio-Blutes, so verdünnt es auch sein mag, noch seiner Mutter zu schämen braucht.«

Joana sah Vitória mit gerunzelter Stirn an. »Was …?«

»Ach, hat León dich in seinem Edelmut mit der Wahrheit verschont? Ich habe immer gedacht, ihr hättet keine Geheimnisse voreinander. Leóns Mutter lebt, sie stammt zur Hälfte von Indios ab und ist eine Ex-Sklavin.«

Joana schlug die Hände vor den Mund. Durch die gespreizten Finger flüsterte sie: »Der arme, arme Mann.«

»Ja, der arme Mann hat uns alle an der Nase herumgeführt. Joana, begreif doch endlich! León ist durch und durch verlogen und feige. Ich frage mich, wie ich es überhaupt so lange mit ihm ausgehalten habe.«

»Nein, Vita, begreif du doch. Er hat das nur aus Liebe zu dir getan. Hättest du ihn geheiratet, du, die stolze Sinhazinha, wenn du von seiner Herkunft gewusst hättest?«

»Vielleicht. Nein, ich glaube nicht. Aber das gab ihm nicht das Recht, mit einer so ungeheuerlichen Lüge meine Entscheidung zu seinen Gunsten zu wenden.«

»Ist denn seine Indio-Abstammung so furchtbar?«

»Überhaupt nicht. Ehrlich gesagt wäre ich sogar froh, wenn das Kind mehr nach Dona Doralice schlagen würde als nach Dona Alma. Sie ist sehr schön, weißt du, außerdem intelligent und warmherzig.«

»Und dieser wunderbaren Frau willst du ihren Enkel vorenthalten? Deinem Mann sein Kind, deinem Kind seinen Vater? Wie soll das funktionieren, Vita? Was erzählst du deinem Kind, wenn es eines Tages nach seinem Vater fragt?«

»Ich weiß nicht. Mir wird schon etwas einfallen.«
»Und deine Eltern? Irgendwann kommen sie von ihrer Reise zurück, was sagst du ihnen dann?«
»Ich werde Dona Alma von meiner unbefleckten Empfängnis überzeugen und von ihr zu einer Heiligen erklärt werden, etwas, nebenbei bemerkt, was sie schon längst hätte tun sollen.«
Beide brachen in albernes Gelächter aus, das wenig später bei beiden in hysterisches Weinen umschlug und dann wieder, als sie sich in die verheulten Augen sahen, von einem schluchzenden Lachen abgelöst wurde.
»León wird schon wieder zu dir finden. Du kannst das überhaupt nicht verhindern. Ihr zwei seid füreinander geschaffen, ihr zieht euch magisch an. Das ist wie … wie ein Naturgesetz.«
»Unsinn! Das einzige Naturgesetz, das mich im Augenblick interessiert, ist das, welches mein Magen mir diktiert. Ich muss dringend etwas essen. Und du ebenfalls.« Nach einer kleinen Pause fuhr Vitória fort: »Sieh uns nur an. Zwei Krähen, die die alten Zeiten bejammern. Lass uns an morgen denken. Lass uns jetzt zu Abend essen, zeitig zu Bett gehen und gleich in der Frühe die Fazenda inspizieren.«
Sie stand auf, reichte Joana ein Taschentuch und legte ihr den Arm um die Schultern.
Im Speisezimmer war der Tisch schon gedeckt – mit einer zerknitterten Tischdecke, angeschlagenem Geschirr, dem falschen Besteck und Cognacschwenkern. Joana und Vitória fielen erneut in ihr nervöses Gelächter. Doch bevor es wieder in ein trauriges Heulen umschlug, straffte Vitória die Schultern und rief das Mädchen.
»Du kannst nichts dafür, Elena, aber der Tisch ist eine Katastrophe. Ab morgen wird dich Sinhá Joana in der Kunst des Eindeckens unterweisen. Sie wird dir erklären, welches Besteck für welches Gericht das richtige ist, welche Gläser für welches Getränk, in welchem Zustand Tischdecke und Servietten zu sein haben. Um Punkt acht Uhr morgen Früh erhältst du die erste Lektion. So, und jetzt bring uns das Essen bitte. Und zwei Servietten.«
Schweigend aßen Vitória und Joana die *rabada*, einen in Gemüse

und Kartoffeln gesottenen Ochsenschwanz. Er schmeckte erstaunlich gut, und die Dienstboten, die sich alle fünf hinter der Esszimmertür drängten, um einen Blick auf die beiden vornehmen Senhoras zu erhaschen, waren erleichtert. Sie hatten lange überlegt, was sie den unerwartet aufgetauchten Herrschaften auftischen sollten, bis Ines den genialen Einfall mit der *rabada* gehabt hatte. »Ich weiß, wie man das kocht. Und es ist ein sehr feines Gericht.« Für die Sklaven war es immer ein Feiertagsessen gewesen, den Senhores galt der Ochsenschwanz als besserer Hundefraß. Aber das wussten die fünf nicht, genauso wenig wie sie wussten, dass die beiden Damen nur aus großem Hunger das Essen so gierig herunterschlangen.

»Morgen schicke ich ein Telegramm nach Rio. Mariana soll hierher kommen. Wenn uns schon sonst keine Freuden vergönnt sind, wollen wir doch wenigstens gut essen.«

Joana nickte. »Das wäre wunderbar. Aber – noch sind deine Eltern in Rio, sie werden die Idee nicht so gut finden, uns die Köchin abzutreten.«

»Himmel, Joana, denk doch nicht immer nur an andere! Meine Eltern haben sich und ihre neuen Freunde, während wir zwei Witwen hier mutterseelenallein in der Walachei hocken. Sie können in Rio jeden Abend in den feinsten Restaurants tafeln, während wir auf die Kochkünste unserer Angestellten angewiesen sind. Außerdem glaube ich, dass Mariana lieber hier bei uns wäre als bei meinen Eltern.«

»Warum bezeichnest du dich als Witwe?«

»Warum wohl? Lass uns nicht wieder davon reden, bitte. Lass uns lieber die nächsten Tage und Wochen planen. Wir haben Zeit, wir haben Geld, wir können tun und lassen, was wir wollen. Da ergeben sich doch ein paar schöne Möglichkeiten. Du könntest dich zum Beispiel, neben der Erziehung Elenas, der Dekoration dieses verwahrlosten Esszimmers annehmen oder …«

»Hör auf!«

Vitória sah Joana verwundert an.

»Ich will nicht aufgemuntert werden. Ich will auch nicht durch geschäftiges Gerenne abgelenkt werden. Ich will einfach nur in Ruhe trauern. Und dafür erscheint mir Boavista der perfekte Ort – inklusive des verwahrlosten Esszimmers.«

Vitória verstand Joana nicht. Der Tapetenwechsel, die Ablenkung, die Beschäftigung mit kleinen, überschaubaren und vor allem lösbaren Alltagsproblemen – das genau war doch der Grund für ihre Reise hierher gewesen. Wie konnte Joana sich freiwillig hinsetzen, die Hände in den Schoß legen und sich inmitten blinder Fenster oder bilderloser Wände ihrer Trauer hingeben? Sie selber betrauerte den Verlust ihres Bruders unendlich. Aber was in Gottes Namen hatten angelaufenes Silber, stumpfe Böden und fleckige Tischwäsche damit zu tun? Das würde ihnen Pedro auch nicht zurückbringen. Es würde nur ihnen selber schaden, und Vitória war entschlossen, weder sich selbst noch ihre Schwägerin dem Selbstmitleid zu überlassen. In einer gepflegten Umgebung würden sie beide sich viel schneller wieder dem Leben stellen können als in diesem heruntergekommenen Haus.

Vitória fand, dass es an der Zeit war, Joana nicht länger zu schonen, ihr nicht ständig nur aufmunternde, nette Worte zu sagen. Vielleicht brächte es mehr, sie anzugreifen und ihren alten Widerspruchsgeist hervorzulocken.

»Du hast nie auf Boavista gelebt. Dir mag es wenig bedeuten, wenn es verrottet und deinen Seelenzustand damit widerspiegelt. Aber hast du mal darüber nachgedacht, wie ich mich hier fühle? Ich bin in diesem Haus geboren, habe zwanzig Jahre meines Lebens hier verbracht. Jeder braune Rand auf der Tapete erinnert mich an das Bild, das dort früher gehangen hat. Dieser mottenzerfressene Vorhang hinter dir erinnert mich an die sonnigen Tage, da ich diesen einst schweren, steifen, prächtigen Vorhang zuziehen musste, damit die Hitze nicht ins Haus dringt, und bei dem Anblick des zerkratzten Tisches denke ich an all die stinkenden Polituren, mit denen wir ihn damals gepflegt haben, an den dicken Filz unter der Tischdecke, damit er keine Kratzer abbekommt. Für dich ist das alles hier nichts weiter als ein Bühnenbild, in dem du deinen großen Auftritt als trauernde Witwe hast.

Für mich ist es das einzige Zuhause, das ich je hatte. Aber«, schloss Vitória, die sich jetzt richtig in Rage geredet hatte, »dir gehört der Tisch ja nicht, warum solltest du dich also um seinen Zustand scheren?«

Joana erhob sich und verließ wortlos den Raum. Sie zitterte am ganzen Körper, und Vitória bereute bereits die Härte ihrer Worte. Ach, morgen hätte sich Joana wieder abgeregt. Und wenn erst das Haus wieder in einem halbwegs passablen Zustand war, würde sie ihr dankbar dafür sein.

Sie klingelte nach Elena und bat sie, auch die anderen Dienstboten zu rufen.

»Für alle, denen vielleicht ein Wort des Gesprächs zwischen Sinhá Joana und mir entgangen sein sollte – Boavista wird wieder in altem Glanz erstrahlen. Das bedeutet: Eure Faulenzerei hat ein Ende. Der Ofen wird die ganze Nacht über an bleiben, damit Sinhá Joana und ich morgen Früh heißes Badewasser haben. Dafür ist Luíz verantwortlich. Ihr seid alle um sechs Uhr zur Stelle. Sollte ich selber noch nicht aufgestanden sein, folgt ihr den Anweisungen von Elena. Das Frühstück wird um sieben Uhr serviert. Es sollen Mamão und Mango, Eier und Speck, Pfannkuchen und Gelee, Brot, Butter und Käse auf dem Tisch stehen. Wir brauchen Kraft für die Arbeit, die vor uns liegt.« Sie musterte die betroffenen Gesichter dieser armen fünf Gestalten, denen die Sinhá sichtlich nicht geheuer war. »Morgen werde ich jedem von euch einen eigenen Aufgabenbereich zuteilen, ganz nach seinen Fähigkeiten oder Begabungen. Irgendwelche Fragen?« Vitória hatte nicht damit gerechnet, dass einer der eingeschüchterten Schwarzen tatsächlich eine Frage hatte. Sie wollte bereits weitersprechen, als sich die glupschäugige Ines meldete.

»Wo kriegen wir so schnell Papayas und Mangos her?«

»Von den Bäumen, an denen sie zu hunderten hängen, woher sonst? Der junge Sebastião hier sieht mir recht kräftig aus, er soll gleich bei Sonnenaufgang eine Leiter holen und ein paar Früchte ernten.«

Von Ines' Mut angestachelt, traute sich jetzt auch Joaquim, der

Sinhá eine Frage zu stellen. »Und wo sollen wir schlafen? Die *senzalas* sind schon ganz verfallen.«
Vitória grauste es bei dem Gedanken, dass sie diesen hilflosen und verblödeten Leuten in den kommenden Wochen ein paar Manieren und ein wenig Eigeninitiative beibringen sollte.
»Ganz sicher nicht länger in einem der Gästezimmer. Was weiß ich. Baut euch ein provisorisches Lager in der Vorratskammer oder in der Scheune. Morgen sehen wir weiter. So, und jetzt dürft ihr gehen und euch den Rest der *rabada* schmecken lassen. Gute Nacht.«
Sie war bereits an der Tür, als sie hörte, wie der junge Bursche, Sebastião, leise einen der anderen fragte: »Was heißt denn ›prosivorisch‹?«
Auf ihrem Zimmer stellte Vitória fest, dass einer der Schwarzen immerhin so viel Verstand besessen hatte, ihr Gepäck heraufzubringen und ihr Bett zu beziehen. Die erste erfreuliche Begebenheit dieses Tages. Ein Anfang. Die Bettwäsche war zwar nicht gebügelt, wirkte aber sauber. Vitória zog sich aus, legte ihr Kleid über den Stuhl und machte sich, nur mit Unterwäsche bekleidet, daran, in ihrem Koffer nach einem Nachthemd zu wühlen. Nach ein paar Sekunden gab sie die Suche auf. Wofür brauchte sie ein Nachthemd? Es würde ja wohl kaum einer die Stirn haben, sich wie eine persönliche Zofe aufzuführen und sich in ihr Zimmer zu wagen. Vitória zog sich nackt aus, krabbelte unter das Laken und fiel sofort in einen tiefen, ruhigen Schlaf.

Es war noch dunkel, als sie aufwachte, doch instinktiv wusste Vitória, dass es früh am Morgen war und in Kürze die Sonne aufgehen musste. Sie tastete nach den Streichhölzern auf ihrem Nachttisch, um die Lampe anzuzünden. Dann schwang sie sich voller Tatendrang aus dem Bett, hob ihr Kleid vom Stuhl hoch und kramte in der Rocktasche nach der Taschenuhr, die sie immer bei sich trug. Zehn vor fünf. Sie hatte acht Stunden fest geschlafen. Sie fühlte sich wunderbar erfrischt und war erfüllt von einer prickelnden Vorfreude, wie sie Kinder am Weihnachtstag spüren oder junge

Mädchen vor ihrem Debütantinnenball. Hatte sie etwas Schönes geträumt? Sie konnte sich nicht mehr daran erinnern. Doch über Nacht war ihre Überspanntheit verflogen, hatte sich ihre gereizte Stimmung in eine positive Energie verwandelt, die sie berauschte. Es schien ihr, als läge die Verheißung einer glorreichen Zukunft in der Luft. Vitória hob den Koffer auf ihr Bett und begann mit dem Auspacken. Sie stellte ihre Toilettenartikel auf den Waschtisch und fand, dass ihr Zimmer dadurch schon ein wenig wohnlicher wirkte. Sie hängte die Kleider auf Bügel, schichtete Wäsche und Strümpfe zu akkuraten Stapeln, die sie in den muffig riechenden Schrank legte. Himmel, das war ja widerlich! Mit dem Parfümzerstäuber, den ihr die Dienstboten in Rio geschenkt hatten, besprühte sie das Innere des Schranks, dann schlüpfte sie in das am wenigsten zerknitterte Kleid, das zufällig auch das hellste war, das sie dabeihatte. Was kümmerte sie die Etikette, wonach sie Trauer hätte tragen müssen? Sie musterte sich im Spiegel und fragte sich, warum sie das Kleid, auch vor Pedros Tod, so lange nicht mehr angezogen hatte. Es war hellgrün, aus ganz feiner Wolle, und es stand ihr nicht nur vorzüglich, sondern passte auch perfekt zu der aufgeräumten, hoffnungsfrohen Laune, die von ihr Besitz ergriffen hatte.

Viertel vor sechs. Gleich würde die Sonne aufgehen. Vitória öffnete die Vorhänge und lehnte sich weit aus dem Fenster, den Blick gen Osten gerichtet, um keine Sekunde dieses Schauspiels zu verpassen. Sie wollte sehen, wie das Schwarz des Himmels langsam in ein dunkles Blau überging, wie die Wolken von den ersten Sonnenstrahlen leuchtend orange gefärbt wurden, wie es türkis und violett am Horizont schimmerte, bevor sich die Rundung der Sonne darüber hob und die Erde zum Leben erweckte. Die Stille wurde durchbrochen von schlurfenden Schritten im Hof. Joaquim gähnte und knöpfte sich das Hemd zu, während er Richtung Küche ging. Gleich nach ihm kam Ines, die sich schlaftrunken die Augen rieb. Gut, dachte Vitória schmunzelnd, ihre Worte waren also nicht auf taube Ohren gestoßen. Als der Hof wieder still dalag, hatte Vitória plötzlich das sichere Gefühl, dass nicht nur sie sich über Nacht verändert hatte. Sie blähte die Nasenflügel. Ja, jetzt, da sich das Parfüm verflüchtigte, mit dem sie gegen den Mief angekämpft hatte, roch sie es. Der zarte, betörende, überwältigende Duft der Kaffeeblüte! Der Duft, der einer reichen Ernte voraus-ging, der das Versprechen auf Glück barg! Vitória schloss die Augen und sog gierig die Luft ein, die nach allem duftete, was ihr lieb und heilig war, die so köstlich war, dass es schmerzte.

Sie musste mindestens zehn Minuten mit geschlossenen Lidern verharrt haben, völlig versunken in die Erinnerungen, die das süße Aroma in ihr auslöste. Als Vitória die Augen wieder aufschlug, sah sie die ersten Sonnenstrahlen, die flach auf der Erde lagen, sie streichelten und sie in ein goldenes Licht tauchten. Vor ihr lag eine verzauberte, weiß getupfte Märchenlandschaft. Wie herrlich das war! Sie hatte in den vergangenen Jahren nichts gesehen, was es auch nur annähernd mit diesem Wunder aufnehmen konnte.

Aber warum erstaunte die Kaffeeblüte sie so? Auch wenn die Felder verwildert waren, auch wenn die Sträucher derart in die Höhe geschossen waren, dass sie nicht mehr abgeerntet werden konnten, gab es sie doch noch. Sie wuchsen, blühten, trugen Früchte – ganz ohne das Zutun der Menschen. In einem sich ewig wiederholenden Zyklus erneuerte sich die Natur immer wieder selbst, entstand aus dem Abgestorbenen Neues. So wie die Luft regelmäßig ein Gewitter brauchte, um wieder klar und rein zu werden, brauchte die Erde Tod und Verfall, um fruchtbar zu sein. Vitória legte eine Hand auf ihren Bauch und empfand eine tiefe Befriedigung in der tröstlichen Gewissheit, dass nicht einmal sie diesen Kreislauf aufhalten konnte. Gegen die Naturgesetze war sie machtlos.

XXXV

León ließ den Brief auf seinen Schoß sinken und starrte ins Kaminfeuer.
»Haben Sie noch einen Wunsch, Sir?«, riss ihn der Butler aus seinen Gedanken.
»Nein, danke, Ralph. Ich brauche Sie heute nicht mehr. Schlafen Sie gut.«
»Danke, Sir. Auch Ihnen eine gute Nachtruhe.« Mit einem weichen Klacken fiel die schwere Eichentür hinter dem Butler ins Schloss.
León bezweifelte, dass er auch nur ein Auge würde zutun können. Nicht nach dieser Botschaft. Er stand auf, nahm den Schürhaken vom Ständer und schichtete die Scheite im Kamin neu auf, sodass das ersterbende Feuer wieder aufflackerte. Dann ließ León sich in seinen Ledersessel fallen und nippte, den Blick aufs Feuer gerichtet, an seinem Brandy.
Vita blieb in ihrer verzweifelten Lage keine andere Wahl, hatte Joana geschrieben, in ihrer anmutigen, femininen Handschrift. Nein, dachte León, wahrscheinlich war Vita damals wirklich keine andere Wahl geblieben. Wie sie ihn gehasst haben musste, ihn, der das unschuldige Mädchen verführt hatte und dann, ohne sich um die Konsequenzen zu scheren, zu einem langen Überseeaufenthalt aufgebrochen war. Gott, hätte er von ihrer Schwangerschaft gewusst, er hätte doch auf dem Absatz kehrtgemacht und wäre sofort zu ihr geeilt! Sie hätten geheiratet und sich zusammen auf das Kind gefreut. Das Kind … wie es wohl ausgesehen haben würde? Ob es nach Vita gekommen wäre, mit ihren Locken und den unbeschreiblich blauen Augen? Etwa fünf Jahre alt wäre es jetzt. Ach, wie schön das Leben in ihrem großen Haus in Glória hätte sein können, wenn es von Kindergelächter erfüllt gewesen wäre, wenn er seine kleine hübsche Tochter wie eine Prinzessin hätte verwöhnen dürfen oder seinen frechen Sohn beim Reiten auf Sábado hätte

festhalten müssen. Halt! Er musste sich das verbieten. Es hatte keinen Sinn, sich ein Kind vorzustellen, das nie die Chance auf Leben gehabt hatte – dem er diese Chance genommen hatte! Er, León Castro, trug die Schuld für diese Tragödie, er ganz allein! Warum hatte er nicht besser aufpassen können? Aber Herrgott noch mal – was war das auch für eine unglückliche Aneinanderreihung sonderbarer Zufälle gewesen! Warum musste Vita gleich beim ersten Mal schwanger werden? Warum hatte er ausgerechnet zu jener Zeit die Europareise machen müssen? Warum hatte ihn der alles entscheidende Brief nie erreicht? Warum?!

León nahm einen weiteren Schluck Brandy, stellte das Glas auf dem Beistelltisch ab und griff erneut nach Vitas verloren geglaubtem Brief, den Joana ihm mit ins Kuvert gesteckt hatte. *León, Geliebter, du hast mir tatsächlich ein Geschenk hinterlassen, das mich, wäre ich deine Frau, mit großem Glück erfüllen würde.* Ja, Vita hatte ihn geliebt, mit der ganzen Inbrunst, deren nur eine 18-Jährige fähig ist. Sie hätte ihn frohen Herzens zum Mann genommen, hätte ihm seine Fehler und den »Makel« seiner Herkunft verziehen. Sie hätten eine harmonische Ehe führen können. Wie war es bloß dazu gekommen, dass sie in den vergangenen Jahren so aneinander vorbeigeredet hatten? Wieso hatte Vita ihm nie von ihren Nöten erzählt, ihn nie direkt mit der Wahrheit konfrontiert? Ihre unglückliche Ehe basierte auf einem einzigen Missverständnis, das, wären sie nicht beide in ihrer Sprachlosigkeit gefangen gewesen, schnell hätte ausgeräumt werden können. So aber hatten sie sich in ihre fehlgeleiteten Gefühle hineingesteigert, Vita in ihre Verbitterung über seine vermeintliche Feigheit, er in seine Enttäuschung über ihre Hartherzigkeit.

Und jetzt? Hatten sie tatsächlich *den schönsten Anlass für einen Neubeginn*, wie Joana geschrieben hatte? Vita wollte ihn laut Joana ja nicht einmal davon in Kenntnis setzen, dass er Vater wurde, obwohl sie nun wusste, dass seine Schuld geringer war, als sie ursprünglich angenommen hatte. Nach all den Verletzungen, die sie einander zugefügt hatten, hatte sie aufgehört, ihn zu lieben. Da mochte Joana in ihrem unbeirrbaren Glauben an die ewige Liebe noch so oft das Gegenteil behaupten. *Vita freut sich unbändig auf das Kind, und das, lieber León, ist doch Beweis genug, dass ihr auch an dir noch etwas liegt.* Ist es nicht, dachte León. Dann hätte Vita ihm schließlich selber geschrieben. Vielleicht wollte sie sein Kind, aber ihn wollte sie ganz sicher nicht.

Nun, sie würde ihn wollen müssen. Wenn er auf Boavista aufkreuzte, voller Reue, voller Aufrichtigkeit und voller Liebe, würde sie ihn wohl kaum abweisen, ihn, den Vater ihres Kindes. Dazu hätte sie kein Recht – und wenn er erst einmal eine Weile bei ihr wäre, würde es ihm schon gelingen, sie wieder von sich einzunehmen. Und gab es überhaupt einen anderen Weg? Er wurde Vater! Um nichts in der Welt wollte er dieses einzigartige Erlebnis verpassen, hier in der Fremde nur in Joanas Briefen davon lesen. Er wollte miterleben, wie sich Vitas Körper rundete, wollte ihren Bauch streicheln, wollte ihr jeden erdenklichen Komfort verschaffen, wollte ihr vor und nach der Geburt beistehen, wollte das Neugeborene auf den Arm nehmen und die junge Mutter vergöttern.

Ja, gleich morgen würde er sich nach dem nächsten Schiff erkundigen, das auf dem schnellsten Wege nach Südamerika fuhr. Zur Not würde er auch im Frachtraum mitreisen, solange er nur möglichst bald in Rio wäre. Heute war der 14. November, vor Mitte Dezember war also mit seiner Ankunft in Brasilien nicht zu rechnen. Und dann wäre Vita bereits im sechsten Monat – über den Zeitpunkt der Zeugung gab es ja nicht den geringsten Zweifel. Wie hübsch sie aussehen würde, seine Sinhazinha – oh, er konnte es kaum erwarten, sie wieder in die Arme zu schließen!

Was scherte ihn schon sein langweiliger Diplomatenposten in England? Er, León, gehörte ohnehin nach Brasilien, jetzt mehr denn je. Sein Platz war an der Seite seines Kindes und seiner Frau. Das heißt – war Vita überhaupt noch seine Frau? Wie lange dauerte es, bis eine Scheidung rechtskräftig war? Und wenn schon! Dann würden sie eben ein zweites Mal heiraten. Auf Knien würde er sie um Verzeihung bitten, ihr seine Liebe gestehen, die in den vergangenen Jahren nichts von ihrer ursprünglichen Intensität eingebüßt hatte. Alles, alles würde er wieder gutmachen.

Leicht schwankend erhob sich León aus seinem Sessel. Er schob die glimmenden Scheite im Kamin auseinander, löschte das Licht und taumelte hinauf in sein Schlafzimmer. Im Hausmantel warf er sich aufs Bett und fiel auf der Stelle in einen leichten Schlaf, der ihm beunruhigende Träume von Kaffeesträuchern, Macumba-Zauber und Sklavenhütten bescherte.

»Die Hitze bringt mich um!« Vitória wischte sich den Schweiß von der Stirn, um sich dann wieder ihrer Stickarbeit zu widmen.
»Ja, es ist wirklich außergewöhnlich warm. Soll ich Ines bitten, dir ein kühles Eukalyptusbad einzulassen?«
»Himmel, Joana! Wenn ich ein Bad wollte, könnte ich Ines auch selber darum bitten. Warum behandelst du mich immerzu wie eine Kranke? Mir fehlt nichts.«
»Verzeih.« Joana griff mit beleidigter Miene nach dem Häkelkorb, nahm das begonnene Mützchen heraus und begann es mit einer rosafarbenen Bordüre zu umhäkeln.
»Wenn das Kind ein Junge wird, können wir ihm unmöglich diese Mütze aufsetzen.«
»Vita, bitte! Es macht mir nichts aus, alle Babysachen in einer Mädchen- und in einer Jungenversion anzufertigen. Was nicht gebraucht wird, verschenken wir eben. Es ist ja nicht so, als hätten wir hier abends sehr viel mehr andere Ablenkung…«
»Wie wahr. Ehrlich gesagt kommt mir das Handarbeiten allmählich zu den Ohren heraus.«
»Dann lies mir eben etwas vor. Oder spiel etwas Hübsches auf dem Piano.«
»Das habe ich ebenso satt. Ach, Joana, lass uns doch einfach einmal nach Vassouras fahren, ein paar unnütze Einkäufe machen, ein Theaterstück ansehen, im Restaurant essen und im Hotel Imperial übernachten. Ich halte das hier nicht länger aus.«
»Kommt nicht in Frage. Nicht in deinem Zustand. Erstens wäre es unschicklich, wenn du dich so in der Öffentlichkeit zeigen würdest, und zweitens würde dir die holprige Strecke nach Vassouras gar nicht gut bekommen.«

»Ich glaube, da täuschst du dich. Je mehr ich mich bewege, desto friedlicher ist das Kleine. Ich glaube, es wird gerne gerüttelt und geschüttelt.« Vitória legte entnervt ihren Stickrahmen beiseite, stand auf und drehte sich im Kreis. »Und wie gern ich wieder einmal tanzen würde! Ich kann es kaum erwarten, wieder zurück nach Rio zu gehen. Hier im Vale ist es wirklich zu eintönig.«
»Nun ja, ein paar Monate wirst du dich noch gedulden müssen. Und überleg doch mal, Vita: Jetzt, im Sommer, ist es in Rio so unerträglich heiß, dass es dir dort auch nicht gefallen würde. Zudem sind viele unserer Bekannten gar nicht in der Stadt, sondern in den Bergen. Hier haben wir es doch wirklich gut. Du kannst deine heiß geliebten Bäder im Fluss nehmen, ohne dass dich jemand sieht. Du hast frische Luft im Überfluss. Das Haus ist inzwischen wieder sehr behaglich geworden, und seit Luiza hier ist, kannst du dich über das Essen auch nicht mehr beschweren. Aber du, du führst dich auf wie ein verwöhntes Gör.«
»Du hast ja Recht. Ich werde Ruhe geben, mich dankbar in Demut üben und beseelt den Mutterfreuden entgegenfiebern.«
Joana lachte verhalten. »Nach dem, was du gestern dem armen Luíz gesagt hast, betrachtet dich hier niemand mehr als Heiligtum, das mit Samthandschuhen angefasst werden muss.«
»Umso besser. Aber er hatte doch wirklich eine Standpauke verdient, der alte Säufer. Ich habe mich dabei nur einiger unmissverständlicher Vokabeln bedient.« Vitória musste selber schmunzeln bei der Erinnerung an all die wüsten Beschimpfungen, die sie dem Alten an den Kopf geworfen hatte. Doch anders war ihm und den anderen Schwarzen ja nicht beizukommen. Blieben sie und Joana zu höflich, zu damenhaft, nahmen die Dienstboten das als Erlaubnis zum Müßiggang. Es fehlte eindeutig ein Mann im Haus – ein Mann durfte im Gegensatz zu ihnen laut und barsch werden, ohne gleich für unvornehm gehalten zu werden. Ach, was machte es schon? Sollten die Schwarzen sie doch für eine ganz und gar unfeine Senhora halten, Hauptsache, die Arbeit wurde erledigt.
Und Arbeit gab es auf Boavista reichlich. Immer wenn man

glaubte, sich nach einer gewaltigen Anstrengung eine Pause gönnen zu dürfen, stand der nächste Kraftakt ins Haus. Kaum war das Dach der *senzalas* ausgebessert worden, tröpfelte es durch das Dach der *casa grande*, kaum waren weite Teile der verwilderten Kaffeefelder gerodet worden, als auch schon die Maisernte ins Haus stand, und kaum war die Renovierung im Innern des Hauses abgeschlossen worden, als der Stall nach einem Unwetter zusammenzubrechen drohte. Vitória hatte zwar weitere Leute eingestellt, Erntehelfer und Gärtner genauso wie eine Waschfrau sowie einen Kutscher, doch allein das Organisieren war eine Aufgabe, die Vitória viel Kraft kostete. Natürlich galt es auch, einen Plan für die Zukunft zu entwerfen. Sie konnten nicht weiterhin kopflos hier eine Ernte einbringen und dort einen Acker bestellen, hier eine oberflächliche Reparatur machen und dort eine vorübergehende Maßnahme ergreifen. Auf Dauer konnten sie ihre Zeit nicht allein in Notlösungen investieren, sondern mussten ein richtiges Ziel verfolgen. Denn Boavista sollte nach Vitórias Willen eine funktionierende und profitable Fazenda sein. Der Anbau von Kaffee war utopisch, ohne die Arbeitskraft der Sklaven und ohne genügend europäische Einwanderer. Ja, dachte Vitória, die Paulistas sind schlauer gewesen als wir – rechtzeitig hatten sie die Einwanderer angeworben, und viele der noch immer ins Land strömenden Europäer wollten sich nun ebenfalls in der Provinz São Paulo ansiedeln, wo sie ihre Sprachen sprechen und ihre Kultur pflegen konnten. Aber vielleicht, überlegte Vitória, können wir hier Orangenbäume anpflanzen? Das war nicht gar so arbeitsintensiv wie der Kaffeeanbau, und die klimatischen Verhältnisse im Vale waren günstig dafür. Oder sollten sie sich mehr auf die Viehzucht konzentrieren? Die Weitläufigkeit ihrer Ländereien jedenfalls erlaubte das Halten großer Herden. Bevor sie eine Entscheidung traf, musste sie aber zunächst einen Verwalter finden, der tüchtig und vertrauenswürdig war, denn ihr Aufenthalt auf Boavista sollte nur von begrenzter Dauer sein. Darüber hinaus musste sie sich auch nach einer fähigen Wirtschafterin umsehen, die mit der Leitung eines solchen Hauses vertraut war – jetzt, da sie es wieder in

Schuss gebracht hatten und ganz sicher alljährlich für ein paar Monate hierher kommen würden, sollte das Herrenhaus das Niveau seiner Bewohner widerspiegeln.
Vitória sah sich im Salon um. Ja, mit den neu gepolsterten Sofas, den flauschigen Teppichen auf dem frisch gewachsten Holzboden sowie den neuen Gemälden und Fotografien an den Wänden war der Raum wieder äußerst wohnlich. Die Wände waren mit hellgelben Tapeten mit grünen Blätterranken versehen worden, die dem Salon eine freundliche Atmosphäre verliehen, die wuchtigen schwarzbraunen Möbel ihrer Eltern hatten eleganten Kirschholzmöbeln weichen müssen. Das Personal hatte sich den Veränderungen erstaunlich schnell angepasst. In ihren adretten Uniformen – eine der ersten Neuerungen, die Vitória eingeführt hatte – trugen die dienstbaren Geister ebenfalls zu dem schmucken Erscheinungsbild des Hauses bei. Nur an ihren Umgangsformen musste noch gefeilt werden, obwohl sich in den zweieinhalb Monaten, seit Joana und sie selber nun bereits hier weilten, eine deutliche Besserung bemerkbar gemacht hatte. Oder waren die guten Manieren auf Luizas Einfluss zurückzuführen?
Da Luiza in Pedros und Joanas verwaistem Haus in São Cristóvão entbehrlich geworden war, hatten sie schließlich sie und nicht, wie geplant, Mariana gebeten, nach Boavista zu kommen. Und Luiza war schon wenige Tage später herbeigeeilt, nicht ohne sie wissen zu lassen, dass ihr »Enkelkind« Felipe sie nicht länger als drei Monate vermissen sollte. Doch von Luizas baldiger Abreise konnte jetzt keine Rede mehr sein. Weihnachten stand vor der Tür, da war sie es ihrer Herrschaft schuldig, ein Festmahl aufzutischen. Danach würde sie erst recht nicht fortgehen – sie konnte doch nicht die Sinhazinha bei der Niederkunft im Stich lassen!
Als habe sie Vitórias Gedanken erraten, klopfte in diesem Augenblick die alte Köchin an der Tür.
»Komm nur herein, Luiza. Ah, ich sehe, du hast uns Schokolade gemacht!«
»Ja, Sinhazinha, und du wirst sie trinken, auch wenn du mir jetzt wieder mit der Hitze kommst. Für Schokolade ist es nie zu heiß.

Und wenn du schon so wenig isst, musst du wenigstens etwas Nahrhaftes trinken.«

»Luiza, ich esse nicht wenig. Ich vertilge Portionen, von denen ich mich früher drei Tage lang hätte ernähren können. Wenn das so weitergeht, sehe ich auch nach der Geburt noch aus wie der dicke Senhor Alves.«

»Trink.«

Vitória nahm die Tasse und schnupperte daran. »Hast du wieder Pfeffer daran getan?«

»Jawohl. Und eine Prise Muskat sowie eine Messerspitze Nelkenpulver. Und ein bisschen Zimt.«

Vitória verdrehte die Augen, während Joana die Köchin anlächelte. »Ich liebe deine stark gewürzte Schokolade. Sie tut der Seele gut.«

Sogar Vitória musste zugeben, dass das stimmte. Obwohl der Trunk merkwürdig schmeckte, erfüllte er sie mit wohliger Wärme. Er erinnerte sie an ihre Kindheit, an eine Zeit ohne Kummer und Sorgen, an das unerschütterliche Gefühl, umhegt und geliebt zu werden.

»Danke, Luiza. Du kannst jetzt gehen und deine wohlverdiente Pfeife rauchen. Joana passt schon auf, dass ich das abscheuliche Gebräu brav austrinke.« Vitória zwinkerte Luiza zu, was diese absichtlich als grobe Missachtung ihrer Köchinnenwürde missdeutete.

»Ts, das hat man nun von seiner Gutmütigkeit. Nichts als Unverschämtheiten muss ich mir hier gefallen lassen!« Damit stolzierte Luiza davon.

Drei Tage nachdem León Joanas Schreiben und mit ihm den alten Brief von Vita erhalten hatte, stand er an Deck eines hochmodernen Postschiffes und atmete tief die salzige Seeluft ein. Es war so kalt, dass seine Lungen davon schmerzten, der Fahrtwind trieb ihm Tränen in die Augen. Nur noch zwei Wochen, dachte León, dann erreichen wir den Äquator, und es herrschen wieder menschenwürdige Temperaturen. Und dann wären es nur noch weitere zwei Wochen, bevor sie in Rio de Janeiro einliefen. Wenn sie über-

haupt so lange brauchten – von diesem Schiff hieß es, es habe die Strecke auch schon in der Rekordzeit von 24 Tagen zurückgelegt. Herrje, das waren genau 24 Tage zu viel!
Obwohl die Passage ein Vermögen gekostet und er dafür immerhin eine geräumige Kabine zugewiesen bekommen hatte, wollte León die Fahrt ungleich langweiliger erscheinen als die Hinreise. Er war so ungeduldig, dass er die angenehmen Umstände der Passage gar nicht zur Kenntnis nahm. Die überraschend gute Verköstigung an Bord, der unterhaltsame Kapitän, das gute Wetter – all das nahm León nur am Rande wahr. Anstatt sich darüber zu freuen, dass die Herbststürme in diesem Jahr nicht ganz so heftig ausfielen wie üblich und dass der Seegang nicht schwer war, was dem Tempo nur zuträglich sein konnte, ärgerte León sich über die langen Tage, die er an Bord dieses vermaledeiten Schiffes vergeudete. Da keine anderen Passagiere mitreisten, mit denen er hätte trinken oder Karten spielen können, blieb ihm nichts anderes übrig, als die meiste Zeit auf die dunkle Oberfläche des Wassers zu starren und sich mit Selbstvorwürfen zu quälen. Warum hatte er nicht gemerkt, dass Vita in anderen Umständen war? Warum hatte er in diese verfluchte Scheidung eingewilligt? Warum hatte er sich von seiner Eifersucht zu derart unbeherrschten, unverzeihlichen Handlungen Vita gegenüber hinreißen lassen, dass sie ihn einfach hassen *musste?*
Erst wenige Tage vor der Ankunft in Rio schlug Leóns Stimmung um. Er wurde von einer Euphorie erfasst, wie er sie seit Jahren nicht mehr gefühlt hatte. Mit weit geöffnetem Kragen und geblähtem Hemd stand er an der Reling, genoss die warme Brise, grüßte die Matrosen schulterklopfend, gab sich leutselig und aufgeräumt. Die Mannschaft beobachtete die Veränderung, die mit dem sonderlichen Passagier vor sich gegangen war, mit derselben zurückhaltenden Skepsis wie der Kapitän, nahm aber gern die großzügigen Trinkgelder des Mister Castro an. Dennoch waren sie froh, als sie sich sein permanentes Drängen zu mehr Eile nicht mehr anhören mussten und er endlich von Bord ging.
Für die wilde Schönheit Rios und das fröhliche Gewimmel am Ha-

fen hatte León keinen Sinn. Er verlor keine Zeit damit, sich nach einem Kofferträger umzusehen, sondern hastete mit seinem leichten Gepäck über die Gangway, nahm die erstbeste Droschke und versprach dem Kutscher das doppelte Fahrgeld, wenn er ihn schnell wie der Teufel nach Flamengo und anschließend zum Bahnhof brächte. Der Kutscher tat sein Bestes, was darin gipfelte, dass das Gefährt sich in einer Kurve so bedenklich zur Seite neigte, dass es beinahe umgekippt wäre.

»Warten Sie hier. Wagen Sie nicht, sich von der Stelle zu rühren. Ich bin gleich wieder zurück, dann geht es sofort weiter zum Bahnhof.« León nahm die drei Stufen am Eingang zu Aarons Wohnung in einem einzigen Satz, zog kräftig an der Türglocke und stürmte, als ihm eine Schwarze vorsichtig die Tür öffnete, in die Wohnung. Er platzte in Aarons Arbeitszimmer, in dem sich neben Aaron auch ein Klient befand, und hielt sich nicht mit Entschuldigungen auf.

»Aaron, ist die Scheidung schon durch?«

»Was …?«

»Sag schon, schnell!«

»Nein, ist sie nicht. Es gab ein paar Verzö…«

»Gott sei Dank! Ich ziehe hiermit alle Vollmachten zurück. Ich will diese Scheidung nicht. Für schriftliche Anweisungen habe ich jetzt keine Zeit. Aber dieser ehrenwerte Senhor hier«, dabei deutete er auf den verblüfften Klienten, »ist mein Zeuge. Adeus!« León verließ die Kanzlei so blitzartig, wie er hereingeschneit war. Am Bahnhof erreichte León knapp den Zug nach Vassouras, verfolgt von den Verwünschungen des Kutschers, der ein Pfund Sterling für seine Dienste erhalten hatte und nichts damit anzufangen wusste. León ließ das Gezeter kalt. Er lief durch das Bahnhofsgebäude und machte nur kurz an dem Fahrplanaushang Halt. Wie gut, dass die vielfältigen Umwälzungen der letzten Jahre wenigstens an den Fahrplänen spurlos vorbeigegangen waren. Da stand es, 11.30 Uhr, genau wie er es in Erinnerung behalten hatte. Gleis zwei, ja, auch daran hatte sich nichts geändert. Die Bahnhofsuhr zeigte 11.27 Uhr an.

Erst im Zug gönnte León sich, notgedrungen, eine Verschnaufpause. Im Speisewagen ließ er sich einen kleinen Imbiss servieren, den er kaum anrührte. Zurück in seinem Abteil, kramte er in seinem Gepäck nach dem Necessaire – wenn er schon keine Dusche nehmen konnte, mussten Kamm und Kölnischwasser fürs Erste reichen. Seine Nervosität nahm mit jedem Kilometer, den sie sich Vassouras näherten, zu. Und wenn seine spontane Entscheidung, nach Brasilien zurückzukehren, nun gar nicht so klug gewesen war? Hätte er vielleicht vorab einen Brief schreiben sollen, um sich anzukündigen, alles zu erklären, sich zu entschuldigen und Vita die Gelegenheit zu geben, sich mit dem Gedanken an sein Kommen anzufreunden? Nachher reagierte sie noch mit einem solchen Schrecken auf sein plötzliches Erscheinen, dass das ungeborene Kind irgendeinen Schaden davontrug. Ach, Unsinn! So zart besaitet war Vita nie gewesen, und sie würde es auch als werdende Mutter nicht sein. Da war es schon wahrscheinlicher, dass sie ihm kaltblütig die Tür vor der Nase zuschlug, ganz so wie bei ihrer allerersten Begegnung. Ein leichtes Lächeln legte sich auf Leóns Lippen, und er gab sich so lange der Erinnerung an seinen ersten Aufenthalt auf Boavista hin, bis der Zug kreischend zum Stehen kam und ihn aus seinen Gedanken riss. Als erster Fahrgast hatte León den Zug verlassen und eilte zu den wartenden Droschken am Bahnhofsvorplatz.

Doch seine Eile stieß auf Unverständnis.

»Gibt es in diesem gottverlassenen Kaff denn nicht eine Mietkutsche, die mich nach Boavista bringt?!«

»Doch, Senhor, aber nicht um diese Uhrzeit. Bald wird es dunkel, und den langen Weg zurück will am Abend niemand mehr machen. Wir haben aber hier ein sehr vornehmes Hotel, dort wird man Ihnen …«

León wendete sich ab und ließ den auskunftfreudigen Kutscher ohne ein Wort des Dankes einfach stehen. Nach wenigen Metern kehrte er wieder zu dem Mann zurück.

»Was, sagten Sie, kostet Ihr Pferd?«

Der Kutscher glotzte León ratlos an.

»Halten Sie siebzigtausend Reis für einen angemessenen Preis?«

León kramte in seiner Brieftasche nach ein paar Banknoten und drückte sie dem verdutzten Mann in die Hand. »Das ist englisches Geld. Es ist ungefähr doppelt so viel wert wie Ihr Gaul. Und wenn Ihnen daran noch Zweifel kommen sollten, wissen Sie ja, wo ich zu finden bin. Bei meiner Frau, Vitória Castro da Silva, auf Boavista.«
Der Kutscher war sprachlos. Erst am Abend, beim Essen mit seiner Familie, sprudelten die Worte nur so aus ihm heraus, und noch Wochen später berichtete er allen Freunden und Bekannten von seiner unheimlichen Begegnung mit dem großen León Castro.

Vitória fühlte sich hässlich. Joana, Luiza und die anderen mochten ihr noch so viele Komplimente für ihr strahlendes Aussehen machen – sie selber empfand ihren Leib als unförmig, ihre Wangen als hamsterähnlich und ihre Gliedmaßen als drall. Sogar ihre Finger wurden jetzt schon dicker, kaum ein Ring passte ihr noch. Und erst ihre schreckliche Garderobe! Hatte sie bisher alle Kleider in den Nähten ausgelassen, so führte jetzt einfach kein Weg mehr an Umstandskleidern vorbei. Wie ein pummeliges Muttchen sah sie darin aus, trotz der edlen Stoffe und der schönen Verarbeitung.
»Du spinnst«, hatte Joana kürzlich auf ihre Klagen erwidert. »Du siehst fabelhaft aus, so gut wie schon lange nicht mehr. Dein Teint ist rosig, deine Haut glatt, und die zusätzlichen Pfunde stehen dir vorzüglich. Weißt du, Vita, niemand hat es dir je so direkt sagen wollen, aber in Rio hast du zum Schluss alle erschreckt, so dürr und fad, wie du aussahst. Und jetzt schau dich an – die reinste Augenweide!«
Natürlich schenkte Vitória den Worten Joanas keinen Glauben, und denen der Schwarzen noch viel weniger. Wahrscheinlich wollten alle sie nur schonen. Die Einzige, die die Wahrheit aussprach, war Florinda. »Du hast ja ganz schön zugelegt, Vita«, hatte sie bei ihrem letzten Besuch gesagt und dabei nicht den Eindruck gemacht, als meinte sie es als Kompliment. »Florinda ist nur neidisch«, hatte Joana abgewiegelt. »Weil sie selber so aus der Fasson geraten ist, registriert sie jedes Gramm mehr bei anderen Frauen mit der Präzision einer Papierwaage, und es erfüllt sie mit Genug-

tuung. Gib doch nichts auf ihre Bemerkungen. Diese dumme Gans – am liebsten wäre mir ohnehin, wenn sie und ihr öder Klavierlehrer gar nicht mehr zu Besuch kämen.«
Insgeheim teilte Vitória Joanas Einschätzung des Paares. Sie waren provinzielle, engstirnige Langweiler. Aber die Besuche von Florinda und ihrem Mann gehörten zu den wenigen Ablenkungen vom täglichen Einerlei, und freiwillig würde sie bestimmt nicht darauf verzichten. Ihr Leben auf Boavista war so einsam und eintönig, dass ihnen jede Zerstreuung recht war. Fast bedauerte Vitória es, dass der Kontakt zu Eufrásia abgerissen war, die alte Freundin hätte sicher ein bisschen Schwung ins Haus gebracht oder wenigstens für anregenden Gesprächsstoff gesorgt. Stattdessen lästerten sie und Joana nun nächtelang über Edmundo, der ihnen schon ein paarmal seine Aufwartung gemacht hatte und der auch mit zunehmendem Alter nichts von seiner jugendlichen Schüchternheit eingebüßt hatte, geschweige denn von seinen unschönen Attributen. »Er hat angetrocknete Spucke in den Mundwinkeln kleben«, hatte Joana nach einem seiner Besuche angewidert beobachtet, woraufhin Vitória laut herauslachte. »Ja, und mit einem solchen … Tölpel wollten meine Eltern mich verheiraten!« Joana hatte sie entgeistert angesehen. »Aber warum denn bloß?« – »Ganz einfach, er hatte Geld. Tja, das hat er nun auch nicht mehr.« Zu Edmundos Ehrenrettung musste Vitória immerhin einräumen, dass er das Beste aus seiner Lage machte. Er jammerte nicht, wie Eufrásia, und er griff nicht, wie Rogério, zu unlauteren Maßnahmen. Er hielt die elterliche Fazenda über Wasser, indem er auf Milchwirtschaft gesetzt hatte – nicht gerade ein ruhmreiches Geschäft, aber ein halbwegs einträgliches.
Mit einigen der neuen Nachbarn hatten sie Bekanntschaft geschlossen, und über deren sporadische Besuche waren Joana und Vitória ebenso erfreut wie über die Stippvisiten des jungen Padres, das Eintreffen ihrer Bestellungen aus Vassouras oder die Postkutsche, die sich höchstens einmal in der Woche hierher verirrte. Ihr, Vitória, war ja kaum noch jemand geblieben, mit dem es sich zu kommunizieren lohnte. Ihren Mann hatte sie ins Exil getrieben,

ihren Bruder verloren, ihre Eltern auf größtmögliche Distanz zu sich gebracht. Freunde hatte sie kaum. Gelegentlich schrieb Aaron ihr, doch seine Briefe klangen nie wie die eines guten Freundes, sondern wie Geschäftsberichte.
Joana dagegen erhielt etwas regelmäßiger Post. Dank der Briefe ihrer Eltern, ihrer Freunde und ihres Bruders waren sie hier auf Boavista relativ gut unterrichtet über das, was in Rio vor sich ging. Loreta Witherford hielt ihre Freundin immer auf dem Laufenden über das gesellschaftliche Leben in der Hauptstadt, Joanas Bruder schrieb ihr seitenlange Berichte über seine bizarren Flugexperimente, und Aaron unterhielt Joana gern in vergnüglichem Plauderton mit den kleinen Abenteuern, die er und ihre gemeinsamen Freunde in der Großstadt tagtäglich zu bestehen hatten.
Der letzte Brief Aarons an sie, Vitória, war gleichzeitig mit dem für Joana eingetroffen, und erst im direkten Vergleich war Vitória aufgefallen, wie unpersönlich ihr Exemplar neben dem von Joana war. Joana erzählte er eine lustige Anekdote über seine Haushälterin, die er dabei beobachtet hatte, wie sie besonders fette *bitú*-Ameisen im Hof fing, die sie sich anschließend briet. Vitória dagegen berichtete er in nüchternem Ton über irgendeine interessante Anlagemöglichkeit. Sie, Vitória, war doch die engste Vertraute Aarons gewesen, nicht Joana! Ihren Geschäften hatte er seine Freizeit geopfert, ihr hatte er schöne Augen gemacht, mit ihr hatte er abends Schach gespielt! Aber gut, versuchte Vitória sich ihren kleinen Anflug von Neid wieder auszureden, Joana als trauernde Witwe bedurfte der Aufmunterung mehr als sie selber. Und Aaron würde sich selbstverständlich denken können, dass sie sich seine Briefe gegenseitig vorlasen – da brauchte er ja nicht alles zweimal zu schreiben. Oder verhielt es sich vielleicht so, dass sich zwischen Aaron und Joana eine keusche Romanze anbahnte? Ach was, nicht so bald nach Pedros Tod! Aber wer weiß, irgendwann einmal, wenn Joanas Trauer sich erschöpfte, wenn Aarons Gefühle für sie selber erloschen … eigentlich würden die beiden ein stimmiges Paar abgeben.
Vitória zwang sich, den Gedanken an eine mögliche Verbindung

zwischen Aaron und Joana weit von sich zu schieben. Sie wollte nicht durch das zukünftige Glück anderer, und wenn es nur auf Einbildung ihrerseits beruhen sollte, an ihre eigene Einsamkeit erinnert werden. Ob sie sich jemals wieder verlieben würde? Ob es irgendwo auf der Welt einen Mann gab, der León das Wasser reichen konnte?

Wie hatte sie es zulassen können, dass sie sich so entfremdeten, warum hatte sie nicht um ihn gekämpft? Wie hatte es kommen können, dass sie sich eingeredet hatte, León nicht zu lieben? Himmel, er war der klügste, attraktivste, charmanteste, umwerfendste Mann, den sie je kennen gelernt hatte! Und sie sehnte sich nach ihm, wie man sich überhaupt nur nach jemandem sehnen konnte. Je länger er fort war, desto mehr verblassten die Erinnerungen an die unschönen Episoden ihres Zusammenlebens, und desto mehr Bedeutung gewannen die schönen. In manchen Nächten lag Vitória im Bett noch stundenlang wach, lauschte der Stille, die sich auf Boavista herabgesenkt hatte, und berauschte sich an den farbenprächtigen, lebensfrohen und erotischen Szenarien, die sich vor ihrem geistigen Auge in einer betörenden Sinnlichkeit wiederholten, wie sie sie in der Realität wahrscheinlich nie besessen hatten. Ihre erste, heimliche Kutschfahrt in Rio, ihr Rendezvous am Mandelbaum, ihr romantischer Ausflug in den Tijuca-Wald – ah, was hatten sie für herrliche Momente genossen!

Und darauf sollte sie für den Rest ihres Lebens verzichten, weil sie ihren Seelenfrieden über ihre Liebe stellte? Nein! Lieber ließ sie sich hundertmal am Tag von León aus der Fassung bringen, ließ sie sich von ihm ärgern, küssen, beschimpfen und lieben, als dass sie die nervtötende Monotonie eines Daseins als Strohwitwe weiter erduldete. Sollte ihr Leben etwa wie ein harmloser Bach vor sich hin plätschern, nachdem sie das Tosen der Meeresbrandung kennen gelernt hatte? Nach einigen Wochen war ihr Entschluss gereift: Sie würde León schreiben, ihm den alten Brief schicken, der alles erklärte. Sie würde ihn um Verzeihung bitten, für ihre Unterstellungen, ihren Mangel an Vertrauen in seine Zuverlässigkeit und seine Ehrenhaftigkeit. Sie würde ihn bitten, zurückzukehren.

Wenn er nicht um ihretwillen käme, so doch wenigstens um des Kindes willen, das sie erwartete. Sie würde ihm sagen, dass sie ihn brauchte. Und vielleicht sogar, dass sie ihn liebte.

»Joana, wo ist eigentlich der unglückselige Brief geblieben, den du in Pedros Unterlagen gefunden hast? Du weißt schon, der ›Beweis‹.«

Joana verzog das Gesicht zu einer zerknirschten Grimasse. Sie straffte die Schultern und sah Vitória ernst an. »Ich habe ihn nicht mehr.«

»Was soll das heißen, du hast ihn nicht mehr? Du kannst doch nicht einfach meine alten Briefe wegwerfen, schon gar nicht solche, die nicht an dich adressiert waren!«

»Ich habe ihn nicht weggeworfen.« Joana schluckte. »Sei mir jetzt bitte nicht böse, Vita. Ich habe mir die Entscheidung wirklich nicht leicht gemacht, das kannst du mir glauben. Aber nach reiflicher Überlegung bin ich zu dem Schluss gelangt, dass man diesen Brief seiner eigentlichen Bestimmung zuführen musste.«

Vitória sah ihre Schwägerin ungläubig an.

»Ja, Vita. Ich habe ihn an León geschickt.«

»Ohne mein Wissen, ohne mein Einverständnis? O Joana, wie konntest du nur?«

»Du hättest mir ja doch untersagt, den Brief weiterzuleiten. In deiner unerhörten Sturheit hättest du ihn womöglich zerrissen und dich damit eines äußerst beredten Zeugnisses deiner – und Leóns – Unschuld entledigt. Aber wie kommst du eigentlich auf einmal darauf? Was willst du plötzlich mit diesem Brief?«

»Himmel, Joana! Ich will damit die Ritzen im Gebälk der *senzalas* ausstopfen, was sonst?«

»Siehst du.«

Vitória hob verächtlich die Augenbrauen. Joana war wirklich manchmal so fantasie- und humorlos wie ein Melkschemel.

Wenige Tage nach diesem Gespräch war Joanas Schuldgefühl über ihr eigenmächtiges Eingreifen abgeflaut und Vitórias Unmut über

Joanas Einmischung verflogen. Die beiden Frauen saßen wieder einträchtig im Salon, die eine konzentriert Maschen für ein Taufkleid aufnehmend, die andere über eine Blumenstickerei gebeugt. Ein ereignisreicher, befriedigender Tag lag hinter ihnen, an dem sie ausgebesserte Zäune inspiziert, im Kräutergarten gearbeitet und eine bestellte Büchersendung aus Rio erhalten hatten. Die Abrantes waren vorbeigekommen, um für Dionísio Abrantes' Kandidatur für das Bürgermeisteramt zu werben, und Ines' Verlobter, der gerne ebenfalls auf Boavista leben würde, hatte sich für einen Posten als Hufschmied und Pferdeknecht vorgestellt. Am frühen Abend hatten Joana und Vitória gebadet und sich, beide mit feuchtem Haar, von Elena die Haarspitzen schneiden lassen. Es war Vitória vorgekommen, als sei Joana ihre Schwester, als hätten sie schon seit Kindertagen nebeneinander Platz genommen und gemeinsam diese Prozedur erlebt. Sie hatten dabei gekichert wie junge Mädchen, und für einen Augenblick waren Witwenschaft und Scheidung, Verantwortung und Alltagsbelastungen vergessen. In Vitórias Bauch hatte sich ihr Baby mit kräftigen Fußtritten Bewegung verschafft, und erstmals gestattete Vitória ihrer Schwägerin, die Hand auf ihren gewölbten Bauch zu legen und die Lebenszeichen des kleinen Wesens zu ertasten. Wie viel lieber wäre es ihr gewesen, León hätte dasselbe getan! Eigentlich sollte er es sein, der mit ihr das Wunder bestaunte, das sie gemeinsam geschaffen hatten, sollte er derjenige sein, der sanft ihren Bauch berührte und sie verzückt anlächelte. Ach, denk nicht wieder daran, rief sich Vitória zur Ordnung – und fand schnell wieder zu ihrem hart erkämpften Gleichmut zurück.

»Dieses Blumenmuster ist zu kompliziert für mich. Ich glaube, ich sticke lieber ein paar einfache Motive im Kreuzstich auf dieses Hemdchen.«
»Wieso? Es sieht doch schon ganz gut aus«, befand Joana nach einem kurzen Seitenblick auf Vitórias Handarbeit.
»Aber wenn ich in dieser Geschwindigkeit weitermache, wird das Hemdchen erst zum zehnten Geburtstag des Kindes fertig.«

Ein zaghaftes Klopfen an der Tür enthob Joana einer Antwort. Beide Frauen blickten auf.
»Ja, Ines, was gibt es denn noch?« Vitória wunderte sich über die späte Störung.
»Es ist Besuch für Sie gekommen, Sinhá Vitória.«
»Nanu. Ich habe es gar nicht läuten hören.«
»Er meldete sich am Dienstboteneingang.«
»Aha. Und wer ist es?«
»Ich kenne diesen, ähm, Senhor nicht. Er sieht auch gar nicht aus wie ein Senhor. Er behauptet aber, Ihr Mann zu sein.«
Vitória stockte der Atem. War das möglich? Nein, León war in England, und von dort käme er so schnell nicht wieder zurück. Ein Betrüger oder Dieb? Aber welcher Bösewicht verschafft sich mit einer so dreisten und schnell zu entlarvenden Lüge Eintritt? Es müsste sich um einen sehr dummen Menschen handeln – oder um einen schlechten Scherz. Vitória erhob sich ruckartig aus ihrem Sessel und stob an dem Mädchen vorbei. »Na warte, dir werde ich Beine machen«, murmelte sie vor sich hin, als sie durch die Halle lief.
»Nicht nötig, Sinhazinha, ich habe bereits welche. Und ich habe mir erlaubt, sie zu benutzen, um einzutreten – euer Mädchen hatte nicht den Anstand, mich hereinzubitten.«
»León!« Nur mit Mühe gelang es Vitória, den Impuls zu unterdrücken, auf ihn zuzulaufen und ihn zu umarmen. Selten hatte sie sich so über sein Erscheinen gefreut, dabei sah er wirklich Mitleid erregend aus. Er war unrasiert, sein Haar hing in wirren Strähnen im Gesicht, er war verschwitzt und seine Kleidung verschmutzt. Wenn das kein Déjà-vu war! Genauso hatte er ausgesehen, als sie ihn zum ersten Mal gesehen hatte. Himmel, das war ja beängstigend. Vitória starrte noch immer mit offenem Mund auf die Gestalt, die ihr wie eine Erscheinung aus einer anderen Welt, einer anderen Zeit erscheinen wollte.
»Vita, geliebtes Eheweib. Deine Freudenausbrüche sind gar zu schmeichelhaft.« León setzte sein spöttisches Grinsen auf und sah sie durchdringend an. Wie herrlich sie aussah! Vor Überra-

schung hatte sie die Augen weit aufgerissen – ah, diese göttlichen, strahlenden, blauen Augen – und ihre Wangen hatten sich gerötet. Leóns Blick wanderte an ihr herab, verweilte kurz bei ihrem deutlich gerundeten Bauch und traf dann wieder den ihren. Sein Herz raste. Er war so überwältigt vor Freude, vor Liebe, vor Stolz, dass ihm keine passenden Worte einfielen. Ein paar Sekunden standen sie sich so gegenüber, beide befangen, beide vom jähen Aufruhr ihrer Gefühle wie gelähmt, bis Vitória endlich das Schweigen brach.

»Ich bin nicht mehr deine Frau. Hast du das schon vergessen?« Zum Teufel auch, hätte ihr nicht etwas weniger Sprödes einfallen können?!

»Zum ersten Mal in meinem Leben bin ich dankbar dafür, dass die Mühlen der Bürokratie in Brasilien so langsam mahlen. Unsere Scheidung war noch nicht vollzogen, und nachdem ich meine Vollmachten samt und sonders für nichtig erklärt habe, wird es wohl auch nie dazu kommen.«

Vitória schluckte. Nervös fuhr sie mit den Fingern durchs Haar, das ihr in seidigen Locken über den Rücken fiel.

»Willst du mich nicht in den Salon bitten und mir etwas zu trinken anbieten? Ich habe eine höllische Reise hinter mir.«

»Ja, ja, komm herein«, stammelte Vitória.

Joana, die Leóns Stimme bereits erkannt hatte, war aufgestanden und eilte dem Freund mit offenen Armen entgegen. »León! Wie großartig, dass du gekommen bist! Und so schnell!«

»Die Bestechungssumme für den Kapitän des Transatlantikschiffes war exorbitant.«

Joana rettete die Situation, bevor sie ins Peinliche abzudriften drohte. Sie übernahm die Rolle der Gastgeberin mit perfekter Nonchalance, plauderte vergnügt mit León, schilderte ihm, was sich in den Monaten seit ihrer Ankunft auf Boavista alles zugetragen hatte. Und dadurch, dass sie die Initiative ergriff, gab sie Vitória die Zeit, die diese brauchte, um ihre Fassung zurückzugewinnen. Vitória war ihr unendlich dankbar dafür. Dann, nach etwa einer halben Stunde, stand Joana auf und verabschiedete sich. »Ich

quassele hier ununterbrochen dummes Zeug, dabei habt ihr beiden euch sicher viel Wichtigeres zu erzählen.«
Vitória rang sich ein gequältes Lächeln ab. »Ja, schlaf schön.«
Doch kaum hatte sich die Tür hinter Joana geschlossen, als es klopfte und Elena den Kopf durch den Türspalt schob. »Haben Sie noch einen Wunsch, Sinhá?«
»Nein, danke, du kannst jetzt gehen.«
Einige Minuten später wurde das betretene Schweigen zwischen Vitória und León durch eine neuerliche Störung unterbrochen. Diesmal erkundigte sich Ines, ob die Herrschaften noch etwas wünschten.
Vitória sprang aus dem Sessel hoch. »Jetzt ist aber Schluss, ihr neugieriges Gesindel! Morgen habt ihr ausreichend Gelegenheit, den Senhor León gebührend zu bewundern. Raus jetzt, alle, marsch!« Sie stand an der Tür, machte eine ungeduldige Handbewegung, als wollte sie einen Schwarm Fliegen verscheuchen, und sah der flüchtenden Ines nach.
Als sie sich umdrehte, um zu ihrem Platz zurückzugehen, stand León direkt vor ihr.
Sie hörte ihn atmen. Sie sah sein Herzflattern. Sie fühlte seine Aufregung. Und dann spürte sie seine Finger unter ihrem Kinn, das er durch einen sanften Druck anhob.
»Sieh mich an, Sinhazinha.«
Seine Pupillen waren riesengroß, sein Blick geheimnisvoll.
»Ach, Vita. Du kannst dir nicht vorstellen, wie sehr ich diesen Moment herbeigesehnt habe.«
»Doch, das kann ich.«
Er nahm ein wenig Abstand, um Vitórias Gesichtsausdruck besser deuten zu können. »Ja? Und warum hast dann nicht du mir geschrieben, sondern Joana?«
»Sie ist mir zuvorgekommen. In Wahrheit bin ich jetzt froh darüber. Ich hätte nie die richtigen Worte gefunden. So wie jetzt.«
»Du musst nichts sagen. Ich verstehe dich auch so.«
»Glaubst du?«
León nickte. Sanft zog er Vitória zu sich heran, schloss die Arme

um sie und beugte das Gesicht zu ihrem herab. Als ihre Lippen sich berührten, wurde Vitória von einem so überwältigenden Glücksgefühl durchflutet, dass ihr beinahe die Sinne schwanden. Oh, wie sie das vermisst hatte, wie köstlich das war! Ihr Kuss wurde immer inniger, gewann eine solche Macht über sie, dass die Welt um sie herum hätte untergehen können, ohne dass sie es bemerkt hätten. Nur ein einziger Gedanke spukte ihr noch im Kopf herum. Und je länger der Kuss währte, desto mehr gewann dieser Gedanke an Klarheit: Nie, nie wieder würde sie León gehen lassen.